陈超诗文全编

唐晓渡 主编 第4卷/鉴赏卷

20世纪中国探索诗鉴赏

陈超 著

上

作家出版社

　　陈超（1958——2014），当代诗歌评论家、诗人。生于山西太原，辞世前系河北师范大学教授、博士生导师。已出版的诗学和批评论著包括《中国先锋诗歌论》《生命诗学论稿》《打开诗的漂流瓶——现代诗研究论集》《游荡者说》《精神重力与个人词源》《诗与真新论》《个人化历史想象力的生成》《20世纪中国探索词鉴赏》（两卷本）《当代外国诗佳作导读》（两卷本）等；著有诗集《是的，热爱》《陈超短诗选》（英汉对照）等。

自 序

中国新诗迄今已走过了将近七十年的路程。如何评估它坎坷却也辉煌的道路，文学艺术界（不妨包括整个人文科学界）历来是毁誉不一的。诗歌从来是文学艺术中最敏感最躁动不安的种类，诗人们对生命和语言的双重洞开，往往具有超前性和实验性，这就决定了诗歌的荣耀和难以回避的责难共时而来。然而，令我怅惘的是，那些不绝于耳的严苛的责难，常常是建立在非艺术本体论的基础上的，或是用简单的社会功利尺度去评判诗歌，或是以"不懂""脱离大众"来羁束诗人的探索。这种非审美的、漠视诗歌个体生命体验的独异性、深刻性的责难，对现当代诗歌史上具有现代主义倾向的诗则尤为猛烈！正是在这种情势下，我决意要撰写一部《中国探索诗鉴赏辞典》。我也深深知道，这种兼具工具书和赏析读物功能的变体性辞典，在目下中国尚属一种尝试。所以，"探索诗鉴赏辞典"的另一种含义，我想应该是"探索性的诗歌鉴赏辞典"。同时，还应指出的是，"探索诗"是一个相当笼统的说法，哪一位优秀的诗人不是在探索？这里，我认为有必要昭明，我一向承认本书之外的那些诗人的才识和实绩，从不敢妄想否定他们的探索和文学史已有的定评，我只不过是要做我自己、而不是做某一个别人或"定型"的文学史的转述者。我心目中的"探索诗"，是那些展示个体生命和通过个体生命揭示生存的诗；是那些不主故常、对传统采取反叛或整体性包容后的超越的诗；是那些唯艺术本体论的、倾向于内倾和直觉的诗；是那些探求生存和语言真正临界点和真正困境的诗；是那些具有生命哲学意识或对东方神秘主义风采进行重新"加入"的诗；是那些对汉语语言进行深层把握和某种新变构的诗；是那些具有某种意义上的流派诗群要求的诗；是那些具有全球性审美趋向的现代主义或者准现代主义和后现代主义的诗……作为一种带有某种个人偏爱色彩的诗歌鉴赏专著中所选的诗歌，我相信，比那些单纯地按照史的线索进行的历时性辑入的新诗选本，更能满足某一部分读者的要求。

"探索"这个词，无论是作为动名词还是作为动词，从来都涵括着双重意味。"探索"是深刻的追求，同时也意味着可能出现的失误或失败；"探索"是先锋或前卫的近义语，同时也带有某种冥冥中的冒险性。我认为，人们可以说他们"读不懂"这本书中的一些诗，但不能据此判定这些诗是"故弄玄虚"。再进一步说，人们可以不喜欢这些诗中的一部分，但他们应该至少在"懂"了之后再发言！不妨再进一步说，一个色盲的人不敢妄评绘画的色彩，那么，一个对现代诗几无修养的人又怎能妄议它们！我国诗论界在过去的时光里做了许多工作，特别是新时期以来（严格地说是1980年后），诗歌理论的实质性进展是有目共睹的。但是，现代诗的普及工作则做得相当差，对诗歌文本的导读、对诗歌结构和形式的把握这些细部工作，还有待于进一步的深入与普及。我不敢说这部书在这些方面的意义，但我的的确确是将这些作为本书的系统性追求的。我想告诉普通的对现代诗一往情深的读者，这些诗人在"探索"什么？是怎样"探索"的？"探索"的意义体现在哪里？每句诗、每个核心意象的深层含义是什么？这些目标的设置，使我采取了文本分析和审美感受的评赏相结合的方式，同时，也使我在决定入选诗作时侧重一首诗在某一点上"探索"的成功之处加以辑录解读，或是总体情绪和思维意向上的"探索"，或是纯粹的话语结构上的"探索"。正如上面所言，"探索"有双重可能性，我只取其正极的意义而言——事实上，诗的本性就是"探索"，"探索"在某一点或某几点上的成功，这个流派诗群及文本的价值已经可以充分肯定了！

诗歌作为个体生命的灵魂探险，往往是难以完全破译的，我们的祖先早就告诉我们："诗无达诂。"这一千真万确的箴言使我在为此书命名为"辞典"时颇为踌躇！如果说我最终决定使用"辞典"这一名称，那是因为我多少受了目下流行的诸如《散文名篇鉴赏辞典》《唐诗鉴赏辞典》《中国新诗鉴赏辞典》等书名的启发和受了河北人民出版社王亚民先生的鼓励的结果。我在撰写中努力兼顾赏析性读物和工具书的综合特点：力求艺术性和学术性并重，个性和历史性并重，而且在可能的情况下插进现代诗歌理论的介绍，中外诗史知识的融入，并尽量使材料翔实些、准确些，如一些诗人在诗歌史上的地位，在该流派诗群中的意义，他的创作背景、风格特点及他发表的实质性的诗歌观点等。另外，为了增强该书的科学性，对学术界多数人赞同的一些研究成果，在文中也有所反映。然而，正如瑞恰慈在他的《实用批评》中所言："不仅浅涉诗歌的人解释不了，一些饱读之士似乎也很少热衷于解释诗歌，至少未曾开创成功之先例，这点十分奇怪。事实上，我们研究这一问题越深入，就越能发现'爱好诗歌'与不能理解或不能诠释诗歌是形影不离的。"诗歌是什么？它是散文的语言无法转述的部分。那么，试图解释它，肯定是一种主动寻求困境的行为！困境的出现，因其是"主动"寻求的，这就是诗歌鉴赏的意义所在了。何况我们面对的又大都是"不易懂"的现代倾向的诗呢？从这个意义上说，我希望这种"鉴赏"是智慧的读者和我一道完成的。我们的意见相同相近或相悖，都具有同样的意义。"每一个读者就是另一首诗"（帕斯语），每一种全新的进入都是一种有价值的"探索"。这种永无止境的姿势的变换，这种对诗歌审美空间的不断"发现"，本身就是"探索诗"所最为需要的注意类型和阅读态度啊！

是为序。

陈　超

1988 年初春石家庄

凡　例

　　一、本书共辑入我国现当代 131 位诗人的探索性诗作 423 篇。

　　二、本书正文中流派诗群的排列，大致以年代先后为序；同一流派诗群中的诗人顺序的排列，则无规律。

　　三、本书原则上采用一首诗一篇鉴赏文章，也有个别短诗，或因艺术旨趣的可比性，或因艺术旨趣的类同，则是几首诗合在一起对读鉴赏。

　　四、诗中出现的外文词语，一般在鉴赏文章中译出并解释，也有个别的在诗后缀加注释。

　　五、本书中的引文，一般注明出处。个别简短的引文（如一些常识性概念和流行的诗话片段），则不再一一注明出处。

　　六、本书一律使用简化字。现代文学部分的诗歌，原文使用的繁体字统统改用简化字；有些异体字，为避免产生歧义，则酌情保留或改写为规范的简化字。

　　七、本书涉及的六个流派诗群，并非全是严格意义上的流派。这里，只是沿用了文学史上的划分和通常的说法。"诗群"，乃是说明它们的准流派性质。

　　八、本书考虑到多数读者的接受能力，尽量避用或少用艰深的美学术语和哲学概念。但有的诗美追求和思维意向指向这类术语和概念，则酌情少量使用之，并尽量阐释通俗、明晰。

　　九、为方便读者更好地理解导读文章内容，书后附有"现代诗学常用术语简释"。为保证简释条目的科学性、客观性，在撰写中参阅了国内外数种辞书；并对其在跨文化语境中发生的语义偏离，作了阐明。

目录

第二辑　现代派诗群

第三辑　九叶派诗群

第四辑　朦胧诗诗群

第一辑　象征派诗群

李金发

弃 妇

长发披遍我两眼之前，
遂隔断了一切羞恶之疾视，
与鲜血之急流，枯骨之沉睡。
黑夜与蚊虫联步徐来，
越此短墙之角，
狂呼在我清白之耳后，
如荒野狂风怒号：
战栗了无数游牧。

靠一根草儿，与上帝之灵往返在空谷里。
我的哀戚惟游蜂之脑能深印着；
或与山泉长泻在悬崖，
然后随红叶而俱去。
弃妇之隐忧堆积在动作上，
夕阳之火不能把时间之烦闷
化成灰烬，从烟突里飞去，
长染在游鸦之羽，
将同栖止于海啸之石上，
静听舟子之歌。

衰老的裙裾发出哀吟，

徜徉在丘墓之侧，

永无热泪，

点滴在草地

为世界之装饰。

李金发是中国诗歌中象征派的执牛耳者。他的诗幽邃、抑郁、神秘、精微。他对法国象征主义诗歌的借鉴，不只是技巧上的，更是骨子里的。这表现在他的诗与波特莱尔们的诗，有着同构的关系：以社会和人生的"恶"为对象；强调"不幸"的忧郁美；追求万物与主体神秘的交感契合，认为自然是主观世界的"象征森林"；关心生与死等抽象的问题；在语言效果上，追求象征、隐喻、通感、暗示、视角转换；追求光、色的奇幻组合及音乐般的效果等。李金发曾被文学史判为"新诗发展中的逆流"，今天再回过头去看，就会发现这种评判是惟社会功利的，它很少或者说根本没有进入艺术的范畴。正如历史是无数个"当代"不断重写的，对李金发的诗，我们也不妨重新考察评定一番，本着缪斯独异的原则！

《弃妇》这首诗有着双重含义。一是本来意义上的被生活蹂躏的妇女；更主要的是其深层意义，以弃妇象征人的悲慨命运、生存的基本现实。第一层含义不必重视，让我们来看此诗的深层意义。

"长发披遍我两眼之前，/遂隔断了一切羞恶之疾视，/与鲜血之急流，枯骨之沉睡。"这是一幅可怕的图画，它让我想起蒙克的《呼号》。这是一种"世纪末"的情态，颓丧、仇恨、残酷、猜忌都被赤裸裸地象征出来了。诗人说用长发"隔断"这些，即视而不见，返回内心求得安宁。但这只能是妄想。你遁入内心后，仍然有"黑夜与蚊虫联步徐来"，越过你灵魂的"短墙"，发出尖厉痛楚的呼叫声！你陷入了更可怕的境地，像在旷野上遇到飓风的"游牧"一样，恐惧、孤单、无助、战栗！要是我们能联系诗人写作此诗的年代，这种深切的忧惧是不难理解的。你说它颓废也好，但这是时代的善良的弱者别无选择的基本心态！一种广义的被弃感！

第二节，诗人写惟有艺术能暂时安抚他饱经忧患的灵魂。象征主义诗人认为，自然万物都是人内在生命的象征符号，它们本身就是一种语言，故有"靠一根草儿，与上帝之灵往返在空谷里"一句。诗人深切的隐痛"惟游蜂之脑能深印着"，野蜂无家可归且无时不发出凄凄的嘤嗡声，使诗人找到了他"哀戚"的对应物；诗人的"哀戚"，又像"长泻在悬崖"的山泉，无尽无休，随着败落的秋叶一道流走。这一节虽然还是痛苦的，但我们发现这痛苦中隐隐有一种安慰感，意象（草、蜂、山泉、红叶）也较上一节显得吉祥、美好，这是艺术的力量使诗人感到生的意义。正如象征主义大师波特莱尔所言："我几乎不能想象……任何一种美会没有'不幸'在其中"（《随笔》）。

"弃妇"——"我"的忧郁是无尽无终的，它不可避免，难以抛掉。太阳有升有落，而"我"的隐忧却永远弥散在生命的每一个时刻，"夕阳之火不能把时间之烦闷化成灰烬，／从烟突里飞去"，游鸦也不能载走"我"的痛苦，让它落在海边听一听幸福的歌唱！这是多么微薄的乞求，但却是如此之难！诗人，你的忧郁征服了我们，我们的心在颤抖，它充满了咸涩的泪水！——而你，却说："徜徉在丘墓之侧，／永无热泪，／点滴在草地／为世界之装饰"。你知道人被弃置的命运是不可改变的，有"热泪"与"永无热泪"，对这一事实并无意义！重要的是正视着这一命运，勇敢地揭示它的本质，永不转过头去……

这首诗的象征分整体象征和局部象征。前者如"弃妇"象征人的生存、命运；后者指诗中每个主要意象的内涵。有许多人责怪李金发的诗晦涩、"文字游戏"，其实这种隔膜主要还不是审美习尚上的，而是精神深度上的。如果没有达到李金发对生命体验的深度，怎么可能理解和接受他的诗歌？这首诗备受指责，读者朋友，你怎么看？这是故弄玄虚的文字游戏吗？它的晦涩难道不是由"命运"本身的不可把握、充满神秘决定的吗？优秀的诗是生存的证据，是生命体验和生命情调的瞬间展开，《弃妇》就达到了这种境界。

希望与怜悯

希望成为朝雾，来往在我心头的小窗里。
长林后不可信之黑影，
与野花长伴着，
疾笑在狂风里，如穷途之墨客。

怜悯穿着紫色之长裙，
摇曳地向我微笑——越显其多疑之黑发。
伊伸手放在我灰白的额上，
我心琴遂起奏了。

我抚慰我的心灵安坐在油腻之草地上，
静听黑夜之哀吟，与战栗之微星，
张其淡白之倦眼，
细数人类之疲乏，与牢不可破之傲气。
我灵魂之羽，满湿着花心之露，
惟时间之火焰，能使其温暖而活泼。
音乐之震动，
将重披靡其筋力，与紫红之血管么？

我愿生活在海沫构成之荒岛上，
用微尘饰我的两臂如野人之金镯；
白鸥来时将细问其破裂了的心之消息，
并酌之以世界之血，我们将如兄妹般睡在怀里。

平庸之忧戚，猜不中你的秘密。

残忍之上帝，

仅爱那红干之长松，绿野，

灵儿往来之足迹。

深紫之灯光，不愿意似的，

站立在道旁，以殊异之视线

数行人之倦步。

我委实疲乏了，愿长睡于

你行廊之后，

如一切危险之守护者，

我之期望，

沸腾在心头，

你总该吻我的前额。

呵，多情之黑夜！

希望和怜悯，是人类两大基本感情。它们既是人内心良知的神异之声，又是人类从洪荒世界跋涉到今天的动力和意义。这是两个很抽象的名词，同时它们之间还存有难以理清的微妙关系，在正常的语义难以表述的时候，诗人进入了象征的原野。

先写希望。这里的希望存在于有和无之间，像"朝雾"，给人欣悦和行动的渴望，却又难以捕捉。尽管如此，诗人还是肯定了它，穿过苦难的"长林"，就有可能找到它的"黑影"！即使找不到，又有何妨？！"疾笑在狂风里"的艰难的人，虽然"穷途"之感日盛，但这奔走本身不就是"希望"的形象么？！

再写怜悯。诗人说怜悯是"紫色"的，这种色彩意味着沉郁、哀恸、平和与理解。它不是黑，那太冷硬了，也不是红，那太浮泛了，而是介于两者之间的色调。怜悯别人是一种幸福，被人怜悯也是一种幸福，在这个多灾多创的世界上，正是有了"怜悯"这种人类圣洁的情感，才"起奏了"多少渐将沉沦的人的"心琴"啊！那温和的紫色，伤口般的紫色的心琴！

第三、四节，诗人写希望和怜悯的关系。他坐在草地上凝思着，领悟着人世的艰难，"静听黑夜之哀吟，与战栗之微星"。"细数人类之疲乏"是怜悯体恤同类生存之苦，"牢不可破之傲气"是歌颂人类为希望殉身不惜的精神。这里，怜悯与希望成了一个事物的两个方面，犹如黑白木刻，互为因果和表里。人终归是要失望的，但重要的是不能没有希望，生命的时间还有，希望就会永远"温暖而活泼"。那由怜悯的"心琴"奏出的"音乐之震动"，会抚慰由失望带来的创伤！"将重披靡其筋力，与紫红之血管"？不！最高的希望就是拥有怜悯人类之心。

但人世间的苦难毕竟太多了，在"文明"社会，希望和怜悯居然成了一种奢想！在诗人的经验中，挺身反抗这种处境的办法是遁入内心世界的"荒岛"。让宽厚的自然来怜悯自己，让"白鸥来时将细问其破裂了的心之消息"。在这种宁静的、与世隔绝的气氛中，那些充满怜悯和感伤的"荒岛"避难者，"将如兄妹般睡在"自然的怀里。这是一个转折，整首诗在这里被加入了新的意义。对异化现实的批判使得它不同于那些廉价的博爱主义者，而具有相对和怀疑主义的深意。这种相对和怀疑是深刻的，不仅对现实生存，而且指向了上帝！"残忍之上帝"，只钟爱自然，却不去拯救人类的苦难。那么，人类还有什么可以骄傲的？诗人，你还在等着什么样的奇迹出现？！

——"深紫之灯光，不愿意似的，/ 站立在道旁，以殊异之视线 / 数行人之倦步。"哦，是怜悯，是深紫色的像创伤一样的怜悯！它站在每一条坎坷的路上，像忠实的路灯，照亮惨淡的人生之路。这与第三节的"我""细数人类之疲乏，与牢不可破之傲气"是一种呼应；与第二节的"怜悯穿着紫色之长裙"是一种复现语象的关系（紫长裙与紫灯光）。到这里，前面的希望和怜悯的全部情感又一次被搅动、被唤起，"我"虽然疲乏之至，但"我"知道，希望还栖止在"我"心头，总有一天它会"吻我的前额"。黑夜是无情的，但正是在这样的夜里，我们感到了希望和怜悯的亮光。它一次次塑造和挽留了我们的爱欲，"呵，多情之黑夜"。绝望和希望、残酷和怜悯在较量，这是生命意志新的引力场，也是生存中的一个最深刻最有意义的悖论。李金发就这样用远距离设象的手法，为我们揭示了生命的价值和生命的虚无。在这里，我们发现了象征主义与现代人灵魂的同构关系。不是现代人选择了它，而是它和现代人的相互选择和发现！

里昂车中

细弱的灯光凄清地照遍一切，
使其粉红的小臂，变成灰白。
软帽的影儿，遮住她们的脸孔，
如同月在云里消失！

朦胧的世界之影，
在不可勾留的片刻中，
远离了我们，
毫不思索。

山谷的疲乏惟有月的余光，
和长条之摇曳，
使其深睡。
草地的浅绿，照耀在杜鹃的羽上；
车轮的闹声，撕碎一切沉寂；
远市的灯光闪耀在小窗之口，
惟无力显露倦睡人的小颊，
和深沉在心之底的烦闷。

呵，无情之夜气，
卷伏了我的羽翼。

　　细流之鸣声，

　　与行云之飘泊，

　　长使我的金发退色么？

　　在不认识的远处，

　　月儿似钩心斗角的遍照，

　　万人欢笑，

　　万人悲哭，

　　同躲在一具儿——模糊的黑影，

　　辨不出是鲜血，

　　是流萤！

　　李金发的诗总给人以雕塑般的坚实简洁和现代油画般的光、色的新奇组合。他写诗时，不只是用单纯的情感，而是充分调动各种官能，使之交错起来，构成一枝有声有色有情有味的苦难的玫瑰。诗人在法国留学学习的是雕塑和绘画，印象派绘画大师马奈、雷诺阿，以及现代雕塑大师希尔德尔、贝纳尔等，都是诗人一往情深的崇拜对象。在诗人的诗中，随处可见绘画和雕塑审美效果的渗透，这首著名的《里昂车中》则表现得尤为突出。

　　这首诗表现的是诗人在列车上捕捉的一系列"印象"。车厢里微弱的灯光照在姑娘们的身上，使她们健康而红润的裸臂呈一种灰白的色调，正暗合了诗人凄清颓丧的心情。但诗人认为，这正是一种美，美在朦胧和暧昧之间。正是灰白的灯光照在她们身上，照在她们遮住脸孔的软帽上，才使人感觉到仿佛是月光被薄云罩住一般。月亮不见了，只留下月的印象，多么诱人联想，多么教人渴待！这是诗人对光所产生的变化的细微捕捉，没有"细弱的灯光"，这一切都无从解释。下面两节是诗人对窗外景物的印象。先是从大处写。"朦胧的世界之影，在不可勾留的片刻中，/ 远离了我们，/ 毫不思索"。车窗外一片迷离模糊，景物迅速滑过，仿佛它们是有意识地"远离了我们"，"不可勾留"，也"毫不思索"。这是拟人化的描写，却具有了人的特点，暗示了诗人那种被世界抛弃的孤独心境。接着是从细微处写。"山谷的疲乏惟有月的余光，／和长条之摇曳，／使其深睡。／草地的浅绿，照耀在杜鹃的羽上"；远方的山谷仿佛睡熟了，月光在深情地安慰着它的疲乏。而草地在月光的抚摸下，发出凄清的惨淡的绿光，像是一群群啼血的杜鹃的羽毛。这个意象美丽而凄艳，我们看到了那种由光的微妙变化改变了的物体形态，也听到了那凄厉孤单的杜鹃鸣叫声。这一切，再加上车轮声撕碎的世界之寂静，远方城市有灯光的小窗前痛苦疲乏的倦睡人……是多么教人黯伤心怀、苦泪盈盈！这就是诗人在列车上幻化出的整个人生的缩影，是诗人精神的象征"对应物"。

列车奔驰着，"无情之夜气"终于覆盖了一切。诗人灵感的"羽翼"，从外物的印象中收回，转入了内在生命的感悟。列车不息的前进声，在诗人的耳中幻化成了生命的流逝声、生命的飘泊感（细流与行云）；正是在这种无家可归的灵魂浪迹中，"我的金发退色"了，希望一次次捉弄了"我"！这是悲慨的感悟，但它的意象却又是多么美。透明的羽翼，清澈的细流，洁白的行云，蓬松的金发，这一切美好的东西与"流逝"放在一起，给人以美被毁灭的感伤。

月儿挂在远天，但在诗人看来，它是人世间"钩心斗角"的象征，它的光那么普遍，那么人世间的欺诈、利诱、背叛也是一样的普遍；它使"万人欢笑"和"万人悲哭"都缠在一起难辨真伪。在它的明灭下，分不清那是"鲜血"还是"流萤"！诗歌最后出现的月的意象，与第一节姑娘脸孔——月光的意象，发生了呼应，暗示在残酷的人生中，惟有幻觉的美是有价值的；而生存中即使是美的幻觉也是那般转瞬即逝！那般难见！这表现了李金发悲郁、颓废的人生观，也表现了他对丑恶现实的否定。这二者是相辅相成的。

这首诗意象奇幻，整体象征深刻而富于魅力。在对异化现实的否定中，诗人借助了艺术之美的力量。这种"恶之花"式的抒情方式，正是李金发对中国新诗的贡献。

生 活

抱头爱去，她原是先代之女神，
残弃盲目？我们惟一之崇拜者，
锐敏之眼睛，环视一切沉寂，
奔腾与荒榛之藏所。

君不见高丘之坟冢的安排？
有无数蝼蚁之宫室，
在你耳朵之左右，
沙石亦遂销磨了。

皮肤上老母所爱之油腻，
日落时秋虫之鸣声，
如摇篮里襁褓之母的安慰，
吁，这你仅能记忆之可爱。

我见惯了无牙之颚，无色之颧，
一切生命流里之威严，
有时为草虫掩蔽，捣碎，
终于眼球不能如意流转了。

　　李金发有两句历来为人们所指责的诗句："如残叶溅血在我们脚上，生命便是死神唇边的笑"。我们可以不同意诗人的见解，但我们却必须站在和诗人同样的精神视域去否定它。在李金发看来，"死亡"是人最终的归宿，它并不可怕，"死！如同晴春般美丽，季候之来般忠实，若你没法逃脱，啊，无须恐怖痛哭，他终久温爱我们"（《死》）。

可怕的倒是现实生存，是这里的《生活》！可见，诗人是从哲学的意义上探究死亡的，我们也只有从这个意义上才能与诗人对话。正如海德格尔所言，死亡意识能够"使自己从普通人当中解放出来"，能够使人重新厘定焦虑和沉沦的含义。这也是这首《生活》的真义。这首诗在结构上是倒装的。先是歌颂死神是"先代之女神"，"我们惟一之崇拜者"，她公正地对每一个人，具有"敏锐之眼睛"，能"环视一切沉寂"，是生命惟一可以安歇下来的"藏所"。有了这种存在主义哲学意义的规定性，诗人在下面才以累叠的意象勾勒"死"的形象，歌颂死神。这就使人在接受时有了一种超越世俗价值尺度的精神准备。这种倒装式结构的运用，的确是必须的，也是充满着匠心的。

　　现世生活带给人无尽无休的压抑、焦虑、厌恶，使人产生了浓重的渺小感、孤独感、软弱感、恐惧感，造成了普遍的"神经症人格"（此概念借自美国著名女精神分析学者荷妮）。怎样消除这些基本因素呢？李金发认为只有死亡。这里，我们找到了诗人歌颂死亡的根本原因，乃是对丑恶社会现实的彻底绝望，或者是以死来完成对生存的最有力的诅咒。虽然这种观点是阴郁的、颓废的，但比起那些浑浑噩噩，甚至随浊流而扬波的人来，显然更纯洁些，也更清醒些！诗人说，无论怎样的"高丘之坟冢"，都会在蝼蚁的宫室腐蚀下化为一派荒沙。但正是在这无知觉的消亡中，你第一次"感觉"到安全，你躺在地下，完成了对生存的蔑视，它不能再毁灭你一次了！诗人认为死是温馨的，像老母亲的抚触，像宁静中的虫鸣，它是你的"摇篮"和"褓襁"，使你"回想"起生前所有可爱的那一点点记忆。诗人说"我见惯了无牙之颚，无色之颧"，是说他多次探究了死亡的意义。这意义是什么？正像我们上面所说：完成了对生存的蔑视，它不能再毁灭你一次！什么"生命流里之威严"，什么命运流里之狰狞，在死亡面前，它们是无能为力的，它们邪恶的"眼球不能如意流转了"！生命在死亡中融入自然的永恒！

　　这首诗题为《生活》，实际写的是对生活的诅咒。诗人狂热地歌颂死亡，这对今天的我们来说，也许要斟酌。但在那个时代，这种浓郁的颓废与绝望，至少完成了对社会现实的怀疑和否定。从艺术上说，此诗精巧的结构方式和神秘的意象组合，都是非常值得我们品味的。

不 幸

我们折了灵魂的花，
所以痛哭在暗室里。
岭外的阳光不能晒干
我们的眼泪，惟把清晨的薄雾
吹散了。呵，我真羞怯，夜鸠在那里唱，
把你的琴来我将全盘之不幸诉给他，
使他游行时到处宣布。

我们有愚笨的语言使用在交涉上，
但一个灵魂的崩败，惟有你的琴
能细诉，——晴春能了解。
除了真理，我们不识更大的事物，
一齐开张我们的手，黑夜正私语了！
夜鸠来了我恐我们因之得到
无端之哀戚。

"我们折了灵魂的花，/ 所以痛哭在暗室里"。这里的"暗室"，是指内在的生命空间，它幽闭、苦难，没有人能理解，是一所黑暗阴湿的房子。就像陀斯妥耶夫斯基的《地下室手记》一样，灵魂在黑暗中挣扎、哭泣！灵魂的花被折了，可能是外部现实的残酷，也可能是人为自己所犯的罪责而忏悔，总之，生命不再开放，等待我们的——只有那如期而来的"不幸"！

现代人内心的苦难和不安往往是莫名其妙的，是"无端之哀戚"。

这种难以言尽的焦虑感、变态感，恰恰表现了生命四处受挫的生存现实。因为它无处不在，地狱即他人，所以，反倒难以具体指明。于是，每个人都退回到"暗室"里痛哭，像受伤的野兽一样舔着自己的伤口；人人自危，谁能体恤别人？诗人深知这一事实，他只将自己的泪水和苦难的话语传给夜鸠，企望着这象征不祥的鸟儿，为他唱出一支支哀歌。是的，人的生命体验是难以言传的。比如说焦虑，这是个很抽象很空泛的概念。每个人的焦虑是不一样的，谁能真正地准确地说出自己的焦虑？遑论别人？！语言表达生存的困境就这样出现了："我们有愚笨的语言使用在交涉上，/ 但一个灵魂的崩败，惟有你的琴 / 能细诉"。诗人的体验多么深刻，在当时来说，又多么超前！"你的琴"就是"暗室"里的超语义的哭声，你听着自己的哭声吧，只有无感觉的"晴春"能了解，这就说出了无人了解的悲惨事实。人类为哄骗自己，编造了多少无意义的"真理"，他们不敢面对真实的生存这"更大的事物"，那么，就让"我"与黑夜"私语"吧！什么是真正的"不幸"？是肉体的创痛吗？不！现代人的"不幸"是灵魂的"不幸"，他们"折了灵魂的花"，"痛哭在暗室里"，没有人来倾听，上帝隐去了，死掉了，人只能独立承担灵魂的苦难。"哀戚"是"无端"的，也是无尽的。李金发勇敢地指出了这一点，这在那样一个虚伪的、歌舞升平的旧中国，难道不是有着某种正面的意义么？一个时代充满了"暗室"里的哭声，这"哭声"难道除了"哀戚"，就没有对现实生存的深刻怀疑？！

在淡死的灰里……

在淡死的灰里，
可寻出当年的火焰，
惟过去之萧条，
不能给人以温暖之摸索。

如海浪把我躯体载去，
仅存留我的名字在你心里，
切勿懊悔这丧失，
我终将搁止于你住的海岸上。

若忘却我的呼唤，
你将无痛哭的种子，
若忧闷堆满了四壁，
可到我心里的隙地来。

我欲稳睡在裸体的新月之旁，
偏怕星儿如晨鸡般呼唤；
我欲细语对你说爱，
奈那 R 的喉音又使我舌儿生强。

　　生命的悲剧和爱情，是李金发诗歌两大基本母题。在诗人看来，爱与悲伤是同时到来的，生命里最终的悲伤乃是爱。爱慰解悲伤，但又加重了悲伤，因为它本来就是悲伤的姐妹。除了在悲伤当中，不可能有那种深刻的爱……

　　这首诗写的就是这种悲伤的爱。从诗的情感看，这似乎是写诗人一次失败的爱情。但对于一个真正纯洁的恋人来说，爱情的实现并不单单取决于结合与否，更重要的、衡量爱情质量更可靠的尺度，是爱的持久力，爱的无条件，爱的悲怆，爱的无望！它可以在灵魂深处与对方交谈，这种交谈是可以逾越一切障碍的，直到生命的终点。

　　"在淡死的灰里，/ 可寻出当年的火焰，/ 惟过去之萧条，/ 不能给人温暖之摸索。"一开始，诗人就为我们呈现了一种凄苦的、绝望的情绪。虽然过去的恋情已经成为灰烬，但"我"仍然痴心地在死灰中寻找当年的"火焰"；那过去了的一切是如此悲怆和萧条，一点点温暖都不存在了。这是先从反面入手，为下面的忠贞和恒久的爱做铺垫。这是一个悲伤的前提，如何理解这个前提的意义呢？请听诗人的声音：

"如海浪把我躯体载去，／仅存留我的名字在你心里，／切勿懊悔这丧失，／我终将搁止于你住的海岸上。"诗人将怀着一腔苦难无望的挚情度过生命的长途，即使死了，命运的浪头卷去"我"的躯体，但"我"的爱情却永远活着，它刻在你的心上。情人啊，不必为"我"的死而伤怀，你看，"我"不死的灵魂仍将深爱着你，永远陪伴在"你住的海岸上"！这就是李金发式的爱，那般热烈，那般感伤，那般恒久，那般无望。爱与意志在诗人笔下被结成一个稳定的系统，对生命的肯定，就在这感伤而永恒的情态里呈现出来了。一个现代人，一生中没有过这种苦难的坚贞的感情，那么，他将是不幸的！

"若忘却我的呼唤，／你将无痛哭的种子，／若忧闷堆满了四壁，／可到我心里的隙地来。"诗人是那么痴情地关切着对方。他深爱着她，但又希望她不再知道这种苦难的感情。因为，诗人不愿将自己的忧伤传导给她，像一颗"痛哭的种子"那般生长在她心里。同时，又宁愿为她分担忧伤，告诉她，当苦难堆满了心灵的房间时，请到"我"心里来吧，"我"会为你熨平创伤的。多么纯洁、多么高尚的感情！爱的意义在这里被升华了，通向人类最古老的良知。最后，诗人展示了他矛盾苦闷的心情。想进还退、欲说还休的状态，正是一个对爱情负责、对爱情的圣洁毕生维护的人所特有的心理活动。唉，让往事就在"淡死的灰里"沉睡吧，只要"我"的心里永远保存着"当年的火焰"就足够了！

这首诗用了一连串意象作为无望爱情的"客观对应物"，使我们得到的不仅是爱的抽象意念，还是有血有肉的格外复杂的"这一个"爱本身。我相信，通过认真的细读，一般的读者一定不难把握李金发的诗。读这些诗，不是轻松的赏玩，而是伴着高级的智力活动。你付出的愈多，得到的也愈多。

盛 夏

阳光张火焰之眼，
监督着全空间之辗转，
人与牲口和花草
尽在酷热里蠕动，蠕动，
他总是在高高处笑着。

他所爱的橡木，
沉睡在足音人语中间，
像饮了风光之滴而深睡，
鸟雀叠了羽膀息了，歌唱之心
静候"日落暮山紫"之来。
——他们爱惯了三月的烟花——
短林无力招微风
前来嬉戏，
长松厌倦了紫黛之峰的远眺，
草虫不耐根底的蹲伏，
幸影儿给了他们多少安慰；
湖水惟有反照，
但非黎明之鲜艳的光景了，
芦花欲进水底去找清凉，
奈沙凫偏要与他们絮语。

象征主义认为，诗歌从来都不屑于去再现现实，而是表现主客体世界的"灵魂应合"。马拉美这样说过："与直接表现对象相反，我以为必须要暗示。对于对象的观照，以及由对象引起梦幻而产生的形象，这种观照和形象——就是诗歌。……指出对象无异是把诗的乐趣四去其三。诗写出来原就是叫人一点一点地去猜想，这就是暗示，即梦幻。这就是这种神秘性的完美的应用。象征就是由这种神秘性构成的：一点一点地把对象暗示出来，用以表现一种心灵状态。"(《关于文学的发展》)

《盛夏》充分体现了如上象征主义原则。这首诗没有社会性指涉意义，写的就是盛夏给诗人的感觉。读这首诗时，我们要体会感觉的真实，而抛开现实的真实，这样就会领略此诗的高妙之处。

太阳在盛夏是毒辣的，威慑力很强的。诗人说那是一只"火焰之眼，监督着全空间之辗转"。用"眼睛"的局部代太阳的整体，显得灵动传神，富有精神性特征。"监督"二字，写尽了炎阳的酷烈照射。人、牲口和花草被酷热煎烤，而太阳这位"监督者"却得意地"在高高处笑着"，它目光犀利而灼热，片刻不息地刺在大地万物身上。对夏日的太阳有这等奇兀而准确的感觉，诗人真正是写尽了它！

但夏日自有它特殊的美丽。这种特殊的美感在李金发看来就是疲倦之美、宁静之美。这种感觉是相当内在的，是诗人由人移情于植物们的。这种移情不但不使我们感到怪异，反而认为诗人是那么深入地把握了对象的实质。请看，高大的橡树静静站在炎阳下，仿佛饮了夏日风光之美酒，"沉睡在足音人语中间"。本来是诗人由炎热引起的慵倦感，却说橡树要睡，这倦意是多么美好！"鸟雀叠了羽膀息了，歌唱之心／静候'日落暮山紫'之来"，鸟儿不再飞翔，栖息在树上轻轻歌唱着。唱什么？唱"日落暮山紫"。是诗人在歌唱在等候凉爽些的夜之降临，但偏偏要说是鸟儿。写得多有情趣，多么生动。春天"三月的烟花"是美的，以至于在盛夏里，这许多植物和动物还在回味着留恋着那过去了的锦绣时光，"他们爱惯了三月的烟花"。这又是移情于物，因心造境，率意挥洒，涉笔成趣！以上气象情致，显得空灵自然；下面，诗人又换一番气象情致，追求那种幽思和奇诡。短林静谧，是由于它"无力招微风前来嬉戏"。酷热中盼着微风的诗人，将他这种生理的焦躁转换成了艺术的美感。长松不变的姿势也使人感到困乏，尤其是在足不敢出户的酷暑时节，"不动"，就格外教人难以承受。

所以，仿佛长松也厌倦了自己远眺山峰的姿势。草虫本来也厌倦不能动弹的夏日，但大树和小草的影子给了它们"安慰"，使它们静静地"蹲伏"。这一切都教人感到幽邃而奇诡，仿佛诗人进入了动植物内部，听到了那种无声的语言。在这一切都疲倦的夏日，真正灵动而愉快的是什么？哈，是湖水，是沙凫！它们使人感到清爽、舒坦，这种清爽和舒坦正是夏日特有的馈赠嘛！至此，诗人一扫疲倦之气，有效地调整了诗歌的效果：疲倦因之更具有疲倦之美，而清爽因着疲倦的映衬，也愈加清爽可人。这就是夏天，这就是沙凫与芦花絮语的时节！这就是炎阳统摄下的"全空间"！它的一切，在诗人眼中都是奇幻的、美妙的。"色、香、音互相呼应"，"时时吐出朦胧的话音"的夏天啊！（引自波特莱尔的《契合》）

读了李金发的《盛夏》，使我们经历了一次梦幻的旅行。这美好的感受，会在我们今后的无数个夏天中复现出来，读者朋友，是这样吗？

王独清

但丁墓旁

现在我要走了（因为我是一个飘泊的人）！
唉，你收下罢，收下我留给你的这个真心！

　　我把我底心留给你底头发，
　　你底头发是我灵魂底住家；
　　我把我底心留给你底眼睛，
　　你底眼睛是我灵魂底坟茔……

我，我愿做此地底乞丐，忘去所有的忧愁，
在这出名的但丁墓旁，用一生和你相守！

　　可是现在除了请你把我底心收下，
　　便只剩得我向你要说的告别的话！
　　　　Addio，mia bolla！ ①

现在我要走了（因为我是一个飘泊的人）！
唉，你记下罢，记下我和你所经过的光阴！

　　那光阴是一朵迷人的香花，
　　被我用来献给了你这美颊；
　　那光阴是一杯醉人的甘醇，
　　被我用来供给了你这爱唇……

我真愿做此地底乞丐，弃去一切的忧愁，
在我倾慕的但丁墓旁，到死都和你相守！

---

① 意大利语，意思是：再见了，我可爱的！

　　可是现在我惟望你把那光阴记下，

　　此外应该说的只是平常告别的话！

　　Addio，mia Cara！

　　象征派诗人王独清曾是后期创造社成员。他的诗与李金发的不同。他的诗带有浪漫主义的痕迹，或者说，带有象征主义逐渐取代浪漫主义的过程。所以，这些诗有较强的抒情性，也有较强的象征性。这是他诗歌的特点。

　　王独清对法国象征主义诗人一往情深，他说："要是可以不管文学史上的年代与派别，只以个人底爱好而定过去诗人底价值时，那我在法国所有一切诗人中，最爱四位诗人的作品：第一是 Lamartine，第二是 Verlaine，第三是 Rimbaud，第四是 Laforgue"（《再谭诗——寄给木天伯奇》）。为什么王独清独独偏爱这四位诗人？因为他们的诗写得纯粹，对情、力、音、色的利用都达到了极高的境地。可见，王独清是倾向"纯诗"的，对诗歌艺术是格外虔诚的。他所崇拜的四位大师拉马丁、魏尔伦、兰波、拉佛格，都是穷其才智追求纯粹诗歌的诗人。

　　这首《但丁墓旁》就借鉴了魏尔伦式的音乐手法，通过旋律、节奏、调式等表情性手段，将特定的思绪情感化为有规律的回旋曲音响形式，直接诉诸我们的听觉，并刺激了我们的联想。此诗共两节，意蕴上的变化也不大，仿佛诗人没有为我们复杂的文本分析创造对象。但如果这样认为，则不免辜负了诗人的苦心。诗人的用力之处乃在于音乐性上。你看，这两节诗格式与格调非常相同，稍有变化的是个别词义（体现在每节的二至六行上）。这就形成了整首诗的大回旋曲形式，给人以余音不绝、情思难断的感觉。而在具体的每一节中，则又有小回旋曲，如第三行至第六行就是：我底心——你底头发——你底头发——我灵魂底住家——我底心——你底眼睛——你底眼睛——我灵魂底坟茔。这首诗就是这样用音乐之流造成一种动势，它不指望我们从文字上得到更多的感受，甚至也不大注重韵脚的能量（尽管此诗用韵很讲究，但这只是很表面的音乐性），而是注重灵魂深处的音响，回旋，不断地回旋！和声，一系列的和声！这种平缓而单纯的回旋，恰到好处地表达了诗人对贝阿特丽采（但丁的情人）般的姑娘的深切缅怀和在精神深处的息息相通。站在大师的墓前怀念情人，你能说什么？说什么能有意义？噢，只有音乐是无限的，心灵的颂辞就这样在王独清笔下流成了心灵的音乐！

这首诗使我们体会到，音乐性对王独清来说，不再是组织诗歌内容的音律手段，不再是一个装酒的瓶子，而是内容的主体构成，是酒的本身。纯声追求的力量强大起来，并最终取代了文字的意义，成为抽象的神秘的天籁激动着我们。这首诗，在欣赏时我们必得要读出声音，每节的前六行轻吟，七八两行则要充沛放畅起来，后三行要复归轻吟。一遍遍地读，用灵魂去读，让那声音回旋起来，你会发现，这些文字原来竟是一个个表示高低、强弱、快缓、轻重的音乐符号。在充分欣赏此诗音乐手段的同时，你也会体味到它的情感内容的。对法国象征主义诗歌音乐性的倾心，使王独清写出了汉语的纯诗。

我从 Café 中出来……

我从 Café 中出来，
身上添了
中酒的
疲乏，
我不知道
向哪一处走去，才是我底
暂时的住家……
啊，冷静的街衢，
黄昏，细雨！

我从 Café 中出来，
在带着醉

　　无言地

　　独走，

　　我底心内

　　感着一种，要失了故国的

　　浪人底哀愁……

　　啊，冷静的街衢

　　黄昏，细雨！

　　在象征主义诗人看来，创作是苦难和忧郁的象征，犹如内分泌一样，源于生命的内部。波特莱尔就说过："欢悦是美的装饰品中最庸俗的一种，而忧郁却似乎是美的灿烂出色的伴侣"（《随笔》）。在象征主义诗人的创作中，几乎是充满了沮丧、苦闷、茫然、忧郁的"怀乡之苦"——丧失精神家园的痛苦。但这些诗人很少用直接的述说倾吐心曲，而是借助意象复合成的总体性象征来表达这种情绪。他们专注于失望和迷惘并非有意玩弄自恋情结，而是因为这是一种真实的"在"：失望和迷惘包围了现代人。

　　这首《我从 Café 中出来……》，表面上写的是诗人从咖啡馆中饮醉酒后踉踉跄跄走出，面对黄昏细雨怀念故国的情感（其时诗人在法留学），但实际上还有着更深的寄托。这是一种总体象征，表达的深层意义是现代人无家可归的流浪感。"我"在这里是多元第一人称，可以泛指患有世纪症的一切人。这首诗与波特莱尔的《忧郁病》和魏尔伦的《遗忘了的小调》有类似的意味，"雨水"在他们眼中是天空的眼泪！这首诗的语言是断断续续的，正好表现诗人那种"醉后断续的、起伏的思想"（王独清《再谭诗——寄给木天伯奇》），整首诗就是一个摇晃着的醉汉的行程。"冷静的街衢，/黄昏，细雨"，超越了表面的文字意义，成为生存圆的象征。诗人认为，生命是无根的飘蓬，你无法排遣它的抑郁和不安，你逃到"酒"中，但你终归要"出来"，而"出来"后，等着你的却是更深一层的"乡愁"。你不可能"醉"，你永远是醒着的，感受着"浪人底哀愁"。这就是象征主义的长处，由具体看到一般，由生命的对应物复现生命本体的原初真实。另外，这首诗也具有某种音乐性。与《但丁墓旁》不同，它采用的是宣叙调性。在体式相同的两节诗里，诗人仿佛讲述了一个醉汉的"故事"，稀疏错落的韵脚（第二行与第五行同韵，三、六，四、七同韵），给人以苦不堪言、语无伦次的语感，恰到好处地体现了诗人心灵破碎的情状。

玫瑰花

在这水绿色的灯下，我痴看着她，
我痴看着她淡黄的头发，
她深蓝的眼睛，她苍白的面颊，
啊，这迷人的水绿色的灯下！

她两手掬了些谢了的玫瑰花瓣，
俯下头儿去深深地亲了几遍，
随后又捧着送到我底面前，
并且教我，也像她一样的捧着来放在口边……

啊，玫瑰花！我暗暗地表示谢忱：
你把她的粉泽送近了我的颤唇，
你使我们俩底呼吸合葬在你芳魂之中，
你使我们俩在你底香骸内接吻！

啊，玫瑰花！我愿握着你的香骸永远不放，
好使我底呼吸永远和她的呼吸合葬，
——我愿永远伴随这水绿色的明灯，
我愿永远这样坐在她底身旁！

玫瑰花是象征着甜蜜爱情的花朵。诗人以此为题，其象征性是很明显的。但这首诗中的"玫瑰花",却与公共象征性的玫瑰花有所不同。它不是丰润的花枝上生长着的,而是些"谢了的玫瑰花瓣"。这就使我们产生了一种新奇的感觉:这凋残了的玫瑰花瓣意味着什么?智慧深沉的诗人正是从凋谢了的玫瑰花这个意味深长的基点上开始全新的创造的。玫瑰花谢了,"她"捧着花瓣在水绿色的灯下亲吻着它们,然后又将它们送给我,让我也深深地亲吻它们。这里,凋谢和重开被神奇地统一起来,谢了的花瓣因之变成一种更为神秘的甚至颇为可爱的美丽存在:"我"和"她"爱的信使。若没有这美丽的凋谢,怎有那种属于精神上的"接吻"?这首诗歌颂了穿越生死的爱情力量。即使在死去了的玫瑰的"香骸"中,也可以完成一次爱的"合葬",而"合葬"了的爱的生命就不会再死亡了!爱和美是脆弱而易逝的,如玫瑰的花谢;但真正的爱和美即使是这样,也值得我们毕生去追求。因为生命不息就会发现不息的爱和美,生命停止时爱和美也就随你一道"合葬"了,对于一个艺术家来说,这难道还不是最有意义的死亡吗?

这首诗在色彩上很讲究,"水绿""淡黄""深蓝""苍白"这些色调重重地呈现在画布上,造成一种哀艳、孤独、深情、安静的气氛,与"香骸""芳魂""粉泽""合葬"等词汇有着内在的契合和互补,给人的感觉是一幅色彩强烈的油画。象征派诗人非常注重诗歌的色彩感,兰波最为极端,在那首有名的《彩色的十四行诗》(又译作《元音》)里,他把色彩、声音、形象、幻觉、呓语等等都混在一起,催动读者五官开放。波特莱尔赞扬此诗说"所有一切色泽,气味,声音同时而来"。我们倒不必这般迷信色彩的力量,但在诗中注重色泽色调的调配,无疑是增强诗歌艺术表现力的重要手段。

月下的歌声

你这月下的歌声,月下的歌声,
把你底

晓舌的词句

用这样狂热的音调

传来，

在这快要沉静的时间里

使人凝神地听去，

真要感觉到

一种带着不调和的和震颤的悲哀……

我，我在夜半的 Rio 底桥头立定，

接受着这将近休息的 Carnaval 底歌声。

唵，这真像是住在了梦中，

不过我的前胸，在痛，在痛……

你这月下的歌声，月下的歌声，

把你底

忧郁和放肆

交给这冷风向四面

送扬，

就尽管这样忽高忽低地

诉出许多的往事，

使人底心尖

在这被迫害的摇动中受着重伤……

我，我在夜半的 Rio 底桥头立定，

沉迷着这就要入眠的 Carnaval 底歌声。

唵，这真像是堕在了梦中，

不过我的前胸，在痛，在痛……

月下的歌声，应该是美妙的、欣悦的，何况是 "Carnaval"（西班牙文，封斋前的狂欢节）的歌声！但王独清那时的心绪正沉迷在 "浪漫与颓废的氛围里面"（《创造社，我和它的始终与它底总账》），在他的眼中耳中，世界本身就是个大悲剧，是没有美妙和欣悦可言的；它呈现的美，不过是悲剧与悲剧之间短暂的幕间休息。但我们要注意，王独清式的颓废是唯美主义的，他用精致的艺术形式来表达他颓废的心境，那颓废就成为一种审美对象了。诗人所关心的不是颓废本身，而是怎样将它转化成一种纯粹的艺术，将它对象化出来。这正是诗歌本体自觉的表现。从这个特定的意义上说，"颓废"是美好的。正像我们都喜欢李煜的词，真正使我们喜欢的不是那种亡国之君的感伤，而是感伤的精纯艺术形式。

在异国的"Rio 底桥头"（Rio，西班牙文，河流），王独清独自徘徊。明月洒出幽凄的光照着河水和诗人，他沉浸在一种难言的悲伤之中。时间仿佛停滞了，沉消了，他感到生命的悲哀和孤独。这时，远方传来异国人狂欢节唱的歌，隐隐约约的。诗人将自己刚才的悲剧体验注入这歌声，他感到，人生是悲哀的，这欢快的歌只是短暂的一瞬，等着人们的，永远是苦难的宿命，所以，"我的前胸，在痛，在痛……"这种体验不难理解，我们在悲伤中听到欢快的歌，更能增加我们悲伤的程度。在诗人看来，这狂欢的歌声，不过是人类为了欺骗自己而唱出的，它的深层原因是"忧郁"地"诉出许多的往事"，是自抚着心灵的"重伤"。美梦醒来是早晨！

这首诗从视觉形式上看是参差不齐的，但只要我们认真审视，就会发现它前后两节的音节是一致的，甚至字数也没有大的出入（除第二节第九行比第一节第九行少了一个字）。表面的起伏回旋潜藏着内在的统一旋律，这正是诗人孜孜以求的"感情激动时心脏振动的艺术"，带有"纯诗"的性质（《再谭诗——寄给木天伯奇》）。前后两节同样的旋律，仿佛那歌声的回旋缭绕，又仿佛诗人孤独徘徊的脚步，是那样不断地刺激着我们的耳感和心灵。这样的诗，不能默吟，一定要轻轻发出声音，要将月色、河水的潺湲，歌声的悠扬，与诗人心律的伏动联系成一个整体，这样，你就会体会到它的妙处。

穆木天

雨 丝

一缕一缕的心思
织进了纤纤的条条的雨丝
织进了淅淅的朦胧
织进了微动微动微动线线的烟丝

织进了远远的林梢
织进了漠漠冥冥点点零零参差的屋梢
织进了一条一条的电弦
织进了滤滤的吹来不知哪里渺渺的音乐

织进了烟雾笼着的池塘
织进了睡莲丝上一凝一凝的飘零的烟网
织进了无限的呆梦水里的空想
织进了先年故事不知哪里渺渺茫茫

织进了遥不见的山巅
织进了风声雨声打打在闻那里的林间
织进了永久的回旋寂动寂动远远的河湾
织进了不知是云是水是空是实永远的天边

织进了今日先年都市农村永远雾永远烟

织进了无限的朦胧朦胧——心弦——
无限的澹淡无限的黄昏永久的点点
永久的飘飘永远的影永远的实永远的虚线

无限的雨丝
无限的心丝
朦胧朦胧朦胧朦胧朦胧
纤纤的织进在无限朦胧之间

一缕一缕的心丝
纤纤的
织入
一条一条的
雨丝
之中间

　　读这首诗你感到雨丝轻轻飘在你心田上了吗？"感到"这个词不
够精确，你是听到了，看到了，抚摸到了，那雨丝甜甜的、朦朦胧胧
的、柔柔的、淅淅沥沥的、寂寂的、渺渺茫茫的……在落下。渐渐，
你会将自己"一缕一缕的心丝／纤纤的／织入／一条一条的／雨丝／
之中间"。你的"心丝"是有着淡淡的怅惘，淡淡的孤寂，淡淡的欣悦，
淡淡的甜香的。这时，诗人在那里微笑了，他的用心已经实现。有人
说这首诗是形式主义的文字游戏，殊不知没有这种刻意以求的形式，
何以表现"雨丝"的"内容"？或者说，这种形式不就是内容本身吗？
　　穆木天也是受法国象征主义诗歌的影响，从浪漫主义过渡到象征
主义的诗人。他十分推崇象征派大师们对诗歌音乐美的创造。他说，
"思想与表现思想的声音不一致是绝对的失败。暴风的诗得像暴风
声，细雨的诗得作细雨调。诗的律动的变化得与要表现的思想的内容
的变化一致"（《谭诗——寄沫若的一封信》）。这种主张，我们不难看
出受马拉美、魏尔伦、拉佛格们的启发。这首诗，重要的不在于词语

本身的意义，而在于它们发出的音响。对一般的诗来说，词语只作为"能指"，它是"所指"的符号；在这首诗里则不然，词语本身更强调"能指"——具有音乐旋律一样的构成性、自足性。这首诗中的形象非常稀疏，我们不妨历数一下："雨丝"，"烟丝"，"林梢"，"屋梢"，"电弦"，"池塘"，"睡莲"，"山巅"，"林间"，"河湾"。作为一首三十行的诗歌，这十个可感的形象显然是太少了。但这首诗却并不使人感到枯燥。其奥妙就在于诗人对音乐感、音乐氛围的创造，这几乎是一种高度抽象的无对象旋律，它源于诗人的内心！这内心的音乐又恰恰是最丰富的艺术形象！构成此诗音乐感、音乐氛围，诗人的技艺主要体现在大量叠字的使用上，它们几乎不可言传地营造出了此诗细雨迷蒙、细雨如织的氛围，像雨丝奏响的天籁，寄托了诗人难以诉说的情感。叠字的大量出现，仿佛雨水落下时发出的沙沙声，而整个诗章里叠句的大量使用（"织进了……"等），则又如同雨水丝丝莹莹连绵无绝的形态状貌。

这首诗在艺术上相当完美，它不是撼动你，而是浸润你。汉语音响的奇妙功能被诗人发挥得淋漓尽致，这是对那种汉语不宜于表现音乐美的说法最有力的反驳。

苍白的钟声

苍白的　钟声　衰腐的　朦胧
疏散　玲珑　荒凉的　蒙蒙的　谷中
——衰草　千重　万重——
听　永远的　荒唐的　古钟
听　千声　万声

古钟　飘散　在水波之皎皎
古钟　飘散　在灰绿的　白杨之梢
古钟　飘散　在风声之萧萧
——月影　逍遥　逍遥——
古钟　飘散　在白云之飘飘

一缕　一缕　的　羵香
水滨　枯草　荒径的　近旁
——先年的悲哀　永久的　憧憬　新筋——
听　一声　一声的　荒凉
从古钟　飘荡　飘荡　不知哪里　朦胧之乡

古钟　消散　入　丝动的　游烟
古钟　寂蛰　入　睡水的　微波　潺潺
古钟　寂蛰　入　淡淡的　远远的　云山
古钟　飘流　入　茫茫　四海　之间
——暝暝的　先年　永远的欢乐　辛酸

软软的　古钟　飞荡随　月光之波
软软的　古钟　绪绪的　入　带带之银河
——呀　远远的　古钟　反响　古乡之歌
渺渺的　古钟　反映出　故乡之歌
远远的　古钟　入　苍茫之乡　无何

听　残朽的　古钟　在　灰黄的　谷中
入　无限之　茫茫　散淡　玲珑
枯叶　衰草　随　呆呆之　北风
听　千声　万声——朦胧　朦胧——
荒唐　茫茫　败废的　永远的　故乡　之　钟声
听　黄昏之深谷中

　　关于诗独异的世界，穆木天是这样说的："在人们神经上振动的可见而不可见可感而不可感的旋律的波，浓雾中若听见若听不见的远远的声音，夕暮里若飘动若不飘动的淡淡的光线，若讲出若讲不出的情肠才是诗的世界"（《谭诗——寄沫若的一封信》）。这种对诗歌效果的认识，是吻合象征主义"内心梦幻""诗是另一个世界里的真实"的信条的。

　　这首诗的题目就使我们"若讲出若讲不出"。钟声，怎么是"苍白的"呢？但我们必须承认，我们深切地意会了它。这还不仅是化听觉为视觉的通感作用，还有更关键的东西在里面，这就是诗人内在生命的情调：单调、慵倦、病态而又敏感。这首诗的总体情绪就是这样"苍白"，但作为艺术，这种"苍白的和谐"恰恰表现了诗人的高超手段！仿佛是黄昏，山谷，树林，远方的夕阳，云朵，孤寂的飞鸟，静默的小河，一切都融入了朦胧的暮霭。这时，古寺的钟声响了，那么沉缓，那么固执，那么疲惫，那么悠长……在钟声的召唤下，诗人的灵境洞开了，他找到了情感的对应物，好像听到了孤寂生命内部的声音。但诗人并没有用议论的文字表达他这种情感，而是依靠冷幽的幻象去暗示读者。这首诗不仅仅从声音上给人以回环往复的叠唱感，而且在视觉形式上，也给人以断断续续的、一记一记的钟被敲打的印象。这种独特的排列形式，是此诗的内容决定的，反过来，这种形式同时也决定着内容。它使我们在迷迷蒙蒙的幻觉状态中，产生一种类似黑格尔说的"朦胧的同情共鸣"。这正体现了象征主义的万物对应于我的契合说。这类诗歌，重要的并不是诗所表现的东西，而是这种东西在读者心中引起的共鸣，引起的联想，引起的对灵魂回音的再发现。

我　愿

　　我愿奔着远远的点点的星散的蜿蜒的灯光
　　独独的　　寂寂的　　慢走在海滨的灰白的道上

我愿饱尝着淡淡消散的一口一口的芳馥的稻香
我愿静静的听着刷在金沙的岸上一声一声轻轻的打浪
我愿走坐在那里的路旁　那一片松原里的横卧的石上
我愿寂对着一涡一涡的回浪滚在那里的岩石的窝上
我愿细细的思维着掠在石面上的介壳的不住的沧桑
朦胧的憧憬着那里　那里　那里　那里的虚无的家乡

我愿寂对着那里古树底下枯叶掩着的千年的石像
我愿凝视着掩住了柴扉的茶屋前的虚设的空床
我愿笑对着微动的泊舟吐不出烟丝不能歌唱
默默的梦想着那里的天边的孤岛　散散的牛羊

啊　到底哪里是我的故乡　哪里的山头　哪里的角上
哪里的风中　哪里的云乡　还是呱呱波动的青蛙的声
　　声声浪
啊　我愿寂寂的独独的慢步在夜半后的海滨的道上
我愿热热的热热的奔到那远远的灯光
　　而越奔越奔不上

　　这首诗整个建筑在一个象征性架构上。诗人说"我愿……"他到底愿意奔向什么？我们注意到他所倾心的地方是幽静无人的、美丽的自然风光。这种自然风光，我们不能仅按实景去理解，它们是一种玄想、一种象征，是诗人有感于人世的虚伪、焦虑、文明的沦丧而制造的幻景世界。一句话，在生存圆中挣扎得疲倦了的诗人，企图走出它，走向幻觉的天堂。在那里，诗人感受着大自然神秘的"象征森林"所发出的信息，他和美丽的风光息息相通，完成着物我契合无间的对应交融……

　　但是，这首诗的魅力不只在如上所言。诗人在结构上的安排是此诗的真正力量所在。这首诗揭示的并不是诗人的"逃避"，而是生命无处可逃的紧张状态。诗人先用了大量的笔墨去描述那种绝妙的风光，它们层层叠叠地出现，以致使我们产生了漫不经心的浏览态度。但是，到了第八行，我们的心被什么触动了！到了第十二行，我们的心又被什么划了一道！直到最后一行，我们的心已经注满了泪水……啊！原来此诗真正的用意是在这里，那是"虚无的家乡""天边的孤岛""越奔越奔不上"的地方！这首诗情感负荷最重的地方正是在这里！至此，那永不能及的"虚无"变得严酷了，它的美，正构成了对现实的反嘲效果。整首诗由于结构的用心安排，使一系列向度相同的意象忽然牵向了它们的反面，冥冥中蕴含着的冲突比爆发出来的冲突，更使人感到惊悚不安。象征主义诗歌注重的"思想知觉化"在此可见一斑。

冯乃超

红纱灯

森严的黑暗的深奥的深奥的殿堂之中央
红纱的古灯微明地玲珑地点在午夜之心

苦恼的沉默呻吟在夜影的睡眠之中
我听得鬼魅魍魉的跫声舞蹈在半空

乌云丛簇地丛簇地盖着蛋白色的月亮
白练满河流若伏在野边的裸体的尸僵

红纱的古灯缓缓地渐渐地放大了光晕
森严的黑暗的殿堂撒满了庄重的黄金

愁寂地静悄地黑衣的尼姑踱过了长廊
一步一声怎的悠久又怎的消灭无踪

我看见在森严的黑暗的殿堂的神龛
明灭地惝恍^①地一盏红纱的灯光颤动

　　这首颇有艺术魅力的小诗里，色彩、光调是诗人所要表现的核

---

① 原作为"惝晃"。

心。这种对色彩和光调的捕捉，是与诗人的心境联系在一起的。无边的暗夜里，亮着一盏红纱的古灯。这微小的一点红光，那么孤单，但正是这孤单的一轮光环，使全诗具有了聚焦点：用不着诗人再去发表什么感慨，这里面，生存的苦闷、狞厉，诗人的孤高自赏，都被这个意象暗示出来了。正像列宾所言："色彩就是思想。""森严的黑暗的深奥的深奥的殿堂之中央／红纱的古灯微明地玲珑地点在午夜之心"。这里，森严、黑暗、深奥与微明、玲珑、红色造成悬殊的反差，这正是诗人对当时现实生存的基本认识。诗人不像浪漫主义诗歌那样忘情地、夸张地讴歌这广阔黑夜里的一点红光，而是真实地写出自己内心深处的体验。这微明的红光是坚强的？无助的？抗争的？哭泣的？一切都不确定，但一切都涵括其中。接下来，诗人宕开一笔，不再写红纱灯，而写红纱灯燃烧的广阔背景："苦恼的沉默呻吟在夜影的睡眠之中／我听得鬼魅魍魉的跫声舞蹈在半空／乌云丛簇地丛簇地盖着蛋白色的月亮／白练满河流若伏在野边的裸体的尸僵"。黑夜充满着呻吟，鬼魂纷纷出现半空，乌云吞噬了月亮，河流像尸布裹着僵尸……多么恐怖的画面，它让我们的心颤栗而不敢出声。这一切的色调是黑暗和残酷的苍白，仿佛一幅版画，那一点点惨白的河水更加深了黑的感觉。诗人的手段是高超的，这两节不写"红纱灯"，是为了更深入地写它——就像国画中的寒山瘦水下有一个渺小的人影，山水的目的是为了突出简洁勾勒的人物的心境，那么，广阔的萧索的背景就是为这"一点"人服务的了。下面，"红纱灯"出现了，"红纱的古灯缓缓地渐渐地放大了光晕／森严的黑暗的殿堂撒满了庄重的黄金"。这里，在红色之中又加入了黄金色，红黄二原色的调子，给人以冲动的、响亮的金属的质感，充满了高贵的、颤动的内在之力。我们的视线立即被它吸引，我们甚至忘记了它身后的死寂和黑暗！但是，诗人马上又收束了这明亮的色调，他的心绪显然不在希望的一面，而在希望的孱弱、希望被压抑的感觉上。"黑衣的尼姑"那愁寂的脚步就是诗人心灵的脚步，"她"（暗示着诗人自己？）是为了逃避尘世的苦难才来到这殿堂的。那么，这盏"红纱灯"的意味就不是什么希望，而只是退缩式的孤独洁净的"出世"了。这首诗准确地表现了当时一部分知识分子由于对现实失望，而转入遁世式的"内心修炼"，他们既有孤高的一面，又不乏失意和彷徨。在那样一个丑恶的现实里，一个人有这样一盏内心的"红纱灯"，虽然算不上进步、勇敢，可也决不应鄙薄——如果我们能不抱偏见地将它置于特定时空的历史中，我们不难发现它高贵的一面！

默

轻烟　笼罩着池塘底安眠
沉默　枯朽着梦里的睡莲
冬天来到疲乏的草根头
静悄悄地杀着苍白的微笑
阳光隐在轻盈的烟绡
不照树阴影里的哀愁

怠倦的枯枝愁诉
黄金的新秋也衰老
银白的长发浸池中
轻轻拂扫浪纹的懊恼

我听得几句嘎声的讥嘲
老丑的乌鸦飞鸣在树梢
沉红的落叶积满了空寂的心
怎的感谢那无情的胡闹

隆冬的严肃远过于祈祷
没有殉教者的苦恼
忧愁的圣母默现在空间

守护着灵魂的日暮

这首诗我们即使只用初级的审美感觉阅读的视野，而不用二级的反思性的阐释阅读的视野（这两个概念均借自联邦德国文论家H·R·姚斯的《走向接受美学》一书）去观照，诗歌的文本也会给我们强烈的刺激。让我们将诗中情感负荷较重的一些词语摘录出来，我们就会惊讶地发现，诗人与那些深患"世纪病"的法国象征主义诗人有着内在的息息相通的心理状态：轻烟。安眠。沉默。枯朽。梦。冬天。疲乏。杀。苍白的微笑。阴影。哀愁。怠倦。枯枝。愁诉。衰老。银白的长发。懊恼。讥嘲。乌鸦。落叶。空寂的心。无情。严肃。忧愁。灵魂的日暮。啊，这仿佛是诗人心灵的运行曲线！一般说象征主义诗歌理论是从不主张对诗做出明确解释的。他们认为，诗歌是人类经验精纯的产物，它富有理念性质又超越明确的理念，具有更大的暗示能；它仿佛随意与万物契合却有着精神深处的必然涌动，是纯粹个人化的神秘体验。虽然如此，我们还是能够深切地感到《默》所蕴含的精神意向。这首诗通篇写的是冬天枯败、寂寞、萧索的自然景观，但诗人是把这一切当作一种象征来写的。象征什么？象征人们"灵魂的日暮"。诗人的悲观主义似乎更彻底，他的笔下，那些有罪的灵魂甚至连祈祷的觉悟都没有，在他们的意识中"没有殉教者的苦恼"，这种情势连圣母玛利亚也感到"忧愁"！人们的灵魂就这样给毁掉了，不是剧烈的崩溃，而是冻僵了的、枯败了的、渐渐腐蚀了的……这种情调在当时，批判现实的色彩是很明显的，它决不是无病呻吟，而是有病无处医治。

朱自清先生对冯乃超的诗歌作过这样的评价："冯乃超氏利用铿锵的音节，得到催眠一般的力量，歌咏的是颓废，阴影，梦幻，仙乡。他诗中的色彩感是丰富的"（《中国新文学大系·诗集导言》）。对照朱自清先生这段剀切之言，我们看到这首诗充斥着一种单调的疲乏的节奏，没有变化，一切都静默地流下去。这不是诗人对诗歌节奏变化的迟钝，倒可能是有意为之的文体实验，与此诗颓丧的内容融合无间，为忧郁的人世"催眠"。此诗的色彩感是丰富的，这种丰富不仅体现在明确的词语如"苍白""黄金""银白""沉红"等个体上，更体现在全诗的物象都笼罩着一种类似古典油画的气氛。

现　在

我看得在幻影之中
苍白的微光颤动
一朵枯凋无力的蔷薇
深深吻着过去的残梦

我听得在微风之中
破琴的古调——琮琮
一条干涸无水的河床
紧紧抱着沉默的虚空

我嗅得在空谷之中
馥郁的兰香沉重
一个晶莹玉琢的美人
无端地飘到我底心胸

"现在"，仅就题目而言似乎无多深意，但是读完此诗，我们会知道诗人在拟题上的讲究。他有意选择了一个通俗的词语，给人一种现实的、平面的感觉，而在诗中，却极尽幽邃虚渺之手段。"现在"的诗人不是生活在现实之中，他的灵魂另有着孤寂而美丽的住所！那么，这种"现在"，就是现实的投影、现实的象征了。它虽然不是本来的现实，但对这个现实更具有本质上的准确把握，在现实的纷繁中找到了它的统一性。这就是象征主义的"真实"观。

"我看得在幻影之中 / 苍白的微光颤动 / 一朵枯凋无力的蔷薇 / 深

深吻着过去的残梦"。这里写的是美的凋谢。一朵枯萎的蔷薇，象征着那曾经有过的美好的理想，但"现在"它只是成了"幻影"，而且这"幻影"也要凋谢了。那曾经啜饮灵魂的热血成长起来的花朵，在苍白的微光中沉思着，它无力拯救自己，只能沉浸在往日残梦的悲悒怀想中。这是一个善良的弱者的悲哀，它的出现构成了对"现在"生存秩序的怀疑。"我听得在微风之中／破琴的古调——琤琤／一条干涸无水的河床／紧紧抱着沉默的虚空"，这里运用了意象转换的技巧。先写破琴的古调"琤琤"，这种"琤琤"声引发了关于河床的意象。诗人省去中间的过渡环节，让意识之流顺势而下，显得充满活力。这种"琤琤"声只是一种感觉上的暗示，因为河床是干涸无水的，犹如"我""现在"的灵魂的枯败龟裂，新生命的活水再也不能滴注进来。这是一种颓废的情绪，但它渗透着生存的苦汁，比起那些廉价的天真汉来，显然要有价值得多！"我嗅得在空谷之中／馥郁的兰香沉重／一个晶莹玉琢的美人／无端地飘到我底心胸"。这是诗人惟一感到慰藉的部分，他的爱的渴望还炽灼地燃烧着，不能"枯凋"，不能"干涸"。这种精神上的对纯洁异性的爱，给了他生活的勇气，使他的"现在"还充满期待。整首诗就在这朦朦胧胧的亮色中结束，它与前两节一起，展示了诗人"现在"的精神状态。"美人"在这里也可理解为艺术的美。这首小诗，使我们相信了西班牙著名哲学家乌纳穆诺的观点，这位大师是这样讲的——"尘世的虚幻与爱情，是真实诗歌的两大基本的、噬心的注解……惟有爱才能够克服虚幻与短暂，并且使生命再度充满生机而得以永恒"！（《生命的悲剧意识》）

象征主义诗歌主张"思想知觉化"，即为某种意念找到"客观对应物"（艾略特语）。这首小诗正符合这种原则。我国青年诗人顾城也有一首小诗，写的是诗人在"文革"时期的现实感受。这首诗与冯乃超的《现在》一样，采用了象征暗示的手法。这种手法不但没有影响诗歌反映现实的深度、准确度，反而更强化了这两种程度。这里，我选三节供大家体会：

彩虹，
在喷泉中游动，
温柔地顾盼行人，
我一眨眼——
就变成了一团蛇影。

时钟，
在教堂里栖息，
沉静地嗑着时辰，
我一眨眼——
就变成了一口深井。

红花，
在银幕上绽开，
兴奋地迎接春风，
我一眨眼——
就变成了一片血腥。

(《眨眼》)

蓬 子

风景二种

秋 歌

黄叶，无声地飘堕着，
像梦一般的，
或叹息似的，
负露和泪坠落在地上了。

远寺的钟，
滞重得有如病驴的蹄声；
听新蹄声淹没了旧的，
我欲低泣！

秋的情调凄迷我的心；
破塔，野寺，
都市的遗址，
都沉入旧情的回忆！

奄奄的叹息，
逸出我的咽喉了；
可是奔不到三五步，
又消失在空中。

新　丧

夕阳倦得不会匍动了，
伏在西方的山之巅；
像少妇临死时的留恋，
凝视着远近的村落，
溪水，野田，不忍割舍；
割不断的留恋孕成了悲哀，
在悲哀里，目光哟，渐渐瞑灭。

无限的沉默浮在太空；
牛背上晚归的牧笛，
柳阴下夜泊的渔歌，
蹲在柴门外的野狗，
也都默默无言，如丧考妣；
夜色有覆尸的黑纱，
掩上西山，
便是狰狞的树枝，尖的塔，
也抓不破这新丧者之殓衣。

在象征主义者看来，整个自然就是一座神秘庞大的"象征森林"，它们暗示着人类内心世界的图景。但是，象征之所以成为一"派"，还由于他们从自然的象征中发现的"内心世界图景"是与众不同的。他们似乎只注意那些阴晦的、无望的、忧郁的、病态的"恶之花"，这些东西唤起了他们对生命状态的顿悟。正像凡尔哈伦所言，象征主义诗人是那些"用悲哀作为一种夸耀"的人。或如马拉美所言，象征诗人的处境，"正是一个为自己凿墓穴的孤独者的处境"。

这里的两首诗本不是一组，辑在一起谈，是因为它们如出一辙（指情调），都是从自然中"感应""契合"到了一种颓丧的、阴森的、孤独的、充满死亡气息的东西。这两首诗都写在本世纪初，如果我们放宽心胸，不怀偏颇，让它们回到当时的特定历史坐标点上去审视，我们一定会从这种孤苦哀绝的诗篇中发现一些对丑恶社会的不满、讥嘲的。

先谈《秋歌》。这首诗集中写了四个意象。前两个是具体的，"黄叶"，"钟"；后两个显得抽象些，"秋的情调"，"奄奄的叹息"。诗人的感觉非常敏锐，显得奇而不怪、硬而不瘦。黄叶的飘落暗示着人世的飘泊感，它落地的声音被诗人幻化为人类的叹息声，它落地的过程被诗人幻化为泪水滴落的过程，多么恰切又多么新鲜。而更为令人惊叹的是，远寺的钟声竟被写成"病驴的蹄声"，化听觉为视觉，人世艰难跋涉不堪重负的意念在这里化为具体的物象了。通感的使用潜藏着诗人内在精神的细微运动，而不只是一种讨巧的技法。沉沦的都市遗址，是诗人对现实沦落的概括，既有往昔华年不再来的感慨，又有万劫不复的宿命。而诗人感伤的叹息，却又化为有形的飞行物，挣扎出咽喉又坠落在一片冥冥中。叹息在这里成为可以"看到"的东西，这是蓬子独铸新辞的结果。

再谈《新丧》。这首诗的意象较为繁杂，但核心意象是明确的："夕阳——濒死的少妇"。夕阳悬在这山，在即将沉落的一瞬，仿佛一个人弥留之际的眼神，充满无可奈何的感伤。那微弱而酡红的病颜，使我们感到了世界的无望和堕落的形象。这个形象抓得非常精致，表现得也非常到位，它"渐渐瞑灭"的"目光"，使我们不但感到一种悲哀，而且还体会到一种特殊的美感（化丑为美，艺术意义上的美）。而夕阳抚照下的一切，都成了它的陪衬物、渲染物：沉默的野狗、忧郁的牧笛声和深深泊在苦难里的渔歌，面对夕阳"如丧考妣"。在诗人看来，这个世界已经无可挽救，不如让它死掉！让夜色作为"覆尸的黑纱"，让这"新丧者"永远宁息。"便是狰狞的树枝，尖的塔"，也不能刺破黑夜的尸布露出光明。诗人对世界是彻底绝望的，但诗歌却写得别具一种介于颓废和牧歌之间的美感，这就是蓬子诗歌的魅力！

朱自清先生在《中国新文学大系·诗集导言》中说，蓬子的诗歌

"在感觉的敏锐和情调的朦胧上，他有时超过别的几个人"，这是对蓬子诗歌艺术层次的慎重而细致的概括和把握，并非过誉之辞。

痴

夜霭掩着的石隙里，
蟋蟀在奏他最后的歌。
多么凄激呵，他歌音是
如有枯桠之上一叶在颤。

是一缕甜蜜的忧情，
同时沁彻我俩的心了，
当他苍凉的歌音
蜿蜒在耳内，蜗牛似。

绿的芭蕉无风撕裂了，
乌桕树的叶子静静地坠下。
有如狮子的鬃毛呵，
她长的头发跟歌浪波动。

树影是烟一样稀淡，
大路上无负手的游僧。
只有我俩在发痴，
在这荒凉且静的夜里。

常人写爱情短不了甜甜蜜蜜花花草草，让我们觉得那爱可人醉人，但过后却留不下什么印象。因为这是"常规爱情"！蓬子则不然，他的爱情是忧伤的，甚至是凄清的，在一般的爱情上又夹杂了一股

"相怜"的味道。仿佛这世界太苦难了，只有"我们"之间是相知相爱的。因相知更感其精神的彻底沟通，因相怜更感其人世的孤寂。诗人和"她"在寂寥的秋夜，听蟋蟀弹唱着单调而幽凄的歌，唉唉，那是一缕"甜蜜的"又是"忧情"的歌声，那是"我们"的心声。象征主义诗人就是这样写爱情的，无论是波特莱尔还是魏尔伦，无论是马拉美还是瓦雷里，他们的爱情诗大都充盈着这种甜蜜和忧伤相伴的味道。蓬子也许受到这些大师的影响，但他的爱情又是地道的中国文人式的。

夜霭笼罩了一切，世界一片昏黑。他们听着蟋蟀的幽幽的叫声，如泣如诉如怨如慕。这歌声恰恰应和了诗人的心境，他的感官沟通了，听觉化为视觉，这歌声便"有如枯桠之上一叶在颤"。这个意象转换得突兀，但又入情入理，收到了奇特的通感效果。他们的爱情在这世上，不就如枯桠上的一片孤单的叶子么？爱的深沉到一定程度就会转为爱的忧伤，这是我们都有的情感经验。蓬子强化了突出了这种经验，不算故弄玄虚。蟋蟀的歌是甜蜜的又是忧郁的，带着一种"凉意""沁彻我俩的心"，道出了那种完全沉湎完全浸透的感觉。为什么说"当他苍凉的歌音／蜿蜒在耳内，蜗牛似"呢？因为，这种甜蜜的感伤是只有"我俩"才能听出的而不能为外人道出，"我们"的耳朵像只蜗牛壳，固执地留恋着这凄切的歌声，不让它再出来。以上是写爱的复杂性。

接下来单写爱的沉醉。无风的夜晚，绿色的芭蕉散着它宽大的手掌，乌桕树的叶子也安静地坠着。这是静极了的世界，但"她"的长发却在波动。这里的"波动"是诗人的感觉，属于幻象一类。为什么长发在无风的夜里波动？是因为蟋蟀为他们奏出了心曲，所以"她长的头发跟歌浪波动"。当然，还可作别的理解，比如他们在拥抱。最后，诗人又一次强调了"只有我俩在发痴"，就将爱情的深沉和爱情的孤寂表达完全了。全诗只有十四行，写景写情无不至切，蓬子不愧为象征主义合格的传人。

表现爱情体验的复杂性，是蓬子诗歌相对集中的情调。这里有一首《在你面上》在这条道上走得更远，全诗如下：

在你面上我嗅到霉叶的气味，
倒塌的瓦棺的泥砖的气味，
死蛇和腐烂的池沼的气味，
以及雨天的黄昏的气味；
在你猩红的唇儿的每个吻里，
我尝到威士忌酒的苦味，
多刺的玫瑰的香味，糖砒的甜味，
以及残缺的爱情的滋味。

但你面上的每一嗅和每个吻，
各消耗了我青春的一半。

胡也频

秋　色

悲哀的颜色，
笼罩着瘦削的树枝，
如既往的失意之梦影，
流荡在我心头，隐隐约约。

低低叹息在生之疲乏中，
我凝睇于无数芦苇之颠沛；
呵，回忆旧情，
我的眼泪，如残叶上之堕露。

凄凉的寂寞的秋风，
恍惚地浮漾着我的青春之美：
这回忆之迷茫的力，
毁灭了我所有之微笑。

我的悲哀，如江边的乌云，
随旋风卷入淡漠之斜辉，
染上脱叶的树枝，
现出黯澹的秋之颜色。

胡也频是将生命完全凝入诗歌的诗人，他的一生是诗化的一生。

正如他最终是以一个英勇的左联战士被敌人暗杀了一样，他早期的诗歌也不是那种当时流行的一些诗人常有的"甜蜜的怨诉"，而是真诚的人——铸的真诚的诗！按通行的观点认为，诗人早期具有浓郁象征主义色彩的诗代表着他未找到革命前的彷徨，但我们认为，这种"彷徨"是彻骨的生命体验，是生命价值寻求最高实现的困顿，而不是所谓的"为赋新词强说愁"！那种硬性机械地将诗人前后创作隔裂开来的理论行为，不是愚蠢就一定是骗局。（正像鲁迅先生早期对"国民劣根性"的批判，和后来找到更有力的理论一样，是连贯的、互为因果的。）

这首诗在感伤的情绪中隐藏着精神的强大力量，这种悲剧的诞生是有时代因素的。"悲哀的颜色，/笼罩着瘦削的树枝，/如既往的失意之梦影，/流荡在我心头，隐隐约约"。深秋的景象是"悲哀"的，但诗人写的不是枯萎的落叶，而是孤独而"瘦削的树枝"，这就在悲郁中又给人一种孤傲挺立的力量感。这是诗人"既往的失意之梦影"。那一派葱茏的理想凋谢了，它们在诗人心里留下了深深的伤痕。这伤痕"隐隐约约"，搅得诗人日夜不安。第一节诗人集中写了"树枝"的意象，为全诗奠定了苦难而孤傲的基调。接下来的一节，诗人则主要写"悲哀"。因为前面已经给人一种孤傲的调子，所以这调子不必再强调也会在我们的感觉中一再以潜化的形式运动。"低低叹息在生之疲乏中，/我凝睇于无数芦苇之颠沛；/呵，回忆旧情，/我的眼泪，如残叶上之堕露"。望着芦苇在疾风中摧折、倾伏的姿态，诗人感到了生命的艰难。"颠沛"一词用在这里非常精确，它不是"颓丧"，不是"干枯"，也不是"悲泣"，而是一种隐忍，一种挣扎，一种流浪感。这是诗人"旧情"的象征，他真的奋斗过，有权利失望！所以，"我的眼泪，如残叶上之堕露"。古希腊有一句箴言，道是"一个人的个性就是他的命运"。联系诗人1926年之前颠沛坎坷的奋斗生活，我们不难领会这种"命运"是由于诗人抗争的个性使然的。那么，这里的"眼泪"比起那种儿女情长的眼泪，不是具有更大的咸度、苦度、深度和力度吗？在悲哀的秋色里，诗人哀悼着旧日理想，"凄凉的寂寞的秋风，/恍惚地浮漾着我的青春之美：/这回忆之迷茫的力，毁灭了我所有之微笑"。没有微笑的"青春之美",比起天真烂漫的"青春之美",色调是黯了些,情致是颓丧了些,但这是一种成熟的象征,这种"毁灭"的意义类同于炽红的铁块浸入冷水!正像诗人在另一首诗中所说:"但我们终须痛哭,/假使追究其原因,/与其归咎于命运,/我宁做人类之公敌,愤恨这虚伪世界!"(《痛哭之因果》)这就是胡也频式的"悲哀",它是一种爆发的力的悲哀,它不是暮霭中的一抹残霞,而是"江边的乌云,/随旋风卷入淡漠之斜辉"。最后的两行呼应了第一节中"瘦削的树枝"的意象,原来那孤傲、苦难的树枝,是诗人的悲愤"染上"的色彩,这是一枝生命的象征,它在秋风中悲泣,但永不能折断永不会宁息!

这首诗体现了象征主义的"契合论"。秋色是总体象征,而诗中的各个物象又构成局部象征。在局部象征中,诗人又突出了"树枝"的象征意义,给人以完整而清晰的审美感受——这也许与诗人对中国古典文学的偏爱有关?这首诗少了些"洋味",多了些传统诗的格调。

欲雨的天色

已经是太阳出山的时候,
丛立在地上的树林,
当不现一枝之影。

圆月早失了边界,
只是黯淡、朦胧,
如团炊烟之散漫。

气压低低的,
倘若遇故事中的杞人,
必忧天之将崩坠。

到处是一种阴郁，
即在最近的屋端，
亦不见乌鸦或孤雁的飞翔。

呵，这欲雨的天色，
如小孩子的哭脸，
又如新时代的青年之苦闷。

　　这首诗写在 1927 年之后。其时，革命遭到疯狂镇压，许多进步知识分子的理想幻灭了，他们陷入了前所未有的失望和苦闷之中。诗人在这种心境下，找到了一个准确的象征体："欲雨的天色"，就至切地表达了那种低抑、彷徨而又渴望新的暴雨如期而至的心态。明明是该旭日出山的时候，天空却被阵阵乌云践踏着；树木笼罩在一片死灰之中，月晕像阴沉的怪客俯视着人间，"到处是一种阴郁"，连乌鸦和孤雁都敛息了翅膀……这些象征精确地概括了当时的社会氛围：既非夜里，可也不像白昼，一切都昏死着，恹恹地喘息着。诗人写这种死寂，着意写出了在这种死寂之中潜藏着一种打破死寂的可能性："欲雨"前的郁闷的积累，兆示着不久后暴雨加倍的猛烈！

　　一般地说，象征派诗歌是忌"直说"的。但这是一个相当原则的说法，具体到每一首诗，情况则要复杂得多。胡也频的《欲雨的天色》，是一首单主题象征的诗，最末一句使一切都"露"在表面。正像人们常说的，树自有其曲折的美，然旗杆又有其直拔的美，前者神秘委曲，后者率真可爱，各有胜境罢了。试想，此诗如果没有最后一句"又如新时代的青年之苦闷"，此诗的内涵肯定会缩小。这关键的"直说"，犹如"铀"一样引爆了我们的情感，"欲雨的天色"就不再限于不确定的"感觉""印象"之类，而升华到另一种更为博大的境界之中。这种"直说"与象征主义孜孜以求的增加诗歌含量并不矛盾，如波特莱尔那首有名的《陌生人》，既是隐晦的象征的，又是"直说"的。这些"直说"使我们从一片迷茫中走出，更清醒地理解了生存的意义。

石 民

诗二首

良 夜

良夜为我收拾了这旷野，
天宇高高地覆盖着在我上面，
我展开而且检视这闷塞的胸臆，
倩明月之慧光与列星之炯眼。

是悔恨，忌意，怨忿，忧惧……
交错而且杂乱地积郁；
呀，你可怜的憔悴的心儿！
缘何困陷于沉沉的苦蘖如许？

让我将记忆埋入黄泉！
让我将希望掷于虚空！
于是我悠悠地凭着清风以浮游，
而且如白云之抱明月以长终。

黄 昏

正是紧敛的严冬
窒塞了万籁的声息，

黄昏挟阴霾以俱来
迷胡着茫茫的大地。

在这可怕的昏暗里
沉锢着多少愁苦，
凉风从枯树上飞过
呜呜地为谁诉语？

嘶嘎的几声悲啼
是飘泊无归的寒鸦，
惊起了蛰伏的灵魂
凄凄的无言……泪下！

　　石民从 1925 年开始写诗时，就明显地受了法国象征主义和李金发等人的影响。在象征主义诗群中，石民的诗并不大显眼，但也留下了较为扎实的东西。1929 年，石民出版了诗集《良夜与恶梦》。这首题名为《良夜》的诗，似乎提示着它在诗集中的重要位置。先来看它——

　　"良夜"充满着不良的迹象。诗人在一个月高风清的夜晚，孤身走向旷野。旷野凝恒而起伏的宽阔，刚好让他"展开而且检视这闷塞的胸臆"，这就使我们感到，诗人的忧伤是那么多那么错综，以至于胸膛都容纳不下了。白天的"悔恨，忌意，怨忿，忧惧"纷至沓来，"交错而杂乱地积郁"着，与自然的美好形成鲜明的对照。这是生存的"苦蘖"，现实的真相。诗人祈求着纯美的自然能抚平他生命的创痛，使他"悠悠地凭着清风以浮游"，"抱明月以长终"。这里运用了苏轼《赤壁赋》的典故，"挟飞仙以遨游，抱明月而长终"。这是苏文中"客"的答话，接下来的两句是，"知不可乎骤得，托遗响于悲风"！石民的真正用意乃是这后面的两句。所以，此诗最后一节用"让我将……"这种假设性前提，道出了诗人那难以平复的"苦蘖"和忧伤。这首诗给人以奕奕有林间月下风流的印象，但其深层精神则是更忧郁的人间痛苦与寂寞的情致。

再看《黄昏》。这首诗使我们想起曹操的《短歌行》："月明星稀，乌鹊南飞。绕树三匝，何枝可依？"所不同的是，这首诗比起曹操的诗来，更具有难言的苦难和迷惘，而少了一种胸有成竹大而化之的气度。这里的"黄昏"，实际上是现实在诗人心中的投影。那是严酷的深冬，大地一片死寂，黄昏挟着阴霾到来，使一切都被笼罩在可怕的混沌中。没有声息，只有罡风在呼啸，它是在替沉锢着苦难的大地悲诉……这种空前的死亡气息中，有什么在活着？只有无家可归的寒鸦在凄迷中无望地嘶鸣。诗人敏锐地捕捉到了这个意象，让它固定下来，栖落在他灵魂的枝桠上，抓疼他！象征的意味很明显，人世的苦难不会泯绝，即使是在大地昏睡的时候，人，你还得被迫地醒着，流着泪水守候那一份宿命！这就是生存的黄昏，一切都不可能"蛰伏"！

这两首诗体制不大，但内容并不淡渺。诗人从波特莱尔们那里学到的不仅是象征的"手艺"，重要的是实现了内在灵魂的沟通。

林松清

梦　幻

如夕阳倦极，
要随晚霞之军旅归去，
那苍白之银光，
立闯进我古墓之门。

三千年来的朽琴，
早已成了绝响，
荒冢荆榛之中，
只任魔鬼披发而舞蹈么。

惟墓旁的秋柳，张着怜悯之眼，
叹这诗魂之痛哭，
断弦既脱了挣扎之衣，
诗毫也不戴上蔷薇色的花冠。

生命的花香，穿起翼鞋轻走，
熏醉了孤雁凌上云霄，
飞沫曳着白幕，
复倒睡心灵于道旁。

你太娇羞地，伸着纤弱之手，

抚索我这一堆的残骸，

灵儿已得了若干安顿，

我心就燃起无名的火光。

舞蹈之裳如清风般，

谐和我们之气息，

心弦就颤动着了。

"My Life, I love thee。"

　　这首诗最末一行引自拜伦《雅典的少女》，译为"我的生命，我爱你"。这里，诗人将拜伦诗中"生命"的含义转意为广义的人的生命状态。在象征主义诗人看来，人的生命并无崇高或欢乐可言，只有悲郁，才具备那种有深意的美。林松清接受了这一观念。他直面生存，并将生命的悲剧意识注入诗行："断弦既脱了挣扎之衣，/诗毫也不戴上蔷薇色的花冠"。这就是那苦难的、孤独的、独一无二的"我的生命"，因着这醒悟了的受体发出的呻吟，"我——爱——你！"这首诗是诗人对生命的诗的理解。

　　这里的"梦幻"具有反讽含义。这个词语在诗歌的文本中受到整个语境的压力而意义发生了扭曲，所言非所指，"梦幻"就成了真正意义上的"清醒"！诗人对中国传统遣兴诗歌缺乏生命体验意义上的悲剧感是不满的。他认为"三千年来的朽琴，/早已成了绝响"，现在是该让真实的生命"那苍白之银光"，闯进我们灵魂的"古墓之门"的时候了！诗魂在痛哭，但这是最美的声音。因为，这种悲剧感恰恰是"生命的花香"，是"熏醉了孤雁凌上云霄"的气味。只有这种生命的悲哀写成的诗，才可能"抚索我"灵魂的"残骸"，使它死而复生，充满觉悟，充满"无名的火光"。

　　这首诗的意味是深刻的。它体现了诗人对传统中逍遥精神的反思和怀疑。中国几千年的封建社会，没有独立意义上的知识分子阶层，极少有带着个体生命的深层实在去写诗的诗人！更多的只是"怀才不遇"的痛苦，"发愤著诗""不平则鸣""诗为世而著"的浅层次的苦恼。

即使如屈原这样伟大的诗人，也只如鲁迅先生所言，"他的《离骚》，却只是不得帮忙的不平"（《从帮忙到扯淡》）。当然，林松清并没有从更高的视点来反观传统，但他对传统诗歌缺乏深刻的生命悲剧感这一认识，是抓住了传统诗歌（文化?）的致命弱点的。刘晓波先生曾说："只给人以天国的哲学是一种罪恶"，我们这里借用他的见解并将这句话改装一下：只描绘美的诗歌也是诗歌的畸弱！

侯汝华

水　手

许多阴郁的少年，
生活在海上。

许多美丽的忆恋，
埋藏在暗水里。

人家问：
"海的悲哀怎样呢？"

星照着汪洋的波涛，
和海藻的尸体，
但海藻还生存的时候，
却没有见过一次天空。

一枝修长的桅樯，
是寂寞的标志吧，
许多阴郁的少年，
于是有海的泪了。

侯汝华写过许多有关大海的诗。这些诗联系成一个大的情绪场，
放射着忧郁的、寂寞的、美丽的、温柔的光。海，在他的这些诗中不

再是纯然的自然，而成了他心理的空间，他的梦"迷失于汪洋的波涛中"，使"海水有一颗苦的心"，海潮是他"很熟悉的呜咽"，他知道海上那"一支支流冬""一支支流春"，都是他在读着的人生（以上引自《水手》《海上谣》《风雀》和《天和海》）。所以，诗人说，"没有一个人，知道你心中的大海"。但是，美的艺术会有人知道的。这首诗在短短的篇幅里表现了生命的消逝。初读它，我们会得到静远虚灵的印象，但掩卷之后却渐渐感得沉重与哀伤。

这首诗写得简隽而怅触无边，那个在海上奔波的少年，是诗人心境的象征。"许多阴郁的少年，/生活在海上。许多美丽的忆恋，/埋藏在暗水里"。为什么诗人选择了"少年"？因为少年这个词含有天真、纯洁、易受伤害的特点，表现"少年"的苦难心怀，使人产生无辜而受创的同情心。这里的四句诗有一种类比关系，就是"许多阴郁的少年生活在海上如同许多美丽的忆恋，埋藏在暗水里"。水手和海就成了人与生存状态的象征。为了艰难的人生，有多少美丽的东西被忍痛割舍和毁弃啊，它们埋藏在暗水里，渐渐腐烂掉了。"人家问：/'海的悲哀怎样呢'？——星照着汪洋的波涛，/和海藻的尸体，/但海藻还生存的时候，/却没有见过一次天空"。这里的问话没有得到明确的回答，仿佛是电影中的象征性蒙太奇，静静地推出一个画面，它以沉默来更为有力地回答了那问话。海藻在这里就是那些"美丽的忆恋埋藏在暗水里"，现在，大海上漂满了它们的尸体。而更令人哀恸的是，当它们还不是"尸体"的时候，也"没有见过一次天空"！多少美丽的憧憬就这样悄无声息地死掉了，那是个怎样的与理想不相容的社会！这两节诗写得平白如话，但内中却有着极度深沉的东西在递进着，不断向更深层游动着。"一枝修长的桅樯，/是寂寞的标志吧，/许多阴郁的少年，/于是有海的泪了"。桅樯孤独而挺立，是人生孤苦无依的标志，也是阴郁的少年（不只是自然年龄意义上的少年，而是一切怀有少年般纯真理想而又受到重创的人）的形象。他们哪里是航行在"海上"啊，分明是航行在埋葬着"美丽忆恋"的"海的泪"里——苦难的人世间的海！

这首诗非常干净，没有任何多余的词，而每个词又都牢牢被嵌定在结构中昭示着深层的意义。这是生命的诗，同时也是纯诗。

张家骥

我痛哭于蛙声中

我痛哭于蛙声中，
黑暗踞坐在胸膛，
微风荡不去余的忧戚，
雨儿正洒其同情之泪！

我仅有此鲜润红嫩之苹果！
亦已为恶魔所掠！
况彼恶魔环绕着余，并唱着歌，
如寺僧之礼佛而走！

我紧闭了双目，
欲俯伏于睡神之翼下；
奈彼睡神竟鼓翅高举，
使余失了可恃之保障。

常闻足音向我跫然前来！
但终不能瞥见些什么，
此愚昧之生哟！
给余如许之厌倦。

"恐怖永远是一种抽象的、测摸不定的、伴随人们灵魂的内心体验——而不是怕这个怕那个。我们所恐怖的东西是不确定的，但其不确定性并不单纯就是缺乏确定性，而是在本质上不可能加以确定。恐怖启示着虚无。"（海德格尔：《形而上学是什么？》）这首诗使我们体验到一种冥冥中的恐怖，但究竟它是一种什么东西？甚至诗人自己也说不清楚，他"常闻足音向我跫然前来！／但终不能瞥见些什么"。那是老海德格尔所说的"虚无"，所说的命中注定的"忧烦"和"沉沦"！所说的可怕的"时间"！

"我痛哭于蛙声中，／黑暗踞坐在胸膛，／微风荡不去余的忧戚，／雨儿正洒其同情之泪！"诗人的忧惧是深广的，仿佛连绵而幽凄的蛙叫声。也可以理解为诗人是孤苦无依的，他苦难的泣音没有人注意和同情，犹如被聒噪的蛙叫声淹没了一般无助无望。微风吹不去他的忧戚，整个天空为他洒下了雨水的同情之泪。诗人将自己的恐惧和痛苦移情于物，他所写的不是自然中本来的东西，而是他生命的图景。"我仅有此鲜润红嫩之苹果！／亦已为恶魔所掠！／况彼恶魔环绕着余，并唱着歌，／如寺僧之礼佛而走！"这里的"鲜润红嫩之苹果"，是青春的象征。但是仅能拥有的年轻的生命，也在随着时光的流逝而凋残。时间"环绕着余，并唱着歌"玩味我们的感叹，那么，人世间还有什么东西是诗人留恋的和信任的？！只有昏睡，"我紧闭了双目，／欲俯伏于睡神之翼下；／奈彼睡神竟鼓翅高举，／使余失了可恃之保障"。紧闭双目是诗人企图对人间忧惧视而不见的象征。但这不可能。生存无时不在发出咄咄逼人的气息，除非死掉而不可能有"可恃之保障"。生命是永远处于一种困境之中，你甚至搞不清是什么东西在时时向你袭来，使你痛苦和沉沦的："常闻足音向我跫然前来！／但终不能瞥见些什么"。诗人最后的结论是：人是"愚昧"的，人生是"厌倦"的。这正合了象征主义"创作是苦闷的象征"一说。

这首诗从格调到半文半白半欧半古的语言形式，我们都可以看到它刻意摹仿李金发的印痕。事实也正是如此。张家骧是一个李金发的狂热崇拜者。这首诗是他给李金发的一封信中附带的。信中说"先生的诗的魔力，的确使我迷离"。但可贵的是，诗人能从被动的摹仿中走出，写出了有独立生命体验的诗歌：对莫可名状的忧惧的展示。这种展示是独特的和成功的。从生活态度上我们可以不同意诗人的意向，但从诗的审美效果上，我们又为诗人高超的艺术手段而叫好。

第二辑　现代派诗群

戴望舒

雨　巷

撑着油纸伞，独自
彷徨在悠长、悠长
又寂寥的雨巷，
我希望逢着
一个丁香一样地
结着愁怨的姑娘。

她是有
丁香一样的颜色，
丁香一样的芬芳，
丁香一样的忧愁，
在雨中哀怨，
哀怨又彷徨；

她彷徨在这寂寥的雨巷，
撑着油纸伞
像我一样，
像我一样地
默默彳亍着，
冷漠，凄清，又惆怅。

她静默地走近
走近，又投出
太息一般的眼光，
她飘过
像梦一般地，
像梦一般地凄婉迷茫。

像梦中飘过
一枝丁香地，
我身旁飘过这女郎；
她静默地远了，远了，
到了颓圮的篱墙，
走尽这雨巷。

在雨的哀曲里，
消了她的颜色，
散了她的芬芳，
消散了，甚至她的
太息般的眼光，
丁香般的惆怅。

撑着油纸伞，独自
彷徨在悠长、悠长
又寂寥的雨巷，
我希望飘过
一个丁香一样地
结着愁怨的姑娘。

　　戴望舒是三四十年代活跃在我国诗坛的"现代派"诗歌的首席
人物。这一路诗风虽然与李金发式的象征派有连带关系，但从艺术上说，戴望舒以及后起的一批诗人较前者有了更好的发展。这种发展表现在诗歌的形式和意味上，就是更纯粹，也更具有透明性。某些诗人不满于象征派食洋不化的状况，有意将东方审美性格与西方现代主义融会贯通，在东西诗风的交汇点上写出中国式的"现代派诗歌"。

《雨巷》是戴望舒早期诗歌的代表作。这首诗使我们想起南唐李璟的"春鸟不传云外信，丁香空结雨中愁"。这种淡淡的怅惘和甜蜜的感伤显然是属于东方型的，但戴望舒只是取来了这一古典意象，他为这一意象注入了现代主义的风神，使之不限于对异性渴念的直观性质，亦成为现代人寂寞彷徨心态的象征，整条雨巷就是迷茫孤寂的人生之路。

戴望舒对法国象征主义是有深入研究的，魏尔伦对诗歌音乐性的强调给了他深切的启示。对音乐性的追求成了他使诗达到纯粹的重要手段。这种惟音乐的追求，教我们在一种迷蒙悦耳的旋律中摆脱了诗歌字面的纠缠，而进入一种声音的幻觉状态；"雨巷"里流出了纯粹的音乐，它清澈而柔韧地漾开来、漾开来……直到把我们轻轻地"收"了进去！这里需指出的是，这首诗中"丁香一样地 / 结着愁怨的姑娘"，具有双重含义。一是实指，一是一种不可即的孤独纯洁理想的象征。诗人的用意是在后者，但也不妨碍我们执着于前者，这就使此诗对更多的读者具有了可感性。这里的象征是"音乐化的象征"。

这首诗的音乐性具体体现在三个方面。首先，诗歌的情调是音乐性的，抽象、纯净、理想化。它恍惚、朦胧，犹如一段难以言表的旋律。这是抽象的诗人心律的运动，是无具体内容的纯粹形式。它的情绪更多存在于我们的解释之中，如此诗的象征性内容同时也是我们从旋律中体验到一种哀怨的太息、失落的怅惘的音程。第二，此诗运用了回旋式的旋律和和声。这种旋律和和声是诗人的"精神动作"，密度很高的回旋与和声，正如诗人徘徊忧郁的脚步，那么漫长，那么没有出路。悠长——悠长，寂寥——寂寥，丁香——丁香，哀怨——哀怨，彷徨——彷徨，太息——太息，雨巷雨巷雨巷雨巷……这种同律的反复，一次次渗入我们的心，似梦似幻，使形象变得模模糊糊，而情绪却在这一片雨雾中具有了质量感。这和象征主义诗人马拉美、魏尔伦们的诗歌审美感受是一致的。第三，全篇诗被导入统一的"江阳辙"中，诗人注意了韵音发音时口形的变化和共鸣效果，主要元音是α，具有回荡不息的感觉。这和音乐的物理属性、生理属性、心理属性是吻合的。特殊的音响成了基本因素，更容易唤起我们的联想、联觉，并使之具有了时间性和运动性。音乐性主题也在这统一而连贯的韵律中呈示出来，它不再是描写性的而是纯粹表现性的。在这种一贯到底的韵律中，仿佛一个寂寞而固执的灵魂默默彳亍着，他等待着奇迹的出现，一切都不能教他转过头去！而他等待的东西又是那般渺茫！

这首诗的突出成就就在于这种至强的音乐性。你只能反复轻吟，把握它旋律和和声的内在奥秘。什么时候你放松了此诗的象征性内含，而沉迷在一种和谐颤动的乐音中，你就赢了！反之，你会为"象征"所累，体会不到诗人真正的用心。严格地说，这首诗是不能撰文鉴赏的，一切解读都只能败坏它的效果！只不过我们是在困厄中不得不动用了这种鉴赏的文字形式。音乐，人类伟大的奇迹，你那不可言说的奥秘告诉了诗人，现在，告诉我们吧！

印　象

是飘落深谷去的
幽微的铃声吧，
是航到烟水去的
小小的渔船吧，
如果是青色的真珠；
它已堕到古井的暗水里。

林梢闪着的颓唐的残阳，
它轻轻地敛去了

跟着脸上浅浅的微笑。

从一个寂寞的地方起来的，
迢遥的，寂寞的呜咽，
又徐徐回到寂寞的地方，寂寞地。

　　这首诗写的是日落的印象。在现代主义诗歌理论中，直觉被放在了相当显赫的位置。他们认为，只有直觉才能透入实在和生命本体，感知那淹没了的根须中传出的信息。这首诗局部清晰而整体模糊，这是因为，诗人平行置放了四个意象，这四个意象各出自诗人四次直觉体验。所以，如果不加以深入细辨，是难以发现其中的关系的。

　　一开始，诗人就摒弃了明确的交代，直接进入直觉体验，让你在朦胧中引起对对象的探究心理：这是在表现什么？"是飘落深谷去的 / 幽微的铃声吧，/ 是航到烟水去的 / 小小的渔船吧，/ 如果是青色的真珠，/ 它已堕到古井的暗水里"。这里，诗人没有说出什么"是……"，他只传导给你一种情绪，失落的、迷茫的、寂寞的情绪。要注意，这里的落日与"是……"不是比喻的关系，它们之间有的只是内在精神上的相似。飘落深谷的铃声微弱而渺茫，航到烟水去的小舟恍惚而朦胧，堕到古井里的真珠寂寞而端凝……这些都与落日给人的感觉有相通之处。接着，诗人写出了此诗的核心意象："林梢闪着的颓唐的残阳"。这个核心意象将我们从刚才的朦胧状态中解放出来，充满了一种"突然发现"的惊喜。如果一开始诗人就明确点出这一系列意象是写落日，就会使人感到过于直接、过于"正常"了。这是现代诗特殊的审美效果，神秘，曲折，下意识地表现瞬间体验，求得与主体心灵的深层沟通。最后，诗人又用了一个抽象的词语"寂寞的呜咽"，就将落日从精神、形体、声音这三个方面表现得浑然和谐一体了。

　　这首诗的结构是讲究的。如果我们仔细体会，便会发觉诗人是在清醒的状态下制造一种幻觉。前面的三个意象仿佛随意放置互不关联，给人以朦胧的美感却又伴随着一种莫名的迷惘；到第二节"残阳"意象的出现，才迅速而有力地收束了前面的朦胧，化入一个稳定的浑凝的结构中，它清晰完整而意味深长。但是，诗人并没有用这种直线型的结构完成全篇。到了第三节，他又在制造一种幻觉，这就重新打破了刚才那种稳定、浑凝的结构感，使我们再一次沉浸在一种空灵迷离的氛围中。这种开——合——开的结构，增加了诗的含量，调节了读者阅读的态度，使诗歌成为能为不同的读者反复加入、反复赋予不同意义的开放结构形式。

夜

夜是清爽而温暖，
飘过的风带着青春和爱的香味：
我的头是靠在你裸着的膝上，
你想微笑，而我却想啜泣。

温柔的是缢死在你的发丝上，
它是那么长，那么细，那么香；
但是我是怕着，那飘过的风
要把我们的青春带去。

我们只是被年海的波涛
挟着飘去的可怜的沉舟，
不要讲古旧的旖旎风光了，
纵然你有柔情，我有眼泪。

我是害怕那飘过的风，
那带去了别人的青春和爱的飘过的风，
它也会带去了我们的，
然后丝丝地吹入凋谢了的蔷薇花丛。

这首诗揭示了生命的深层欢乐和深层悲哀是一起到来的这一颇具哲学意味的命题。人最大的悲哀乃在于，在世上所有的生命形式中，人是惟一知道时间会流逝、生命不可重复、死是最终的必然的生命。这种源于最简单事实的感悟，却成了现代哲学最深刻的母题。受惠于现代哲学的西方现代诗歌，常常是将生——死、欢乐——悲哀这种缠绕对立结构在诗中综合展现的戴望舒的《夜》，也具有这种生命体验的深刻性。

"夜是清爽而温暖，/飘过的风带着青春和爱的香味"。这是情人幽会之夜，天地万物似乎都在祝福着这一双恋人。照正常的逻辑是诗人心境的美好平和，静静消受爱的时光了。但真正深刻的诗人恰恰是那些有着反常逻辑的人。表面的反常源于深层生命的正常，诗人在这令人销魂的时刻感到的是什么？是生命万劫不复的流逝！是死亡一天天逼近的脚步声！"风带着青春和爱的香味"至此变成一句残酷的咒语，令人颤栗。这是对生的留恋，也是对爱情万分珍视的结果。没有这种死亡的基本焦虑的人，我们不能相信他会从真正意义上把握生命，从更深切的视角观照爱情的价值。生命是短暂的，即使在这短暂的流程中我们也没有多少欢乐可言。诗人意识到这一点，因而他"啜泣"。这种"啜泣"不是浅层次的感伤，而是一个率真坚强的诗魂面对生命的原初模样并将它揭示出来的结果。诗人看到飘过的风"带去了别人的青春和爱"，而"我们"的青春和爱也终有一天会被它带去，于是他告诉女友"不要讲古旧的旖旎风光了"，回到生存的基本问题上来。死亡不是人存在的简单归宿，它从来就是人存在的一部分，因此，"我们"必须学会从"啜泣"和"害怕"开始来向死而生领略生活、来珍惜爱情。一句话，因为"我"时刻感到生命的悲哀，所以"我"是真正地爱着！珍惜着生命瞬间的欢乐！

这首诗语势舒徐，语境透明，但在这种舒徐和透明中潜藏着深刻的冲突和不安。这是一首深刻的爱情诗，更是一首充满哲学意味的玄想的诗。

我的记忆

我的记忆是忠实于我的，
忠实甚于我最好的友人。

它生存在燃着的烟卷上，
它生存在绘着百合花的笔杆上，
它生存在破旧的粉盒上，
它生存在颓垣的木莓上，
它生存在喝了一半的酒瓶上，
在撕碎的往日的诗稿上，在压干的花片上，
在凄暗的灯上，在平静的水上，
在一切有灵魂没有灵魂的东西上，
它在到处生存着，像我在这世界一样。

它是胆小的，它怕着人们的喧嚣，
但在寂寥时，它便对我来作密切的拜访。
它的声音是低微的，
但是它的话却很长，很长，
很长，很琐碎，而且永远不肯休：
它的话是古旧的，老讲着同样的故事，
它的音调是和谐的，老唱着同样的曲子，
有时它还模仿着爱娇的少女的声音，
它的声音是没有气力的，
而且还夹着眼泪，夹着太息。

它的拜访是没有一定的，

　　在任何时间，在任何地点，

　　时常当我已上床，朦胧地想睡了；

　　或是选一个大清早，

　　人们会说它没有礼貌，

　　但是我们是老朋友。

　　它是琐琐地永远不肯休止的，

　　除非我凄凄地哭了，

　　或是沉沉地睡了，

　　但是我永远不讨厌它，

　　因为它是忠实于我的。

　　如果说《雨巷》是戴望舒诗歌第一阶段的代表性成果，那么，《我的记忆》则是诗人超越第一阶段进入第二阶段的标识。这里，诗人的创作态度有了一些变化，他不再执迷于诗歌的音乐性，而潜心于感情经验的新发现，并将这新发现体现在淡朴可人的日常口语中。

　　这首诗写的是无形的东西：记忆。它可以是一段往事、一段旧情，也可以是一种经验、一种情绪。要表现这不可见又可感的东西，诗人找到了象征主义为思绪寻找"客观对应物"的艺术手法。诗中并列了一系列直接意象，让我们从不确定的状态里把握那种相对统一的感觉。在诗人笔下，记忆是被对象化为"友人"的，它生存在烟卷、笔杆、粉盒、木莓、酒瓶、诗稿、花片、灯、水……之中，时时陪伴着诗人。我们注意到这些名词前面的限制成分是：燃着的、破旧的、颓垣的、喝了一半的、撕碎的、往日的、压平的、凄暗的、平静的，这就暗示给我们诗人的生活方式和生活状态。那是充满了淡淡的孤寂、愁绪、温馨、宁静的那些旧式知识分子日常生活所面对的一切。这种生活方式散发着淡淡的人间情味，使我们一下子感到了诗人的可亲和生活的令人留恋。是的，尽管昨日的一切都是在惆怅中经历的，但因着这惆怅的记忆，诗人能够说"我生活过。我爱过。创造过。痛苦过"。这种复杂的"记忆"是诗人忠实的朋友，它时时倾听诗人内在生命的喧响，在最"寂寥时，它便对我来作密切的拜访"，它诉说着难忘的昨日，幽幽地唱着古旧而抚慰人心的歌子。它的忧郁是无端的，欢乐也是无端的，在寂寞的人生长途中，惟有它是可以永远信任的"朋友"。往日的愁绪，逝去的爱情，生活中的创痛，都变得那么亲密，那么诱人。正像普希金所说"而那逝去了的，将会变为亲切的怀恋"。这里的"怀恋"就是"记忆"，就是生命走过的一个个深的、浅的、坚实的、踌躇的脚窝啊！

戴望舒以一个现代诗人的敏感，捕捉到了具有个人特征又有普遍意义的新经验，使这首诗创造了"新情绪和表现这情绪的形式"（见《望舒诗论》），对于后起的现代派诗人具有很大启发。诗人生前十分喜爱法国现代诗歌，他翻译过法国现代诗人的一些重要作品。其中我们感到耶麦的《膳厅》可能对他的这首诗有所启示。这首诗全文如下：

有一架不很光泽的衣橱，它会听见过我的姑祖母的声音。它会听见过我的祖父的声音。它会听见过我的父亲的声音。对于这些记忆，衣橱是忠实的。别人以为它只会缄默着是错了，因为我和它谈着话。

还有一个木制的挂钟。我不知道为什么它已没有声音了。我不愿去问它。或许那在它弹簧里的声音，已是无疾而终了，正如死者的声音一样。

还有一架老旧的碗橱，它有蜡的气味，糖果的气味，肉的气味，面包的气味和熟梨的气味。它是个忠心的仆役，它知道，它不应该窃取我们一点东西。

有许多到我家里来的男子和妇女，他们不信这些小小的灵魂。而我微笑着，他们以为只有我独自个活着。

当一个访客进来时问我说：——你好吗，耶麦先生？

将《我的记忆》和《膳厅》两相对照，我们不难发现它们的关系。戴望舒借鉴西方现代诗的手法，又融进了鲜明的民族色彩、个人化体验，这对我们的诗歌怎样具有现代感和东方感是个很大的启示。

断 指

在一口老旧的、满积着灰尘的书橱中
我保存着一个浸在酒精瓶中的断指；
每当无聊地去翻寻古籍的时候，
它就含愁地勾起一个使我悲哀的记忆。

这是我一个已牺牲了的朋友底断指，
它是惨白的，枯瘦的，和我的友人一样；
时常萦系着我的，而且是很分明的，
是他将这断指交给我的时候的情景：

"替我保存这可笑可怜的恋爱的纪念吧，
在零落的生涯中，它是只能增加我的不幸。"
他的话是舒缓的，沉着的，像一个叹息，
而他的眼中似乎含着泪水，虽然微笑在脸上。

关于他"可笑可怜的恋爱"我可不知道，
我知道的只是他在一个工人家里被捕去；
随后是酷刑吧，随后是惨苦的牢狱吧，
随后是死刑吧，那等待着我们大家的死刑吧。

关于他"可笑可怜的恋爱"我可不知道，
他从未对我谈起过，即使在喝醉酒时。
但我猜想这一定是一段悲哀的事，他隐藏着，
他想使它随着截断的手指一同被遗忘了。

　　这断指上还染着油墨底痕迹，
　　是赤色的，是可爱的光辉的赤色的，
　　它很灿烂地在这截断的手指上，
　　正如他责备别人懦怯的目光在我心头一样。

　　这断指常带了轻微又粘着的悲哀给我，
　　但是这在我又是一件很有用的珍品，
　　每当为了一件琐事而颓丧的时候，
　　我会说："好，让我拿出那个玻璃瓶来吧。"

　　这首诗写了戴望舒对一个为革命牺牲的朋友的怀念，它在淡淡的哀伤中潜藏着强大的力量。这断指，成了一个象征：旧中国摧残革命者的象征，和革命者宁折不弯的象征。诗人是坦诚的。在写此诗时，他自己的思想境界低于那位死去的友人，他在诗中没有矫作亢奋的呐喊，没有愤怒的抗议，而是忠实于自己的感情，并将它呈现出来。今天，我们反观这首不无哀伤的小诗，更感到了诗人人格的纯洁。我想，正是他能认真地对待自己的感情和思想，才使他一步一步地终于走上了与民族共患难的道路。1940 年代初，诗人因宣传抗日，在香港被日军投入狱中，写下了《我用残损的手掌》这样博大的爱国诗篇。断指与残损的手掌有某种内在的精神上的联系，它们几乎使我们看到了诗人曲折的人生历程。诗贵情真，有意拔高终逃不过读者眼睛。

　　这首诗的构思是很见匠心的。前三节，诗人集中写了一个"浸在酒精瓶中的断指"，并说出了它的来历，是一个已经牺牲了的友人的"恋爱纪念"。这使我们的心陡地一沉，充满了哀戚的、悲怆的感觉。如果只停留到这一笔，那么这首诗就显得单薄了，意义也不大。正像那位友人所言，是"可笑可怜"的。诗人是机智的，他为我们设置了一个"迷障"。接下来的四节，境界猛然开阔，诗人不去叙述那"可笑可怜的恋爱"，而写了"断指"的主人。他是一个革命者，在工人家里被反动派抓去，受尽了酷刑，最后壮烈牺牲了。那么，这"断指"也意味着友人与缠绵悱恻的一己悲欢的诀别，而投入到更为博大的对祖国和人民的"爱情"之中了。断指的目的是使"旧我""随着截断的手指一同被遗忘！"多么果决，多么崇高，多么壮烈！诗人写道："这断指上还染着油墨底痕迹，／是赤色的，是可爱的光辉的赤色的，／它很灿烂地在这截断的手指上，／正如他责备别人懦怯的目光在我心头一样"。我们想象到这是友人被捕的原因："宣传赤色"。这根鲜红的灿烂的断指，这时犹如一柄高举着的火炬，照亮了我们的心！照亮了诗人的心！他为自己沉湎于"翻寻古籍"，沉溺于一己的"为一件琐事颓丧"而羞愧着，他要常常望着这"断指"，思考今后的生活和生命。这样的展开式构思，收到了更神奇更诱人深入的效果。

　　这首诗写在1927年左右。结合当时的时代背景，我想，诗中那"可笑可怜的恋爱"，是否暗指国民党背弃革命使国共分裂一事呢？那么，"断指"是否可以理解为革命受到的创伤呢？这些想法似乎也有道理。但为了慎重，我们还是将"恋爱"按字面去理解为好。这首诗的调子是沉哀的，显然与蒋光慈等人的红色诗歌不同。但戴望舒就是戴望舒，一个诗人要有自己与众不同的声音，哪怕这声音不够嘹亮，只要它是发自生命的，就自有其不可替代的魅力。

独自的时候

房里曾充满过清朝的笑声，
正如花园里充满过百合或素馨，
人在满积着梦的灰尘中抽烟，
沉想着凋残了的音乐。

在心头飘来飘去的是什么啊，
像白云一样地无定，像白云一样地沉郁？
而且要对它说话也是徒然的，
正如人徒然向白云说话一样。

　　　幽暗的房里耀着的只有光泽的木器，

　　　独语着的烟斗也黯然缄默，

　　　人在尘雾的空间描摹着白润的裸体

　　　和烧着人的火一样的眼睛。

　　　为自己悲哀和为别人悲哀是同样的事，

　　　虽然自己的梦是和别人的不同，

　　　但是我知道今天我是流过眼泪，

　　　而从外边，寂静是悄悄地进来。

　　戴望舒的诗很少有"警句""诗眼"之类，这是他与那些表面的新诗人骨子里的拟古者们的不同之处。他所追求的是诗歌整体的氛围、绝对独异的肌质：散文的语言无法转述的东西。他所关心的不是"片言立其要"，而是在那种平凡的语言形成结构后产生的生命形式。这种生命形式不是线性的一个思想，而是团状的整体生命的迹象，这使得他的诗颇难解释，成为"语言中的语言"。一切生命迹象都是难以准确解释的，正像诗人自己所言："在心头飘来飘去的是什么啊，/像白云一样地无定，像白云一样地沉郁？"但是，我们的确感到了一种情绪，这种情绪出于无端，却成为诗人生命更高存在的证明。因为，"恐怖永远是抽象的、测不定的、伴随人灵魂的内心体验"的东西（海德格尔：《存在与时间》）。生命万劫不复地归于消亡，正是此诗的情绪。

　　"房里曾充满过清朗的笑声，/正如花园里充满过百合或素馨，/人在满积着梦的灰尘中抽烟，/沉想着凋残了的音乐。"这里，诗人用了过去时态的字"曾""过""了"，暗示着生命的消逝是那样不动声色而难以抗拒。房里的笑声没有了，更显得孤寂难忍；花园里的花朵凋残了，这是一切美丽的必然结局；惟有人的精神在冥蒙中增长，这种"增长"却只是回忆往昔，加重痛苦。这真是无中生有的焦虑。诗人不是为某一件具体的事而烦闷，而是永远说不清的东西在折磨着他，生命的悲剧性体验已经消除了具体对象性的性质，成为弥漫在整个时空中的大气，不可把捉却无时不在。所以，诗人自问："在心头飘来飘去的是什么啊？"这是现代人共有的莫名其妙的生命困惑，你不可能理清它，不可能摆脱它，"而且要对它说话也是徒然的"！诗人被这种无端的愁绪缠绕着，看见生命的黯淡无光，它甚至不如一件无生命的家具，"幽暗的房里耀着的只有光泽的木器"。他在静观中要透过人世的自欺，看见生命本来的悲惨面目，"在尘雾的空间描摹着白润的裸体"。诗人是通过自己的生命体验推及整个人类的，"为自己悲哀和为别人悲哀是同样的事"，虽然每个个体生命的困境有所不同，但悲哀却是一样的。诗人不知道他为什么突然如此抑郁，他仅仅"知道今天我是流过眼泪"，而且旁人也同样，因为他感到"从外边"生命的死寂也如屋里一样在弥漫扩展，"悄悄地进来"。

在无端中出现生命的忧虑，这差不多是一切心灵诗歌的起点。这个起点并不像一些人认为的那样是杞人忧天式的无聊，不是的！震动我们生命的、鼓动我们生命的恰恰是这种无可挽回的悲剧性前提。对于世界和人类，我们无法知道得更多，盲目的理性告诉了我们多少自命不凡却毫无意义的东西！那处于我们经验中心的东西，恰恰是被唯理主义反复否定的焦虑。这本来是清醒的人的永恒处境的东西，却被判定为思想的罪孽。戴望舒没有回避人类的这一经验，并原生状态地揭示出了它的存在形式——无端，这就使这首仿佛没有"来由"的诗成为真理和生命的标记。谁要是责备诗人这首诗是缺乏底气的即兴之作，那恰恰证明他自己的生命是在一种蒙昧混沌的状态中，他缺乏真正"独自的时候"。

卞之琳

小诗四首

断 章

你站在桥上看风景，
看风景人在楼上看你。

明月装饰了你的窗子，
你装饰了别人的梦。

寂 寞

乡下小孩子怕寂寞，
枕头边养一只蝈蝈；
长大了在城里操劳，
他买了一个夜明表。

小时候他常常羡艳，
墓草做蝈蝈的家园；
如今他死了三小时，
夜明表还不曾休止。

鱼化石（一条鱼或一个女子说:）

我要有你的怀抱的形状，
我往往溶化于水的线条。
你真像镜子一样的爱我呢，
你我都远了乃有了鱼化石。

雨同我

"天天下雨，自从你走了。"
"自从你来了，天天下雨。"
两地友人雨，我乐意负责。
第三处没消息，寄一把伞去?

我的忧愁随草绿天涯:
鸟安于巢吗? 人安于客枕?
想在天井里盛一只玻璃杯，
明朝看天下雨今夜落几寸。

卞之琳的诗总有一股玄秘的味道，长期以来引起人们不衰的探究热情。这些诗，既有西方现代主义诗歌所致力的暗示、交感、视角变换、玄理的表现等特征，又有中国古典诗歌的凝练、精微和完整的意境，是最现代又最古典、最端凝又最无限的智力空间，容得下更多内容。

这四首小诗曾引起过一些理论家和诗人的不同解释。李健吾、废名、朱自清、李广田和卞之琳自己都对它们有不同的理解。这恰恰说明卞之琳的诗给人提供的东西要比他自己意识到的多得多。这里，我们不妨重新观照这四首小诗，得出另外的"理解"。

"你站在桥上看风景，/ 看风景人在楼上看你。明月装饰了你的

窗子，/ 你装饰了别人的梦"。这是无数个相对的链环。你看风景，你
又成为别人的风景，"桥上"是你看风景的立足点，而相对于"楼上"
来说，这又成了风景的一部分，楼在这里再次成为看风景的立足点。
世界就是这样，置身其中而浑然不觉的你永远无法弄清自己和生存的
关系，你永远无法站在生存圆之外去观照生命的真实。一切视角都是
以牺牲无数其他视角为前提的，一切都是深刻片面的。我认为，这里
有着一种彻骨的悲哀的体验：人永远是"无知"的，有限智慧恰恰阻
遏了他的生命之全方位流通。于是，你不再看风景，让风景反过来看
你，"明月装饰了你的窗子，/ 你装饰了别人的梦"。人生原本就是一
场梦，诗人企望着能使它不是一场噩梦，而是充满宁静月光和纯真友
情的梦。

"乡下小孩子怕寂寞，/ 枕头边养一只蝈蝈；/ 长大了在城里操劳，/
他买了一个夜明表。小时候他常常羡艳，/ 墓草做蝈蝈的家园；如今
他死了三小时，/ 夜明表还不曾休止。"这首诗题名为《寂寞》，是写
人世的基本体验。人生是无助的，当你结束了玩蝈蝈的年龄，你会发
现自己被抛了辛劳的寂寞的生存中。你幼时的"怕寂寞"，实际只
是不寂寞的表现；当寂寞真的到来时，你会发现一切都无法拒绝，你
只能数着时间，度过你烦郁的一生。这里，"寂寞"是永恒的，诗人
写下"他"的死，但死并不等于生存的困境已经被克服，"夜明表还
不曾休止"，那些活着的人又陷入了双重的寂寞。淡淡的笔触，若有
若无的情节，却浓缩了诗人对生命本体的体验。他不冀望人们接受
他的观念，但至少不要误解为悲观厌世。他所关心的乃是深层经验的
真实！

"我要有你的怀抱的形状，/ 我往往溶化于水的线条。/ 你真像镜
子一样的爱我呢，/ 你我都远了乃有了鱼化石"。诗人写完这首诗后，
追加了一篇附记："鱼成化石的时候，鱼非原来的鱼，石也非原来的石
了。这也是'生生之谓易'。近一点说，往日之我已非今日之我，我
们乃珍惜雪泥上的鸿爪，就是纪念。诗中的'你'就代表石吗？就代
表她的他吗？似不仅如此。还有什么呢？待我想想看，不想了。这
样也够了"。这段话表明，一首诗成形后，就有了独立的生命，可以

为不同的人注入不同的理解和想象。这里，我将此诗当作爱情诗来理解。前两句写真正爱情的契合无间。女子深深地爱着对方，她觉得他们之间是鱼和水的关系之须臾难离。她紧紧依偎着他，就像水紧紧怀抱着鱼；波浪的起伏决定了鱼游动的姿势，仿佛鱼的线条就是"溶化于水的线条"。后两句写爱情的恒久纯真。水是流动的，而镜子里的水银则不再流动，它永远晶莹地反照着珍爱它的人。这是比喻爱情的双方都在对方身上发现了真正的自己的生命全方位的开放。没有镜子的人不能看到自己；没有人照的镜子，又有什么意义？爱情就是这样在寻找世界上的另一半自己啊！接着，诗人由凝固了的水银又转到鱼与水这个意象上来，鱼化石是鱼生命的纪念，它永远存在着成为自由和爱的证明——我们虽然已经过了那花前月下的年龄，但那曾经度过的美好时光却不会被遗忘，它像一块不再死亡的石头，永远放置在我们心灵最深的地方！

　　"'天天下雨，自从你走了。'／'自从你来了，天天下雨。'／两地友人雨，我乐意负责。／第三处没消息，寄一把伞去？／我的忧愁随草绿天涯：／鸟安于巢吗？人安于客枕？／想在天井里盛一只玻璃杯，／明朝看天下雨今夜落几寸。"雨，在这里成了引发诗人忧郁的契机，已经不再是自然意义上的雨，而是心灵的风雨，生命的飘摇。前两行的问句，分别出自"两地友人"。一是说你走了我的心也布满愁云惨雨般的思念；一是说你来了我为你如雨的忧郁所感染，也在陪你"落雨"。朋友深厚的情谊深深感动着诗人，他知道"两地友人雨"是他的责任，并"乐意负责"，充满了歉疚和善良的情怀。由这两位好友，诗人想到了另一位朋友：他如今怎么样了呢？是在人生的风雨中颠沛着吧，且让我"寄一把伞去（一封问候的信？）"吧！诗人的忧郁因着这特殊的内容而显得庄重、深沉。他由己推人，充满着对人类的同情。由我到友人再到千千万万的人，体现了将爱施遍人类的自觉——"我的忧愁随草绿天涯：／鸟安于巢吗？人安于客枕？"多少次人生的风雨，多少个无眠的长夜，在折磨着那些无辜的人！"我"的忧愁就是众人的忧愁，"我"的不安也是众人的不安啊！最后两句是说"我"的心里盛满人类的苦雨，它有多少寸深，"我"的心就有多少苦难。这首诗跳跃性极大，诗人省略了那些过渡性文字，将复杂的"忧愁"升华过程紧紧压缩在八行诗中，它指望细心而敏感的读者去破译、去加入，去分担这一份博大的爱情。

这四首小诗从文字上并无奇诡可言，每一句都非常明晰，但总起来看，却难免教人一时把握不住。这是诗人刻意以求诗歌的暗过渡、观念的多重组合、视角的复杂变换使然。读这样的诗，再也不是那种轻松愉快的被灌输过程，而成了一种复杂艰苦的再创造活动。要相信，真正深邃的诗歌不会辜负那些认真探究的读者，你赋出的思考越多，得到的也一定越多！在前面我们已经讲过，对卞之琳的这几首小诗，许多学者艺术家都发表过截然不同的意见。这里，我按自己的理解去欣赏它，读者也不妨推翻我的理解而重新"发现"。

入　梦

设想你自己在小病中
（在秋天的下午）
望着玻璃窗片上
灰灰的天与疏疏的树影，
枕着一个远去了的人
留下的旧枕，
想着枕上依稀认得清的
淡淡的湖山
仿佛旧主的旧梦的遗痕，
仿佛风流云散的
旧友的渺茫的行踪，
仿佛往事在褪色的素笺上
正如历史的陈迹在灯下
老人面前昏黄的古书中……

你不会迷失吗

在梦中的烟水?

象征本来就是"白日梦",艺术家被称为白日梦患者。但他们的梦是生命过程的永恒时刻,在这里凝聚的东西往往更真实、更深刻——也更清醒。卞之琳有许多诗写到梦(《古镇的梦》《距离的组织》《旧元夜遐思》《白螺壳》等等),诗成了他合梦的场所,他追踪那梦——生命过程的瞬间展开,力图从梦中透视人生。

这首诗题名为《入梦》,是在启示我们这里的梦不过是借喻的说法。只有清醒的人才会有"入梦"的感觉,梦实在是诗人生命的另一种存在形式。秋日的下午,世界那般寂静凄凉。诗人的心绪一如自然,他展开了梦一般的想象。"设想你自己在小病中(在秋天的下午)/望着玻璃窗片上/灰灰的天与疏疏的树影,/枕着一个远去了的人/留下的旧枕,/想着枕上依稀认得清的/淡淡的湖山/仿佛旧主的旧梦的遗痕,/仿佛风流云散的/旧友的渺茫的行踪"。这里的"你"既是诗人自指,又是读诗的每一个人。这种第二人称的视角,更容易将我们拉入诗中。在凄凉的秋日下午,诗人病躺在床上,透过窗玻璃,望着铅灰的天和脱尽叶子的树枝。这是诗人心境与自然环境的契合。人生就是这样孤寂难耐的,你躺在病榻上,没有人来慰藉,每个人都是"病人"。诗人枕着友人的旧枕想到了他"病"在这里的情形,这里有眼泪的渍印("淡淡的湖山"),有理想破灭的感伤("旧梦的遗痕"),友人旧日经历过的一切如今轮到"我"了。他带着一腔愁绪如今到了哪里?对"风流云散的/旧友的渺茫行踪",诗人是挂念的,这大概是惺惺惜惺惺吧。世界的面貌离人们的初衷越来越远了,变得像一部残破的"古书",这样的书是只配在病中阅读的。最后,诗人对自己发出告诫:不要迷失于梦中的烟水,如果人生是一场梦,那么就让它成为一场新梦吧!

这首诗写得朦胧神秘,我们只能把握住每一个意象,而这些意象之间的关系却要靠自己去赋予。从这个意义上说,你也可将此诗当作诗人怀旧意绪的表现,并无深层象征的内容。

水成岩

水边人想在岩上刻几行字迹：

大孩子见小孩子可爱，
问母亲"我从前也是这样吗？"

母亲想起了自己发黄的照片
堆在尘封的旧桌子抽屉里，
想起了一架的瑰艳
藏在窗前干瘪的扁豆荚里

叹一声"悲哀的种子！"

"水哉，水哉！"沉思人叹息
古代人的感情像流水，
积下了层叠的悲哀。

关于自己的诗，卞之琳这样说："我写诗，而且一直写的是抒情诗，也总是在不能自已的时候，却总倾向于克制，仿佛故意要做'冷血动物'。规格本来不大，我又偏喜爱淘洗，喜爱提炼，期待结晶，期待升华"（《雕虫纪历》自序）。这是诗人创作态度的自白，它与诗人的作品是吻合的。这首诗是抒情诗，但这种抒情不是个人中心主义的抒情，而是艾略特所说的"非个人化"的抒情，诗人通过水成岩的意象，暗示了生命的悲哀。水就是生命，"逝者如斯夫"！

"水边人想在岩石上刻几行字迹："这是全诗的第一层。冒号的使用暗示我们，它规定着下面三节的性质。这"几行字"是什么？诗人没有说，而是宕开一笔写了孩子与母亲的对话，以及这对话在母亲心中引起的回响。大孩子见小孩子天真可爱，于是去问母亲"我从前也是这样吗？"这平凡的一句话，貌似漫不经意，却教母亲黯然神伤！自己的孩子已经能够从自身走出反视自身了，他长大了，美好的华年已经结束。而自己也老了，青春的影像被夹在旧相夹里已经发黄，健美的躯体和蓬勃的精神已如干瘪的扁豆荚……这些都不是实写，而是"水边人"要刻在岩石上的字的含义。这位"水边人"是什么？是冥冥中的主宰生命的神——时间！孩子和母亲的对话，以及母亲伤感的怀想，道出了人的生命如流水般一去不返的事实。人是惟一知道生命的归宿是死亡的生物，所以，在广大的宇宙间他们是惟一"悲哀的种子"。面对这种永恒的宿命，你能说什么？！我能说什么？！他能说什么？！只有叹曰："水哉，水哉！"那位要刻字的"水边人"罢笔而去，他难以概括这生命复杂的感悟，于是，只留下空空的水成岩，一层层展示着人类的悲哀。

　　这首小诗整个建立在存在哲学的基础上。诗人超越了一般性的社会层面、道德评判层面，他的忧患，不是源于外部现实的残酷，而是源于生命自足体内部自我销铄的事实。我们生活在各种纷杂忙碌的现实事件里，常常忘记了生命会自我灭亡这一基本的危险。诗人感到了它，并用暗示的笔触为我们揭示出来，他教我们警醒过来；接下来的一步，就是怎样在不断流逝的生命中实现尽可能高尚的追求了吧？！生命体验的诗，无所谓乐观还是悲观。乐观是一种悲观旷达的表现形式，而悲观又是一种骨子里的澄明生命真相的乐观。《水成岩》就是这样坚卓有力地屹立在那儿，成为无所不在的启示。

何其芳

预 言

这一个心跳的日子终于来临！
呵，你夜的叹息似的渐近的足音，
我听得清不是林叶和夜风私语，
麋鹿驰过苔径的细碎的蹄声！
告诉我，用你银铃的歌声告诉我，
你是不是预言中的年青的神？

你一定来自那温郁的南方！
告诉我那里的月色，那里的日光！
告诉我春风是怎样吹开百花，
燕子是怎样痴恋着绿杨！
我将合眼睡在你如梦的歌声里，
那温暖我似乎记得，又似乎遗忘。

请停下你疲劳的奔波，
进来，这里有虎皮的褥你坐！
让我烧起每一个秋天拾来的落叶，
听我低低地唱起我自己的歌！
那歌声将火光一样沉郁又高扬，
火光一样将我的一生诉说。

不要前行！前面是无边的森林：
古老的树现着野兽身上的斑纹，
半生半死的藤蟒一样交缠着，
密叶里漏不下一颗星星。
你将怯怯地不敢放下第二步，
当你听见了第一步空寥的回声。

一定要走吗？请等我和你同行！
我的脚步知道每一条熟悉的路径，
我可以不停地唱着忘倦的歌，
再给你，再给你手的温存！
当夜的浓黑遮断了我们，
你可以不转眼地望着我的眼睛！

我激动的歌声你竟不听，
你的脚竟不为我的颤抖暂停！
像静穆的微风飘过这黄昏里，
消失了，消失了你骄傲的足音！
呵，你终于如预言中所说的无语而来，
无语而去了吗，年青的神？

何其芳在习作阶段曾受过"新月派"诗风的影响，但很快就抛开了那种外露的浪漫情调和规行矩步的"新格律"，转而师法象征主义诗艺。这首《预言》既是对幻想中的爱之神、希望之神到来的"预言"，同时不也是象征主义深动于心使他走上新的诗歌道路的"预言"么！

象征主义诗人常常将梦幻与冥想作为诗歌的题材。在他们看来，现实世界是忧郁的、病态的、无望的，只有心灵与自然的美好"契合"，才给人以安慰。这种"契合"的果实常常也是痛苦的、忧伤的，但这种痛苦和忧伤是诗人将"我"的情愫寄托在自然身上，这就变成"我"在另一个对象那里玩味"我"本身的忧伤；真实的怅惘变成审美意义上的怅惘，诗人充满了美的喜悦，他的心灵得到了释放和抚慰。

何其芳诗中"年青的神"就是诗人用幻想创造出来的又一个"我"。这个"我"年轻、美丽、神秘、纯洁，是诗人对爱情和希望的渴念。"这一个心跳的日子终于来临！"是说久蕴于心的爱和希望终于找到了恰切的"对象"，它来了——诗的灵感像精灵一样翩翩栖落在诗人的心窗边！

美的到来是轻灵的、突发性的，这年青的神发出"夜的叹息似的渐近的足音"。"夜的叹息"是虚幻的，但诗人听到了它。它不是林叶和夜风在絮语，也不是麋鹿那细碎矫捷的蹄声。它本不存在于物质世界，它是诗人用生命创造出来的"虚无"——这个"虚无"恰恰是真实的，是诗人生命过程的瞬间显形。这个爱之神，希望之神来自何方？诗人将它放在了"温郁的南方"。那里没有风雪和泥泞的道路，只有灿烂的太阳、皎洁的月光，只有春风吹开百花，燕子痴恋着绿杨。这是诗人心中理想的"南方"，它象征着安谧、蓬勃、美丽、明亮的另一种生命形态。诗人被这幻想陶醉了，他甜蜜又忧伤，因为，这一切是怎样的不可企及啊，它只存在于"我"心里，"那温暖我似乎记得，又似乎遗忘"。这"记得"和"遗忘"不是为了造成朦胧的氛围，而是暗示了美的理想与丑恶生存的不相容。

对爱情和希望的意念，诗人运用了将自我对象化的方法，"我"中又分裂出一个"年青的神"。诗人对它说："请停下你疲劳的奔波，/ 进来，这里有虎皮的褥你坐！/ 让我烧起每一个秋天拾来的落叶，/ 听我低低地唱起我自己的歌！"这里的感情是复杂的。"疲劳的奔波"暗示了在这个世界上爱和希望无处容身的现实。诗人是珍爱这美丽地浪迹着的年青的神的，这是一种变相的"自恋"行为。他实际上爱的是年青的、充满爱心和希望的自己。他要在火光中唱"自己的歌"，用生命的火焰烫伤黑暗的现实！但诗人深知黑暗的强大，他踌躇着，又遁回了自己的内心，"不要前行！前面是无边的森林：/ 古老的树现着野兽身上的斑纹，/ 半生半死的藤蟒一样交缠着，/ 密叶里漏不下一颗星星。""年青的神"是那么美好那么纯洁，但它又是何等无力无助无望啊！它听到了森林里"空寥的回声"，听到了老树的根发出的死亡的断裂声。它就这样惊呆了，"怯怯地不敢放下第二步"。这不是什么软弱，而是清醒地意识到现实的酷厉，只得求其自身的纯洁的另一种意义上的坚强！

幻想终会逝去，年青的神要"走"了。诗人又要被抛回到残酷的生存之中。他在祈求："请等我和你同行！"这是说诗人将永不放弃内心的纯洁的理想，永不与黑暗的现实同流合污。这里的调子是轻快的，但这轻快之中我们却听到了那种"美丽的沉哀"。你看，"当夜的浓黑遮断了我们，/你可以不转眼地望着我的眼睛！"四围是黑暗的，只有眼睛是一小片"晴空"，这给人安慰呢，还是使人陷入更深的哀伤之中？！最后，年轻的诗人只得用颤抖的声音为他创造的这个"年青的神"送行。当它终于消失了"骄傲的足音"时，我们的心也开始和诗人一起颤抖了……

这里，"年青的神"是爱情和希望的象征。但爱情在此诗中不仅指男女之爱，也是指对理想社会的爱情。所以，爱情和希望就又是一体的了。这首诗可能受到瓦雷里《年轻的命运女神》的影响，它用了整体象征，记述了诗人某一阶段的心理历程。另外，在诗歌的音乐性上，《预言》是引人注目的，从中不难看到象征派诗人对音乐性的强调对何其芳的启发。

秋　天

震落了清晨满披着的露珠，
伐木声丁丁地飘出幽谷。
放下饱食过稻香的镰刀，
用背篓来装竹篱间肥硕的瓜果。
秋天栖息在农家里。

　　　　　向江面的冷雾撒下圆圆的网，
　　　　　收起青鳊鱼似的乌桕叶的影子。
　　　　　芦篷上满载着白霜，
　　　　　轻轻摇着归泊的小桨。
　　　　　秋天游戏在渔船上。

　　　　　草野在蟋蟀声中更寥阔了。
　　　　　溪水因枯涸见石更清冽了。
　　　　　牛背上的笛声何处去了，
　　　　　那满流着夏夜的香与热的笛孔？
　　　　　秋天梦寐在牧羊女的眼里。

　　这首诗寥寥数语但妙机四溢，诗人以赋为主却不为物滞，这是深得我国古典诗词的精髓的。"落花无言，人淡如菊"，此诗之性情！
　　"震落了清晨满披着的露珠，/ 伐木声丁丁地飘出幽谷。/ 放下饱食过稻香的镰刀，/ 用背篓来装竹篱间肥硕的瓜果。/ 秋天栖息在农家里。"秋天是空旷深静的，深秋时节，少了繁忙，多了悠闲。在这种清静的氛围里，"伐木声丁丁地飘出幽谷"。一个飘，活画了秋之静美怡然，有"空山不见人"，但闻斧声响（借用王维《鹿柴》句）之幽美情调。这丁丁斧声震落着草木树林上的露珠。这本是诗人心灵的秋声！"镰刀"是怡然的，它静静地挂在房檐上，进入了悠闲的时光。你看，它多满足多恣意，它是"饱食过稻香的"，它还在回味刚刚经历过的喜悦吧？诗人本是在写农人，但他不让他们出现，却写了伐木声和镰刀。这安然自得不正是收获后的农人之心态么？瓜果成熟了，它们没有辜负人的辛劳，长得那么肥硕，正呆头呆脑地坐在篱间等候主人用背篓装它们回去呢！"秋天栖息在农家里"，那是一囤囤稻米、满地的瓜果吗？可以这么说，但别忘了更主要的是农人对土地的虔诚有了报答，那饱满的心不正能装得下宁静丰硕的秋么？
　　"向江面的冷雾撒下圆圆的网，/ 收起青鳊鱼似的乌桕叶的影子。/ 芦篷上满载着白霜，/ 轻轻摇着归泊的小桨。/ 秋天游戏在渔船上。"

上面的秋天是"栖息"着的，这里的秋天是"游戏"着的。江面荡漾着柔曼的晨雾，渔人在雾中撒网，那网似隐似现朦胧在白雾之中，该是怎样的美哟！秋天是"淘气"的，它和渔人在"游戏"哪，你看，那网拉起了，有欢蹦乱跳的银鱼儿，可也有满满一网乌桕树的叶子，渔人又欢喜又有些懊恼，秋天就以这种方式亲近着渔人，真是有趣！满载着鱼儿的小船上落满了白霜，如情似梦地归泊了，秋水被漾开一弧弧波纹，那是小桨在吻着它，无声地、默契地。

上面两节写了田园之秋，清江之秋，下面该写心灵之秋了。我国古诗不乏这种结构方式，先写景，后写情，全部景色又被这情浸润着，一层层地展开，一层层地惆怅，情景交织着，结合成更深远的意境。像王安石的"杨柳鸣蜩绿暗，荷花落日红酣。三十六陂春水，白头相见江南"，就属这种路数。

"草野在蟋蟀声中更寥阔了。/溪水因枯涸见石更清洌了。/牛背上的笛声何处去了，/那满流着夏夜的香与热的笛孔？/秋天梦寐在牧羊女的眼里"。秋虫唧唧，秋潭寒碧，大自然就要平和闲静地睡了。牧羊女那么惆怅，因为深秋将尽，草木荒疏起来。她是怕不能给羊儿喂新鲜的草了？才不是呢，是怕她的心儿没人给"喂"笛声了！整个夏天，她倾听着牧牛少年那"香与热"的牧笛，她的心儿也像羊一样那么安详、那么满足地铺在青草上。可是牧羊女将不再能听到那牧笛了，因为那少年在深秋不见了，他不知道那笛声已流淌在少女"梦寐"般的心里。这是一缕忧愁，但那么清爽那么醇洌，这秋天的心境被诗人微妙地展示出来了：甜蜜的清愁。

《秋天》的乡村、江湖、牧女就这样被诗人浓缩在一幅淡淡的水墨画之中。目既往还，心亦吐纳，这是一首中国情韵十足的秋之诗。

罗 衫

我是曾装饰过你一夏季的罗衫，

　　如今柔柔地折叠着，和着幽怨。
　　襟上留着你嬉游时双桨打起的荷香，
　　袖间是你欢乐时的眼泪，慵困时的口脂，
　　还有一枝月下锦葵花的影子
　　是在你合眼时偷偷映到胸前的。
　　眉眉，当秋天暖暖的阳光照进你房里，
　　你不打开衣箱，检点你昔日的衣裳吗？
　　我想再听你的声音。再向我说
　　"日子又快要渐渐地暖和。"
　　我将忘记快来的是冰与雪的冬天，
　　永远不信你甜蜜的声音是欺骗。

　　这首诗写的是一段往日的恋情。读着它，使我想起一位诗人说过的话："爱情像一件穿旧了的衣裳……"但真正的爱情真的是一件穿旧了的衣裳吗？何其芳的《罗衫》就是建立在这样一个疑问的基础上展开的。

　　"我是曾装饰过你一夏季的罗衫，/如今柔柔地折叠着，和着幽怨。"诗人的心绪充满着忧伤，他恍然意识到自己是一种"装饰"，待冲动的夏天过后，就被放在箱底了。那个和"罗衫"一起度过夏天的少女，你可知道，它如今正在黑暗中啜泣着？这啜泣不是埋怨，不是指斥，而是"幽怨"，诗人一直在深爱着她呀。这个意象很复杂，既有被遗忘的意味，同时又含有再度相依的希望。因为，"我"是被"你"折叠起来放在箱里的，谁能肯定，"我"不是被你放在心箱的底层？往日的恋情怎能如一件穿旧了的罗衫？即使是旧罗衫吧，那上边不是还有她欢乐时的泪水，困时的唇香，嬉戏时的荷影，寂寥时的锦葵花伴着月光？所以，诗人的心是含着幽怨又充满希望的。他相信，那个叫"眉眉"的少女不会忘记他，现在的一切都是爱的回旋，"当秋天暖暖的阳光"照进她心灵的时候，她会"打开衣箱"，检点昔日的衣裳的。但这毕竟是诗人的希望，他不知道这希望能否转为现实，故用了将信又疑的语气。他想知道，爱之夏过后是这难耐的零落的秋，但秋之后是否就一定是"冰与雪的冬天"？这一切都取决于"眉眉"，她对诗人的精神具有着回黄转绿的意义！对赤诚的爱的执著，会浸润一颗少女的心的，那个叫"眉眉"的少女，你听到罗衫的倾诉了吗？

　　这首诗取象不同寻常，诗人将自己的一腔爱情凝注到一件无生命的罗衫上。罗衫有幽怨而不能"诉说"，只能暗暗垂泪于箱底，它的被拿出完全取决于少女的意愿，这正和诗人的心态是一致的，和他在这场恋爱中所处的位置是一致的。"啊，无言的、怅惘的、忠贞的罗衫"，你是怎样牵动了我们的心！诗人，是怎样的缪斯的精灵送给你这一袭神奇的罗衫的？！

花　环（放在一个小坟上）

　　　　开落在幽谷里的花最香。
　　　　无人记忆的朝露最有光。
　　　　我说你是幸福的，小玲玲，
　　　　没有照过影子的小溪最清亮。

　　　　你梦过绿藤缘进你窗里，
　　　　金色的小花坠落到发上。
　　　　你为檐雨说出的故事感动，
　　　　你爱寂寞，寂寞的星光。

　　　　你有珍珠似的少女的泪，
　　　　常流着没有名字的悲伤。
　　　　你有美丽得使你忧愁的日子，
　　　　你有更美丽的夭亡。

　　这是枚精致纯洁的"花环"。被悼念的人是一个早夭的少女。少女小玲玲与诗人的关系我们不得而知，但从诗的情调看，可能是诗人的亲属或与他非常要好的朋友的女儿。这首诗没有顿足捶胸的哀号，没有涕泗滂沱的悲声，诗人的感情是更为深沉哀婉的。他仿佛默默地坐在玲玲的小坟旁，喃喃地向她倾诉一个长者无限的悲伤。那泪水慢慢地滴注在坟土上，滴注在我们心里。诗人越是写得轻柔精致，我们的心越紧缩、酸楚，这一行行诗句犹如纯洁的冰片，划着我们的心……我们的泪水涌出又咽下！

"开落在幽谷里的花最香。/无人记忆的朝露最有光。/我说你是幸福的，小玲玲，/没有照过影子的小溪最清亮。"这是诔词吗？我们听着它是那么轻柔、安静，好像诗人在为这个少女唱着甜蜜的谣曲。小玲玲未及成年便死去了，诗人的心是沉哀的，他仿佛被这噩耗击呆了，自言自语，无尽无休。他不敢打扰那长眠的小灵魂，只能幽幽地诉说他的"祝福"——孩子，你到另一个世界去了，不能再回来，但你是纯洁的，你没有染上过世界的丑恶！你未曾体验到世界的污浊！这是应"祝福"你的啊！小玲玲死了，但她与永恒的地母结为一体。像幽谷里的花，无人记忆的朝露，纯洁得连影子都没有的小溪。总结她一生的只有四个字：纯洁，美丽。这一节看似轻柔，但背后却蕴含着诗人对丑恶世界的不齿，从这个意义上说，玲玲是"幸福"的。这种"幸福"是多么教人感伤，我们真不知该怎样转述诗人那复杂深沉的感情！这就是诗，是人类最丰富最难以辨认的语言中的语言！它的含义是更为深邃更为广远的！

"你梦过绿藤缘进你窗里，/金色的小花坠落到发上。/你为檐雨说出的故事感动，你爱寂寞，寂寞的星光。"这里要注意的是"梦"字。小玲玲的生命是短促的，她甚至都没有更多地享受自然的美丽。在她的生命过程中，有着多少美好的梦境。绿藤、金色小花在梦里守着她，可今天，连着这"梦"一起沉入黄土了。以乐景写哀，一倍增其哀啊！玲玲曾为檐雨说出的故事感动，为星光的寂寞感动；而今，她去了，檐雨还在滴注，星星还在沉默。睹物思人，怎不教诗人伤悲。但诗人无一字说"悲"，他将悲痛压在心底，他怕惊醒了这心爱的孩子么？你听："你有珍珠似的少女的泪，/常流着没有名字的悲

伤。/ 你有美丽得使你忧愁的日子，/ 你有更美丽的夭亡。"玲玲的泪
是纯洁的，这是为世界的美所感动么？像诗人在他的《圆月夜》里所
说："是的，我哭了，因为今夜这样美丽！"这泪是晶莹如"珍珠"的，
"没有名字的悲伤"是怎样美好的"悲伤"！玲玲并不曾真正领略过
悲伤的滋味，现在，这滋味交给诗人替她领略了。"你有更美丽的夭
亡"，不仅是照应了前面的内容，更是诗人发自内心的对人世污秽的
感慨，这可以理解为极而言之的愤激之词，其中揭示生存的意向是明
显的。

　　这首诗仿佛是为玲玲的灵魂祈祷祝福，通篇写得美丽轻柔。悼诗
不是"悼词"，它应该更内在，更复杂深沉，那背面的东西让读者自
己联想出来。象征主义诗人常常触及死亡的题材，在他们笔下，死是
美丽的，因为它超越了现实的丑恶，"升华"到另一度永恒的空间去
了。何其芳的《花环》是受了法国象征派大师们的启发的。我国青年
诗人欧阳江河也写过一首有名的《少女之死》，我原文抄录如下，供
读者体会它与《花环》的异曲同工之妙：

> 在静静的开放中，一切将如花飞逝
> 花园屏住全部美丽蒙受一个少女
> 在她的无视中距离未被看见
> 如果影子躲开太阳就会到地下去纠缠
> 　　而果实死于树上就像少女死于高度
> 在少女的死亡中一切是美的
> 水和阳光有流动的发式披散于她的双肩
> 夏季有千年不融的白雪让她呼吸时感到
> 　　而风景以窗子的形状开在她房屋两侧
> 一切是美的但一个少女死了
> 她缩回一双小手生怕像爱情那么静的水被搅动
> 她藏起她的耳朵惟恐众鸟的欢唱不能飞得更远
> 　　而不曾搅动的水如今已被风吹皱
> 仅有的蝴蝶制成标本锁进一个幽闭

仅有的地址忘掉投寄以至不复存在
仅有的书页翻得很乱并写满歪歪扭扭的空白
红色给了鲜血，太阳鲜血流尽更惨更夸张
那些被握住的事物经由她的手松开
那些亲切的名字经由她的嘴皮无声无息
使精神到处分裂的光经由她眼一无所视
而六翼天使以她死去的四肢飘然起舞
在静静的开放中，一切将如花飞逝

季候病

说我是害着病，我不回一声否。
说是一种刻骨的相思，恋中的征候。
但是谁的一角轻扬的裙衣，
我郁郁的梦魂日夜萦系？
谁的流盼的黑睛像牧女的铃声
呼唤着驯服的羊群，我可怜的心？
不，我是梦着，忆着，怀想着秋天！
九月的晴空是多么高，多么圆！
我的灵魂将多么轻轻地举起，飞翔，
穿过白露的空气，如我叹息的目光！
南方的乔木都落下如掌的红叶，
一径马蹄踏破深山的寂默，
或者一湾小溪流着透明的忧愁，
有若渐渐地舒解，又若更深地绸缪……

过了春又到了夏，我在暗暗地憔悴，
迷漠地怀想着，不作声，也不流泪！

　　这是一首略施微愁却又时见欣悦的小诗。或者说，这是微愁中的欣悦，欣悦中的微愁。何其芳的诗心温柔、恒郁、甜蜜、感伤，这几种成分是那么和谐地融为一体，教你难以条条理清。你会想起魏尔伦、瓦雷里，也会想起李商隐和温庭筠诗歌的味道来，但何其芳毕竟还是他自己。他酿造的诗之蜜，是何其——芳芬！

　　"季候病"，这个题目教人想起古代墨客骚人悲秋的那些诗歌情调。但何其芳写的不是悲秋，而是恋秋。秋天安详、高远，诗人正好在那里安顿下一颗惆怅的心。"说我是害着病，我不回一声否。"这是怎样的病呢？是"刻骨的相思，恋中的征候"。我们想，这恐怕是一种爱而不能实现又不能忘其所爱的恋爱诗吧？接下来，诗人继续迷惑着我们的视线："但是谁的一角轻扬的裙衣，/ 我郁郁的梦魂日夜萦系？/ 谁的流盼的黑睛像牧女的铃声，/ 呼唤着驯服的羊群，我可怜的心？"这里的两个意象来得空灵神奇，裙衣系梦，黑睛放牧着可怜的心，这是怎样的一种刻骨镂心的相思！我们不再怀疑这是一首爱情诗了，但我们被"迷惑"了："不，我是梦着，忆着，怀想着秋天！"诗人斩钉截铁地告白，叹句的使用，使诗的境界陡然一变，现出了开朗空明的画面："九月的晴空是多么高，多么圆！/ 我的灵魂将多么轻轻地举起，飞翔，/ 穿过白露的空气，如我叹息的目光！"传统诗中悲秋的审美积淀被诗人彻底掀翻，浩浩然真有秋空的广阔、秋野的辽远！但在这画面背后，我们依然能体味出诗人的忧伤，他的灵魂曾是怎样地在春雨中彷徨，在夏日里被灼伤啊！只有秋天能让它翩然远举，能让它的叹息抒出。可见，诗中的"秋天"不仅是自然意义上的秋天，而且是诗人灵魂之秋、生命之秋，是他久久期冀着出现的"永恒时刻"。秋叶飘零，秋山沉寂，秋水澄净，诗人多想进入这一派宁静的内心视象中，独自欣悦或独自忧伤，永远不再回到现实中来。那里，"渐渐地舒解"或"更深地绸缪"都是他自己的，诗人最大的欣慰不正是长久地耽于内心生活吗？但现在，"过了春又到了夏"，秋天还在远方默默地睡着，诗人还要经受难言的忧伤的折磨，这怎不教他"暗暗地憔悴，迷漠地怀想"？虽然他"不作声，也不流泪"，但无声的忧伤，被压抑住的泪水还是回响在、流淌在我们心里了……

这首诗止之于有穷，流之于无止，在徐缓忧伤的语势中忽然插入迅驶掀撞的欣悦，最后又流于徐缓忧伤的语势中，这样，就巧妙地调节了诗的节奏和情调，使我们得到了复杂神奇的审美感受。

陈江帆

灯

微风的静夜，
灿烂着无数宝石——
灯在近处，
灯在远处。

远处的灯多噩梦，
它起伏，它辗转反侧：
记着炫目的白昼，
它昏迷在云上，海上。

下面是海吧：
海水扬着暗波，
有渔人之妻，
——系渔火在船头，
然后她又歌唱。

但这时四野无言，
船也隐匿着不见，
我又疑虑承载灯的不是船，
怕是草原，
缀着猎人炙野鹿的野火？

草原震颤着，
随风飘摇，
风夜是最好的乐人，
它使一切翩翩舞蹈。

然而近处的灯却很明静，
它画出这里的山，
这里的村妇的庐舍，
这里的小木桥，
和桥端阴荫的树林，

更点染一个老行者，
默然停下来，
默然望着天
然后默然走他的路。

微风的静夜，
灯在近处，灯在远处。

灯，在无声的夜里歌唱着，如情似梦，有多少诗人的心被它烘暖，有多少诗人的心为它黯然神伤！"东风夜放花千树"，"十年心事十年灯"，"三更酒醒残灯在，卧听潇潇雨打篷"，"野径云俱黑，江船火独明"，"今夕复何夕，共此灯烛光"，"今宵剩把银釭照，犹恐相逢是梦中"，"桃李春风一杯酒，江湖夜雨十年灯"，"愁病相仍，剔尽寒灯梦不成"，"何时共剪西窗烛，却话巴山夜雨时"，"雨中黄叶树，灯下白头人"，"残灯明灭枕头敧，谙尽孤眠滋味"……灯中有无限的韵味，无限的深沉，它让你想起阳光下蛰伏起来的那些东西，它让你凝神注视不再分散你的视线！

陈江帆作为现代诗人，面对静夜中的灯火，不再夸饰浪漫主义式的感伤,他关注的是唯美,是刹那间产生的一个个意象。这些意象鲜明、结实,充满着诱人深入的活力。

在微风的静夜,诗人走上原野,他看到远近的灯火闪烁着,像"灿烂着无数宝石"。这是灯火的总体印象。"灯在近处,灯在远处"一句,不仅是说明性文字,更是从语感上、从运动上表现了灯火闪烁不定变幻迷离的感觉。就像汉代民歌《江南可采莲》中的"鱼戏莲叶东,鱼戏莲叶西,鱼戏莲叶南,鱼戏莲叶北",意不在指方位,而在描绘一种盎然的生趣。接下来,诗人分别写了"远处的灯"和"近处的灯"。

"远处的灯多噩梦,/它起伏,它辗转反侧:/记着炫目的白昼,/它昏迷在云上,海上。"因为是"微风的静夜",远方的灯被吹得摇晃,诗人感到它仿佛是个忧郁的失眠人终于入睡,但它睡不安稳,不停地辗转反侧,白日间的忧伤又到梦中打搅它了。这个意象来得灵动,来得有趣。因为只是灯给诗人的印象,所以,没有真正的忧郁,而只是有着生命般的活力。我们不替灯忧伤,反倒觉得它有生趣有灵性。"下面是海吧:/海水扬着暗波,/有渔人之妻,——系渔火在船头,/然后她又歌唱"。随风动飐的灯火,给人以起伏飘摇的感觉。诗人猜想,这怕是荧荧的渔火在船头系挂着?渔火底下的海被燃得金波荡漾,而更远处的海则是扬着暗波,多么鲜明强烈的对比感,多么教人向往的梦幻仙乡!在这样微风的夜里,在这样温暖多情的渔火照耀下,渔人美丽的妻能不歌唱么?诗人不是"听见"了歌唱,而是"感到"了歌唱——那本是他自己的心在歌唱呀!这一切都不是实指,而是美丽的幻觉,是瞬间产生的意象。"但这时四野无言,/船也隐匿着不见,/我又疑虑载灯的不是船,/怕是草原,/缀着猎人炙野鹿的野火?草原震颤着,/随风飘摇,/风夜是最好的乐人,/它使一切翩翩舞蹈。"诗人的灵觉格外活跃,像夜风一样轻盈。他凭着直觉又产生了一个意象:万里静默的草原之夜,燃着丛丛篝火,那是骁勇的猎人在烤食野味。多么浪漫的生活,多么恣意的生命!我们仿佛听到了野火猎猎的歌唱,听到了猎人爽快的笑语,听到了被炙的猎物发出诱人的哔哔声……但诗人并没有写出它们,他让我们去填补更美好更细微的东西!他只写出远方灯光的视觉印象:草原震颤着。这是诗人通过随风飘摇的灯火感到的，夜风使野火在舞蹈，使整个大草原在舞蹈，为这舞蹈的灯火伴奏的是什么？是微风，是天籁般的风声啊！以上都是写远方的灯，充满着神秘，充满着野性，充满着馨香。

下面写"近处的灯"。如果说"远处的灯"诗人主要写它的动态，那么"近处的灯"则侧重写它的静态。一动一静，动静互衬，收到了更为神奇的审美效果。"然而近处的灯却很明静，/它画出这里的山，/这里的村妇的庐舍，/这里的小木桥，/和桥端阴荫的树林。"这仿佛是一幅色调简淡的山水画，山、庐舍、小木桥、阴荫的林子都静静地睡在那儿。但它们并不显得沉寂，而是显得安详。这些都是因为有一盏盏灯在映照着它们，在拍抚着它们，在"画出"它们。灯在这里成为这幅画的焦点，它那橘红的光焰一直照到我们灵魂深处。最后，诗人写了一位"老行者"，他是个散淡恬适的人。在这如诗如画的夜晚，走走停停，在"默然"中大概是领略这份难言的境界吧？这老人的精神状态是像这里的灯一样"明静"的，写老人也是写灯，正像前面写渔妇和猎人也是写"远处的灯"的神奇和朴野一样！

啊，"微风的静夜，/灯在近处，灯在远处"，诗人，这灯更是在你生命深处的、直觉深处的诗之灯吧？！现实中的灯会熄灭，但点燃在象牙塔里的艺术之灯却能穿过无数白天和夜晚，一直绽放在人们心中。

窗 眺

丰富田园风的新村，
我安详地住下来。
那映在松林间修洁的庐舍，
备为牧群住的板屋，
不远的荫路与草陵，
屡屡引我作晨昏的窗眺。

　　我竟疑虑要成为原始人了，
　　窗眺的心酿着荒诞的梦——
　　丛树簇列着星珠的凝眸，
　　星珠是天国的窗户，
　　幻想我沿丛树直上，
　　复倚凭窗户而歌。

　　陈江帆诗歌的格调，总使人感到一种新古典主义的味道。他追求的是和谐、高贵、宁静、典雅。作为生活在都市的现代人，诗人倾心那种恬淡安谧的田园风情，并不是简单的怀古，而是要寻找一种精神的维系，领悟生命中单纯空明的一面。

　　这首诗写得简淡冲远，清静本性，既是诗人纯艺术的体验，又是他生命深层的表露。诗人从窗眺中感到了心醉神迷的物我合一，我们则以《窗眺》为诗人的心窗领略他灵魂的深远风光！诗中的物象不仅是自然的，更是诗人的心境。"丰富田园风的新村，/ 我安详地住下来。/ 那映在松林间修洁的庐舍，/ 备为牧群住的板屋，不远的荫路与草陵，/ 屡屡引我作晨昏的窗眺"。这是诗人客居的环境，没有喧嚣，没有倾轧，他的心变得"安详"。窗外是绿林掩映的整洁纯朴的庐舍，是黄黄的蜿蜒着的林荫小路，是青青起伏着的草陵，是打扫得干干净净的畜棚。好一幅宁静高远的田园风光，它引发过多少骚人墨客的痴恋，安顿了多少悒郁的心灵啊！陶潜在这儿住过，谢灵运在这儿住过，孟浩然在这儿住过，王维在这儿住过，刘长卿在这儿住过，杜牧在这儿住过，黄庭坚在这儿住过，"永嘉四灵"在这儿住过……现在，他们的传人陈江帆也来啦！那屡屡引诗人作晨昏远眺的只是这自然的风光吗？不，更有着对先代诗人精神境界的向往！这一节仿佛只是写实，但内中却有着一个底层的精神背景。诗人不说出它，他相信，读者是带着过往艺术的审美积淀来到这首诗面前的。

　　"我竟疑虑要成为原始人了，/ 窗眺的心酿着荒诞的梦——/ 丛树簇列着星珠的凝眸，/ 星珠是天国的窗户，/ 幻想我沿丛树直上，/ 复倚凭窗户而歌"。这里的"疑虑"，是体现一种惊喜的超其所望的感觉。"原始人",我们想那是自由自在地生活在大自然中的生命,像一株花,一片林,时时领受着造化的恩泽。日出而作日落而息,顺应天意,自得悠暇。这是被"文人化"了的"原始人",取其审美意义而言的。诗人的畅想那般高远明净,他的灵魂在这神奇的幻想中飞升了,成为晶莹而永恒的星珠,在天空的窗口眺望!这的确是"荒诞的梦",但这里的"荒诞"却源于诗人生命感悟的真实。

此诗意不在说理,但由于诗道幽远,反使理入玄微。现代人生活在空前的焦虑中,我们更需要这种幻景的慰藉。从这个意义上说,此诗又是充分现代的,它使我们的生命在内视中瞬间如此吐露辉光!

废 名

小诗三首

街 头

行到街头乃有汽车驰过，
乃有邮筒寂寞。
邮筒 PO
乃记不起汽车的号码 X，
乃有阿拉伯数字寂寞，
汽车寂寞，
大街寂寞，
人类寂寞。

小 园

我靠我的小园一角栽了一株花，
花儿长得我心爱了。
我欣然有寄伊之情，
我哀于这不可寄，
我连我这花的名儿都不可说——
难道是我的坟么？

寄之琳

我说给江南诗人写一封信去，

乃窥见院子里一株树叶的疏影，

他们写了日午一封信。

我想写一首诗，

犹如日，犹如月，

犹如午阴，

犹如无边落木萧萧下，

我的诗情没有两个叶子。

废名的诗沉寂、古朴、神秘、晦涩。他既珍视直觉，又执迷于玄思，这就使他的诗牺牲了更多读者。但评价一个人的诗歌，不是一定以读者的众寡为尺度的。诗就是独立自主的生命形式，它的能否存活，存活的价值大小，完全取决于它自身的品质。这里，我们对废名的三首小诗进行解读，相信它们是不难为读者接受的。

《街头》："行到街头乃有汽车驰过，/乃有邮筒寂寞。/邮筒 PO/乃记不起汽车的号码 X，/乃有阿拉伯数字寂寞，/汽车寂寞，大街寂寞，/人类寂寞。"这首诗通篇写的生存的实质。人活在广大的熙攘的世界上，但缺乏沟通，缺乏理解。心与心交臂而过，互不相干，仿佛是在荒漠中一般！你看，汽车从邮筒前驶过，邮筒无动于衷，邮筒的代号缩写字母 PO，记不起汽车的代号了，只能用一个表示疑问的 X 这共性的未知数来强加于汽车。被误记了的汽车更为寂寞，它本来的代号（"阿拉伯数字"）被漠视、被误读，于是也陷入了深深的寂寞。但它并不曾想到，邮筒也为它轻慢地驶过而寂寞着！这里的无生命的汽车、邮筒，让我们想起了有生命的人。但有生命而缺乏交流，缺乏被感知，缺乏亲切的问讯，这与无生命的东西又有何异？！是的，"汽车寂寞，/大街寂寞，/人类寂寞"。邮筒、汽车、大街并不怕寂寞，但是人如果也和它们一样木然生存在这世界上，该是多么可怕的寂寞！

《小园》："我靠我的小园一角栽了一株花，/ 花儿长得我心爱了。/ 我欣然有寄伊之情，/ 我哀于这不可寄，/ 我连我这花的名儿都不可说——/ 难道是我的坟么？"这首诗写了诗人爱的彷徨、爱的无望、爱的深沉。花儿是要精心培育的，从撒下种子，拱出芽苞，绽开蓓蕾，这其间得经过多少时光！这是诗人写他爱情的专一、赤诚、纯洁。当他的心像花儿一样长得丰润美丽了，他要向姑娘表明这一份爱心，但他又在彷徨，花儿怎么寄呢？"我"的一腔挚情怎能向她表达出来？这种心情是一个深爱着的人常常有的，"我连我这花的名儿都不可说"，是啊，在爱情面前，语言是多么无能啊！它能表达你的心情于万一就不错了！诗人由深沉的爱而感伤，可能是无法表达清楚那一颗花朵般的心吧？可能是怕表达出来被拒绝吧？在这种两难的困境里，他猛然想到，这花儿"难道是我的坟么？""我"的情爱难道将被涸死在这两难的困境里？这里需要说明的是，诗中的"我"未必只是诗人自己，还代表着人类共有的情感经验。

《寄之琳》："我说给江南诗人写一封信去，/ 乃窥见院子里一株树叶的疏影，/ 他们写了日午一封信。/ 我想写一首诗，/ 犹如日，犹如月，/ 犹如午阴，/ 犹如无边落木萧萧下，/ 我的诗情没有两个叶子。"这首诗是诗人写给卞之琳的，这两位诗人的诗有许多相似之处，废名还写过对卞之琳《十年诗草》的评赏，二人在精神深处是相通的。诗人要给卞之琳写信，但又没有说写什么，而是写出五个意象，让读者自己去补充要写的内容。这内容可能是友好的问讯，可能是倾诉衷肠，可能是切磋诗艺，可能是交流对人生的新理解……你可以随便去想，只要记住这一切都是倾吐不尽的，如疏疏的树影般美好，如明亮的太阳、皎洁的月亮般抚慰，如午阴般清爽，如无边落木萧萧下般纷繁……就可以了。信中内容如果写到诗里，一定会使人乏味的，但用虚指的手法，一切都不确定，就显得格外有情趣！这样的友谊真正是诗的啊！最后一句较为费解，诗人自注是这样的："最后一句'我的诗情没有两个叶子'，是因为我用了'无边落木萧萧下'这一句话，怕人家说我的思想里有许多叶子的意思，其实天下事哪里有数目可数呢？"（《谈新诗》）这句话是说诗人情思无尽，纷至沓来，不可胜数，寄给朋友的信怎能容得下？于是，他不写信而"想写一首诗"了。

废名的诗简隽凝练，往往在几句话中包含着更多的内容。这是高层次的"晦涩"，是诗人有意制造的迷宫。而那把打开迷宫之门的钥匙，诗人让我们自己去配制——型号自便！所以，读他的诗往往更自由更充满发现的愉快。

十二月十九夜

深夜一枝灯，
若高山流水，
有身外之海。
星之室是鸟林，
是花，是鱼，
是天上的梦，
海是夜的镜子。
思想是一个美人，
是家，
是日，
是月，
是灯，
是炉火，
炉火是墙上的树影，
是冬夜的声音。

朱光潜对废名的诗做过这样的评价："废名先生的诗不容易懂，但是懂得之后，你也许要惊叹它真好。有些诗可以从文字本身去了解，有些诗非先了解作者不可。废名先生富敏感好苦思，有禅家与道人的风味。他的诗有一个深玄的背景，难懂的是这背景。"（《文学杂志》第二期编后记，1937 年 6 月出版）信哉斯言！朱光潜不愧为美学大师。

废名的诗炫动、诡秘、超逸，但并非不可理喻。他将象征主义的直觉体验，与我国禅宗的静观本心结合起来，写无中之有、有中之无；"吾心即世界"，诗理融于诗趣之中，使我们在瞬间历游精神高度自由的内宇宙。

"十二月十九夜"，没有别的意思，是说此诗产生的时间，即诗人顿悟神奇经验的那一刻。先写深夜的灯。"深夜一枝灯，/ 若高山流水，/ 有身外之海。"这里的"灯"，就是下文的"思想"。由于诗人深耽于禅家般的内心生活，涤除了本心的尘滓，所以，它像"高山流水"那支曲子一样，只能指望个别的读者（听者）来理解。这里不着痕迹地用了伯牙子期的典故（见《列子·汤问》）。深夜是无边的黑暗，一枝灯那么孤单，但它亮得浑圆、亮得自信，它的背景是无边的"海"。以海来衬托灯，更显出灯的光和力。再写星空："星之室是鸟林，/ 是花，是鱼，/ 是天上的梦，/ 海是夜的镜子。"这里，为什么说星空是"室"呢？这是暗喻诗人内在的生命，"星室"——心室。它与老庄所提倡的"心斋"是一个意思。虽然遁入内心，对外界的一切"听而不闻，视而不见"，但内心自有它的风光，有自由的思想之鸟飞翔着，有绚烂的智慧之花开放着，有湖鱼两忘式的愉快解脱，有彼岸世界的梦和大千世界的海一样的反光。接下来，诗人索性点出了灯与星之室的本体：思想。"思想是一个美人，/ 是家，/ 是日，/ 是月，/ 是灯，/ 是炉火，/ 炉火是墙上的树影，/ 是冬夜的声音。"在禅家看来，尘世是空无的，而内心才是丰富的。没有"我心"，世界只是一团混沌，一派黑暗。"吾心即世界"，我没有冥观到的东西都不存在。这是唯心的，但作为一种思维方式，作为东方哲学的宝贵质素，我们应当格外珍视它。何况，废名在这里的用意是在歌颂人类的"思想"！没有思想则"万古如长夜"，这个结论是对头的。思想是我们灵魂的"家"，是我们生命的"日""月""灯"，是苦难寒冷的人生之冬夜的"炉火"，这是多么深刻的洞见啊！最后两行，诗人又遁入了一片空无之中。思想难以把握，它不过是"墙上的树影"，"冬夜的"无声之声。这使我们想起了那个有名的禅宗公案:"骑牛找牛"。

　　废名的诗写得真是精致!他没有为了"大众"的接受,而在艺术和情调上让出半步。一个泱泱大国的诗坛,有少数这等"怪人",似不嫌多吧?

施蛰存

嫌　厌

回旋着，回旋着，
永久环行的轮子。
一只眼看着下注的
红的绿的和白的筹码，
一只眼，无需说，是看着
那不敢希望它停止的轮子。
但还有——还有一只眼，
使我看见了
那个瘦削的媚脸，
涌现在轮子的圆涡里。

回旋着，回旋着，
她底神秘的多思绪的眼，
紧注着我——
红的绿的象牙，
遂忘情地被抛撒了，
像花蕊缤纷地堕下流水。
嗫讷的嘴唇
吹不出习惯的口哨，
浆挺的胸褶
才给我以太硬的感觉。

回旋着，回旋着，
我是在火车的行程里，
绕着圆圈退隐下去的
异乡的田园，城郭，
村舍，河流，与陵阜
全不觉得可恋哪
去！让它们退去，
万水千山，悠远的途程哪！

回旋着，回旋着，
惟有这瘦削的媚脸，
永远在回环的风景上。
我要向她附耳私语：
"我们一同归去，安息
在我们底木板房中，
饮着家酿的蜂蜜，
卷帘看秋晨之残月。"
但是，我没有说，
夸大的"桀傲"禁抑了我。

回旋着，回旋着，
我是在无尽的归程里。
指南针虽向着家园，
但我希望它是错了，
我祈求天，永远地让我迷路。
对于这神异的瘦削的脸，
我负了杀人犯的隐慝，
虽然渴念着，企慕着，
而我没有吩咐停车的勇气。

施蛰存是我国新文学中"新感觉派"小说的代表作家，他的诗歌也往往带有心理分析的特征。这首《嫌厌》就体现了这种心理分析的深度。嫌厌，这个题目就展示了现代人的生存心态。嫌厌，就是萨特所说的"厌恶"，就是海德格尔所说的"厌烦"。这是现代人生存的基本状态。象征主义大师波特莱尔就以《烦厌》为题写过一首著名的诗。施蛰存的《嫌厌》，显然是受惠于现代哲学对人的命运的深层揭示的。

人生，在诗人看来就是被抛上了"无尽的归程"的列车，命运的轮子在回旋着回旋着，你不知道自己被载向何方。你仿佛是在进行一场残酷的赌博，那"红的绿的和白的筹码"在疯狂地旋转，你焦虑，你疲惫；但又怕它会停止。这里，象征性的车轮和象征性的骰子被纳入了同一的指代系统，共同暗示着现代人充满迷茫和焦虑的生命体验。我们注意到，这首诗的核心意象是"涌现在轮子的圆涡里"的"那个瘦削的媚脸"。这个"瘦削的媚脸"是什么？是永远伴随你的宿命！她凶险又妖媚，对你是无情的又是有情的，你害怕她又留恋她，你怕这个"瘦削的媚脸"消失掉。因为，那就意味着你的死亡。车轮在"回旋着"，你渴望归返家园，但又"希望它是错了"，你"祈求天，永远地让我迷路"。你知道，这个"瘦削的媚脸"无处不在，"永远在回环的风景上"。你孤独无援，沦落于永远的旅途，这旅途变幻着风景，但这风景多舛多难的性质却是"不变"的！你仓皇地奔逃，像"负了杀人犯的隐慝"，可是，你并没有杀人，为什么这般狼狈，这般惊恐，这般可怜？！人啊，你"嫌厌"这"全不觉得可恋"的风雨长途，但就是"没有吩咐停车的勇气"。这是旷古的大悲剧，像洛根丁一样（萨特《厌恶》一书的主人公），你要呕吐，但漫长的旅程你岂能一次性呕吐干净？那么，这种厌恶的呕吐感将永远伴着你，那张"瘦削的媚脸"在永远讥嘲你、跟着你走回到"老家"！

这首诗在短短的篇幅里注入了深刻的生命体验。一连串的嫌厌和绝望，揭示了人被异化的全部内伤。但这并不导致死亡冲动的结论。诗人对生命是充满留恋的。他清醒地意识到人永恒的悲剧，这种意识使他产生了一种"桀傲"。虽然诗人说这种"桀傲"是"夸大的"，是色厉内荏的，但受难而执着地活下去，这本身肯定是值得人类"桀傲"的！永远不要说"我们一同归去，安息／在我们底木板房中"，永远不要说！让我们和西绪弗斯一道去推动那注定要滚下山来的巨石吧，推动的过程本身就是意义。那死在上山的路上的人，会在这块苦难的石头上留下庄严的刻痕！

梁宗岱

晚　祷
——呈敏慧

我独自地站在篱边。
主呵，在这暮霭的茫昧中。
温软的影儿恬静地来去，
牧羊儿正开始他野蔷薇的幽梦。
我独自地站在这里，
悔恨而沉思着我狂热的从前，
痴妄地采撷世界的花朵。

我只含泪地期待着——
祈望有幽微的片红
给春暮阑珊的东风
不经意地吹到我的面前：
虔诚地，静谧地
在黄昏星忏悔的温光中
完成我感恩的晚祷。

　　梁宗岱是诗人、理论家。早在 1936 年，他就与戴望舒、卞之琳、冯至等共编《新诗》杂志，鼓吹现代派诗风。他的理论著作《诗与真》，是与朱光潜的《诗论》比肩的现代诗论的两颗明珠。诗人曾这样描述过诗的境界："我们开始放弃了动作，放弃了认识，而渐渐沉入一种恍惚非意识，近于空虚的境界，在那里我们底心灵是这般宁静……在这难得的真寂底顷间，再没有什么阻碍或扰乱我们和世界底密切的，虽然是隐潜的息息沟通了：一种超越了灵与肉，梦与醒，生与死，过去与未来的同情底韵律在中间充沛流动着。我们底内在的真与外界底真调协了，混合了。我们消失，但是与万化冥合了"（《象征主义》）。这首诗，就生动地体现了如上境界。这里的"晚祷"不仅指宗教意义上的祈祷，同时也是写诗人面对自然——这生命的外化形式，所涌起的肃穆、庄严之情；在这里，他面对自然，一如面对上帝，感到了涤漱心灵的超越和升华。在薄暮时分，诗人独自站在篱边，大自然中的一切都变得温软、朦胧，白天的病态过去了，人不必再戴上面罩，他这时开始面对自身。人是必得不断反身检视自己的生物，因着这，他们变得纯粹，成为"万物的灵长"。诗中所说"悔恨而沉思着我狂热的从前，/ 痴妄地采撷世界的花朵"，是一个真诚善良的人对自身过失的忏悔，对无谓激情的冷却（非分的欲望）。上帝（同时指庄重恒久的自然或一种"道"）在注视着人们，他宽宥着每一个涤罪的灵魂，让他们在虔诚的祈祷中心灵感到平和美好。所以，诗人有种"感恩"的心情。这种"感恩"与其说是对"上帝"，不如说也是对自身中出现的良知——那仿佛是另一个"我"——的礼赞。诗人含泪站在那里，成为人类慈悲净化的剪影。这首诗的副题是"呈敏慧"，可见，诗人是将自己近一段的心迹呈示给亲爱的朋友，让朋友也分享他净化生命、享受自然、热爱人类、领受神恩的美好境界吧？

金克木

生　命

生命是一粒白点儿，
在悠悠碧落里，
神秘地展成云片了。

生命是在湖的烟波里，
在飘摇的小艇中。

生命是低气压的太息，
是伴着芦苇的啜泣的呵欠。

生命是在被擎着的纸烟尾上了，
依着袅袅升去的青烟。

生命是九月里的蟋蟀声，
一丝丝一丝丝的随着西风消逝去。

　　这是生命的颂歌还是挽歌？这是生命的进取还是挣扎？这是生命的美好还是悲哀？——你无法说清。生命就是这样神奇邃密，引得古往今来的诗人去崇敬、去慨叹、去礼赞、去忧伤……
　　这首诗凝聚了诗人对生命复杂的感悟。"生命是一粒白点儿，/ 在悠悠碧落里，/ 神秘地展成云片了。"生命是短暂的，又是永恒的，它的形体会消失掉，但消失不掉的是它的精神。那些伟大的生命先我们而去了，化成缥缈的云片，这种消失却完成了更广大的展开。"生命是在湖的烟波里，/ 在飘摇的小艇中。"这里，生命的脆弱和生命的坚强都在"飘摇"中得到体现。我们叹息它的无助，但无助而奋勇不正是一种令人顿起崇敬之心的状态吗？"生命是低气压的太息，/ 是伴着芦苇的啜泣的呵欠。"西哲有云：人是会思想的芦苇。生命是疲惫的，你活着就得面对残酷的生存，你太息、你啜泣都证明着你在希望着、爱着、生活着，这种啜泣和太息包括失意的"呵欠"，是希望和爱受阻后的自怜，没有啜泣和太息的人生很难想象是丰富的、充满魅力的！"生命是九月里的蟋蟀声，/ 一丝丝一丝丝的随着西风消逝去。"这一节和上一节"袅袅升去的青烟"的意象，其内涵是一样的，都暗示着生命渐渐消残的过程。诗人是悲哀的，但这种悲哀又是充满着旷达泰然的诗意的悲哀。"袅袅的青烟"多么轻盈、纯洁，一丝丝的"蟋蟀声"多么悦耳、幽寂，人最终都要卸下沉重的行囊，被安置在大自然的怀抱里。以东方哲人的精神看待死亡，死亡也就和自然永恒的生命韵律统一了。个体生命化入自然，这种超然气度，你能说它是悲观还是乐观？也许二者都有，也许二者化合成了另一种意绪？至此，青烟与蟋蟀声的意象与前面白云片的意象发生了神秘的呼应，我们听到了生命中永恒的音响！这就是完整的生命形态，它就这么存在着，释放着它复杂神秘的热能……

雨　雪

我喜欢下雨下雪，
因为雨雪是你的名字。
我喜欢雨和雨中的小花伞，
我们可以把脸在伞下藏着；
我可以仔细比比雨丝和你的头发，

还可以大胆一点偷看你的眼睛。

我喜欢有一阵微风迎面走来，
于是你笑了笑把伞转向前面；
我喜欢假装数伞上的花纹，
却偷眼看伞的红光映上你的脸；
于是我们把脚步放得更慢，更慢，
慢慢听迎面来的细语的雨点。

我喜欢春天的江南、江南的春天；
我喜欢微雨的黄昏、黄昏的微雨；
我喜欢微雨中小小的红花纸伞；
我喜欢下雨，因为我喜欢你。
但我更喜欢晶莹的白雪，
愿意做雪下的柔软的泥。

这是一首轻柔玲珑的爱情诗。诗人的构思十分巧妙，他从情人的名字"雨雪"展开联想，那情感便也如晶莹的雨丝、纯洁的雪花般潇洒出尘，一丝丝、一片片飘落到素笺上。

"我喜欢下雨下雪，/因为雨雪是你的名字。"这是总写。它告诉我们，诗人喜欢雨雪，是因为喜欢他的情人。如果仅此而已，我们便觉得这首诗有情而无味了。情，孰人无有？诗人的意义不在于他比旁人更有情，而在于他能让这"情"有一种艺术的"味"。情是米，味是米酿的酒。金克木的"酿酒"功夫是高超的，他由"雨雪"的名字，转入了真正的"雨"中。雨水遮住了旁人的视线，雨水使他俩都躲在一柄花伞下面，两颗心靠得更紧，两只眼睛已不再羞怯——雨成了"借口"，诗人可以"假装"望雨、望伞而暗中注视着情人。你说，这雨天不是"黄金时间"吗？诗人爱它，怕它停息，所以，才走得那么慢，仿佛这样就能延长下雨的时间。这里的"雨"，还有另一重暗示。诗人写雨中才能仔细地、大胆地看着情人，我们便体味到，他的情人是那样纯洁羞涩，那样温柔纤弱。这样，虽然没有直接写她的性格和容貌，但我们已经借着这"雨"将这些补充出来了。这种以景写人的手法，在我国传统诗词中是常常可以见到的。诗人用了四分之三的篇幅写"雨"，那么，"雪"不是显得太轻描淡写了么？不！结尾两行感情负荷最重，犹如峰回路转，将情感推向高潮："但我更喜欢晶莹的白雪，/愿意作雪下的柔软的泥。"情之所至！味之所至！痴之所至！妙之所至！它在前面的温柔、缱绻中，又加入了深沉的情愫，整首诗由于这结尾的两行升华了、结晶了。这"酒"有回味、有余香，在甜美醇净中略略有些辛辣的味道，它让你忘不了这复杂的滋味……

玲　君

铃之记忆

悠长又连绵地，
是那辽夐的铃声吧。

如银色之吹管，
冷气透过做琥珀色神秘之林屋，
海上浮来薄晨的景色。

而又骤然变成苍老气息的，
翻开辉煌的古代旧事，
哓舌在迷茫的夜里。

我听见了，闪动在吉普色野火旁
那奇异的车铃的声音；
我听见了，在往昔莫斯科的迟暮，
那哥萨克骑队的马铃声音。

你交结了浮动的
青的天，水，树，梦于一色，
又魔法的摇去我的过去，现在，与未来，
作为时时思忆的依据。
可是，你终于断续的消没了，

只零落如过时蔷薇的花瓣，
传出单纯的
辽远之音。

这首诗写的不是"铃声"，而是关于它的"记忆"。这就告诉我们，诗人是在描述一种超现实的情感经验，或者说是在展示他心理的"现实"。纯粹的艺术，往往是从这种"想入非非"开始的。

铃声，神秘而抽象。它仿佛什么也没"说"，但又仿佛"说出了"人类语言无法转述的东西。玲君对铃声是敏感的。那单调的声音"悠长又连绵地"响着，因其单调，教他专注凝神，因其悠长辽夐，教他浮想联翩。

要用有固定语义的词语来描述铃声是困难的，它只会缩小铃声的内涵。玲君深知这一点。他用了同样神秘的、不确定的意象来描述铃声给他的感觉，这样就收到了同铃声一样的神秘效果。"如银色之吹管，/冷气透过做琥珀色神秘之林屋，/海上浮来薄晨的景色。"铃声是悠扬的，有金属感的，这就如"银色之吹管"，此为近取喻，目的是不至于使读者感到突兀，重心在后边。冷气弥漫在黄昏琥珀色的林间小屋，这使我们感到铃声的幽邃、寂寞、悦耳，也仿佛"看到了"铃声的"样子"。海上浮来薄晨的景色，暗示着铃声的朦胧、脆薄、深远、轻盈。互不关联的两种事物，被诗人神奇地结为一体，它不是比喻，也不是象征，而是超验的幻觉。

许是那神秘的铃声且行且远了吧，诗人的思绪被它牵得那么长！他随着远去的铃声走了，一直走到有"苍老气息的""辉煌的古代旧事"那"迷茫的夜里"。那里有吉普色（今译吉卜赛）人流浪的车铃在歌唱生命的欢乐，有旧俄骠骑兵强悍的马铃在宣泄生命的勃发……这里的铃声是响在那野火燃烧的夜里，和寂静的莫斯科的"迟暮"，就显得格外清晰格外神奇了。诗人的思绪是那么绵长那么悠远，异邦情调更增添了铃声的浓厚意趣。接下来，诗人的审美达到了高峰体验，他的灵魂溢满了铃声，天、水、树、梦、过去、现在、未来……都融化在铃声里，它们共时地摇响，让诗人生命全方位开放了！这种类似迷狂的审美体验往往是突发的、强烈的、瞬间性的。它终于过去,诗人又陷入了沉静的"记忆"之中,这"记忆""零落如过时蔷薇的花瓣",伴着断续的铃声,消失在冥蒙的夜里。

这首诗写得颇为飘逸,按照刘勰"寂然凝虑,思接千载;悄焉动容,视通万里"的说法,此诗称得上"神思"的精品了(《文心雕龙》中《神思篇》)。玲君的诗,大多有这种"神思"的特色,且读一下这首歌颂渔家女的小诗,多漂亮!

棕色女,盐水味的棕色之恋。海鸥群的明空呢,我衔着欢乐的三月。

感伤症的季候风哪,没有摇动披你身上的棕叶。如果棕色是你皮肤长年的保留色,白色的该是我贫血的征候了。(《棕色女》)

蓝色的眼睛

每当我躺在大圆椅中已经就要睡了,
于是从每一个遮藏的角落,
一双明亮的眼珠子便簌簌而来;
带着贵宝石的光彩,
蓝得可以骇人。
我用僵硬的手掌同她示意;
"嗳,我知道是你来了。"
但可惜我的脚步已被搓磨得全然酥瘫,
我没有立即起身之勇气。

而且一到了清明天气,
我便担心着——
那一双眼睛将又招摇在市集上,

摇晃着在那贪婪的棕树下了吧；

我可以寻出她的瞳子，

有与爵士乐相同的狡黠点，

蛊惑地

惯延长野猫似的怠倦之音。

往往地，

她会不大吝惜的为我前面做两只明灯，

我便也做一个环绕她的卫星，永久地；

终有一天，我能脱开轨道而把她捉住，

但我并不是恰当的买主，

这我也是很知道的，

我只能用宗教一样虔诚的情绪去注视她，

并且我只能做一个环绕着她的卫星，

永久地。

这样，我便有了两只

蓝色的眼睛，

这末魅人地，

在天边外。

我思慕着，

啊，我永在思慕着。

  "审美"这个词的出现意味着人类对美的认识有了实质性进展。这个词出现的时间距我们并不遥远，大约是在 1750 年左右，由德国哲学家鲍姆加登创造的。它的词源出自希腊的"aestheticos"一词，词的原意是"知觉的和感性的"。这就告诉我们，艺术，特别是诗歌、绘画和音乐，它的目的和意义就是表现人类那种感性的、知觉的神秘印象。这种感觉的敏锐度，几乎是对诗人真伪的检验。诗人是美的发现者，这幻美不意味着对现实世界的否定，而是使我们重新发现世界的秘密和美好。

　　玲君是幸运的，他冥冥中发现有一双明亮的蓝眼睛在注视他。这里的"蓝色的眼睛"不是实指，而是诗人神秘的幻象创造出来的。它像宝石一样高贵晶莹，像海水一样深沉荡漾，像天空一样高远宁静。它是美，是爱，是希望，是梦想！这美丽的蓝眼睛不是随时都能出现的，而是在诗人凝神观照之中。诗人说"每当我躺在大圆椅中已经就要睡了，/ 于是从每一个遮藏的角落，/ 一双明亮的眼珠子便簌簌而来"。这里的"睡"，是指诗人进入了与世隔绝的审美状态。这时，蓝眼睛从每一个角落出来，发出悦耳的"簌簌"声。眼睛而能发声，多么奇妙的幻视幻听，它不存在于现实中，但又是诗人"感觉的现实"。诗人是怎样欣悦啊，竟用了"蓝得可以骇人"这样的词语。"骇人"是说蓝眼睛的纯粹、晶莹，使人不忍不敢接近，就像我们不忍心踏上铺满鲜花的苑地一样。诗人被这神奇的幻觉震慑了，他"全然酥瘫"在美的创造中不能出来！

　　蓝眼睛的到来往往是不期而至的，正像诗人的灵感一样可遇不可求。诗人在纷杂的市集上也会突然"看"到它，它在欢笑，在蛊惑，来无踪去无影，引得诗人追求得"怠倦"。这里的"怠倦"与上文的"骇人"一样，是"陌生化"修辞，极言蓝眼睛之美给诗人的复杂感受。就这样，幻想中的美、爱、希望、梦想都成了诗人生命的明灯，引导他走上漫漫长途。他珍爱自己这份独异的审美感受，他不能去问这究竟是不是有实际的意义，"只能用宗教一样虔诚的情绪去注视她"，像卫星一样环绕着"蓝眼睛"，永久地、永久地。啊，人生是多么美好，因为人可以有幻想。即使这幻想如蓝眼睛是在永不可即的"天边外"，它仍然值得我们去"思慕"、去追求。正是这种难以实现的追求，使我们在沉重的现实中感到了生命的美好。这是伟大的空洞，它使我们的灵魂变得蔚蓝而蓬松！

　　这首诗不是陈述一个关于希望和爱的理念，而是通过"知觉的和感性的"幻象暗示了这个人生的道理。你可以说蓝眼睛不存在，但你得承认你在诗的现实中看到了它。你看到的是诗人生命的美好，你发现你身旁也开始闪烁着蓝色的迷幻的希望之光了吗？——我的朋友！

李白凤

小 楼

山寺的长檐有好的磬声
江南的小楼多是临水的
水面的浮萍被晚风拂去
蓝天从水底跃出

小笛如一阵轻风
家家临水的楼窗开了
妻在点染着晚妆
眉间尽是春色

这首小诗写得纯朴、疏淡，有一种自然的美质。状平淡之趣以入诗，有意回避情感的落差，追求生命与自然的化一，这是我国古典诗歌传统中的一个明显趋尚。李白凤的《小楼》，显然是受了这种审美性格的影响。

"山寺的长檐有好的磬声／江南的小楼多是临水的／水面的浮萍被晚风拂去／蓝天从水底跃出"。这是一个宁静的傍晚，江南的水乡暮色渐蓝。山寺悠扬的钟磬层层漾开，在山谷低回，在小楼缠绕，人在这样的声音里，是会变得温柔、宁谧的。诗人先不写人，但我们已经感到了人。接下来，由声音写到物象。水面盖满了翠绿的浮萍行藻，这虽然很美，但总觉得有些"堵"得满了，诗人就让晚风轻轻拂开它们，让蓝天的倒影从水底跃出。"跃"字可谓极尽推敲了，它生动、灵动、主动，充满了活力。而且蓝天是"从水底跃出"的，强化了冥觉，又合视觉误差的原理。这样，红寺、灰楼、绿水、蓝天被融入了一个完整的画面，再加上悦耳的钟磬声，江南水乡如烟如梦的韵致就被勾画出来了。多么平淡，这是浓后之淡呀！

"小笛如一阵轻风 / 家家临水的楼窗开了 / 妻在点染着晚妆 / 眉间尽是春色"。这一节与上一节暗暗对应着：小笛如轻风与拂去浮萍的晚风一样，它拂开的是"临水的楼窗"；晚风拂去浮萍现出的是美丽的蓝天，小笛拂开楼窗现出的是"点染着晚妆"的妻。我们不得不佩服诗人化若无痕的独标逸韵了！最后的一笔尤其漂亮："眉间尽是春色"，一种幸福、安详的生命情调出现了，这是自然给人的馈赠啊！我们不能将这一笔简单理解为诗人对妻子"芙蓉如面柳如眉"的赞美，它有更内在的东西。这种东西，就是东方人与自然在开合注息中体验到的生命的欣悦！

幻　想

我和你站在生满葱绿藓苔的岩石上。
我伸出右手指着蔚蓝的天边。碧绿的海
　　水仿佛生在指间和眼睛的波纹上。
你的怀里抱着我们初生的孩子。那带着
　　善意的灵魂而来的孩子——他有一片
　　乌云的头发。星子一样使人快意的眼。
　　他好像要抓住飘过的白云似的把两只
　　小手伸张开来。看着辽远的远方。
你微笑地望着我。
会意的。我笑了——
望着幸福的海水。我说
——我们的孩子叫什么名字呢？

你俯首问那被海水惊奇了的孩子。我知
　道你是有一颗慈祥的母亲的心的。
孩子伸出手来指着无尽的苍海。
白白的浪花丛中
三五只海鸥轻轻地飞向云间去——

　　幻想是诗的姐妹，生于尘世而灵在彼岸是诗人的基本状态。那么，李白凤的幻想是怎样的呢？诗人用了一系列美丽辽远的意象，给我们暗示出他灵魂的模样。

　　这是一片无垠的大海，蔚蓝的天在远方与海水接成迷蒙的一个整体。诗人和他的妻子站在这里，让海水"生在指间和眼睛的波纹上"。他们怀抱着初生的孩子，望着远方在给他取名字。什么是最好的名字？什么名字能溶得尽海水的辽阔，星光的璀璨，白云的纯洁？哦，是自由——"白白的浪花丛中 / 三五只海鸥轻轻地飞向云间去——""自由"就是真、善、美的结晶，就是诗人萦绕于心的"幻想"啊！李白凤的这首诗在造语上是奇特的。通篇除了四个破折号和一个问号外，其余的都是句号。这样一来，每一句都成了一个独立的环境，仿佛电影中的蒙太奇组接，画面与画面间的空白，让读者去补充出来。另一个好处是，句号的频繁出现，有效地控制了诗的时间，仿佛这美丽的瞬间格外漫长、格外恒久，恰到好处地展示了诗人宁静沉迷的幻想状态。句号，标志着一个完整意义的结束，它使人稍稍停顿一下，回味刚才的句子所表现的"意思"。比如诗中这样的句子："他有一片 / 乌云的头发。星子一样使人快意的眼。"如果用逗号去隔开，我们便不会得到对孩子头发和眼那么鲜明的感觉。而用句号隔开，就造成一种面部局部特写般的效果，那么醒目，那么有力，那么长久地感动着我们。

　　自由只是一种"幻想"，这本身就违背了人类的天性。什么时候自由成为一种亲历的现实呢？诗人将它寄托在初生的孩子们那里。这首诗，写得纯净、轻灵，但教那些有思想的读者感到了些许沉重。他们看得见诗人灵魂的模样，那里，绝不仅是一片蔚蓝……

路易士

火灾的城

从你的灵魂的窗子望进去，
在那最深邃最黑暗的地方，
我看见了无消防队的火灾的城
和赤裸着的疯人们的潮。

我听见了从那无限的澎湃里
响彻着的我的名字，
爱者的名字，仇敌们的名字，
和无数生者与死者的名字。

而当我轻轻地应答着
说"唉，我在此"时，
我也成为一个
可怕的火灾的城了。

诗人对事物的感知具有多重的度数，诗歌表达的从来不是一个推论性的思想，而是一种纯粹的感觉，它始于生命，作用于我们的生命。诗歌最高的真实乃是这种生命感觉的真实，它穿透事物的表面，直接深入到它的核心本质。

《火灾的城》就是生命感觉真实的诗。诗人通过自己的生命感觉到了另外的生命，这种感觉与原有的物象不同了，但它更真实更内在。

"从你的灵魂的窗子望进去，/ 在那最深邃最黑暗的地方，/ 我看见了无消防队的火灾的城 / 和赤裸着的疯人们的潮。"灵魂的窗子，是指对方的眼睛。这对方，可能是诗人的一个朋友。朋友的眼睛是"深邃黑暗"的，这是写实，而下面就完全摆脱了视觉的真实，而专注于生命感觉的真实了。诗人在朋友的眼睛——灵魂的窗子里看到了什么？他看到了火灾的城和赤裸着的疯狂的人群。那是朋友的生命意志在燃烧，它以不可扑灭的力量震慑着诗人的心。"火灾的城"这个意象显然与眼睛本身没有直喻性，但它从精神实质上却深入到了朋友灵魂的极点。我们被诗人这个奇特的意象征服了，我们相信，这是惟一的意象！惟一的生命的真实！

在那疯狂地燃烧的火灾城里，凝聚着朋友对世界全部的爱和恨，它响彻着庄严的爱的呼唤，爆裂着刻骨的恨的火舌："无数生者与死者的名字""爱者的名字，仇敌们的名字""我的名字"都在这永恒的一瞬间燃烧起来。整体性的生命里，彼此矛盾、冲突的感情，从来都是一起到来的，正是这永远无法"消防"的生命之火，使人变得坚定、纯粹、庄严。诗人为朋友滂沛的生命力感动了，他领悟了真正的人生就应该是这么炽热、这么自由。于是，他应和着朋友的呼唤，也点燃了自己生命意志的火灾的城。

"火灾的城"这个意象，不是建立在可有可无的比喻上的，它是诗人纯粹内在感情和感觉的综合体，是生命本身的现实。

发

秋来了
从我底树顶上
落下一根根长长的丝状的叶
黑色的，无光泽的，柔而细的叶

它们无风而自落了

落在多垢的枕上

棕金色的古旧的棉袍上

翻开的书页上

涂满了果酱的热烘烘的面包上

秋来了

梧桐树撒下她底绛色的小小的舟

而我底树顶上

落下一根根长长的丝状的叶

黑色的，无光泽的，柔而细的叶

这些落叶啊

从我底树顶上落下来的

使我深深地留恋而悲哀

　　1953 年，台湾《现代诗》季刊问世，主办人是诗人纪弦。从此，台湾诗歌现代主义之风大盛，接上了我国 40 年代现代派诗歌这一脉的发展。这位台湾现代派诗歌的鼻祖纪弦，就是 30 年代与戴望舒、徐迟共同创办《新诗》月刊的路易士。

　　路易士的诗，总有一股浓重的悲哀。这种悲哀与李金发等诗人的悲哀不同，它更明晰更简单些，仿佛一个多情的少年在自恋自怜，恹恹地唱着悲愁的歌。那歌也许不深刻，却自有一种天真纯朴的忧郁味道。这和后来纪弦的诗是大为不同的。前后对照，常令我慨叹人生无常！

　　《发》选自 1935 年未名书屋出版的《行过之生命》诗集。由此可想，此诗最早作于此年。路易士生于 1913 年，写此诗时不过二十一二岁，何来"晚景凄凉"的感慨？何来"秋来了"的哀叹？所以，我说他的悲哀是天真纯朴的，带有"少年不识愁滋味"的意思。

但这种特别的悲哀，自有其特别的魅力，且带有"自我戏剧化"的味道，它让我们读得着迷。你看，诗人说"秋来了"，他的树顶上落下了叶子。这叶子就是头发。落头发本来是悲哀的，但诗人写得多美！"落下一根根长长的丝状的叶 / 黑色的，无光泽的，柔而细的叶"。真正到了落发年龄的人哪会有这份雅兴？可没有这种雅兴的诗必定不雅（它可以是好诗）。路易士捕捉到了这个意象，并用干净节制的词语表达出来，给了我们美的享受。诗歌应有真情实感，但重要的并不仅是真情实感，而是对美的敏感，对语言的敏感。作为一个诗人，"技术"层次上的东西一定能转变为"内容"。也许路易士的《发》是属于"强说愁"性质的，但关键是怎么说，而不是愁到底是什么。我们见过不少诗人出于真情而敷衍成文，这时，真情倒可能导致它相反的方向，这样的例子不在少数。而路易士却与物象保持了一定的距离，落发成为他凝神观照的审美对象。这首诗首先是美，其次是淡淡的哀伤，或者说是美丽的哀伤——涉世未深的少年的哀伤。

李心若

音乐风

音乐风悠然地起了，
有彩蝶似的人在飘，飘，
彩蝶似的人底飘飘
果是音乐风的吗？

音乐风，我知道，
会吹进人们的梦的；
梦也着了色了吧？
大地也会给风吹绿或吹黄了呢。

音乐风是挟有爱的花粉的，
设雌的和雄的心蕊不薄幸，
则翩翩的舞是多么音乐风的啊！
而音乐风也成为现代的"赤绳"。

真的假好过假的真呢；
黄色的心却什么也不管；
在音乐风里我舞，舞，舞——
是音乐风的呢：凄怆的音乐风。

音乐，是现实之外另一重世界的声音；风，是自然中的天籁。那么，"音乐风"是什么？噢，是这两者的结合体，是超越现世的方舟上奏出的声音，是我们灵魂的粮食。"音乐风"是李心若杜撰的一个词，这个词中蕴含着非杜撰不能尽意的性质。这是诗，不是语法，它倾心的是诗人瞬间的感觉，这是至高无上的语言法则——对诗人来说！

"音乐风悠然地起了，／有彩蝶似的人在飘，飘，／彩蝶似的人底飘飘，／果是音乐风的吗？"音乐在响，风在轻轻吹拂，是音乐的风？是风的音乐？诗人没有说，因为它们不可说，它们是一回事。在这生命的欢乐中，人暂时忘却了尘世的忧烦，他的灵魂像彩蝶一样在飘呵，飘呵，他也成了音乐风。"音乐风，我知道，／会吹进人们的梦的；／梦也着了色了吧？／大地也会给风吹绿或吹黄了呢。"这是将音乐和风分开来写。音乐将我们沉重的灵魂带入"梦"般的境界，那里一片葱茏绚烂，就像风给大地不断地换上新衣一样，春风带来新绿，秋风带来金黄……我们的灵魂给音乐着上色了，我们永远不愿走出这五彩缤纷的"梦境"啊！

音乐风是爱的使者，它涤漱我们的灵魂，教我们美好和明澈，像传播花粉的彩蝶。我们陶醉在这音乐风中，生命在翩翩起舞，围绕它起舞的，是无所不在的赤经、赤纬般的永恒线条——有世界在，就有这生命的音乐风，有地球在，这音乐风就会像赤道般环绕我们！

但诗人深知，人是不可能永远沉醉在音乐风中的，尘世的忧郁总要不断地固执地袭来。可诗人不在乎这些，他有灵魂内部的世界，那里纤尘不染，时时邀他去休息一下那疲惫的心灵。是的，人总要有内在精神的美好空间，尽管那也许离现实太远，但"真的假好过假的真"！在音乐风中，诗人"舞，舞，舞——"他知道那表面的轻松是内在的"凄怆（的音乐风）"，但他就这样舞下去。生命是奔波，但愿这奔波的步伐是诗一样舞蹈着的沉重，而非散文般宁静的平庸！啊，音乐风，你吹拂吧！在每一个白天和暗夜，在每一个清晨和黄昏……失去了对音乐风感知的人，他的心是怎样的单调和苍白！

这首诗凭虚设象，写得相当空灵。它的旋律像音乐一样轻盈、优美，它的意绪像风一样神秘无端。如果说诗人是在写他幻想中的人生的音乐风，那么，给我们吹来音乐风的人就是这个李心若，他不也是一脉诗歌的音乐风吗？

夜泊感

　　地上的银月呢——
　　这月夜的圆的湖。

　　以幻想作轻捷的双桨，
　　渡到镶着金珠的彼岸吧，
　　则那儿如旧地有串串的渔歌
　　作欢迎来者之甜曲。

　　老实说，只有芦苇的太息
　　在那儿沉寂里添上颤心的沉寂。
　　有幽微的歌声一缕么？
　　也不过是无可奈何的喘息罢。

　　像烈阳掠了幽壑的草木底好梦，
　　苛捐掠了辟处的庶民底。
　　荒江远野，再是"桃源"吗！

　　这首诗给我们的审美感受是复杂的。诗人运用了两组不同的意象，在仿佛黑白版画一样的强烈反差中，美和丑赤裸裸地并置在一起。这种平行性构思，往往能够收到格外强烈的效果。

　　"地上的银月呢——/ 这月夜的圆的湖。以幻想作轻捷的双桨，/ 渡到镶着金珠的彼岸吧，/ 则那儿如旧地有串串的渔歌，/ 作欢迎来者之甜曲。"这是一个美丽澄碧的月夜，月光静静睡在湖面。诗人为这月夜的湖陶醉了，他的眼前出现了幻象。那幻象犹如一双桨橹在摇着，诗人恍惚看到湖的对岸镶着璀璨珍珠的链子在晃动。多么神奇的想象！在这幅美丽的画面里，诗人又加入了声音——串串甜美的渔歌。这使我们联想到柳永词中的意境："重湖叠巘清嘉，有三秋桂子，十里荷花。羌管弄晴，菱歌泛夜，嬉嬉钓叟莲娃。"(《望海潮》)我们将要认定此诗的境界与柳永的词相去不远了……

但是，优美的景物突然消失了，"芦苇的太息"这个意象，使我们的心突地一沉。那甜甜的渔歌在哪儿？分明是一声声"无可奈何的喘息"罢了。是诗人在叹气还是谁在叹气？我们仍然不明白，只是感到遗憾。诗人，你为什么忽然煞弦，打破那美好的画面呢？

最后，诗人亮出了今夜他真实的心境。原来，被苛捐杂税压榨得无法生活的渔民正在痛苦的舱底辗转难眠，诗人怎能去赏玩那一湖月色！至此，我们领会了诗人的用心。原来，上面美丽的景色描绘，是诗人有意"安排"的，是为了与痛苦的心境造成反差和对比。我们不再"遗憾"：在那个黑暗的年代，何处能有"桃源"？！诗人的构思是巧妙的，他用前两节写尽月湖之美，不在任何地方加入暗示；而后两节，则另开境界，写尽渔人痛苦。这两条线是平行的，没有递进关系，正是这种平行性构思和不相容透视，使此诗的容量增大，自然的美和社会的丑都揭示无遗。

徐 迟

微雨之街

雨，没有穷迫的样子，
也不会穷尽的。

飘摇飘摇，
我的寂寞，

泛滥起来。
雨，从灯的圆柱上下降了。

蔷薇之颊的雨，
蔷薇之颊的少年人。

神秘之街上，
雨从街的镜面上升了。

神秘之明镜
从雨的街上显灵了。

　　我们行走在微雨之街。我们看到了雨丝，我们触到了雨丝，雨丝
打湿了我们的身体，我们听到了雨丝掉在地上的声音，我们发冷打了
个寒噤。在这短短的时间里，我们有了视觉的、触觉的、温觉的、听

觉的知觉过程。但这雨丝是直接呈现的，我们并没有运用意象和联想来把握它的存在，我们所进行的只是本能的简单过程，而不是艺术的符号过程。

与仅依赖于外在感官的知觉相反，诗人对雨的感觉往往是更为内在的心理感应。对艺术来说，这种"雨"的感觉更真实也更有意义。徐迟走在微雨之街，他观望的是内心的雨。"雨，没有穷迫的样子，/ 也不会穷尽的。飘摇飘摇，/ 我的寂寞"。诗人把自我移入到雨这个感性对象中，在这个与自我不同的感性对象身上玩味自我本身。于是，雨丝的"不会穷尽"，就像诗人的寂寞和忧郁在"飘摇飘摇"。"泛滥起来。/ 雨，从灯的圆柱上下降了。"这里的"泛滥起来"，紧承着"我的寂寞"，是说那难耐的寂寞像雨水一样四溢着、泛滥着，淤塞的胸膛快要承受不了了。另外，"泛滥起来"单独成一个句子，暗示着雨水不休不止已经很长时间了。这是微雨之夜，灯光静静地照着，仿佛在串起雨的珍珠，灯光之外的雨是看不清的，故有"雨，从灯的圆柱上下降了"一句。这个意象简洁优美，雨被缩小集中成一束亮晶晶湿淋淋的光线，给我们以无限的想象空间，让我们去根据自己的美感经验补充。"蔷薇之颊的雨，/ 蔷薇之颊的少年人。"为什么是"蔷薇之颊"呢？因为灯光，蔷薇一样色彩的灯光！它在照耀，染红了雨，染红了、染醉了少年那寂寞的心和漂亮的脸庞。至此，诗人的寂寞开始消释了，他为美而暂时忘掉了尘世的忧烦，仿佛置身于另一个世界，"神秘之街上，/ 雨从街的镜面上上升了。神秘之明镜 / 从雨的街上显灵了"。雨水镀亮了街道，使它变得像明镜一样，诗人感到雨不是下降，而是幽雅地"上升"。这实在是诗人的心在上升啊！上升到纤尘不染、波澜不惊的唯美境界，那里没有忧愁，没有寂寞，只有明镜一样的景色和明镜一样的心。"神秘之明镜"在显灵，这个精灵就是诗，就是诗人那被蔷薇色的雨唤醒了的一颗心。

这首诗写得空灵剔透，颇有印象派绘画的韵味，诗人在捕捉感觉和对色彩、光线的微妙把握上，堪称是一流的。

都会的满月

写着罗马字的

Ⅰ Ⅱ Ⅲ Ⅳ Ⅴ Ⅵ Ⅶ Ⅷ Ⅸ Ⅹ Ⅺ Ⅻ

代表的十二个星；

绕着一圈齿轮。

夜夜的满月，立体的平面的机件。

贴在摩天楼的塔上的满月。

另一座摩天楼低俯下的都会的满月。

短针一样的人，

长针一样的影子，

偶或望一望都会的满月的表面。

知道了都会的满月的浮载的哲理，

知道了时刻之分，

明月与灯与钟的兼有了。

　　诗人是想象最亲密的朋友，没有想象就没有诗歌。想象可以是无所依傍、天马行空式的，也可以是对某一物象凝神观照而生发的。徐迟的这首《都会的满月》，就属于后一种情况。

　　"写着罗马字的 / Ⅰ Ⅱ Ⅲ Ⅳ Ⅴ Ⅵ Ⅶ Ⅷ Ⅸ Ⅹ Ⅺ Ⅻ / 代表的十二个星；/ 绕着一圈齿轮。"诗人望着都市上空的满月和星星，眼前出现了美丽的钟的幻象。星星闪在天上，像钟上的罗马字，满月金黄地散着光芒，仿佛钟表的铜齿轮。整个天空，是一架不息地欢唱着的自鸣钟。多么奇妙的感觉，多么漂亮的比喻！这是城市人的感觉，充满着现代气息。满月盈盈地照着，斜斜地挂在摩天大楼的尖顶，又像是钟塔了。这里，满月被诗人"拉近"，仿佛就在离我们不远的楼上，显得亲切可人，充满人间情味。这种"拉近"，为下面的意象创造了条件："短针一样的人，/长针一样的影子，/偶或望一望都会的满月的表面。"人的影子像钟表的长针，人的身体像钟表的短针，这样，月、星、人就神奇地统为一体，结合成一个完整的意境。人在行动像指针在走；满月在静默，像只玲珑的表盘，这是天上，还是人间？是人间天上，是天上人间！都会的夜是跳动不息的，是生命在"嚓嚓"吟唱的，我们整个儿被这个幻象的美酒灌得微醺了！这微醺之中浮现了某种哲理，我们知道了明月不仅醉人，而且激励着人去生活、去创造。时光流逝着，我们要抓住它，要像时针分针一样奋勇不息地走着。啊，"明月与灯与钟的兼有了"，兼有的还有生命的启悟……

这首诗"幽渺以为理，想象以为事，惝恍以为情"（叶燮《原诗》），是不乏传统风神又具有现代派特点的佳品。徐迟的诗写得大都气韵饱满涵泳妙悟，再看他对白昼之光的分解与融合是多么神奇，多么隽永——

给我的昼眠炫耀了的/七色之白昼/饲养了七种颜色了吧/很美丽的白昼里

变为七种颜色的女郎/七个颜容的胴体的女郎/都这样富丽的/七色旋转起来

幽会或寻思只是两人的事呢/七色即昼眠也是太多了/七色旋转了起来/我在单色的雾里旋转了

《七色之白昼》

林 庚

春情二题

春天的心

春天的心如草的荒芜
随便的踏出门去
美丽的东西到处可以拣起来
少女的心情是不能说的
天上的雨点常是落下
而且不定落在谁的身上
路上的行人都打着雨伞
车上的邂逅多是不相识的
含情的眼睛未必是为着谁
潮湿的桃花乃有胭脂的颜色
水珠斜打在玻璃车窗上
江南的雨天是爱人的

春 晚

邻院的花香随着晚风
黄昏的家门蝴蝶飞出了
没有梦的昨夜留恋什么呢
无声的荒草变了颜色

　　　　远处杜鹃啼
　　　　暮色沉重下
　　　　双燕如青春的影子
　　　　掠过微黄的窗外

　　这两首关于春天的诗相映成趣。《春天的心》偏偏见不到"心"，一切都未经变形，仿佛诗人信手罗织了一系列直接意象；而《春晚》是写景的却又偏偏运用了变形，景中处处见得"心"。两相对读，你会感到林庚真是聪明，他总是避免着习见的诗歌感受方式，让你陌生，让你着迷。

　　《春天的心》颇像是一幅幅画面的随意组接：初春草地的荒芜。某人随意地走出门来。处处都那么新鲜美丽，仿佛可以"拣起来"。幽深莫测乍喜还忧的少女之心。天上落着微雨，随便洒在什么人身上。路上的行人打着花伞。汽车上晃动着陌生的面孔。含情的眼睛不知道为着谁。胭脂般的桃花灼灼地开着。水珠斜打在玻璃车窗上。江南的雨是爱着人们的……你看到了这一幅幅闪动的画面，可就是看不到那颗"春天的心"是怎样的！你几乎怀疑林庚的这首诗了……可是，等等！你不觉一愣，你心里有什么东西被搅动了，你越想越觉得不能横下断语，越想越觉得这首诗就是不一般！是的，读者朋友，这首诗的确不一般。这处处"无心"，恰恰是"处处有心"的。"春天的心"是欣喜的、活泼的，同时还夹有那么一丝慵懒。只有欣喜的活泼的心，才能对外界的景色那么敏感，关注的目标那么容易改变；只有夹有一丝慵懒的心，才会那么随意、那么放松。林庚的"春天的心"是悄悄躲在幕布后面的，也可以说是像糖一样溶化在水里而不见形迹的。散漫的语势，随便罗织的意象，快速闪现的远景、中景、近景、特写，都在暗示着诗人的心境，这不是"春天的心"最好的表现么？想想你的"春天的心"也是这样的吧？！

　　《春晚》里交织着寂寞和欣悦两种感情。"邻院的花香随着晚风 /黄昏的家门蝴蝶飞出了 /没有梦的昨夜留恋什么呢。"这是一个美丽而略含忧郁的画面。晚风吹来了邻院的花香，黄昏里有只蝴蝶飞走了，这里的寂寞使它无所留恋。它飞出家院的木门，今夜将栖在何枝？正像诗人的心也在飞呀飞呀，在这寂寞的春晚，有谁能接住它，听着它轻盈的跳荡？"无声的荒草变了颜色／远处杜鹃啼／暮色沉重下"，这又是喜忧参半的心境。春草悄悄地绿上来、绿上来，"无声"胜有声，此喜也。杜鹃鸟的意象在我国是有固定寓意的，子规夜啼曾使多少诗人闻声失色悲从中来，那杜鹃（子规）是在啼血啊！这里暗指诗人悲愁的心境，与沉重的暮色一道降下来了，此悲也。最后，诗人终于从忧郁中解脱出来，他相信生命的春天也如期而至了，窗外欢快的双燕（为什么是双燕？是暗示诗人的爱情吗？），"如青春的影子"，飞上天空，享受春的欢乐！这首小诗不到十行，诗人精心构筑着向度相反的两类意象，给我们以复杂的感受。

这两首诗一首浑然天成，一首妙语精工，是不同类型的两颗同样晶莹的珍珠。

时　代

红叶在两岸渲染着

我直沉入深峡中了……

一夜的恶梦

日间人的警告

乃如此地不能忘掉吗？

我哭了一夜。我听见了

额非尔士峰上刻碑的声音了！

我唱出我久久不敢露出的一句话

当晓色划分出这个时代！

我看见平原之歌者

随风而走上绿草来

月明之夜
清醒的
白纸的灯笼掉在地上燃着
　　如幽灵般走过
踏着欣欢之舞步

你无法说清林庚的《时代》是抑郁的还是欣欢的。这里，抑郁和欣欢被融为一体。因为时代的丑恶，诗人抑郁；因为时代中萌生着打碎这种丑恶的力量，诗人欣欢。这首十六行的小诗就富有如此复杂的感悟，所以，林庚敢毫不惭愧地为它们取了个宏大的名字——《时代》。

"红叶在两岸渲染着 / 我直沉入深峡中了…… / 一夜的恶梦 / 日间人的警告 / 乃如此地不能忘掉吗？"红叶在深峡的两岸渲染什么？我们想，那是秋的抑郁了。诗人深深坠入秋天般的忧伤里，是由于日间人与人的酷厉、冷漠、战争、倾轧……这些恶梦般的现实时时在侵袭他，使他在梦中还得重新经历着，"不能忘掉"。他忧伤地"哭了一夜"。但这种忧伤是一颗坚强的心灵对丑恶现实的诅咒，因为，他知道时代的良心没有死。在夜里，他听到了这颗庄严的心在山峰的巨岩上"刻碑的声音"！那碑上的文字就是他"久久不敢露出的一句话"，那句话是辉煌的自由的太阳，它以"晓色划分出这个时代"！这里的"划分时代"，是指一种充满生命力的新社会理想的诞生，也许它还弱小，但它出现了，它启发了千千万万的人。诗人在这里，是用了辩证的态度去考察弱小事物强大的生命力的，所以，他仿佛看到了觉醒的"平原之歌者 / 随风而走上绿草来"，绿草蓬勃而蔓延，正暗示了新思潮的不可抵挡之势。

"月明之夜 / 清醒的 / 白纸的灯笼掉在地上燃着 / 如幽灵般走过 / 踏着欣欢之舞步"。诗人被那坚实沉雄的"刻碑声"唤醒，他不再怕"恶梦"的纠缠。他点亮了象征希望的"白纸灯笼"，这是诗人充满希望并为之奋斗的心灵苏醒的写照。诗人知道黑暗是强大的，它足以吞噬掉灯笼那微弱的光，让它"掉在地上燃着"成为灰烬，但新思想的"幽灵"是不会化为灰烬的，你看，它"踏着欣欢之舞步"旋转在诗人灵魂的深处了！这里，有忧郁也有坚强，这种"掉在地上燃着"的忧心，是源于对黑暗现实的清醒估计的，所以，它是一种力的忧郁！

历史在曲折地走着，它肯定不会是一条直线，我们可能走在坦荡如砥的大道上，但更多是走在红叶的深峡中。重要的不是嘘唏叹怨，而是时时倾听着那远方的声音——新理想"刻碑"的声音！这就是《时代》的本质！

史卫斯

小诗二首

初 雪

冬夜我听着初雪的雪声，
想着一桨击碎水底的明月，
江南的夏天是我们的，
流两身汗寻一夜夏凉。

冬夜我床头有着树影，
有夜行人在长檐上踏过吗？
谁的歌声像一阵轻风，
掀开我的沉思如掀开窗子！

山 居

门外无叩门的啄木鸟，
山径未逢缘客扫，
我的思念高卧得这样舒适，
看阳光摇老日月。

一灯，一影，一囊，一壶，
萧萧之声，只是我灵魂的足步，

你听我：醉时高唱一章诗，

山雨欲来又止。

黑格尔说过：东方人更强调的是在一切现象里观照太一实体和抛弃主体自我。主体通过抛弃自我，意识就深展得最宽阔，通过摆脱尘世有限事物，就获得了完全自由，结果就达到了自己消融在一切高尚优美事物之中的福慧境界。

我想，这里的"抛弃主体自我"，黑格尔是指物我同一的境界而言。的确是这样，中国士大夫精神如果说有很多条缺陷，那么它对艺术而言则有一条根本性的优长，即"心远地自偏"式的审美极致。在诗人直觉观照与自然化而为一的境界里，顿悟生命那怡然解脱的美好。

史卫斯的这两首小诗就颇具东方风的清气。它们那么宁静，那么和谐，既含蓄平淡，又幽邃曲折。你看，诗人能在冬夜听到"初雪的雪声"。初雪何曾有声？不过是诗人的冥觉罢了。这种无声之声，是诗人灵魂深处的音乐，是他与初雪化为一体后，感得的内心的喜悦。这不是外射式的"体验生活"，而是内聚式的"让生活也来体验一下诗歌"。诗人"听"着"雪声"，下意识地产生了奇幻的联想，"一桨击碎水底的明月"。桨击水会发出清悦的泠泠声，被击碎的水中明月散成纯白的碎片，恰与雪片相似，多么曲折的暗喻！这里，声音、形貌都有了，更重要的是二者共同具有着一种清、雅、洁、寒、幽、寂的气氛！在冬夜体味到夏夜的趣味，诗人是怎样高超地调度他缪斯的空间的？冬夜的床头投下朦胧的树影，诗人像一株树一样置身自然之中。那树成了活着的"夜行人"，悠悠走在长檐上。是诗人在走还是树在走？是诗人的灵魂在走着。"谁的歌声像一阵轻风，/掀开我的沉思如掀开窗子！"没有歌声，是那"初雪的雪声"，是一个东方诗人灵魂的声音吹开了生命的窗子啊！第二首《山居》与《初雪》在格调上是相近的，不过它更显得澹泊、高远一些——

"门外无叩门的啄木鸟，/山径未逢缘客扫，/我的思念高卧得这样舒适，/看阳光摇老日月。"终日奔波于大都市的史卫斯，自有内在灵魂的"山居",那里悄然无声一派虚空气象。诗人一扫俗肠,"高卧得这样舒适",与日月融为一体物我两忘。"一灯,一影,一囊,一壶,/萧萧之声,只是我灵魂的足步,/你听我:醉时高唱一章诗,/山雨欲来又止。"四个"一",暗示诗人对现世物欲的淡漠,没有这等泰然通达的气度,何来丰富的灵魂之"萧萧之声"?!这是有与无的玄理,颇有禅家味道。实即空,空即实。物质和精神,在这里得到了古东方式的解释。最后两句,我与山雨、诗与山雨都化而为一,旷达闲逸、悠远空灵,诗人彻底遁了本心,与宇宙万象难分彼此了。

作为现代人,我们当然不能"山居"。作为诗歌欣赏者,我们愿意与诗人一道"醉时高唱一章诗",不时地到"深山"走走。

无声琴

听邻人念着:"明月几时有?"
我心独自抚着无声琴,
窗棂上描一个自己的影子,
你是踏月而来仅有的佳客!
让你先听见吴市箫了:
旅行人踏过桥踏过落叶坟,
带一身行尘,一身他乡雨痕,
笑容开遍了故园,忽然他
听着乡音,他有了旧梦,
放下行囊,他已不再那样年青。
我要说的是夜巷里敲碎
我的沉吟,一串木鱼如急雨,
想见在青灯边,香炉边,
一缕清烟,一张倦厣,
多少年,木鱼敲红颜成白发,

想着她，幼时骑过竹马。你却要

听我拨着我自己的幼年，

我要唱：二十一年如一天，

二十一年，不知我身是客，

追着梦境如追着月色，

拨遍一弦一柱一身泪珠，

让虫声来谱我的故事，让我

谛听，深寒谁弹一曲"卖花词"？……

然而，我的佳客，你有了倦意？

好的，让我曳满窗帘，

让我重调一回宫商罢，

我要寂寞地述说我自己，

你听，你听，我的琴弦划然断了。

　　这是一具古色古香的"无声琴"，听其旋律，叫我们想起望月弄箫、临风拨琴的古代骚人。这首诗的魅力正在这里，那是一种说不清道不明的"古国的忧愁"。这忧愁不让你揪心，却让你陶醉，你听着诗人心灵的"无声琴"，千年的东方式的忧郁一丝丝一缕缕流泻出来，直到将你的心烘暖。（这里的"烘暖"是指对传统审美性格的重新唤起，所带给你的亲切感、熟悉感。）

　　此诗开篇一句"明月几时有？"就将我们带入了一个特殊的余甘不绝的传统审美境界中。接下来的"自己的影子，/你是踏月而来仅有的佳客"一句，又是李太白"举杯邀明月，对影成三人"的变体。在这种绵亘无限的忧思中，诗人心中无声的琴音响了，他看到浪迹天涯的失意者带一身行尘，染一身他乡雨痕，正从历史深处走来，"少小离家老大回"，"放下行囊，他已不再那样年青"了。这是古诗的意境，又是诗人客居他乡的现实心境，亦古亦今，今古难辨，人生际遇古今皆然。在这月明之夜，诗人听着更梆的单调声响，想起独坐青灯古佛旁的出家人，"木鱼敲红颜成白发"。生命就在这万般的寂寞中悄悄流逝了，那幼时青梅竹马的女伴，你今在何方？你可知道，在今夜，有一颗远在异乡的心在为你弹着"无声琴"？"二十一年如一天，/ 二十一年，不知我身是客"，在这广大的世界上，诗人仿佛第一次意识到了自己的孤独，故乡今夕的月也是这样忧伤吗？它听着"我"的琴音，可曾黯然？可曾倦意阵阵？那么，且让"我"重弹一曲欢快的曲子……可是，不行啊，"我"的心只有忧愁和怀乡的意绪，其他的曲子"我"弹不出，"我"的心弦已经断了！

　　这首诗是从我国传统诗歌中悟得精华，又融入了现代人无家可归、有家难归的生命感悟的。这里，月亮的意象，流浪者的意象，出家人的意象，青梅竹马的意象，都是不着痕迹的"用典"。它们安排得妥帖、自然，勾起了我们早已有过的审美体验。我们就在这一派东方风的吹拂下，摸到了我们精神的"根"。怎样淘洗、提炼我国古典诗歌的精华，并创造出有民族特色的现代诗来，《无声琴》是成功的范例。

番 草

桥

灰白色的宽阔的天后宫桥下，
灰黑色的沉默的苏州河在流着：
我们这悠久的生命下，
疲倦了的时间在流着……

日子是水一般地流去，流去，
问不了哪些是欢乐；哪些是苦恼，
剩下来的，是这坚固的肉体，
立在时间的上面，如像是桥。

如像桥，在水面上浮着的映影，
我们的生命也有着脆弱的灵魂；
这生命底影响，浮在时间的浊流上，
随浊流的动荡不住地变形。

让时间带去了往日的恋吧，
让时间带去了欢乐与苦恼吧……
在时间的上面，是这坚固的肉体
立着，而又叹息着，如像是桥。

这首诗写的是生命的流逝。诗人站在上海天后宫桥下，望着苏州河灰黑的沉默的水流，感悟了生命与流水在内在精神上的同一性。流水象征着生命，桥也象征着生命。法国诗人阿波里奈尔写过《蜜腊波桥》，写了爱与生命的悲哀；英国诗人艾略特写的《荒原》中的"伦敦桥"，简直就是地狱之桥。这里，桥和流水是联系在一起的，桥是诗人跳出流水审视它的视角。

番草的《桥》，虽然有着感伤的意味，但与上面两位大师不同，他稍轻松和自信一些。他知道生命像沉默的流水一去不返，但生活的路还很长，何必为那不可挽回的欢乐和苦恼而慨叹？他还年轻，他有"坚固的肉体"，他还能长久地置身在流水（生命过程）之间，像那桥一样！"疲倦了的时间在流着"，桥，日日夜夜承受着流水的冲撞和侵蚀。它投在水上的影子是随流水的形态而变幻的。诗人抓住这一特征，以此象征着生命中总会有的脆弱、变形、不安。这里，诗人没有对这种脆弱进行明确的否定，乃是因为他知道这是生命的必然，是人的宿命，是超意志的东西，你只能如此。这就超越了简单的乐观主义和悲观主义，成为一种存在的深切展示：人，就是这样的"存在与虚无"的结合体，一切都是命定的。那么，"让时间带去了往日的恋吧，/让时间带去了欢乐与苦恼吧……"重要的是活着，像桥一样肯定自己"坚固的肉体"。相信生命的悲哀，但又庄重地站立着；桥，不能改变流水的命运，但可以蔑视它！在生命的流水终于干涸了时，你会想到：我，曾经像桥一样地站过，现在，我倒下，我无愧！

李广田

秋的味

谁曾嗅到了秋的味，
坐在破幔子的窗下，
从远方的池沼里，
水滨腐了的落叶的——
从深深的森林里，
枯枝上熟了的木莓的——
被凉风送来了
秋的气息？
这气息
把我的旧梦醺醒了，
梦是这样迷离的，
像此刻的秋云似——
从窗上望出，
被西风吹来，
又被风吹去。

与何其芳、卞之琳这两位好友一样（人称"汉园三学士"），李广田初涉诗坛是受了"新月派"诗风的熏染的。但待他进入诗坛后，却扫掉了"戴着镣铐跳舞"的拘谨，转而师法现代诗风。他的诗深婉而素朴，常常在平凡的意象中让读者感到亲切真淳。

生活在顺利、幸福境遇里的人，往往对春天格外敏感，而生活在寂寞、忧伤中的人，才会仔细地体察秋天。这恐怕也是"心灵外化"
之故吧。李广田不仅"看"到了秋天，而且还嗅到了"秋的味"。这
是萧索的、感伤的生命味道，它剪不断、理还乱，就那样长久地围拢
着你，让你体会"味外之旨"。

　　"谁曾嗅到了秋的味，/ 坐在破幔子的窗下，/ 从远方的池沼里，/ 水
滨腐了的落叶的——/ 从深深的森林里，/ 枯枝上熟了的木莓的——/ 被
凉风送来了 / 秋的气息？"这一节看似繁杂，实际上是一个单句："谁
曾从池沼和森林里嗅到了秋的气息？"诗人用了众多的附加成分，转
移了我们的视线，我们不再关心"是谁嗅到秋的味"，而专注于"秋
的味"本身了。这正是诗人的高明之处。他一面提出问题，一面细致
地描写了秋之味的意象，在短短的八行里，完成了相当丰富的寄托。
在这里，"破幔子的窗"，使我们仿佛看到了一个落寞的人；而水滨腐
叶和枯枝上孤单的木莓，则使我们感到这个人的心境是那般沉寂悲
凉。当凉风吹起的时候，那"秋的味"中不再只是自然意义上的"味"，
而包括了这个人心里的滋味！"味"，无形无声，捉摸不定又拂之不
去，"朝来入庭树，孤客最先闻"，能嗅到"秋的味"的人，是怎样的
苦难孤独啊！

　　"这气息 / 把我的旧梦醺醒了，/ 梦是这样迷离的，/ 像此刻的秋云
似——/ 从窗上望出，/ 被西风吹来，/ 又被风吹去。"这里，诗歌的情
调微微有了些调节。许是诗人不堪悲凉吧，他让自己的声音淡淡的、
缥缈的发出来，这就不至于让一泄无余的悲愁代替或冲淡了诗的艺术
品位。我们知道，诗歌是抒情性的文学样式，但抒情不是滥情。诗是
神圣的，它永远不应成为情感的喷射器，它是美的生命自足实体，不
是工具。这里，李广田让他的愁绪像秋云一样轻飏起来，像"旧梦"
般弥漫在"秋的气息"里，"被西风吹来，/ 又被风吹去"。这愁绪是
教我们怅惘的，但它更教我们得到空灵的审美享受。那个"坐在破幔
子的窗下"的诗人，正在望着秋云，这种愁情，就这样被诗人转换成
一幅美好的秋之图了。

　　《秋的味》写得贵在"有味"。陆机在《文赋》中说："或清虚以婉
约，每除烦而去滥，阙大羹之遗味，同朱弦之清汜。虽一唱而三叹，

故既雅而不艳"（着重号为引者所加）。这些审美极致加于《秋的味》，是不属溢美的吧？它不是一首有遗味的、除烦去滥的、清虚婉约的好诗吗？"秋的味"——诗的味！

窗

偶尔投在我的窗前的
是九年前的你的面影吗？
我的绿纱窗是褪成了苍白的，
九年前的却还是九年前。

随微飔和落叶的窸窣而来的
还是九年前的你那秋天的哀怨吗？
这埋在土里的旧哀怨
种下了今日的烦忧草，青青的。

你是正在旅行中的一只候鸟，
偶尔的，过访了我这座秋的园林，
（如今，我成了一座秋的园林）
毫无顾惜地，你又自遥远了。

遥远了，远到不可知的天边，
你去寻，寻另一座春的园林吗？
我则独对了苍白的窗纱，而沉默，
怅望向窗外：一点白云和一片青天。

窗，使我们看到外面的世界。李广田的《窗》，使我们看到的却是他自己的内心世界。这是一首伤感的爱情诗。萧瑟的秋风吹着枯叶，诗人坐在窗前。忽然有谁从窗前走过，轻轻地。但诗人的心却被这轻轻的脚步震得摇晃起来。这是他九年前深爱着、如今还不曾忘怀的姑娘啊，这怎不教诗人伤感惆怅?！整首诗就在这情感强烈动荡的瞬间结胎成形了。一方是"偶尔走过"，一方是日思夜想；一方是"寻找春园"，一方是深陷秋林；一方是"毫无顾惜"地走了，一方是独对苍白的窗纱沉默。这就在鲜明对比的基础上道出了自己的满怀痴情和微微的幽怨。那只"候鸟"般的姑娘是不值得留恋的！这是我们局外人的想法。深陷于爱情中的人是痴傻的，因着这痴傻，我们更加受到了感动，"无情对深情"，呜呼！

　　这首诗的构思非常巧妙，诗人抓住了旧日情人从他窗前闪过的一刹那展开诗思，使这短暂的物理时空，成为漫长的心理时空。如果要是没有这被捕捉住的一瞬间的"定格"，这首诗的感情真不知得有多大篇幅才能容得下。另外，这首诗还抓住了"不变"和"变"来展开诗思。"我"的爱没有变，你的心却变了；绿纱窗还是九年前的，但它的颜色却变了（这是诗人暗喻自己的心疲惫，死寂了）；"我"秋的园林还是依旧，"候鸟"的你却飞向"另一座春的园林"了；白云和青天没有变，但"我"的心绪却是愁云惨雾的啊！第三，这首诗有某种戏剧化因素。窗前一闪而过旧日情人的身影，是一个凝聚了矛盾冲突的瞬间。诗人让这种矛盾冲突在自己内心展开，采取内心独白的方式，而对方并不知道，这就增加了诗作的悲剧感。就像我们看戏剧，有些情况，只有矛盾的单方和观众心里清楚，而矛盾的另一方却由于各种原因不能诉之，这无疑使我们更心酸，更充满温柔的怜悯。

孙毓棠

北　行

那清早登车北行，

　我心中一片茫茫，

一路看清冷的阳光，

　斜照在冬原的雪上。

心想该是个小城，

　悠扬有怡静的钟声，

有青山，有你，和几句

　久别的问候和叮咛。

第二天深夜回家，

　雨点贴挂着车窗：

每点雨团一滴圆梦，

　镶满了金光，月光。

满耳似银铃你的笑，

　满眼是春花的温存。

随着你几声谆嘱，

　我带回了千山白云。

　　这是一首优美的爱情诗，在不长的篇幅里寄托着复杂深沉的感情。初看仿佛诗人在"纪实"，但深入细辨，你会发现上一节的"冬原"是实，而下一节的"春夜"则是虚。为何"那清早登车北行"是严酷的隆冬，而"第二天深夜回家"却成了"满眼是春花"了呢？哦，是诗人见到久别的爱人，见到了他自己心灵的"春天"了。这是不着痕迹的隐喻和心理时空变换。

"那清早登车北行，/ 我心中一片茫茫，/ 一路看清冷的阳光，/ 斜照在冬原的雪上。"这是说诗人在归家的旅途上的凄寒孤寂之情。我们常有这样的体验，盼着见到自己久别的亲人，时间越来越短时，我们的心充满喜悦；但一旦踏上旅途，却总感到时光是那么慢，一分一秒是那么难熬。诗人这里所写的，正是这种体验。由于久别的思念，爱人居住的小城也变得像心中的幻影一样神圣，它成了诗人心灵的城堡，那么纯洁，只容得下怡静的钟声、葱翠的山峰和爱人。这哪里是什么小城，分明是爱的伊甸园嘛！这一节笔墨俭省，那文字背后的韵致，等着读者去想象。诗歌的深婉隐微，于此可见一斑。

"第二天深夜回家，/ 雨点贴挂着车窗：/ 每点雨团一滴圆梦，/ 镶满了金光，月光。""第二天"这个时间状语，泄露了诗人内心的秘密。时间哪里过得这般快，昨日还是风雪凄迷，今天却成"春花""春雨"了？但这里有着诗人心理时空的真实在。是雨，还是相逢的喜泪？诗人没有说，但雨滴是"一滴圆梦"，圆即是愿望的实现，我们不会轻易放过这个字的！"春花"是怎么开的？是爱人"银铃的笑"（脸）。他们相逢了。心境一如春光般旖旎。这时，那"心中一片茫茫"，以及"清冷的阳光"和酷寒的冰雪都不必说了，诗人只想说那象征爱和美好的"千山白云"！

这首小诗写得有趣。"北行"这个标题也命得精彩！往北走应是越走越寒冷，但诗人竟一路奔到了春天。你说，这多有韵味……

踏着沙沙的落叶

踏着沙沙的落叶，
唉，又是一年了，秋风！
独自背着手踏着

沙沙的落叶；穿过疏林，
和疏林的影，穿过黄昏。

黄昏静悄悄的，长的
是林影。沙沙地踏着，
踏着，是自己的梦，
枯干的。又一年秋风
吹过了，自己的梦。

看枝头都已秃尽了，
今年好早啊，秋天！
年年在白的云上描
自己的梦，总描不团圆。
描不整，描不完全。

等秋风一吹，便随黄叶
沙沙地碎落了。秋风早，
只好等明年吧。
看秋风吹白了野草，
吹得凄凉，吹得老。

踏着沙沙的落叶，
唉，又老一年了，秋风！
独自怅惘着，在落叶上
走；穿过疏林，和疏林
淡淡的影，穿过黄昏。

　　这首诗给我们的感受是介乎语言和音乐之间的。为什么说是这样呢？因为这首诗的生命在相当大的程度来源于它奇特的旋律和节奏。诗人巧妙地运用了听觉这一媒介，让它来表达特定的心理内容。

那断续的、寂寞单调的节奏，恰如诗人忧郁的脚步声，"沙沙地"一直走到我们心里。音乐的基本要素是重复与变化，这首诗共四节，在内容上并无实质性进展，每一节都仿佛是第一节的变奏，在思想和节奏上，给人以"似曾相识"的感觉，这正是音乐的基质。在音步的划分上，诗人有意频繁地使用标点，以造成全诗统一的速度和音义的协调。这首诗的音乐性，不是通常人们所说的格律。格律是先验存在的东西，它的功用是装饰性。而这首诗，音乐性是与诗歌的意味结为一体的，如果去掉这种音乐性，这首诗就十分没劲了。诗人表现的感情和选择的意象较平庸，但他对音乐的敏感，使这首诗成为出色的纯诗。造成此诗音乐性的，还有个次要的方面，即诗人灵活的换韵。整首诗是 en 韵、eng 韵、an 韵、ao 韵的不断变化，这就避免了诗歌乐音的单调，而造成悦耳的旋律感。

威尔逊说过："我们可以像欣赏纯音乐那样地去欣赏诗，我们可以把诗的意义完全撇开，而仅仅作为一种美的、印象深刻的声音的连续而去欣赏它。"这首诗就应了威尔逊的说法。

吕亮耕

索 居

当霜寒堆了土蟀的碎琴：
老松亦噤无一言；
而朔风偏为人送来感慨，
你听：远远的秋砧。

仿佛记起那一个人的叮咛，
一句句从砧声里透。
梦回后：远塞一声鸡——
啼湿了梦中人手绣的枕头。

这首小诗的核心意象是"远远的秋砧"，这使我想起了唐人韦应物的《登楼寄王卿》一诗："踏阁攀林恨不同，/楚云沧海思无穷。/数家砧杵秋山下，/一郡荆榛寒雨中。"秋天来了，万物萧索，挚友难逢，孤寂中传来人们缝制寒衣的声音，那单调而寂寞的响声，不正是冬的预告么？怎能不教人心境凄凉！吕亮耕可能受此诗的启发，也可能是诗人与古人灵犀暗合了，他从这一点生发开去，写出了自己的一腔愁思。

"当霜寒堆了土蟀的碎琴：/老松亦噤无一言；/而朔风偏为人送来感慨，/你听：远远的秋砧。"深秋临了，蟋蟀不再歌唱，它们的生命竟如此短促！田野上到处是这被霜寒冻凝了的"琴"，无声而有怨。草木凋零，触目萧索，连那苍朴老迈的松树，也仿佛被寒气锁住，噤然无声。这是多么寂寞多么冷落的深秋。诗人的心也被霜寒"堆了"，他亦"噤无一言"，独独感受着难耐的凄凉。他的"索居"不是真的"索居"，而是心的沉哀，没有什么召唤这心出门啊！在这死寂的秋夜，朔风在逡巡着，它给人带来了什么？带来了"远远的秋砧"——那冬的先行者的跫音啊。一个"偏为"，写尽了诗人的心态，他在幽怨、在感伤。

秋尽冬来，是游子思家的辰光。这悠远的杵声使诗人想起了谁呢？是白发苍苍的老母，还是等他归去的情侣？诗人没有说，他留给我们去想象，这就扩大了诗的空间，每位读者都可以以自己的情怀去"加入"。"仿佛记起那一个人的叮咛，/ 一句句从砧声里透。/ 梦回后：远塞一声鸡——/ 啼湿了梦中人手绣的枕头。"在这秋夜的砧声里，诗人情思绵绵，那单调而坚实的声音，一下下落在他的心上，像老母的叮咛，像情侣的嘱托，久久不能散去。他就这样进入了忧伤的梦乡。梦是思绪的延伸，他并不曾安歇得深沉，待鸡鸣在远塞响起，他的苦泪浸湿了枕头。这枕头是"梦中人手绣的"，那上面密密的针脚是老母的心迹或是情侣的爱丝，伴着他度过了多少孤单的夜啊！我想，诗人没有点明的那"一个人"，情侣的可能性更大些。不然，何以竟是"梦中人"呢？当然，诗歌的审美空间应是博大的，不宜一一坐实，读者愿意她是老母也是绝对正确的，随心去联想更好。

这首诗仅仅八行，却极尽微茫惨淡的意趣。它的意象具有明显的中国风味，而语言形式却又不乏意象派的风神，正是中西诗艺的融通。

禾　金

二月风景线

淡绿的风吹起，
溶解了浓味的朱古力，
翻开心上的青色的一页，
吟味着二月的恋诗。

培养那青色的恋的花朵，
四月的暖房是必需的吗？
迎着清冽的绿风，
爱娇的百合也浪费地呼吸着呢。
在多少二月的阳光中，
我读懂了一对灰色的眼睛。

像一个辛勤的老学者，
从深奥的古籍中发现了真理，
他将用多轻快的心情
来记住这光荣的季节呢？

　　《二月风景线》的目的，不是再现自然中的"风景"，而是禾金心中的"风景"。冬尽春来，二月虽然不是草木葱茏、莺歌燕舞的季节，但它更有力，在诗人生命内部的喧响更强烈，它冲动地升了上来，成为新生战胜荒败的第一代言者。

"淡绿的风吹起, / 溶解了浓味的朱古力, / 翻开心上青色的一页, / 吟味着二月的恋诗。"风是看不见的, 但诗人化触觉为视觉, 说它是"淡绿的"; 风是无味的, 但诗人化触觉为嗅觉, 说它是"浓味的朱古力"。这里运用了"通感"的手法, 以少总多, 写的是风又是新生的茸草和春天腐殖土的芬芳。这就使我们的感官全部开放起来, 我们的生命也被这风吹绿吹香了。诗人站在新春和残冬的交汇点上,"心上的青色的一页"开始苏醒, 他品味着二月的诗情。

"培养那青色的恋的花朵, / 四月的暖房是必需的吗? / 迎着清冽的绿风, / 爱娇的百合也浪费地呼吸着呢。"这个问句意味深长。青色的花朵舒展地开放是在四月里, 但诗人偏偏对此产生疑问: 那不死的花树的根, 难道不是经历了、战胜了冬的残酷, 小心地守护着自己的希望吗? 是苦难! 是寒冷! 是它们"培养"了青色的不屈的花朵! 有了这种苦难的生命历程, 才有今天的百合尽情地呼吸着自由清冽的空气。

站在这意味深长的冬春之交, 诗人顿悟了一个道理, 他"读懂了一对灰色的眼睛"。那是深沉的、忧郁的、坚定的生命之巨眸。它恒久如"古籍", 时时向人们昭示着不破的真理。经历过冬天的人, 才能更深切地感受春天。二月是美好的, 它更是"光荣"的, 它的光荣就在于它所经历的苦难和寒冷, 就在于它是第一个撕毁了严冬丑恶的黑斗篷! 培养花朵的不是四月!

这首诗写得精约远奥, 诗人将深沉的思索凝注在不动声色的语言中, 这比那些浮泛夸张的"直抒胸臆"显然更有力更耐人寻味, 显然更是诗的思索。

钱君匋

小诗二首

路　上

一乘双飞掠过柏油的路面，
只扬起一些青烟的轻尘。
举着千臂的冬树
在路上揖着，迅速地退去。

幽歌着的电讯木，
三角与立方组成的住宅
衬着青的远天。
一切平静，我独自步行着。

苍　茫

傍晚的落霞，
下垂到柔静的水底
随夕日的消逝，
渐渐黯淡至于无色。

森然地，漠然地，无边的苍茫。
荡然地，懵然地，无边的苍茫。

驮着疲倦的浅紫的人间呢？

没入丛丛的苍茫。

　　这两首小诗写的都是诗人瞬间的感觉。它们共同的特点是：含蓄、凝练、富感性。早期意象派诗歌是很强调"客观"的，诗人往往抓住事物瞬间给人的感觉，不做任何说明，而将它清晰、简洁地呈现出来。这里的"客观"是指感觉的原生性，排除了多余的"说明"，以它原有的形态出现，常见的事物有了神秘的美。

　　钱君匋的诗能看出是深受意象派启发的。让我们先看《路上》。这首诗写的是诗人独自走在路上，看到汽车驶过卷起青烟和轻尘，而车辆的迅速奔驰仿佛带动了冬树，它们一列列向后飞快地退去。这里，诗人写的是视觉误差，带给我们一种速度的美，这是现代工业的气息。接着，诗人又写了电线杆，这仍然是现代工业的产物，在那个时代它象征着文明与进步。可见，诗人的审美情趣是现代感很强的。交织的电杆电线，组成了简洁的三角与立方的空间，背后是高远的蓝天。多么清新的画面！在这画面里，一个人走着，领略着这一切文明的标志。意象派诗人阿尔丁顿的《傍晚》，与此诗的构思很相似，由此可以看出，钱君匋对意象派的借鉴是达到了神会的程度。《傍晚》是这样的："烟囱，一排接着一排，划破清澈的天空；月亮，一片破纱裹着她的腰，在烟囱丛中搔首弄姿，一个笨拙的维纳斯——这里，在厨房的洗涤格上，我肆无忌惮地望着她。"

　　《苍茫》是诗人站在黄昏的湖边，观察将逝未逝的晚霞时得出的感觉。这里，落霞与湖水已融为一片，"日落江花红胜火"，夜来江水茫如烟（借用并戏改白居易诗句），使我们感到一种怅惘的意绪。"森然地，漠然地，无边的苍茫。/ 荡然地，懵然地，无边的苍茫。"这些形容词和动词的连续排出，不是为了造成语感上的悦耳，而是它们本来就是诗人难言的感觉的一部分；不是抽象，而是具象，不是说明，而是呈示。在这个瞬间，诗人顿悟了生命的状态，人间是"疲倦的浅紫的"，人就活在这不可知其前途的"苍茫"之中。要注意，诗人的顿悟与景色的关系不是比喻的，它是与景色一起到来的，或者说是

"情感"与"物象"的结合体。像庞德的《地铁车站》，主客观不可分开："这些面庞从人群中涌现，湿漉漉的黑树干上花瓣朵朵。"这种感觉的原生性，使凝练的诗行具有了更广阔的审美二度空间。

南 星

黎 明

隔壁的人，
雪天的报告者。
你的隔壁有甚么声音呢？
你在北方，
我也在北方，
而你会做一个南方的孩子，
让我在这儿感受南方的天气，
于是雪的早晨的情调被遗失了。

三个音符的鹧鸪叫，
梦寐的，欢快的，跳动的。
鹧鸪会叫雪么，
我不相信。
随之而来的是早晨的叫卖，
那声音中有负着水珠的菜蔬，
暖湿的带着薄泥的街道。
谁想到雪呢？没有人。

你笑我早晨的听觉么，
我醒了，你来。
鹧鸪是你，叫卖是你，

你这双重的声音占据了我，

而我说我的隔壁人说谎了。

你走近了么，

我要起身，我要起身，

你的春天的衣襟之飘动是静静的。

如果一首诗是真正优秀的，它就应经得起反复的、长久的阅读。初读，你可能只捕捉到一种基本的意绪。再读，你会找到方向。这还不够，你必须像注视海面的一条船，全神贯注地注视诗中的每一个字。你还要搞清，一个字同时具有的几重含义，并将这些字置放在一个系统中，让它们产生语境意义。总之，读诗，尤其是读现代派的诗，你要始终保持高度的警觉，否则，你得到的只是一片模糊。

南星的《黎明》，就是这样复杂的、经得起反复品味的好诗。这首诗写的是诗人深沉的爱情，但通篇不着一个"爱"字，它诱你深入，诱你猜想，当然，它首先教你摸不着头绪……

"隔壁的人，/雪天的报告者。/你的隔壁有甚么声音呢？/你在北方，/我也在北方，而你会做一个南方的孩子，/让我在这儿感受南方的天气，/于是雪的早晨的情调被遗失了。"准确地把握这第一节，你才能真正读懂这首诗。这里的关键是"隔壁人"和"你"是两个人。隔壁人告诉"我"这会儿是雪天，而"我"又遗失了雪晨的情调。原因是"你""让我在这儿感受南方的天气"。南方的天气，我们想，那是莺飞草长春湖荡漾的。"你"给"我"的爱，不正是这样春机盎然吗？我们都是在北方，但两颗挚爱的心是跳动在春的南方的。写得多么隐曲！

"三个音符的鹧鸪叫，/梦寐的，欢快的，跳动的。/鹧鸪会叫雪么，/我不相信。/随之而来的是早晨的叫卖，/那声音中有负着水珠的菜蔬，暖湿的带着薄泥的街道。/谁想到雪呢？没有人。"结合这一节的，是两种声音。鹧鸪和早晨的叫卖声充满了南国早春气象，这是诗人的幻听。诗人的心深深浸在南国春天般的爱情里，门外在落雪，但他的心却是一派春光，他不相信鹧鸪会叫雪，不相信暖湿的带着薄泥的早春街道会有雪。这是爱情的力量让他的心充满了温暖啊！那梦寐的、欢快的、跳动的鹧鸪声，那充盈着清新和喜悦的叫卖声，是谁让"我"听到的呢？——

"鹧鸪是你，叫卖是你，/你这双重的声音占据了我"！至此，我们的心被诗人擦亮了，读前面两节时出现的迷惘感为之一扫，整首诗的脉络被我们把握住了。原来，那声音并不曾出现，出现的是爱的呼唤，将诗人从北方的雪晨带入南方的春天的爱的呼唤！"我的隔壁人说谎了"，这里的"说谎"恰恰说的是真，人家告诉诗人"下雪了"，谁知道诗人的心并不曾"下雪"，而是春情浩漫的呢？这句诗写得有趣，真成了谎，幻视幻听却成了真。是谎是真？终归是诗人心理上的"真"，诗意的"真"！纯真的爱情，你就是这样将诗人留在了永远的春天的！

这首诗初读我们可能感到难以进入，但如果放弃了它，那真是太可惜了。你要有深入的耐心，那样，你就会得到比读那些简单直接的诗双倍的审美享受。

巡游人

我是喜好在小巷里巡游的人，
我可以对你述说它们的数目，
述说那最庄严最古老的门，
那懒惰善睡的高树
和小巷中美好的声音，
我是说那水车和叫卖者的。

在深夜，在不见月亮的时候，
我并不去寻找可厌的灯光，
只去私听巷里行人的歌吟

或已成自然之音乐的木柝声，
我觉得自己和小巷契合，
是它们的老住客或老行客了。

你从没有到过这些地方，
所以它们保守着单纯的历史。
但今夜我为甚么害怕呢，
怕着曾给我多少抚慰的黑暗，
而且第一次有了独行的自觉，
我爱的音乐也做出怪声了？

我疾走向那放出灯光的板窗，
我知道它是那卖杂货女人的居处，
我不是要做她的雇客，
只觉得你会正在那儿的，
或者她会告诉我你买了甚么，
如果她不嫌厌我唐突的讯问。

　　南星的爱情诗总是那么幽曲，像上边介绍过的《黎明》一样，这
首《巡游人》也是深文隐蔚、余味曲包的。
　　前两节，诗人写他对小巷的熟悉几乎是无微不察的。这里的小巷
是静谧的、安详的。它有最庄严最古老的门，有懒惰善睡的高树，有
悠扬的水车和叫卖声。诗人甚至关心着无月的夜里巷人轻微的歌吟，
单调平和的木柝声。他与小巷是亲密无间的，是它的老住客老行客，
是它的深情的巡游人。诗人住在小巷里，心境是那么安谧，他不感到
孤单，因为他与小巷是"契合"的。以上是"静"，我们期待打破它
转而动。今夜，诗人感到了孤单和不安，"第一次有了独行的自觉"。
连那叫卖声、木柝声、巷人低低的歌吟这些美妙的"音乐也做出怪声
了"。为什么？因为"你"走进了小巷，小巷再也不能"保守着单纯
的历史"。"我"是默默地深爱"你"的。"你"不知道，"你"走进小

巷是怎样地激动了"我"的心! 诗人说他"害怕"这深夜,是说自己的心那般惶惑、那般矛盾,是"害怕"这一份爱"你"不理解啊! 梦中的情人许是走到杂货铺买东西了,诗人也走向那放出灯光的板窗,他要悄悄地看看她,或者问问卖货人她买了些什么。这是唐突的,但一个陷入深沉的单恋的人怎能避免这美的"唐突"呢?

这首诗前半部分是铺垫,后两节才是重心。诗人将他的感情曲折地放在最后的镜头上,如异峰突起,瞬间激活了我们的联想:这孤独的爱,结局会是怎样呢? 诗人没写出的东西都交给我们去挂念了。真正是匠心独运,惨淡经营。

第三辑　九叶派诗群

辛　笛

印象二首

十月小唱

听远来的歌吧
敲击炉边的火箸
今夜的心　夜夜的期待
岁与日同暮

林中有烂叶的泥土
冬天在路上
窗外是湿了草地的光
十月的雨如箭

秋天的下午

阳光如一幅幅裂帛
玻璃上映着寒白远江
那纤纤的
昆虫的手　昆虫的脚
又该黏起了多少寒冷
——年光之渐去

　　这两首小诗并不是一组。我之所以将它们放在一起赏析，是因为它们在美学追求上是一致的，即对"印象"的捕捉。且又都写于 1936年秋。其时，辛笛正在英国爱丁堡大学攻读英国文学，亲自听过现代主义诗歌大师艾略特的课；并在英法两国广泛欣赏了现代绘画和音乐作品。大师们对艺术的理解及艺术作品对诗人的熏陶，使辛笛"深深爱上了 19 世纪后半叶印象派绘画和音乐的手法和风格，在写作中受到不小的影响"（《辛笛诗稿·自序》人民文学出版社）。

　　印象主义是一种艺术风格。它的名称来自法国 19 世纪中叶印象派画家马奈、莫奈、雷诺阿的绘画所传达的审美效果。这些画家在作画时，特别重视光的变化效果，试验从主观角度描绘出转瞬即逝的印象。他们对精确描摹物体的手法不感兴趣，认为有效的印象只取决于观察者的观察力度。后来，绘画之外的艺术形式也受到其影响，意象派诗歌就代表了诗歌中的印象主义风格。（也有人将法国象征主义诗人称为"印象主义者"。实际上，象征主义诗歌的基本艺术符号就是意象的，这样说区别并不大。）辛笛的这两首小诗，都是写主观印象的，它们形式短小，但由于在瞬间集中了诗人复杂难言的印象和感受，并不单薄，反倒显得丰厚、精微、细腻。

　　先看《十月小唱》。这首诗写深秋给人的印象。"听远来的歌吧／敲击炉边的火箸"，一开始诗人就摒除了对秋的直接描摹。秋风起了，树叶沙沙吟哦着落下来，像是在歌唱的人。为什么"敲击炉边的火箸"呢？因为歌声是"远来的"，是从冬天的王朝里派来的先遣使者，所以，听到秋风在唱歌，诗人感到了冬天人们"敲击炉边的火箸"的声音。这是瞬间产生的印象，短短十三个字，含量多么丰富，境界多么深远。"今夜的心　夜夜的期待／岁与日同暮"。诗人是渴念冬天的，亲朋好友围在炉边击箸而歌，正是倾吐衷肠的好季节，不但"今夜的心"是这样，而且"夜夜的期待"也同样。今天暮色渐深，今年也快到头了，故有"岁与日同暮"一句。这一节写得美好、澹泊又含着一丝忧郁，它渐渐弥漫着，直到填满我们的心。

　　"林中有烂叶的泥土／冬天在路上／窗外是湿了草地的光／十月的雨如箭"。这里，"冬天在路上"一句，暗暗承接了上节"听远来的歌

吧 / 敲击炉边的火箸"。这仍然是瞬间感受的捕捉。诗人不是"看"到冬天渐渐近了的身影，而是感觉到它正"在路上"行走着。这句诗很平常，但这无疑是带有冥观性质的高超的一笔。"窗外是湿了草地的光 / 十月的雨如箭"。诗人对草地的色彩并不重视，因为它就那样存在着，不写也可以在读者心中呈现出来；而特别倾心"湿了草地的光"，这就使我们感到草地产生出分光镜里复杂多样的色彩和它们之间的多种层次。这里的一切，是跳动着的、变幻着的、流淌着的，这就是印象胜于摹形的根本优长。而"十月的雨如箭"，不但使我们感受到秋雨的速度、密度、力度，更重要的是在草地的光的背景下，我们仿佛看到了"空气"的明澈和嗅到了它的新鲜。这种格调与印象派绘画是一致的，印象派绘画也给人以"空气"的在场感。

有了上一首小诗给我们的审美经验，再体味《秋天的下午》就很容易了。"阳光如一幅幅裂帛 / 玻璃上映着寒白远江"，这里的阳光，不单是视觉的，而且是触觉和听觉的。印象派绘画也强调物体的"质量感"。帛的闪烁明亮，恰如秋阳的柔和明丽，我们仿佛"抚摸"到它；裂帛轻微动听的声响，也恰如秋阳之荡漾给人的感受，我们仿佛"听到"它。秋阳照在玻璃上，产生迷离变幻的光束，像"寒白远江"那般宁静、凄凉又无限美好。这正是秋天给诗人的印象，"寒""远"更多是诗人的内心感受。玻璃上静静卧着纤小的秋虫，诗人久久望着它们，"昆虫的手　昆虫的脚 / 又该黏起了多少寒冷 /——年光之渐去"。这个感觉格外细腻！不说秋虫，而说其"手""脚"，一下子缩短了我们与它的距离。那"手""脚"上黏着寒冷，这也是诗人瞬间的直觉印象，真正是妙手偶得、境独意奇，你不能不佩服诗人深厚的底气和纤致的艺术感受力。而这一切，又都来源于"印象"这个精灵。

航

帆起了
帆向落日的去处

明净与古老
风帆吻着暗色的水
有如黑蝶与白蝶

明月照在当头
青色的蛇
弄着银色的明珠
桅上的人语
风吹过来
水手问起雨和星辰

从日到夜
从夜到日
我们航不出这圆圈
后一个圆
前一个圆
一个永恒
而无涯涘的圆圈
将生命的茫茫
脱卸与茫茫的烟水

　　意象诗派大师庞德在谈到他的《地铁车站》时说："那一刹——那一刹中一件外向的和客体的事物使自己改观了，突变入一件内向和主观的事物"（见彼德·琼斯《意象派诗选》导论）。的确，这种主体与客体的瞬间互射凝成为结实的意象——理智和感情的复合体，是意象派诗人的拿手好戏。辛笛颇得意象诗真传，且让我们在他的意象之《航》中航行一番。

　　这首诗写的是海上之航，但并不是单写诗人对景观的印象。他在海上航行，突然被景物照彻肺腑，由此领悟了生与死、永恒与瞬间、生命的流通和阻塞之间的哲理。"帆起了 / 帆向落日的去处 / 明净与古

老 / 风帆吻着暗色的水 / 有如黑蝶与白蝶"。这里，帆是明净的，海是古老的、暗色的；帆是突然升起，海是亘古如斯；以纤小之帆的"白蝶"，吻浑茫之海的"黑蝶"，醒目而奇诡。这个意象使我们沉湎在新鲜的刺激中，不能不钦佩诗人高超的表现力和丰富的感受力。但我们不能停止下来，我们感到一种莫名的寂寞和忧伤爬上心头，那向"落日的去处"漂荡的帆，在暗色海洋的衬托下，何等孤单！这是生命面对死亡的隐隐颤动，诗人表现得多么美好又多么深沉。

　　"明月照在当头 / 青色的蛇 / 弄着银色的明珠 / 桅上的人语 / 风吹过来 / 水手问起雨和星辰"。"青色的蛇"是诗人的幻觉。月光照在海上，波涛翻滚着一闪一闪的粼光，就像蛇一般跳荡蜿蜒。它仿佛与月光嬉戏，"弄着银色的明珠"。这真是独标逸韵之笔，想落天外之词，充满美的魅力又充满着生命的紧张。桅上水手的问答声既有生命的美好，又有生命的茫然。因为，他们"从日到夜 / 从夜到日""航不出这圆圈 / 后一个圆 / 前一个圆 / 一个永恒 / 而无涯涘的圆圈"。这里的"圆圈"，是海面给人的视觉印象，同时也是命运的象征。你挣扎、你奔走、你痛苦、你超脱，最终还是走不出生存圆。这是一种宿命，但诗人的结论并不悲观："将生命的茫茫 / 脱卸与茫茫的烟水"！只要坚强地生活在航行的海上，生命的价值就可以肯定了。生与死、永恒与瞬间、平静和风险对于一个航行着的人来说，又有什么不同？！这是勇敢者的行动哲学，是"茫茫的烟水"给他的启悟。《航》就是这样一首源于生命情调的纯诗。

手　掌

形体丰厚如原野

纹路曲折如河流

风致如一方石膏模型的地图

你就是第一个

告诉我什么是沉思的肉

富于情欲而蕴藏有智慧
你更叫我想起
两颊丛髭一脸栗色的水手少年
粗犷勇敢而不失为良善
咸风白雨闯到头
大年夜还是浪子回家

吉卜赛女儿惯于数说你的面相
说那一处代表生命与事业
又那一处代表爱情与旅行
她编造出一套套宿命的故事
和二月百啭的流莺比美
无非想赚取你高兴中的一点慷慨
你若往往当真
岂不定要误事
我喜欢你刚毅木讷而并非顺从
在你中心
摆上一个无意义的不倒翁
你立刻就限制他以行动的范围
洒上一匙清水
你立刻就凹成照见自己的湖沼

轻轻放下你时可以压死蚊蚋蜉蝣
高高举起你时可以呼吸全人类的热情
惟一不幸的　你有一个"白手"类的主人
你已如顽皮的小学生
养成了太多的坏习惯
为的怕皮肉生茧
你不会推车摇橹荷斧牵犁
永远吊在半醒的梦里

你从不能懂劳作后甜酣的愉快

这完全是由于骄纵

从今我须当心不许你更坏到中邪

被派做风魔的工具

从今我要天天拼命地打你

打你就是爱你教育你

直到你坚定地怀抱起新理想

不再笃信那十个不诚实的

过于灵巧的

属于你而又完全不像你的

触须似的手指

　　这首诗取材相当平凡，但读后使我们对这种"平凡"感到"陌生"。这是为什么呢？艾略特在谈到庞德的诗时说过这样的话："我不得不承认我对他所说的很少感兴趣，只对他说的方式感兴趣。这并不是说他言之无物，因为言之无物的方式不会使人感兴趣。"大师的这段话启示我们：诗歌作为诗人内在生命的瞬间显形，重要的不是诗人涉足的题材区域，而是对这种题材的重新发现、重新洞彻。

　　辛笛的《手掌》，不求幻境的幽邃，但求生命意志的灌注。手掌在这里，已经脱离了生理学上的意义，而成为一种精神现象，一种被诗人审视的准客体。诗歌一开始，就进入了内省活动，这种内省是伴随着对客体的细致观察一道进行的。"形体丰厚如原野／纹路曲折如河流／风致如一方石膏模型的地图"。手掌被突兀地放大，块垒嶙峋、浩浩荡荡地逼近过来，形象的直觉性中浸透了抽象的理性精神，这是创造的力的根源，是"沉思的肉"。接下来，诗人用了离形以尽意的方式，使手掌成为和人并置的独立的生命现象：一个两颊丛髭一脸栗色的少年水手，历尽艰辛仍不失骁勇良善，闯荡天涯仍不忘生命的根。这个意象与前面的三个意象不同，它完全摆脱了具体形态的可拟性，而抓住了两种物象的精神品格进行互相渗透，更深地把握了形象的本质。这样一来，有具体的形似，有抽象的神似，手掌就灵动起来，逼真而超诣。有了这种雄丽并存、虚实相映的氛围，下面，诗人索性将手掌作为一种人格来写，"他"自信而清醒，不轻信宿命，"刚毅木讷而并非顺从"，在平凡的日子默默贡献，在生死关头"他"凝聚了全人类的热情，像一面英勇的战旗。这是此诗的前两节，完成了一种肯定。

第三节，诗人开始一种否定，一种批判。这是对一种人生态度的否定，更是对一个阶级的批判。这种否定和批判不是用措辞激烈的议论，而是紧紧附着在手掌的形体特征、行为特征上进行的。这就避免了浮泛和空洞，而显得更为剀切、更为犀利。作为进步的知识分子，诗人在这里的内省精神达到了高峰，他警示自己，生命的不断升华，是必须经过艰辛的精神历程的。对手掌这生命的象征来说，"从今我要天天拼命地打你／……直到你坚定地怀抱起新理想"。诗人的审美对象紧紧限制在"手掌"上，所以，他竟将手掌之上的指头作为手掌的对立面来写，说它们是"十个不诚实的／过于灵巧的／属于你而又完全不像你的／触须似的手指"。这样写，使得诗歌更集中、更单纯已属第二义的问题，重要的是，手掌与手指形成强烈的对比：一个是"刚毅木讷"，一个是"不诚实而过于灵巧"；一个是"形体丰厚"的力，一个是孱弱的"触须"。这是两种生命形态的对比，也是一个整体生命内部的自相格斗与排斥。

这首诗短短的二十余行，单纯的一个形象，却充满了"理解你自己，打败你自己，更新你自己"的思辨力量。我们细读这首诗就会体会到，意义的成形、成境、成理，几乎全是仰仗于形式而构成的。我们感到了形式的生命，意义也就蕴于其中了。诗歌的胜利，确如艾略特所言，不在你说什么，而在于你怎么去说。

月　光

何等崇高纯洁柔和的光啊
你充沛渗透泻注无所不在

　　我沐浴于你呼吸怀恩于你
　　一种清亮的情操一种渴想
　　芬芳热烈地在我体内滋生

　　你照着笑着沉默着抚拭着
　　多情激发着永恒地感化着
　　大声雄辩着微妙地讽喻着
　　古今山川草木物我的德性
　　生来须为创造到死不能休

　　你不是宗教是大神的粹思
　　凭藉贝多芬的手指和琴键
　　在树叶上阶前土地上独白
　　我如虔诚献祭的猫弓下身
　　但不能如拾穗人拾起你来

　　这首诗情感颤动而形式工稳，诗人主动寻求一种限制，将放逸的诗思嵌入整饬的行节，造成一种高洁宁静的"颂"体诗的效果。

　　月的精神化育山川万物，使世界一派安详澄明。诗人仰望着这枚上帝树上的果子，深深感到一种涤漱灵魂般的超越。但这种超越感，不同陶渊明的"俯仰终宇宙，不乐复何如"，它内含着一种生命底层的忧郁和不安。月亮和他的关系，不是天人合一式的乐感，而是一种拯救关系，近似于人与"神"的关系（非宗教中的神）。

　　第一节，诗人写"我"在月的抚照下，生命的开放。"何等崇高纯洁柔和的光啊 / 你充沛渗透泻注无所不在"。这里，月的形体隐去了，变成一种抽象的精神和情操，四个形容词和两个动词的连锁推出，使月具有了形而上的意味。"我沐浴于你呼吸怀恩于你 / 一种清亮的情操一种渴想 / 芬芳热烈地在我体内滋生"。由"沐浴"到"呼吸"再到"在我体内滋生"，这是一个灵魂超度的微妙过程。正是月亮的精神，使诗人从尘世的纷扰和忧患中暂时走出来，向生存圆之外投出了第一道目光，所以，他"怀恩"于月。那是怎样一种"清亮""芬芳""热烈"的感觉呵，它使人领悟了生命被拯救和升华后的美好。但超脱的目的是为了更清醒地投入。

第二节，诗人隐去"我"而单写月。这里的月，被充分人格化了，它成为无所不在的生命偶像在俯视下界。"你照着笑着沉默着抚拭着 / 多情激发着永恒地感化着 / 大声雄辩着微妙地讽喻着 / 古今山川草木物我的德性 / 生来须为创造到死不能休"。这里，"古今山川草木物我的德性"，与月成为观照与被观照、评判与被评判、施恩与受惠的不可逆过程。高高在上的先知是月，它亘古至今在以沉默的神谕昭示下界生命的真谛。它既激发又感化，既大声雄辩又微妙讽喻，它已不再是华美飘逸的自然物，而成为智慧生命的一种境界，成为真善美的最高裁决者。也许我们不理解诗人的看法，但须知这是诗啊！

第三节，写诗人对月的理解，这是对以上两节的"说明"。月在这里，是人类理性和美感的代表，它由人创造又反过来提高人拯救人成为"神"。我们从"大神的粹思"和"贝多芬的手指和琴键"这两个核心意象上，便可看出这是现代理性和艺术美浑然和谐的理想，使诗人创造了月的"人格神"形象。最后的两句写这种理想的难以企及（"不能如拾穗人拾起你来"）和诗人心向往之的虔敬之情（"我如虔诚献祭的猫弓下身"）。

通过以上分析，我们可以体味诗人笔下的月光究竟是什么。它是人类的永恒精神，虽然屡被践踏，但不能使它毁灭和宁息，它无处不在地启示着人类中的优秀分子"生来须为创造到死不能休"！这就是"神"：一种形而上的人类的永恒精神！

门 外

罗袂兮无声

玉墀兮尘生

　　　　　　虚房冷而寂寞
　　　　　　落叶依于重扃

夜来了
使着猫的步子
当心门上的尘马和蛛丝网住了你吧
让钥匙自己在久闭的锁中转动
是客？还是主人
在这岁暮天寒的时候
远道而来
且又有一颗怀旧的心
我欢喜
我的眼还能看
黑的影相
还托着一朵两朵
白色黄色的花
我还记得那炉火"爆"的声音
因为我们投掷了山栗子进去
或是新斫下的木柴
如此悠悠的岁月
那簪花的手指间
也不知流过了多少
多少惨白的琴音
但门外却只有封锁了道路
落了三天的雨和雪
不再听你说一声"憔悴"
我想轻轻地
在尘封的镜上画一个"我"字
我想紫色的光杯
再触一次恋的口唇

但我怕

我怕一切会顷刻碎为粉土

这里已没有了期待

和不期待

今夜如昨夜一样的寂灭

那红的银的烛光

也不因我而长而绿

我听不见眼的语言

二十年　二十年

我不曾寻见熟稔的环珮

猫的步子上

夜来了

一朵两朵

白色黄色的花

我乃若与一切相失

在这天寒岁暮的时候

远道而来

且又怀有一颗怀旧之心

在一个阴寒多雨

而草长青的地方

　　这首诗写在 1937 年冬天，诗人远离故国，孤身负笈异域，冬日降临更添一重落寞，不禁沉浸在浓重的乡愁之中。正文之上的四行诗句，是汉代刘彻的《落叶哀蝉曲》，引在这里，是说诗人的心境与它大概相同吧。

　　这首诗的情调与其他的怀乡诗并无大的不同，它的长处在于诗人对意象的捕捉和结构的精心安排。由于心境悲凉，使诗人格外敏感、格外容易受到伤害。他说"夜来了／使着猫的步子"。猫的步子轻盈无声又含着坚定沉着，正好与夜幕降临的情形一样。诗人对夜的降临是喜欢的，因为一切都沉睡了的冬夜，更能安静地想着故乡的人事，所以，他对夜说"当心门上的尘马和蛛丝网住了你吧"。这是诗人由自己度夜，由自己的易受伤害移情于夜的脆弱。没有人来，"钥匙自己在久闭的锁中转动"，更显得凄冷孤单。诗人问自己究竟"是客？还是主人"？是房间的主人，又是英国的客人——终归是客！在这客居他乡的日子里，诗人惟一的安慰是"我欢喜 / 我的眼还能看 / 黑的影像 / 还托着一朵两朵 / 白色黄色的花"。这里的"花"是什么？是故乡的影像呵！为什么是"黑"的，因为是冥想而不是现实！这里的"我欢喜"，不是更添一层愁么？诗人对故乡的万般思念不知从何说起，只是选择火中投栗和新斫木柴这两个意象，就将故乡的温馨可人、冬天的情趣展示出来。可那一切，又是多么遥远！诗人又想起了他的女友，"那簪花的手指间 / 也不知流过了多少 / 多少惨白的琴音"。这三行既写了诗人对她的思念，又写了她对诗人的思念："惨白的琴音"是深层意象，既有时光匆匆驶过人生易老之慨，又有刻骨镂心朝夕相思之叹。在短短的三行诗中，凝结着多么复杂深邃的意味！诗人的心情是惆怅的，也是矛盾的。他想念故乡和亲人，在幻觉中产生了交谈亲吻的画面，这让他又喜又怕。喜自不必说，怕的是"一切会顷刻碎为粉土"！漫长的期待，使他度日如年，"今夜和昨夜一样的寂灭"。虽然，"我的眼还能看"，但可叹的是看不见她真实的样子："听不见眼的语言"。这里，诗人写"眼的语言"，就是女友真实的样子，温柔深情不善言辞，一切都幽幽地诉说在眸子的深处。这是甜蜜的忧伤，它产生在"天寒岁暮的时候"，是一个"远道而来 / 且又怀有一颗怀旧之心"的诗人发出的……

通过深入玩味，我们可以感到，诗人由于巧妙地掌握了深层意象的技巧，使这首怀乡之作超过了同样情调的作品。这就是诗歌语言的自足性、构成性，这就是"有意味的形式"之最好注解。另外，此诗的结构安排也是匠心独运的。夜——猫的意象群，一朵两朵白色黄色花的意象群，在前后出现两次，彼此呼应彼此扩充，收到一种回环式结构的迷人效果，加深了读者的感受，使诗歌的余韵不绝……

这首诗纯任怀乡之情自然流淌，它不可句摘，也没有"诗眼"，我们在欣赏时，只要顺着诗人的情感流程走下去，就会得到审美的愉悦了。

风 景

列车轧在中国的肋骨上
一节接着一节社会问题
比邻而居的是茅屋和田野间的坟
生活距离终点这样近
夏天的土地绿得丰饶自然
兵士的新装黄得旧褪凄惨
惯爱想一路来行过的地方
说不出生疏却是一般的黯淡
瘦的耕牛和更瘦的人
都是病，不是风景！

　　这是一首哽咽的诗，是诗人面对旧中国残败褴褛的景象，唱出的挽歌和抗议的歌。诗人浓重的忧患充盈着其中的每一个意象，他不是诉诸直接的呼喊，而是通过冷峻反讽的单主题象征，深刻地揭示了外部现实和内心的苦难。

　　一开始，诗人就迅速地进入内心活动，"列车轧在中国的肋骨上／一节接着一节社会问题"。"列车"的沉重和"肋骨"的脆弱强烈地对比着，我们听到了"中国的肋骨"发出的碎裂声，看到了它被碾成齑粉的惨状！这悲惨的景象不是一次性轧过，而是"一节接着一节"，无尽无终！接下来，诗人顺承"列车"的意象写道："比邻而居的是茅屋和田野间的坟／生活距离终点这样近"。这里，"茅屋"和"坟"被结合在一个稳定的意象群中，它们是邻居，"生活和终点"、活着和死亡几乎难以辨清界线。这趟列车的"终点"已经不远。"夏天的土地绿得丰饶自然／兵士的新装黄得旧褪凄惨"，这与杜甫的"国破山河在"有类似的情感。山河依旧，自然按着永恒的规律发展，可是人，这曾被称为万物灵长的东西，正在干着动物都不愿干的事情！"士兵的新装"是实写，而"黄得旧褪凄惨"却是实中有虚。"黄"是枯败的象征，新装而黄，恰恰暗示了那些被迫与正义作战的兵士黯然倦怠恐惧的心理。在这两行诗中，包含有两重对比，一是自然与人的对比（绿与黄），一是人的外观与心境的对比（新与旧），这就使诗具有了更大的张力。这是诗人"说不出生疏"的家园啊，如今怎么这般"黯淡"？一个充盈着挚情从国外而归的青年，祖国展示给他的究竟是什么？"瘦的耕牛和更瘦的人／都是病，不是风景！"耕牛和人在这里化而为一个意念："瘦"。这是羸弱的、苦难的、不堪重荷的、破败的、挣扎在泪水和血泊中的祖国的象征。噢，我们看到了"中国的肋骨"，那无辜而被涂炭的、那濒亡而必须站着的肋骨，这"都是病，不是风景"！

这首诗，题名为《风景》，这个名词里压抑着诗人强烈的反讽力量，那个时代，哪里还有什么风景可言？这是一支忧愤苦难的歌，它也许不是高音，但低沉的音未必不可以是强音！

刈禾女之歌

大城外是山
山外是我的家
我记起家中长案上的水瓶
我记起门下车水的深深的井
我的眼在唱着原野之歌
为什么我的心也是空而常满
金黄的穗子在风里摇
在雨里生长
如今我来日光下收获
我想告诉给姊妹们

> 我是原野上的主人
> 风吹过镰刀下
> 也吹过我的头巾
> 在麦浪里
> 我看不见自己
> 蓝的天空有白云
> 是一队队飞腾的马
> 你听　风与云
> 在我的镰刀之下
> 　　奔骤而来

　　这是一曲劳动者的颂歌，诗人表现的是我们生活中很熟悉的东西，但它们却充盈着一种迷人的艺术气韵。原因在于，诗人歌颂刈禾女不是站在她之外观望，他静返于自己生命的情调，并将这种情调转置于刈禾女内心，成为生命求借于对象化的独白式的咏唱。劳动的美、自然的美、生命的美都在这独白中吐露光辉。

　　开头两句给人以空旷辽远的感觉，"大城外是山 / 山外是我的家"。我们仿佛看到刈禾女站在无边的麦田里，这是远离家的地方，土地因之格外辽阔，她望不到家，因为家在山外。一种朴野浪漫的情调被诗人渲染出来了。因为望不到家，家中的一切在内心的图像中变得格外清晰和活跃，"长案上的水瓶""门下车水的深深的井"都使她怀念，何况亲爱的家人呢！"我的眼在唱着原野之歌 / 为什么我的心也是空而常满"。不说嘴唱而说"眼唱"，是为了更深地表达对土地的挚情。我们都有这种体验，当语言和歌声无法表达感情时，眼睛才会出来歌唱。"我的心空"是因为怀念亲人，"常满"是因为亲爱的地母用丰收慰藉了"我"。这是怎样一种甜美的忧伤啊，诗人将它们捕捉得这么准确。

　　接下来，写刈禾女那颗因土地的馈赠而"常满"的心中洋溢的骄傲。金黄的麦穗在风中款舞，在雨里生长，"如今我来日光下收获"。这一句非常平淡，但正是这种平淡打动了我们。"如今"，这两个字潜藏着多少过往的艰辛和汗水！我们已经感到了。这是一个与土地共命运的创造者才有的骄傲。"我想告诉给姊妹们 / 我是原野上的主人 / 风吹过镰刀下 / 也吹过我的头巾 / 在麦浪里 / 我看不见自己。"人成为自然的孩子，和煦的风吹过锋利的镰刀，吹起美丽的三角巾，刈禾女与自然融合在一个交响之中，她沉湎忘情，"在麦浪里"，她"看不见自己"。这是多么美丽的图画！人又是"原野上的主人"，他（她）是用自己的血汗换来了自己的财富。是的，只有胼手胝足劳作着的最普通的人们，才有权利说：我，原野的主人！下面，诗人将平视改为仰视，我们似乎看到了刈禾女直起腰身、拭着汗水、望着天空中的云影。她的生命在这时也飞升上去："蓝的天空有白云 / 是一队队飞腾的马 / 你听　风与云 / 在我的镰刀之下 / 奔骤而来"。这里运用了意象转换的技巧，诗人由云的腾飞联想到马的奔骤，再由云——马的意象，转换为麦浪的意象。而且，不是"我"刈麦，而是它们向"我"的镰刀"奔骤而来"，反客为主，强化了诗的深层意象，这就生动地展示了丰收的田野景象，令人过目难忘，再三击节。

　　不错，这是"刈禾女之歌"，但它不更是诗人对劳动、对自然发自肺腑的情歌吗？这首诗，比那些皮相地套用民歌形式以求所谓生活气息、大众气息的诗，不知要高出多少倍！诗，肯定是一种高贵的东西，它来自一个诗人灵魂的丰富和技巧的精湛，它不能在任何理由下降格。

郑 敏

金黄的稻束

金黄的稻束站在
割过的秋天的田里，
我想起无数个疲倦的母亲，
黄昏路上我看见那皱了的美丽的脸，
收获日的满月在
高耸的树巅上，
暮色里，远山
围着我们的心边，
没有一个雕像能比这更静默。
肩荷着那伟大的疲倦，你们
在这伸向远远的一片
秋天的田里低首沉思，
静默。静默。历史也不过是
脚下一条流去的小河，
而你们，站在那儿，
将成为人类的一个思想。

这里的"金黄的稻束"，不仅是指自然意义上的稻束，而是诗人的心灵与田野里伫立的稻束神秘的契合交感后，超逾了物象的实体，而产生的一个象征。它属于一个带有玄想性质的"瞬间"，这种"瞬间"却构成了自足的诗的永恒。

"金黄的稻束站在 / 割过的秋天的田里，/ 我想起无数个疲倦的母亲，/ 黄昏路上我看见那皱了的美丽的脸"。这是收割过的田野的景象。诗人看到的不是"丰收"，而是"疲倦"。稻束静默地伫立在田野上，不再舞蹈，不再喧响，也没有人来；它们像一个个哺育了无数孩子的母亲那样善良、疲惫、欣慰而无所表示，这是一种多么博大深厚的爱情，这是一张张苍老而"美丽的脸"！稻束的"疲倦"被升华了，它的含义不再是体力不支，而是充分释放后的深沉和宁静，它是"肩荷着那伟大的疲倦"。这种"伟大的疲倦"作为一种人类精神，被寄寓在"金黄的稻束"那里，使它成为坚实浑重的"雕像"。这是永恒的奉献者漫长的隐忍者深重的忧患者们的"雕像"。世界的苦难使他们难以承受重荷，但崇高的奉献精神又一次次召唤着他们如期而至。在光秃秃的收过的原野上，在无家可归的世界上，稻束和那些稻束般凝重疲倦的先觉者，是永远醒着的孤单的灵魂！"没有一个雕像能比这更静默"！罗丹《思想者》雕塑式的"静默"！

"肩荷着那伟大的疲倦，你们 / 在这伸向远远的一片 / 秋天的田里低首沉思"。是在回忆往昔的风雨？是在伫望未来的日子？诗人故意留下了空白，让我们展开更广远的想象。这样一来，"伟大的疲倦""低首沉思"变得神秘起来，你可以添进去一切思想，也可以只欣赏这种抽象的神秘感。诗人惟一告诉我们的是，这决不是一种虚空，决不是一种即兴式的感怀，它伟大、恒久、庄重，它超逾时空，在这种难言的"静默。静默"之中，"历史也不过是 / 脚下一条流去的小河"。哦，我们体会到一种类似宗教感的东西正冉冉升起，正光彻肺腑……那是什么，是"人类的一个思想"！诗人战栗了，我们也战栗了，仿佛最后的审判日已经到来，什么是永恒，什么是短暂；什么是伟大，什么是渺小，都在这里被最终裁决！

此诗在平凡的景物中，凝铸了神圣的感情，这是伟大思想者的颂歌，这是无私奉献者的颂歌。这是历尽沧桑的人类始终不渝的那颗大心……

濯 足（一幅画）

深林自她的胸中捧出小径
小径引向，呵——这里古树绕着池潭，
池潭映着面影，面影流着微笑——
像不动的花给出万物的生命。

向那里望去，绿色自嫩叶里泛出
又溶入淡绿的日光，浸着双足
你化入树林的幽冷与宁静，朦胧里
呵，少女你在快乐地等待那另一半的自己。

他来了，一只松鼠跳过落叶，
他在吹哨，两只鸟儿在窃窃私语
终于疲倦将林中的轻雾吹散

你梦见化成松鼠，化成高树，
又化成小草，又化成水潭，
你的苍白的足睡在水里。

这首诗是题一幅画的，诗人面对这幅名画，将整个精神都深深投入其中，渐渐地这幅画开始运动，空间性的艺术形式变为时间性的艺术形式，静静的画面发出池潭动听的水声……这时，这幅画已经成了诗人灵感的契机，它被诗人改造了，成为不再依赖于画而存在的纯诗。这首诗具有独立自足的品格，它与大多数题画诗不同，不是附庸性文字，而是主体性文字，我们完全可以忘掉那幅画来欣赏这首诗。

"深林自她的胸中捧出小径／小径引向，呵——这里古树绕着池潭，/池潭映着面影，面影流着微笑——/像不动的花给出万物的生命"。这是濯足少女置身其中的背景，它是那样深、那样幽、那样清冽、那样活泼。这里的林中小路被诗人说成"深林自她的胸中捧出"的，深深被拟人化了，与她相关的一切也发生了拟人化暗转，这是诗人笔少意多的手段。小径引向何方？诗人没有明说，而是"呵——这里……"像是一句不完整的话，但却尽情尽兴地表达了"正常语言"无法表达的意绪。"呵——"在这里是突然发现的惊喜叹息声："多么美啊，真让我吃惊"！这就既交代了池潭的位置，又通过烘托写出了它的美。这句群运用了顶真的修辞手法，使古树、池潭、面影、微笑交织成一个难分彼此、轮廓不清的朦胧境界。这大概是那幅画的效果吧？不，是诗人被画唤起的主观幻觉。

以上是总写，重在渲染气氛。接下来，诗人开始用散点透视法，写那些极其细微的东西。你看，绿色是自嫩叶里"泛"出，又"溶"入淡绿的日光的。绿树环合，一片幽邃秀丽，树叶仿佛在汩汩流淌着绿色，染绿了阳光染醉了阳光，这是怎样的充满生机的景色！在这样的背景下，这幅画的核心部位出现了，"浸着双足/你化入树林的幽冷与宁静，朦胧里/呵，少女你在快乐地等待那另一半的自己"。少女的形体状貌，诗人只字未提，但在这种环境浓重的渲染下，我们难道还用诗人去写吗？诗人说她是"快乐地"等待着情人，又说她"化入树林的幽冷与宁静"，这就细致地传导了沉湎于爱情中的少女的基本状态：即将会见情人，她快乐；等着不一会儿将实现的梦境，她宁静；但此时却孤单一人，她又幽冷。诗人的笔触是细腻的，但这种细腻不是面面俱到，而是捕捉富有特征性的、能揭示核心问题的意象，和选择无可替换的"那一个"字来达到的。

"他来了，一只松鼠跳过落叶，/他在吹哨，两只鸟儿在窃窃私语/终于疲倦将林中的轻雾吹散"。这又是笔少意多的表现。"他"的到来，惊动了松鼠，等于给了少女消息，这是一层意思；另一层意思是，"他"年轻的充满朝气的步子，像松鼠一样灵活而富于弹性。"他在吹哨"，就像两只倾诉衷肠的小鸟那样委婉动人。这含蓄的表白是那样浸润着少女的心，以至于林中的雾仿佛都被这爱的声音吹散了……少女的心融化了，她的身体微微晃动，她对这深沉的爱的冲击感到难以自制，仿佛是喝醉了美酒。一切都幻化着、旋转着，都溶在一起成为整个爱情的象征，"你梦见化成松鼠，化成高树，/ 又化成小草，又化成水潭，/ 你的苍白的足睡在水里"。这是少女一刹那感觉的反映，诗人不再有任何说明，仅仅描述状态和情境，是深得艺术精义的。或者不妨直说：这本来是诗人主观心态的移入，那少女由诗人灌注了自己的生命，早成为诗人情感的符号了！最后一句又复归宁静，诗人又回到了那幅具体的画上，"你的苍白的足睡在水里"。这提示我们，这是一幅题画的诗，对其精神的把握和理解还可以多种多样，那少女永远将"苍白的足睡在水里"，等着无数个智慧的人去重新发现。但是，有了诗人这首出色的诗，我们难道能避免"眼前有景道不得"的尴尬么？

小漆匠

他从周围的灰暗里浮现，
好像灰色天空的一片亮光。
头微微向手倾斜，手，
那宁静而勤谨地涂下辉煌
的色彩，为了幸福的人们。

他的注意深深流向内心，
像静寂的海，当没有潮汐。
他不抛给自己的以外一瞥，
阳光也不曾温暖过他的世界。

这使我记起一双永恒的手，
它没有遗落，没有间歇，
绘着人物、原野、森林、阳光和风雪。

我怀疑它有没有让欢喜
也在这个画幅上微微染下一笔?
一天他回答我的问题,
将那天真的眼睛抬起。

那里没有欢喜,也没有忧虑,
只像一片无知的淡漠的绿野,
点缀了稀疏的几颗希望的露珠,
它的纯洁的光更增加了我的痛楚。

　　这是一首成人唱给孩子的歌。但真正读懂它的,却不可能是孩子。这是一首苦难的歌,但真正苦难的,却是诗歌之外的引起我们联想的东西。这是一首言近旨远的象征诗。

　　"他从周围的灰暗里浮现, / 好像灰色天空的一片亮光。 / 头微微向手倾斜,手, / 那宁静而勤谨地涂下辉煌 / 的色彩,为了幸福的人们"。这是一幅色彩对比强烈的"油画"。小漆匠在一片死灰之中涂出了鲜艳的亮闪闪的油漆,我们深入象征,会想到那个昏暗的世界里,光亮和美丽是多么难得又是多么弱得可怜啊,但正因如此,它便以十倍的力量警醒着我们的良知和生命!小漆匠工作得勤谨而专注,整个精神都"微微向手倾斜"着,他涂下美和纯真,却是属于那些"幸福的人们"。这里,有不平有控诉,但更重要的是,"那些幸福的人们"占有了美和光亮,本身就是消灭这些的同义语。在这"阳光也不曾温暖过他的世界"上,小漆匠默默地痴心地刷出一片片内心的"阳光","他不抛给自己的以外一瞥"。这是诗人的主观猜想,并非孩子自觉的行为和心态。诗人感到内心的苦难在翻滚,她难以抑制,她询问孩子,企望得到与她的猜想一致的回答。但孩子的回答出乎她的意料,叫她更为震惊。那完全是一种纯洁的天真的混沌啊——

　　"那里没有欢喜,也没有忧虑, / 只像一片无知的淡漠的绿野, / 点缀了稀疏的几颗希望的露珠, / 它的纯洁的光更增加了我的痛楚"。

孩子还不曾思考过人世的不平，不曾产生过深重的忧伤，他不知道前面等着他的是什么，他不知道这个丑恶的世界已经容不得纯洁鲜明的"色彩"！啊，诗人的灵魂在这种无知的纯真面前注满了泪水，她体会到了那种难以言说的深层苦难，她甚至看到了孩子走向的那片沼泽，那团狰狞的死灰！对这些丑恶现实的批判，这无疑是更为有力更为内在的一笔，诗人抓到了它，就使这首诗超越了类似的题材，成为更高层次的东西。

此诗篇幅不长，但诗人的感情却在短短的二十行里，经过了许多曲折。结尾的一节，忽然改变了诗的方向。在将主题引向更高的层次后，诗人又马上收住，产生一种遐远的深思效果，使我们掩卷之后，不得不陷入更广泛的联想之中。这时，我们的思绪已经不在孩子身上，我们发现了此诗更为深层的暗示性："这使我记起一双永恒的手，/它没有遗落，没有间歇，/绘着人物、原野、森林、阳光和风雪"。这双永恒的手是谁的？是虔诚的艺术家们的手。在那个灰暗的世界上，他们的纯洁、美好是多么无力啊！是的，"它的纯洁的光更增加了我的痛楚"……

生的美：痛苦·斗争·忍受

剥啄，剥啄，剥啄，
你是那古树上的啄木鸟，
在我沉默的心上不住地旋绕，
你知道这里躲藏有怯懦的虫子，
请瞧我多么顺从地展开了四肢。

冲击，冲击，冲击，
海啸飞似的挟卷起海涛，
朝向高竖的绝壁下奔跑，

　　每一个冷漠的拒绝，
　　更搅动大海的血液。

　　沉默，沉默，沉默，
　　像树木无言地把茂绿舍弃，
　　在地壳下忍受黑暗和压挤，
　　只有当痛苦深深浸透了身体，
　　灵魂才能燃烧，吐出光和力。

　　这首诗的题目也许太"急躁"了些，仿佛诗人在为此诗划分段落大意，三节诗各自的意味正是痛苦——斗争——忍受。可是，当我们读完它，再反观诗题，不禁惭愧刚才的鲁莽。我们忘记了这个题目中带有决定性意义的三个字："生的美"！后面的六个字在这三个字的统摄下不再是各自独立的概念，而是彼此构成彼此渗透彼此激发后，形成的一个整体性的生命流程。它们不再能单独取出，也不是依序呈现，而是共时的、立体的"生的美"！现代诗的特点是，在诗人眼里，客观事物不是诗人感觉的最终目的，他们所倾心的是客观事物的"内在生命"——人的全部主观现实，思想、情感、想象与直觉的混合体。这是一种对生命的符号性转化过程。这首诗就是一个成功的表征。这里，不断啄食害虫的啄木鸟，一次次冲击悬岩的海浪，冬季里忍受黑暗和寒冷的树，都是"思想的直觉化"（苏珊·朗格语），它们形成经验的感性显现，形成生命情调的核心语符。"啄木鸟"象征生命内部崇高理性对怯懦阴晦的成分的"剥啄"，诗人认为这是一种自我搏斗、自我汰洗的"痛苦"，它导向纯粹和健康。这使我们想起西方现代哲学家关于人只是人胚，需要不断蜕变才能达到自我的命题。"海涛"是代表人的自足体与自足体之外的现实生存的抗争。换句话说，就是实践对现实的征服。这是残酷的几乎是无望的，但正因这"冷漠的拒绝，/更搅动大海的血液"，这是对生存的清醒估计。"树木无言地把茂绿舍弃，/在地壳下忍受黑暗和压挤……"这是一种生命中沉默和爆发、忍受和不屈的辩证统一体；也是灵魂只有经过内省的锻打和经过实存凶暴的戕害后,才可能形成真正意义上的"燃烧",吐出有价值的光和力的形象概括。

这一切,在诗人眼中构成了生命的真实意义和生命的美。这是一种崇尚行动、崇尚冲突的生命哲学。要是我们联系到此诗出现的背景——40 年代中后期,种族的命运正展开最后的关口——我们不难看到,一个理想主义的女知识分子通过内省领悟到的生命的真义和对社会现实的深刻把握。

春 天

它好像一幅展开的轴画,
从泥土,树梢,才到了天上……
又像一个乐曲,在开始时用
沉重的声音宣布它的希望,
这上升,上升终成了,
无数急促欢欣的声响。

我们都在倾听这个声音,
它的传出把冷硬的冬天土地穿透,
它久久地等待在黑暗的地心,
现在向我们否认有一只创造的手。

像一位舞蹈者,
缓缓地站起,
用她那"生"的手臂
高高承举:
你不看见吗?枯枝上的几片新叶,
深黑淡绿让细雨浸透了一切。

这首诗写得很明丽流动，通体透射着欣悦的灵魂再度升华的辉光。但它的明丽流动并不是建立在通常意义上的"乐观主义"基础上的，它有着更广大的更有组织力的深层意蕴：真正的"春天"必须经过"冷硬"和"黑暗"的考验，生命的超越必须忍受孤独、死寂的封存，这几乎是自然现象和人类精神普遍的法则。

一开始，诗人准确地描绘了春天到来的过程。"它好像一幅展开的轴画，/ 从泥土，树梢，才到了天上……"先是土地上小草的胚芽拱起茸茸新绿，再是树梢的新芽渐渐绽开，而后，大雁飞来了……这样，我们不但看到了春天的图画，而且仿佛经历了它"绘制"的每一个细微过程，有时间感运动感再加上空间感，春天就在我们心上迈开她的步伐了。接着，诗人写了春雷的声音和万物苏醒的声音。这是"宣布它的希望"的声音，它们高亢冲动，给人以"上升"的感觉。"我们都在倾听这个声音，/ 它的传出把冷硬的冬天土地穿透，它久久地等待在黑暗的地心，现在向我们否认有一只创造的手"。这里，诗人笔锋陡转，使前一节轻快明丽的描写也变得沉重。那幅轴画的缓慢展开，那个声音的"沉重"，原来是因为它们经历了难以想象的艰辛啊！"冷硬的冬天"和"黑暗的地心"，将前面的印象盖过了，它们使我们停下来沉思春天的真正含义。最后，诗人用了舞蹈者缓缓站起高举手臂和枯枝上的几片新叶，这两组比喻性意象，使我们再一次领略春的法则：那"深黑淡绿让细雨浸透了一切"的新叶，莹莹闪着的不正是几面沾满泪痕和希望的绿色旗帜吗？

这首诗集中写了六个意象，这些意象都不是直接性的，但它们更为准确更为内在地传达了事物的本质。这是诗人高度的艺术修养的体现。春天是常常出现在诗人笔下的题材，但真正有价值的"春天"，只有在精致、丰满、准确的意象技巧和结构技巧中，才可能焕发它意味深长的光辉。马克·肖勒在他的《技巧即发现》一文中说过：艺术的技巧使艺术的材料客观化，只有技巧能给予材料以价值。所谓形式，即达到了目的的内容。现代诗的发展，印证了马克的话。这首诗的深层意蕴，不只是一个"思想"，首先是组织这"思想"、赋予它以形体和秩序的形式（意象和结构技巧）。离开它们，这种思想不过是一堆妇孺尽知的材料，但有了精湛的诗歌技艺，它们就成了熠熠的珍珠！

树

我从来没有真正听见声音，
像我听见树的声音，
当它悲伤，当它忧郁，
当它鼓舞，当它多情
　时的一切声音。
即使在黑暗的冬夜里，
你走过它，也应当像
走过一个失去民族自由的人民，
你听不见那封锁在血里的声音吗？
当春天来到时，
它的每一只强壮的手臂里
埋藏着千百个啼扰的婴儿。

我从来没有真正感觉过宁静，
像我从树的姿态里
所感受到的那样深。
无论自哪一个思想里醒来，
我的眼睛遇见它
屹立在那同一的姿态里。
在它的手臂间星斗转移，
在它的注视下溪水慢慢流去，
在它的胸怀里小鸟来去，

　　而它永远那样祈祷，沉思，

　　仿佛生长在永恒宁静的土地上。

　　欧美新批评派认为，诗的价值不只是感情性的，亦是认知性的。如何表现对客体的知识呢？兰色姆说过，科学的抽象使世界失去了血肉，只剩一副骨架，而诗歌的特点乃是它的具体性，诗靠这种具体性把血肉还给世界。

　　这首诗写的是"树"，但传达的是诗人的新经验；她使我们感到的不仅是树的形体，更是它内部的灵魂。这种形体和灵魂的复杂综合，我们从生物学的角度不可能看到。为寻求这种"活着的"树，我们找到了诗歌。这是一种"质的知识"，它使我们对树有了更深刻更清晰的理解。在这里，诗人首先抓住树发出的声音来写。这声音有两种，一种是枝叶的喧哗，像悲伤，像忧郁，像鼓舞，像多情。但更为内在的还不是这种诉诸听觉的声音，而是它生命内部的听不见的声音："即使在黑暗的冬夜里，/ 你走过它，也应当像 / 走过一个失去民族自由的人民，/ 你听不见那封锁在血里的声音吗？"在冬天，树的枝丫上光秃秃的，仿佛已经干枯，但在它内部仍然流动着绿色的树汁，像"封锁在血里的声音"。这就穿透了事物的表面，抓住了它的内在本质，使之成了坚强的为求得解放的人民的象征。他们沉默着，但并没有屈服，他们等待春天，并为之而奋斗。这一节，我们得到的不是抽象的说教，而是血肉鲜活的深层经验的第二种声音。

　　下面，诗人又写树的宁静。在诗人眼里，真正的宁静不是摒除了冲突的和谐状态，而是一种内在的沉思和恒久的坚持。她在树的姿态里，感觉到了这一切，并且从来没有像此时"感受到的那样深"。树，无论是和风甘霖还是风暴雨雪，它都能承受，它不会改变自己的姿态；它耸立在原野上，像一个深沉的思想者，从各种思想中醒来。它有内在的生命和坚强的灵魂，它冷冷地注视着眼前纷扰变化着的一切，不为所引，不为所动，牢牢抓紧自己永恒的位置和脚下的泥土……在这里，我们充分体会到了树的精神内涵。这是一切勇敢的斗争者、顽强的忍受者、深刻的思想者、宁静的先知者的全部精神履历。

但它不是概括，不是说明，而是通过诗歌特有的肌质和多度的语言，把血肉还给树、还给我们的感觉，更重要的是还给我们的生命体验。

一次约会

我以为我们都老了
但你一次又一次
从天边飞跑而来
伸着你长长的泡沫的手臂
追寻我站在沙滩上的双脚
你送给我苍白的嘴唇
直到我的脚浸在你的
冰凉的碧绿里
你悄悄地
将我脚下的细沙卷走
带回你幽暗的深处
我愈陷愈深
在短暂的片刻感到生命的弥合
直到退潮时刻催逼着你
你缓缓地离去
我又看见自己的双脚

她走远了
留下长长的湿痕
和海岸一样长
一样曲折，一样费解

郑敏的诗总有一种沉思的味道，她的沉思不是现实利欲或社会性的沉思，也不仅是哲学意义上的"我思故我在"，而是一种充分审美意义上的沉思。在这种似乎是无端的情绪化的沉思中，她将心中感受到的生命意志的冲动，表现出来。我想，这种体验，恰恰是高峰性的，只属于诗之思吧？

这首诗里，有一种难言的滋味，你说不出它的具体指涉，但它又确实撼动了你，让你激荡，让你想起那些已经模糊了的往事。诗名《一次约会》，为我们规定了它的性质。但这并不是一般意义上的约会，而是生命本体中分裂出来的另一个"我"，与实在的"我"的约会。这里的"你"——海浪，就是"我"的灵魂。"我以为我们都老了／但你一次又一次／从天边飞跑而来"。诗人站在海边，望着海浪从远方奔腾过来，她的生命也与海浪循着同一节拍，她感到生命的勃发流通。年龄的老曾使诗人黯然，但站在这里她仍然充满冲动，仍然为浪涛所震撼，可见，"我以为"的内容是错误的，灵魂依然年轻！生命在激荡，在昭告诗人那永世不渝的新鲜和坚贞，它"伸着长长的泡沫的手臂"拥抱诗人，并将她的忧伤洗掉，"带回你幽暗的深处"。在这种灵与肉无所间隙的瞬间，诗人感到一种超越肉体的灵魂的美好，生命变得纯粹了，"在短暂的片刻感到生命的弥合"，她仿佛一生都在走向这个时刻！这是美好而神圣的瞬间，生命在海洋中终于露出了它神秘的面容。但这种彻底的超越并不可能持久，生命在现世中的忧烦、迷惘又悄悄爬了上来，它们"催逼"着灵魂"缓缓离去"。诗人是欣慰的，她毕竟体验到了"永恒时刻"，她企望着它的再度出现，望着它留下的印痕，久久沉思着，沉思着……灵魂就是"和海岸一样长／一样曲折，一样费解"的海浪，它有高潮就有退潮，有微波粼粼就有浊浪排空。重要的不是它具有哪种形态，而是这种形态究竟是外部观念的移入，还是你生命深处的另一个"自己"？能与另一种"自己""约会"的人，就是充满觉悟的人，这种人，在任何时候都为数不多。灵与肉的分离就在这"约会"中实现。

这首诗写在 80 年代中后期，其时，诗人已近七十岁了。但从这里，我们仍然看到了那个 40 年代写作《金黄的稻束》的年轻身影。这不是那"从天边飞跑而来"的永远年轻的艺术生命在这里起作用吗？

陈敬容

雨 后

雨后黄昏的天空，
静穆如祈祷女肩上的披巾；
树叶的碧意是一个流动的海，
烦热的躯体在那儿沐浴。

我们避雨到槐树底下，
坐着看雨后的云霞，
看黄昏退落，看黑夜行进，
看林梢闪出第一颗星星。

有什么在时间里沉睡，
带着假想的悲哀？
从岁月里常常有什么飞去，
又有什么悄悄地飞来？

我们手握着手，心靠着心，
溪水默默地向我们倾听；
当一只青蛙在草丛间跳跃，
我仿佛看见大地映着眼睛。

《雨后》是一首纤尘未起翅羽先动的好诗。它结构精巧，感觉纤细，语言明净，在艺术上相当讲究。有些意象的营造，甚至可以说是陈敬容破天荒的创造！比如"青蛙"的意象，真真是将青蛙写尽了！将生命的欣悦写尽了！

诗的第一节总写"雨后"清新的自然。这里的自然是诗人主观幻化的自然。骤雨初歇的黄昏，显得愈发宁静，天空明澈如洗，洁净如纱，它的调子使诗人想到了"祈祷女肩上的披巾"。这个意象来得突兀，却入木三分。祈祷女是静穆纯洁的，面对上帝一次次展开她那晶莹的心，她口中喃喃祈祷，身体却一动不动，那披在她肩上的披巾，也成了她精神境界的象征，纯洁、神圣、典雅，又有一丝淡淡的哀伤。这就和雨后黄昏的天幕一样，平展安详而纤尘不染。树叶在雨水的洗涤后，更加碧绿明亮，像一只只绿色的耳朵在倾听生命的歌唱，又像一面面迎风招展的小旗，在打着旗语……这是近观的景象，我们可以想见，所以诗人不去写它。她选择了远望的方式，让雨后的树叶融为一体，成为"流动的海"。这碧绿的立体的海立在原野上，使人们"烦热的躯体在那儿沐浴"。这样，就将雨水、碧叶、人结合到一个境界里，成为精神彼此沟通的意象群。

许是这美丽静穆的景色使诗人忘记了一切吧，以至于在雨后他们还"避雨"在槐树底下，看那绚烂的晚霞，看黄昏怎样慢慢地脱去漂亮的彩衣换上黑色的睡袍，看林梢怎样跳出那神秘的"第一颗星星"。这"第一颗星星"，写得漂亮！道出了诗人细腻的心理活动，在雨后，她是怎样敏感、怎样专注于神奇的大自然啊。雨水滋润了"我们"的灵魂，将烦热的躯体和烦杂的心境洗涤得清清爽爽，连那些真实的悲哀在此时都沉睡在时间里，仿佛是一场梦，一种"假想的悲哀"了。是的，在美丽的大自然中，我们的灵魂"常常有"悲伤"飞去"，"又有"温情与纯洁"悄悄地飞来"！这种心境的出现，是诗人将生命的呼吸与自然的律动融为一体后的果实；在这里，人不是作为自然的观赏者而出现，也不是为洗涤悲伤而去观赏自然，它只能是人与自然间偶然的相遇、相互的照亮，是一道莫测的天机使然！

这样一来，我们和自然就成为一种"互听"关系："我们手握着手，心靠着心 / 溪水默默地向我们倾听"，这是典型的物我两忘状态，它使人变得纯粹，变得自由。最后两行诗，貌似轻盈，实则深厚，"当一只青蛙在草丛间跳跃，/ 我仿佛看见大地映着眼睛"，这就活画了天地同参的诗的境界。青蛙轻轻一跳，整个大地浸透了生命，整个大地充满了被雨后的感觉唤醒的灵魂幽动，这原本是诗人的心映着眼睛啊，那澄澈的犹如溪水一样的眼睛，那博大的犹如土地一样广阔无疆的视野……

飞　鸟

负驮着太阳，
负驮着云彩，
负驮着风……

你们的翅膀
因此而更为轻盈；
当你们轻盈地翔舞，
大地也记不起它的负重。

你们带来心灵的春天，
在我寂寥的窗上
横一幅初霁的蓝天。
我从疲乏的肩上，
卸下艰难的负荷：
屈辱、苦役……
和几个囚狱的寒冬。

将这一切完全覆盖吧，

用你们欢乐的鸣唱；

随着你们的歌声，

攀上你们轻盈的翅膀，

我的生命也仿佛化成云彩，

在高空里无忧地飞翔。

　　这首诗的情调让我们想起西班牙诗人阿莱桑德雷的小诗《歌唱吧，鸟儿》。这首诗的结尾是这样两句："歌唱吧，歌唱，带着从我这儿攫走的灵魂 / 飞升吧，别再回到大地！"是的，人世的沉疴在那些有思想的人那儿总是显得格外沉重，但真正的勇敢者，不是让灵魂在重负下沉沦，而是使它飞升。当灵魂超越了或者说放开了生存的困惑后，它将独自矗立永远不再落下。这不是一种逃避，而是使人关注另一种东西，我们可以称这种东西为希望！在这首诗中，诗人望着飞鸟，领悟了生命的意义。"负驮着太阳，/ 负驮着云彩，负驮着风⋯⋯/ 你们的翅膀 / 因此而更为轻盈；/ 当你们轻盈地翔舞，大地也记不起它的负重"。高飞的鸟儿减轻了诗人灵魂的负担，使她意识到飞翔是灵魂的事情，谁能阻挡住灵魂的飞翔?！现实生存可以围闭一个人，但就是不能围闭住她的灵魂，当她与飞鸟相遇的一瞬间，她会忽然找到灵魂的对应物，会随着"你们轻盈的翅膀，/ 我的生命也仿佛化成云彩，/ 在高空里无忧地飞翔"。

　　这首诗写得神清韵远，通篇都在说高飞的鸟儿轻减了"我"灵魂的负担，这是一种瞬间完成的顿悟，主体与审美对象之间的界限泯灭和消融了，诗人感到一种幸福的"自我失落"。但那高飞的鸟儿不也正是诗人的灵魂显形吗？诗歌中的形象，从来都不是纯然的外在事物，它一定灌注着诗人生命内部的深层体验。但这种体验只是一种朦胧的意向，不宜一一坐实。这里的"飞鸟"不是具体的某一种情感，而是瞬间呈现的无数复杂情感的汇聚和超越。

力的前奏

歌者蓄满了声音
在一瞬的震颤中凝神

舞者为一个姿势
拼聚了一生的呼吸

天空的云、地上的海洋
在大风暴来到之前
有着可怕的寂静

全人类的热情汇合交融
在痛苦的挣扎里守候
一个共同的黎明

  这首诗的标题为我们打开了它神秘的大门，它不是力的运动，而只是"力的前奏"。这种"前奏"，可以理解为射箭者拉着沉静的弓，在不动声色中蓄势。真正射出那支利箭的，却是读者。这样，更加强了诗歌空间的广阔性和诗歌意味的复杂性。所谓"引而不发跃如也"，正是诗歌孜孜以求的审美效果。

  显然，瞬间的"寂静"潜藏着更强劲的爆发力，是透视此诗灵魂的关键。对"力"来说，也是使之变无形为有形，变一览无余的动为无穷动的有效办法。歌者声音高亢是一种力，但更内在的力却是"蓄满了声音"后，瞬间的"凝神"；舞者的狂放是一种力，但更持久的力则是"拼聚了一生的呼吸"凝铸成的"一个姿势"，它也许是雕塑般的稳定，但这是一生中只有"一个"的；风雨狂涛是一种力，但它只是力的宣泄过程，真正的力则是它未宣泄前的"可怕的寂静"，你可以任意想象它的势头……这些意象都有意保持一种"待完成"状，诗人将更广阔的东西留给我们去实现，这就使诗充满了张力，充满了无限前倾的势能，诗的含量猛然增大了。直到最后一节，诗人变前三节的具象为抽象，我们在瞬间顿悟了社会意义上的"力的前奏"，胸中蓄满的力顷刻咆哮着奔出，竟有裂岸崩云的力度，成为光明与黑暗较量的自信的呼喊！这首诗写在40年代末的上海，由此背景我们可以看出，诗人是怎样清醒地把握了当时社会斗争的总体趋向的。但从诗歌的技艺上，我们得到的启示，也许比它的意味更有价值。这就是，诗必须是诗，它的生命一定不是建立在某种背景上才有意义的；它不是什么号角、投枪之类的工具，而是活的灵魂的独立歌唱。而真正高标独秀的纯诗的歌唱，其力度也决不在号角、投枪之下。

黄昏，我在你的边上

黄昏，我在你的边上
因为我是在窗子边上
这样我就像一个剪影
贴上你无限远的昏黄

白日待要走去又不走去
黑夜待要来临又没来临
吊在你的朦朦胧胧
　　你的半明半暗之间
我，和一排排发呆的屋脊

街上灯光已开始闪熠
都市在准备一个五彩的清醒

别尽在电杆下伫立

喂，流浪人，你听

音乐、音乐，假若那也算音乐

那尖嗓子带着一百度颤抖

拥抱着窒息的都市

在邪恶地笑

躲到一条又长又僻静的街上

黄昏，我这才找到你温柔的手

紧握住我的，像个老朋友

我在迷惘中猛然一回头

于是你给我讲一些

顶古老顶古老的故事

这些故事早已在我的记忆中发黄

黄得就像你的脸——

那还有一抹夕照的遥远的天边

故事里有祖父的白胡须

有母亲的绣花裙子

有故乡青石板铺成的街巷

犬吠声里分外皎洁的月亮

有北国的风雪

有塞上的冰霜

有成年成月的怀乡梦

有黄河万里寒冷的太阳

咳，东西南北里我不过是

一个看不见的小小的黑点

人说在飞机上看山川

就像是一块块积木玩具

那么人，在地球上来来去去
不就像一群群爬行在皮球上的蚂蚁

于是，哎，黄昏
你的故事令我沉默

我沉默因为黑夜将临
因为那常在的无端的凄伤和恐惧
没有风，树叶却片片飘落
向肩头掷下奇异的寒冷

黄昏，我绕了一个圈子
依旧回到你的边上
现在我听见黑夜拍动翅膀
我想攀上它，飞，飞
直到我力竭而跌落在
　　黑夜的边上
那儿就有黎明
有红艳艳的朝阳

《黄昏，我在你的边上》写的是诗人在黄昏时倚窗而望，思绪也如朦朦胧胧半明半暗的天色，时而满脸柔情，时而一腹伤感；时而绝望，时而又满怀希望。诗人思绪的变化，没有明显的过渡地带，而是不间断地呈流动状态，她的感觉、意识和无意识的思想、回忆、判断、愿望、情感、联想等，都混合在一起，成为"意识流"。"意识流"手法的运用是此诗的迷人之处，诗人随其所想，指点成诗，语与兴趋，势逐情起，墨气所射，四表无穷！

前两节，写了写作此诗的自然环境、时间。"黄昏，我在你的边上"，这一句就使黄昏成为一个能感觉有情有理智的人，这既为下面的"老朋友"做了铺垫，又为"我"尽情地展开联想找到了忠实的

"听者"。而且，这"听者"还是一个只用心地听，绝不插话、绝不将话传出的"老朋友"。一个静谧的、特别宜于倾吐衷肠的时辰到来了，这"朦朦胧胧""半明半暗"的氛围多么教人开放心窗……街灯已开始闪熠，流浪者伫立在电杆下，不知哪个房间里传出尖厉颤抖的歌声。这一切都是诗人所见所闻，但由于当时心境的影响，带上主观的色彩，仿佛这座充满贪欲和邪恶的城市之夜，已经悄悄到来躲在一条又长又僻静的街上。这样，黄昏和夜色被诗人主观的感觉判为两个人，一是"老朋友"，一是奸邪者。在这样的时刻，诗人"找到"黄昏"温柔的手"、"紧握住我的，像个老朋友"。暮色如阵阵柔情向她涌来，望着这最后的一抹夕照，诗人想起了往事。这里，"我"与"黄昏"已融为一体，究竟是"黄昏"在讲"顶古老"的故事，还是"我"的"记忆"开始活动已区别不开，这是意识流动特有的混沌状态。

接着，诗人写那往事，那"我"和"黄昏"共同的故事。先是对故乡的亲切怀念。祖父的白胡须，母亲的绣花裙子，青石板的小路，犬吠声里的月光，这些最普通的东西，此时却织成了深情的缜密的网，牢牢地网住了诗人。这些东西都带有安静、温馨的特征，与前面的都市的灯光、流浪者、尖厉的音乐和黑夜邪恶的脸构成对比，愈发显得珍贵。我们还可以想见那古老的小镇上淳朴的民风民情，诗人无忧无虑的童年，这一切是那么深切地藏在她记忆中，成为"古老的故事"，那样迷人而不可再来！诗人的意识从故乡流动到成年后的履历，她用了象征的形象道出这履历的艰辛："有北国的风雪／有塞上的冰霜／有成年成月的怀乡梦／有黄河万里寒冷的太阳"。这里，给人突出的感觉是"寒冷"和严酷。这是诗人对自己走过的道路的反顾，既承接了上文有关故乡的回忆，又自然地带出下文对生存的感慨。从时序上是顺承的，从感觉上又是反差的。想到人世的艰辛，想到自己"爬冰卧雪"的历史，诗人不禁悲从中来，觉得人世的无聊和虚妄："咳，东西南北里我不过是／一个看不见的小小的黑点／人说在飞机上看山川／就像是一块块积木玩具／那么人，在地球上来来去去／不就像一群群爬行在皮球上的蚂蚁"？从对故乡的怀恋一直到这里的感慨，我们发现，诗人的意识是没有一忽儿间断的，无论是写实还是象征，写景还是议论，所依循的都是自由联想性的意识流动原则。这种意识之流有内在的生命根据，所以，对诗人关于"人——蚂蚁"的感慨，我们也不必从更严格的意义上去考察它在诗中的地位，因为，这不过是某一瞬间的"过程"，最终的东西还没有出现。

"你的故事令我沉默"。从这一行开始，诗人羁束住了自由旁逸的意识之流，将它们输入清醒的理智的轨道。夜来了，黑暗比起半明半晦的夕光来反而教诗人清醒。她痛切地感到了"奇异的寒冷"，但她同时也知道，黑夜只是一个过程，它像一只巨大的鸟儿，拼命地飞着飞着，她要攀上它，不再在半明半暗的幻想中沉湎，一直穿过黑暗的边缘，"那儿就有黎明/有红艳艳的朝阳"。这不再是"黄昏"的故事了，而是"黑夜与黎明"的故事，战胜黑夜迎来黎明的故事！到这里，最终的东西出现了，诗人真正钟情的不是黄昏，而是黎明，"黄昏"是她的"老朋友"，她对它讲关于"黎明"的故事，这故事不会再是"顶古老顶古老""早已在我的记忆中发黄"的故事，而是"红艳艳的"、新鲜而永恒的！

这首诗大体运用了意识流的手法，诗人将纯粹情绪性的心理状态，这"惟一的实在"忠实记在诗中（甚至包括瞬间有关人的宿命的悲观思想），用内省的方法来探索心灵深处涌动的东西，无间断的内心独白精微而深切地表现了她此时此地的心理活动，过去、现在、未来交织渗透成一体，形成了此诗多角度、多侧面的立体结构。这种"意识流"手法比起那种围绕着一个"立意"展开的诗，显然容量更大，也更能至切地释放抒情主体的全部情思。这是一种"黄昏"时的意识之流，有着黄昏的敏感、松弛……

出　发

当夜草悄悄透青的时候，
有个消息低声传遍了宇宙——

是什么在暗影中潜生？
什么火，什么光，
什么样的战栗的手？
哦，不要问；不要管道路
有多么陌生，不要记起身背后
蠕动着多少记忆的毒蛇，
欢乐和悲苦、期许和失望……
踏过一道道倾圮的城墙，
让将死的世纪梦沉沉地睡。

当夜草悄悄透青的时候，
有个消息低声传遍了宇宙——

时间的陷害拦不住我们，
荒凉的远代不是早已经
有过那光明的第一盏灯？
残暴的文明，正在用虚伪和阴谋，
虐杀原始的人性，让我们首先
是我们自己；每一种蜕变
各自有不同的开始与完成。

当夜草悄悄透青的时候，
有个消息低声传遍了宇宙——

从一个点引伸出无数条线。
一个点，一个小小的圆点，
它通向无数个更大的圆。
呵，不能让狡猾的谎话
把我们欺骗！让我们出发，

在每一个抛弃了黑夜的早晨。

"出发",这个标题为我们展开了容量很大又难以确定的联想空间。为什么"出发"?"出发去哪里"?我们会带着这一连串自然出现的问题去读此诗。这就使我们的期待感增强,"警惕性"加大,诗中的每一个字,我们都会像注视海面的一只船那样注视它。如果换成别的标题,诸如"觉醒""奋斗"等,就缺乏这种不确定性,使我们的意识大半处于被动接受的状态了。当然,诗人的高超之处还不仅在标题上,整首诗一直处于一种难以捉摸的紧张感中。仿佛是夜行军中含蓄的传令,让你仔细品味它的意义。"当夜草悄悄透青的时候,/有个消息低声传遍了宇宙——"这个消息是什么?诗人只用一个破折号将它隐藏起来,这句话一直贯穿在诗中,形成连绵不断的动势,煽起一股神秘的火焰。破折号下面的几段,并不直接去阐释这个"消息",而是继续发问,或者用隐喻暗示(如荒凉的远代的灯、倾圮的城墙等)来传导深远的消息,或者用抽象的议论去刺激我们的联想。这样,我们虽然不能确知"出发"的真实内涵,但对这次"出发"的意义已经深信不疑了。最后,诗人终于揭示这个伟大的"消息"的含义:抛弃眼前的黑夜,走向黎明。

这首诗作于1948年的上海。联系当时的历史情势,我们不难体味为什么诗人说那伟大的消息是"低声"的,而且是像"夜草悄悄透青"般散开。当然,重要的还不是这首诗产生的特定时代,而是它在构思上的精巧。这是一种线性的结构,但并不因直线运动而显得枯燥。原因就在于诗人抓住了那神秘的低低的传唤声,她让诗歌牢牢地绷紧在这一"瞬间",反复咏唱,反复添加重量,使之始终保持一种不可说破的气氛,一直伴随我们的阅读过程,使我们的二度创造变得格外活跃格外无常。这种"夜草悄悄透青"般的语势,正是此诗产生魅力的基础。

穆 旦

春

绿色的火焰在草上摇曳，

他渴求着拥抱你，花朵。

反抗着土地，花朵伸出来，

当暖风吹来烦恼，或者欢乐。

如果你是醒了，推开窗子，

看这满园的欲望多么美丽。

蓝天下，为永远的谜蛊惑着的

是我们二十岁的紧闭的肉体，

一如那泥土做成的鸟的歌，

你们被点燃，卷曲又卷曲，却无处归依。

呵，光，影，声，色，都已经赤裸，

痛苦着，等待伸入新的组合。

穆旦被认为是"40 年代最早有意识地倾向现代主义的诗人"，"他不但纯熟地运用现代派的技巧和表现手法，并且把艾略特的玄学的思维和奥登的心理探索结合了起来"，形成了自己特有的诗歌风格（见《诗刊》1987 年 2 月号唐祈《现代派杰出的诗人穆旦》）。这首小诗就完美地运用了现代技巧，深邃、迷幻且富于内在的张力，意象的撞击和转换来得精彩而神异。

这首诗写的是"春"，但通篇没有直观的描摹，诗人注重的是他的直觉。这种直觉又不同于意象派的"直接处理"，而是铸进了复杂玄奥的思辨智性。"绿色的火焰在草上摇曳，/ 他渴求着拥抱你，花朵。/ 反抗着土地，花朵伸出来，/ 当暖风吹来烦恼，或者欢乐"。春草蓬勃摇荡，被诗人幻化为绿色的火焰，这不仅是形似，更主要的是春草顽强的生命力与火焰的野性有着内在精神上的联系。春天万物苏醒，一切都汹涌着难以抑制的激情，春草被注入了诗人的激情，它的摇曳就成为一种渴求，一种原欲的喷薄，它是在呼唤花朵。花朵也是强悍的，受着春的召唤，它"反抗着土地"，露出自己的芽苞和蓓蕾，像一只只冲动的喇叭。"反抗"二字，准确而深刻地展开了春天的性质，它使我们联想到更广远的东西，冬天土地的寒冷僵硬、花朵在黑泥巴中不屈的抗争……这样，绿草是野火冲腾，花朵是反抗者，一个充满生机和竞争的春天就被诗人表现出来了。这不是现象！草和花不是现象，而是精神，是本质；是诗人穿透表面秩序看到隐蔽秩序的精神能力的体现，有着深层的智性特征。"如果你是醒了，推开窗子，/ 看这满园的欲望多么美丽"。"欲望"是个很抽象的名词，但在这里又具有高度的"具象的抽象"性质。因为前面已有春草——火焰、花朵——反抗者这两组意象，这里用"欲望"来把握，真是力透纸背、情透纸背、热透纸背！"满园的欲望"，使你感到一派无羁的春意正轰轰地逼上来了！

"蓝天下，为永远的谜蛊惑着的 / 是我们二十岁的紧闭的肉体，/ 一如那泥土做成的鸟的歌，/ 你们被点燃，卷曲又卷曲，却无处归依"。这是写青年人生命的勃发与阻遏。二十岁的灵与肉，在这充满欲望和创造活力的春天，更加骚动不宁。那"永远的谜"就是生命内部的冲突，青年人为它所"蛊惑"，他们要宣泄、要创造，因为他们的生命也燃着"绿色的火焰"，开着反抗的花朵！但人的生命意志并不能如自然那般恣肆，他还被"紧闭"着，像一只泥土做成的鸟儿，那歌声那翅膀是怎样地无望呵！他们徒有冲动，但"却无处归依"，他们被春天"点燃"，但只能"卷曲又卷曲"。这里出现了双声部写作，自然的春和人类的青春构成反差，人受到压抑，他在内部激烈地斗争着，积累着打破压抑的内在力量。这是 40 年代初（此诗作于 1942 年），有理想、有气节的青年知识分子普遍感受到的一种心态。他们有欲望，但无可施展；有力量，又"无处归依"，就这样置身于彷徨、苦闷

而又坚韧不屈的氛围中。但诗人意识到，"春"是一种必然，创造和
反抗是一种必然，自然界的一切都在昭示人们："光，影，声，色，都
已经赤裸，/痛苦着，等待伸入新的组合"。嗷，"痛苦着"；"等待"。
这就是此诗的底层意蕴了！深刻的心理透视于此可见。这首诗，以自
然充分释放的力来对比人被压抑的力，最后得出的结论却不是悲观。
"新的组合"是什么？是人像自然一样健康、解放，以"春"的姿容
加入这自然的合唱！以新的创造迎来人类的春天！

在寒冷的腊月的夜里

在寒冷的腊月的夜里，风扫着北方的平原
北方的田野是枯干的，大麦和谷子已经推进了村庄，
岁月尽竭了，牲口憩息了，村外的小河冻结了，
在古老的路上，在田野的纵横里闪着一盏灯光，
　　一副厚重的、多纹的脸，
　　　他想什么？他做什么？
　　在这亲切的，为吱哑的轮子压死的路上。

风向东吹，风向南吹，风在低矮的小街上回旋，
木格的窗纸堆着沙土，我们在泥草的屋顶下安眠，
谁家的儿郎吓哭了，哇——呜——呜——从屋顶传过
　屋顶，
他就要长大了，渐渐和我们一样地躺下，一样地打鼾，
　　　　从屋顶传过屋顶，风
　　　　这样大，岁月这样悠久，
　　　我们不能够听见，我们不能够听见。

火熄了么？红的炭火拨灭了么？一个声音说，

我们的祖先是已经睡了，睡在离我们不远的地方，

所有的故事已经讲完了，只剩下灰烬的遗留，

在我们没有安慰的梦里，在他们走来又走去之后，

在门口，那些用旧了的镰刀，

锄头，牛轭，石磨，大车，

静静地，正承接着雪花的飘落。

北方的腊月毕竟最像腊月（套用鲁迅先生《祝福》名句）。那死寂的、寒冷的、艰难的时日在腊月更以它的淫威，煎迫着饥寒交迫的农人。这首诗，抓住了这一自然的季节，写的却是那个黑暗的年代给人留下的心理感觉。所以，这里的"寒冷的腊月的夜"，是有象征意味的。透过那繁复的直接性的意象群，我们要深刻地捕捉那隐蔽在其底层的东西。枯干的田野、冻结的河水、厚重而多纹的脸、犀利的罡风、孩子的哭声、炭火的灰烬……都是那个大人文环境的投影。诗人说，"所有的故事已经讲完了，只剩下灰烬的遗留"，连"我们的梦"都已"没有安慰"。这种窒息的环境还能继续存在下去吗？他让人们面对它们思索！他将对这些意象的解释权留给每一个有良知的读者！

读这首诗，我们会感到一种缓慢的、笨拙的、密集的、死寂的语流默默流过我们的心。这种语流给我们的感觉恰恰是这首诗的内在精神的体现。我们知道轻灵、快放、音韵铿锵是诗歌的"音乐美"，但不知道缓慢、滞塞、密集、杂沓也是诗歌的"音乐美"，甚至是一些诗人孜孜以求的语感效果。重要的不是表面的"音乐性"，而是这"音乐性"与诗歌内在精神的联系程度。这首诗为我们提供了一个成功的范例。

旗

我们都在下面，你在高空飘扬，

风是你的身体，你和太阳同行，

常想飞出物外，却为地面拉紧。

是写在天上的话，大家都认识，
又简单明确，又博大无形，
是英雄们的魂魄活在今日。

你渺小的身体是战争的动力，
战争过后，而你是惟一的完整，
我们化成灰，光荣由你留存。

是大家的心，可是比大家聪明，
带着清晨来；随黑夜而受苦，
你最会说出自由的欢欣。

四方的风暴，由你最先感受，
是大家的方向，因你而胜利固定，
我们爱慕你，如今属于人民。

　　咏物诗最忌讳的是心滞于物，而不能超拔出来实现心灵的高度自由。特别是对那些常见的事物，更难于独标真素，唱出与众不同的弦外之音。"旗"，古今中外有多少人写它，穆旦作为一个成熟的诗人不会不知道写它的难度。这里他偏偏又要写旗，其间的挑战意味便很明显了！

　　这里的"旗"，不只是一种标志，而是"英雄们的魂魄活在今日"。风是无形的，但"旗"却使它显形，它成为"旗"的身体。这个意象来得灵动，仿佛凭虚设象，达到的却是更丰富的象。我们从"风"中领略的自由、雄劲、狂啸等品质，都统统转化到"旗"身上，两者不是比喻，没有本体和喻体，而是合二为一，这"一"兼有"二"的全部特征。这正是现代诗笔墨的精微深透之处。"常想飞出物外，却为地面拉紧"，"想飞"的不会是"旗"，而是人。理想是崇高的，但它又紧紧附着在"地面"的泥巴上。那是土地的苦难使"旗"不安，使"旗"日夜猎猎呼喊——这是那些为人民的苦难而斗争的英雄的形象！正是他们，使"旗"成为一个多么诱人、多么伟大的单音词！在苦难中，在胜利时，只要提到"旗……"一切都涵盖其中了！还有什么单音词能像"旗"牵动斗士的心！

诗人的语言是朴素的，"旗"也是朴素的。它是"写在天上的话，大家都认识，/又简单明确，又博大无形"。对"旗"内在精神的表现，还能有比这几句诗更精粹更明晰的吗？"旗"是一种符号，最复杂也最简单，最平凡也最值得用生命去捍卫。那句"大家都认识"的话，不就是"斗争——自由——胜利"吗？这一切都写在"旗"那"渺小的身体"上，成为"战争的动力"。那些为它的召唤而倒下去的人并不会死，因为"旗"呵，"光荣由你留存"！"旗"是英雄的魂魄，是时代的先知，"四方的风暴，由你最先感受，/是大家的方向，因你而胜利固定"。"最先感受"四方风暴，既是物质的"旗"的本来属性，同时又是革命先觉者的共同特征，这样一笔两写，心物交感，显出了诗人尺水兴波的笔力。"旗"凝聚了大家的"方向"，展示了固定的"胜利"。当你在硝烟弥漫的战火中，看到遥远的山尖上已经摇晃着战友手中的红旗时，当你看到一个民族已经醒来升起自己的红旗时，你会由衷地赞叹人类的智慧：他们把语言不能表达的东西交给了"旗"！最后，诗人用两句极为普通但又斩钉截铁的话，宣告了对"旗"何以如此深情的原因，使诗的境界再度升华："我们爱慕你，如今属于人民"。

这首诗语言朴素但深意藏焉。诗人无论写形摹状，都力求赋予它们鲜活的精神特征。读着这些诗句，你看到的不是一面旗，而是一个活生生的赤裸的灵魂，但又无一处不与"旗"本身的特性有关。在这种若即若离中，我们一直达到"旗"内在精神的极点。苏联作家西蒙诺夫也有一首名为《旗》的诗作，这同样是一首立意独异格调超拔的好诗，这里抄出几节，供读者欣赏、比较：

"旗不能点燃香烟。开玩笑也不能在旗的下面/和旗的旁边。也不用去补——如果旗被子弹打穿。打穿了的旗不会流出血来，用不着为它裹裹绷带。旗要流血，当它被抛弃在地。而在抢救伤员时，用它裹裹赤裸汗湿的身体，旗，不会生气。它不怕自己身上留下血迹。血——不是脏东西。而被打死的人，如果确实是英雄——可以用旗暂时遮蔽。永久地盖着，它却不允许。因为活着的人 / 需要旗……"

赞 美

走不尽的山峦的起伏，河流和草原，
数不尽的密密的村庄，鸡鸣和狗吠，
接连在原是荒凉的亚洲的土地上，
在野草的茫茫中呼啸着干燥的风，
在低压的暗云下唱着单调的东流的水，
在忧郁的森林里有无数埋藏的年代。
它们静静地和我拥抱：
说不尽的故事是说不尽的灾难，沉默的
是爱情，是在天空飞翔的鹰群，
是干枯的眼睛期待着泉涌的热泪，
当不移的灰色的行列在遥远的天际爬行；
我有太多的话语，太悠久的感情，
我要以荒凉的沙漠，坎坷的小路，骡子车，
我要以槽子船，漫山的野花，阴雨的天气，
我要以一切拥抱你，你，
我到处看见的人民呵，
在耻辱里生活的人民，佝偻的人民，
我要以带血的手和你们一一拥抱，
因为一个民族已经起来。

一个农夫，他粗糙的身躯移动在田野中，
他是一个女人的孩子，许多孩子的父亲，
多少朝代在他的身边升起又降落了
而把希望和失望压在他身上，
而他永远无言地跟在犁后旋转，
翻起同样的泥土溶解过他祖先的，
是同样的受难的形象凝固在路旁。
在大路上多少次愉快的歌声流过去了，
多少次跟来的是临到他的忧患；
在大路上人们演说，叫嚣，欢快，
然而他没有，他只放下了古代的锄头，
再一次相信名辞，溶进了大众的爱，
坚定地，他看着自己融进死亡里，
而这样的路是无限的悠长的，
而他是不能够流泪的，
他没有流泪，因为一个民族已经起来。

在群山的包围里，在蔚蓝的天空下，
在春天和秋天经过他家园的时候，
在幽深的谷里隐着最含蓄的悲哀：
一个老妇期待着孩子，许多孩子期待着
饥饿，而又在饥饿里忍耐，
而他走去了从不回头诅咒。
为了他我要拥抱每一个人，
为了他我失去了拥抱的安慰，
因为他，我们是不能给以幸福的，
痛哭吧，让我们在他的身上痛哭吧，
因为一个民族已经起来。

一样的是这悠久的年代的风，

一样的是从这倾圮的屋檐下散开的

无尽的呻吟和寒冷，

它歌唱在一片枯槁的树顶上，

它吹过了荒芜的沼泽、芦苇和虫鸣，

一样的是这飞过的乌鸦的声音。

当我走过，站在路上踟蹰，

我踟蹰着为了多年耻辱的历史

仍在这广大的山河中等待，

等待着，我们无言的痛苦是太多了，

然而一个民族已经起来，

然而一个民族已经起来。

英国批评家、诗人瑞恰兹认为，一个真正的诗人必须能够接受范围广阔的刺激，而且要能作出完全的反应。（见《想象》）相对于传统诗歌的圆润凝练，现代诗往往追求更大面积的辐射度和更广阔的包容性。诗人不再以一滴水透视大千世界、一面镜子折射外部现实的做法进入诗歌，而是力图直接承担生活的全面复杂性，并作出整体的宏阔的把握。这当然不是说现代诗无所不包，而是说它有着综合处理现代人更为复杂经验的能力。而且，这只是相对于常规的传统诗而言的。

这首诗似乎笔墨放肆铺排累叠，但只要我们接受了如上观念，我们就会深解其中滋味。诗人说他要"赞美"，可真正值得赞美的东西，是在诗歌之外更广大的时空中。如何实现这大的包容？诗人选择了一个人做核心。诗中的"他"——"一个农夫"，是令诗人感情复杂难以言说的，诗人在"赞美"，同时也在"剖析"和"批判"。一开始，诗人就用了密集的意象群来充分展示他复杂的精神世界。这些意象可以用三个词来概括其情调，就是沉默、低压、忧郁。这不是"写景"，而是象征（复合象征）。"荒凉的亚洲的土地上"一句，为我们道出了历史意义上的"地缘环境"——时代环境。诗人满腔忧患，字里行间流露着对这片土地既爱且怨的感情，他要拥抱的人民，是"在耻辱里生活的"，"佝偻的"。一方面挚爱，一方面可怜，就这样结成一个彼此相悖的拉力。"因为一个民族已经起来"作为此诗的中心意向，在这里就同时含有忧患、吁求的性质了。

在第二节和第三节，诗人重点写了"他"——"一个农夫"。这个农夫是千百万中国人民的缩影。他勤劳、善良、有超常的忍耐力；但又惯于隐忍，安于苦难，"永远无言地跟在犁后旋转，/ 翻起同样的泥土溶解过他祖先的，/ 是同样的受难的形象凝固在路旁"。这些，都是诗人对民族性格和集体无意识中"劣根"的一面的批判。然而，在日寇铁蹄的践踏下，"他"毕竟起来了！他"只放下了古代的锄头"，走上抗争的行列。他的忍耐只有这时才具备了深刻的积极的含义，"他是不能够流泪的"，面对死亡的威胁，他必须走上去，"因为一个民族已经起来"。觉醒了的人民走上了伟大的道路，这意味着他们除了忍受加倍的饥饿、寒冷、疲劳外，还要加上流血和死亡。多么伟大的人民，诗人为了"他"的决定性一举，"要拥抱每一个人"。这拥抱是复杂的、含着血泪的，甚至可能是永诀性的，那么，就让我们用悲壮的庄严的"痛哭"来升华我们的斗志加强我们必胜的信念吧！

最后一节，诗人又以两种相互交叉的感情，写了他复杂的内心感受。中国人民近代以来饱经战祸，备受欺凌。但"一样的是这悠久的年代的风，/ 一样的是从这倾圮的屋檐下散开的 / 无尽的呻吟和寒冷"。为什么？就因为"多年耻辱的历史 / 仍在这广大的山河中等待，/ 等待着，我们无言的痛苦是太多了"！但让这一切都从今天永远地结束吧，"然而一个民族已经起来，/ 然而一个民族已经起来"！

这首诗写的是一个农夫："他"。但概括性、包容力是很大的。在同一对象身上，又交织着诗人不同的情感，复杂而深入。"广阔的刺激""完全的反应"于此可见一斑。

杜运燮

无　题

山暗下来，树挤成一堆，
　花草再没有颜色；
亲爱的，你的眸子更黑，
　更亮，在烧灼我的脉搏。
请再掀动你的嘴唇，
我要更多的眩晕：我们
　已在地球的旋转里，
　带着灿烂的星群。

原谅我一再给自己下命令，
　又撤销，不断在诅咒；
站着警察的城里飘来嘎声：
　有时威胁，有时诉苦；
但现在，亲爱的，只向远飞，
让我们溶解，让我们忏悔
　那性急的不祥哭泣，
　和那可耻的妒忌。

让我们像那细白的两朵云，
　更远更轻，终于消失
在平静的蓝色里，人们再不能

　　批评他们的罗曼史；

泛滥而无法疏导，我们

就靠紧，回忆幸福，美丽的梦，

在无言的相接里交流，

看黄昏的朦胧悄悄被带走。

　　苏轼在他的《东坡志林》中谈到陶渊明的《饮酒》，说他的"采菊东篱下，悠然见南山"写得"初不用意，而境与意会，故可喜也"。这里的"境与意会"，实际上道出了一首诗成功的关键。但"境与意会"的前提是"初不用意"，这就强调了诗歌中情和景的关系：自然天成，不事藻饰。是情景的互照，而不是为情而景或因景造情。

　　这首诗写得好就好在"境与意会"上。诗人和他的情人在黄昏时分走上田野，"山暗下来，树挤成一堆，/花草再没有颜色"，这是实景，仿佛属"初不用意"之笔。但接下来我们会恍然悟出，这自然朴素的一笔藏有深意，"亲爱的，你的眸子更黑，/更亮，在烧灼我的脉搏"。自然的暗是在衬托眸子的亮，一切都暗下来的时候，情感的太阳升起来了。"我"激情满怀，但默默无言，只感到热血被"你的眸子"点燃，"在烧灼我的脉搏"。这些情景是黄昏即逝黑夜将临时才会产生的，故显得像是信笔写来，一无造作之态。当天空出现最初的星群时，诗人和"你"的情感已趋临高潮，眩晕而狂热的心跳、快速闪现的各种憧憬、幻觉相伴而来，正好与"地球的旋转""灿烂的星群"同律。这里，情与景、意与景已彼此融化，它不是比和兴，而是心理的现实。

　　接下来，诗人写这份真情和外部现实的关系。在他看来，这相爱的感情是只属于两个人生命内部的，与外部现实没有任何关系，无论是"站着警察的城里飘来的"斥责之声，还是威胁与诉苦的声音，都不能干扰和破坏这份纯真的爱情。这种感觉是与黄昏的自然景观有关的。在黄昏，一切都被朦胧的夕光抚触，变得混混沌沌，界限不明。这时，人最容易遁入自己内心深处，是生命彻底开放的时光。诗人说"让我们溶解，让我们忏悔"，让我们"只向远飞"。这种心境的产生真正是"情与境偕"的：溶解，是黄昏给人的一种感觉（天光暧昧，物体线条不明,一切都变得慵倦了);忏悔,是黄昏时分进行的宗教活动(晚祷的钟声、肃穆的气氛,人的心变得善良而充满温柔);向远飞,我们可以想象暮雁朝着夕阳飞去,鸣禽也飞向远方的树林(人心也被这景象拉得"远"了)。这一切,如果换成早晨、中午或深夜,就会变得不可理解,变得生硬造作。而在黄昏,产生这种"溶解""忏悔"和"向远飞"的感觉,就十分贴切、自然、有趣味。这些词的安置十分讲究,但又看不出"用意"的痕迹,何其可喜!在这样的氛围里,黄昏和心境已经化为一体。其时,正有两朵白云渐渐融入夜空,诗人偶见,融之入诗,几有"悠然见南山"般的情致、逸致、韵致了。

这首诗,境与意会又化若无痕,既有现代诗的玄邃深沉,又不乏传统风神的平淡自然,可视为境高意奇的上品。

井

我是静默。几片草叶,
小小的天空飘几朵浮云,
便是我完整和谐的世界。

是你们在饥渴的时候,
离开了温暖,前来淘汲,
才瞥见你们满面的烦忧。

但我只好被摒弃于温暖
之外,满足于荒凉的寂寞:有孤独
才能保持永远澄澈的丰满。

你们只汲取我的表面,
剩下冷寂的心灵深处

让四方飘落的花叶腐烂。

你们也只能扰乱我的表面，
我的生命来自黑暗的地层，
那里我才与无边的宇宙相联。

你们可用垃圾来使我被遗弃，
但我将默默地承受一切，洗涤
它们，我将永远还是我自己。

静默，清澈，简单再虔诚，
绝不逃避，也不兴奋，
微雨来的时候，也苦笑几声。

　　"井"，这是一个多么普通的题材，诗人将它入诗，这本身就含有平中求险的艺术态度。在这首诗里，诗人用了整体象征的手法，将无生命的"井"，写成了苦难而崇高的生命。读着它，我们仿佛听到人类的良知在说话；那些受难而无幽怨的，不被理解而仍然贡献的，遭受蹂躏而默默忍受的，容纳虚空而呈现充实的人类良知"井"啊！——你是所有孤独的英雄的灵魂吗？

　　井"是静默"，这种静默是内在灵魂丰富的体现。它的生命是"完整和谐的世界"，它无须喧嚷，它是一小片"天空"，倒映着世界。平时，人们不会想到它，只有"饥渴的时候"，才会走到它身旁。它给"满面烦忧"的人以生命的活水，而自身却只能"被摒弃于温暖之外"。这种习惯于被漠视的境遇，使它保持了"永远澄澈的丰满"。时代先觉者注定是孤独的，像"井"一样，人们只知道它的表面，而它"冷寂的心灵深处"那伟大的怜悯和抱负，却无人知晓，甚至被误解、被"扰乱"。但一个真正崇高的生命从来就不顾及自身被外界所排斥的事实，因为，它是事物的根、真理的根，它"来自黑暗的地层"，它不能指望平庸的视线穿透地层表面，抓住它的实质——或者说，这一切都需要漫长的时间。真理的呈现从来不是一次性的，它必须经过时间的拷打，人类历史无数次证明了这一点，并且还将继续证明着！所以，"井"是自信的，它说"你们可用垃圾来使我被遗弃，/但我将默默地承受一切，/洗涤它们，我将永远还是我自己"。最后，"井"里也略略地流出了悲哀，它不是哭泣，而是"苦笑"。这"苦笑"是难言的，不仅为自己的不被理解，更是为着那些在愚昧中受难的人们。什么时候，他们才能觉醒呢？！这种悲哀是一种社会忧患感的体现。

这首诗明净端凝，但内涵丰富。诗人深刻地开掘了"井"的精神内核，使它既不脱离物象原有的性质，又无处不成为伟大灵魂的象征。它是忧郁的，但"绝不逃避"，它是勇敢的，但"不兴奋"，它丰富而"静默"，苦难而"清澈"，深沉而"虔诚"。这是一口生命的"井"，在它里面注满了人类的骄傲和眼泪。

诗二首

雷

随着陆陆续续的闪电警告：他们来了！
阵阵风都传播着到来的确讯：他们来了！
每一片叶每一枝条都遥指着：他们来了！
每双眼睛在渴望，每张嘴在颤动：他们来了！

越过一张又一张被撕掉的树叶标语，他们来了！
越过一个又一个监狱的铁窗，他们来了！
越过一条又一条报纸上的捏造消息，他们来了！
越过一堆又一堆难忘的血泊，他们来了！

为着撕人心肺的被窒息的呻吟声，他们来了！

为着惨绝人寰的最底层的挣扎声，他们来了！
为着回响在无数街道和炕头的怒吼声，他们来了！
那就是冲破冰冻严寒的春雷欢呼声：他们来了！

闪 电

有乌云蔽天，你就出来发言；
有暴风雨将来临，你先知道；
有海燕飞翔，你指点怒潮狂飙。

你的满腔愤慨太激烈，
被压抑的语言太苦太多，
却想在一秒钟唱出所有战歌。

为此你就焦急，显得痛苦，
更令我们常常感到羞惭：
不能完全领会你的诗行。

你给我们揭示半壁天空，
我们所得的只是一阵惊愕，
虽然我们也常以为懂得很多。

雷霆暴风雨终将随之而来，
但我们常常都来不及思索，
在事后才对你的预言讴歌。

因此你感到责任更重，更急迫，
想在刹那间把千载的黑暗点破，
雨季到了，你必须讲得更多。

这两首诗，均写于 1948 年新加坡。将它们放在一起欣赏，是为了更好地体味咏物诗的两种写法。我们注意到，第一首《雷》，诗人很少对这种自然现象进行描述，而是借助它使诗歌保持一种声音和动态的持续性的"气"。换句话说，此诗是以抽象的声音和力量感震撼我们的；我们被一系列"他们来了！"所裹挟，心灵活动高度紧张高速旋转，这正是连绵沉雄的雷声给我们的感觉，是一种"得气而忘言"。而第二首《闪电》则不同，诗人抓住闪电这一瞬间，从各个角度描述这种自然现象在特定时空里给人的强烈感悟，他并没有脱离闪电这一具体的物象，而是层层剥入、步步逼近事物的核心。对这首诗中的每一句话，我们都要高度重视它，不能"得意忘言"。"言"不仅是一种意义，更重要的是一种"形式"，组织诗歌的内容并决定内容的意义的形式。概括起来说，《雷》中的语言是"液化"的，形象服从于声音的流动，它消除了形象外形的客观性，引起我们对声音和气势的感动。而《闪电》中的语言则是"晶体化"的，言语的存在（每一个具体的字、词）产生了诗的存在。我们不妨设想，《雷》可以"翻译"成强烈的打击乐曲，就像印象派音乐家德彪西将魏尔伦的《月光》谱成钢琴曲一样（顺便说一下，魏尔伦的《月光》就是以声音和气氛为指归的作品，它甚至不可解释）；而《闪电》则不能，它只能求助于精细的语义分析。这两首诗手法不同，但都收到了完美的艺术效果。可见，咏物诗的路子是相当广的，对它的开掘还远远不够。——当然，这两首诗还可以做另外方式的鉴赏，我这里仅是某一角度某一侧面的"注意"。杜运燮的咏物诗总是能够独抒性灵，发现新的角度新的构思，它们在手法上绝不雷同。这里不妨照录诗人在 1945 年写下的《落叶》，这首诗与《雷》《闪电》相比，更突出了奇妙的联想：

一年年地落，落，毫不吝惜地扔到各个角落 / 又一年年地绿，绿，挂上枝头，暖人心窝 / 无论多少人在春天赞许，为新生的嫩绿而惊喜 / 到秋天还是同样，一团又一团地被丢进沟壑。

好像一个严肃的艺术家，总是勤劳地，耐性地 / 挥动充满激情的手，又挥动有责任感的手 / 写了又撕掉丢掉，撕掉丢掉了又写，又写 / 没有创造出最满意的完美作品，绝不甘休。

追物价的人

物价已是抗战的红人。
从前同我一样，用腿走，
现在不但有汽车，坐飞机，
还结识了不少要人，阔人，
他们都捧他，搂他，提拔他，
他的身体便如烟一般轻，
飞。但我得赶上他，不能落伍。
抗战是伟大的时代，不能落伍。
虽然我已经把温暖的家丢掉，
把好衣服厚衣服，把心爱的书丢掉，
还把妻子儿女的嫩肉丢掉，
而我还是太重，太重，走不动，
让物价在报纸上，陈列窗里，
统计家的笔下，随便嘲笑我。
啊，是我不行，我还存有太多的肉，
还有菜色的妻子儿女，她们也有肉，
还有重重补丁的破衣，它们也太重，
这些都应该丢掉。为了抗战，
为了抗战，我们都应该不落伍，
看看人家物价在飞，赶快迎头赶上，
即使是轻如鸿毛的死，
也不要计较，就是不要落伍。

讽刺诗的作法有多种多样，其共同之处是都以嘲讽的态度抨击反面的事物。发笑，是讽刺诗必须具备的审美效果。笑的出现，往往是矛盾被强调、被夸张的结果。一般的讽刺诗，笑是很单纯的，含有否定性和愉悦性这二重性质。杜运燮的《追物价的人》却不同，它也令我们发笑，但这种笑的结果是更深重的心酸。这首诗妙在嘲讽和自嘲两种情调：一方面是物价飞涨成为"红人"，另一方面是"我"在拼命追逐着这位"红人"。前者是一种存在的事实，后者是一种被迫为"我"制造的关系。一边是舍掉家产和家人健康的、被掠夺的苦难，一边却声称这一切是"为了抗战"，"不能落伍"。这是乖悖的，但却是那个时代的现实。诗人自嘲的"我得赶上他"，就成了孤苦无依的含泪倾诉了，诗的讽刺具有了复义的效果。

这首诗写于 1945 年，诗人在诗中讽刺了抗战后期物价的狂涨，但运用的却是轻松甚至有些俏皮的语势。乍看起来，这可能会导致诗的调笑性质，但我们读后就会领悟到诗人的艺术用心。诗中，"物价"被拟人化，成为"抗战的红人"，而"我"又在拼命"追上他"，并丢掉身边的一切，包括妻子和儿女。这种"追求"的反意——"被逼迫"就在这啼笑皆非的情势下表现出来。诗人在诗中多次说过，"抗战是伟大的时代，不能落伍"，"为了抗战，我们都不应该落伍"，"即使是轻如鸿毛的死，/ 也不要计较，就是不要落伍"。这是正话反说，表面上一本正经的严肃更深入地道出了事物本质上的荒谬，插科打诨式的反讽语言更深入地道出了内心的悲凉和无可奈何。如果换一种方式，比如正面抨击，就难以收到这种痛快淋漓的讽刺效果。这是含泪的笑，它笑得人心里发紧、发疼……

袁可嘉

岁 暮

庭院中秃枝点黑于暮鸦，
　　（一点黑，一分重量）
　　秃枝颤颤垂下；
墙里外遍地枯叶逐风沙，
　　（掠过去，沙沙作响）
　　挂不住，又落下；

暮霭里盏盏灯火唤归家，
　　（山外青山海外海）
　　鸟有巢，人有家；
多少张脸庞贴窗问路人：
　　（车破岭呢船破水？）
　　等远客？等雪花？

我们知道，现实生活中一些物象常常与人的某种心境相契合，它们仿佛一开始就自有着固定的感情色彩。诗人常常将这些有代表性的物象组织起来，形成秩序，负载特定的感情。但是，在诗人那里，这些物象的组织，并不是各个部分的相加，诗歌产生的审美效果也不是物象间各部分相加的和。换句话说，以原生状态入诗的物象，它们只为读者提供一个更广阔的联想空间，诗歌的"象外之旨""韵外之致"要靠读者的积极参与去实现。从这个意义上说，那些物象恰恰由于过于明确而显得暧昧、过于直接而显得复杂了。如"细草微风岸，危樯独夜舟，星垂平野阔，月涌大江流"，再如"枯藤老树昏鸦，小桥流水人家，古道西风瘦马"等句，就是这样意余言外天地同参的审美空间。

袁可嘉的《岁暮》，也深得直接意象的妙悟。这首诗仿佛只为我们罗织了一幅岁暮自然景观的图画，但它们却令我们联想到了更广远的东西。诗中出现的物象不过是：秃枝，暮鸦，枯叶，风沙，灯火，贴窗的人面。这些"点象"被诗人用特定的感情联系起来，结构成完整的"面象"，就具有了自足的形式意义。它们不再是"再现"，而是充满心灵色泽的"表现"了。这首诗貌似平淡，而骨子里却玄秘得很，每个意象背后都纠缠着一串刺激人联想的东西。秃枝墨鸦图，使我们联想到中国水墨画的韵致，这实际上是民族精神中原型功能的意象；再配以瘦树寒沙、暮霭孤灯、贴窗人面，不由得使人勾起了历史的萧索感、时间的停滞感。一时我们置身其中的现实与历史积淀下来的东西融释成一片，一种悲凉的、孤独的集体潜意识被清晰地呈现出来，仿佛古代骚人孤旅的去国怀乡之忧，在现代又一次成为现实。一种冰冷、凄切的情感袭上我们心头。这首诗，只为我们提供了一种情调，你抛开它写作的时代背景去做纯审美意义上的联想，也无不可——甚至，会得到更多的感受。

空

水包我用一片柔，
湿淋淋浑身浸透，
垂枝吻我风来搂，
我底船呢，旗呢，我底手？

我底手能掌握多少潮涌，

　　学小贝壳水磨得玲珑？

　　晨潮晚汐穿一犀灵空，

　　好收容海啸山崩？

　　小贝壳取形于波纹，

　　铸空灵为透明，

　　我乃自溺在无色的深沉，

　　夜惊于尘世自己底足音。

　　这首诗具有深层意象派的特征。诗的中心意象是小贝壳，但在意识底层又是"我"。这里，小贝壳和"我"没有明显的类比关系，也没有暗示和象征，诗人仿佛企望着进入纯粹的物的世界，在物中理解"我"的存在状态。诗题《空》，是一个带有玄学色彩的提示，似乎在表明诗人和现实的隔绝，他以"空"的状态存在着，空出世界，耽于自身完整的内宇宙、内自然。

　　一开始，"我"就遁入水中，一片"柔"的水浸透全身心，与"我"有关的乃是垂入水底的柳枝和水面的微风。"我底船呢，旗呢，我底手？"这一切都不存在了，"我"与水已经忻合无间，不是驾舟于水面，而是化入水底。这是"我"吗？是的。但从第二节开始，"我"与小贝壳已不可分开，说不清是"我"还是它了。"我底手能掌握多少潮涌，/ 学小贝壳水磨得玲珑？/ 晨潮晚汐穿一犀灵空，/ 好收容海啸山崩？"这里，一件外向的、客观的事物使自己改观，突变为一件内向的、主观的事物。诗人有意使用问句，目的不是引起读者的犹疑和猜想，而是为了更准确地表达一种惊喜的、突然闯入的意念。小贝壳虽小得玲珑，但能掌握潮涌，因为它深藏水底，晨潮晚汐都会注入它的体内，这样，海啸山崩的气象有哪一次不被它感知？诗人是在说明这样一个道理：只有那些耽于内心生活的人，才可能真正地理解外部现实对人的意义。从这个意义上讲，"空"到极致乃为"实"也。

　　第三节，诗的进展出现了悖理。小贝壳的形纹与海浪一样，它的空灵是晶莹的、透明的，它无所牵挂，无所忧患，乃是真正的"空"。

而"我"却不同。"我"是人,纵然由尘世的焦虑所逼,愿学贝壳"自溺在无色的深沉",但遁入内心仍不能摆脱它们。当深夜降临时,"我"惊觉到的仍然是"尘世自己底足音"。这里,小贝壳听"海啸","我"听"足音",这两层意象被叠合在一个平面上,线条模糊,轮廓难辨,但意味更复杂更深邃了。"我"愿学小贝壳的是它身居大海而宁静内倾,经过猛浪的捶打而愈益空灵。这是一个青年知识分子在那个时代自我修炼的形象,它不是独善其身,也不是回避矛盾,诗人有意"空"出那个丑恶的现实世界,是为了更深地耽溺于心灵中美好纯洁的理想。这种意义上的与现实隔绝,我们认为是一种精神深度的展示。没有这种"空",怎能于静观中领悟生命凝重、清晰的"足音"?

唐　祈

草原幻象

黑牦牛群像块柔软的地毯
藏族牧女卷起它又打开
白色羊群如一面白帆
缓缓驶向墨绿的草海

阳光里的云朵
像一窝窝凶猛的雄狮和白熊
呆望着地下的畜群
在天空慢慢移动

谁的牧笛向四方吹送
寻找一座爱情的帐篷
藏族牧女踩着蒙茸的野花
仿佛走进了彩色的幻梦

黄昏，一个微笑失落在草丛
牧女孤单得像一只蜜蜂

彼德·琼斯在《意象派诗选》的序言中简洁地说明了意象派诗的特点："可靠的感情是对现实的直接的感觉或接触的结果……把复杂的事物搞深搞透，达到那真正的道、理念、天意——使其在词、在词组、在比喻、在意象中得以掌握。这可是个硬朗的中心（无论它会证明是多么主观的），决不是假浪漫派的围绕着的气体"。（着重号为引者所加）

这首诗写的是"草原幻象"。但是，正是这种"幻象"，使我们看到了草原内在的真实的生命。如果是"记录"式的描摹，可能详尽繁缛得多，但我们看到的不过是一具草原的拙劣的沙模，一堆文字的废料，缺少呼吸缺少脉跳，一句话，没有生命！诗人是直接处理他的感觉的，黑牦牛被幻化成柔软的地毯，藏族牧女卷起它又打开。这是放牧牦牛的景象。牦牛的温驯可人、牦牛遍地的游移状态；牧女与牦牛间亲昵的关系、牧女劳动的勤谨和恣意，都在这一"卷"一"开"中体现出来了。白色羊群如白帆，缓缓驶向墨绿的草海。这个意象仿佛平常了些，但你要留意那个关键性的数量词"一面"，诗人化零为整，"一面白帆"似的羊群缓缓移动在草海里，给人以轻盈的滑翔般的运动感。白帆作为一个整体，与草海构成了色彩上的反差关系，这是诗人远望其势得出的幻象，比那些"羊群像珍珠散在草地"之类的死掉了的比喻要来得灵动得多！

草原是辽远的、平静如砥的，如果顺势写下来，诗歌则不免单调。在第二节，诗人调整了诗的效果，出现了代表冲突和凶猛的幻象。"阳光里的云朵/像一窝窝凶猛的雄狮和白熊/呆望着地下的畜群/在天空慢慢移动。"云朵——雄狮——白熊，这个意象十分直接，十分准确，一下子搠入了我们的内心视野。如果写成狼群、虎群、豹群，则显得隔而生涩。因为这些动物的动作和情态与云朵相似性太小，而狮与白熊则不然。一个"呆望着"，一个"慢慢移动"，不仅写出了云朵的情趣，而且使我们感觉到了大草原的辽阔（地域广阔时物体的移动给人的感觉就非常缓慢）。这里，猛兽是虚幻的，畜群是真实的，前者并不对后者构成本真的威胁，这就让我们感到格外有趣味，一种心旷神怡的感觉随着这些意象的展开而浸透了身心。

在这一派宁静而迷人的风光中，传来了牧笛的声音。吹笛的人是谁，诗人没有说；但那支曲子却告诉了我们，是一个骁勇多情的青年在"寻找一座爱情的帐篷"！听着这多情深情纯情的心曲，藏族牧女的心乱了，以至于踩倒了蒙茸的野花儿，心神沉醉在"彩色的幻梦"之中。这一节重点写牧笛的声音，但没有对它进行直接的描绘，而是通过牧女的醉态蹒跚、似梦似幻的行为和心态，写出了牧笛（其实是吹笛人）迷人的魅力。这是意象的转化，声音在这里有了依附体，成了可以"看见"的东西。最后，写牧女的"孤单"。许是那位吹笛人没有找到她吧？许是那位吹笛人本来是吹给另一位姑娘的吧？或者，那本来就是一曲无对象化的吹奏？反正，少女的微笑失落在草丛了。这是一种孤单、一种忧伤，但又是多么甜蜜的孤单和忧伤啊！少女的心被笛声唤醒了，她一定会找到吹笛的人；即使找不到又怎么样呢？这种美好的憧憬曾经存在于心中难道还不够么？所以，诗人说"牧女孤单得像一只蜜蜂"。再孤单的蜜蜂，它的"心"里不是也盛着蜜吗？

这首小诗，意象清腴而准确，感觉细腻而表述简洁。诗人对现实进行了直接的感觉，他抓住了一个个硬朗的中心——意象，将一首不到十五行的小诗经营得如此漂亮迷人！在形式上，诗人借鉴了商籁体（十四行诗）建行用韵的一些原则，但又不拘于严格意义上的章句，写得自由、活泼，从根本上仍然是自由体。

雾

一

灰白的雾，
在夜间，走着
它粗笨大白熊的脚步。

比云卑湿，龌龊，
走着，走着，又蹲下来
它没有重量的

庞大白色的臀部。

慢慢地，慢慢地
升上来——
又向更低的地方走去。

二

它遗忘了后面安谧的
山恋、树木，交叉的公路
和栉比的茅屋，只有它
能扯起一块无穷大的天幕，
蒙蔽了人们清醒的眼目，
使一切渐渐软弱、模糊
从它恶劣的鼻息里。

城市，顿时变成灰沉沉，
像座没有厚度的贫民窟。
昏暗的街道上水分迷蒙的
黄昏，要瘫痪在行人的近视眼里，
茫茫的雾气中没有了
空间，兀立着几个朦胧的轮廓。
码头上整日滞呆着的货物堆，
只有污秽的老鼠在那儿
卑鄙的灰色小动物啊……

渡船隔膜地叫唤：
夜提早了时间，施过催眠术的
江汉关大钟快昏睡了，
路灯却想着些辽远的事情，

有着过多身体自由的流浪儿被拘留
在没有白色厚墙的牢房，
屋顶与屋顶们渐渐消失，
雾更大了，
只有它，和彼此认识。

三

它使囚居在
暗室里的记者，思想家，
学生们，扪着头脑叹口气，
手拿着发表不出的消息……

它窥伺一扇灯光的
窗户，纯洁少女失眠的呵欠
吐着灯似的孤独，睁着眼
看恶梦的世界。

它却小心地守护，
像一群派来的白种秘密人员，
团团围住最孤僻的一幢高屋，
那些阴谋家、战略家、军火商人
利用和平做白色烟幕，
怎样在用人骨划着地图
每一平方自己的国土上。
支配多少新式的
却装配了死亡符号的血肉，
他们狞笑，假装着糊涂……

四

雾啊，扩大了，掩护了
拖在后面无期的霪雨
下落，人民再不用试探了；
灰色的和平下面黑暗的
一片战争的泥泞。

　　此诗写于 1947 年的重庆。所谓"雾"，既指雾都重庆特有的自然现象，而更深的寓意则是对那个黑暗昏昧年代的批判。这首诗在构思上可能受美国诗人桑德堡一首同名小诗的影响："雾来了，踏着猫的细步。他弓起腰蹲着，静静地俯瞰 / 港口和城市 / 又继续往前走。"但唐祈的这首诗，内容更为深广博大，意象的层次更复杂。桑德堡对他的启发，不是情绪上的共鸣，而仅是意象上的局部契合而已。在第一节中，诗人将桑德堡的"猫的细步"改为"粗笨大白熊的脚步"，将"弓起腰蹲着"改为"又蹲下来 / 它没有重量的 / 庞大白色的臀部"，这就增加了诗歌带有规定性的情感判断。接下来，诗人就脱离了桑德堡，展开了他丰富精致的想象和联想，将"雾"的内涵揭示无遗。
　　"雾"是卑鄙的、妄自尊大的，它不是像暴雨那样用冲撞力洗刷世界，而是扭曲世界、使之一片昏昧龌龊，你抓不到它，但又无时不感到它阴森歹毒的力量。它隐去了山峦、树木、建筑和公路，扯起一块弥天大幕，使一切都疲软了、瘫痪了，它的目的是"蒙蔽了人们清醒的眼目"。在这种看不清道路、找不到方向的氛围里，空前活跃的是"卑鄙的灰色小动物"老鼠。这里，"雾"的象征性内涵是十分明确的，对当时执政的独裁者的阴谋伎俩的戳穿，没有比"雾"的象征更为恰切和有力的了！这是中国几千年封建统治者的法宝："愚民"；让你不得死而"赖活着"；让你看不到远方，只能在这一片卑湿的包围里渐渐腐烂掉！"雾"消失了牢房和其他屋顶的界限，其实，它们何曾有界限可言！苦难的人民不都是生活在一所牢房中吗？

在第三节，诗人索性将诗意明晰化，直接点出"雾"的"社会含义"。它围困着人的思想，消磨着人的精神生命，使那些充满良知的呼唤都成为"发表不出的消息"；它对每一扇"灯光的窗户"都秘密地"窥伺"，看到人的呵欠和孤苦无依的眼瞳才感到放心，它实在是这"恶梦的世界"的守护煞神！在"雾"的掩护下，那幢阴谋的策源地——"最孤僻的一幢高屋"里，阴谋家、战略家、军火商人在筹划着倒卖人民鲜血的计划，他们受"雾"的掩护，同时又在制造新的"雾"——"利用和平做白色烟幕"。这是怎样一个污浊的世界啊，这样的世界不能等太阳出来驱散"雾"，而只能用火烧掉它，统统烧掉，在废墟上另建家园！最后，诗人写到了人民的觉醒，他们知道暂时的"雾"貌似不够凶猛，但它"扩大了，掩护了/拖在后面无期的霪雨"。所谓的"和平"不过是一团迷雾，它是为日后连绵的战争做喘息，这"雾"中的"和平"，不过是腐烂的过程。这些，都"再不用试探了"，放手烧吧，这是惟一的选择！

这首诗构思精巧，通篇围绕着"雾"来展开，无一句不涉及它又无一句无暗示性含义。诗人成功地借鉴了西方现代主义诗歌的技巧，又加以变通改造，去掉了其中的玄秘成分、忧郁成分，代之以犀利的洞察和坚定的否定。在那个时代里，这样的诗无疑是鲁迅先生所说的"投枪和匕首"。尤其可贵的是，诗人没有为了观念而在艺术上做丝毫让步，他精心构思，巧妙设象，推敲每一个字词，使此诗成为精品。唐祈的另一首诗《时间与旗》是他的高峰性创作，由于篇幅过长，在这里只好忍痛割舍。诗人的诗歌观念是深刻的，他认为："从现实生活到诗的形象，有一个必要的艺术转换过程，把一切可见的东西转换为不可见的精神产物。……单纯的模仿现实的狭义现实主义创造观，是不可能真正表现出现实的真实性和丰富复杂的内涵的。只有以现代主义为基调，糅进象征和现实才能表现出生活的深度和艺术的真实性。"（见《星星》1988年7期《诗论札记》）从诗人这段话去反观《雾》，我们可以认为，诗人是完美地实现了他的创作原则的。

唐　湜

我的欢乐
——《交错》之十二

我不迷茫于早晨的风
　　　　风色的清新
我的欢乐是一片深渊
　　　　一片光景
芦笛吹不出它的声音
春天开不出它的颜色
它来自一个柔曼的少女的心
更大的闪烁，更多的含凝

它是一个五彩的贝壳
海滩上有它生命的修炼
日月的呼唤，水纹的轻柔
于是珍珠耀出夺目的光华
静寂里有常新的声音
袅袅地上升，像远山的风烟
将大千的永寂化作万树的摇红
群山在顶礼，千峰在跃动
深谷中丁丁的声音忽然停止
伐木人悄悄归去

时间的拘束

在一闪的光焰里消失

诗歌艺术的关键乃在于立象以尽意。因为正是在普通的言、意不可表达的困境中，我们找到了诗这个精灵。唐湜的《我的欢乐》，通篇设象，但却至切地展示了他的"欢乐"的内涵，这比那些激情泛滥的直陈，显然要高明得多。这也正是浪漫主义诗风遭到现代主义弃置的原因。

这首诗是生命的欢乐颂。一开始，诗人说"我不迷茫于早晨的风 / 风色的清新"。为什么不迷茫于清新的晨风呢？结合下文来看，诗人是因为这晨风太轻灵太单纯了，缺少更深沉的底蕴。他的欢乐不是这般快放活跃的。"我的欢乐是一片深渊 / 一片光景 / 芦笛吹不出它的声音 / 春天开不出它的颜色 / 它来自一个柔曼的少女的心 / 更大的闪烁，更多的含凝"，这里的"深渊"是指欢乐的深沉、幽微而不可见，它埋于心底，源于对一位少女的爱情；"深渊"还含有广阔无边、深远无底的意味，是说生命的欢乐是无限的广、爱情是无限的深沉。表面的东西不能呈现"我"心中的"一片光景"，谁能听到深渊底层的"芦笛"？谁能见到深渊底层"春天"的颜色？第一节，诗人就是这样告诉我们，真正的生命的欢乐是深沉的、广阔的，内在而难以述说，但它又是那么恒久、庄重地存在着。

接下来，诗人写真正的生命的欢乐不是喧腾的、浮泛的，而恰恰应是静默的，甚至有时还是痛苦的。"它是一个五彩的贝壳 / 海滩上有它生命的修炼 / 日月的呼唤，水纹的轻柔 / 于是珍珠耀出夺目的光华"。珍珠的孕育过程是艰辛的，沙砾的磨打，黑暗的幽闭，海潮的冲袭，岁月的漫长，这都是"生命的修炼"。诗人认为，生命的欢乐是首先包括生命的艰辛锻造过程的，这是另一种更具深意的"欢乐"，是历尽苦难使生命最终升华的大欢乐！另外，生命还可以在宽厚的大自然中找到归宿。望着万象纷呈的自然，听着它"静寂里有常新的声音"，你会感到自己的生命也在升华和歌唱，你兴奋地喘息，你的高峰体验到来了！——"群山在顶礼，千峰在跃动"，这一瞬间你领悟了恬然的澄明。这是诗人在讲自己的艺术体验，这种物我两忘的化境，正是一个艺术家特有的生命的欢乐呵！这就是"我的欢乐"，它们源于爱情；源于苦难；源于艺术和自然；正是这种生命的欢乐，使"我"活得有意义、有勇气，这种难忘的时光使物理时间变化了，瞬间凝为永恒："时间的拘束 / 在一闪的光焰里消失"。

这首诗充满了新奇的意象，这些意象各自都含蕴着特定的意义，诗人严格地选择，苦心地营造，使之至切地展示了诗的"思想"。艾略特曾说过，优秀的诗歌中，诗人是"将自己的思想像玫瑰的芬芳一样直接感觉"的。这首诗正是这样，它关心的是"感觉"，但这种"感觉"本身不就是最深层的那些"思想"么？

诗

当汹涌的潮水退去
沙滩才能呈献光耀的排贝
诗如果可以在生活的土壤里伸根
它应该出现在生活的胜利里
果实是为了花的落去
闪烁的白日之后才能有夜晚的含蓄
如果人能生活在日夜的边际
薄光里将有一个新的和凝

看一天晴和，平野垂地而尽
灰色的鸽笛渐近、渐近
呵，苦难里我祈求一片雷火
烧焦这一个我，又烧焦那一个我

圆周重合，三角揳入
在自己之外又欢迎另一个自己

　　这是一首以诗论诗的诗歌。在这里，诗人说出了他对诗歌的理解。但他的"观点"，又深藏在一个个朦胧的意象中。对这些意象的"破译"，既是我们理解诗人诗观的过程，同时也是愉快的审美过程。这种以诗论诗的方式，古今中外都不乏其例，甚至有的还成为经典性的东西，如司空图的《二十四诗品》、布瓦洛的《诗的艺术》等。

　　"当汹涌的潮水退去／沙滩才能呈献光耀的排贝"。鲁迅先生也说过类似的话：我以为感情太烈时不宜作诗，否则，易将诗美杀掉。这道出了诗歌的真谛。诗歌不应是宣泄感情的工具，它是自足的有独立品格的生命形式，它需要孕育、琢磨、结晶。它不是感情的衣裳，而是感情的艺术"客观化"，充满再生力和陌生感。（这种认识，是19世纪末意象派初期就已经明确了的，它对现代诗的影响直到今天。）"果实是为了花的落去／闪烁的白日之后才能有夜晚的含蓄／如果人能生活在日夜的边际／薄光里将有一个新的和凝"。这是讲诗歌明朗与含蓄的辩证关系。优秀的诗总是将意旨埋得很深，让你一次次开掘，一次次发现，一次次被震撼，一次次出现狂喜。但这种"埋得深"，并非故弄玄虚，也非无迹可求，是那些"闪烁的白日"部分一步步引你通向"夜晚的含蓄"的。诗人说出了他的诗歌理想是"日夜的边际"中那片薄光里的"新的和凝"，这就告诉我们，"含蓄"不是不表现什么，而是为了更有力更广阔地表现之；明朗也不是为了告诉读者什么，它只有暗示着含蓄的内涵时才有意义。"看一天晴和，平野垂地而尽／灰色的鸽笛渐近、渐近／呵，苦难里我祈求一片雷火／烧焦这一个我，又烧焦那一个我"，这是说"诗出无端，无中生有"的现象。诗歌是诗人生命过程的瞬间展开，它与其他类型的艺术比较，更显得天性活跃无常。所谓"诗写诗人"，就是对诗歌神秘性质的形象说法。晴和的天宇，蓬勃的沃野，轻盈欢乐的鸽哨……这些组成了多么美丽、多么舒放的画面！但诗人却对此缺少共鸣，这是那种内倾型的诗人特有的"麻木不仁"状态。当他的心境沉湎在某种特定的情绪中，他不会为外界的现象所改变的。只有那些廉价的伪诗人才会见花唱花，见草颂草，见秋叶洒泪，见夕阳伤怀，这是典型的匠人。在晴和的美丽的风光中，"我"的内心却挣扎在苦难里，"我"祈求生命的风暴，生命的雷火，将"我"烧焦，重新诞生、不断诞生新的生命形态！这是那个时代进步青年知识分子精神风貌的写照。他们普遍鄙薄肤浅的和谐，而追求内心的冲突和力量感。这一节，既道出了诗的性质，又道出了"我"对诗歌格调的某种偏爱。要注意的是，诗人不是否定和谐，而只是说"我"此时的心态不宜于"和谐"罢了，强调的是内倾。最后两行是总括前面的内容，"圆周重合，三角楔入 / 在自己之外又欢迎另一个自己"。诗歌应是独立自足的生命实体，它有自己的存在形式，当它一旦在白纸上显形，就脱离了诗人而独自生长，独自与广大读者发生感应关系。那实在是诗人将自我对象化、准客体化的形式，是"在自己之外又欢迎另一个自己"啊！

　　此诗篇幅短小，但内涵颇丰，几乎触及了现代诗大部分核心性问题。说理精确而不枯燥，设象平凡而不浅陋，可视为格高意深的"诗话"。

杭约赫

启　示

我们常常迷失在自己的小世界里，
拾到一枚贝壳，捉到一个青虫，
都会引来一阵欣喜。好像
这世界已经属于自己，而自己却
被一团朦胧困守住，
翻过来、跳过去，在一只手掌心里。

有一天忽然醒来，
烧焦了自己的须发，
从水里的游鱼、天空的飞鸟
得到了启示。于是
涉过水、爬过山，
抛弃了心爱的镜子，
开始向自己的世界外去找寻世界。

路旁石缝里的一株小草，
悬崖下的一泓泉水，
还有那些蹦蹦跳跳的小动物，
都在告诉我们一段经历，
教我们怎样去磨炼自己，
从这个起点到另一个起点。

今天，我们不会再轻易去叹息——
一朵花的凋谢，月亮的残缺；
一粒星的殒落，一只蛋壳的破裂，
都给我们预示了将要来到的
一些忧患，都给我们指点了
面前的路。
因它们生命的变幻
填平了多少崎岖和坎坷，
领我们到一个新的世界
——自己的世界外的世界。

杭约赫就是我们大家熟悉的著名画家曹辛之。他一生追寻真理，勇敢自剖。1938 年，杭约赫到了延安，在陕北公学和鲁迅艺术学院学习，接触了大量的革命理论和文艺作品。这使诗人更加认识了知识分子的出路乃是将个人的命运与祖国和人民的命运联系在一起，才可能是通达的、光明的。他写的诗如《寄给北方的弟弟》《知识分子》《最初的蜜》等，就是他用生命的历程体验到的真理。这首诗，也是从一个知识分子的角度出发，写他生命的感悟的。

中国型的旧知识分子，大致有两种类型：范进型和孔乙己型。他们埋于书卷，"墙洞里搁一顶沙帽"，企望有朝一日"脱下布衣直上青云"，结果是述而不作一事无成，被"这件旧长衫拖累住 / 你，空守了半世窗子"（引自《知识分子》）。诗人的心情是沉重的，他发现这种旧式的知识分子又被貌似新式的知识分子取代。这些新式知识分子的生活态度往往是自我中心主义的，他们的功名心虽然很淡，但是过于耽溺在一己悲欢的小天地里，吟花弄草，朝朝暮暮。从骨子里说，这两类知识分子都是中国封建文化的牺牲品，他们的存在对种族精神换血的作用都不大，甚至有害。过去的中国从来就没有独立意义上的"知识分子精神"，没有一个精神的前卫阶层。而这一切，到了诗人所生活的时代开始改变了！

这首诗的第一节，就是对所谓新式知识分子生活态度的否定。他们"常常迷失在自己的小世界里"，把玩花鸟草虫，吟弄可怜的自我，仿佛这世界已经属于他们，殊不知正是自己将自己困扼在一只手掌心里。第二节，"有一天忽然醒来／烧焦了自己的须发"，这里似乎含有凤凰集木自焚而涅槃的神话原型。这是一次历史性的面对自身发难，为了什么？为了自由——"从水里的游鱼、天空的飞鸟／得到了启示"！一代进步知识分子就是这样"忽然醒来"，"抛弃了心爱的镜子"，从自我的镜子世界走向更广阔的风雨人生长途。

第三节和第四节中的意象，有某种对比关系。石缝里的小草，悬崖下的泉水，蹦蹦跳跳的小动物们，虽然生活得充满艰辛，可他们拥有真实的生命力，拥有最宝贵的自由感。而一朵凋谢的花，一轮残缺的月，却缺乏那种流动的生命的欢乐。所以，它们孱弱的美，不值得我们"再轻易去叹息"。这里需要注意的是，殒星和破蛋壳的意象具有双重寓意，即：承上则意味着死寂的失落意义的东西，而启下则又意味着以身殉难再度创生的悲壮美。这种意象的双重品质，我们在欧美现代主义诗歌中时常可以看到。这两节是此诗的"展开部"，暗示着知识分子走上革命道路不仅是对民族，而且对具体的个体生命，也是无限开放、无限自由的最有价值的选择！最后，诗人将殒星和破蛋壳的意象导入纯粹的正极意义，直陈了一个革命的知识分子奋勇不息的斗争精神。

这首诗带有明显的哲理性，但诗人没有刻意去追求什么"警句"，他将此诗的警策意义融入了具体的形象之中，是整个诗章结构的哲理，而不是"格言"式的镶嵌。我们正是在这种不着痕迹的美感中领略了人生的真义。

最后的演出

要我们用爆竹来表示喜悦，
要我们悬挂旗子来表示庆祝，

要我们举起手来向你欢呼；
你笑着，来扮演这最后一场杰作。

记忆和理性是一对孪生子，
我们也曾学习着忘却：
把十年的血仇和着泪咽下去，
捧住你，支持一个生死的搏斗。

自从你背叛了人性和你的诺言，
旧日的疮疤又复在我们心头绽开。
贪婪的欲望你只能完成一半，
这出单调的闹剧由你拼凑的班子

簇拥着你登场，多堂皇的戏码呵。
爆竹、悬旗、欢呼，你明白
这掩压不住四周的风声雨声；
你痉挛的笑，笑得发抖。你明白

我们是用绳子拾来的观众，
以充血的眼睛来欣赏你
最后一段演技，亿万个
呼号和掌声，在我们召唤里等待。

1948年4月，国民大会"选举"蒋介石为总统，此会过后政府强迫人们庆贺。这是一出伪剧，人们的心里是清楚的。这首诗写于1948年5月，诗人清醒地意识到，这是专制统治下《最后的演出》了：我们"召唤"和"等待"的新中国已经从海面升起它新鲜的巨影。

这首诗在艺术上有两个特点，我们应加以注意。其一，诗人不用第三人称的"他"来代蒋介石，而用了第二人称的"你"。这样做的用意在于直接性强，仿佛诗人和"你"短兵相接，使"你"无处避身。

同时，还决定了读者在更大程度上"投入"诗歌，他们再不是局外人，面对"你"，读者和诗人站在精神和感情的共同基点上。而如果用"他"，则置读者于诗之外，就只有阅读和接受的份了。另外，这种近距离的格斗，可以使感情和观察的事件不受限制。诗人可以看到"你""痉挛的笑，笑得发抖"的细节含义，仿佛"你"就站在面前的讲坛上，充任这场伪剧的主角，而"我"则站在台下的近处，看着"你"的"最后一段演技"，一切都逃不过"你"面前的这双眼睛！

这首诗的第二个特点是结构感强。诗人对东方式的独裁者是有刻骨仇恨的，但他并没有铺张笔墨去历数其罪状。而是紧紧围绕着某一特定场景（"最后的演出"的舞台）来展开诗思，环环紧扣这一事件，不枝不蔓一气贯注地完成了诗的主题。有这一核心点，诗中"单调的闹剧""堂皇的戏码""用绳子拴来的观众""以充血的眼睛来欣赏你"，都显得准确、有力、集中，使我们联想到了整个中国这更大的舞台。这首诗之所以能给人留下深刻的印象，显然得益于诗人对结构感的重视。我们常常说，"诗是战斗的武器"，这句话在今天要重新加以诠释。无疑，有一部分诗是战斗的，但它的前提一定要是"诗"，而不是"武器"。诗的战斗性应该是与精湛的艺术性联为一体的，它不是分行排列的标语口号。《最后的演出》就是这样思想与艺术相映生辉的佳品。试想，如果去掉了它巧妙的构思和精严的结构，它还会产生如此强烈的艺术魅力和战斗力吗？

第四辑　朦胧诗诗群

北 岛

语 言

许多种语言
在这世界上飞行
碰撞，产生了火星
有时是仇恨
有时是爱情

理性的大厦
正无声地陷落
竹篾般单薄的思想
编成的篮子
盛满盲目的毒蘑

那些岩画上的走兽
踏着花朵驰过
一棵蒲公英秘密地
生长在某个角落
风带走了它的种子

许多种语言
在这世界上飞行
语言的产生

并不能增加或减轻

人类沉默的痛苦

北岛的《语言》，并没有二元对立意义上的价值判断，我们不能简单地用"是"或"非"、"肯定"或"否定"去理解诗人对语言的态度。诗人所要做的，只是用诗这把锋利的小刀，划开语言的表皮，剥露出其实质，说明语言就这样存在着，成为沟通和误会的双重源头。

"许多种语言 / 在这世界上飞行 / 碰撞，产生了火星 / 有时是仇恨 / 有时是爱情"。"语言是存在之家"，是人的本质力量的独特呈现。在这个世界上，最接近人的心灵并有可能与之达成同构的，只有语言。这里，诗人用"恨"和"爱"这两极的情感，说明了语言本身就构成一个自足的存在状态，它不是单纯的工具，它就是存在本身。这是此诗的第一个层面，也是诗人对语言认识的基本层面。

"理性的大厦 / 正无声地陷落 / 竹篾般单薄的思想 / 编成的篮子 / 盛满盲目的毒蘑"。这里，诗人在承认语言的充分可能性的基础上，展开了另一层面的思考。语言发展了人类，同时又制约了人类。语言作为一种表现也罢，一种模式也罢，甚至一种创造也罢，它永远不能对其所指称的意义本身进行终端显示。我们想"说"的，和最后"说出的"，是相距那么遥远！我们必须依靠语言去创造精神历史，但由语言这个精灵所创造的精神历史（即使除去误解的因素），就真的是精神的原初状态、整体状态吗？！海德格尔说，语言是和生存一同来临的。这句话道出了语言是人与生存之间达成困境、达成相互盘诘、相互生成的临界点上的尤物——有时是对某种本真观念的传导，有时是一种悖论式的更矛盾更玄邃的内部宇宙的不断被剥露被揭穿的过程。人必须借助语言，又时时感到它的无力、歪曲，像"竹篾般单薄"。它澄明了一部分世界，又同时扭曲乃至操纵了一部分世界，使"理性的大厦 / 正无声地陷落"，使众多可怜的人信奉脆薄语言的"竹篾""编成的篮子"。他们不知道，他们曾接受了一套恶毒的语言"篮子"，那里面"盛满盲目的毒蘑"！这使我联想到，"文化大革命"实质上又是一场语言的浩劫，它消灭了大量的语言，又灌输给人们一种新的语言。就在我们接受这种语言的时候，我们接受了一种不同的价值确认方式和对世界的理解！一场"愚民"的阴谋就这样开始了！奥威尔《1984》关于"新话辞典"的预言成为现实。这一节，诗人从语言的局限和语言"操纵"世界这两个方面，进一步揭示了语言的实质。这不是一种是非判断，而是一种残酷的真实。这是将语言上升到哲学的层面理解。

"那些岩画上的走兽／踏着花朵驰过／一棵蒲公英秘密地／生长在某个角落／风带走了它的种子"。这是另一种语言，艺术家的语言。或者如瓦雷里所言，"诗是一种语言中的语言"。这种语言，具有神秘的超验性和命名功能。在北岛的眼里，这是另一种更深邃、更有活力的文字。它起源于生命，作用于生命的迹象，成为永恒和澄明去蔽的象征。这种语言，反抗既有语言模式的无所不在的狂妄的秩序，"将现实引向新的早晨"（尼采语）！这肯定是一种冒险，它"秘密地生长在某个角落"，破坏规范语言，将意识引向了无数新向度。它在瞬间解放了诗人命名的生存意志，并像蒲公英的种子生根在四野八荒。

"许多种语言／在这世界上飞行／语言的产生／并不能增加或减轻／人类沉默的痛苦"。语言作为人解放自身的一种基本力量，最终并不能使他们重返家园。人与世界的惟一关系既然主要是一种语言关系，那么那些无法变为语言的情感、意志、潜意识、超验或现世经验，就注定无家可归！这就是北岛对语言的理解，对这个被充分语义化了的世界的理解。它不悲观，只是客观，它不评判，只是呈现。这首诗就是这样，用短短的二十行，完成了深刻的语言批判。

自昨天起

我无法深入那首乐曲
只能俯下身，盘旋在黑色唱片上

　　　　　　盘旋在苍茫时刻

　　　　　　在被闪电固定的背景中

　　　　　　昨天在每一朵花中散发幽香

　　　　　　昨天打开一把把折椅

　　　　　　让每个人就座

　　　　　　那些病人等得太久了

　　　　　　他们眼睛中那冬日的海岸

　　　　　　漫长而又漫长

　　　　　　我只能深入冬日的海岸

　　　　　　或相反，深入腹地

　　　　　　惊飞满树的红叶

　　　　　　深入学校幽暗的走廊

　　　　　　面对各种飞禽标本

　　"我无法深入那首乐曲 / 只能俯下身，盘旋在黑色唱片上 / 盘旋在苍茫时刻"。音乐作为一种时间的艺术，是艺术家精神流动的时间幻象。这种纯粹的声音的运动，是人类最抽象最高级的生命的回应。欣赏者通过节奏和音调的起伏迂回，用心灵将它们组织成自己生命的形式。在这里，一首乐曲的完成是创作者和欣赏者共同努力的结果。"我"为什么"无法深入那首乐曲"呢？这里的"深入"，是指传统的对这首乐曲的诠释。它是共性的、肤浅的东西，"我"无法认同。因为，"我"对这首乐曲的理解是充分个人化的，是"我"的往昔的情感履历完全被这首乐曲唤起了，它就是我的生命、我的"盘旋在黑色唱片上"的生命！那"苍茫时刻"的记忆盘旋在黑色唱片上滚动过来了！

　　"在被闪电固定的背景中 / 昨天在每一朵花中散发幽香 / 昨天打开一把把折椅 / 让每个人就座 / 那些病人等得太久了 / 他们眼睛中那冬日的海岸 / 漫长而又漫长"。时间被翻转过来，"昨天"的一切突然呈现又转瞬消逝，像"被闪电固定的背景"，明亮刺目又来去猝乎。那些经验、那些面孔都被这乐曲激活！那是怎样令人难以回首的"昨天"，那些面孔都是"病人"苍白颓丧的面孔，他们的眼睛里，是"冬日的海岸／漫长而又漫长"。病人眼睛的意象，经营得非常准确犀利，令人毛骨悚然。我们这些经历过精神死亡的人，这些从漫长的"冬日的海岸"挣扎上来的人，是不难领会诗人这个意象的隐义的。北岛的意象，就是这样简约而无法放过！

这就是"昨天"，这就是诗人为什么给这首小诗命名为"自昨天起"的原因。因为，正是"从昨天起"，我们的一切都改变了，我们的记忆中永远留下了深深的刀痕，留下了永远"被闪电固定的背景"。

诗人"无法深入那首乐曲"，他"只能深入冬日的海岸！"——那病人眼中漫长而又漫长的冬日的海岸！"或相反，深入腹地／惊飞满树的红叶／深入学校幽暗的走廊／面对各种飞禽标本"。这里的"腹地"和"学校幽暗的走廊"，其隐喻是相近的，都是指昨天的历史、残酷的生存。"深入腹地／惊飞满树的红叶"后，剩下的仍然是"冬日"；而"面对各种飞禽标本"，就是面对生命被毁灭、被挤压的事实，面对生存的真实！"昨天"离我们越来越远了，但它日益强烈地刺激着我们，逼迫我们对它一次次地反思，让我们的灵魂一次次放血，我们注定要背负着这旷古浩劫的阴影跋涉，一步步走向末日的审判！这是每一个有良知的中国人必须面对的基本心理现实。

整首诗仅仅十五行，却像锋利的刀片划开我们的皮肤。诗人将无数转瞬即逝的冲动铸入六个结结实实的意象，形成浓缩却巨大的精神结构，使我们重新经历了那"苍茫时刻"。诗歌从技巧上的精湛到生命感觉的深刻，就这样忻合无间地同时呈现出来。

结局或开始——给遇罗克

我，站在这里
代替另一个被杀害的人
为了每当太阳升起

让沉重的影子像道路
穿过整个国土

悲哀的雾
覆盖着补钉般错落的屋顶
在房子与房子之间
烟囱喷吐着灰烬般的人群
温暖从明亮的树梢吹散
逗留在贫困的烟头上
一只只疲倦的手中
升起低沉的乌云

以太阳的名义
黑暗在公开地掠夺
沉默依然是东方的故事
人民在古老的壁画上
默默地永生
默默地死去

呵！我的土地
你为什么不再歌唱
难道黄河纤夫的绳索
也像绷断的琴弦
不再发出鸣响
难道时间这面晦暗的镜子
也永远背对着你
只留下星星和浮云

我寻找着你
在一次次梦中

一个个多雾的夜里或早晨
我寻找春天和苹果树
蜜蜂牵动的一缕缕微风
我寻找海岸的潮汐
浪峰上的阳光变成的鸥群
我寻找砌在墙里的传说
你和我被遗忘的姓名
如果鲜血会使你肥沃
明天的枝头上
成熟的果实
会留下我的颜色

必须承认
在死亡白色的寒光中
我，战栗了
谁愿意做陨石
或受难者冰冷的塑像
看着不熄的青春之火
在别人的手中传递
即使鸽子落在肩上
也感不到体温和呼吸
它们梳理一番羽毛
又匆匆飞去

我是人
我需要爱
我渴望在情人的眼睛里
度过每个宁静的黄昏
在摇篮的晃动中
等待儿子第一声呼唤

在草地和落叶上
在每一道真挚的目光上
我写下生活的诗
这普普通通的愿望
如今成了做人的全部代价

一生中
我曾多次撒谎
却始终诚实地遵守着
一个儿时的诺言
因此，那与孩子的心
不能相容的世界
再也没有饶恕过我

我，站在这里
代替另一个被杀害的人
没有别的选择
在我倒下的地方
将会有另一个人站起
我的肩上是风
风上是闪烁的星群

也许有一天
太阳变成了萎缩的花环
垂放在
每一个不屈的战士
森林般生长的墓碑前
乌鸦，这夜的碎片
纷纷扬扬

　　这是一首悼亡诗，但却不是情思哀婉苦意徘徊之作。它的基调是悲愤，是巨大的悲剧人格以他至切的苦难感深深笼罩历史错综时代的浩歌。诗人邵燕祥说过："悲愤的歌也许不是高音，却可以是强音。"此诗正是这样。诗中悼念的人是在"文革"中为坚持真理而被处死的英雄遇罗克。北岛是遇罗克的好友，他在自己的另一首诗《宣告——给遇罗克》中，以一种悲剧和崇高意义上的苦难感，对生存和生命的本质进行了理性把握。我们不妨将这两首诗对读："也许最后的时刻到了 / 我没有留下遗嘱 / 只留下笔，给我的母亲 / 我并不是英雄 / 在没有英雄的年代里 / 我只想做一个人 / 宁静的地平线 / 分开了生者和死者的行列 / 我只能选择天空 / 决不跪在地上 / 以显出刽子手们的高大 / 好阻挡自由的风 / 从星星的弹孔中 / 流出了血红的黎明。"让我们以此诗作为参照，去体味《结局或开始》的深层意蕴吧。

　　一开始，诗中出现了"我"的形象。这个"我"是目睹了"血腥的光荣，伟大的罪孽"之后站起来的拥有个体主体性的一代人的象征。从英雄的"结局"上，我们"开始"；第一节蓦然破题，为全诗的独标真素创造了一个辽阔的天地："我，站在这里 / 代替另一个被杀害的人 / 为了每当太阳升起 / 让沉重的影子像道路 / 穿过整个国土"。这是个穿透时空的伟岸形象，使我们能在一种更高的意义上肯定英雄死去的代价。"我"也正是从英雄的弹孔中流出的精神觉醒之黎明。他的影子是沉重的，但却像道路穿过整个国土。这里现实的画面消失了，"我"成了抒情主体情感和思辨强烈渗透后的心灵显象。

　　接下来的两节，诗人展开了大幅度的感觉阈限，写了对历史的反思。这一切又都是通过隐喻和象征的形式出现的。"悲哀的雾""补钉般错落的屋顶""灰烬般的人群""贫困的烟头""疲倦的手中升起低沉的乌云"，为我们勾勒出了一幅落寞苦难的生存状态图，与人的存在深刻相关的现实就这样被揭示出来了。这些核心意象具有一种世俗生活的经验性，它们文本上的终点激活了读者想象。诗人尽力避开理性语言，让理性成为基本背景，他用直觉去把握，无理无不理。"以太阳的名义 / 黑暗在公开地掠夺……"这是指光和暗影互为因果互为表里，在中国的土地上导演的一出极权悲剧和闹剧。"人民在古老的

壁画上 / 默默地永生 / 默默地死去"，就把这个悲剧的性质说尽了。诗人这里动用了"壁画"这个蕴含着复杂语义的意象，目的在于唤起读者对往昔民族命脉中遗传下来的一种奴性血缘的怀疑。"默默地"，多么可悲！

第四节，诗人以泪眼模糊的形象发出三个设问。对"土地"、对"黄河纤夫的绳索"、对"时间"的发问，就是对历史——生命——实存的发问。短短的八行，却仿佛是从世纪冰川上飘荡过来的声音，这体现了诗人宏伟的内心世界结构和恢宏自信的英雄气质，也使此诗达到了一个历史修辞的深度：英雄的孤独和众生的昏昧在这里构成刺目的反差，这些问题他们是回答不了的！

以下的两节诗人调整了一下底色，以格外轻灵的语象流淌与绞杀自由的沉重现实相对照，冷色调与暖色调互补，述写了英雄作为普通人的愿望。需要说明的是，在70年代中期能像北岛这样探究英雄品格的诗人——甚至不妨包括人文科学工作者——是相当罕见的。"我"在这里已经不再是"代替另一个被杀害的人"的"我"了，"我"暗暗转换成了英雄自身。"我寻找春天和苹果树 / 蜜蜂牵动的一缕缕微风"和"海岸的潮汐 / 浪峰上的阳光变成的鸥群"。但最终诗人还是被"历史的必然要求和这个要求的实际上不可能实现"（恩格斯《致斐·拉萨尔》）的巨大忧患淹没了。他找不到象征幸福的"苹果树"，只能用自己的鲜血在"明天的枝头上"凝成"成熟的果实"；他"寻找砌在墙里的传说"，在"死亡白色的寒光中"，做了"陨石"和"冰冷的塑像"——他战栗了！这是一盏暗夜的孤灯对罡风的战栗！这种"必须承认……我战栗了"的告白更激起我们对英雄本真人性的崇敬之情。当你目睹了这一切，你就会明白"英雄是自己成为英雄"的内在精义！下面又是冷与暖的交汇，它形成了巨大的生命洪流直抵英雄灵魂的最高峰值。这里，诗人索性避开他所擅长的私设象征，用直白亲近的生活化意象，缩小了空间跨度，谋求诗意和最普通的读者的融合。这是些"普普通通的愿望"："我是人 / 我需要爱 / 我渴望在情人的眼睛里 / 度过每个宁静的黄昏 / 在摇篮的晃动中 / 等待儿子第一声呼唤"。这些凡俗亲近的诗意搅动了我们感情深层的湖水。如果说前几节诗使我们诉诸了思索上的巨大冲突，那么这一节就诉诸了纯粹人格的诗和诗的人格的情绪上的感动。这正是诗人的智慧之处，他力避火团无节制地燃烧，以一明一暗、一刚一柔，微妙地将读者召唤过来与诗人一道参与了审美创造活动。正是"力足而不管涩"（皎然语）。

　　最后一节，"站在这里"的"我"作为复现语象与开头呼应，成为一个悲愤的、敢作敢为的义无反顾的形象，他知道"勇敢、自尊、自豪和独立感比面包还要重要"（《马恩全集》第四卷218页），自由的血素、骁勇的精神使他坚信："也许有一天/太阳变成了萎缩的花环/垂放在/每一个不屈的战士/森林般生长的墓碑前/乌鸦，这夜的碎片/纷纷扬扬"。六十年前鲁迅小说《药》的结尾出现了，犹如互文强光洞彻肺腑。诗人将这个景观叠印在这里，意在加强诗的历史幅度感和历史发展的滞重感。"森林般生长的墓碑"让我们又一次沉浸在宏观悲怆格调的激情状态中，这既是诗的结构，也是英雄生命的结构！

在黎明的铜镜中

　　　　在黎明的铜镜中
　　　　呈现的是黎明
　　　　猎鹰聚拢惟一的焦点
　　　　台风中心是宁静的
　　　　歌手如云的岸
　　　　只有冻成白玉的医院
　　　　低吟

　　　　在黎明的铜镜中
　　　　呈现的是黎明
　　　　水手从绝望的耐心里

体验到石头的幸福

天空的幸福

珍藏着一颗小小沙砾的

蚌壳的幸福

在黎明的铜镜中

呈现的是黎明

屋顶上的帆没有升起

木纹展开了大海的形态

我们隔着桌子相望

而最终要失去

我们之间这惟一的黎明

　　《在黎明的铜镜中》是一首格高境奇之作。它的意旨潜藏得较深，但深入细辨，却也不难把握。它表现的是对未来的惶惑感。然而，正像让·贝罗尔所言："诗的语言历来是一扇多少向无意识开放的门户，虽然它对无意识并不十分清楚。在诗最成功的瞬间，总有一个'我说'和'它说'交相辉映……诗有两种语言：理性语言和非理性语言。有时诗人掌握话语，有时话语支配诗人；有时诗人使用话语，而有时又是话语在使唤诗人"，"恰如人从声音走向音乐，人也被迫从约定俗成的词语转入诗的表现性语言中"（《论诗》）。所以，我们不能对此诗的意旨拘束太过。愈是具体的释义，愈能深刻地损害诗歌——尤其是那类纯粹的诗歌。

　　这里，"黎明的铜镜"可以认为是诗人的眼睛。第一节平行推出五个意象，极言黑暗和光明交界点上的寂静。但这种寂静又充满了威胁和机会，是猎鹰寻找目标时的片刻寂静，是台风中心的安宁，在这种寂静中孕育着内在的喧嚣和骚动。诗人既不肯定也不否定，他采取了一种静观的视角，灵魂就这样悄悄游荡，面对黎明不动声色。这是此诗的第一节，它完成了一种无价值定向的对新生之力呈现的注视。

　　第二节，诗人写了等待的漫长，灵魂难耐的饥渴。这是第二种对黎明的感觉。"水手从绝望的耐心里 / 体验到石头的幸福 / 天空的幸福 / 珍藏着一颗小小沙砾的 / 蚌壳的幸福"。水手等待走出死寂的港湾，但黎明竟是如此漫长，它捉弄了人们的期待。这里的"体验到……幸福"是反讽，是绝望之至的反讽。至此，这首诗就有了定向的情感，半明半晦的时刻竟耗去了水手最好的年华。从上一节动物的紧张感，到这一节人的疲惫感，体现了诗人对"时间"的理解。此诗的第二节完成了一种否定。

第三节体现了对未来的惶惑。水手等待的港湾原来根本就不存在，"屋顶上的帆没有升起"，"展开大海形态"的原来只是木纹！我们到此恍然一愣，在思维趋临停滞的一刹，顿悟了诗人的深层意象所涵括的意味。这是对生存状态的诅咒。虽然孤寂了些，却高过浑浑噩噩随流扬波的人一百倍。"隔着桌子相望"在等待黎明的两个人，终于也惶惑无望地闭上了眼睛——"黎明的铜镜"，"而最终要失去 / 我们之间这惟一的黎明"。

这首诗与诗人其他的作品不同，他所使用的就是贝罗尔所谓的"非理性语言"，诗人在相当放松的情况下，听凭潜意识驱使，完成了对"黎明"的三次体验。可以视为"话语支配诗人"的典型范例。

北岛说，他试图把电影蒙太奇的手法引入诗中，造成意象的撞击和迅速转换，以启发人们的想象力来填补大幅度跳跃留下的空白（《百家诗会》）。这段话可以作为进入这首诗的钥匙。

单人房间

他出生时家具又高大又庄严
如今很矮小很破旧
没有门窗，灯泡是惟一的光源
他满足于室内温度
却大声诅咒那看不见的坏天气

一个个仇恨的酒瓶排在墙角

瓶塞打开，不知和谁对饮

他拼命地往墙上钉钉子

让想象的瘸马跨越这些障碍

一只追赶臭虫的拖鞋践踏

天花板，留下理想带花纹的印迹

他渴望看到血，

自己的血，霞光般飞溅

这是一首讽刺诗，诗人讽刺了那种虚假的受难者。这种人我们在生活中常常见到，但对之加以深刻剖析，戳穿其戏剧化的纱幕，却不如诗人来得痛快淋漓，使人格外震惊。这首诗的出色处有三点：

其一，它不是讥诮、挖苦、说尖刻话，它含有严肃的动机。因为，诗人并无意干涉别人的生活方式。他只是对这种一厢情愿的自戕，还要冠以堂皇的名目，表示不可原谅："他满足于室内温度 / 却大声诅咒那看不见的坏天气"，"他拼命地往墙上钉钉子 / 让想象的瘸马跨越这些障碍"。第二节诗人用两个意象暗示了被讽刺者并非心平气和地待在"单人房间"里，他也有强烈的内心需要，有自己的"理想"。但这理想至多不过是印在天花板上的拖鞋印而已，这鲜血不过是被臭虫吸吮过的肮脏的液体。既是如此卑琐，又有什么资格去抱怨诸如"生存啦、命运啊"呢？这里，诗人不是以看客而是以医生的面貌出现的。

其二，结构端凝，线条硬健，意象洗练而传神。诗人老老实实为读者打开了大门，他无意于蛊惑，仿佛是炭笔素描，他追求一种高层次的"平面感"，但内涵却不因此而减小。这正是诗人文体实验的成功之处。你看，他写得多么轻松，仿佛是信手拈来，但你试着为这首诗去掉一句或增加几句，你会感到十分困难。诗中的意象都是经过严苛挑选的，"酒瓶"前加上"仇恨的"三个字，就使人体味出此人虚伪无聊的可怜相。从字面上看，讽刺的程度不深，但又没有比这更有力的讽刺了。这好比排球赛，有时轻调能获得更大的成功，此中功夫不弱重扣。

其三，通篇找不出一个所谓"警句"，但整体又充满着哲理的辉光。这是形式的讽刺，它不是直接的而是艺术化了的。我们见到许多讽刺诗（其中包括著名的诗篇），诗中镶着一两个犀利的句子，读过全篇后，也只是记得这一两个句子罢了。而这首诗的深层意蕴并不是靠所谓"警句"实现的，它让你读后忘不了的是那种整体的乖张的氛围，"得鱼忘筌，得意忘言"，惟其如此，才具有了更高水准的讽刺效果和美感效果。

界　限

我要到对岸去

河水涂改着天空的颜色
也涂改着我
我在流动
我的影子站在岸边
像一棵被雷电烧焦的树

我要到对岸去

对岸的树丛中
惊起一只孤独的野鸽
向我飞来

"思，就是使你自己沉浸于专一的思想，它将一朝飞升，有若孤星宁静地在世界的天空闪耀"（海德格尔《诗人哲学家》）。当我们无可挽回地陷入了一次命定的孤独时，我们只有两条路可走。一是独自承担自己的命运，二是向生存圆之外投去迷蒙的目光。对于那些有思想的人来说，生存本身的咄咄逼人的气息并不因为你的逃避而消失，醒悟了的受体要找到归宿并不是重要的，重要的是寻找的过程。这就是生命的绝对意义。这首小诗就体现了如上精神，它构成了一个追求者的姿势。

诗名《界限》是具有反讽意义的。思考的自由先于行动的自由，灵魂是不能有栅栏界限的。"我要到对岸去"就是要突破河水的界限，因为河水作为冥冥中的压迫已经涂改了天空（作为崇高的象征），"也涂改着我"（作为孤独的先觉者的象征），它是不可信任的。"我的影子站在岸边 / 像一棵被雷电烧焦的树"，我们可以从这个意象的表层和深层意味两个层面体味它。首先，岸边一棵被雷电击毁的树给人以颓败的感觉。但这显然不是诗人的本意。那么，这个核心意象的深层意味就是虽九死其犹未悔的抗争者了。这句诗，不是陈述性的，而是形成性的（马拉美语），它静静地落在纸上弥漫着生生不息的复义的光。

"我要到对岸去"。诗中第二次响起了这个固执的声音。这一句单独作为一节，意在使其振荡出恒久的回声。读者读它时要注意停顿，就像书法的飞白和乐曲的休止，实际上都是意味的更大延伸。下一节是一个类似电影的中景，也是个象征性蒙太奇：寂静的树丛。孤独的野鸽奋翅而来。坚毅的主人公的脸。三者构成了关系。全诗至此猛然收住，但这样前倾的姿势已经形成了一种势能，牵动读者重新旋转在诗的情感效应中。

严沧浪在他的《沧浪诗话》中说："大抵禅道惟在妙悟，诗道亦在妙悟……妙悟乃为当行，乃为本色。"这首小诗平静节制，点到为止，它在作者妙悟与读者的领悟状态中，完成了一次对现世经验的反照，称得上"精致"二字。我们再去仰望海德格尔那颗"宁静地在世界的天空闪耀"的思想的"孤星"，就不难领略"孤独的野鸽"所透露的深远消息了。

雨 夜

当水洼里破碎的夜晚
摇着一片新叶
像摇着自己的孩子睡去
当灯光串起雨滴
缀饰在你的肩头
闪着光，又滚落在地
你说：不
口气如此坚决
可微笑却泄露了内心的秘密

低低的乌云用潮湿的手掌
揉着你的头发
揉进花的芳香和我滚烫的呼吸
路灯拉长的身影
连接着每个路口，连接着每个梦
用网捕捉着我们的欢乐之谜
以往的辛酸凝成泪水
沾湿了你的手绢
被遗忘在一个黑漆漆的门洞里

即使明天早上
枪口和血淋淋的太阳
让我交出自由、青春和笔
我也决不会交出这个夜晚
我决不会交出你

让墙壁堵住我的嘴唇吧

让铁条分割我的天空吧

只要心在跳动，就有血的潮汐

而你的微笑将印在红色的月亮上

每夜升起在我的小窗前

唤醒记忆

《雨夜》是一首峰回路转境界奇兀的好诗。全诗共分三节，前两节像铃铃的三角铮挚情低语，后一节却响起了庄严长号的警世之音。这一轻一重、一和谐一冲突，就构成了此诗的平衡内部的张力结构，读来教人目迷心醉又沉重悲慨。

雨夜的情景是写实，当然是经过心灵化了的"实"。一对恋人在微雨中漫步，一切都充满了安详的美丽。因为在落雨的时候，人的心灵是温润澄澈的，他对自然充满了感恩的心情。这样一来，"水洼里破碎的夜晚／摇着一片新叶"，在诗人眼里也幻化成了慈祥的母亲摇着自己心爱的孩子睡去。雨滴被迷蒙的街灯照耀，像千万串晶莹的珍珠缀饰在姑娘的肩头，闪着神奇的光晕，姑娘的头发融进了乌云的润泽和花的芬芳。这里诗人没有去写姑娘的美丽，他用自然的创化之功来烘托之，为读者提供了更充分的想象空间。描写不厌其详乃诗之大忌。就像山水画中的孤村小径旁只用简笔勾出一位老叟一样，他的气韵早被揉进这大美不言的自然景观中了，山水是一种人格的表现。在这样的雨中，姑娘和诗人在倾诉衷肠。王维有句，道是"雨中山果落，灯下草虫鸣"。写出雨夜中的生趣，堪与此诗相映成趣。雨是背景，更是一种心灵浸润的象征。

下面诗人进一步写他纯真的情感，他的话语像绵绵雨丝一样沙沙然来矣。他的辛酸、他的欢乐都被雨水滋润得生动起来，哦，他已是世上最幸福的人了……

可是，等等！像甜蜜的雨很快就会停止一样，"明天早上"他还必须去面对无法回避的生存。全诗至此开始进入第二层意义，即对为正义献身的苦难美的情之所钟、魂之所系。在诗人眼里，雨是美的，而太阳是血淋淋的。这就暗示给我们此诗的整体语境和它所产生的时代（正是把共和国推下悬崖的"文革"）。在生存的基本权利都得不到保障的情势下，个体生命的幸福只是一种妄想。诗人随时准备去斗争，去献身。需要注意的是，诗中所说"让我交出自由、青春和笔 / 我也决不会交出这个夜晚 / 我决不会交出你"，这其中的"这个夜晚""你"，已经不仅是具体的雨夜和姑娘了。它是一种暗示，代表一切正义、人性解放、自由和爱情等美好的事物。为它们献身是值得的，即使身陷囹圄，"墙壁堵住我的嘴唇 / 铁条分割我的天空"，也有一股生命的伟力，从脉管中鲜红地奔放。那"红色的月亮"就是召唤，就是诗人的精神内核——为人性正义而奋斗不息。这一节是虚写，但却是诗人对险恶时代的预感形成的心理现实。

读这首诗，使我们的感情经历了一个很大落差，但从审美感受上又没有不适应的情况出现。这是因为，后一段不是前两段的"卒章显志"，它们连贯成一个异质混成流动的过程，是一种不间断的情绪活动，是整体性的一气贯注的情感生命形态。这种诗语展示的深刻生命形态，复活了我们当时具体历史语境下的感情经验，使它结晶使它升华。正像荷尔德林所言："惟有诗人创造的，才是永恒的。"

黄昏·丁家滩
——赠一对朋友

黄昏，黄昏
丁家滩是你蓝色的身影
黄昏，黄昏
情侣的头发在你肩头飘动

是她，抱着一束白玫瑰
用睫毛掸去上面的灰尘

那是自由写在大地上
殉难者圣洁的姓名

是他，用指头去穿透
从天边滚来烟圈般的月亮
那是一枚定婚戒指
姑娘黄金般缄默的嘴唇

嘴唇就是嘴唇
即使没有一个字
呼吸也会在山谷里
找到共同的回声

黄昏就是黄昏
即使有重重阴影
阳光也会同时落入
他们每个人心中

有欢乐
就有生活的艰辛
有艰辛
就有坚强的心灵

夜已来临
夜，面对着四只眼睛
这是一小片晴空
这是等待上升的黎明

　　这首诗是北岛赠给一对热恋中的朋友的。但也可以认为它是赠给
每一对在精神上深切投合风雨同舟的情人的。以往的此类诗，无非类

型化地祝福几句，再表示一番对对方的赞美，这似乎成了一种程式。后来的诗人再去如法炮制，实在是毫无意义的大众信息式的非诗行为了。北岛这首诗的超拔之处在于，他将别人诗歌的终点当作了自己的起点，对这一题材进行了纵深的挖掘和创造，展示了特定时代的爱情观。

这首诗是典雅的，但又是硬健的，是绮丽的，又是自然的。在一首不到三十行的短诗中能别开一种雄丽并存之境，实在难得！

诗的开篇写得颇不用力，但细细品味却使我们见出诗人的匠心。他通过对声音的把握先造成叠唱的效果，这就使全诗有了一种谣曲的性质。意象密度很小：黄昏。身影。飘动的头发。画面疏朗，有洛尔伽诗歌的韵致。

"是她，抱着一束白玫瑰，/ 用睫毛掸去上面的灰尘"。造语新奇，却有着内在的情感逻辑。这正是古人所说的"语或似无伦次，而意若贯珠"。下面诗人笔锋陡转，"那是自由写在大地上 / 殉难者圣洁的姓名"，这就使诗意涉入当时严酷的历史语境而深化了。本来，用睫毛掸去白玫瑰上的灰尘，就已经够幽曲新颖了，但诗人又以他勃勃才情重划开了一重天地，使情人幽会这件平凡的事具备了不平凡的意义。这是由对反叛者的崇敬而共鸣相爱的情人。

"他"用指头穿透烟圈般的明月，而月亮又是朝他滚来，是写情人指着圣洁的月亮表明心迹，在瞬间产生的一种幻觉。诗人把它捕捉到了，这正是对诗人敏感度的测验。月亮成了一枚定婚戒指，戒指又如黄金般缄默的姑娘的嘴唇。这一系列的意象叠加和流动，为此诗营造了一个奇特而清雅的意境。特别值得推重的是，这个意境几乎完全是诗人的心象，你无法像"清明时节雨纷纷，路上行人欲断魂……"那样还原为物象实体，它是只存在于诗语的现实（其他文类和话语类型也皆不可企及）。对语言的魔棒修炼到这般功夫，庶几接近至境了。

接下来的四节，诗人几乎是直陈了一个勇敢的灵魂的独白。它既是示人更是勉己。"黄昏就是黄昏 / 即使有重重阴影 / 阳光也会同时落入 / 他们每个人心中"。这节与上面的"嘴唇就是嘴唇"构成同向推进，深化了对忠贞和自由的礼赞。这是声音和意味的叠唱，有一种回环而清明的气象。"欢乐——艰辛——坚强"这正是诗人所要表达的。他在艰辛和坚强中，看到了理想世界的实现过程。这不是点出主题而是渲染意味。

最后的四句，诗人巧妙地运用了比喻的远距离交易法（瑞恰慈语），使不同语境的"眼睛"和"晴空""黎明"突兀配置（就像斯蒂文斯的"我在田纳西州放了一只坛"），至此，情、理、象互映生辉，收束全篇犹给人以无尽留恋。庞德说："与其写万卷书，不如一生只写一个好意象。"是啊，对于一个诗人来说，还有什么能比创造语言更令他敬畏和心向往之的呢？

此诗软语摇姿，硬语生辞，为我们留下了三个新鲜的语象，在结构上也相当完美。

触　电

我曾和一个无形的人
握手，一声惨叫
我的手被烫伤
留下了烙印
当我和那些有形的人
握手，一声惨叫
他们的手被烫伤
留下了烙印

我不敢再和别人握手
总是把手藏在背后
可当我祈祷
上苍，双手合十
一声惨叫

在我的内心深处

留下了烙印

北岛是具有强烈社会批判意识的诗人，他的深刻之处在于，他在进行深刻的社会批判时，常常伴随着一种对自我的无情审判。他的"忏悔意识"往往是从自身开始，反思自己对历史所应承担的责任，最终达到一种揭示历史真相的高度。这和那些一味地指责历史、为自己开脱罪责的"世人皆醉我独醒"者，是不可做同日语的。北岛的理性质量，就是这样确立的！

兰色姆曾说过，现代诗就是反复铸下大错的"有罪的成人"的诗，这深刻地道出了现代诗的思想特征。《触电》就是"有罪的成人"的忏悔。这首诗，写的是人们在险恶的生存中的经验。"我曾和一个无形的人 / 握手，一声惨叫 / 我的手被烫伤 / 留下了烙印"。这是说人与人之间的隔膜，"他人即地狱"（萨特语）。这是令人永远不寒而栗的现实生存秩序的诗的写照！"当我和那些有形的人 / 握手，一声惨叫 / 他们的手被烫伤 / 留下了烙印"。这是诗人在严苛的自视中，剖露自身对历史所犯下的罪责。"我"决不只是受害者，"我"或出于轻信，或出于"劣根性"（鲁迅语）的血缘，曾经扮演过丑恶的"导体"，扩散过丑恶的电流！这里的"我"，是指诗人自己，但也是我们这些共同参与了历史浩劫、盲目地随流扬波的人们的真实写照！人性的黑暗，从来都不能由抽象的"历史"，或某个"领导者"完全负责，那些无数的个体生命也是掀动这黑色电流的基本力量。如果我们至今还没完没了地诉苦、玩味自身所受的凌辱、欺骗而不能反审自身，那么，你的精神历史还会被强暴和丑恶所牵引，这才是真正的可怕！

诗人充分意识到自身对历史所犯下的罪责，那是难以抚平、难以愈合的、永恒的伤疤。即使在祈祷上苍、忏悔罪责时，仍然会有"一声惨叫 / 在我的内心深处 / 留下了烙印"。这样，北岛的《触电》就从根本上超越了"伤痕文学""眼泪文学"的肤浅层次，而进入了深刻自审自读的哲学层次。一个时代的精英，正是由那些与自我开战的人组成；"忏悔"的价值和意义，也只能是从"我"开始，从而达到对异化现实批判的高度才得以实现的。

"万能的上帝呵！我的内心完全暴露出来了，和你亲自看到的完全一样，请你把那无数的众生叫到我跟前来！让他们听听我的忏悔，让他们为我的种种堕落而叹息，让他们为我的种种罪行而羞愧。然后，让他们每一个人在您的宝座前面，同样真诚地披露自己的心灵，看看有谁敢于对您说：'我比这个人好'！"（卢梭《忏悔录》）

江　河

纪念碑

我常常想
生活应该有一个支点
这支点
是一座纪念碑

天安门广场
在用混凝土筑成的坚固底座上
建筑起中华民族的尊严
纪念碑
历史博物馆的人民大会堂
像一台巨大的天平
一边
是历史，是昨天的教训
另一边
是今天，是魄力和未来

纪念碑默默地站在那里
像胜利者那样站着
像经历过许多失败的英雄
在沉思
整个民族的骨骼是他的结构

人民巨大的牺牲给了他生命
他从东方古老的黑暗中醒来
把不能忘记的一切都刻在身上
从此
他的眼睛关注着世界和革命
他的名字叫人民

我想
我就是纪念碑
我的身体里垒满了石头
中华民族的历史有多么沉重
我就有多少重量
中华民族有多少伤口
我就流出过多少血液
我就站在
昔日皇宫的对面
那金子一样的文明
有我的智慧，我的劳动
我的被掠夺的珠宝
以及太阳升起的时候
琉璃瓦下紫色的影子
——我苦难中的梦境
在这里
我无数次地被出卖
我的头颅被砍去
身上还留着锁链的痕迹
我就这样地被埋葬
生命在死亡中成为东方的秘密

但是

罪恶终究会被清算

罪行终将会被公开

当死亡不可避免的时候

流出的血液也不会凝固

当祖国的土地上只有呻吟

真理的声音才更响亮

既然希望不会灭绝

既然太阳每天从东方升起

真理就会把诅咒没有完成的

留给了枪

革命把用血浸透的旗帜

留给风，留给自由的空气

那么

斗争就是我的主题

我把我的诗和我的生命

献给了纪念碑

黑格尔在谈到象征时是这样说的："象征所要使人意识到的却不应是它本身那样一个具体的个别事物，而是它所暗示的带有普遍性的意义。"

青年诗人江河的成名作《纪念碑》，就是一首成功的象征诗。在这首诗里，诗人以低沉而灼热的歌喉，抒写了那个时代"带有普遍性的"人的觉醒。这里我们需要说的是，这首诗的象征不是纯然的个人象征（韦勒克语），而是灌注了深刻的历史和现实意蕴。诗中的"纪念碑"，既非纯主观亦非写实，而是具有双重审美空间的时代血肉之躯上的活体组织。另外，我们还要注意，诗中"我"不断发生视角转换，有时是诗人直抒胸臆，有时又是纪念碑的"内心独白"。了解了这两点，欣赏这首诗就不会感到困难了。作为总体性象征，"纪念碑"在诗人眼中是一架"巨大的天平"，"一边 / 是历史，是昨天的教训 / 另一边 / 是今天，是魄力和未来"，这既是纪念碑的物理空间的描写

（人民英雄纪念碑处于历史博物馆和人民大会堂的中间），更是诗人精神空间的展示。这就使这个象征体具有了巨大的精神能量和历史的厚重感，它已经超越了物体自身的意义，成为人民的代名词了："整个民族的骨骼是他的结构 / 人民巨大的牺牲给了他生命"，这样，纪念碑才无愧为中国人民"生活的支点"。

接着，诗人暗暗地过渡到"我"，直白了一代青年对历史和祖国命运的感悟："我的身体里垒满了石头 / 中华民族的历史有多么沉重 / 我就有多少重量"，这几句像沉郁绵延的地火，使诗在美学上的选择和诗人自身的社会职责联系起来，苦难而崇高的语言使人读后平添一股深沉之力。"我"作为多元第一人称，含量是巨大的，诗人的暗过渡相当自然。

第四节中的"我"，又成了纪念碑的内心独白，这实际上是一个民族巨大的头颅在反思自己的命运。"被掠夺的珠宝""苦难中的梦境""被出卖""头颅被砍去""身上还留有锁链的痕迹""被埋葬"……这里没有追怀辉煌的历史文化以及廉价地歌唱新到来的转机，而是勇敢地正视民族的伤疤。但诗人不是要沉浸在苦难中，而是想说，中华民族的生命力和一代新人像顽健的韧带，虽然历史的刀斧在上面砍下累累瘢痕，但决不能教它摧折，浅薄的视而不见更不能教它宁息。这里表现了诗人对历史和现实生活总体的、自觉的认识和把握。有了这种审美感受做基础，下一节的"当祖国的土地上只有呻吟 / 真理的声音才更响亮……革命把用血浸透的旗帜 / 留给风，留给自由的空气……"等句，就不会显得空泛和声嘶力竭，而是内在的为自由而斗争的生活真容和历史回声了。

这是一首借鉴了象征主义手法的诗，但其精神内核却是现实主义的。它做到了深入与浅出、雕饰和自然、文采与质朴、深沉与昂奋的统一，给不同阅读态度的人以不同的审美享受。

追 日

上路的那天，他已经老了

否则他不去追太阳

上路那天他做过祭祀

他在血中重见光辉，他听见

土里血里天上都是鼓声

他默念地站着扭着，一个人

一左 一右 跳了很久

仪式以外无非长年献技

他把蛇盘了挂在耳朵上

把蛇拉直拿在手上

疯疯癫癫地戏耍

太阳不喜欢寂寞

蛇信子尖尖的火舌使他想到童年

蔓延流窜到心里

传说他渴得喝干了渭水黄河

其实他把自己斟满了递给太阳

其实他和太阳彼此早有醉意

他把自己在阳光中洗过又晒干

他把自己坎坎坷坷铺在地上

有道路有皱纹有干枯的湖

太阳安顿在他心里的时候

他发觉太阳很软，软得发疼

可以摸一下了，他老了

　　手指抖得和阳光一样

　　可以离开了，随意把手杖扔向天边

　　有人在春天的草上拾到一根柴禾

　　抬起头来，漫山遍野滚动着桃子

　　要体味《追日》的意义，有必要交代与之有关的神话。《山海经·大荒北经》有云："大荒之中，有山，名曰成都载天。有人珥两黄蛇，把两黄蛇，名曰夸父。……夸父不量力，欲追日景，逮之于禺谷。将饮河而不足也。将走大泽，未至，死于此。"《海外北经》又云："夸父与日逐走，入日。渴欲得饮，饮于河、渭。河渭不足，北饮大泽。未至，道渴而死，弃其杖，化为邓林。"这些神话的出现，隐喻地反映了原始时代的人们在实际生活中同自然做斗争的坚强信念。

　　但在《追日》中，诗人将这则神话的原有意义扩大了，融进了现代人对天人合一式的东方生命的理解和对集体无意识神话原型的重新诠释及释放的渴望。在诗人眼里，夸父之所以要去追逐太阳是因为"他已经老了"，他要追回青春的生命，"太阳"就是"青春"的象征。这样一来，人和太阳、物和我就融为一体了。它们不再是对立的，而是更高意义上的和谐。"上路那天他做过祭祀 / 他在血中重见光辉，他听见 / 土里血里天上都是鼓声"。这是说生命一旦感应了新的坐标，将会勃发出难以思议的活力。与蛇的嬉耍就形象地暗示了夸父精神年龄与生理年龄的巨大反差："蛇信子尖尖的火舌使他想到童年 / 蔓延流窜到心里"，这正是乐感文化旷达不息的热情使然。

　　接下来诗人不着痕迹地写了夸父本身就是生命的太阳。这种精神的复活是付出了代价的。"传说他渴得喝干了渭水黄河"，但"其实他把自己斟满了递给太阳 / 其实他和太阳彼此早有醉意"。夸父因为生命与太阳"合一"放大了，尽管他倒下了"坎坎坷坷地铺在地上"，但已是"太阳安顿在他心里"，他"手指抖得和阳光一样"。他实现了生命的再生，他的手杖化作了漫山遍野滚动的桃子！这是中华民族历经坎坷后的内视图景，也是这则神话重新解读释放出的光辉。对民族文化和内在生命的认识，从来不可能是一次性完成的，它一定需要无数个"当代"去反复阐释，江河的《追日》就是这样的精品。

这本来是一个饱含着冲突和悲壮的题材，但诗人却经由对种族无意识的洞开，创造了一幅和谐辉煌的图景，这是深得中国传统审美性格的精髓的。诗人飘然地领略天地开阖，迂回升沉，淡然的轻松与内在的用力正应了陶潜的风神，道是：

俯仰终宇宙，不乐复何如！

雨 滴

有时候你心里

忽然空了

像雨后的园子

有什么东西

沿着边缘

滑动

你觉着

一片瓦闪着

或是一片叶子

倾斜着

垂下来

水

拉长

变圆

一滴

一滴

飞速地

模模糊糊地

摔碎

又柔软地

聚起来

溅开

终于静了

你知道

水洼会干

这时你心里

已被晒暖

　　江河这首诗单纯到了十分，但又带有很强的实验性质。诗人将电影摄像中的高速摄影（我们通常所说的"慢镜头"）引入诗歌，以画面的高度精确、动态的持续性细微变化，造成了自成一格的审美效果。这种实验一反通行的诗要"高速运动迅疾转换"的追求，在缓慢化的处理上为我们提供了新的审美体验。

　　这首诗之所以能达到缓慢细微中萌生着丰沛情趣的效果，除了诗人有意性的文体实验外，还得利于他那种像"蜜蜂的脚 / 安静地理着触须"（江河《接触》）般的对自然的细致观察。这种近乎神经质一样的细致观察，实在是一个优秀诗人的必备素质。韩愈有句曰："天街小雨润如酥，草色遥看近却无"（《早春呈水部张十八员外》），寥然数字，竟活画了一派早春气象！

　　"有时候你心里 / 忽然空了 / 像雨后的园子"。这开篇几句为此诗渲染了一个空明澄淡的背景，超然尘世之外又拘守灵府之中。在这种幽寂冲淡的心态下，才可能领略雨滴之天趣。"有什么东西 / 沿着边缘 / 滑动 / 你觉着 / 一片瓦闪着 / 或是一片叶子 / 倾斜着 / 垂下来"。滑动——倾斜着——垂下来，这个迅疾的过程被诗人缓慢化了，但这个过程仍然是常人也能体味到的。接下来，诗人使更迅疾的过程更缓慢化，这就不是常人能感觉到的了，有种惊喜的陌生感："水 / 拉长 / 变圆 / 一滴 / 一滴 / 飞速地 / 模模糊糊地 / 摔碎 / 又柔软地 / 聚起来 / 溅开 / 终于静了"。这里的极端细微极端缓慢化的效果，除了诗人细致的观察，更得益于它们特殊的建行形式，一字、二字、三字的微量分行，造成了阅读时的视觉隔离，形成一种水珠似的柔软晶莹的触觉效果，具有鲜活的质感，这时，读者的心也"终于静了"，像诗人一样地。在自然抚慰下，最后，"你知道／水洼会干／这时你心里／已被晒暖"。这三行貌似恬然澄明，但情绪却是急转直下，原本静默空灵的境界此刻却沾满了透明的忧郁。诗人的内心动作终于显现出来，原来他是在借助对雨滴的凝神来涤洁心中的块垒啊！

　　这首诗还可以有另外的玩味角度。比如说，它是写了一个具有刻骨噬心忧伤的人，流出晶莹的眼泪后内心渐渐平复的过程，也无不可。一首纯粹的诗总是不宜一一坐实的，它如"空中之音，相中之色，水中之月，镜中之像，言有尽而意无穷"（严羽《沧浪诗话》）。

母亲和我

　　　　近来母亲常坐在窗前
　　　　一天要把玻璃擦上几次
　　　　外面的海棠绿了樱桃红了
　　　　她的孩子们都走了

　　　　她说她怀我的时候
　　　　一天要把隆起的衣裳抚平几次
　　　　织成的小衣服叠得平平整整
　　　　想着我就要来了

　　　　她看不见我想我蜷着身子睡得好吗
　　　　现在窗前的那丛树
　　　　把她的心思织进摇动的叶子里
　　　　她常把玻璃擦得亮得发绿

想我快撩过树枝来了
愿我来前睡得安稳

她为我做过那么多衣服洗过那么多
今天仍把毛线团藏在心里等着
她总想看我却看不见
把我想得美好想得担心
使我担心这个世界美好得
能不能再让我手舞足蹈地哭上一场

《母亲和我》是一首纯净朴素的小诗，抒发了一个儿子对母亲铭心镂骨的爱恋。但光有真挚的感情是一回事，赋感情以形体达到高品位的艺术境界又是一回事。这首诗的成功首先是艺术的成功，这样，母子之爱的人之常情才有了诗的意义。

按照我们通常的观念，诗的基本艺术符号是意象。但对意象的理解有时却难免绝对化了些。在许多人看来，意象一定是在诗人感觉中瞬间变了形的注入了理性和感情的复合体。其实未必尽然。也有许多的时候，意象谋求的不是主观幻化的程度，而是一种现实细节组合的秩序，一种有自在生命的形体。这类意象可称为原生意象。如王维的《辋川闲居赠裴秀才迪》："寒山转苍翠，秋水日潺湲。倚杖柴门外，临风听暮蝉。渡头余落日，墟里上孤烟。复值接舆醉，狂歌五柳前。"此中悠闲本源自心枢，但却是自然物象的奇妙组接，终于达到了"不到之到有意"（查礼语）的天地。

这首小诗的成功之处，也得益于这类原生意象的精巧组合。"近来母亲常坐在窗前 / 一天要把玻璃擦上几次"，这是十分平凡的活动，但用在这儿，恰恰起到了"言外之意"的效果。是说母亲焦渴地盼着孩子回来，这比说"母亲坐在思念的窗前 / 一遍遍抚摸记忆的玻璃"要来得生动来得有味。"外面的海棠绿了樱桃红了 / 她的孩子们都走了"，是说孩子成熟了（海棠绿了樱桃红了），奔自己的生活去了，随其所见指点成诗，又何其深致绵邈。

"她说她怀我的时候 / 一天要把隆起的衣裳抚平几次 / 织成的小衣服叠得平平整整 / 想着我就要来了"，又是一组不着斧痕的原生意象，但把母亲对孩子的深情说尽了。不断地抚平隆起的衣裳，把织成的小衣服叠得平平整整，诗人只管娓娓道来，他的纯真和老实却掀起了我们心中感情的波澜。下面的"她常把玻璃擦得亮得发绿"，"看不见我想我蜷着身子睡得好吗"，"想我快撩过树枝来了 / 愿我来前睡得安稳"，"她为我做过那么多衣服洗过那么多"，以及"她总想看我却看不见 / 把我想得美好想得担心"等均是不事涂饰的天然之状，但用心体味却见出诗人老到的功夫，正是：

看似寻常实奇崛，成如容易却艰辛！

交 谈

为你的生日写首诗吧

此时已近深夜

再过一会儿你就三十六岁了

你习惯在夜里写作

并不是不爱白天

夜里没人了，你只能走进诗里

你也这样走进你的生日

你的生日总是诗该多好

这个生日你将在小城里过

小得像只船停在这儿

你总记着带些书、画和音乐

那些死了的人又在你这活起来

你可以陪他们说说话

说点他们不知道的事

你颠簸你流离他们听得安静

你一点一点地接近他们
也给他们安慰
他们活在过去却能在前面等你
你的生日从死亡到死亡
开了朵花，你还能再开上些
人们会多个花园

这个世界多大呵
这时候有的地方在打仗
有的人喝酒
人们想着去野餐
可森林倒了不少
世界大得有些小动物
已不得生存
你心里不舒服你得想点办法
你苦苦地想过很多，你写诗
耽误了不少事
你还得写下去
你的时间不会很多
你慢慢地变成文字
也算多少做了点
你走的时候留下这些
不安地写了一遍又一遍的条子
想你的人见了
好去找你

你过去的事不那么重要了
想你的人关心你这时在哪

你要是在个好地方

也让他们高兴

告诉他们你在过生日

停在一个平静的湾流里

这儿刚下过雨

招呼他们都来

时间不早了

天亮了你一定非常晴朗

让人们都进来过生日

你该睡了，他们会叫醒你

　　江河的《交谈》是"不安的时代"里安静的交谈。用诗人的另一首诗中的句子形容可说是"他的话语像蚕丝微明铺展，安静得虫鸣清晰"（《移山》）。在经历了相对和怀疑的精神意向后，在完成了对真正的文化艺术传统亲和后，江河的诗，进入了纯粹个人的凝神观照的平静湾流里。往昔那些非审美的东西被淘洗干净，纯粹的艺术开始放出温润透明的光束来。这是诗人三十六岁生日时写的诗，它没有"不平则鸣"的忧患，也没有"怀才不遇"的慨叹，面对世界，心平气和通脱大度诗心善良。读后我们感到，这首诗，除了情态上的真诚朴素外，主要价值还在它的语言。通篇诗完全是灵魂的独自低吟，没有变形，没有夸张，甚至没有幻象！这首诗就像一具活的灵魂，一个生命的具象，这种不假铅华的口语，这种内在生命的音乐，使我们可以像体验自己的生命一样去体验它。所以，《交谈》与以往的现实主义或浪漫主义诗风不同，与西方现代主义诗风也不同，它是真正的中国知识分子面对世界自己的东西，具备一种差异意义上的先锋品质。这里，语感的特殊效果不是诗人有意性的实验，而是伴随着诗人生命的内在节奏一起到来的。它干净、透明、质朴而内在，两个短句拼为一行的偶尔运用，调整了诗的内在节奏，有一种亲切的"交谈"效果。试想，舍弃这种语言，如何能够达成此诗特定的情态结构？如何能使生命和语言达成同构？这首诗的意味不是很深，但奇怪的是你根本无法概括它——因为，这是生命的整体状态。静谧而朴质的生命之湖，你能看清它底层都有些什么？！

瑞恰慈说："诗的实质就是要使经验的本体条理化，统一而又显得自由。在由词所构成的诗的结构中，经验所组成的各种冲动得到了调整，以互相适应并在一起活动"（《科学与诗》）。江河的《交谈》正是如此，生存的困厄教他感到"心里不舒服"，但他没有扩大这种焦虑，而是"调整"了这种冲动，将它导入一种平静的淡泊的湾流里。这样，不仅使这首诗的格调有了内在的和谐，而且表明了诗人对世界和人生所持的平和态度。这一切，都是通过平缓交谈的语感实现的。

四 月

花朵突然收复了春天
一个男人和一个女人
眼光，飘到一起
过路人没去注意
他俩已木然开放
和平也来得如此刺激、慌乱

脸边没有蜜蜂
风尘仆仆的装束
粗笨地戳在草地
两只晒裂的蜂箱
好像有细微孵化声
滚落到嘴上

春天轰鸣人变得脆弱

什么能比家令人心碎

酒盅、盆和碟子

墙角新买来金黄的扫帚

儿子弄脏玻璃，又擦

四月难于开口

四月，别作声

四月花开得那样静穆

这似乎是以后的事儿

等风吹过去

树枝把春天稳住

诗歌所倾心的不是传达共性的社会信息，它所倾心的是个体生命深层经验的把握和捕捉。它通过对个体经验的迹写，使人生更深入更幽微也更充满觉悟。明白了这一点，我们就能消除单从社会功利或伦理道德角度对诗的苛求，让更多的我们常规生活所感受不到的经验在诗歌中出现。江河的《四月》就有赖于读者的善意参与和深挚的体谅。

这似乎是一首写婚外恋的诗。它感情纯净，完全是内心活动的瞬间捕捉，而且只是一次擦肩而过式的相遇，使我们获得了一次心灵的净化和升华。（要注意诗中设置的戏剧性情景，并不等于诗人本人的经历。）

四月，本是"小径红稀，芳郊绿遍，高台树色阴阴见。春风不解禁杨花，蒙蒙乱扑行人面"的佳景良辰；可是诗人却写道："花朵突然收复了春天"。这是诗人笔下"一个男人和一个女人"的心理感觉。由于某种原因终于分手的恋人原还都在心灵的最深层沉淀着过往的记忆，当他们"眼光，飘到一起"时，这记忆的小花"木然开放"了，静静的"和平也来得如此刺激、慌乱"。短短几行，调动了读者的注意力。原本认为那感情已是死了的"两只晒裂的蜂箱"，这时却发出了"细微孵化声 / 滚落到嘴上"。

接下来写这一对男女都已成家，过着平庸的生活，"什么能比家令人心碎／酒盅、盆和碟子／墙角新买来金黄的扫帚／儿子弄脏玻璃，又擦"。这些场景都是纪实，强化了生活的令人疲惫令人厌倦的性质。昔日的憧憬彻底崩溃了。

"四月，别作声"，过去的事情让它静静地睡在那儿吧，让大家都在灵魂深处保留一点甜蜜的忧伤记忆吧。这就是此诗的第四节的意旨——"等风吹过去／树枝把春天稳住"。

这首诗写了深致哀婉的忧伤，无可挽回的遗憾。但可贵的是，诗人没有将诗情缠绕在无尽的懊悔、埋怨、痛苦上，他写得纯洁、光亮、大度而又不失深沉和含蓄。这是一种经过淘洗、磨砺的玲珑的卵石，激流给它冲撞，它却默默留下了美丽的花纹和坚固的质量。读者朋友，你说是不是？

话　语

别把别人告诉你的话
说出来
他的话沿着你飘走了
别出声听着
河床平滑
他流得多么顺畅
一块石头磨得光滑
你只须静静地听着

推波助澜是风的事
你们呼吸紧了
被共同的心事牵动
起了漩涡
许会有落叶卷进去

在心底珍藏

你注意他的眼光
你感觉着别看他
听他滑过了什么
你把那些无声的擦痕
记在心上
一块石头留下水纹
人总有不愿说出的波涛
沿着你翻起浪潮

你要是长了翅膀
千万别动
让他的话语顺着羽毛
摸下去
把你摸得光亮
你别惊动他

悄悄飞起
在天空飞得好看
他的话闪在光中
多给他安慰

　　这首诗有一种心灵蓬松恬然的意境。这种意境的成形是建立在诗人对朋友灵犀一点脉脉相通的基础上的。整首诗围绕着对别人"话语"的倾听方式展开，说明神情散朗一腔诚意的态度，会给一个人多么大的安慰，使他精神超逸归返宁静，体会到友情的美好。可谓诗心善良！

　　在意象的选择上，诗人是颇具匠心的。朋友的"话语"像河水在平滑的河床流淌，作为"听者"的"我"，就是一块安详的卵石，静静地感受河水的浸润。"我"不插言,"推波助澜是风的事","我"只是"把那些无声的擦痕 / 记在心上 / 一块石头留下水纹"。这是倾听别人倾诉衷肠的最佳态度,也是对他人最高的尊敬。接下来,诗人用另一种意象进一步抒写了这种诚挚体贴的态度。在听朋友的"话语"时,你可能受到感动,可能兴奋起来,像"长了翅膀"一样要表达要飞升。但这样一来,就会打断朋友话语之河的平缓流淌,甚至转移它的流向。所以,诗人告诉我们,"千万别动 / 让他的话语顺着羽毛 / 摸下去 / 把你摸得光亮 / 你别惊动他"。表达是一种幸福,接受别人的表达也是一种幸福。这是一种敏感,但更是一种人格,有教养的、心怀善良和温馨的人格。最后,诗人道出了这种倾听方式的"结果":"悄悄飞起 / 在天空飞得好看 / 他的话闪在光中 / 多给他安慰"。至此,我们体味到诗人将爱推向他人的自觉了。这一切都是为了让朋友"飞得好看",为了"多给他安慰"!哦,表达得有多么好!意远言近,静谧中萌生着敏识的情怀,精微中涵映着人生的真义。

这首诗含有某种劝诫成分,但诗人没有为了"意思"而在艺术上做出让步。他精心选择意象,安排结构,甚至连诗歌语音层面都调配得那么均称和谐,是一首饱满精致的纯诗。

多　多

北方的海

北方的海，巨型玻璃混在冰中汹涌
一种寂寞，海兽发现大陆之前的寂寞
土地啊，可曾知道取走天空意味着什么

在运送猛虎过海的夜晚
一只老虎的影子从我脸上经过
——噢，我吐露我的生活

而我的生命没有任何激动。没有
我的生命没有人与人交换血液的激动
如我不能占有一种记忆——比风还要强大

我会说：这大海也越来越旧了
如我不能依靠听力——那消灭声音的东西
如我不能研究笑声

——那期待着从大海归来的东西
我会说：靠同我身体同样渺小的比例
我无法激动

但是天以外的什么引得我的注意：

石头下蛋，现实的影子移动
在竖起来的海底，大海日夜奔流

——初次啊，我有了喜悦：
这些都是我不曾见过的
绸子般的河面，河流是一座座桥梁

绸子抖动河面，河流在天上疾滚
一切物象让我感动
并且奇怪喜悦，在我心中有了陌生的作用

在这并不比平时更多地拥有时间的时刻
我听到蚌，在相爱时刻
张开双壳的声响

多情人流泪的时刻——我注意到
风暴掀起大地的四角
大地有着被狼吃掉最后一个孩子后的寂静

但从一只高高升起的大篮子中
我看到所有爱过我的人们
在这样紧紧地紧紧地紧紧地——搂在一起
　　……

　　《北方的海》看似玄邃、晦涩，但通过细读，我们就会发现，这首诗通篇是被一种尖锐的智性的光所眩惑着、所洞彻着。它不是一个"思想"，而是错综包容着一团"思想"；它不是一条线的颤动，而是不同方向的张力同时牵动着诗人的心灵；诗人不只是面对北方的海，写它的形体状貌，而是面对自己的内心脉动，与海交汇成一种更为"内在的音响"（康定斯基语）！这里，"北方的海"不再是物质的，而是充分被诗人超感化了的心理场。在这宏伟壮阔的"场"中，多多表现了对生存和生命的理解。

诗一开始，就兀然推出了一幅壮美悍厉的画面。"北方的海，巨型玻璃混在冰中汹涌／一种寂寞，海兽发现大陆之前的寂寞／土地啊，可曾知道取走天空意味着什么"。为什么会出现"巨型玻璃"的意象？这是因为玻璃是寒冷的、尖厉的，是发出一种教你五脏难以承受的坼裂毁碎之声的固体。这样写海浪和冰块的冲撞，获得了物象和心象的双重效果——一种空前的力，毁灭的力呼啸而来！这是一种真正意义上的崇高，它具有一种粉碎性的力量，教人恐惧，使人无法承受。18世纪英国经验派美学家柏克认为：崇高和恐惧是一同到来的，崇高的心理原因就是痛苦感和恐惧感。康德也认为，崇高的感受源于体积的巨大感和力量的巨大感。这种惧怕与狂喜的心境，既是一种压倒人的力量，又充分升华了人。这首诗的开头，正是以上所描绘的审美感受。是敬仰，也是恐惧，同时又是诗人从对象身上感到了自身的本质力量。因恐惧而孤单，仿佛回到了史前时期。"海兽发现大陆之前的寂寞"，在大海的狂奔里，"土地"盗走了天空，他们在一个平面翻滚挣扎着。在这酷烈神奇的背景上，有人"运送猛虎过海"。这是怎样的夜晚啊——噢，这就是"我吐露"的"我的生活"。以上是此诗的第一个层面，道出了生存的艰辛和危险。"运虎"是诗人对阴森和勇敢人生的隐喻感觉。但是，历尽沧桑的人类并不能为此而震慑，"我的生命没有任何激动。没有／我的生命没有人与人交换血液的激动"。这些情景，并不能给"我"一种"记忆"，甚至"这大海也越来越旧了"。那么，"我"所期待的能"占有一种记忆的"东西是什么？那使"石头下蛋，现实的影子移动／在竖起来的海底，大海日夜奔流"的东西是什么？这是此诗的第二个层面，构筑悬念，造成读者的一种期待心理。

接下来，诗人一扫刚才的阴森悍厉，而换了一幅华贵、温情、超逸的画面。"绸子般的河面，河流是一座座桥梁／绸子抖动河面，河流在天上疾滚……"这些意象，变凶猛为激荡，变压迫为博大，唤起读者更为亲切、平和又不失奇诡的审美感受。大海的咆哮依然在耳畔，但更清晰的却是"我听到蚌,在相爱时刻 / 张开双壳的声响"!我的生命为什么而激动?我的眼睛为什么流出"多情人"的泪水?——啊,是爱,是人类永恒精神的爱!这是世界的高峰体验,是一切死去和活着的男人和女人朝暮渴望的爱!是"人与人交换血液的激动"!人啊,最恐惧的不是生存环境的惨烈,而是人与人之间丧失了最后的体知和温情!虽然我们已经历了难以言说的磨难,"风暴掀起大地的四角 / 大地有着被狼吃掉最后一个孩子后的寂静",但是,最珍贵的爱心,把爱推向人类的永恒精神是永远不能被吃掉的!你看——"但从一只高高升起的大篮子中 / 我看到所有爱过我的人们 / 在这样紧紧地紧紧地紧紧地——搂在一起……"

多多就是这样以超现实主义色调涂抹出他对世界的信心的,这是人类的情感履历的真实写照,也是伟大的"具象的抽象"。是的,我们不惧怕"运送猛虎过海的夜晚",我们怕的是在这世界上失去了"人与人交换血液的激动"。这就是《北方的海》在超现实主义的修辞之下,表达的骨子里的智性精神!

告 别

倾听午夜大海辽阔的沉寂
我的额头,冷静得像冬天的暴风雪:

两千匹红布悬挂桅杆、
大船,满载黄金般平稳

当朝阳显现一个城市骄傲的轮廓
你们留下我,使我成为孤岛的一部分

风,我看到飞舞的落叶,梨子

全都悬挂成一线，果实离开枝头的夜晚

众多的星星化成了铅水
午夜的太阳，像一只金碗裂开

为了挽留被你们带走的
黑色的阳光拖着巨大的翅膀

为使遥远的不再安静
我的祝福将永远留在路程上

送别不是驶往故乡的人们啊，沉思
冲击着脑海，我听到冲击着大海的波涛……

《告别》这个标题，为我们展开了一个开放性的、大部分未确定的期待视野。通过细读，我们会发现，诗人所写的不是一般意义上的与朋友告别，而是对那些用灵魂和生命做抵押，去拓殖思想的茫茫大海的勇士的礼赞。正因如此，此诗的基调是那么苍凉、悲壮、崇高，充满着舍生取义的苦难美，充满着现代人生命深层那种紧张感、冒险欲。

"倾听午夜大海辽阔的沉寂／我的额头，冷静得像冬天的暴风雪：／两千匹红布悬挂桅杆／大船，满载黄金般平稳／当朝阳显现一个城市骄傲的轮廓／你们留下我，使我成为孤岛的一部分"。此诗一开始，就出现了两种不同情调的意象，一种是冷峻的激烈的像"冬天的暴风雪"般的额头；一种是平稳的、雄壮的大海"辽阔的沉寂"。这两种不同的意象被结合在一个画面里，完成了"我"与那些思想勇士不同心境的刻画。探求者的桅杆上悬挂着的不是红旗，那太微弱了，而是"两千匹红布"，这是充血的欲望在燃烧！他们冲动而自信，使"大船，满载黄金般平稳"。平稳的是生命的意志和信念，这是真正的金子，是现代人经过痛苦的思考后达到的一种大智大勇的平静，是一种极度的深沉。"朝阳显现一个城市骄傲的轮廓",是指理想的目标在远方明亮地耸立着,发出骄傲的召唤。勇士们别无选择地出发了,"留下我"在这里成为冷静的孤岛的一部分,思考着出发的意义。"我"是诗人选择的一个抒情视角,"留下我"是为了能从局外人的角度去审视他们的行动。

"风,我看到飞舞的落叶,梨子 / 全都悬挂成一线,果实离开枝头的夜晚 / 众多的星星化成了铅水 / 午夜的太阳,像一只金碗裂开"。这是诗意深化的一节,是"我"对远行的勇士们的理解。他们经过了冲动的春天、焦枯的夏天,终于变得成熟了。当秋风横扫落叶的时候,他们知道原有的枝桠已经不能供给他们营养,他们要背叛,要奔驰。"梨子 / 全都悬挂成一线",这个意象来得真是奇诡,真是漂亮,一种猛烈的力倾泄而来,急速地捶打着地面!"果实离开枝头的夜晚",是一次性否定的夜晚,众多的果实循着一条线运动,它们不可遏止。幻想的星星破碎了,成为松弛而沉重的"铅水"四处流散;午夜的太阳升起来了,在午夜升起的只能是人的太阳,觉醒的太阳!尽管它像裂开的金碗,但清醒的破裂不是胜于昏昧的完整吗?!这两个意象既生动又悲怆,是现代人精神的完整内涵。

"为了挽留被你们带走的 / 黑色的阳光拖着巨大的翅膀 / 为使遥远的不再安静 / 我的祝福将永远留在路程上"。阳光拖着巨大的翅膀,有一种缓慢的、悲郁的力量感。"黑色"用来形容阳光,暗示出这些先觉者背叛了尊严的"血统",重铸了一枚精神的太阳,它坚实、厚重、隆隆有声,虽然不无孤单之感("挽留"),但毕竟是能飞翔的太阳啊。"我的祝福"是"我"对他们的理解。正是这种理解,这种祈愿,使他们感到欣慰,感到自身使命的意义。他们的心因为这庄重的"祝福",而不会"安静"的。

最后,诗人点出了告别的意义。这些勇士,"不是驶往故乡的",而是去寻找新的生存的峰顶;不是驶往安宁的、陈旧的境地,而是去探求陌生的、充满转机的、骄傲的"城市"的。正是这样的不同寻常的"告别",才超出了一般意义上朋友话别的情感。诗人不是难过、留恋,而是"沉思 / 冲击着脑海",像"冲击着大海的波涛"!

这首诗，是动荡的年代庄严的记录。诗人以尖新神秘的、超现实的意象，使诗达到了情感与意志的更大强度。献身的苦难美因别无选择而光辉夺目，狂放的力量因兼济天下而表现为崇高。这是这个时代的"解放了的普罗米修斯"们的颂歌！

马

灰暗的云朵好像送葬的人群
牧场背后一齐抬起了悲哀的牛头

孤寂的星星全都搂在一起
好像暴风雪

骤然出现在祖母可怕的脸上
噢，小白老鼠玩耍自己双脚的那会儿

黑暗原野上咳血疾驰的野王子
旧世界的最后一名骑士

——马
一匹无头的马，在奔驰……

这是一首象征诗。它构架严整，造境奇谲，在一种形而上的氛围里，表现了诗人对殉道者悲敬难名的复杂意绪。

当然，这首诗的成功主要不在于多多对象征手法的运用，而在于他所选择的象征体自身的质量。单纯地强调象征性手法并不是重要的。生活中，有许多象征是常规性的，内涵和外延都已被框死，人们很难动摇它们固有的意蕴了，如"乌鸦""蝙蝠"代表黑暗的概念，"松树""红梅"体现坚贞的感情等等，这是由中国特有的文化传统和审美习惯造成的。这类公共化象征，在相当多的时候阻塞了艺术向前滚动的大道。而简单地悖离它固有的轨道，又给人以故弄玄虚的小聪明之感，如有人写蝙蝠是在"危困艰难的时刻向天空冲刺／划破夜的衣裳"，这就显得造作而低能了。

《马》完全抛开了公共性象征，在一片形而上的空地上另起炉灶，通过一种特殊的话语，造成一种紧张的强化的悲壮之感。他设立了六个"私人象征"，说出了个人特有的精神体验，这是公共性象征所难以达到的。

这首诗的后两节是打开迷宫的钥匙，"黑暗原野上咳血疾驰的野王子／旧世界的最后一名骑士／——马／一匹无头的马，在奔驰……"而前面的六节，是诗人为这个殉道者渲染的一种悲壮恐怖的氛围。这位咳血疾驰的野王子，旧世界的最后一名骑士去干什么？诗人没有说。中世纪盛行的"骑士精神"告诉我们，骑士是行侠、冒险、崇尚荣誉、痴恋、有精神目标的精英们。这样，我们就可以体味出这里是在象征一种为高洁的使命、乌托邦的目标去奋斗的人类精神。尽管他体弱而孤单，坐骑甚至没有头，但仍然看得出他毕竟是真正的胜利者——人心法则的胜利者。

"灰暗的云朵好像送葬的人群／牧场背后一齐抬起了悲哀的牛头"。第一句好理解，但第二句为什么是"悲哀的牛头"呢？这是因为牛是忍辱负重木讷迟缓的动物，它的眼中仿佛总是含着悲哀的眼泪，它的头是缓缓抬起的，与悲哀是相似的——我们知道在舞蹈语言中表现悲哀是缓慢的。"孤寂的星星全都搂在一起／好像暴风雪"，这是说环境（既是自然环境也是人文环境）的严酷和恐怖，在这样的天空下疾驰的人该是怎样的勇敢者呢？下面两句是"自然的象征"（《文学理论》韦勒克、沃伦语），用在这儿是为了适当增加现实可感性。"祖母可怕的脸"是自然的，但又与因为寒冷可怖搂在一起的星星相关，诗人深奥的体验熔铸到实写与虚幻凝为一体的符号组织内了。最后，诗人推出一幅悲壮的场景就凌空拿住，收束了全篇。

这首诗的造境来得奇幻，但情绪却有着内在的逻辑线索，"私人象征"的运用也颇见匠心，是一首难得的好诗。这里有必要点出，这首诗固有的含混性似也可作他解，比如用反讽的姿势写一种盲目的献身热情等，读者诸君，你不妨试它一试。

春之舞

雪锹铲平了冬天的额头
树木
我听到你嘹亮的声音

我听到滴水声———一阵化雪的激动：
太阳的光芒像出炉的钢水倒进田野
它的光线从巨鸟展开双翼的方向投来

巨蟒，在卵石堆上摔打肉体
窗框，像酗酒大兵的嗓子在燃烧
我听到大海在铁皮屋顶上的喧嚣

啊，寂静
我在忘记你雪白的屋顶
从一阵散雪的风中，我曾得到过一阵疼痛

当田野强烈地肯定着爱情的芬芳
我的喊声淹没在栗子滚下坡的巨流中：
我怕我的心啊，会由于快乐而变得无用！

意象派诗歌最本质的意义是，它并不屑于单纯地考察两种事物的概念，而是以感觉的犀利度在瞬间穿透事物的内在本质，把握对象的实质与感性特征，并将这二者结合在意象里：庞德说："意象是理性和感情在瞬间的复合体。"

多多的这首《春之舞》，就写出了十多个能擦亮我们眼睛的意象。但这些"理性和感情瞬间的复合体"与西方意象派诗歌的不同点在于，"意象派的缺点是不允许诗人对于生命得出明确结论……使诗人进入无内容的空洞的唯美主义"（约翰·弗莱切语），而多多的这首诗在吸收了意象派诗歌深潜、集中、质感强的长处后，又不仅仅是只描写自然，诗人还加入了"人们对自然的判断和评价"。在年轻一代的诗人中，对意象的提炼，多多可算是尖新但又成熟的一位，他诗歌素质上的浓度与密度是极高的。

要很好地体味这首诗，就不能忽略它隐而不露的内在的线索。这是一条贯穿整体的线索：诗人对整个寒冬的记忆。正是这个潜在的经验，使诗人能从整体的情感逻辑上控制诗思，也正是这个基本背景的映衬，才使得与之相对的语象明晰凸出来。正像表现主义画家蒙克所言："我要描绘的是那种触动我心灵的眼睛的线条和色彩，我不是画我所见到的东西，而是画我所经历的东西（着重号为引者所加）。"这里的"春之舞"，也不仅是写诗人见到的东西，而是写他心灵所经历的东西的。这里，寒冬的经历是和春天的感觉一起到来的，这就使此诗显得坚实而有张力感了。

"雪锹铲平了冬天的额头／树木／我听到你嘹亮的声音"。这是诗人对早春一派生机的瞬间感觉，这里听到的不是真正的"声音"，因为冬天的冰雪过后，早春还是荒凉的，"嘹亮"是诗人"听到"自然中潜藏着的必然生机在呼喊。"我听到滴水声——一阵化雪的激动：／太阳的光芒像出炉的钢水倒进田野／它的光线从巨鸟展开双翼的方向投来"。这里用了意象的派生、交融和迅速转换。"嘹亮的声音"——"我听到滴水声"——"太阳的光芒像出炉的钢水"，就细致展示了诗人化若无痕的意象感觉之流，它们交融在一起成为一种绝对的现实。接下来，巨蟒、窗框、铁皮屋顶上的喧嚣声构成的三组意象并排出现，声音的分贝越来越高不可遏制地汹涌前进，应和了诗人脉管哗哗滚动着创造的红色春潮。但紧接着笔锋一转，寒冬的经验出现了，

"啊，寂静 / 我在忘记你雪白的屋顶 / 从一阵散雪的风中，我曾得到过一阵疼痛"。这与春的喧嚣共时呈现的冬的疼痛，作为底层结构，就增加了诗的厚度，给予它一种郁勃而深沉的张力。最后将不可遏止的生命洪流幻化成"栗子滚下坡的巨流"，因过度的欣喜，诗人的情绪在反思中忽然转变了方向"我怕我的心啊，会由于快乐而变得无用！"全诗至此结束，意绵绵无尽，情切切弥长。"栗子滚下坡的巨流"是无法阻挡的，是纷纷然、哗哗然、全方位的生命流动之声。《春之舞》就这样成了多多的生命话语之舞！

冬夜的天空

四只小白老鼠是我的床脚
像一只篮子我步入夜空
穿着冰鞋我在天上走

那么透明、响亮
冬夜的天空
比聚敛废钢铁的场院还要空旷

雪花，就像喝醉酒的蛾子
斑斑点点的村庄
是些埋在雪里的酒桶

"谁来搂我的脖子啊！"
我听到马
边走边嘀咕

"咯嚓咯嚓"，巨大的剪刀开始工作

从一个大窟窿中，星星们
全都起身，在马眼中溅起了波涛

噢，我的心情是那样好
就像顺着巨鲸光滑的脊背抚摸下去
我在寻找我住的城市

我在寻找我的爱人
踏在自行车蹬上那两只焦急的香蕉
让木材

留在锯木场做它的恶梦去吧
让月亮留在铁青的戈壁上
磨它的镰刀去吧

不一定是从东方
我看到太阳是一串珍珠
太阳是一串珍珠，在连续上升……

　　面对多多的这首诗，许多人都会陷入困惑："这是在谈什么？"
对，问题就出在这里，出在我们急于要搞清楚的"什么"上。这是传
统的注意类型和阅读态度使然。然而，法国当代结构主义美学家罗
兰·巴尔特是这样说的：
　　在现代诗歌中，关系只是字词的蔓延，字词是"住所"，它作为
本源根植于功能的韵律体中，这些功能可以使人心领神会，但它们却
是不显现的……诗歌的字词永远不可能是虚假的，因为，它本身就是
完整的；它闪烁着无限的自由之光，时刻准备照耀那些不确定而有可
能呈现的千姿百态的关系。一旦废除固定的关系，字词只有一个垂直
的投射，它就像是一个整体，一个潜入涵义、反射以及刺激余感总体
中的立柱：它就成为一个直立的符号。在这里，诗歌的字词是一个无

直接过去的行动，一个无背景的行动，它只呈现所有与它密不可分的本源所发射的浓密阴影……新诗断续的语言建立起一种只有通过字词的整体才显露出来的间断的自然本性。功能的引退使世界的联系一片漆黑……诗歌字词的爆炸所建立的是一个绝对的客观物；自然本性变成一种垂直的系列，客观物一下子竖立起来，充满着所有可能发生的事：它只能标明一个未填满的同时也是可怕的世界。（《写作的零度》）

一次性忘掉你有关诗歌的观念，摒弃任何功利目的，全神贯注地进入《冬夜的天空》，你就会领略到一种纯粹诗语构筑的不凡的"透明、响亮"的气象了。《冬夜的天空》是字词制造的无背景的天空。"四只小白鼠是我的床脚 / 像一只篮子我步入夜空 / 穿着冰鞋我在天上走"，是写诗人对冬夜天空清幽醇冽流丽的感觉。下一节"比聚敛废钢铁的场院还要空旷"一句，为什么是"聚敛废钢铁的场院"呢？因为钢铁给人以寒冷僵直的感觉，与冬夜天空有相似之处。如果换成"打谷场"就毫无恰切可言了。"雪花，就像喝醉酒的蛾子 / 斑斑点点的村庄 / 是些埋在雪里的酒桶"，是写诗人由于"心情是那样好"，移情于物，与雪花一起陶醉在美酒中了。马的"嘀咕"使人觉得冬夜是活泼泼的温热的，这与诗人心情有关。星星升起来了，是从巨大的夜的黑布上升起的，就像剪刀剪出的光洞，这是诗人当时的真实直觉，不是比喻，它直接而迅疾地出现在诗人的意识屏幕上，又投射到语言中。"噢，我的心情是那样好"一句，是打开此诗大门的一把钥匙，有了它就能按规定的情感定值寻索画面的意象之妙了。"就像顺着巨鲸光滑的脊背抚摸下去 / 我在寻找我的城市"，为什么是"巨鲸光滑的脊背"呢？是因为巨鲸的体态是流线型的，质感是滑润的，给人以无拘无碍任情任性流动的感觉。这种感觉也与"我的心情是那样好"有关。在落雪的美丽的冬夜，诗人想念自己的爱人，爱人也在急急踏着自行车，飞快地圈动着轻快的双脚在奔向诗人哪。在这美丽的冬夜天空下，一切烦恼都滚开吧，一切重负都让位于美的闪烁吧（"让木材……让月亮"句），诗人逸兴遄飞，其乐也融融，"不一定是从东方"，而是从他生命的欢乐中，"太阳是一串珍珠，在连续上升……"

这首诗，无僵定的内涵，但总体情绪还是有迹可寻有魂所依的。

我们要不断提高自身的形式感，培养一种高层次的注意类型和阅读态度。只要你感到了美，你的目的就已达到了。春天的草地，从湖面掠过的清风，你知道它"在谈什么"吗？它在谈着美，那种天籁般的无对象感的美啊，朋友！

我读着

十一月的麦地里我读着我父亲
我读着他的头发
他领带的颜色，他的裤线
还有他的蹄子，被鞋带绊着
一边溜着冰，一边拉着小提琴
阴囊紧缩，颈子因过度的理解伸向天空
我读到我父亲是一匹眼睛大大的马

我读到我父亲曾经短暂地离开过马群
一棵小树上挂着他的外衣
还有他的袜子，还有隐现的马群中
那些苍白的屁股，像剥去肉的
牡蛎壳内盛放的女人洗身的肥皂
我读到我父亲头油的气味
他身上的烟草味
还有他的结核，照亮了一匹马的左肺
我读到一个男孩子的疑问
从一片金色的玉米地里升起
我读到在我懂事的年龄
晾晒谷粒的红房屋顶下开始下雨
种麦季节的犁下拖着四条死马的腿

　　马皮像撑开的伞，还有散于四处的马牙

　　我读到一张张被时间带走的脸

　　我读到我父亲的历史在地下静静腐烂

　　我父亲身上的蝗虫，正独自存在下去

　　像一个白发理发师搂抱着一株衰老的柿子树

　　我读到我父亲把我重新放回到一匹马腹中去

　　当我就要变成伦敦雾中的一条石凳

　　当我的目光越过在银行大道散步的男人……

　　对于许多诗人来说，写诗要有对日常生活"硬事实"和已成的情感经验的"仿真性"。诗人要做的工作是对这些"可靠"的材料进行提炼、组织，谁干得出色，谁就赢了。近年来现代诗的流行写法就是如此。这也带来了现代诗准确、恳切的意蕴和语调。我想将这种写作概括为"我看到，我写出"。

　　相对于这种流行写法，在当下诗坛遭到背弃或抵制的是"我写出，我看到"的写作。诗人凭借丰盈的想象力和神奇的语言天赋，写出什么才出现（看到）什么。这路写法之所以遭到背弃或抵制，至少有两个原因：其一，这路写法较容易蒙事，使众多骨子里没啥名堂的"嗜诗症"患者，凭一点点怪癖和把玩语言的技巧来瞒天过海。读者一旦识破，就会产生抵制心理，并广泛迁怒于所有这类诗人。其二，优异的超现实主义诗歌，需要真正的才能——如果不说"天才"的话。这种才能对诗人而言就是原创力，对读者而言就是敏识能力。而具备这种真正才能的人过去、现在，甚至将来都永远是极少数。

　　多多是属于"我写出，我看到"这条文脉上的杰出诗人，甚至是当代实验诗这路写法的源头。他从不追摹日常生活事实，而是不断地发明一种"语言现实"。即"我"写出什么，才出现什么。

　　这首诗基本的"情理线索"是追忆父亲（也可以说是"父辈"），逝去的一代人在分裂而屈辱的岁月里，"一张张被时间带走的脸"，以及那些粗糙而鲜润、颓废又健康、哀愁却又有秘密欣喜的细枝末节。

但其基本"措辞线索"或曰中心语象则是"马"。父亲与马是处于同一变化中又彼此打开、彼此发现的互指关系。诗人从领带、裤线神奇地转到"蹄子",然后一路写开,而不只是象征主义式的以马来隐喻父亲。这正是多多诗歌的既诡异而又精审之处,中国诗坛很少有人能像多多那样,做到将诡异和精审完美地同时呈现出来。

这首诗,随时面临着将要发生的"语言事件"。它是和书写动作同步出现的崭新叙述,或者说语言与感觉同步发生。从开始的"十一月的麦地"到结尾的"伦敦雾中",像一条历尽沧桑的溜索两端的扣结,坚实而完整地抻起了这首诗的时空喻指;而在弯曲柔韧的溜索中间,有多少心灵的细节,可能的语象撞击速度,感觉的迂回升沉。还有,在溜索之下又有多少逝水的温暖召唤和凶险的漩涡!

《我读着》——"我读着"。我一直以为,对于多多来说,每一首诗至少都有两个主旨,一个主旨是诗歌情境固有的,另一个则是关于写作本身的。也可以说,"写作的可能性"(或曰语言的可能边界)本身就是多多诗歌的"主题"之一。因此,诗人说"我读着"本人发明的语言事实,而不是"我回忆"本真的经历,它们是"我"刚刚从词语中一步步读出来的,随写而生,随生即盛,"我"也是自己书写物的读者。另一方面,对读者而言,诗人吁求我们与他一道"读",即仿照这首诗的写法去读它。阅读也变成一种特殊类型的"写作",我们在阅读中将这首诗"再写一遍"。

因此,我们其实不必对多多的诗歌意蕴进行固定的"解读","阐释"(它更适于智性的象征主义诗歌),而是直接感受即可。对他的诗,知者(感者)自知,不知者永远不知,社会历史式的解读帮不了后者的忙,只会伤害一首杰作。那么朝向这些语词和"音粒"的欢乐吧——"他领带的颜色,他的裤线 / 还有他的蹄子,被鞋带绊着 / 一边溜着冰,一边拉着小提琴 / 阴囊紧缩,颈子因过度的理解伸向天空"。对这样的句子,没说的,我狂读享受,并对诗人记恩。

舒　婷

神女峰

在向你挥舞的各色花帕中
是谁的手突然收回
紧紧捂住了自己的眼睛
当人们四散离去，谁
还站在船尾
衣裙漫飞，如翻涌不息的云
江涛
　　高一声
　　　　低一声

美丽的梦留下美丽的忧伤
人间天上，代代相传
但是，心
真能变成石头吗
为眺望天上来鸿
而错过无数人间月明

沿着江岸
金光菊和女贞子的洪流
正煽动新的背叛

　　　　与其在悬崖上展览千年
　　　　不如在爱人肩头痛哭一晚

　　这是一首充满着人性光辉的诗，它写在诗人 1981 年 6 月乘轮船沿长江而下的旅途上。长江边神女峰是我们大家都十分熟悉的景物，关于她的传说，这里似乎不必再提起了。诗人面对神女，没有像历史赋予她的和今天人们仍然津津乐道的那样，将其作为贞洁和献身的象征；而是以强烈的当代意识戳穿了这些戕害女性的谎言。法国存在主义作家波伏娃说过："女人不是天生就有的，女人是变成的。"这句表面平静的话，底层凝聚着世世代代的女性的多少酸辛！在路过神女峰时，人们都涌上甲板，望着远方的神女挥动手帕寄托自己的敬仰之情，他们没有想到这个传说中积淀着多么陈腐丑恶的东西。只有诗人的手"突然收回 / 紧紧捂住了自己的眼睛"，痛苦的波涟如江涛，高一声，低一声。她知道这"美丽的梦"，不过是"美丽的忧伤"，更使她忧伤的是，"神女"的忧伤和她竟是天渊般的差异。神女是被封建贞节观吞噬了的劳动妇女的化身，而她自身又为这种吞噬做了正面的诠释。为了荒谬的观念，牺牲青春的生命；为了祖宗，牺牲活人；为了一文不值的牌坊，竟让生命的鲜血灌溉的心"变成石头"！

　　然而时代不同了，"沿着江岸 / 金光菊和女贞子的洪流 / 正煽动新的背叛"。这里的金光菊和女贞子是诗人眼前江岸上大面积生长的草木，它们蓬蓬勃勃生得勇敢而自信。诗人随手牵到诗中，形成一种象征，一种卑微而自豪自勉的象征，与远方的神女形成对照：生命和死亡的对照。这"新的背叛"是历史性的背叛，是觉醒了的现代女性对封建枷锁的一次性摧毁！最后，诗人用掷地做金石之声的理性语言宣告了新时代全新的价值确认方式："与其在悬崖上展览千年 / 不如在爱人肩头痛哭一晚"。真是斩钉截铁的新女性意识的高扬！

　　一般地说，现代诗是回避直接的理性语言的。但这首诗的理性不同于一般意义上的哲理，它是诗人生命底层锻炼出来的思考的血滴；是涉过骚动不宁的生命感觉的洪流，抵达的另一片清澈觉醒的天地，这里面个体生命的体验始终是占主导地位的。这也是这首诗不显得有筋骨无血肉的原因。

"？。！"

那么这是真的
你将等待我
等我篮里的种子都播撒
等我将迷路的野蜂送回家
等船篷、村舍、厂棚
　　点起小油灯和火把
等我阅读一扇扇明亮或黯淡的窗口
　　与明亮或黯淡的灵魂说完话
等大道变成歌曲
等爱情走到阳光下
当宽阔的银河冲开我们
你还要耐心等我
扎一只忠诚的小木筏

那么，这是真的
你再不会变卦
即使我柔软的双手已经皲裂
　　腮上消退了青春的红霞
即使我的笛子吹出血来
　　而冰雪并不提前融化
即使背后是追鞭，面前是危崖
即使黑暗在黎明之前赶上我
　　我和大地一起下沉

甚至来不及放出一只相思鸟

但，你的等待和忠诚

就是我

付出牺牲的代价

现在，让他们

向我射击吧

我将从容地穿过开阔地

走向你，走向你

风扬起纷飞的长发

我是你骤雨中的百合花

　　这首诗的标题是很奇怪的。但是你读过全诗就会恍然觉得它怪得有理，怪得深刻，怪得非如此不可。

　　这是一首爱的谣曲。通过一系列跃动的画面，表达了人生的深层经验。而且，这首诗虽然意象密集，但不给人以目迷五色之感，它们追求的是一种秩序，一种形体，一种意象彼此撞击后所产生的意外效果。

　　"？。！"这三个标点符号恰恰构成了此诗情绪流程的三个方面，它们层层推进，互为映衬，展示了女诗人那颗纯洁而坚强的心灵。

　　第一节里，诗人用问句的形式向朋友表明了心迹。她是深深地在爱着，但爱并不是一切，生活中有许多重要的事需要人们去全力以赴完成。所以有"等我……"的排比句一共八个。"等我篮里的种籽都播撒／等我将迷路的野蜂送回家／等船篷、村舍、厂棚／点起小油灯和火把"这三个等，主要暗示了诗人的使命感，它们是善和美的统一。"等我阅读一扇扇明亮或黯淡的窗口／与明亮或黯淡的灵魂说完话"，这一个等，可以理解为诗人要以诗为沟通人们灵魂的桥梁，要浸入每一个明亮或忧伤的灵魂的居所，谋求生命价值的确认方式。"等大道变成歌曲／等爱情走到阳光下"中的两个等，已经不是本来意义上的等了，而是对自身必能完成神圣使命的确信不疑，这里面有着理想之光的洞照。有了这一系列社会意义上的"等待"，诗人就很自然地进入了纯粹个人感情区域的对忠贞不渝的爱情的信任。"宽阔的银河冲开我们"句，改造了牛郎织女的神话，取来了它的精神内核。这是此诗的第一层，它完成了爱的升华——将爱与时代的吁求结合起来。

第二层紧接着"扎一只忠诚的小木筏"来写。先说明真挚的爱是不会随着时间的消逝而褪去它的光泽的："即使我柔软的双手已经皲裂 / 腮上消退了青春的红霞"。这里虽是疑问，但是诗人是相信朋友对她的爱情的。这就是标题上的"。"号了。接下来又是写诗人意识到的时代使命，和为了这使命英勇斗争的情怀。这里要体会的是，第一节中的八个"等我……"到这里变得渐渐沉重起来，不再像播种花籽、送野蜂回家那般轻松了。"即使我的笛子吹出血来 / 而冰雪并不提前融化 / 即使背后是追鞭，面前是危崖 / 即使黑暗在黎明之前赶上我 / 我和大地一起下沉……"这里的冰雪和追鞭、危崖和黑暗的意象，与种籽、野蜂、小油灯、火把、歌曲、阳光等意象形成强烈对抗共生，像一幅木刻的黑白两面，格外醒目，启人情怀。真挚的信任和等待，使诗人感到她所选择的道路是有意义的，更重要的是，她不再是孤单的。这是此诗的第二层。

最后，诗人以富有崇高感的色彩，绘出了一幅美丽而不屈的心象——骤雨中的百合花。诗人的选择是永不动摇的，对生活、对爱情的态度都是"！"。

这首诗感情复杂，但其运行曲线又有迹可寻。在许多假设中，让读者参与创作，实现了对爱情态度和人生态度的更深层次的思索。是一首胸次玲珑活络的爱情诗。

国　光

你的名字是一只

　　　　熟苹果

无　枝　可　栖

妻的贝齿轻轻咬啮
娇儿的发火手枪瞄准，倒下
小数点后面的政府官吏

揭去一层层包装物
被蝉歌、云袖、泉足打印过的灵魂
在夜间擂击四壁

困在无望的热情中
如礁石枷首于迅潮，而
　　千帆正远去

多汁的岁月无几了
芽
渴死在你蚌一样紧闭的核里

　　这是一首构思极为巧妙的小诗。"国光"是苹果的一个品种，又与诗人的一位朋友的名字相同。诗人在这里找到了萌发诗情的契机，写出了一个有才华有抱负但终不得伸展的青年的内心体验。可谓突发奇想，妙悟天开。

　　"你的名字是一只 / 熟苹果 / 无　枝　可　栖"。这一句来得平淡，但意味深长。令我们想到了成熟的生命那种无家可归的流浪感。紧接着下面的两节，写了"国光"在庸常的生活里，渐渐习惯认同但灵魂深处仍然布满失意的精神状态。白天，他与常人一样生活，也不乏情趣，"妻的贝齿轻轻咬啮 / 娇儿的发火手枪瞄准，倒下 / 小数点后面的政府官吏"。但越是自我麻醉，那缠绕着他的远大理想越是顽健地生长。到了晚上，当他独对灵魂时，又沉浸在一种深刻的惆怅中了。为什么说"揭去一层层包装物"呢？这是对上一节而言。即国光企图在庸常的生活中最终消逝掉噬心的渴望，所以他实在是给自己裹上了"一层层包装物"。但包装物里面的仍旧是原来的苹果，仍旧是过往岁月的"蝉歌、云袖、泉足打印过的灵魂"啊。"在夜间擂击四壁"一句，形象是虚幻的，灵魂虽无形但又发出骇人的响声。这里没有坐实的内容，但意味又是无限广大的，每个有思想有气节的人都可以在这里找到自己的感情经验。这里需要注意的是，这种难言的隐忧诗人把它意象化了，并且使诗有一种矛盾修辞的力量："贝齿"是美的，但在"咬啮"；"发火手枪"是有趣的，但有了"倒下"；"蝉歌、云袖、泉足"是令人神往的，但在"夜间擂击"。明暗对比，激发读者的深层经验。诗人将失意写得轻盈明亮，但更为深沉。

接下来，是两个特写镜头，分别蕴含着"困在"和"渴死"的意味。礁石像人头一样被枷在潮水中，无望而死死地注视着远去的象征生命和创造的千帆，这是怎样的一种令人心灵淌血的热情啊！青春生命就要消耗殆尽了，就像苹果"多汁的岁月无几了"，理想就要彻底销铄了，就像果树的芽"渴死在你蚌一样紧闭的核里"。这些意象是源于生命体验的，不是妙手可著的。从"无　枝　可　栖"到"芽／渴死在你蚌一样紧闭的核里"，诗人就相当细致地省察了一个真实的人被实在啮噬的过程。这是生命的呼告，也是自省的要改变生存秩序的吁求。

布鲁克斯说，"除非一首诗反映了我们通过经验所知的世界的矛盾，否则，这首诗就不可能显得真实"。这首诗就达到了一种高标准的"真实"，成为生命的证据。而这一切又都是以诗的自存自足的艺术品质体现的。

日光岩下的三角梅

是喧闹的飞瀑
披挂寂寞的石壁
最有限的营养
却献出了最丰富的自己

　　　　是华贵的亭伞

　　　　为荒野遮风蔽雨

　　　　越是生冷的地方

　　　　越显得放浪、美丽

　　　　不拘墙头、路旁

　　　　无论草坡、石隙

　　　　只要阳光长年有

　　　　春夏秋冬

　　　　都是你的花期

　　　　呵，抬头是你

　　　　低头是你

　　　　闭上眼睛还是你

　　　　即使身在异乡他水

　　　　只要想起

　　　　日光岩下的三角梅

　　　　眼光便柔和如梦

　　　　心，不知是悲是喜

　　这是一首精致的咏物诗。与诗人另外的此类作品略显不同的是，它是在一个境界中展开一切的。放逸有放逸的美，端凝也自有端凝的美，《黄昏星》像无限弥散的山岚，而此诗却像浑圆剔透的钻石，可谓各有胜境！

　　我们知道，一首咏物诗的成败不在于诗人所选择的物象本身是凡俗还是奇诡，而在于诗人情感和智慧将它作为寄寓和伸展的生命形体，并对之的点化功夫。这种点化可以使之从原始的自然状态中苏醒过来，与诗人的生命状态达成深层的契合。而《日光岩下的三角梅》便是这样的成功之作。

　　诗的开始就不主故常，背叛了流行的想象模式："是喧闹的飞瀑 / 披挂寂寞的石壁 / 最有限的营养 / 却献出了最丰富的自己"。这里，三角梅被幻化成定格的飞瀑，真是神来之笔，它使人一下子振奋起来。

"喧闹"与"寂寞"、"飞瀑"与"石壁"、"有限"与"丰富"就构成一个相互比照与相互加强的场，浑然一体，意余言外。接下来，"是华贵的亭伞 / 为荒野遮风蔽雨 / 越是生冷的地方 / 越显得放浪、美丽"，又一个奇特的意象被诗人营造出来。三角梅的外形与亭伞有相似处，但更重要的是它们的内在精神达成了沟通（"遮风蔽雨"的奉献精神）。这里，"华贵"和"荒野"、"生冷"和"美丽"又是相互排斥与加强的场。这个互否的意象来得明快、简洁、准确，却又令人叹服诗人的奇思。三角梅的品格仍然随着诗人的点化和情感灌注向前推移，"不拘墙头、路旁 / 无论草坡、石隙 / 只要阳光长年有 / 春夏秋冬 / 都是你的花期"。这里借三角梅的自然属性抒发了诗人对一种人格的崇敬与向往。这是一种无私奉献的却被人忽略的品格，因此，诗人对之格外情深谊长。"呵，抬头是你 / 低头是你 / 闭上眼睛还是你 / 即使身在异乡他水 / 只要想起 / 日光岩下的三角梅 / 眼光便柔和如梦 / 心，不知是悲是喜"。诗的结尾两行来得相当意外。本来，按照此诗前面的情感逻辑，这里该是抒发一番壮志或坚定不移的告白的，但这样就会使这首诗流于"卒章显志"的诗歌水准了。在高潮时，忽然转入徘徊不去的柔音，就会使我们的感受复杂起来，本来已固定的情感流程忽然宕开，余韵缠绵，无限深永。是悲是喜？读者你只能体味，却难以回答。三角梅作为诗人精神的客观对应物，具有了生命质量。此诗境高意奇，有所寄托又化若无痕，真称得上妙悟了。

黄昏星

1

从红马群似的奔云中升起
你蔚蓝而且宁静
蔚蓝，而且宁静

仿佛为了告别
　　为了嘱托
短暂的顾盼之间
　　倾注无限深情

你解开山楂树
　　一支支
　　挽留的手臂
依次沉入夜的深渊
我还站在你照耀过的地方
思绪随晚归的鸟雀
　　　在霞晕中纷飞
——直至月上松林

让我回答你吧
我答应你：即使没有你做伴
也要摸索着往上攀登
　　　永不疲倦
　　　永不疲倦
千百次奉献出
与你同样光洁的心

2

这是我的城市
我期待你的来临

烟囱、电缆、鱼骨天线
在残缺不全的空中置网
野天鹅和小云雀都被警告过了

孩子们的画册里只有
麦穗、枪和圆规划成的月亮
于是，他们在晚上做梦

这是我的城市的黄昏
我相信你一定来临

阳光顺着墙根溜走
深黑的钟楼和上漆的新村
都像是临时布景
海傍着礁石沉默着
风傍着棕榈沉默着
这是歌曲里一个小小的停顿

我的城市有无数向你打开的窗户
我的城市有无数瞩望你的眼睛
阳台上的盆花
屋顶上东奔西撞的风筝
甚至小阁楼里
那支不成调的小提琴
在每个人的头上和愿望里
都有一颗属于自己的星

因而我深信你将来临
因而我确信你已来临

　　普希金在他的《我爱你的朦胧》一诗中这样唱道："我爱你的朦胧，
幽深莫测／和你那神秘的花朵／你啊，迷人的诗歌中／美好的幻梦！
是你们／诗人啊，使我们相信：有一群飘忽的幻影／从寒冷的忘川彼岸
／飞到这尘世的岸上／它们冥冥造访的心田／感到一切已不似从前……"

这是诗人对纯粹的生命感悟瞬间呈现的美妙诗歌所进行的礼赞。舒婷的《黄昏星》这首诗，就是朦胧而幽深莫测的"从寒冷的忘川彼岸／飞到这尘世的岸上"的优秀诗篇，它以繁丽纵横的意象交融所制造的迷宫，形成了诗的巨大张力。正像诗人所写的，那是她"头上和愿望里"的"一颗属于自己的星"。

黄昏星是孤独的，它最早升上天空，它的光没有夜的映衬，显得黯淡。但诗人这里用了"蔚蓝而且宁静／蔚蓝，而且宁静"去表现它，意在说明它的不明艳，正是其内在、安静而深沉的品格的表现。这是确信自己的生命独立不倚的人格的象征。"蔚蓝而且宁静"，做了两次重复，第二次，蔚蓝后用了逗点，就从语势的感觉上给人以高远、安静、孤单、美丽的印象，这正是"黄昏星"的特点。是告别还是嘱托，诗人没有明确写出，给读者留下了参与创作的机会，使每个人都可以根据自己的内在愿望对之"倾注无限深情"。夜临了，黄昏星"解开山楂树／一支支／挽留的手臂／依次沉入夜的深渊"，这是诗人由光线的变化产生的错觉，暖色调使人亲切，而冷色调使人觉得遥远，所以黄昏星就解开了山楂树挽留的手臂。黄昏星消失了，黄昏星又没有消失，它注入了诗人的生命，它的坚强和孤傲都给了诗人无穷无尽的鼓舞。所以，诗人说"我答应你：即使没有你做伴／也要摸索着往上攀登／永不疲倦／永不疲倦／千百次奉献出／与你同样光洁的心"。这是此诗的第一部分，它完成了物我的相互选择和发现，初步达成物我同一。黄昏星至此而成为一种人格的象征物。

第二部分是写诗人等待黄昏星（即希望自身也能像黄昏星一样坚定、高洁起来）的一种焦渴心情。"我的城市"可以理解为诗人生命的结构体，也可以理解为真正的城市。"我期待你的来临"——"我相信你一定来临"——"我确信你已来临"，正表现了诗人自身意志所经历的三重考验。这一部分诗人并置了两组彼此冲突的意象群，暗示了内心的矛盾和斗争。"烟囱、电缆、鱼骨天线／在残缺不全的空中置网"，这成为绞杀自由和美的意象符号；而"被警告过"的野天鹅和小云雀、孩子们的梦则是与之对立的代表生命自由和美好的意象符号。下面的"顺着墙根溜走"的阳光，"深黑的钟楼""礁石"和与之相对的"上漆的新村""棕榈""打开的窗户""瞩望的眼睛"一组意象群，则暗示了光明对黑暗的抗争过程。黄昏星这时已不再孤单，因为"我的城市有无数瞩望你的眼睛"。也许生命的渴望只是一支"不成调的小提琴"，一只"东奔西撞的风筝"，但那毕竟是一颗颗"属于自己的"希望的黄昏星啊！

　　这首诗写得较为隐约，但产生了特有的诱人深入的神秘感。这不是简单的"触景生情"的咏物诗、咏景诗，而是一曲回环往复的生命情调的完美形式表现。这样的诗，有无数个解，读者还可以根据自己的经验重新感受一番。

也　许
——答一位作者的寂寞

也许我们的心事
　　总是没有读者
也许路开始已错
　　结果还是错
也许我们点起一个个灯笼
　　又被大风一个个吹灭
也许燃尽生命烛照黑暗
　　身边却没有取暖之火

也许泪水流尽
　　土壤更加肥沃
也许我们歌唱太阳
　　也被太阳歌唱着
也许肩上越是沉重
　　信念越是巍峨

　　　　也许为一切苦难疾呼
　　　　　　对个人的不幸只好沉默

　　　　也许
　　　　由于不可抗拒的召唤
　　　　我们没有其他选择

　　忧郁和内省是舒婷诗歌的两大内驱力，从本质上来说，她是个痛苦的理想主义者、感伤的浪漫主义诗人。但舒婷之所以是重要的诗人，就在于她的忧郁不只是纯粹个人的"扩张欲""征服欲"受到阻遏的结果（这一点我们在传统诗歌中常常出现，如一些士大夫的"仕途欲"受阻，便没完没了地忧郁起来），而是一颗坚强有力的心灵对时代积重的深切忧患。我们读舒婷的诗常常感到，那种忧郁记录着当代青年心理的巨大落差，忧郁的声音里不乏灼热，失望的叹息里不乏希望，幽暗的色块中时时跳出光亮的线条。它们是那么和谐地融为一体，给你一种复杂的审美感受。正像诗人自己所言："理想使痛苦光辉"！

　　《也许》这首诗用了九个问句，展示了诗人内心世界的图像。这种句式所达到的效果是那种直抒胸臆的议论句式不可比齐的。前四个"也许"是"寂寞"的原因，后五个"也许"是"寂寞"的价值。此诗副标题是"答一位作者的寂寞"，但诗人没有去温婉体人地抚慰他，而是勇敢地正视了"寂寞"，承认它充分的合理性。诗人的用力处在于剖析这种"寂寞"的内涵，擦去它蒙覆的灰尘，使之露出崇高坚贞的光芒来。是的，"泪水流尽"是为了"土壤更加肥沃"；"肩上越是沉重"，是由于"信念越是巍峨"。那些有着崇高使命感的人，注定要生活在误解和寂寞之中，但"由于不可抗拒的召唤 / 我们没有其他选择"，即使在大风吹灭火把的时候！

　　这首诗的长处还在于，采用"也许"的疑问语气，使这些问题捍卫住其复杂性和不确定，这就避免了独断的回答所带来的咄咄逼人的训诫意味。它亲切、平和，但又不乏内在的自信，更容易使人接受，并与作者一道在"寂寞"中努力，在"寂寞"中思索，具有着诗歌意味的更大张力——两种矛盾的力量构成的广阔的智力空间。

惠安女子

野火在远方，远方
在你琥珀色的眼睛里

以古老部落的银饰
约束柔软的腰肢
幸福虽不可预期，但少女的梦
蒲公英一般徐徐落在海面上
呵，浪花无边无际

天生不爱倾诉苦难
并非苦难已经永久绝迹
当洞箫和琵琶在晚照中
唤醒普通的忧伤
你把头巾一角轻轻咬在嘴里

这样优美地站在海天之间
令人忽略了：你的裸足
所踩过的碱滩和礁石
于是，在封面和插图中
你成为风景，成为传奇

　　舒婷的诗是温婉可人的，她淡淡的忧愁，款款的倾诉，像一脉山泉并不喧嚣但滋润着四周的生命。这是舒婷诗歌基本的审美态度。但我们要注意的是，舒婷的忧郁在更多的时候表现为人性的必然渴望与这个渴望受到扼制时的感悟。她总是能够教你透过她美丽的忧伤，在更深的层面理解生命的真谛。

惠安女子是诗人、画家常常表现的题材。古老服饰和生活方式所形成的独异民风民俗，使她们带有一种神秘感，带有一种绰约的、羞涩的、健美的体貌。人们的表面感受并没有从本质上把握住惠安女生命状态的实质性内容。泰纳说，表现经久而深刻的艺术，才是真正的艺术。所谓经久而深刻，泰纳是指人性而言。舒婷就深刻地达到了这一点，使此诗获得了极大的反响。从传统的仿佛已没有什么再可挖掘的题材上发现其独异的意义，并赋之以完美的形式，正是对一个诗人的考验。

"野火在远方，远方 / 在你琥珀色的眼睛里"。全诗的第一节只有这两句，但其中的意味是深永的。野火是指生命的渴望在燃烧，但它只能在惠安女的"眼睛"里。两个远方的叠加就使我们感到惠安女目光的深沉与哀婉；而"琥珀色的眼睛"又让我们感到她的美丽晶莹和柔弱。这里，时间消逝了，"远方"的古老与现实是那么滞重地融为一体，仿佛难以改变。

第二节，"以古老部落的银饰 / 约束柔软的腰肢"，写的是惠安女婀娜的体态原来是建立在"古老部落"的"约束"之上的。这里，"银饰"成了一种灌注着诗人主观感情的意象，暗示陈旧而悍厉的封建色彩。"幸福虽不可预期，但少女的梦 / 蒲公英一般徐徐落在海面上 / 呵，浪花无边无际"。幸福是那般渺远，不可企及，但少女的梦却轻飏在海面上。这里不能忽略的是，诗人先肯定了"幸福"的虚幻，又以少女的梦与之对照，使人倍感哀伤。"蒲公英"的花絮在汹涌的大海里能有什么命运呢？诗人不必再说了，"呵，浪花无边无际"这句已经说尽！这是虚写，画面很迷蒙很典雅，但内涵却沉重。

下面是实写。"天生不爱倾诉苦难 / 并非苦难已经永远绝迹 / 当洞箫和琵琶在晚照中 / 唤醒普通的忧伤 / 你把头巾一角轻轻咬在嘴里"。在黄昏，在孤寂中响起洞箫和琵琶时，惠安女轻咬头巾一角，将自己彻骨的忧伤都交与这一曲缓缓的古歌了。"天生不爱倾诉苦难"，是说倾诉又有何用呢？这里，诗人写出了惠安女的命运，但她不是尽情描写苦难的画面，而是以美妙的令人神往的"洞箫和琵琶"、"晚照"和惠安女优美的姿势来反衬其内心深处的哀伤。它是那么悠长、恒久地浸透你的心，它不让你震撼，它让你回味体验，让你欲说还休。

最后一节，诗人用"优美"和"忽略"、"海天之间"和"碱滩礁石"，形成对比，对那种无视惠安女真实命运的"封面和插图"表现的所谓"风景和传奇"进行了反讽，淡淡的却又是极为有力的反讽！这是一曲用洞箫和琵琶弹奏的并不轻松的歌，是人性之歌。

这首诗写了苦难，但写得美丽写得透明，诗人没有让意义淹没了形式，是诗的思想和形式感的双重胜利。我们知道，至今福建惠安女仍然生活在很愚昧的氛围里，那里的民俗带有浓厚的封建色彩，比如女子在婚前不能见男方，在婚后仍然不能与男方生活在一起，每年只有几天能接近。她们的生活有很多限制，有些细节简直令现代的人难以相信。这些苦难的灵魂往往被人忽略，而以猎奇的态度加以表现。舒婷以深沉的忧患表现了她对这些苦难深重的姐妹的同情，这首诗忧伤中灌注的批判现实的色彩使之具有了更大的穿透力和深度。

芒 克

阳光中的向日葵

你看到了吗
你看到阳光中的那棵向日葵了吗
你看它，它没有低下头
而是在把头转向身后
它把头转了过去
就好像是为了一口咬断
那套在它脖子上的
那牵在太阳手中的绳索

你看到它了吗
你看到那棵昂着头
怒视着太阳的向日葵了吗
它的头几乎已把太阳遮住
它的头即使是在太阳被遮住的时候
也依然在闪耀着光芒

你看到那棵向日葵了吗
你应该走近它去看看
你走近它你便会发现
它的生命是和土地连在一起的
你走近它你顿时就会觉得

> 它脚下的那片泥土
>
> 你每抓起一把
>
> 都一定会攥出血来

　　瑞恰慈指出：文词意义在作品中变动不居，意义的确定是文词使用的具体语言环境复杂的相互作用的结果。一个词是从过去曾发生的一连串复现事件的组合中获得意义的，那是词使用的全部历史留下的痕迹。

　　向日葵，这个词中国人是多么熟悉！它牵动了我们的伤口，使我们一下子复活了那场浩劫中的全部记忆。作为"词使用的全部历史留下的痕迹"，我们并不陌生。芒克在这首诗里，巧妙地用了这个敏感度很高的意象，反其意而用之，有力地表达了一代觉醒的青年，对封建专制主义的反叛，它是那么鲜明，那么犀利！这里的向日葵，是"把头转向身后"的勇士，它自信而清醒，它要"咬断"丑恶的绳索，完成对封建专制的彻底背叛！这是第一节的核心意象。第一节是"把头转向身后"的向日葵，到了第二节，就成了"昂着头 / 怒视着太阳的向日葵"了。这表明新的一代对自身使命的领悟和对自身力量的确信。因为，他们知道，每一个自由者的灵魂都是新时代的太阳，都发出了属于自己的光。"依然闪耀着光芒"，多么自豪！此诗最后一节深刻回答了向日葵之所以如此坚强地背叛了奴性的血统之原因："它的生命是和土地连在一起的"，"它脚下的那片泥土 / 你每抓一把 / 都一定会攥出血来"。这是写一代觉醒者的力量。这样一来，那棵向日葵就不再是孤独的斗士，而是整个一代人良知和意志的象征了。写出这等好诗绝非仅靠艺术上修炼可及，"诗之基，其人之胸襟是也。有胸襟，然后能载其性情、智慧、聪明、才辨以出，随遇发生，随生即盛"（叶燮《原诗》）。

　　这首诗，单纯而猛烈，意象的层层深化恰到好处地表现了觉醒了的一代的反思过程，是以简寓繁的优秀之作。向日葵，这个被特定的历史扭曲了的名词，在诗人笔下，放出了重新命名的生命之光！

雪地上的夜

雪地上的夜
是一只长着黑白毛色的狗
月亮是它时而伸出的舌头
星星是它时而露出的牙齿

就是这只狗
这只被冬天放出来的狗
这只警惕地围着我们房屋转悠的狗
正用北风的
那常常使人从安睡中惊醒的声音
冲着我们嚎叫

这使我不得不推开门
愤怒地朝它走去
这使我不得不对着黑夜怒斥
你快点儿从这里滚开吧

可是黑夜并没有因此而离去
这只雪地上的狗
照样在外面转悠
当然，它的叫声也一直持续了很久
直到我由于疲惫不知不觉地睡去
并梦见眼前已是春暖花开的时候

这首诗是芒克写在 70 年代初的。它质朴而不失灵动，透明而不失深沉，精工却又十分自然。它是那么坚实，今天读来仍不失光彩。

这是一首纯粹的象征诗。通篇就围绕着"雪地上的夜"来写。第一节，"雪地上的夜 / 是一只长着黑白毛色的狗 / 月亮是它时而伸出的舌头 / 星星是它时而露出的牙齿"。为什么说雪地上的夜是一只长着黑白毛色的狗呢？这里要注意雪地二字。在夜里，凸凹不平的地上铺着雪，看上去白黑相间就像一只卧着的狗。"狗"的意象透露了此时诗人的基本情绪，它是带有强烈的暗示色彩的，是诗人心理现实的客观对应物。它构成一种反面的力量在威胁着诗人。在诗人眼中，"月亮是它时而伸出的舌头 / 星星是它时而露出的牙齿"，这情形可真够紧张的了。这是第一节，"我"还没有出现，但读者已经暗感到一种"我"受控的心态。这种狞厉的环境，让我们回到了 70 年代初中国的大人文环境中。芒克在当时就体味到了生命受困厄的事实，为我们留下了那个时代先觉者的诗！

第二节，"我"还是没有出现。"这只狗 / 这只被冬天放出来的狗 / 这只警惕地围着我们房屋转悠的狗 / 正用北风的 / 那常常使人从安睡中惊醒的声音 / 冲着我们嚎叫"——这一节，只是一个单句，即"狗冲我们嚎叫"。但却给人以相当深刻的刺激。原因是诗人增加了不可缺少的修饰成分。这里的修饰二字不单从修辞学的意义上来讲的，对诗而言，修饰不是手段而是意义本身。是诗人从各方面激活语言，使它更具有个人信息的一种实验。正如瓦雷里所说："诗是一种语言中的语言。"这位大师不是从借喻的意义上说这句话的，而是诗歌语言的根本现实。

有了前两节的铺垫，读者期待的冲突中形成的张力结构出现了。"这使我不得不推开门 / 愤怒地朝它走去 / 这使我不得不对着黑夜怒斥 / 你快点儿从这里滚开吧"。两次使用"不得不"，正是对"我"一直没有出现的解释，它充满了忍无可忍以死相拼的意味。后一句完全用的是口语，但相当贴切，如果换成书面语肯定要减色的。所以，不能说诗歌语言中构成性语言和口语孰长孰短，重要的是看它们在总体语境中的位置。得典雅时不妨六行完成一个单句（如"狗冲我们叫"句），得俚俗时却也不妨俚俗。诗作为一个整体的情感形态，各种语言效果一定不是单独起作用的。

最后一节写黑暗势力的强大和正义暂时处于低潮的现实。这是对那个时代经验广度的把握。也正是在那种力量对比悬殊的情势下，才显出"春暖花开的梦"的坚贞和自信。如果没有这最后一句，此诗也只能流于一般意义上的"愤怒文学"，而不能另铸伟辞了。这不是光明的尾巴，而是艺术上的纯粹与和谐。

这首诗写在 1973 年，联系当时的时代背景，我们会发现"雪地""夜""狗"的象征性含义。在那严酷的年代，真正的诗并没有死，而是像地火一样在运行在燃烧，这是现代诗的骄傲！

在麦田里

这仿佛是从我心里长出的麦子

在这片麦田里
太阳多像一个早起的农妇
她的前胸裸露着
那是彩色的陶罐
那陶罐里盛满了酒
在这片麦田里
太阳从霞光中姗姗而来
她把酒斟满了我的心
你看，地上喝醉了麦子
人喝醉了眼睛

这仿佛是从我心里长出的麦子

在谈到艺术境界的时候，宗白华先生说过这样的话：以宇宙人生的具体为对象，赏玩它的色相、秩序、节奏、和谐，借以窥见自我的最深心灵的反映；化实景而为虚境，创形象以为象征，使人类最高的心灵具体化、肉身化，这就是"艺术境界"（《中国艺术意境之诞生》）。

　　用这样的标准去对照这首仅仅十二行的小诗，就会感到它堪称意境营造精品了。在现实生活中，我们经常看到麦田，心中也不是没有感觉，但这些感觉往往是程式化了的，诸如丰收的喜悦，或是"翻金波"一类死掉了的语言。但芒克在外界事物以形象的形式进入他视野时，他马上为之注入了精神能量，达到一种诗的"真实"（即海德格尔所认为的，诗要将现实更接近真实，它要把被歪曲和遮蔽着的真实发掘出来，并使全部生命得以复活。真实指的只能是澄明的生命的真实）。这里，没有对麦田进行表面的描摹，而是一开始就迅速进入心理活动，"这仿佛是从我心里长出的麦子"，诗人的欣喜之情感激之情都饱含在这句里了。这句单独为一节是为了造成麦田般的辽阔深远感。

　　接下来的两节是对阳光的感觉。诗人将内外现实看作处于同一变化中的两个潜在成分，太阳成了诗人心灵的历史，她用生命的乳汁灌溉了我们和土地。这里需要注意的是，"太阳从霞光中姗姗而来 / 她把酒斟满了我的心 / 你看，地上喝醉了麦子 / 人喝醉了眼睛"，这不单是想象，不单是比喻，更是诗人的心理本真感受。它既是在写麦田金红的醉颜，又是写自己对阳光和麦田的迷醉和开放。"人喝醉了眼睛"就是既写了人在阳光下的生理反应，更写了人对象征自由和富饶的阳光的崇敬沉湎之情。这里，诗人运用了通感的修辞手法，使视觉与味觉沟通起来，以感官审美范畴的增值，完成诗意的增值。最后，又是单独一行作为一节，"这仿佛是从我心里长出的麦子"，与篇首遥相呼应，使全诗结构坚卓，意味隽永，境界全出。

　　这时，我们再重新去读一遍《在麦田里》，就会感到它像一个金色的辽远无疆的梦一样，在我们心灵深处留下了无尽的想象的经验。描写麦田的诗句，智利诗人聂鲁达也留下了天机人巧之佳构，如"死去了的人们正从地下向她致敬，在金黄的小麦头上将拳头握得紧紧"，还有"惠特曼像麦田一样无穷宽广"。可见，真正的诗人，都是能在最平凡的事物中发现和创造审美意味的。

晚 年

墙壁已爬满了皱纹

墙壁就如同一面镜子

一位老人从中看到了一位老人

屋子里静悄悄的。没有钟

听不到嘀嗒声。屋子里

静悄悄的。但是那位老人

他却似乎一直在倾听着什么

也许，人活到了这般年岁

就能够听到——时间

——它就像是个屠夫

在暗地里不停地磨刀子的声音

他似乎一直在倾听着什么

他在听着什么

他到底听到了什么

　　《晚年》从表面上看写的是一种不动声色、高度宁静的老年人的
生活状态，但又不仅仅是这些。诗人将真实写照同超验的幻象巧妙地
融为一体，在不动声色和高度宁静中充满了内在的不安感和紧张感。
以静写动，以安详写悲凉，这是深得艺术的辩证法的。

　　"墙壁已爬满了皱纹 / 墙壁就如同一面镜子 / 一位老人从中看到了
一位老人"。诗的开篇就为我们展现了一幅疲惫的人物特写镜头。"墙
壁"具有两重意义，它可以指老人居住的老屋，同时又指老人的面
部，那上面已经是古斑苍然了。我们要注意，"一位老人从中看到了
一位老人"，这里不是说有两位老人，老人原来是面壁而坐，静静地
感受着自己。"屋子里静悄悄的。没有钟 / 听不到嘀嗒声。屋子里 / 静

悄悄的。"这三行我们对每个字和每个标点都要注意。"屋子里静悄悄的"这句诗的两次出现，绝不是重复，而是为了造成万般寂寞的氛围。就像鲁迅先生的"在我的后院有两株树，一株是枣树，另一株还是枣树"一样。另外，我们还看到，这三个短句后面用的都是句号，给人以一切都结束了的感觉。在折行上，这三句诗也颇为特殊，如果改成每句单独一行，那效果就相差很远了。所以，现代诗从各个方面都比传统诗扩大了审美的范畴。以上是《晚年》这首诗第一层意思。

接下来看，"（屋子里）静悄悄的。但是那位老人／他却似乎一直在倾听着什么／也许，人活到了这般年岁／就能够听到——时间／——它就像是个屠夫／在暗地里不停地磨刀子的声音"。屋子里连象征时间的钟都没有了，那么，那位老人在倾听什么呢？诗人没有从正面说明，他只说"时间／——它就像是个屠夫／在暗地里不停地磨刀子的声音"。哦，原来老人听到了自己生命内部销铄的声音。本来，诗歌单从意义上说至此已经很完整了，但如果到此为止，就难以深刻揭示生命的有限性这一残酷事实并造成回味无穷的效果。诗人是智慧的，他又用了三个设问句，就使诗歌在余音袅袅中结束了。这里没有价值定向的语言，只是体验。这首诗写得纯净而超诣，为我们提供了新的经验。这种境界正是兰色姆所说的"诗靠自身的具体性把血肉还给世界"。它是知性的，它使我们得到了一种知识——质的知识。

另一位朦胧诗人顾城也写过一首《老人》，这里不妨照抄一下，使我们领略两种风光——

老人／坐在大壁炉前／他的额在燃烧／他看着／那些颜色杂乱的烟／被风抽成细丝／轻轻一搓／然后拉断／迅速明亮的炭火／再不需要语言／就这样坐着／不动／也不回想／让时间在身后飘动／那洁净的灰尘／几乎触摸不到／就这样／不去哭／不去打开那扇墨绿的窗子／外边没有男孩／站在健康的黑柏油路上／把脚趾张得开开的／等待奇迹。

感　情

沉重的风

发出马的嘶叫

拉着冬天僵硬的尸身

从我辽阔的胸膛上走过

走向远远的群山

走向那片坟

把它同又一个落日

一起去埋葬

而把寂静和黑夜留给了我

把渐渐复苏的欲愿留给了我

让我独自地忍受

野草的根在我体内骚动

锋利的茎叶刺穿我的皮肉

它使我痛苦

也使我满足

它既像情人的温柔

也像寄生虫一样地吸食我

风不能把它连根拔起

马的蹄子践踏过后

它照样死而复活

我想，我不能说

我的皮肤将会形成一片汪洋

但若真是那样

它也一定不会因被淹没而死亡

因为，只要我的血还在奔流

它就会活着，就会生长

就会把花朵开得更加鲜艳

开遍我的胸前

它多么像久别的爱人

重返家中

给你卸下温暖

给你撒上芳香

它不是别的而是我的感情

当冬天过去春天又来

它赤着双脚

已迈步在我心中走动

尼采在他的自传《瞧，这个人！》中这样说："正是在我的生命遭受极大困苦的那些年，我放弃了悲观主义，自我拯救的本能不允许我有懦怯的软弱的哲学。"事实正是如此，当一个人充分体知到生命的困厄和焦虑后，他才可能战胜它、超越它；而那些否认生命的焦虑的人，那些从未体知或不愿正视焦虑的人，恰恰是一群孱弱的悲观主义者。诗人！你生命的质量，你情感的纤弱和坚强，都源于焦虑和生命对焦虑的抗争过程！

"沉重的风／发出马的嘶叫／拉着冬天僵硬的尸身／从我辽阔的胸膛上走过／走向远远的群山／走向那片坟／把它同又一个落日／一起去埋葬"。这是一组残败的又是悲壮的意象。整个冬天从我胸膛上碾过，那被轧的内脏在抽搐、在淌血，但诗人没有呻吟。因为，这是送葬的跫音，它沉雄但却走向了坟墓。冬天的尸身是寒冷的、沉重的，可胸膛是"辽阔的"，它足以承受！这节诗写的并不是人的自足体与自足体以外的关系，而是自足体内部的挣扎，是诗人埋葬旧我的过程。

但战胜焦虑肯定不能依靠麻醉自我的方式。当送葬的车队过去后，诗人并不能得到解脱，他有"渐渐复苏的欲愿"，也有"寂静和黑夜"的空旷与恐慌。新的生命不会另起炉灶，它只能从"那片坟"

上重新发芽。"我独自地忍受 / 野草的根在我体内骚动 / 锋利的茎叶刺穿我的皮肉",真实的处境一如以往,沉沦和新生又开始了另一局较量。本我、自我、超我之间不可弥合的冲突作为一种永恒性的狂热,又骚动起来。而且再没有比自己再一次打败自己更痛苦的人生体验了。这是精神放血后再一次自我"搏斗"!人是需要精神的一次次死亡来拯救的,新生和死亡在这里是同义语。你看,新生命的胚芽虽然弱小,难以自持,但"风不能把它连根拔起 / 马的蹄子践踏过后 / 它照样死而复活"——"只要我的血还在奔流 / 它就会活着,就会生长 / 就会把花朵开得更加鲜艳 / 开遍我的胸前"!这是什么?这是"我的感情"!是强力意志永恒的本质!是死亡与新生角逐的战场里,用生命浇铸的新绿!人生就是这样,你无法规避这种宿命——使命,你更没有理由绝望,因为"当冬天过去春天又来 / 它赤着双脚 / 已迈步在我心中走动"!

芒克的《感情》,从开始的不安到渐渐的自豪,显示了生命的超越图景。这首诗没有繁复的意象,语言朴素但悠远深厚,体制端凝但境界舒展,在顽强紧张中又透出一股抚慰心灵的人情味儿,是独标真素的佳作。

杨　炼

诺日朗

一　日潮

高原如猛虎，焚烧于激流暴跳的万物的海滨
哦，只有光，落日浑圆地向你们泛滥大地悬挂在空中

强盗的帆向手臂张开，岩石向胸脯，苍鹰向心……
牧羊人的孤独被无边起伏的灌木所吞噬
经幡飞扬，那凄厉的信仰，悠悠凌驾于蔚蓝之上

你们此刻为哪一片白云的消逝而默哀呢
在岁月脚下匍匐，忍受黄昏的驱使
成千上万座墓碑像犁一样抛锚在荒野尽头
互相遗弃，永远遗弃：把青铜还给土、让鲜血生锈
你们仍然朝每一阵雷霆倾泻着泪水吗
西风一年一度从沙砾深处唤醒淘金者的命运
栈道崩塌了　峭壁无路可走，石孔的日晷是黑的
而古代女巫的天空再次裸露七朵莲花之谜

哦，光，神圣的红釉，火的崇拜火的舞蹈
洗涤呻吟的温柔，赋予苍穹一个破碎陶罐的宁静
你们终于被如此巨大的一瞬震撼了么

——太阳等着，为陨落的劫难，欢喜若狂

二　黄金树

我是瀑布的神，我是雪山的神
高大、雄健，主宰新月
成为所有江河的惟一首领
雀鸟在我胸前安家
浓郁的丛林遮盖着
　　　那通往秘密池塘的小径
我的奔放像大群刚刚成年的牡鹿
欲望像三月
聚集起骚动中的力量

我是金黄色的树
收获黄金的树
热情的挑逗来自深渊
毫不理睬周围怯懦者的箴言
直到我的波涛把它充满

流浪的女性，水面闪烁的女性
谁是那迫使我啜饮的惟一的女性呢

我的目光克制住夜
十二支长号克制住番石榴花的风
我来到的每个地方，没有阴影
触摸过的每颗草莓化作辉煌的星辰
　　　在世界中央升起
占有你们，我，真正的男人

三　血祭

用殷红的图案簇拥白色颅骨，供奉太阳和战争
用杀婴的血，行割礼的血，滋养我绵绵不绝的生命
一把黑曜岩的刀剖开大地的胸膛，心被高高举起
无数旗帜像角斗士的鼓声，在晚霞间激荡
我活着，我微笑，骄傲地率领你们征服死亡
——用自己的血，给历史签名，装饰废墟和仪式

那么，擦去你的悲哀！让悬崖封闭群山的气魄
兀鹰一次又一次俯冲，像一阵阵风暴，把眼眶啄空
苦难祭台上奔跑或扑倒的躯体同时怒放
久久迷失的希望乘坐尖锐的饥饿归来，撒下呼啸与赞颂
你们听从什么发现了弧形地平线上孑然一身的壮丽
于是让血流尽：赴死的光荣，比死更强大

朝我奉献吧！四十名处女将歌唱你们的幸运
晒黑的皮肤像清脆的铜铃，在斋戒和守望里游行
那高贵的卑怯的、无辜的罪恶的、纯净的肮脏的潮汐
辽阔记忆，我的奥秘伴随抽搐的狂欢源源诞生
宝塔巍峨耸立，为山巅的暮色指引一条向天之路
你们解脱了——从血泊中，亲近神圣

四　偈子

为期待而绝望
为绝望而期待

期待是最漫长的绝望

绝望是最完美的期待

期待不一定开始
绝望也未必结束

或许召唤只有一声——
最嘹亮的，恰恰是寂静

五　午夜的庆典

开路歌

领：午夜降临了，斑斓的黑暗展开它的虎皮，金灿灿地
　　闪耀着绿色。遥远。青草的芳香使我们感动，露水
　　打湿天空，我们是被谁集合起来的呢？

合：哦这么多人、这么多人！

领：星座倾斜了，不知不觉的睡眠被松涛充满，风吹过
　　陌生的手臂，我们紧紧挤在一起，梦见篝火，又大
　　又亮，孩子们也睡了。

合：哦这么多人、这么多人！

领：灵魂颤栗着，灵魂渴望着，在漆黑的树叶间寻找一
　　块空地，在晕眩的沉默后面，有一个声音，徐徐松
　　弛成月色，那就是我们一直追求的光明吗？

合：哦这么多人、这么多人！

穿花

诺日朗的宣谕：
惟一的道路是一条透明的路
惟一的道路是一条柔软的路
我说，跟随那股赞歌的泉水吧
夕阳沉淀了，血流消融了

瀑布和雪山的向导

笑容荡漾袒露诱惑的女性

从四面八方，跳舞而来，沐浴而来

超越虚幻，分享我的纯真

煞鼓

此刻，高原如猛虎，被透明的手指无垠的爱抚

此刻，狼藉的森林漫延被踩蹦的美、灿烂而严峻的美

向山洪、向村庄碎石累累的毁灭公布宇宙的和谐

树根像粗大的脚踝倔强地走着，孩子在流离中笑着

尊严和性格从死亡里站起，铃兰花吹奏我的神圣

我的光，即使陨落着你们时也照亮着你们

那个金黄的召唤，把苦涩交给海，海永不平静

在黑夜之上，在遗忘之上，在梦呓的呢喃和微微呼喊

　　之上

此刻，在世界中央。我说：活下去——人们

天地开创了。鸟儿啼叫着。一切，仅仅是启示

　　杨炼的抒情长诗《诺日朗》，是"人类复杂经验的聚合"，其巨大的整体性包容量和惊人的语言变构，都使这首诗具有了现代史诗的性质。"诺日朗"是藏语男神的意思。四川著名风景区九寨沟有一座瀑布、一座雪山以此命名。正是在对这个整体性象征体的精神灌注上，杨炼展示了"历史——文化"的广阔空间，以及人自身生命意志和理性无限冲突及洞开的可能。要感受这首艰涩而渊深的诗歌，最好让我们先看看诗人的文学观。在杨炼看来：事实上每一部真正的文学作品，每一首真正的诗，都凝聚着作家和诗人对整个生存的感受和思考，包括对美学秩序的了解和思考。它从最初的自在感觉，经由积累而达到一种自发的冲动，即表现的欲望，最后通过一种自为的努力，主要是结构，而创造出一个相对独立的语言环境和语言世界。对生存态势的把握，是通过语言环境的构成本身以及这种构成的暗示性传达

出来的。而人们在阅读的时候，并不是要在其中寻找某些现成的生活结论，不是要寻求某种被演绎了的思想，而是重新或者说在更高的意义上加入到作家和诗人所创造的那个语言环境中去生存。由语言所统摄、所体现的这样一整个内部演变过程是不可还原的……由于我们的介入，文化成为活的、有生命的、有可能发生改变的东西。（参看《面对生存：困境和出路》）

对强力意志和生存的把握，是此诗的精神内核。诗中的男神是一团混沌的人类生命力感的象征。他充满了自相矛盾的缠绕力量：荒谬与清醒、破坏与创造、绝望与希望。他是历史中最深的冲突、发展与和谐、停滞的源泉。诗人对他很少使用明显的价值定向化语言，他只是一种绝对的现实。一种既超出人类经验范围的实在；又同时是始终停留世间的生命。生存的盲目性和偶然性在他身上得到了综合体现。但诗人正是透过这种盲目和偶然寻求生命的内在统一的。生命意志的运动性和多面性为人类提供了机会，"一切仅仅是启示"，关键是怎样对生命冲动和生命意志的不可毁灭的统一性找到有价值的投射场。在诗人笔下，这个投射场就是："我活着，我微笑，骄傲地率领你们征服死亡 /——用自己的血，给历史签名！"这也是诗人对生命最高限值的理解，诺日朗象征的本原的力是抽象的，需要人精神的导引。它是新时代的查拉图斯特拉寓言。

这首诗像一部沉厚辉煌的交响曲，它共分五个乐章。《日潮》是写人类在暗道中彷徨的悲慨际遇；《黄金树》是写人类混茫而顽强的原欲力感；《血祭》是写生存的困境及战胜困境的勇气；《偈子》是写人类走到了相对精神和怀疑主义的阶段；《午夜的庆典》是写人类在整体的孤独中最终必定达成一种更高意义上的沟通，使新世界的"天地开创"！

这是一首异质混成对抗共生的复杂的诗，它广阔的智力空间需要读者从不同角度赋予意义。一首诗，脱离诗人的创作初衷而成为多方向、多层面的综合体，这首诗就具备了自足的生命形式的本质。杨炼的《诺日朗》就是这样的好诗。这首诗使我们体会到艾略特的观点："传统不是一个单向的过程，一个对象，而是一种关系，一种能动的结构。"这是多么精深！无论是从艺术上还是从整个精神历史上考察，历史对今天来说，一定是共时呈现的东西。男神诺日朗的创造和破坏，让我们想起人类生存自相矛盾的两种力量，诗人所要表现的，只是一种绝对的心理现实，而最终怎样理解这个现实的意义，则要靠读者（深刻的读者）那种处理复杂综合经验的能力。这样，《诺日朗》就是一个开放的、未有价值定向的结构，或如诗人所言，"一切，仅仅是启示"。

海边的孩子
——一本新诗集的序言

我不知道那个孩子是谁
那个在海边做着快乐游戏的孩子
——沙土城堡和幻想的主人
　　草帽遮住眼睛
　　明朗地笑着
　　和太阳一同漫步
我不知道那个孩子是谁……

他那衣襟前别着蓝色的手帕
蓝蓝的，像写上生活全部奥秘的晴空
——他的脸就是一个美丽的梦
　　喃喃自语着
　　一个人来到这世界的海滨
　　为了与波涛谈话
我不知道那个孩子是谁……

我不知道那小篮子般的心里

　　　　是不是也盛着另外的回忆

　　──大海铺开淡淡的光芒

　　　　把笑声藏进永恒的谜语

　　　　可即使远处有暴风雨又怎样呢

　　　　世界依然是值得孩子们笑的

　　我不知道那个孩子是谁……

　　美国诗人、评论家奥尔森说:"形式是内容的延伸,在这种新的诗的革新运动下就产生了一种具有高层结构的新的诗的形式。"这种所谓的"高层结构",奥尔森是指诗在现实的层面上还有象征的一层。这样做的好处是,诗的内涵被突然放大了,如一道强光照亮过去又伸延于未来世界的运转中。其次,这样做还有一个好处,就是它能为不同审美层次的读者都提供充分的可感性。在审美上准备不足的读者,可以欣赏表层文本意味,而深刻的"合格读者"又可以体会深层文本的暗示性、象征性。比如艾青的《树》:"一棵树,一棵树 / 彼此孤离地兀立着 / 风与空气 / 告诉着它们的距离 / 但是在泥土的覆盖下 / 它们的根伸长着 / 在看不见的深处 / 它们把根须纠缠在一起",就是这等高层结构的佳作。

　　杨炼的这首朴实的小诗就具有高层结构的性质。它既可以是写真实的现实画面,同时又象征了新的生命形态和新的精神历史的开始。

　　我们读了这首诗,觉得它单纯而丰美,但仅感到这一点是不够的,还必须发现它在单纯的背景上建立的复杂,现实之上的象征。

　　"我不知道那个孩子是谁 / 那个在海边做着快乐游戏的孩子"。这里诗人其实是"知道"的。这个孩子就是觉醒一代生命和勇敢的象征:"明朗地笑着 / 和太阳一同漫步","一个人来到这世界的海滨 / 为了与波涛谈话"。但诗人却用了"做着快乐游戏"和"他的脸就是一个美丽的梦",这样清澈轻盈的语言来描绘他,这说明诗人对孩子(新时代的象征)的一切都寄寓了无限深情与希望。最后,诗人通过孩子"把笑声藏进永恒的谜语"的神秘天真,来反衬"远处有暴风雨",表现出他的乐观和自信。这个世界即使还远不够美好,但"世界依然是值得孩子们笑的", 而且肯定会越笑越响亮!

　　这首诗的另一个特点是其咏唱性。这是由多次出现的"我不知道那个孩子是谁"反复萦绕来体现的。读来朗朗上口, 亲切自然。这与此诗的新鲜流动的生命象征体是和谐的, 相互实现的, 而不仅仅是为了"音乐美"。布洛克说过:"诗歌最难传达的意义往往是通过整首诗的音乐和音调揭示出来的。诗人心里也很明白, 要想传达某种意义, 必须使用什么样的音调和什么样的节奏。"(《美学新解》)这首诗的音调和旋律, 与诗人对新的历史新的生命形态的自信和乐观是一体的, 音调和旋律不仅是形式也是内容。

北方的太阳

北方的太阳
铜的太阳
每片叶子都是绿色的钟的森林

在这小小的庭院里列队
秦时明月汉时关, 缠草根的白骨
都碎成了一块块砖石
落花寂寞的宫女, 独坐黄昏
还在等那一只迟迟的归燕

北方的大阳
像一滴铜汁似的新鲜而灼热
你的光, 穿过尘封的岁月被敲响

这里, 逾越死亡的都走来
泉声和松涛从深山古寺中走来

黎明，哼着村口上一缕烟霞
泥土的芳香，二十四番风信
与最小的那颗种子
——到处都有的纯朴的人——
一口口钟站在蓝天下
心，挥动长长的沉默的锋芒

并非又一章讲不完的古老故事
钟的世界响彻灵魂那透明的语言

宁静的运动，跟随大地
在一瞬间朝孩子展开五千年的智慧
它越铸越大，越雕越精美
祖先的血性，沉甸甸的命运
不和谐的和谐的结晶

小小的庭院里，铜的太阳
如星
墙外，北方三月的金黄的田野
如梦

    这是诗人的组诗《大钟寺》中的一首。"北方的太阳"是诗人对象征中华民族辉煌的历史文化和顽强生命力的古钟，进行的意象化处理。这首诗与许多"朦胧诗"的不同在于，它表现的是公众的社会性情感，是以横贯古今的历史为纵轴，以全民族普遍的精神觉醒为横轴的时代钟声。对诗歌而言，重要的从来不是诗中是否表现了"自我"，而是"我"找到了独异的表现的方式。所谓"自我"，只有对形式的创造而言才有绝对意义。在出现了艾略特之后，诗人根本就没有必要把"表现自我"作为诗歌的惟一信条了。

    在艺术上，这首诗写得真体内充，具有一定的力度。按照传统审美性格所看重的匀称、和谐和次序来考察这首诗，它具有相当的完美感。同时，又不乏现代主义的精髓。

第一节，诗人没有对铜钟进行外在描摹，而是以自我的生命灌注到对象身上。这与其说是诗人感受的表达，不如说是感受本身，"是一种内心活动、一种内在生命、一种内在的自我实现"（《抽象与移情》沃林格）。"北方的太阳／铜的太阳／每片叶子都是绿色的钟的森林"。这里视觉、听觉、触觉都融为一体难以区分，表现了诗人对祖国的历史和现实的新鲜冲动，也使这首诗从一开始就与一般的歌颂历史的咏物诗区分开来了。接下来，诗人选择了一系列意象表达对历史的复杂感受，这里的"缠草根的白骨／都碎成了一块块砖石""落花寂寞的宫女，独坐黄昏／还在等那一只迟迟的归燕"等意象，是现代人通过反思，对历史完成的一种质询。

第三、四节，诗人又开始了一种肯定。说明传统的真义恰恰在于今天我们对它采取的汰洗升华的态度。这是一种艰难的选择，"逾越死亡的都走来／泉声和松涛从深山古寺中走来"，人作为"最小的那颗种子"像钟一样"站在蓝天下"，所有有真实生命力的"光，穿过尘封的岁月被敲响"。这些复杂的思考又紧紧附着在此诗的核心语象"钟——太阳"上，所以虽然语象密集但并不给人以驳杂凌乱之感。

第五、六、七节，就在上面肯定性的背景中展开。新生的古国已经不再是"又一章讲不完的古老故事"了，它"在一瞬间朝孩子展开五千年的智慧／它越铸越大，越雕越精美"。该弃掉的不要怜惜，让"祖先的血性，沉甸甸的命运"，在今天孩子们的奋斗中发出沉郁顽健的光吧！最后的两个意象并置，"铜的太阳／如星""金黄的田野／如梦"，在和谐安谧中教我们体味到新生命的躁动，又使得全诗沉湎在一种和谐、匀称而典雅的传统审美性格之中。

这首诗通过对古铜钟的咏唱，凝聚了杨炼对传统文化的态度。他既不是盲目地颂扬之，亦不是简单地否定之，他要做的是充满现代理性的扬弃工作。从某种意义上说，传统与我们的关系是双向的，真正的悲观和乐观，只能相对于我们自身而发。对传统的整体性包容后的超越，是明智的选择。而那种认为传统百无一是的痞子式的反抗，恰恰容易沦为传统思维方式的俘虏。杨炼对传统的把握虽然受了艾略特的影响，但他的诗却是纯粹个人的、东方的。

秋　天

黑夜是凝滞的岁月，
岁月是流动的黑夜。
你停在门口，
回过头，递给我短短的一瞥。

这就是离别吗？
难道一切都将被忘却？
像绚丽的秋天过去，
到处要蒙上冷漠的白雪。

我珍爱果实，
但也不畏惧这空旷的拒绝。
只要心灵饮着热血，
未来就没有凋残的季节！

秋风摇荡繁星，
——哦，那是永恒在天空书写；
是的，一瞥就尽够了，
我已该深深把你感谢。

　　这是杨炼写在 70 年代末的一首爱情诗。从艺术上说，这首诗是属于浪漫主义型的，它写得深致哀婉，按照司空图"似往已回，如幽匪藏"（《诗品》）的说法，此诗不失为委曲深沉之作。

　　这首诗写的是一对青年恋人分手的情形。可贵的是，这里诗人没有落入描写失恋心态的、大量的幽怨甚至变态诋毁的流行诗之窠臼。他写得纯正写得内在写得透明。通过失恋，他完成了一次生命的升华、意志的磨炼。

　　"黑夜是凝滞的岁月，/岁月是流动的黑夜。你停在门口，/回过头，递给我短短的一瞥。"这四句是倒装的，是诗人由于恋人最后的"一瞥"，悲苦涨满肺腑，所以想到今后的生活就觉得像"流动的黑夜了"。这是此诗的第一节，先写痛苦。紧接着诗人写了对这件事的怀疑，"这就是离别吗？/难道一切都将被忘却？/像绚丽的秋天过去，/到处要蒙上冷漠的白雪"。这就从深层意义上告诉我们，这一对恋人原本是相当情投意合的，这使得这次分手的性质才更加严重了。这是此诗的第二节，通过对事件的怀疑更加重了此诗的忧伤情绪。

　　有前两节诗的感情流程做势能，我们按照习惯的审美感知方式，呼唤诗人继续写他的苦难的心。但诗人没有那样，他力排陈规，不主俗常，笔锋所至，豁然划出另一重境界来。"我珍爱果实，/但也不畏惧这空旷的拒绝。只要心灵饮着热血，未来就没有凋残的季节！"这里，诗人的情感升华了，这是富有现代感的升华，是真正的男子汉对自身力量确信不疑的升华。对生活中的磨难和打击，并不一定要咬紧牙关故意不发一言，更为有力的是，正视它，正视自己的痛苦并最终超越之。心，永远也不能衰老，它时时在"饮着热血"，未来就在这热血的潮汐中冲刷成形。这是此诗的第三节，它由痛苦转向了自勉，转向了对生命的依恋。

　　最后，诗人为自己的信念和毅力感到自豪，极目浩浩太空，肺腑为之涤漱，一种永恒的更深刻的爱——对生命对自由的爱在他心中翻滚。"是的，一瞥就足够了，/我已该深深把你感谢"，博大的胸怀和对未来的渴望，使诗人谅解了对方。这里没有不公正的埋怨、指责，而是充分的理解——爱与不爱，本不是什么道德问题，而是生命状态的各种复杂性决定的。所以，诗人对姑娘曾经给予的爱，表示深深的缅怀和感谢。这是此诗的第四节，感情又有所发展。由第三节的自勉和对生命的信任转入了对对方的深深体谅和感谢之情。

大凡作诗，特别是情诗，尤其需要曲折深远。曲折不是晦涩、故意绕脖子，而是感情的更为复杂的表现。此诗短短十六行，感情来了四个回环，却不别扭，实在不错。

朝 圣

朝圣的道路
远远追逐着候鸟的背影
向西飞入沙砾和傍晚

向西
黄昏之火展开你的传说
岩石在流放中燃烧
红色的苍茫，从历史走来
一匹巨大的三峰骆驼
主宰沉默

朝圣的道路上
光把陡峭的天空编成折扇
瓦蓝的墙，梦的釉彩
第一阵眺望只留下墓地和箴言
夜，张开你小小庙宇前的宽阔庭院
信仰的塔古老、干裂、深深倾圮
而眼中神圣化为大地的星辰

哦三危山，你的生命
来自名字以外的另一个生命
在夕阳的世界，超越了人的高度

所有被黑暗劫走纯真的田野羡慕你
你是第一朵不向破晓奉献的莲花
你是圣地，伟大的岩石

像一个千年的囚徒
由雕塑鹰群的狂风雕塑着茫茫沉思
春天与流沙汇入同一片空旷
这棕黄的和谐里浸透你静的意志
时间风化了的整个记忆之上
树木被描绘，充斥绿色的暴力
你是河床下渗漏的全部清凉和愿望
又从富有节奏的手指涌出
挣脱诅咒缓慢过滤的痛苦
在这里找到丰满的形象

爱情陷进虚幻而你从虚幻醒来
深藏奥秘，在夕阳的世界孤独伫立
脚下的孩子，被踏成一抹粗糙的烟尘
世纪堵住喉咙，发不出一丝哼声
东方的奇迹呵——
与嘴唇接吻的黎明，像死亡的祝福
在蓝天回荡
头颅昏昏欲睡地花白了
晒黑的臂膀继续生长
海市蜃楼，曾经相信过多少回
因此宁愿渴望危险的黄昏
一个沉重又沉重的传说

追求的痛苦，纳入终点的痛苦

真实的传说，迫使听众变成传说

夜要求一切——

包括陨落的躯体、强壮的均衡、群山和气魄

而你还将升到它们之上吗

从一种美跃入另一种美

你的海再次沸腾，你的鹰在黑暗的王国

等候开辟出新的大陆？

垂死的母亲，又一轮冲动、激荡、惶惑于光明

被同一颗贫血的太阳抓住、摇撼、剥夺灵魂？

你，三危山，哪儿也不去

一面巨大的铜镜

超越人的高度

以时间的残酷检阅自己

神圣从来是安宁的
·······

只要看看风把一座座搅乱视线的坟墓磨平

只要倾听一代代寄托梦想的心的和声

只要沉思，并抬起头

间或数一数耐不住寂寞烧尽的星

就是最好的慰藉

神圣永远是安宁的
·······

《朝圣》所朝圣的是什么？从诗中"一匹巨大的三峰骆驼"——
三危山来看，诗人朝圣的是东方古国的一枚宝珠：敦煌。但这首诗与
一般的观光式的诗不同，它穿透了物象的表层而进入到它的精神内核
之中，表现了诗人对东方文化的崇仰之情。此诗意象纷纭，但精神不
难把握：这首诗用着重号两次排出一句话："神圣从来是安宁的"，是
可以指引我们进入此诗境界的道路。敦煌是佛教文化的果实，与西方

的宗教不同的是，它的内在精义是符合自然而不超越自然的高度的精神境界。这是一种充分审美化了的境界。它不谋求冲突，而是谋求静穆和谐，与中国艺术的"萧然淡泊之意，闲和严静之心"是血肉相连的。杨炼的这首诗，通篇放射着东方哲学精神高远宁静的智慧之光。敦煌的沉静恒久使三危山"在夕阳的世界，超越了人的高度"，这正是东方文明"以天地为大炉，以造化为大冶，恶乎往而不可哉"的象征。黑格尔说过，西方诗人较为主观，自禁于自我的天地里，故而是自我中心的多愁善感；而东方诗人则心情泰然自得，自由自在，宽宏开朗，能够凭想象进入宇宙之中，去分享其中平静统一的生活。黑格尔的这段话，几乎也道出了超出艺术之外的、东西方两种哲学性格的根本区别。而杨炼的这首诗，则是从艾略特式的《荒原》中走出的东方浪子，反观自身传统时惊惶欣喜的沉静的彻悟的姿容！所以，我们说诗人在重新发现自身的传统，即使借助了宗教圣地的物象，但他得到的是审美意义上的通脱，而非宗教意义上的解脱。这是"一代代寄托梦想的心的和声"，是"东方的奇迹呵——/ 与嘴唇接吻的黎明……"这种天地同参、一画收尽鸿蒙之外的意象群，构成一股沉稳流淌的河流，成为东方精神生生不息的象征。个体内在生命与宇宙和谐统一的美，现代人与传统风神彼此的映照和发现，都在这"神圣的宁静"中开合注息，融为一体。诗人说"三危山，你的生命 / 来自名字以外的另一个生命 / 在夕阳的世界，超越了人的高度"，那"另一个生命"是什么？不只是自然的宁静和恢宏，也是东方人精神的宁静和恢宏，这是一种独特的价值判断，它是非宗教的是人学的。在这里，诗人强调的"宁静"，不是所谓的"心性本觉"，而是生命经过冲突、挣扎，最后抵达的此在生命的"涅槃"，它不是"空"，而实在是现代人对世界的"识"——东方化了的"识"。

顾 城

门 前

我多么希望,有一个门口
早晨,阳光照在草上

我们站着
扶着自己的门扇
门很低,但太阳是明亮的

草在结它的种子
风在摇它的叶子
我们站着,不说话
就十分美好

有门,不用开开
是我们的,就十分美好

早晨,黑夜还要流浪
我们把六弦琴给他
我们不走了,我们需要

土地,需要永不毁灭的土地
我们要乘着它

度过一生

土地是粗糙的，有时狭隘
然而，它有历史
有一份天空，一份月亮
一份露水和早晨

我们爱土地
我们站着，用木鞋挖着
泥土，门也晒热了
我们轻轻靠着
十分美好

墙后的草
不会再长大了
它只用指尖，触了触阳光

　　顾城被人们称为"童话诗人"。他的确是一个"童年质情结"极强的人，他固守在自己那片单纯、晶亮的童年经验里，他偏执地拒绝着成熟。但是，顾城诗歌的"童话"性质不同于一般意义上的童话。通过细读我们会发现，顾城的"童话"，是涉过了骚动不宁的内心风暴后，重返童年的"家园"，或者说是诗人在向人们呼求：在这个心灵流浪的年代，让我倾诉我的家园！让我重返孩子般的纯真和明亮！

　　这首诗就很鲜明地体现了这种色泽和光调。"我多么希望，有一个门口 / 早晨，阳光照在草上"。开始，诗人就道出了他的"希望"。这种"希望"是非常普通的，也是非常简单的。但它的暗示性很强，是诗人对安宁、生机的向往。"我们站着 / 扶着自己的门扇 / 门很低，但太阳是明亮的"，这是一幅简洁的图画，像是儿童用稚拙的手涂就的蜡笔画，它描绘的是自然，但底层却是诗人对世界的理解，对生命中寻求"自己的门扇"这种安全感的需要的迹写。草在结它的种子，风在摇它的叶子，一切是那么安谧，诗人的心就这样安顿下来，望着自然，他不必去和这个世界锱铢必较了！"我们站着，不说话 / 就十分美好"。但世界上并不只是阳光照在草上那样单纯明丽，所以诗人内心仍然有着隐忧，他基于一种逃避的和寻求安全感的内心渴望，说"有门，不用开开 / 是我们的，就十分美好"。谁知道大门打开，轰然涌进的是什么？这种心境，和小孩子用铺盖和枕头垒成"房子"，躲在里面等妈妈回来一样，是对外界的恐惧，又是一种体验创造愉快的复杂心理。顾城诗歌中对童年经验不着痕迹的回味，就是这样打动我们的！

接下来，诗人一改前面那种天真明净的语言，渐渐换成有思辨色彩的语言。让黑夜去流浪吧，我们疲倦了，我们要躺在土地的大床上。虽然它"是粗糙的，有时狭隘"，但它有历史，有天空，有月亮，有露水和早晨……这些足够了，我们还企望求得更多的什么？！这些意象虽是出于直觉，但内中的理性精神是显而易见的——这是对人欲横流的世界的批判。孩子的向往，是人类最初的、未经丑恶熏染的纯真的向往！在这样的向往里，"我们轻轻靠着 / 十分美好"！

"墙后的草 / 不会再长大了 / 它只用指尖，触了触阳光"。这"不会再长大"的小草就是诗人自己的写照。他拒绝成熟，拒绝那难以对抗的生存，他幻想永远触着阳光的绒毛，摇着透明的露水和早晨……但这一切却是那么脆弱，那么难以企及。当我们读完之后，我们的心不再像刚才那么轻松。我们也深深理解了诗人，为什么对这么微薄的希望、唾手可得的希望还要祈使地说："我多么希望……"啊！

这就是顾城式的"天真"。这就是天真到了十分，才是真正的深沉！

远和近

你，
一会看我
一会看云。

我觉得
你看我时很远，
你看云时很近。

　　这是一首纯粹的哲理诗。诗只有六行，三个形象：你，我，云。诗题"远和近"，为我们提供了打开这个黑箱的钥匙。物理距离和心理距离的强烈对比，强化了诗所要阐明的对生存状态的感悟。这首诗写的是人类的孤独、难以沟通的事实，这是每一位有思想的人时时感到的尴尬处境。

　　"你，/ 一会看我 / 一会看云"，这里诗人先为我们提供了一幅十分美妙的画面。在高天丽日彩云之下，两个人在聊天。对方时而望着"我"，时而望着"云"，这是何等美妙的场景啊。在这种时候，人本来应是倾吐衷肠的。春和景明，长烟一空，心旷神怡，其喜洋洋者矣！但诗人紧接着笔锋一转，揭示了如下事实：

　　"我觉得 / 你看我时很远，/ 你看云时很近"。寥寥十五个字，将人类的悲哀说尽了！原来，上面的"你一会看我 / 一会看云"，不是说对方的悠闲典雅之容，而是闪烁徘徊之态啊！人与人之间失去了沟通和对话的亲切友爱之情，一腔悲苦只能向无知无觉的大自然倾诉，在白云的抚慰下安抚那颗疲倦冰凉的心。"我觉得"，既是写诗人的心理感觉，又是写诗人的视觉印象。因为"他"（或她）在望着"我"时，显得那么陌生、警觉、躲闪；而望着白云时却那么自然、明亮、信任。

这样，此诗就在顺势而下的表现中，揭示了生存。它不吃力，不故作严肃状，写得省力、平淡，却不肤浅。而且还具有一种干净安谧的气氛中渗透出的内在紧张。忧郁孤独的现代人，都不难体会诗人的良苦用心。即使放到整个世界的大人文环境上看，此诗也道出了整个人性所面临的异化问题。

这首哲理诗没有常见的此类诗歌理胜于情的倾向。它不是理性的直接嵌入，而是将它巧妙地融汇在画面与情感中了。钱锺书先生说过这样的话："理之在诗，如水中盐，蜜中花，体匿性存，无痕有味。"（《谈艺录》）这首小诗，可称得上这等品位的东西了。

小萝卜头和鹿

你天真地看着世界，
永远在笑；
你刚挣脱了襁褓
就坐了牢，
纯黑的眼睛
没映过无边的土地，
细弱的小腿
很少自由地蹦跳，
只有水槽中的天，
只有铁窗外的鸟……

你在幻想中
把伙伴寻找，
又用短短的铅笔
把它轻描，
呀，

那是一只梅花小鹿，
多么甜美，
多么灵巧。
你爬上它的脊背，
一同在云中飞跑。

你们一直追上了月亮，
问太阳在哪儿睡觉，
又拾起
胡豆似的星星，
上面长出了羽毛。
小鹿舔舔嘴唇，
忽然想吃青草，
掏呀掏，
哎，不好
怎么吃了叔叔的字条……

现实
像醒不了的噩梦，
继续着——
慌乱的钥匙打开铜铐。
妈妈自由了？
被带入山中小道。
你吃力地登上
锈色的石阶，
细看着
一排排含泪的小草，
唱着歌谣，
走向死、走向屠刀……

一切消失了，

一切停止了，

卑鄙的黑夜已逃之夭夭。

只有路；

只有草；

只有那一片死静；

还在无声地控告。

只有微笑；

只有画页；

只有那幻想的小鹿

还在倾诉你的需要。

《小萝卜头和鹿》是顾城早期作品，读着它，我眼前幻化出这样一幅情景：深秋的黄昏。枯叶飘零的白桦林是惨淡凄清的。当太阳惆怅地收去了最后一线光芒时，伴着罡风从林中传出了忧伤的小提琴曲。它开始生涩悲苦，后转入飘逸悠扬，生涩悲苦是心灵紧缩的回响，飘逸悠扬是一脉天真在流淌……最后乐曲在痛苦忧愤的颤音里，丝丝缕缕化作深沉的哀思，在晚风中萦回，仿佛永不散去……《小萝卜头和鹿》这首仿佛是童稚式的晶莹和单纯的诗，却具有如此动人魂魄的艺术力量，读之回肠荡气，思之怆然泪滚！

小萝卜头是英雄的后代，是坚强纯洁的孩子。他在极短的生涯里，竟没有迈向自由的门槛半步！他甚至够不到去看铁窗外"无边的土地"。属于他"纯黑的眼睛"的，只是笼着死寂的阴湿的狱墙，"水槽中的天"，"铁窗外的鸟"。他不属于自由，不属于太阳。然而，他却"天真地看着世界，/ 永远在笑"。痛楚折磨蚕食了他的肌体，粗劣的饮食摧残了他的生长，但他弱小而不屈的灵魂在驰骋，阴黑的牢房里，自由的信念在滋长！他在幻想中，寻找"伙伴"，"又用短短的铅笔，/ 把它轻描"——那只"甜美灵巧"的"梅花小鹿"就是自由的化身，理想的象征。这个象征体自身就具有纯洁而无辜的诗意美。作者成功地剪取了这幅鲜明单纯的诗的图画，于其中蕴含和寄托了很复杂的思想感情，使之普通却有深远之感，幼稚而具悲苦之音。诗人用了内向性和主观性较强的句子，展开了丰富联想。"云中飞跑"的意象群与前一部分写实性描绘之间跨度很大，因而给读者提供了广阔的思维空间，使诗情呈现出一种流动的美。想象方式是彻底儿童化的，单纯美丽，绝无雕痕，也与整首诗的情绪相统一。孩子爬上小鹿的脊背，腾入自由的白云，到皎洁的月宫，"问太阳在哪儿睡觉"，又拾起长满五彩羽毛的"胡豆似的星星"……这是一幅清新隽美的图画，是这支哀伤的乐曲中插入的一小段华彩的乐章。它使诗情显得跌宕起伏、丰富绚丽，通过创造想象的倾诉和情感的流动，浓缩了诗人对人性和自由的讴歌，对败类们摧残自由的鞭挞，起到了进一步深化主题的作用。这里诗人艺术地规避了让一腔悲愤直白喷射，他以意象化的语言去表现灵魂震颤的痛苦，他用美丽天真的想象，去表现对吞灭它们的黑暗的控诉。可谓浅中蕴深，薄中有厚。再接下来又是写实，"像醒不了的噩梦"般的黑暗现实，在孩子的心灵里投出了硕大的暗影，妈妈永远永远不会回来了，而自己也终于"吃力地登上／锈色的石阶"，倒在"一排排含泪的小草"丛里……今天，"卑鄙的黑夜"早已被太阳金色的箭镞射得"逃之夭夭"，但歌乐山在，历史永不会被遗忘，那"山中小道"，"含泪的小草"，"那一片死静"，"还在无声地控告"！那纯真的"微笑"，那只"幻想的小鹿"，"还在倾诉你的需要"！诗人站在历史正义和人道主义维护者的立场上，用发自心灵最深处的情思，完成了这首情与景高度融合的、深致哀婉的诗画，鲜明地表现了具有历史意义和现实意义的主题。

这首诗，选取了小萝卜头画的小鹿作为立意的脉络而贯穿全篇，显示了作者对材料深掘的功力。孩子画一只小鹿，这本是一桩平常的事件，但年轻的诗人却透过了事物的表面，开掘出了事件的本质并赋予了它不寻常的深刻含义。诗中，作者把状物和传神结合起来，用单纯鲜明的形象，孩子般纯朴的语言，表现了人民对自由解放的不屈追求，它的鲜明的人道主义呼唤，深深地打动读者心灵。此外，这首诗的特色还突出表现在抒情角度的独特上。我们看出，作者是站在一个大孩子的视角去进行艺术创作的，无论诗中的抒情还是写景，都通过

儿童常见的、单纯鲜明的诗的图画来表现。这些表现都没有超出儿童
的理解力以上，却又是那般深沉动人，显得自然而又深邃，明晰而又
蕴藉。诗的结尾一段，感情推向了最高潮，用两个复杂排比句，使全
诗达到余波未尽、境界遥深、发人深思、感人泪落的效果。

一代人

> 黑夜给了我黑色的眼睛
> 我却用它寻找光明

这首诗是顾城诗中最短的，但其含量却很大。英国批评家、美学
家瑞恰慈这样谈现代诗的意义："重要的不是诗所云，而是诗本身。"
这句话相当深刻地道出了现代诗的价值取向。顾城的《一代人》，通
共只有两行，其意旨也未见得多么深刻，但我们读后却难以忘怀。原
因是什么？因为它首先从审美上打动了我们，不是诗歌以外的"思
想"，而是"诗本身"！是深层意象这个精灵坚实地、端凝地呈现在
我们面前，它唤起了我们更广阔的联想空间，引爆了我们的情感！意
象在这里，是完成了内容的形式。

"黑夜给了我黑色的眼睛 / 我却用它寻找光明"。诗人为这短短的
两行诗冠以"一代人"这个博大的标题，这就为我们规定了进入此诗
的视角——社会评判性质的视角。但诗人没有"说明"，他是在"呈
现"。"黑夜"象征着那场空前的浩劫，"黑色的眼睛"在这里具有双
重寓意：一是指这双眼睛曾被"黑夜"所欺骗、所熏染，一是指这双
眼睛在被欺骗之后发生了深刻的怀疑，它在昏昧的光线条件下，渐渐
培养起一种觉悟，一种适应力和穿透力，它具有了全新的品质，最终
成为"黑夜"的叛逆，成为"寻找光明"的生命意志的象征。在"黑
色的眼睛"这个深层意象中，受骗和觉醒被神奇地结成一体，它们互
为因果，向度相悖（肯定和否定），这正是庞德所说的："不把意象用

于装饰，意象本身就是语言，意象是超越公式化了的语言的道。"（转引自《意象派诗选·序》彼德·琼斯）这首诗体制短小，但有筋有肉有骨有气，是深层意象诗中的佼佼者。

弧　线

鸟儿在疾风中
迅速转向

少年去捡拾
一枚分币

葡萄藤因幻想
而延伸的触丝

海浪因退缩
而耸起的背脊

"我们的眼睛察觉有生命的东西的种种特征时，不是把它们作为相互构成物，而是作为集合物。生命的意向，也就是通过若干线条而表现的简单运动，或者说把这些线条结合起来并赋予意义的运动，但这种运动却逃避了我们的注意。然而艺术家则企图再现这个运动，他通过一种共鸣将自己纳入这运动中去，也就是说，他凭直觉的努力，打破了空间设置在他和他创作对象之间的界限……"（《创造进化论》）柏格森的这段话，虽然是就排除分析，本能地、直接地、整个地把握事物精神实质的直觉而言，但对我们欣赏顾城的这首小诗，实在是很有帮助。

这是一首语浅意深双声话语的小诗。全诗四节，每节雕镂出一个简洁干净的意象。这四个意象彼此联系，表现了诗人对运动和美的细腻体察。但如果仅仅是这一点，我们还不能说它是独抒性灵之佳构。它使我们感兴趣的是它还具有一种反讽的品质。这里，对自然中的"弧线"是赞美的，但对社会现象中的"弧线"则是讽刺的。这自然美和社会丑构成一种彼此干扰、冲突、排斥、对照的方面，在这首小诗中结合成了一个双声话语的张力状态。

"鸟儿在疾风中／迅速转向"，这是一道自然中灵动流丽的弧线，作为自然它给人以清新活泼的感觉。俗话说"疾风知劲草"，是对人格的赞美；而在生活的"疾风中迅速转向"的小人，就不但不是灵活的，而是卑琐的可怜的了。"少年去捡拾／一枚分币"，单纯天真的少年弯下腰去捡拾一枚玲珑轻巧的镍币，这是一道朴质健康的弧线。但现实生活中有许多见利忘义的人，他们会为了一点小利而做出低下的事来，这种"捡拾"就是丑恶的了。"葡萄藤因幻想／而延伸的触丝"，这是一道神秘的生命弧线。给人以向上而葱茏的感觉，这是对大自然生机的礼赞。但现实生活中的某些人，为了一己利益去溜须拍马攀附权贵，由贪婪"而延伸的触丝"，就令人作呕了。"海浪因退缩／而耸起的背脊"，这是一道壮阔浑浩的弧线，给人以力的起伏的感觉。但现实生活中那些孱弱的"因退缩／而耸起的背脊"，实在是对人之为人的亵渎。

这首小诗只有八行，你瞧，诗人写得多么轻松，但读后却有一种深厚扎实的思辨力量留在你心里。顾城通过从直觉开始，以双声话语将自己纳入生命的运动中去，最终赋予了自然物象以社会的曲喻性质。

港口写生

在淡淡的夜海边
散布着黎明的船队

新油漆的尾灯上
巨大的露水在闪光

那些弯曲的锚链
多想被拉得笔直
铁锚想缩到一边
变成猛禽的利爪

摆脱了一卷绳索
少年才展开身体
他眯起细小的眼睛
开始向往天空

由于无限的自由
水鸟们疲倦不堪
它们把美丽的翅膀
像折扇一样收起

准备远行的大鹅
在笼子里发号施令
它们奉劝云朵
一定要坚持午睡

空气始终鲜美
帆樯在深深呼吸
渐渐滑落的影子
遮住了半个甲板

没有谁伸出手去
去拨开那层黄昏

深海像傍晚般沉默
充满了凉凉的暗示

那藻丝铺成的海床
也闪着华贵的光亮
长久俯卧的海胆
样子十分古怪

在这休息的灵魂
总缺少失眠的痛苦
甚至连呼吸的义务
也由潮汐履行

它们都不是少年
不会突然站起
但如果有船队驶过
也会梦见鸟群

这首诗给人的印象是神秘而又亲近的。这里没有象征意味，读者不必去体会它的微言大义；也不是在表现诗人对物象的错觉。这里的一切，是呈现式的，它力求准确，力求每一个平常的词语都挥发出它的力量。庞德说："意象主义的要点，就是不把意象用于装饰。意象本身就是语言，意象是超越公式化了的语言的道。"这首诗的成功，就得益于将美从微小的、不加修饰的场景中提取出来，它仿佛没有发现什么，但又处处给人以"突然发现"的惊喜。如这些诗句，"在淡淡的夜海边 / 散布着黎明的船队 / 新油漆的尾灯上 / 巨大的露水在闪光"，如果只说在黎明的半明半晦时分，轮船的尾灯在闪光，这在诗中是意思不大的。诗人却以他细微的体察，凝眸于更细小的"新油漆"和"巨大的露水"，就使诗的呈现，达到了一种客观而新鲜的强度，一下子使读者逼近了美，那种极微小、极具体而又清晰的美。"那些弯

曲的锚链 / 多想被拉得笔直 / 铁锚想缩到一边 / 变成猛禽的利爪"。这
是一种主客体融而为一的直觉境界。当诗人望着锚链和铁锚时，在船
和海浪的作用下，它们在伸展收缩着，诗人不是感到"像……"，而
是感到它们"想……"，这不是修饰它们，而是诗人脑海里直接呈现
的现实。这里的铁锚和锚链，本是一体的，但诗人将之分别呈献给我
们，就缩短了我们的视线，变远观为凝视了。这种类似国画中的散点
透视，使诗充满了鲜活而超诣的气象。让我们再接下来，"摆脱了一
卷绳索 / 少年才展开身体 / 他眯起细小的眼睛 / 开始向往天空"。这里，
诗人又是客观呈现式的，但这种客观恰恰构成了诱人深入的美感。"他
眯起细小的眼睛 / 开始向往天空"，这句中"眯起细小的眼睛"，真是
来得自然，但又不可替换，有一种天趣。如果你换成"眯起明亮的"
或"深沉的、勇敢的"之类，此句就毫无意趣了，它们根本不能揭示
什么。庞德就说过，像"充满和平的暗淡土地"一类手法，是毫无意
义可言的。另外，"眯起细小的眼睛"一句，也是诗人提炼出的微小
的、不加修饰的场景，与上面的"新油漆的尾灯上 / 巨大的露水在闪
光"都可谓神来之笔。下面还有"美丽的翅膀 / 像折扇一样收起"，"帆
樯在深深呼吸 / 渐渐滑落的影子 / 遮住了半个甲板"，"深海像傍晚般
沉默 / 充满了凉凉的暗示"，"长久俯卧的海胆 / 样子十分古怪"，"甚
至连呼吸的义务 / 也由潮汐履行"等句，也都是微小的物象。诗人
只是把它们不花气力地选择出来，却显得生动、硬朗、凝练而精确。
它们超出了客观，又不是主观，它们构成了只能在诗中出现的"世
界3"。这首诗给我们的启示是很大的。我们知道，像这种从微小的、
不加修饰的场景中提炼诗的情况，我国古代也不乏优秀之作。如白居
易的《问刘十九》："绿蚁新醅酒，红泥小火炉。晚来天欲雪，能饮一
杯无？"通篇皆是实写，但其韵味、其气格，又是充分主观性的。顾
城就这样暗暗融化了传统诗的风神意态，以现代诗的"陌生"的形式，
将之体现出来。对传统而言，是一种发展；对现代诗固有的表现技巧
而言，又是一种扩大。

感　觉

天是灰色的
路是灰色的
楼是灰色的
雨是灰色的

在一片死灰之中
走过两个孩子
一个鲜红
一个淡绿

　　读顾城的这首小诗，容易使人想起弗里德的《归化》。这首诗通过三种颜色：白、红、蓝的强烈对比，绘制了残酷的战争场面。全诗只有九行，是这样的："白手／红发／蓝眼睛／白石／红血／蓝嘴唇／白骨／红沙／蓝天空"。所不同的是，弗里德在诗中用了红血、蓝嘴唇、白骨的情感型具体物象，使人在阅读时，情绪与联觉有一种规定性，明白简洁易懂。而顾城的《感觉》却在明晰中又透出一种难以捉摸的含混味道来。这两首诗的成功均在简化和对比的功夫。

　　这首小诗的题旨我们似乎可以这样概括：光明对晦暗的抗争，新生对压抑的蔑视。但它的魅力却不在于题旨，而在于形式。

　　雨天的色彩是灰暗的，在雨中走过的身着鲜艳雨披的孩子就显得格外醒目。这是现实事物自在的形式，日常生活中我们对它并不能引起什么感觉来。这是因为，万象纷杂的线条与色彩扰乱了我们的视线。而顾城的成功在于，他将其他的物象统统删去，只在短短的八行诗中尽性涂抹了三种色彩：灰和红、绿，这就一下子将意象突出了出来。经过选择的物象，就在诗中构成了一种关系，一种形体，格外强烈地刺激着我们的视线。英国著名美学家克莱夫·贝尔在他的《艺术》一书中说："艺术家创造的是有意味的形式，而只有简化才能把有意味的东西从大量无意味的东西中提取出来。"简化和提取是困难的。这类诗歌是对诗人的考验，因为，略失稳健，就容易落入寡然无味的悬崖。《感觉》一诗，由于诗人机智地选择了人们常见又不容易注意的情景，将之简化、对比，彼此映衬，就收到了意余言外、干净利落的审美效果。杜甫的《春夜喜雨》也有此种对比简化的佳句："野径云俱黑，江船火独明"，一俱一独，一黑一明，情趣盎然，读之满口生香。

林 莽

感知成熟

阳光振颤
扩散于枝头和草的茎秆上
悬垂初秋的果子
静默
听雨水
淡淡地润化
润化绵延的时光

浑然间托浮着，浸透远山和树木
寂静的边缘，墨色淡如青烟

这就是那颗果子
那颗圆圆的初秋的果子
时节融融

无形散落
一片幽鸣
不绝如缕的幽鸣
坠入宇宙和风
透明如水雾飘荡

　　这首诗深文隐蔚，余味曲包，诗人面对一颗成熟的果子，冥观到一种精神，他隐形立神，表现了一种自然适意、浑然天成、空旷澹泊的人生态度。在阅读时，要将果子当作一种精神状态来理解。

　　所谓"感知成熟"，实际上是一种生命的超越之境界的实现。"阳光振颤 / 扩散于枝头和草的茎秆上 / 悬垂初秋的果子 / 静默 / 听雨水 / 淡淡地润化 / 润化绵延的时光"。这里，"果子"成长时遇到的狂风骤雨已经消退为遥远的记忆，冲突不见了，一切都在"淡淡地润化"，自我内心的精神在这润化中解脱了。一种清纯、豁然、静虑而无所染的境界与"绵延的时光"融为一体。"浑然间托浮着，浸透远山和树木 / 寂静的边缘，墨色淡如青烟"。精神与物质世界的界限已模糊不清；在虚明澄净中，诗人达到了物我两忘的高峰体验，精神与物质一样都成为永恒。远山与树木印证着"我"的心境与器官，如淡淡的水墨画，自有一番旷远单纯的风流！

　　诗人，你在凝神观照中顿悟出了人生的真义，你的生命有了寄托。但你又是那么平衡，你抑制住狂喜，你知道这一切会在狂喜中荡然无存。这样，本心清净是目的，又是永远的过程。你告诉我们——"这就是那颗果子 / 那颗圆圆的初秋的果子 / 时节融融 / 无形散落 / 一片幽鸣 / 不绝如缕的幽鸣"。这是生命得到汰洗后的浑圆充实。它不再喧嚣，不再蛊惑，只发出一种永不消失的和谐的幽鸣，"有情有信，无为无形，可传而不可受，可得而不可见"（《庄子·大宗师》），它不会死寂，因为它已"坠入宇宙和风 / 透明如水雾飘荡"。那水雾难以把握，但无处不被它滋润，成为生命的永恒源头。

　　果子最后消失了，成为和风和甘霖。诗人，你知道风和水的形体状貌，更知道它们的精神内核！这就是成熟，一种东方型的成熟……

瞬　间

　　有时候，邻家的鸽子落在我的窗台上

咕咕地轻啼
窗口大杨树不知不觉间已高过了四层楼的屋顶
它们轻绕那些树冠又飞回来
阳光在蓬松的羽毛上那么温柔
生命日复一日

我往往空着手从街上回来
把书和上衣掷在床上
日子过得匆匆忙忙
我时常不能带回来什么
即使离家数日
只留下你和这小小的屋子
生活日复一日

面对无声无息的默契
我们已习惯了彼此间的宽容
一对鸽子在窗台上咕咕地轻啼
它们在许多瞬间属于我们
日复一日
灰尘落在书脊上渐渐变黄
如果生活时时在给予
那也许是另一回事
我知道，那无意间提出的请求并不过分
我知道，夏日正转向秋天
也许一场夜雨之后就会落叶纷飞

不是说再回到阳光下幽深的绿阴
日子需要闲暇的时候
把家收拾干净，即使
轻声述说些无关紧要的事

情感也会在其间潜潜走过

当唇际间最初的战栗使你感知了幸福

这一瞬已延伸到了生命的尽头

而那些请求都是无意间说出的

　　著名美学家宗白华先生说过这样的话："我们的生活丰富不丰富，全在我们对于生活的处置如何，不在环境的寂寞不寂寞。我们对于一种寂寞的、单调的环境，要有方法使它变成复杂的、丰富的对象。"（《美学与意境·怎样使我们生活幸福》）其实，这是对艺术的要求。林莽的这首诗，就从凡俗琐屑的事物中、从寂寞单调的环境里发现了生命的诗，使它变成复杂的丰富的对象了。读这首诗，它不能使你发现什么，但它却使你生活得更深入、更充分也更自觉些，对于我们常常出现的经验，有一种澄明扩展的作用。

　　这是一首中年人献给妻子的诗，它写得沉稳、内在而闪光。"面对无声无息的默契"，我们体味出了诗人对妻子的一片深情。

　　第一节，鸽子咕咕地轻啼和大杨树默默地生长，就为我们勾勒了一幅纯朴的生命进展图。"生命日复一日"，既道出了诗人的欣喜，同时又有叹年华早失的微微的惆怅。"阳光在蓬松的羽毛上那么温柔"，这句暗示出诗人对生活的珍爱，以及要为之创造些什么的热情。

　　第二节，由"生命日复一日"转入了"生活日复一日"，表现了诗人的若有所失以及对妻子日夜操劳的感激之情。"我往往空着手从街上回来／把书和上衣搁在床上／日子过得匆匆忙忙／我时常不能带回来什么／即使离家数日／只留下你和这小小的屋子／生活日复一日"。这一节写得具体而模糊，具体的是诗里的"动作"，而模糊的却是诗人对生活的态度。这其间，惘然、坚定、疲惫、自信及对妻子的感激都糅在一起，成为整体性的具有普遍意义又是充分个人化了的生活经验，难以概括而又完整存在。

　　第三、四节，诗人写了庸常的生活中最珍贵的内涵，即内在生命的相爱相知风雨同舟。这些不是用充满激情的话语表达的，而是像大海深层的涡流，并不激起波涟。"面对无声无息的默契 / 我们已习惯了彼此间的宽容"，尽管"夏日正转向秋天 / 也许一场夜雨之后就会落叶纷飞"，但诗人已经收获了最珍贵的东西，那种更为内在的永恒的情感交流："一对鸽子在窗台上咕咕地轻啼 / 它们在许多瞬间属于我们"。是呵，对于人这种散居在地球表面的灵魂的动物来说，有什么能比这温暖的、充分体谅的"瞬间"更为"漫长"的时刻呢？

最后一节，诗人进一步抒写了自己对这种"瞬间"的欣慰的、神圣的感情。"阳光下幽深的绿阴"里倾吐衷肠的年龄已过，日子驶入了"闲暇的"港湾。这不是爱的减温，而是它经过心火的冶炼，终于凝成了安详醇净的晶体。"把家收拾干净，即使 / 轻声述说些无关紧要的事 / 情感就会在其间潜潜走过"。这是生命的一瞬间，但"这一瞬已延伸到了生命的尽头"。这里的一瞬间，不是呢呢喃喃、甜甜蜜蜜的，而是那么内在、诚挚，发出生命的光芒。

这首诗表达了诗人深沉的感情，但从语气上却没有易感的倾向。诗人对感情进行了结构上和修辞上的控制，它忠实于成年人的深层经验，使我们更广阔也更平静地理解生活的内在精义。精约与远奥，去智与凝神，在这里是那么和谐地化为一体。

晨 风

黎明
树木的枝干闪出银辉
春雪的润泽使我想到了你

那是一片多么平静的原野
蓝色的炊烟，初春之晨充满了生机
晨风料峭
吹进敞开的窗子

这首诗就像日本的俳句，是刹那间情景的捕捉，心理时间的短促造成了心理空间的辽远和无限。晨风清冽而甘美，全诗就笼罩在一种透明的清冽和静静的甘美之中。但这里需要注意的是，诗人并非只是寄情风雅，把玩自然风物的妙味，而是托景以言情，表现出对一种人格境界的向往。也正是这种人格的境界，为自然的表现添加了生气，使这首小诗不同于一般的田园诗。"每观其文，想其人德"（钟嵘语），这话说得极是。

"黎明／树木的枝干闪出银辉／春雪的润泽使我想到了你"。前两句是写实，纯系白描，但"树木的枝干闪出银辉"，就使人感到一种宁静的智慧在潜潜地生长，它是深邃而清晰的，对下一句有一种暗过渡的作用。后一句是虚写，为什么说"春雪的润泽使我想到了你"呢？因为，春天的雪是温厚的轻盈的款款的，是不必使人设防的东西，它落到地面就静静地融化了，留给土地的是一派润泽和清冽。"你"就是具有春雪品格的人，"你"纯粹安详不再激烈，给人的只是温暖、警策与友情。

接下来，诗人选用了两个难以并置的意象，一大一小，一远一近，高远与现场浑然一体，为我们展示了晨风抚摸下的一切。说它们难以并置，是说在一般人的艺术感觉里，辽阔的田野和小小的窗子很难同时出现在一个境界里，它们会显得突兀了些。但这里，我们却丝毫不感到突兀。其中的奥秘在于，这两个意象的精神内核是一致的，都是表现澄明醇美的意向的，这是诗人凝神谛听而非放眼瞭望的审美感知方式使然。"那是一片多么平静的原野／蓝色的炊烟，初春之晨充满了生机／晨风料峭／吹进敞开的窗子"。这是一种永恒的生命的平静和辽阔，也是永恒的生命的窗子在洞彻着世界。有了这等品格的人是幸福的，那种"料峭"是一种怎样的高洁而使天地同参的"料峭"啊，它清醒平和，一如既往！

这首小诗精致丰美，但却不因此显得淡渺轻曼，有浓后之淡的自然美质。诗人无意在静谧中求得超脱，他从不同的方向把握着晨风，直到体内渐渐稀释了它们形成一种热能。另外，还需要说的是，如果仅仅将此诗作为纯粹的田园诗去感受，它也是很漂亮的，用"体韵道举，风采飘然"去形容这首小诗，毫不夸张。

星 光

当我在闲暇中度日
在书本上寻觅
我知道我已不是那种读书的年龄
再不会一天翻过六百页的篇幅
我一本本地搬上书桌
我是在翻阅自己

往往是夜深人静
汽车的喧噪不再撞击我的窗子
钟表嘀嗒
我沉在一页页纸张之中
深夜的风掀动它们
如果感动了就在心中落雨
又渐渐平静如秋后的林木
叶子已经落光
能清晰地看到
那温柔阳光下闪着银色的枝权
久久伫立于山峦幽暗的背影上
这时，成熟的一切不再仅属于自己

我何时能不再被所谓诗的语言所控制
我也讲不清楚
如果老塞总活着

我会感到安慰
许多人都说他不像一个桂冠诗人
而我喜欢他
因为他平和、深邃、不再蛊惑
灵魂透明闪闪如晶石
当晚年他聪慧地感知了上帝的目光
并沿着它攀援领悟的阶梯
那时
他已不再会死亡

午夜之后
谈兴索然之时
我曾用它们轻轻地启示
掀动过往的薄纱
让朋友们看他博大的胸怀
一个老人的喃喃低语
这世界在那声音的背后激动得无法自控
近乎是一种崇拜
那本墨绿色的本子随身伴我远行
在我无法读书之时，我会翻弄
那有些匆忙的字迹
我看到了生活里真正的诗
它们亲切，友善，触动你的心房
恰如情人的手触摸时所唤起的

阳光需要温和下来
海需要沉下来
星空静憩于头顶
这时，你走过沉沉的夜之大地
把逝去和向往的组成情感的河流

一切都跃然于脑际
闪闪如夜空的星斗

《星光》的作者在这首诗中写道——"如果老塞总活着 / 我会感到安慰 / 许多人都说他不像一个桂冠诗人 / 而我喜欢他 / 因为他平和、深邃、不再蛊惑 / 灵魂透明闪闪如晶石"。这里的老塞是指 1984 年诺贝尔奖获得者、捷克老诗人塞弗尔特。塞弗尔特在他最著名的诗集《妈妈》中,抒写了人类永恒的天性对母亲的神圣的爱恋。他不是用夸张的"自我戏剧化"去表现儿子对母亲的依恋,而是以质朴、内在、平静而深沉的语言去款款地流淌他生命的感恩之情,既是给母亲,也是给人类和土地。

这里,诗人的用意显然是从创作态度上表现对内在、质朴、明亮的诗风的向往。《星光》这首诗又可认为是诗人在谈"为什么写诗"和"怎样写诗",或者说是在谈怎样使诗和生命达成一种同构状态。

前两节是写诗人的生活方式。诗人必经忠于艺术、忠于生活、忠于生命,必经性情之光的不断照耀,最终要进入一种境界,完成气韵的贯通。"我知道我已不是那种读书的年龄 / 再不会一天翻过六百页的篇幅 / 我一本本地搬上书桌 / 我是在翻阅自己",这就说明,诗人怎样忠实于个体生命深层的经验,不再沿用套用别人的语言、形式、思维方式,以及那些在审美中已经僵死了的东西,只有这样才可能写出纯粹的诗来,才能为流浪的灵魂重建家园。"我沉在一页页纸张之中 / 深夜的风掀动它们 / 如果感动了就在心中落雨 / 又渐渐平静如秋后的林木"——"这时,成熟的一切不再仅属于自己"。罗丹曾经说过:"艺术也是一门学习真诚的功课。"这里所特别强调的是"学习"二字。真诚不是指一种(或不仅是指)道德意义上的创作品格,它只能是一种不断修炼不断磨砺才可能渐渐显形的境界,它需要诗人的天赋和虔诚的艺术良知为基础,对形式和结构的把握为关键。林莽认为,真诚、质朴、内在、闪光是艺术的最高境界。

诗歌一般说是个对造型性语言的驾驭问题,它所倾心的是形体和秩序。林莽的痛苦在于"何时能不再被所谓诗的语言所控制"而写出

"生活里真正的诗"。后三节就用意象的形式谈了诗人对语言的认识。诗歌的语言无疑是一种构成性语言，但在构成性语言背后的意味是什么？这个问题必须回答。这里，诗人强调的是诗中的语言决不仅仅是语言意义上的语言，更不是某种修辞手法和语感特点，而是伴随着生命一起到来的语言，也就是说表层语言的终点是诗的起点，生命的起点。不应为表面的修辞所蛊惑，应深入挖掘生命体验，这样，那种源于生命的语言就是"平和、深邃、不再蛊惑"的灵魂低语。正是这种诗人和语言的相互照耀和发现，竟使"这世界在那声音的背后激动得无法自控"，"它们亲切，友善，触动你的心房"。

最后一节，诗人表现了自己对豁达、安静、内在、明亮的诗之境的向往，他所倾心的不是阳光和海的强劲与激荡，而是阳光的恒久和海的深旷，这正是艺术之光永恒的抚照使然。

这是一首高品位的现代诗，也是一篇出色的谈诗的文字。诗人"把逝去和向往的组成情感的河流"，呈现给读者，生命和艺术的双重洞开在这里得到完满的呈现。

一切都别出声

透过稀疏的枝叶
灵魂轻得如一阵风
永恒的恬静在黄昏的草地上
比古典油画中来得还要真切

秋风阵阵如隐伤
树木的叶子已一片金黄
河水隐退于远处的荒草丛中
只有在无所牵挂的一瞬，才会看到
荒草层层，留下潮退的痕迹

太阳悬挂在那儿
遥远如收获后的记忆
黄昏的草丛柔弱
柔弱如四季铺散于秋日的长发

时辰一如往昔
心灵深处隐约感到
远方谷地
有一片闪动无声的潜流

  这首诗体现的是诗人对一种境界的向往。那是怎样的境界呢？是澄澈美丽的、充满了安谧与和谐的境界。那儿是我们灵魂最贵重的、最后的居所，它不是人人都有的，它是经过修炼、磨砺渐渐成形的。在那里，"灵魂轻得如一阵风"，一切都可以放下了。只有在那种心境里，在那种"一切都别出声"的氛围里，人才可能领略到生命的真义。但要注意的是，诗人在这首诗里几乎无一处落下这种说教的东西，他只给你提供了一幅画面，这幅画面所蕴含的意味却要由你来破译。而且，这种"破译"几乎是不可能的，所谓"只可意会不可言传"。所以，诗人提示我们和他自己"一切都别出声"。你静静地望着它，内心渐渐空净明亮起来了，"在无所牵挂的一瞬"你会感到生命的美好、自然的美好。

  这首诗从情调上看是纯粹东方风的，但与古典诗中许多歌咏自然的作品又有一点不同。这种不同主要是，古人歌咏山水更多的是基于人与自然间忻合无间的合一，或者是对现实生活的逃避；而林莽的这首诗却是纯粹无对象的、灵魂中久久徘徊不去的表现性画面，它是感情本身，而不是为感情找到的自然对应物。为什么这样说呢？因为对应物的意义是抽象的情感赋予的，而这首诗形象和意味是一起到来的。要么就以完整的形式存在，要么就不存在。这首仅仅十七行的小诗竟达到了"此中有真意，欲辨已忘言"的境界，真是令人叫绝！

若有所失

整个上午
踏响的楼梯一直把我折磨
没有转动门锁的声音
击穿我的空洞与渴望

在冬日之城的另一侧
时光，同我一样焦躁

我徒然于书本与纸张之上
心绪拥挤
无法穿透

楼梯总在踏响
总在消失
把一个人逼入困境的道路很多
致使留给你的空间苍白
苍白如一片无法捕捉的月光

山峦若有所失
　　若有所失

　　诗歌所要呈示的不是训世箴言，而是与人的生命一起到来的生存
实在。清晰的逻辑的方式在这里却步了，形而上的冥想和直观的顿悟
开始活跃起来。这不只是旨在谋求表面的所谓"空灵""含蓄"与"神
秘"，而是它们只能这样——灵魂存在的原初模样。

林莽的这首《若有所失》，就是以冥想和顿悟的形式揭示生存的佳作。读完这首诗，也许有些读者会问：诗人在说什么？是什么事让他感到"若有所失"呢？明确的答复只能是这样：这是一种"近乎没事"的若有所失，是一种说不清道不明的焦虑感。这种焦虑感是此在的人的本体属性，是他在为存在寻找意义时的基本心态。这不是什么悲观厌世，而是在承认生存的荒诞的前提下，如何肯定它的意义。

诗的第一节就形象地展示了诗人的基本心态，笔力峻切，探向生存的核心。这一节是把握全诗的要害。"整个上午／踏响的楼梯一直把我折磨／没有转动门锁的声音／击穿我的空洞与渴望"。这是暗示诗人一直在盼望真正的转机和希望，它们仿佛是存在的，但又那么飘浮无定，它们从不出现，"转动"我生活的"门锁"，打破这令人窒息的空洞与渴望。戈多在哪儿？它处于存在与虚无的关系中。

诗人知道，这种焦虑是弥漫在每个人周围的，"在冬日之城的另一侧／时光，同我一样焦躁"。这种生存的困惑几乎是永存的，任何理论都无法改变这个基本事实，"我徒然于书本与纸张之上／心绪拥挤／无法穿透"。这里的一切都是用冷客观的语言展现的，它使你冷静，又陷入巨大的精神纠葛中。

"楼梯总在踏响／总在消失／把一个人逼入困境的道路很多／致使留给你的空间苍白／苍白如一片无法捕捉的月光"。这一节是写生存咄咄逼人的气息，它无法规避，难以改变，条条道路实际上是一条道路，留给你的只有空白的苍白，像月光无法把握又不能拂去。

最后，诗人用一个沉默坚硬的形象——"山峦"，来象征焦虑的难以抗拒。两个"若有所失"用以灌注山峦，从视觉上和声音上强化了"若有所失"的程度，产生一种无限膨胀的感觉。

这首诗是复杂的质的知识。它难以用积极——消极、乐观——悲观、感性——理性、社会——个人、现象——本质等对立概念去定裁。它是一团无序的生存图景，一团焦灼而清醒的火球，一种生命过程的瞬间展示。能展示出生存的图景，本身就是深刻而勇敢的行为，这是改变它的前提。就像西绪弗斯那样，他认识了自己徒劳无功的宿命，他觉醒了，他不断地敲击命运的胪骨，"征服顶峰的斗争本身，足以充实人的心灵。应该设想，西绪弗斯是幸福的"（加缪《西绪弗斯的神话》）。那么，能深入感觉"若有所失"的林莽们，也是幸福的。

严 力

不用站起来去看天黑了

天黑了也没有奸尸者能使石碑怀孕
有许多毫无用处的肚子不是我们的食物
但我们用花圈来表现自己吃一日三餐的贡果
反正产院每天都拔出一截电线来接通下一代
全世界每天都在喂喂喂
现在该收割一批新的牙齿了喂喂喂
并让礼物去隆重地埋葬接受者
可是未来一直睡得像一片安眠药喂喂喂
把望远镜捏得吱哇乱叫也变不成听筒
尤其是喂喂喂
今天的耳朵一直占线到七十岁
好容易拨通喂喂喂
传来的语言已经是一篇悼词
但我们仍要说喂喂喂
有着几缕黄昏的台布看见了没有
抚摸着躺在那里的油腻的袖口
喂喂喂
席地而坐的抗议被端完了还喝点什么
喂喂喂
饿得把牙齿吃下去了还嚼点什么
喂喂喂

天空被鸽群挤得一动也不动

哪里有卖新的天空

喂喂喂

可以做一个普通的榨糖工吗喂喂喂

去甜坏几片海域

让鱼来追求网中的盐和酱油

或者就做那条鱼

喂喂喂

那条鱼占线

他妈的

喂喂喂

七十岁不用站起来去看天黑了

我的肚子里怀上了一块石碑

在"今天派"的同仁中，严力的诗最早表现出超现实主义的倾向和黑色幽默的品格。不过 70 年代中后期的中国，正是需要悲剧英雄、理性思辨的时代，所以，严力的某些诗往往被漠视。这没办法，时代选择着与它达成同构状态的诗人。历史匆忙地过去，在今天，当我们重新审视那个时代的诗时，我们难免怅惘，我们竟漏掉了那些超前的审美意向。这首《不用站起来去看天黑了》，就是一首不应漏掉的好诗。它以深刻的荒诞，揭示了生存。在超现实主义者看来，那种梦呓般的语言，那种非理性的错乱感觉更能揭示世界的本质和灵魂的秘密。这种貌似荒诞不经的写作态度，"不仅仅是揭示了诗人自己的癖好和特性，而是向社会提供了他所把握了的一些秘密的某种知识，这些自我的秘密平时深埋在每个人的内心中，只有敏感的艺术家才能替我们表现出来……这些秘密大部分由无意识的因素构成，我们对自我的无意识研究得愈多，便愈能表现人类集体的无意识"（《英美超现实主义诗选·前言》着重号为引者所加）。严力的《飞越字典》（诗集）就有此种滋味。

这首诗在写法上完全凭无意识自发构成语流，而不受理性的羁束。但人的潜意识一定是现实经验中压抑的部分，或者说生存是浸透着每个人的血液的。所以，严力的梦呓般的语言，也带着生存打上的印记。它骨子里是严肃的，是荒诞的现实带来的荒诞的诗歌。这首诗有一条基本的线索，就是永远"占线"的人类处境。你既没有过去，也没有未来，只能在毫无意义的"喂喂喂"中尴尬地度过一生！联系此诗所揭示的生存，我们不能不说诗人的精神是具有某种深度的。也许有人会说诗人太消极了，像"未来一直睡得像一片安眠药喂喂喂"，"好容易拨通喂喂喂 / 传来的语言已经是一篇悼词"等等句子。但他忘记了"消极"从来都不是等于肤浅的，重要的是看诗人"消极"的原因。这首诗的消极是基于对现存秩序的深刻怀疑的，怀疑一种秩序必有另外的秩序做参照物，那另外的秩序我们不妨叫它作"理想"！此诗开头一句"天黑了也没有奸尸者能使石碑怀孕"，是对丑恶现实的愤激之词，说明它已恶贯满盈，不会再允许它继续作恶了。这和闻一多《死水》中的"这是一沟绝望的死水，这里断不是美的所在，不如让给丑恶来开垦，看他造出个什么世界"有某种相通之处，都表现了诗人对丑恶现实的决绝。简单地道一声"消极"是不能说明任何问题的。

这首诗写得荒诞而充满幽默感。这种幽默不是简单的"有趣"，而带有某种悲愤的味道。它讽刺现实的病态，便也采用了病态的幽默，你说它是苦笑、痛极而笑、含泪的笑等都可以，但它就不是滑稽的笑！诗人让我们在痛快淋漓的笑声中猛省到自身的位置也是永远占线"喂喂喂"的，我们便陷入了深沉的思索再也笑不出来了。这正是"黑色幽默"的有力手段。诗人在荒诞不经的超现实主义表现中，恰恰达到了超越表面现实达到深层实质的目的，值得我们借鉴。

根

我希望旅游全世界
我正在旅游全世界

我已经旅游了全世界
全世界的每一天都认识我的旅游鞋
但把我的脚从旅游鞋里往外挖掘的
只能是故乡的拖鞋

　　读严力的《根》，令人从调侃谐谑中体味生活的真味。这首小诗
语气单调，甚至使你感到枯燥，但读完后你不想也不能放过它，它开
始弥散在你周围的空气中，久久不去。如果你本来就有类似的体验，
你会叹服诗人表现的生动和简洁；如果你没有类似的体验，这首诗就
能一下子把你带到这种外淡内浓的生活经验里。
　　"我希望旅游全世界 / 我正在旅游全世界 / 我已经旅游了全世界"，
开头的三句，大刀阔斧不事雕凿，述写了一个青年心理运动和物理运
动的三个过程。"全世界的每一天都认识我的旅游鞋"，这句来得轻松，
是为了与下面的沉重做反差。接着，诗人情思进入最高峰的体验，兀
然写出这等佳句来："但把我的脚从旅游鞋里往外挖掘的 / 只能是故乡
的拖鞋"。为什么用"挖掘"呢？是因为离家日以远了，时间的尘土
已经淹没了鞋子。"故乡的拖鞋"是诗题中"根"的象征。这里，诗
人避开了人们常用的"黄河""长江""长城""泰山"之类，仅一只
"故乡的拖鞋"，生动亲切，足以当之！真格是"君看萧萧只数叶，
满堂风雨不胜寒"呵！（李东阳《麓堂诗话》）"根"就是这样等你回来，
祖国的孩子！
　　这首小诗，情思毕现又不落迹象，语言淡朴可人，堪称上品。台
湾现代诗人纪弦有一首八行小诗，名为《脱袜吟》，与此诗有共同的
兴趣，不妨照录如下，请君对读：

何其臭的袜子
何其臭的脚
这是流浪人的袜子
流浪人的脚
没有家

也没有亲人
家呀，亲人呀
何其生疏的东西呀

无　题

在王府井我看见一个光脚的大学生
但始终没有看清校徽上的字
总之
一个大学生光脚走在王府井
用他的知识
他被行人紧盯着打扮
高大　但和某类医院有关
他坦然地点上一支烟
从书包里掏出一双拖鞋
扯掉商标
又放进书包
更大的眼睛凸起在行人的脸上
直到他钻上一辆无轨电车
我一直跟踪他脸上细微的表情
他肯定得出了心理学的结论
他将洗掉早先遮掩命题内幕的脚上的尘灰
他将用毛巾完成论文的最后一个句号

作为《今天》实力人物之一的严力，在尝试了现代诗的多项技巧后（如他的《以人类的名义生存》和《不用站起来去看天黑了》等），又是较早从其中分离出来（指语言态度而言），另创一格的人物。这里所选的这首诗，具有一种所谓"生活流"的意味，与稍后的"新生代诗人"们有种暗合。这是朦胧诗的另一景观。

《无题》是一首讽谲成分很大的诗歌。它貌似漫不经意不加修饰，却以很强的清晰度传达了对我国国民性的批判和思考。这首诗有很大的叙事性，一切纯任事态的自然涌动，近距离地"追摹"生活，但读后却使人感到在这背面隐藏着诗人浓郁的心灵色彩和思考的血滴。

中国人身上廉价的好奇心和求同伐异的顽症，早在六十年前就被鲁迅先生批判过了，但今天毫无变化。"在王府井我看见一个光脚的大学生"，这个大学生"光脚走在王府井 / 用他的知识"。这里的"光脚的大学生"，成了具有独立精神和强烈自信力的人格的象征，他的"知识"就是他觉醒的标识。

大学生而"光脚"，在许多人看来真是奇怪而亵渎神圣了。所以人们认为他"和某类医院有关"——精神病院的出逃者。接下来，诗人强调，大学生书包里有"一双拖鞋"，但他"扯掉商标 / 又放进书包"，这更牵引了庸俗的视线，"更大的眼睛凸起在行人的脸上"。可怜可笑的人们，你们真的找不到一件多少有些意义的注意目标了吗？"我一直跟踪他脸上细微的表情"，这表情是痛苦的又是轻蔑的、沉思的又是无可奈何的。最后，诗人知道，"他肯定得出了心理学的结论 / 他将洗掉早先遮掩命题内幕的脚上的尘灰 / 他将用毛巾完成论文的最后一个句号"。"脚上的尘灰"，就是传统那顽健而污浊的方面，"最后一个句号"，就是改变鲁迅先生所痛击的"国民劣根性"的任务还那么迫切那么艰巨，这样一个结论。

这首诗是有某种"纪实"性的，但又不同于我国五六十年代"直陈其事"的赋体。主要在于诗人不是简单地照画生活，而是透过它的表层（如行人对大学生的注意只是好奇），进入其深层心理的探究（由此透视一种集体无意识的文化性格）。由此，在读这首诗时，我们毫无拖沓单调的感觉，反能随着诗人的笔锋，情绪为之左右动摇，思想为之步步深入。另外，这首诗中的讽喻成分虽然较大，但作者并未用任何刻毒的字眼，这也是此诗控制得恰到好处之处。

吃音乐

沉默不摘掉嘴巴就沉默了
沉默与诚实的关系一直就很暧昧
不过
即使是敲直不了的梦
也会依偎着弯曲的睡眠
当然
为了维持生命
沉默还要去吞食鼓锤
所以
沉默的家坐落在乐器堆里
所以
我愉快地接受了
它让我去吃音乐的邀请

　　音乐是一种情感的声音，它是在人类的语言止步的地方开始说话的。在生命的律动受到语言的束羁时，音乐出现了。它的激烈和迁徐、扩张和消逝，都是超语义的纯粹的声音运动，它不描述什么，它没有对象，它本身就是生命。是"听得见的意志"（叔本华）！

　　"沉默不摘掉嘴巴就沉默了 / 沉默与诚实的关系一直就很暧昧 / 不过 / 即使是敲直不了的梦 / 也会依偎着弯曲的睡眠"。现代人由于意识的复杂化、自为性，每个个体都成了封闭的"个人"，思想的深刻度既是一种珍品，同时又成为负担，成为日益压迫着人的表达的冲动。人是注定要思想的，他难以逃脱思想带来的苦难。但是，人与人之间的隔膜，难以深入体谅，使他们选择了"沉默"的形式，"沉默不摘掉嘴巴就沉默了"。但灵魂却更加喧嚣，有一些不断生长的东西在膨胀，在呐喊，在进行冥冥中的较量，"沉默与诚实的关系一直就很暧昧"。即使是在卸掉面具的夜里，仍然会有"敲直不了的梦"（被扭曲的希望、意志、情感），孤独地缠绕着睡眠。这样，人们的思想必得寻找另外的宣泄渠道，它已承受不了沉重的负荷——

"为了维持生命／沉默还要去吞食鼓锤／所以／沉默的家坐落在乐器堆里／所以／我愉快地接受了／它让我去吃音乐的邀请"。这里，音乐的意义被升华到"维持生命"的境界。在那噪杂、狂悖的打击乐里，在那十二音体系的冲撞、不安、痛苦的缠绕里，诗人的灵魂得到了片刻的消歇！他"吃音乐"的同时，也"吃"掉了焦虑、烦闷，他终于在瞬间感到生命的美好！

失　约

寒冷并焦急地
我在约会地点抬起脚
把已过的五十几分钟踢进到一个小时
头也不回地穿过这个黄昏
但是
她拎着一袋苹果
堵住了黄昏的长廊尽头
她解释说
　　苹果晚熟了一个钟头

刘勰在他的《文心雕龙》里说："谐之言皆也；辞浅会俗，皆悦笑也。"严力的这首诗，就具有一种诙谐的韵致。但这里的诙谐，不同于一般意义上的笑话，它是充分诗意化了的诙谐，读之令人哑然失笑，却又不难辨出诗人的一往情深。在爱情诗没完没了的"爱呀""吻呀""死呀""太阳作证呀"的嘤嗡之声里，这首小诗真是另有胜境别开一面了。

这是写一对恋人约会的场面。"我"为爱所涌动,早早地就等在约会地点了,"寒冷并焦急地 / 我在约会地点抬起脚 / 把已过的五十几分钟踢进到一个小时",一笔写出了心境和下意识的动作。人在无聊而焦躁时会踢脚下的石子,这是想排遣无聊和寂寞的行动,但它带来的只能是加深了的无聊和寂寞。一个小时被"踢"过去了,姑娘还没有来。"我"被恼怒所淹没,"头也不回地穿过这个黄昏"。"我"的行为不只是因为责怪,更多的是思念姑娘的焦渴使然。接下来,诗人一个"但是",心情为之敞亮起来——"她拎着一袋苹果 / 堵住了黄昏的长廊尽头 / 她解释说 / 苹果晚熟了一个钟头"。"我"要穿过的这个黄昏为姑娘堵住,而且是在"黄昏长廊的尽头"堵住的,这是暗示姑娘(爱情)的到来是经过考验而漫长的。这里的"苹果"成熟,是写爱情的成熟,日思夜想的收获终于到了——虽然晚熟了一个钟头,但这是真正的成熟啊。写到此,诗人马上收住,像相声中抖了一个响亮的"包袱",让读者去体味去会心地微笑吧,他俩却穿过黄昏的长廊享受生命和爱情的幽邃和欢乐了。

朱光潜先生说:"同是诙谐,或为诗的胜境,或为诗的瑕疵,分别全在它是否出于至性深情"(《诗论·诗与谐》)。这首《失约》可说是至性深情的好诗了。《诗经·静女》也有此等妙境,两相对照,那意味却也相差无几。看来,无论是古人还是今人的诗作,其至性深情是庶几相似的。

还给我

请还给我那扇没有装过锁的门
哪怕没有房间也请还给我
请还给我早晨叫醒我的那只雄鸡
哪怕被你吃掉了也请把骨头还给我

请还给我半山坡上的那曲牧歌

哪怕被你录在了磁带上也请还给我

请还给我

　　我与我兄弟姊妹的关系

哪怕只有半年也请还给我

请还给我爱的空间

哪怕被你用旧了也请还给我

请还给我整个地球

哪怕已经被你分割成

　　一千个国家

　　　一亿个村庄

　　　　也请你还给我

　　《还给我》一气用了六个排比句，如层层猛烈的浪头冲击着我们的心。这是诗人用灵魂、用血、用骨头一齐呼喊的声音，它不仅是理性的抗议，也有生命底层那意志的冲动。仿佛诗人是个披发浪人，拼命敲打着异化现实顽固的门环，拍得自由的血霞光般飞溅！

　　那么，诗人在这里要求"还给我"什么？还给我自由、幸福和爱！还给我人性共同的理想！但是，这些东西并非唾手可得，它们不是被异化现实把玩得温温吞吞，就是已经消逝掉了。即使如此，诗人仍然那般执着。自由的抗争，生命的意义，从来都不取决于目的的物质实现，而是不停息地为着这目的斗争的过程。就像西绪弗斯的宿命一样，明知巨石永不能推到山巅，但并不曾松懈。正是在与生存的艰难抗争中、残酷的相持中，人才找到了他生命的意义和价值。这显然是表层价值之上的深层价值！这首诗的撼人之处还在于，诗人是彻底悲观的抗争者。这里的悲观不同于那种浅薄无力的伤感，而是一种对现实生存的清醒估计。这就从根本上超越了天真浪漫的理想主义，而进入深刻的更高意义上的悲壮感。尽管没有房间，他仍不放弃那扇"没有装过锁的门"；尽管自由思想的雄鸡已被吃掉，他也要要回英雄的"骨头"；尽管幸福的牧歌已被篡改，他必得追回这变调的声音……苦难从来都是新生的必须代价，这首诗消解了对生命的幻觉成分，直接刺入原初的本质，一扫可怜的遁世态度，直陈了一个在异化现实中站稳生命的根的青年的浩然正气。这是每一个历尽沧桑的人赢取最终希望的基本方式。

这首诗的意象不是一般意义上的"审美"的，而是"审丑"的。这里，"丑"的是那种扼杀自由、爱、人类大同的邪恶力量。但正是在对这些东西的批判中，我们看到美庄严耸立起来——那是人类的良知在闪耀！是抒情主人公冷峻的形象在闪耀！

王小妮

我感到了阳光

我从长长的走廊
走下去……

——啊，迎面是刺眼的窗子
两边是反光的墙壁
阳光，我
我和阳光站在一起！

——啊，阳光原是这样强烈
　　暖得人凝住了脚步，
　　亮得人憋住了呼吸，
全宇宙的阳光都在这里集聚。

——我不知道还有什么存在。
　　只有我，靠着阳光
　　站了十秒钟
十秒，有时会长于一个世纪的
　　四分之一。

终于，我冲下楼梯，推开门，
奔走在春天的阳光里……

王小妮是典型的内倾直觉型诗人。关于诗，她说过这样一段话："我想我自己的诗应该走这样的路：一个是语言返回自然，用大量的口语入诗；还有一个是追求意象的直觉感，也就是可见性；另外就是结构上的，反对矫揉造作，寻求意识的近于原始性的流露，最后就是加强诗的内在容量，加强诗的凝固性、浓缩性……"（《诗探索》1980年1期《请听听我们的声音》）这段夫子自道，是我们进入王小妮诗歌便捷的门径。

这是一首纯粹的未经理性加工的感觉诗。诗人将生活中常常遇到的场景神奇地嵌在文字中，这美丽的"十秒钟"便对我们造成了陌生感。伴随这陌生感到来的，还有"发现"的惊喜。哦，生活是这么生动，我们放过了多少美丽的"十秒钟"呵！直觉主义心理学美学大师柏格森认为，人的直觉具有强大的穿透力和洞察力，它使我们能置身于对象的内部，迅速与对象中那个独一无二、不可言传的东西相契合。这种直觉能够透入实在和生命之中，体验到最深刻的现实。减掉柏格森论证中的某些玄秘主义成分，我们不难发现他几乎是道出了一个现代艺术的真理——在相当普遍的情况下的真理。

《我感到了阳光》正是仰仗了直觉使全篇情趣盎然的。"我从长长的走廊/走下去……"这一节是铺垫是反衬，"长长的"与后面的省略号告诉我们，诗人在昏昧中走了许久。"——啊，迎面是刺眼的窗子/两边是反光的墙壁/阳光，我/我和阳光站在一起！"诗人突然走到了阳光喷射的地带，雪亮的窗子和墙壁开始刺激她。

下面的感觉是在瞬间完成的，是猝乎而至的。"暖得人凝住了脚步/亮得人憋住了呼吸/全宇宙的阳光都在这里集聚"，这一瞬间诗人的感觉里只有阳光，阳光……这不是强调，而是直觉的真实。常人是都有过类似体验的，不过轻易地将它放过了。"——我不知道还有什么存在。/只有我，靠着阳光/站了十秒钟/十秒，有时会长于一个世纪的/四分之一"，这里对阳光的感受融进了对生命的感受，"体验到了最深刻的现实"。这一瞬的感受具有强大的穿透力，使诗人顿悟了光明的力量、永恒的力量。而这并不是联想和推论，只能是忽然到来的暗示。诗人丰富的直觉感受将这"十秒钟"永远留在记忆中了。她终于"冲下楼梯，推开门，/ 奔走在春天的阳光里……"这是直觉的力量掀动了她生命的绿涛，带着这直觉她去奋斗和开拓。

　　这首直觉型的诗来得自然、纯真，它不像某些诗那样神经质地折磨自己，力求折磨出奇特的"直觉"来。那种直觉是虚假的，哗众取宠的。真正的"直觉"就应该是诗人生命中可遇不可求的"十秒钟"：不可重复的一次性的高峰体验！

雨　中

　　　　绵绵延延的小雨
　　　　像你咯咯不断的笑声
　　　　打湿了
　　　　我的全身

　　　　巍巍然然的木棉
　　　　丢了许多大的花朵
　　　　我看见
　　　　你红色的小鞋
　　　　踩出的脚印

　　　　我拉不到
　　　　万里之外
　　　　那小而温温的手
　　　　可不自觉地
　　　　遇见石阶
　　　　总要
　　　　下得稳而再稳

我默默地，像雨丝
抚摸风
抚摸古老的木楼
抚摸那
无声地走过的邕江

在噪杂的大街上
我微笑地穿过
我愿把我无人知道的善良
给予那花伞下面的
每个讲白话
　　讲壮话
　　讲客家话的行人

我微笑
因为
有一个使我的心灵
闪烁光亮的男孩子
他
紧紧地扯着
我的衣襟
有一个孩子是美好的
美好的
从此
世间的一切
才有了这小雨一样的母亲
柔柔细细

雨水仿佛是能萌发记忆的，一遇到雨，我们的心里总会充满了温柔的回忆。王小妮的这首诗，是写给远在异乡的儿子的。她在这首诗中，完全被这种思念之情笼罩了，所以她没有调动她擅长的对瞬间感受的捕捉，而是纯任情感流淌，一发为快。

"绵绵延延的小雨／像你咯咯不断的笑声／打湿了／我的全身"。这是说天落雨了，诗人想起了儿子，那浓浓的思念充盈全身就像绵延不断的雨水一样。诗人被思子之情深深笼罩，以致看到木棉树落下的红花朵，也幻化成儿子的红色小鞋了。诗人渴念儿子，渴念那"小而温温的手"，于是总像是儿子就跟在自己身旁，"遇见石阶／总要／下得稳而再稳"。这个细节颇见功力，真正是神来之笔！此中直曲、平奇、藏露、虚实，条条俱在。充满着爱心的人是善良的，也只有善良的人才有这份深挚的爱心。下面写的是诗人由于想起儿子，而体验到了世间的美好，她愿把她的爱心推及每一个花伞下面的人。是啊，孩子使我们理解了单纯、澄澈，孩子使我们体验到需要保护弱者，也是孩子使我们那颗被尘世的风吹打得变形的心渐渐恢复了常态，同时还是孩子使我们变得善良、宽厚和美好。

这首诗写得深沉婉约，充满了女性惊人的细密和敏感。做了母亲或是即将做母亲的读者朋友，你们轻轻地读一读这首诗，你们会惊叹：她怎么能够将思念之情写得那么深入、那么真实动人！

地头，有一双鞋

地头，
端端正正摆了一双鞋，
是哪个会过日子的老汉？
也许只是想和土地贴得近些？
——沙沙锄地的声音。
满眼是油绿油绿的玉米叶。

那玉米都很壮实，
一定会长出金子一样的颗粒。
那双鞋还很新呢，
针脚儿又细又密。
——远处，是谁
用粗犷的嗓音唱着戏。

歇晌的哨子响了，
庄稼地里钻出一个青年，
很端正，很壮。不！是很美，
太阳像他巨大的耳环。
——他笑着嚷着跳着：
"我的宝贝鞋还在那边。"

他拍了拍鞋上的灰尘，
看了看自己沾泥的脚掌。
他把鞋夹在胳肢窝下面，
太阳把大地晒得滚烫滚烫。
——咚咚，咚咚，咚咚，
赤脚踏在古铜色的土地上！

　　真正的艺术家并不将全部膂力倾注到冥想中去，他要做的是，在平凡的生活里发现美，他淘洗它，让它升华，让它结晶，激起人对生活的无限爱恋。王小妮的这首诗乍读下来，觉得太"正常"了些，但是你再读，你悟到了它的好处。你放下它，它就会在你脑海里走动——那是一双"针脚儿又细又密"，盛满生活芬芳的新鞋子。

　　这双鞋是全诗的聚焦点，但诗人却巧妙地避开了它。就像乐府名篇《陌上桑》一样，罗敷作为焦点但很少落墨，环境的烘托更增加了诗的气氛和罗敷的美丽。这首诗也是这样，诗人写到地头端端正正（这个形容词用得多好）摆着一双鞋，接下去就宕开一笔写"沙沙锄地的声音"和"满眼是油绿油绿的玉米叶","那玉米都很壮实，/ 一定会长出金子一样的颗粒"。在这样清新的背景下再看那双鞋吧，"那双鞋还很新呢，/ 针脚儿又细又密"。对鞋的描绘就这么平平淡淡的十四个字，但你已经感到它的美了。为什么？你看它摆在哪儿嘛。接下来，鞋的主人出现了，是一个壮小伙，"很端正，很壮。不！是很美，/ 太阳像他巨大的耳环"。他并不穿起这鞋，是怕弄脏这媳妇为他用心血和爱缝制的"宝贝鞋"吧？他把它们夹在胳肢窝下面，赤着大脚，"踏在古铜色的土地上"走了——生活多美啊！

这首诗仿佛信手拈来，却充满着生活的原生美。这里面有着诗人精心剪裁和众宾托主的真功夫。荷兰伟大的画家凡·高有一幅著名的画《农鞋》，画面上就是一双肮脏破旧的鞋子。让我们听听海德格尔是怎样体会它的吧：从鞋具磨损的内部那黑洞洞的敞口中，凝聚着劳动步履的艰辛。这硬邦邦、沉甸甸的破旧农鞋里，聚积着那双寒风料峭中迈动在一望无际的永远单调的田垄上的步履的坚韧和滞缓。暮色降临，这双鞋底孤零零地在田野小径上踽踽独行。在这鞋具里，回响着大地无声的召唤，显耀着大地对成熟的谷物的宁静的馈赠……（见《艺术作品的本源》）

这双鞋和那双鞋是不同的，但共同的是，它们都溢满了艺术家对生活的体味。"鞋"里灌注了生命，成为一个深邃的暗示。

与蚁王谈

蚂蚁的王
站在巢上。说。
你太大了。我看不清你在哪里。

他说。
我只是站在地面上。

蚂蚁王问。

你比风大吗。

没有。

你比火大吗。

没有。

你比太阳大吗。

没有。

蚂蚁王很痛苦。

你是什么。我不知道。

突然。它又问。

要下雨了。

你知道吗。

他去看天。

接二连三地摇头。

蚂蚁王很快乐。

你什么也不是。

然后。就在他面前远去。

这首诗写得诡秘幽邃，颇像是禅师悟禅。把之于股掌之上细细品味，那"道"却也不难体会。它是在讲一个相对的道理。大与小，有与无，难与易，高与下，灵与拙，本是相互依托；大小相形，有无相生，难易相成，高下相倾，灵拙互见的。这是一片空寂的声音，在与蚁王的交谈中，诗人将融汇在心底的感悟，刹时间释放出来，体味那清旷而恒久的人生世理。在这一派冲淡、清远的氛围里，诗人的苦恼释然了。谁说这种诗是故弄玄虚？

"蚂蚁的王／站在巢上。说。／你太大了。我看不清你在哪里。"蚁王在蚁队中是大的，但与我们相比，则是小的。蚁王又问"你比风（火、太阳）大吗。""没有。"我与风、火、太阳相比则又是小的。

这说明，大与小本无区别，区别只存在于人（蚁）的观念和观点——"本心"之中。同件事物，只要你换个参照系、换个视角就面目迥异了。这里写的是诗人超越了现世经验的内心省察，它打破了恒常的规范，在玄理中含着彻悟的内核。

"突然。它又问。/ 要下雨了。/ 你知道吗。/ 他去看天。/ 接二连三地摇头。/ 蚂蚁王很快乐。/ 你什么也不是。/ 然后。就在他面前远去。"这是灵与拙的相对性。其间泾渭分明的界限消失了，人开始反思自身的能力，充满觉悟，灵与拙，相去几何？这里，"我"的悲哀是有意义的，蚁王的"快乐"是麻木的。人又被肯定了。

读这类诗歌，我们要摒除一般意义上的常识，也不必用科学道理去要求它。只消全神贯注将意识搅成混沌的一片，就会得到神入的乐趣。你只管把玩那弦外之音，不要对它的真理性太过认真。或者，你就用道家的玄思去理解它的"真理性"也可。

梁小斌

中国，我的钥匙丢了

中国，我的钥匙丢了。

那是十多年前，
我沿着红色大街疯狂地奔跑，
我跑到了郊外的荒野上欢叫，
后来，
我的钥匙丢了。

心灵，苦难的心灵
不愿再流浪了，
我想回家，
打开抽屉、翻一翻我儿童时代的画片，
还看一看那夹在书页里的
翠绿的三叶草。

而且，
我还想打开书橱，
取出一本《海涅歌谣》，
我要去约会，
我向她举起这本书，
作为我向蓝天发出的

爱情的信号。

这一切，
这美好的一切都无法办到，
中国，我的钥匙丢了。

天，又开始下雨，
我的钥匙啊，
你躺在哪里？
我想风雨腐蚀了你，
你已经锈迹斑斑了；
不，我不那样认为，
我要顽强地寻找，
希望能把你重新找到。

太阳啊，
你看见了我的钥匙了吗？
愿你的光芒
为它热烈地照耀。

我在这广大的田野上行走，
我沿着心灵的足迹寻找，
那一切丢失了的，
我都在认真思考。

　　现代诗的核心意象，我们必须找到并深掘它。这首诗的核心意象是"钥匙"，"钥匙"无论从其表意还是隐喻上来说，都是一个强烈的寻求关系的名词。当这个词出现在我们眼前的时候，我们就会联想到"锁"。那么，诗人说"中国，我的钥匙丢了"，就为我们打开了一个宏阔的期待视野，"钥匙"被置放在博大的语境中，它为这语境的压力而变形，上升为一种"私人象征"（见韦勒克、沃伦的《文学理论》三联书店 1984 年版），语词固有的意义隐匿了，它刺激着人们去寻找它背后的象征性内涵。这首诗的标题是很讲究的，它让我们在解读时必须放进关系，这就使解读过程不再是被动的"接受"，而成为活跃的、积极的二度创造了。我们注意到，在第二节，诗人用了一个理性负荷最重的词"红色大街"，暗示给我们这首诗产生的历史语境。经历过"文革"的人，不难体味出"红色大街"的象征性内涵。这首诗里，这是惟一的带有理念性的语词，它犹如一道强光洞彻全篇，规定了此诗的性质。这是诗人较好地处理了现代诗中"藏与露"的辩证关系的结果。这样，我们就将遗失的钥匙与"红色大街"联系起来，整首诗的精神内核便豁然昭明了。

艾略特强调，现代诗对诗人的要求是，"将自己的思想像蔷薇的芳香一样直接感觉"，这首诗就达到了这等境界。诗人用疯狂——失落——怅惘——焦虑——寻找的情感流程灌注到"钥匙"这一复现语象上，展示了生命内部的冲突。这样，我们感悟到的就不仅是一代人寻找灵魂归宿和忏悔过往行动的简单思想，而是一种"具象的抽象"的心灵图画。我们仿佛看到了一个"红卫兵"那渐渐清醒的灵魂的模样，听到了他温热的鼻息和心音，触到了那枚锈斑苍然的苦难的"钥匙"！这种被"直接感觉"到的视象所涵括的意蕴，显然要比抽象的议论强烈得多。

这首诗在语言的运用上是漂亮的。诗人追求一种语势的舒缓和语境的简隽、明晰，这是为了造成独白式沉吟的效果。我们注意到，这首诗在短小的体制中，频繁地出现了十八个"我"。在许多情况下，这种第一人称的出现是不具有语法的意义的，如"我沿着红色大街疯狂地奔跑，/我跑到了郊外的荒野上欢叫"，"我想回家，/打开抽屉、翻一翻我儿童时代的画片"，"我要去约会，/我向她举起这本书"，"我在这广大的田野上行走，/我沿着心灵的足迹寻找"……这里的"我"，成为一种纯粹的声音效果，控制了诗歌的速度，形成一种喃喃低语般的、自抚伤痛的语势，是那样撼动了我们的心，犹如一个人在极度痛苦的忏悔中所惯常使用的絮烦的语势那样。这种舒缓的语势与诗人的关系，不是选择与被选择的关系，而是二者的相互发现，或者说，它是和诗人的感情同时呈现的！语势的独特使用，是诗人对诗歌充分本体自觉的表现，声音在此就组织了意义，成为意义的重要部分。语境的简隽和透明在某种意义上决定了此诗的情感态度，诗人是以一个单纯的"大孩子"的姿势进入诗歌的（同样的姿势还出现在梁小斌《雪白的墙》等诗中），这样一来，整首诗的背景被处理为简单的日常化情境，"大街""荒野""抽屉""画片""三叶草"等等，这更容易为不同层次的读者加入。比起那些采用意象撞击、叠加、时空错位、玄思、暗过渡的复杂诗歌背景的诗来，更具有一种透明的、素朴的品质。而且，这种"大孩子"式的倾诉衷肠，还容易收到深致哀婉的同情共鸣。

这首诗发深沉于简隽，寄至味于天真，是同类题材中格高境奇的佳品。

我热爱秋天的风光

我热爱秋天的风光
我热爱这比人类存在更古老的风光

秋天像一条深沉的河流在歌唱

当土地召唤我去收割的时候
一条被太阳翻晒过的河流在我身躯上流淌
我静静沐浴
让河流把我洗黑
当我成熟以后被抛在地上
我仰望秋天
像辉煌的屋顶在夕阳下泛着金光

秋天像一条深沉的河流在歌唱
河流两岸还荡漾着我优美的思想

秋天的存在
使我想起在耕耘之后一定会有收获

我有一颗种子已经被遗忘

我长时间欣赏这比人类存在更古老的风光
秋天像一条深沉的河流在歌唱

《我热爱秋天的风光》是一曲辉煌而沉静的咏叹。在这首诗里，物我由两忘而趋临同一。"秋天的风光"移入"我"的生命，这种"内模仿作用"的结果是，秋天作为人类一种"深沉的河流"，永远在昭示它的孩子创造、奉献，"耕耘之后一定会有收获"。这是平凡的真理。道出这真理并不难，难的是怎样用毫不费力的方式顺畅地传达出它来。我们通常所褒扬的"力透纸背"，在这首诗里不见了，代之以平静、放松的笔力。这是生命的自然流泻，它朴实内在又魂天归一。斫轮老手是从不猛抡厉砍的。

诗人首先歌唱了自然的永恒，"我热爱秋天的风光 / 我热爱这比人类存在更古老的风光"，起笔平缓，但情思浓酽。一句"比人类存在更古老的风光"，就将秋天不可说透的意蕴揭示出来了。接着"秋天像一条深沉的河流在歌唱"，单独作为一节，沉静而流动，使人感到它的永恒和质朴，这和整首诗的情调是统一的。下面，诗人看到秋天的生生不息的变化，不是抒情主体向客体移情，去改变或强化它的形式；而是以物理移人情，用秋天的特征去强化或改变"我"的存在形式（见朱光潜《文艺心理学》）。这里不是渲染形象的某种情调，而是形象充分饱满的本真状态。"当土地召唤我去收割的时候 / 一条被太阳翻晒过的河流在我身躯上流淌 / 我静静沐浴 / 让河流把我洗黑"。这是写"我"，还是写"秋天"呢？你根本无法区分"被太阳翻晒过的河流在我身躯上流淌"还是"秋天像一条深沉的河流歌唱"在它本体内。你得到的只是一种感觉，它几乎没有变形，但又充满了张力。"当我成熟以后被抛在地上 / 我仰望秋天 / 像辉煌的屋顶在夕阳下泛着金光"，这里又是物我难分的情景。"辉煌的屋顶"一句，写得轻松，但内涵却是沉甸甸的，这是诗人格外重视语言实验的结果：秋天的天空是诗人灵魂的房子！

最后的三节，写诗人面对秋天，想到自己的使命，想到耕耘——收获这"优美的思想"。这一切都是自然昭示的，都是那"泛着金光的辉煌屋顶"昭示的。劳动、和平、热爱自然，永远是健康诗歌的基本母题，也是诗人赖以生存的依据。

这首诗是土地的情诗，它袒露着平凡的真理，又不虚张声势。我们读着它，很顺利地就汇入了秋天的河流。它不求撼动我们，它只让我们静静领略土地那永恒的精神。在这首短诗里，自然的丰饶与人灵魂的成熟，被诗人化若无痕地融汇在一起，天人合一。这是现代的秋，也是昨天和明天的秋；是自然的秋，又是生命意志的秋。诗人留恋这"比人类存在更古老的风光"，既写了自然之美，又写了创造的永恒，物我俱在，一笔两写，真是天机迥高，思与神合。

大街，像自由的抒情诗一样流畅

雨后的大街，笔直地伸向远方，
从此岸到彼岸世界，
这中间车辆像流水一般哗哗流淌。

这时，我看见一个戴着太阳帽的孩子，
来到岗亭前，
和警察亲切地谈话。

而一支全是由小朋友组成的队伍，
正和谐、宁静地站在大街的一旁。
我知道他们是在谈论——
这支可爱的队伍，
通过大街的方法。

我沉思的目光，注视远方，
我很激动，
他们一定还谈论了别的，
谈到了国家大街的前程
而且还谈到了诗和国家。

我看见了：人民的警察——
这人类大街的指挥者
从岗亭里探出身子，
温和地倾听
孩子的哲学思想，
一个晒了很多太阳的中国孩子，
或许能指出未来中国的方向。

宽阔的大街像自由的抒情诗一样流畅，
绿灯在前方闪烁着激荡我心灵的波光，
一个孩子正在和警察和谐地谈话。

如果套用一下这首诗的标题，我们可以说此诗像大街一样流畅。
这种效果的形成，与诗人深得诗歌直说与曲说的辩证法有很大关系。
诗歌作为抒情性的文学形式，一般地说，是应该峰回路转半遮琵琶
的。但也未必尽然。直抒胸臆顺势而下只要用得妥帖，往往也能收到
更为强烈的艺术效果。这些"直说"，并非诗人的浅露，而是其感情
达到高峰体验时的表现。如"劝君更进一杯酒，西出阳关无故人"，"同

是天涯沦落人，相逢何必曾相识"，即属此类。关于这首诗的寓意，我们不再多说什么。这首诗不是复杂的象征，而是诗人见到的现实。他由这现实生发开去，直抒了一个公民对祖国未来的满腔信心。这里的叙事，是诗人强烈情绪化了的，他没有去追求暗示、多向，而是落落大方，直接表达。奇怪的是，这种直接表达并不给人以平实板滞的感觉。诗人的聪明之处在于他使形式和意味达成了同一：那种像大街一样流畅明晰的语言。试想，这首诗如果用大量隐喻、浓缩去曲笔回环地表现它的内容，肯定会成为扭扭捏捏的样子，不是小朋友走过流畅的大街，而是中年人徘徊在胡同口了。

另外，这首诗的"直说"又不同于传统诗歌的"警句"式议论，你甚至无法从此诗中择出一两个"佳句"来。它让你忘不掉的是整体性的诗歌氛围，是一个浑圆的自足的结构。它不露圭角，而处处圭角，这正是诗人沉稳成熟的表现。"直说"在现代条件下，绝不是"片言立其要"。这首诗的每一句都是平淡的，但你却不能从诗中抽掉这平淡的一句。这里，深层意象消失了，但智慧却更加深厚；"格言"剔却了，但含量却并不见小。诗情是多种多样的，幽秘的吉他有它的魅力，直通通的军鼓也自有其优长。作为一个诗人，不在于选择什么先验的形式，而在于能巧妙地为意味找到合适的形式。《大街，像自由的抒情诗一样流畅》就在险中生奇，以赋的手法达到了别种手法难以替代的成功。

我曾经向蓝色的天空开枪

我曾经向蓝色的天空开枪，
为了我狂暴的激情，
我曾经向蓝色的天空开枪。

但，天空，

仍然倔强地保持着，她固有的色泽，
这蓝色是她的灵魂。

现在，
天的尽头流泻出一片红光，
蓝天的嘴唇，
流泻出一片红光，
这是美丽的云吗？
我知道，
这是血液在无声流淌，
我曾经向蓝色的天空开枪，
她被杀害了吗？

只有在现在，
她才肯流露出巨大的痛苦，
和这玫瑰色创伤。

中国的天空，
你的创伤都是美丽的。
我的心胸如此沉痛，
我曾经向蓝色的天空开枪。

　　这是诗人写在 1979 年的作品。联系当时整个中国的历史语境，我们不难把握这首诗的内涵。这是第一代"红卫兵"对祖国的忏悔，也是整个中国人对过往历史的痛切反思。但一首诗的成功，首先是形式的成功，它决定于诗人的才具和对语言的感受力。这首诗使我们感兴趣的不是"诗所言"，而是"诗本身"。

　　这里，"蓝色的天空"是祖国的象征，"枪"是那场共和国暗夜的象征。"向蓝色的天空开枪"，既含有毁灭美好的一层意义，又含有疯狂而愚昧的举动的意义。这一对象征物由字面意义和语词隐喻构成的双重对应指称，一下子缩短了我们的抽象思考，而直接进入具体的运动的场景中去。这是这首诗的真正价值之一。

这首诗的另一个特点是，意象单纯而集中。诗人从不同角度抒写对它的感觉，却不给人以分崩离析之感，同时也并无直线到达终点的审美疲劳感。全诗六节，分别是写"我"——"天空"——"天空"——"我"——"天空"——"天空"，情感如排浪推进，放逸而有序，奇警而工稳。诗人全力以赴去完整地营造两个意象群，这就大大增强了诗的可感性，对不同层次的读者都有召唤力。

在语言上，诗人较好地将口语和构成性语言结合在一起，既亲切自然，又没有流入一览无余平铺直叙的非诗畏途。开头的三句，"我曾经向蓝色的天空开枪，/ 为了我狂暴的激情，/ 我曾经向蓝色的天空开枪"，这既是口语的，同时也是构成性的。一、三两句的重复出现，从语势上加深了此诗的忏悔之情（像祥林嫂的"我真傻，真的"的重复一样）。天的尽头流泻出一片红光，在诗人眼中幻化成了蓝天的血液在无声地流，诗人说"她被杀害了吗？"这仿佛孩子般的发问，却深深打动了我们的心。这是口语的妙用。在意象的精确鲜活上，诗人也是下了功夫的，像"只有在现在，/ 她才肯流露出巨大的痛苦，/ 和这玫瑰色创伤""蓝天的嘴唇，/ 流泻出一片红光""蓝色是她的灵魂"等句，称得上是平中显奇性灵孤运了。

最后，这首诗还有个长处是：它写痛苦，但写得美丽写得透明，写得富有光泽。使人读后从心理的平衡与和谐中品味它深沉的思想；而不是展览伤口展览丑恶。这是艺术的透彻，也是诗人性情之光的抚照使然。这一点长处，在今天仍然值得许多诗人借鉴。

食　指

这是四点零八分的北京

这是四点零八分的北京，
一片手的海浪翻动；
这是四点零八分的北京，
一声尖厉的汽笛长鸣。

北京车站高大的建筑物，
突然一阵剧烈地抖动。
我吃惊地望着窗外，
不知发生了什么事情。

我的心骤然一阵疼痛，一定是
妈妈缀扣子的针线穿透了心胸。
这时，我的心变成了一只风筝，
风筝的线绳就在妈妈的手中。

线绳绷得太紧了，就要扯断了，
我不得不把头探出车厢的窗棂。
直到这时，直到这时候，
我才明白发生了什么事情。

——一阵阵告别的声浪，

就要卷走车站；
北京在我的脚下，
已经缓缓地移动。

我再次向北京挥动手臂，
想一把抓住她的衣领，
然后对她大声地叫喊：
永远记着我，妈妈啊北京！

终于抓住了什么东西，
管他是谁的手，不能松，
因为这是我的北京，
这是我的最后的北京。

　　食指的名字对许多人是陌生的，但他的确是一位有特殊重要地位的诗人。他的诗在 60 年代末就以手抄的形式在青年中辗转，滋润了一颗颗失血的心。而且他的诗还启发了后来《今天》的那些诗人。这里选的作品，就是他早年写的。虽算不上准确意义上的"朦胧诗"，但它们却是启发朦胧诗的先导，是功不可没的。

　　这首诗是诗人写在 1968 年 12 月 20 日的。当时的祖国阴云密布，邪恶的力量砳崖转石。整整一代青年被迫离开生养他们的北京，就要到遥远的边疆抛洒那盲目的热血了。诗人是清醒的，他将痛苦的别情发而为诗，紧紧围绕在"四点零八分的北京"这一特定的时空，抒发了当时许多人共有而不能表达的彻骨之痛。

　　诗中用了一些细节，是异常生动传神的。如火车开动的一刹，"北京车站高大的建筑物，/ 突然一阵剧烈地抖动"，这既是视觉的印象，又是心理的感受。还有"我"的心感到了难忍的绞痛，是对亲人的爱和留恋使然。但如果这样说，就不能更细微更深入地传达痛苦的体验。诗人说"一定是妈妈缀扣子的针线穿透了心胸"，接着由"线"联想开去，"我的心变成了一只风筝，/ 风筝的线绳就在妈妈的手中"，真是言辞剀切，热血灼人。诗歌中的描写，一定要具体细微，这样不仅是为了逼真，而是只有准确的细微的事物才容易被读者领悟，激发他一道进入诗的情感系统中去。

最后两节，诗人选择了真实的场景。一是"我"挥手向北京告别，一是"管他是谁的手，不能松"，不能放开"我的最后的北京"，此将情感推向高潮，成为历史想象力的定格，永远在我们心灵的视线中了。这就使全诗丰满而完整。

这首诗在艺术上并没有对传统诗歌进行大幅度的超越，它的胜利乃在情真与细节的苦心提炼上。别林斯基在论普希金的抒情诗时说："艺术并不容纳抽象的哲学思想，更不容纳理性的思想：它只容纳'诗的思想'，而这'诗的思想'——它不是三段论法，不是教条，不是箴言，而是活的热情，是'真情'！"食指的诗正是这种真情的产物。当动荡的年代过去，浮泛喧嚣的"理想之歌"已零落成尘泥，但这种由心血滴注的诗却日益显出了它的光彩。生命不灭，真情的诗也不会熄灭。未经过动荡年代的读者，请庄重地对待这"四点零八分的北京"吧！

命　运

好的名誉是永远找不开的钞票，
坏的名声是永远挣不脱的枷锁；
如果事实真是这样的话，
我情愿在单调的海洋上终生飘泊。

哪儿去寻找结实的舢舨？
我只有在街头四处流落，
只希望敲到朋友的门前，
能得到一点菲薄的施舍。

我的一生是辗转飘零的枯叶，

我的未来是抽不出锋芒的青稞；

如果命运真是这样的话，

我情愿为野生的荆棘放声高歌。

哪怕荆棘刺破我的心，

火一样的血浆火一样地燃烧着，

挣扎着爬进那喧闹的江河，

人死了，精神永远不沉默！

这首诗写在 1967 年，当时的历史语境似乎不必再多说了。这里，有先觉者的骄傲，也有先觉者的孤寂，这是痛苦的心灵运行曲线，是在那严寒的岁月里不曾泯灭的人性的火种。

开头两句是对当时现实的高度概括，一正一反，说明了那时大部分人糊里糊涂随波逐流而没有反省的生存态度。"好的名誉"徒有其好，不得"使用"，而"坏的名声"又是永难挣脱的枷锁，不得卸掉。所以，只能不偏不倚随波逐流了——这正是中国人缺乏精神历史和独立品格的表现。但诗人不以为然，与其在这里混世，"我情愿在单调的海洋上终生飘泊"。只是在飘泊中能得到朋友的理解就足以自慰了。

接下来诗人正面抒发了他的自信和理想。先写如果"我"的一生是枯叶和抽不出锋芒的青稞，"我"情愿为旷野中不屈的荆棘而歌唱。这里，荆棘成了不屈的灵魂的象征，它面对酷厉的生存环境，勇敢地四面刺出自卫的剑。然而，为了灵魂的不屈和理想的纯洁是要付出血的代价的——特别是在那专制的岁月里。即使这样，诗人也没有畏缩、没有回顾，他朗声唱道："哪怕荆棘刺破我的心，/火一样的血浆火一样地燃烧着，/挣扎着爬进那喧闹的江河，/人死了，精神永远不沉默！"这就是说，如果鲜血不能在脉管里自由地奔流，就让它流出，流遍土地（江河）！

这首诗悲郁苍凉，但又不乏昂奋警拔之气。这仿佛是"秋风秋雨愁煞人”的情思在现代的延伸，内中饱含了中华民族“韧”的精神。
这种精神在今天是格外有意义的。

相信未来

当蜘蛛网无情地查封了我的炉台，
当灰烬的余烟叹息着贫困的悲哀，
我依然固执地铺平失望的灰烬，
用美丽的雪花写下：相信未来。

当我的紫葡萄化为深秋的露水，
当我的鲜花依偎在别人的情怀，
我依然固执地用凝霜的枯藤，
在凄凉的大地上写下：相信未来。

我要用手指那涌向天边的排浪，
我要用手掌那托住太阳的大海，
摇曳着曙光那支温暖漂亮的笔杆，
用孩子的笔体写下：相信未来。

我之所以坚定地相信未来。
是我相信未来人们的眼睛，
她有拨开历史风尘的睫毛，
她有看透岁月篇章的瞳孔。

不管人们对于我们腐烂的皮肉，
那些迷途的惆怅，失败的苦痛，
是寄予感动的热泪，深切的同情，

还是给以轻蔑的微笑，辛辣的嘲讽。

我坚信人们对于我们的脊骨，
那无数次的探索、迷途、失败和成功，
一定会给予热情、客观、公正的评定。
是的，我焦急地等待着他们的评定。

朋友，坚定地相信未来吧，
相信不屈不挠的努力，
相信战胜死亡的年轻，
相信未来，热爱生命。

　　斯宾格勒在《西方的没落》第一版序言中说："一个在历史上不可缺少的观念并不是产生于某一个时代，而是它自身创造那个时代。"的确如此。就中国当代探索诗而言，它恰恰出现于一个黑暗而疯狂的年代，一个与一切纯洁自由的诗歌为敌的年代。但是，我们也可以反过来说，这些探索诗本身也创造了它自己的时代，一个和黑暗与文化专制格格不入的一代人光荣与梦想的时代。

　　20世纪60年代后期，狂热的红卫兵运动正值亢奋与衰落的节点上。一批最早的青年先觉者已经敏识到"文化大革命"是一场文化的大浩劫，人性的大剥夺。他们组织了"地下"小组，阅读被封禁的思想史、哲学、文化、文学书籍，秘密讨论着与统一的专制意识形态主调不协合的观点。这是一批"红旗下的蛋"，但自我孵化的却是另类雏鸟。在社会环境的严寒天气，这批冒险的不合时宜的鸟儿，开始了精神上的早春。就诗歌而言，食指写于1968年的《相信未来》，是理想主义与怀疑主义扭结一体的一代人精神完型，它是新诗潮的第一发信号弹，它更新了一代人的情感（"白洋淀诗群"——"今天派"——"朦胧诗"）。

　　这首诗从结构到情调上，有一种缓缓拉开的噬心张力。它没有暴烈的呐喊与哭诉，而像是自抚伤痛后的反思，最后将视线投向未来。

食指的伟大在于，他不采取以恶抗恶的宣泄，他或许已理解到任何形式的话语暴力，都有违人性与文明；以恶抗恶的方式发展到极致，会成为新一轮的专制话语。因此，我说它更新了一代人的情感，是指这种纯洁、柔韧、自尊、高傲的人性立场。的确，这一点是食指等现代诗人与 70 年代末出现的中老诗人"社会政治抒情诗群"不同的地方。

此诗噬心的张力体现在，诗人先用隐喻的方式写出当时具体历史语境的压迫，"蜘蛛网无情地查封了我的炉台"，"灰烬的余烟叹息着贫困的悲哀"，"紫葡萄化为深秋的露水"，"凝霜的枯藤"如此等等，那是悲伤、无告、贫寒、迷惘的一代青年精神处境的写照。但是，如何理解和面对这一精神处境，诗人有独标真素的回答："我依然固执地铺平失望的灰烬，/用美丽的雪花写下：相信未来"；"我依然固执地用凝霜的枯藤，/在凄凉的大地上写下：相信未来"；"摇曳着曙光那支温暖漂亮的笔杆，/用孩子的笔体写下：相信未来"。这种双向拉开的张力，准确恰当地传达了一代人的觉醒：以人的尊严、权利、自由和对未来文明事物的瞩望为其内核；以略略压抑的激情，不带摧折性的工稳语感，单纯明净的物象为其形体。在这里，那个自觉或不自觉的"国家""阶级"代言人的"执勤官"消解了，独立的个体生命站立起来。

这首诗可视为当代文学史上划时代的经典之作，它秘密传遍祖国各地的知青点，成为一个能产生无限新生命的卵子。它的光芒，既是美学的，也是道义的。食指的魅力在我看来，他是一个人性的、温和的普罗米修斯，他不像是在盗火，他更习惯于以自身为火种，明亮又不失优雅地燃烧。天黑透的时候，你才会看见这孤傲的人性之光。他或许不屑于在大白天展览与恶鹰的搏斗。他的受难和光芒都是自然而然的。在非人性的时代，人性的光芒恰是在温和中显示出了自己高贵的力量。这也是那个丑恶的时代不放过诗人的原因。

诗人说："我坚信人们对于我们的脊骨，/那无数次的探索、迷途、失败和成功，/一定会给予热情、客观、公正的评定。"随着历史时针沉重地扫过，诗人的期待没有落空。

对食指整个诗歌创作，我们可做这样的评价：他的诗启发了一批先锋诗人，他是"今天派"——朦胧诗的先驱。其作品建立在忧患的浪漫主义与早期象征派之间。在平稳的语流中涉入了强烈的内心冲突和精神分裂。他以一个诗人对生命的热爱、对人性的尊重、对真诚的捍卫，开启了一代以人为中心的诗风，从而提前宣告了一个诗歌时代的结束、另一个诗歌时代的降生。他对"新格律诗"的探索和使用，将闻一多、何其芳早年的探寻发展到成熟阶段。在自由与限制、复杂与单纯、隐忍与冲撞之间，达成了美妙而严饬的平衡。如此，他有资格在病痛的折磨下高傲地说出："我下决心：用痛苦来做砝码 / 我有信心：以人生作为天秤 / 我要称出一个人生命的价值 / 要后代以我为榜样：热爱生命。"

1972 年，这位温和的普罗米修斯在四边茫茫的社会黑暗中被折磨得精神分裂了，从此，他在常人难以想象的痛苦中，在精神病医院里，度过了漫长的时日。但他一直坚持诗歌创作，且日益精进，至今已有二十余年。他的生平昭示我们：人，可以生活得高尚。

归　宿

由于创作生命的短促
诗人的命运凶吉难卜
为迎接灵感危机的挑战
我不怕有更高的代价付出

优雅的举止和贫寒的窘迫
曾给了我不少难言的痛楚
但终于我诗行方阵的大军
跨越了精神死亡的峡谷

埋葬弱者灵魂的坟墓

        绝对不是我的归宿

        一片杂草养生的荒园
        坟头仅仅是几抔黄土
        这就是我祖祖辈辈的陵园
        长年也无人看管守护

        活着的时候备尝艰辛
        就连死后也如此凄苦
        我激动地热泪夺眶而出
        一阵风带来了奶奶的叮嘱

        "人生一世   草木一秋
        孩子，这是你最后的归宿"

在一个许多人随浊流而扬波或以"难得糊涂"为生存智慧的丑陋时代，食指体现了他真正诗人的气节。他坚持探寻真善美的可能性，以个人方式否定黑暗和人类的弱点。但是，他精神分裂了，最终不得不住进精神病院，像凡·高、荷尔德林、陀斯妥耶夫斯基那样，成为人类艺术史上令人痛楚又炫目的闪电。

诗人在《在精神病院》一诗中，描述了他日常生活的一角："为写诗我情愿搜尽枯肠，可喧闹的病房怎苦思冥想……当惊涛骇浪从心头退去，心底只剩下空旷与凄凉，怕别人看见噙泪的双眼，我低头踱步，无事一样。"在长达二十余年的病院生涯中，食指那颗纯洁坚强的诗心永远醒着，他不断创作诗歌，向生存发出叩问和叹息。这首《归宿》是众多作品中最广为人知的代表作。

写这首诗时，诗人已四十三岁。我们会感到，这里的情感较其青年时代，变得更为沧桑、深致、明澈了。此诗的情感有一种复调特征：灵魂的坚韧、高傲，与扼腕、低回紧紧纠葛在一起，它是生命的歌吟，是对诗人使命和人生宿命的双重呈现。

　　前三节境界沉雄悲慨，诗人在付出了精神和肉体的高代价后，得以在诗的峰巅坦然相陈："终于我诗行方阵的大军 / 跨越了精神死亡的峡谷 / 埋葬弱者灵魂的坟墓 / 绝对不是我的归宿"。而后三节，境界苍凉萧瑟，诗人要处理的是与"精神死亡"相应的肉体生命主题。换句话说，在这里，朴素的"人生一世，草木一秋"第一次警醒和震动了我们，满含着肉体生命之轻的绵长浩叹。这两种彼此相应又盘诘的意向，使此诗的语境变得又凄楚又强韧，它们相互渗入，难以剥离，共时鸣唱。那么，此诗命名为"归宿"，就显得更为发人深省了：从结构上，它是可以旋转的、倒置的。肉体终有一死──→精神跨越死亡，是一种读法；精神跨越死亡──→肉体终有一死，是另一种读法。但我以为，这两种读法都减弱了此诗更丰富的含义。我倾向于认为，复调的诗歌不是单维直线的，而是均衡地双向拓展，永不休歇的自我对话。我们应保留住两个声部，不放弃任何一个。诗人是要保持生命与精神以问题的形式存在，而不是以一个强力的声部压抑或弥合另一个声部。你可以在这首诗中找到你心仪的一个答案，但那些有阅历的诚朴的人们，宁愿和食指一样长久地探询这些彼此缠绕的"问题"。这是更高量级的体悟。食指就是这样一个罕见的诚实痛苦的大诗人。

王家新

泼墨山水

把墨泼于宣纸之上，并开始
你的梦游吧

于是，渗化开来的墨
在你的目光的克制下，渐渐
幻出河谷，幻成树影
幻出绵延不绝的山的旋律
和终于泊定的小小归舟
而当所有的墨云在梦中汇合
从你的笔下
竟融出了淙淙的水声！

哦，大师
你终于把自己泼出去，并在画幅上
在天地间
呈现出一片颤动的心灵
这东方的奇迹！梦幻的墨呵
仍在一阵阵渗化，带着夜之光
带着一种最深沉的呼吸……

泼墨，是中国画独异的画法。画家饱蘸墨汁淋漓畅快地大面积将之倾于宣纸之上，画出气韵生动、超象虚灵的山水物形来。王家新的这首《泼墨山水》，显然不是着眼于泼墨画的技术层次的，诗人从这一幅画中看出的是画面的气韵生动背后隐藏着的古人生命的膂力、生命的节奏。

"把墨泼于宣纸之上，并开始 / 你的梦游吧"，这一句话道出了中国画的本质。它不是像西画那样以细摹客体的表形为指归，而是画家以自己的生命情调与万物达成无间的契合。这"梦游"是神存笔先的纯粹的表现性形式。在这生命无拘无碍的宣泄中，那幻出的河谷，幻成的树影，幻出的绵延不绝的山的旋律，都充满了灵动，充满了无言的暗示。"而当所有的墨云在梦中汇合 / 从你的笔下 / 竟融出了淙淙的水声！"这是生命的潮汐在涌荡，这是宇宙的蓬松潇洒和大象无形。"哦，大师 / 你终于把自己泼出去，并在画幅上 / 在天地间 / 呈现出一片颤动的心灵"。这里不是说画家对山水的情感移入，而是说这山山水水就是画家的情感本身，它是在静观寂照中"看见"的生命图景，是独悟的无形之形。生命的阴阳开阖、高下起伏都被"泼出去"，在"天地间 / 呈现出一片颤动的心灵"，诗人对先贤的境界可谓透彻于心了。泼墨——这真是"东方的奇迹"！诗人饱吸了泼墨山水的内在精髓后，写出了这样生气贯注、经络舒展的诗，真是对得起古人了。

访

　　一夜雪落无声
　　雪使万物遁形，喧闹的人们
　　返入最初的宁静

　　这是早晨，推开门
　　雪在呼吸。雪的耀眼的反光
　　使你再也想不起什么

　　　昨天与前天　一片空白

　　　门前的雪地上
　　　却呈现出一串爪痕

　　　鹿的？獐子的？或者
　　　　　是那只传说中的红狐狸的？
　　　无法辨认

　　　是如此清新的印记
　　　胜于大理石上古老的刻辞
　　　于是
　　　诗人从昏睡中醒来
　　　获得了他的灵感

　　这首诗中的"访"，是指诗人对艺术的造访。那是纤尘不染、波澜不惊的造访，是纯粹的没有任何功利目的的、全神贯注的审美造访。这使得这首诗成为一首真正意义上的纯诗。它无所寄托但又实实在在地触到了我们心灵最幽深、最神圣的部分——那神思沉睡的部分。

　　这里一切都是高贵的、精致的、令人敬畏的。"一夜雪落无声 / 雪使万物遁形，喧闹的人们 / 返入最初的宁静"。一开始，此诗就出现了一个圣洁、宁馨、万物混沌一体的境界。人像面对着混沌未开的宇宙，"最初的宁静"就是单纯、澄澈与自然交感注息的状态，它"使你再也想不起什么 / 昨天与前天一片空白"。人间的喧嚣已经远去，生存的艰辛变得微不足道，只有"雪在呼吸"。噢，这使人难以驻足的艺术宫殿，这高贵神奇的象牙之塔，就这样微微发出白光，在人间站立起来了！

　　在这生存圆之外的圣地，让我们听听隐去的神的声音，听听它的使者缪斯的声音吧！"门前的雪地上 / 却呈现出一串爪痕 / 鹿的？

獐子的？或者 / 是那只传说中的红狐狸的？ / 无法辨认"。这里的"爪痕"，没有任何隐义和象征，它就是纯粹的、纤丽的、无中生有的美的印迹。它就那么存在着，在一派琼瑶的世界上，搅得诗人的心灵日夜不安！"于是 / 诗人从昏睡中醒来 / 获得了他的灵感"。这就是诗人，他对人间万事也许是心不在焉、麻木不仁的，但对上帝的使者——艺术之神的印痕，却那么敏感。他能够将伟大的抽象与伟大的具象融为一体，是神灵和人之间的"翻译"。他不能容忍异质，他时时在美的感应中受洗，并将它升华到一种多重合奏的直观境界。在艺术的宫殿里，一行美丽的爪痕，是"胜于大理石上古老的刻辞"的，这就是诗人不同于常人的价值确认方式！诗歌是文学之塔的塔尖，如瑶林琼树，自是风尘外物。王家新对象牙塔的"造访"，表现了一个诗人对"纯诗"的膜拜和向往。

日　记

从一棵茂盛的橡树开始
园丁推着他的锄草机，从一个圆
到另一个更大的来回
整天我听着这声音，我嗅着
青草被刈去时的新鲜气味，
我呼吸着它，我进入
另一个想象中的花园，那里
青草正吞没着白色的大理石卧雕，
青草拂动；这死亡的爱抚
胜于人类的手指。

醒来，锄草机和花园一起荒废
万物服从于更冰冷的意志；

> 橡子炸裂之后
>
> 园丁得到了休息；接着是雪
>
> 从我的写作中开始的雪；
>
> 大雪永远不能充满一个花园
>
> 却涌上了我的喉咙，
>
> 季节轮回到这白茫茫的死。
>
> 我爱这雪，这茫然中的颤栗；我忆起
>
> 青草呼出的最后一缕气息……

王家新后期的诗歌写作，从发生学上考察，不属于灵感型写作。他总是处理个体生命体验中最持久最噬心的情怀，使之和语言发生一系列严酷的关系，在克制陈述中，展现一种精神大势。这种写作，是自觉的，有难度的，有方向的。从这个意义上说，王家新是我们这个时代不多见的具有"古典主义精神"的诗人。按照瓦雷里的说法是"古典主义作家就是自我批评家，就是能把批评密切地融入自己作品的作家"。

《日记》是王家新孤身负笈欧洲期间所写。这首诗在我看来是成色十足的。所谓"成色十足"，是指这首诗具有不能为散文的话语转述的性质；整体语境完整、均衡，结构端凝，但其内部却充满复杂的互否关系。从表层本文到深层本文，它闪烁着一种纯正内敛的光：那是诗与思忻合无间的美。

诗名"日记"，昭示我们此诗含有个体生命沉思录的性质，它预设了个人话语—经验的环绕线，它不是简单的向外寻找，而是向内的分析和发现——话语和生命猝然交锋，坚持溯回源头。

一开始，诗歌展现的是一组直接意象。"从一棵茂盛的橡树开始 / 园丁推着他的锄草机，从一个圆 / 到另一个更大的来回。"这里，既有深致的宁谧、葱俊，又有某种单调和紧张。诗人为"圆"这一语辞注入了超量的负荷，无数个"更大的来回"，使我们产生了一种眩晕，在表层本文之上，涉入了"永劫轮回"的深层背景。"锄草机"作为集约化技术时代的产物，喧噪、冰冷、整饬，打扰着我们的安宁。与人的存在密切相关的现实，被诗人紧紧嵌在这一组直接意象中：有力而充满生气，两种彼此相悖的向度奇妙地融合为一体，在对立冲动中达成平衡。

借此，诗歌得以悬置直接意象，而在形而上学的话语巉岩道上砌石或攀援。"整天我听着这声音，我嗅着 / 青草被刈去时的新鲜气味，/ 我呼吸着它，我进入 / 另一个想象中的花园"。此刻，诗人快速地展开了"日记"的经验之圈，"花园"经由"想象"这一定语成分，使自身成为凝恒的永久现在时，成为诗人在写作中展开与包容多重复杂经验——例如现实与想象、生与死、个人写作与时间意志，等等的一个起点。那里，青草正吞没着白色的大理石卧雕：生命在欣快地高蹈，但同时却奇异地带有某种死亡的意味！"吞没"与"爱抚"，"死亡"与"拂动"，在语辞的"花园"里，充满着转换的可能，那是一种"时间"的隐语，一种"思"与"诗"遭逢后产生的美。在这里，死亡与生还并存不悖，扩展成生命中最广阔的环行，正如里尔克所言："关键是不要以否定来读解死亡。"

接下来的第二节，与上面的一节发生了深层呼应，诗人的话语产生出强烈的自指功能。从园丁的运作中"开始"的橡树，到"从我的写作中开始的雪"；从一系列刈割的来回，到"万物服从于更冰冷的意志"（这是"时间"主题作为一个声部的再次强化），从"青草拂动"，到"青草呼出的最后一缕气息"……如此等等。语辞意义的不断精细化，进一步涉入了结构内部的相互盘诘、抵制、互动、包容。"永劫轮回"的残酷背景，至此进一步消解了单向度的宿命与悲怆，在诗人复杂经验的冲激下，变得漂移，甚至充盈着某种异常的生命力量：这是"写作"的力量。它是迷醉趋临的省察，是语言与生存临界点上发生的"履险如夷"。那在诗人的言说中敞开现身的"花园"，乃是海德格尔所说的"家园"（"语言乃是家园"），而这一切，尤其是那种时间的威力与死的意志，最后指向了一个从事写作的个体生存本身："大雪永远不能充满一个花园 / 却涌上了我的喉咙"，而写作就正是对寒冷和高峻的占据——通过在字词冥暗的梯子上的跳荡，通过一种对沉痛与骄傲、畏惧与蔑视的相互包容（正像此文开头所言，它不依赖莫测的天机人巧，即"灵感"，它是一个诗人的隐语世界，一种由纯粹个人经验展开的精神大势；它不是抒情和寻找，而是分析和发现，是某种更深刻的自觉）。"从我的写作中开始的雪"——这一危险的永久现在时，也就具有了耐人寻思的多重意味：一方面它是对时间意志的吸收和呼应，但同时它又是抗拒与转化，由此而自成一个自足的世界；换言之，它看似一种无奈的"认命"，但恰恰在这里，才会有那种"在毁灭和烈火中轮回的精神"。的确，这是一个具有"古典主义精神"的现代诗人所乐于付出的代价。这一切，正如布罗斯基在评价阿赫玛托娃时所说，诗人之所以有力量继续写作，是因为"诗歌吸收了死亡"。

这首诗同时完成了揭示生存和省察写作两种现代母题。一首二十行的短诗，其包容力是巨大的。即使从表层本文看，此诗也是如此迷人。限于篇幅，不能详加论列，这里我只想特别指出此诗奇妙的音乐性。这种音乐性不仅仅体现在简隽畅达的"耳感"上，更体现在色彩的缓缓回旋与和声中。全诗有如绿——白"主题"的交替展开：橡树。青草。白色大理石卧雕。青草。大雪。青草……色彩在旋绕、翻转、应和，主题也共时呈示／展开着。这是另一种轮回，是缄默中的隐隐震荡，是灵魂的音乐。

诗
——"北京的树木就要绿了"

·友人书·

在长久的冬日之后
我又看到长安街上美妙的黄昏
孩子们涌向广场
一瞬间满城飞花

一切来自泥土
在洞悉了万物的生死之后
我再一次启程
向着闪耀着残雪的道路

阴暗的日子并没有过去
在春天到来的一瞬，我宽恕一切
当热泪和着雪水一起迸溅
我惟有亲吻泥土

那是多么明媚的泥土
曾点燃一个个严酷的冬天
行人们匆匆穿过街口
在炉边梦着辽阔的化雪

只需要一个词
树木就绿了
只需要一声召唤，大地之上
就会腾起美妙的光芒

为了这一瞬
让我上路
让我独自穿过千万重晦暝的山水
让我历经人间的告别、重逢

命运高悬
在这一瞬后就是展开的时间
在这一瞬后就是泪水迸流
当内心的一切往上涌

让我忍住

忍住飞雪和黑色泥泞的扑打

忍住更长久难耐的孤独

甚至忍受住死——当它要你解脱

多么伟大神的意志

我惟有顺从

只需要有一阵光，雪就化了

只需要再赶一程，远方的远方就会裸露

只需要一声召唤

我就看到——

一个日夜兼程朝向家园的人

正没于冬日最后一道光芒之中……

  美国自白派诗人罗伯特·洛威尔在那首有名的《尾声》中写道："有时我写下了万事万物／却用的是我眼睛的乏味艺术／就像一张快照／苍白、急促、华俗／从生活中搜集浓缩／却被事象麻痹瘫痪。"在我们持续努力的诗歌写作中，洛威尔的提醒具有非常重要的意义。诗歌意象的交融、重叠或派生，过去曾是我们诗歌本体自觉的标识，但今天，它本身却构成了一个需要警示的"问题"。许多诗人的诗，意象驳乱，目迷五色，他们沉迷于意象猛冲过来的狂喜，被眼睛的高强度刺激夺走了个体生命的内在话语，"苍白、急促、华俗"，不能自已。

  在这种"美文"热病大行其道的情势下，王家新的《诗》使我倍觉珍爱。对我而言，这首诗促人深思的一面，首先在于它那种饱满连贯的个体生命之"心象"的竖立。这不是平面推衍出一系列意象"快照"，而是牢牢扣住几个经由生命灌注的"心象"，据此，整个诗章被"心象"举起，坚卓有力地伸展开去，成为更丰富的"灵魂"的言说。

  这首诗着力最重的几个心象是：泥土。树木。光。飞雪。泪水。"在路上"。这些词语有着稳定的精神中枢，前后呼应，彼此加深。

而运行在这一切深处的，乃是诗人对"飘泊与家园"这一生存哲学母题的某种玄思。因此，我不想将它仅仅理解为一首身世感很强的诗（虽然对王家新来说它的确有很强的身世感）。我要说，正是这些"心象"的竖立，使这首诗在表层结构之上，更有着形而上的深层结构。意象（就其时下被降格为"眼睛的乏味艺术"而言）的罗列是偶然的、快速的，而"心象"却给一首诗以成长的时间。它凭借这种时间，使语词具有了"诗"的意义，语词在灵魂的洞彻中创造了它之所是。这正是王家新最见本领的地方。

读这首诗，我被"飘泊与家园"这种两面拉开的力量所吸摄。一系列局部心象经由这种力量的牵引而构成一种更广阔有力的"大"心象：这是由"独自穿过千万重晦暝山水"的诗人（"我"）本身构成的心象。正因如此，一系列局部心象被完整贯通起来，具有了鲜明的指向。它谋求的不仅是诗句的张力，更是整个诗章的张力。这里，诗歌的心象展示出一个饶有深意的悖论：一方面，"飘泊"的意识强化了诗人对"定居"的渴望，另一方面，对"家园"的穷索反促使诗人一再离家"上路"。这样一来，诗歌中所写的"家园"，就超越了本来意义上的家（诗人所定居的北京），成为灵魂之"家"、自明之"家"。而通向诗人可能存在的"灵魂之家"，就必须首先穿越他自己生命体验中的"地狱"。至此，问题的重心就由向外的"还乡"，转变为你如何才能经受住穿越内心地狱的考验。这是对"家园"这一语词更深层次上的追问。没有这种追问，你仍然是"在家"的异乡人；没有这种承担绝望的勇气，你即使"定居"却完全不知自己身在何处，你的安恬不过是一个冒名顶替的骗局。在王家新的诗中，"出走"并不仅仅是生存暴力压抑的结果，他已将之上升为一代人整体的性格状态。整首诗就在这完整的心象运行中互否、冲突着，完成了对"家园"这一语词的终端显示："家园"只在"远方的远方"，正如叶芝所言，"它是一切事物中最难获得的东西，因为那唾手可得的东西绝不可能成为我们生命中的一部分"。

王家新曾写过一组名为《反向》的诗片段系列，堪与此诗对读。这种彻骨的体验不是某种"顿悟"达成，而是在我们的生命和写作历

程中，旷日持久逐渐澄明的复杂经验聚合。这里，"心象"的含义，
通向的不单是写作技术，更关涉到"灵魂"。

给一首诗以成长的时间。不错，这就是《诗》最打动我们的地方。

加里·斯奈德

斯奈德在北部山区住下了
当他的大胡子　指向松树的松冠
　　和远处雪山的闪光
在那一刻
他手中的书，一本本
掉下了地来

斯奈德在北部山区住下了
他当过海员，还去了一趟日本
绕了一个很大的圈子
最后抵达到这一片土地
在这里，他面山而居
他粗糙的手插进泥土里
摸到了事物的根

从此他很少写诗，却常常
　　从花岗岩里开采石头
并一一把它们安放结实
于是从他的手下出现了一条路
从空空的山谷里
传来了向他而来的马蹄声

斯奈德就这样活了下来

他活得很好

他使我明白了诗是怎样产生的

　　这首诗在平静悠缓的语势里，凝铸了诗人对诗歌和生命意义的理解。加里·斯奈德是美国当代诗人，他是旧金山人，做过伐木工、森林管理员，还当过海员。他对语言学、神话学、东方文化都有很深的研究。他的诗平稳而厚实，有着自然的山脉、河流、森林、田野所焕发的朴实、神秘感，更接近于自然神秘主义。他不事雕琢，在人与自然的率真澄明的注息开合之中，领略到了生命的真义。这也许和诗人谙熟东方文化有关吧。这是把握这首诗的钥匙。可见，王家新之所以写下这首诗，是与他对那种朴素自然、天人同根的生命状态，及自然的泛我化诗歌观念的向往有关的。"斯奈德在北部山区住下了／当他的大胡子　指向松树的松冠／和远处雪山的闪光／在那一刻／他手中的书，一本本／掉下了地来"。这是说一个真正的诗人，进入了与大自然化若无痕的交融状态，他的生命成为自然中的一株植物，过去所受的人与自然是对立的、利用的教育，就全都成了谎言。"在这里，他面山而居／他粗糙的手插进泥土里／摸到了事物的根"，这是指斯奈德的诗是人与自然和谐的交响，或者像美国学者伊哈布·哈桑在他的《当代美国文学》中说的："斯奈德的诗受他的体力劳动的韵律的影响。"这样的诗，是生命的诗，而不是面壁冥想可著的，它和诗人的生活方式是同构合一的。在与大自然亲切的接触中，诗人萌发了诗情，整个自然旋转起来，到处都成了灵魂的居所。这既是"事物的根"，又是诗歌的"根"。正是这样的诗，诗人从花岗岩里开采出来，一一将言辞安放结实，成为一条诗的道路，吸引未来的人向他走来，"从空空的山谷里／传来了向他而来的马蹄声"。

　　诗的最后一节说，"斯奈德就这样活了下来／他活得很好／他使我明白了诗是怎样产生的"。那么，诗是怎样产生的呢？读者朋友，你读懂《加里·斯奈德》就能够回答。

空　谷

没有人。这条独自伸展的峡谷
　　只有风
　　只有满地生长的石头

但你走进来的时候，你感到
　　峡谷在等着你
　　峡谷如一只手掌在渐渐收拢

你惊慌得逃回去，在峡口才敢
　　回过头来：峡谷空空如也
除了风、除了石头

　　《空谷》写的是诗人神思恍惚间突然悟到的"永恒时刻"。这种感
觉，王家新在一篇文章中曾谈到过："（生存）不是任何外在于你的生
活事件或现象，而是一种暗中支配着你并迫使你面对着它的东西。正
是这种现实无法逃避，因为我们只能随着岁月的流逝越陷越深。你
尽可以躲起来写些轻飘飘的诗，但屋子里的那种寂静，本身就渐渐构
成一种压迫你的东西"（《为什么写诗》）。真正的艺术家是对生存体
验更深的人。这首诗就通过诗人独步于空谷所体验到的东西，揭示
了生存。在寂静的山谷里，只有没有生命的风和满地堆积的石头，这
是诗人力图遁入高度宁静、高度麻木状态的愿望。但这只是一厢情愿
的。灵魂的喧哗和骚动永远不会消歇，在寂静中你反而更清晰地听到
了它们内部的龃龉和格杀声，它们时时在等着你"如一只手掌在渐渐
收拢"。这种不安的体验是与现代人的生活共生的，你根本不可能再
造一种生活，你只能无限往复回环地体验它，虽然它有时是直接出现

的，有时又转换成不可见的东西。"你惊慌得逃回去，在峡口才敢 / 回过头来：峡谷空空如也 / 除了风、除了石头"。这是说，生存是回避不了的，它酷烈、它悍厉，但它注定要存在着，你逃出去，它还在等着你，像那些石头和风一样，在"空空如也"中布置了你宿命的网。你索性勇敢地面对它，深刻地走入它，它也不过是"除了风、除了石头"。

　　这首诗写得干干净净，顺顺当当，它没有镶嵌格言去进行训诫，让你从具体的情景中把握生存的道理。

方 含

足 音

让我淹没在你的脚步声里吧
我的心随着它去向远方
在远方，荒原伸展开道路的腰肢
大海袒露绿色的胸膛

那由远而近的清脆的足音
一下下叩击着我的心房
它穿过千万重时间的山林
来自梦幻中向往的地方

那从现实离去的渐远的足音
触动着岁月沉缓的鞭伤
犁头开拓处女地的田畴
深深地翻起带血的诗行

那走过大地的孤单的脚印
在历史的章节中默默地彷徨
戴着镣铐的年轻的脚步
蹒跚地留下些残断的篇章

让我的心随你的脚步声前去

那里风雪在黑夜里呼响
让我用篝火融开冰层
化作重逢的热泪两行

让我的苦痛消失在对你的怀念里吧
怀念那时光久远的以往
让我的爱永远追寻你留下的足迹吧
在沉思里步入神秘的温柔乡

方含写诗极少，但留下了较为扎实的作品。他与七十年代中期的《今天》诗人一起，较早展示了当代诗歌的现代倾向，这在当时是十分难得的。

这里的"足音"，是诗人心中理想的冥冥呼唤，它穿透尘嚣的岁月，一直深入到诗人的灵魂深处。诗人在诗中就追踪着这神圣的声音，抒写着自己年轻的胸怀。这里展示的是个人的经验，但又有着那个时代的普遍性的基础。

一开始，诗人从大处落笔，为我们划开了一个自由舒展的境界，"让我淹没在你的脚步声里吧 / 我的心随着它去向远方 / 在远方，荒原伸展开道路的腰肢 / 大海袒露绿色的胸膛"。这里的足音是沉雄的、喧腾的、自由的。接下来，诗人又从细微中谛听那轻盈的神奇的足音，它是那么亲切，那么柔和，"来自梦幻向往的地方"，"一下一下叩击着我的心房"。这一大一小，一远一近，使我们感到那足音就响在耳边，真正是力与美的和谐、高远与亲近的互补啊。这时，那足音就不再是"叩击"我们的耳膜，而是叩击我们的灵魂了——那是历史的跫音在震响。

"那从现实离去的渐远的足音 / 触动着岁月沉缓的鞭伤 / 犁头开拓处女地的田畴 / 深深地翻起带血的诗行"。当理想被放逐、生命被戕害时，足音是带血的，这是历史流下的鲜血。而也正是此时，令他骄傲的是勇敢的抗争者"孤单的脚印"，"蹒跚地留下些残断的篇章"。诗人歌颂了在历史的暗道里摸索的英雄，并表示要"随你的脚步声前去", 不怕"风雪在黑夜里呼响"。因为是英雄的情怀点燃了我生命的"篝火", 能与之一道奋斗是最大的欣慰。"重逢的热泪"意在说明寻找这类的英雄是格外艰难的。

最后一节, 诗人以温柔甚至是缱绻的语言, 表达了自己对理想的坚贞和一往情深。"理想使痛苦光辉"(舒婷语), 所以诗人写出"让我的苦痛消失在对你的怀念里吧 / 怀念那时光久远的以往 / 让我的爱永远追寻你留下的足迹吧 / 在沉思里步入神秘的温柔乡"。这里, 诗人将理想的足音看作自己的爱人, 把沉浸在理想中的时刻, 看作神秘的温柔乡。这样就使诗情更加炽烈, 就像当年郭沫若抒写对祖国的爱一样, "我为我心爱的人儿 / 燃到了这般模样"。

这首诗, 作为新诗潮发轫阶段的作品, 具有浓烈的忧患意识和崇高的情感特征。但可贵的是, 诗人不是听任火团无节制地燃烧而敷衍成文, 而是进行细致精美的结构把握, 使之更加内在和成熟。读完这首诗, 我们和诗人一道沉浸在理想主义的情绪中, 这种倾听未来的姿势, 在任何时候都是最宝贵的。

晨 曲

当黎明开始的时候
风又摇响圣诞节的银铃
当梦结束的时候
雨发出了鲜柠檬的气味
生活睡眼惺忪地挤在早班电车上
咀嚼着隔夜的梦的断片
在每个闪动的眸子
　每张冰冷的香喷喷的脸颊上
传播着同一支晨曲
我喜欢用皮肤接触每件大衣上的冷气

在玫瑰色的晨曦
　　我在诗歌的丛林里彷徨
直到那工厂早班的铃声
　　淹没在电报大楼的钟声里
而远方的太阳
　　在黎明被绞死的血泪里
升起了孤独的帆

　　这首诗是双重感觉聚合成的审美空间。为什么这样说呢？因为它的意象是相互穿插相互作用的，共有两种类型。一种是清新的、蓬勃的，如"风又摇响圣诞节的银铃"，"雨发出了鲜柠檬的气味"，"闪动的眸子"，"玫瑰色的晨曦"等；另一种则是悲郁的、不安的，如"隔夜的梦的断片"，"远方的太阳 / 在黎明被绞死的血泪里 / 升起了孤独的帆"等。我们注意到，这首诗的基调是复杂的，"晨曲"的表层结构之上还有着高层结构，并且，这高层结构的内涵是诗的本质。它虽然若隐若现，但最后竟将表层结构所传达的信息全部淹没了：它就是第二类意象所暗示的东西。也正是有了悲郁的、不安的第二类意象，才使此诗的"意义场"扩大了，显得坚实而厚重。这首诗的用力处在于"太阳——孤独的帆"的意象，它仿佛是突然从前面一系列安宁、美好的意象中爆发出来，一下子使全诗豁亮了、升华了，使我们意识到"晨曲"的深刻含义。这最后的三行诗，是此诗的灵魂，塔顶的舍利，它不是渐渐显示的，而是异峰突起别开生面，刺激着我们去思考早晨的太阳除了呈示生机之外，还呈示着别的更内在的什么。这是诗人巧妙地经营诗歌结构的结果。值得提出，这首诗写在"文革"刚刚结束的时刻，它相当准确地展示了时代的心态，成为诗意的时代之"晨曲"。读现代诗，我们不能平均使用注意力，而要把握住诗歌总体结构中的核心意象，找出全诗情感负荷最重的部分。只有这样，才能真正领略诗歌的内在魅力，而不致在繁杂的意象丛林中迷失了道路。

童 年

在最近的许多梦里
我曾哀悼自己的童年
那永远不再回来
被我遗失在遥远的海边

那时我在列车上飞驰
窗外田野像海浪向后奔流
我留恋着每一个地方
留恋着每扇敞开的窗口

我漫步过城市街头
站在霓虹灯下等候退票
然后在候车室的长椅上过夜
天明再踏上乡村大道

我曾和许多人一起生活
从各种工具上挥落汗水
我习惯于喝家酿的烈酒
在甲板或麦秸上香甜入睡

沿着地图上的每一条公路
我的童年骑在马背上走过
从牧人的帐房,伐木者的小屋
走向高原上人迹罕至的部落

我喜欢山顶清冽的泉水

从岩石间琤琮地流淌

我喜欢山顶上宁静的湖水

鹿群在岸边安静地徜徉

我喜欢站在陆地尽头

望着海面上风雨迷茫

海鸥呼唤着我的灵魂

飞往远远的看不见的地方

如今我一闻到海浪的气息

就要去寻找遗失的童年

那一串绿色的神秘的梦想呵

已离我远去，永不回还

　　《童年》是一支清纯甘冽的谣曲，这里纤尘不染却心旌动摇，是诗人对失落的美、失落的天真、失落的纯粹唱出的挽歌。这种挽歌的歌唱者，可以是成人，也可以是"大孩子"，前者可见出深沉痛切，后者也自有明亮纯真。《童年》的抒情角度是"大孩子"的，他唱得尽性尽情，撩人魂魄，引你去回想自己那难忘的童年时光。

　　艾略特在他的《观点》一书中谈过："一个著者的想象只有一部分是来自他的阅读。意象来自他从童年就开始的整个感性生活。"艾略特当然不是从诗人的童年视角的方面去谈意象的形成，但这段话的确说明了童年的感性生活对一个诗人一生的影响。

　　这支谣曲的作者的童年，是充满了自由和冒险感的，诗中的一系列意象并置使我们体味到了这一点。这里的童年，不是寓意深长的对自由和流浪感的依恋的象征，它们就是童年本身，是未经雕凿的直接意象。从这些直接意象中，童贞的气息猎猎扑来，这是那些反复磨砺的意象交叠所不能达到的效果。

　　但是，生命的童年是一去不返了，它们像"一串绿色的神秘的梦想"永远消失了迹影。这首诗写得很单纯,抒发的也是人的常规感情,之所以能打动人心,就在于诗人没有故作深沉、故作悲怆状。他像一个大了的孩子向人们诉说他不能实现的幻梦。这种抒情角度的选择,给了我们一种启示。西班牙诗人洛尔迦,也写下了大量类似童谣式的作品,像《春歌》《小广场的歌谣》《情歌》《月儿,月儿谣曲》等,这些作品不但没有使诗人降格,反而为他赢得了很高的诗的声誉。看来,决定一首诗价值的,未必是思想的深刻度,而是艺术的纯粹度。你达到了这种纯粹,你就是真正的诗人。否则,你顶多是个低能的思想者或者什么也不是。

李 钢

舰长的传说

传说舰长诞生在海底一条大峡谷
所以至今腮边还生长松针状的水草
并且是水草中最具魅力的一种
传说他喜欢骑在鲸鱼背上做游戏
在动物喷泉的沐浴下堆垒礁石积木
他随意翻阅海浪书页
学会了各种海风的语言
常常跟许多爬上膝盖的小海兽攀谈
直到培养出潇洒的海洋骑士风度
他便去结识海的女儿
开始和她进行漫长的恋爱
（舰长对此情总是缄口不言
这就使得传说神秘乃至神圣）
他的呼吸带着咸味儿，走在岸上
会把任何一处空气染上海腥
传说他的心脏是铁锚形的
注定让他属于海
注定让他当上水兵，注定让他
年轻时轻轻地违犯一条舰规
在一艘木壳艇的锚链舱里禁闭三天
然后注定让他来当我们舰长

（如今那木壳老艇早就退出现役喽

青春也从舰长的额头驶出好些海里喽）

传说舰长有三次见过海魂

传说　舰长　有三次见到　海魂！

问他海魂是什么形状的他也不说

（海星样的？水母样的？美人鱼样的吗？总之他不说）

而他那双眼睛肯定是海魂赋予的

那两颗藏在椰树叶下的小行星

常常是夜里升起在海面，饱吸了太阳风

制造一些神奇的百慕大三角以外的哑谜

使海盗们无声无息地消失

永远躲进某几条不明去向的鲨鱼肚里

我们舰长，这海盗的天敌

至今他仍然单独去赴海洋的约会

他一人踱步海湾，在沙滩上坐着或者躺下

点燃那根海柳木的黑烟斗，这时我看见

一八四〇远远地燃烧

传说好多年前有个渔姑送给舰长

一些奇异的贝壳和小螺蛳，每天晚上

贝壳们就在他枕头底下唱着优美的渔歌

为此我曾在夜里溜进舰长舱

结果我看见他的胸脯像浪一样起伏，我听见了

甲午年隆隆的回声

于是我幻想他英雄般牺牲过三次

每一次血都渗入他的髭须

像松针上挂着的一缕缕晨曦

而每一次他又英雄般复活

（这事我当然没有跟别人讲过

否则又将成为舰长最新的传说）

但我们舰长是个老猎人
这不是传说
他喜欢吞吃各种新版海图
他一剃胡子就是要出海了
这不是传说

有一次在舷边，他喃喃自语
他说：脚下是——液体的——祖国
这是我亲耳听到的
决不是传说

　　李钢的水兵诗无论是在语言的变构上，抑或是对常规手法和情绪的刷新上，都为新时期诗坛做出了贡献。他的《蓝水兵》组诗在八十年代初一出现，就吸引了众多的目光。《舰长的传说》是这组诗中的一首，让我们从这首诗看看诗人的手段。
　　这仿佛是一首刻画人物的诗。刻画人物本是诗歌的弱项，搞不好就索然寡味，连末流的小说也比不上。但这首诗却借助幻象刻画出舰长这个独一无二的形象，这是诗的刻画。诗一开始，诗人借助了传说，使人物置身于恍兮惚兮的环境里。先写舰长是海的儿子，他"诞生在海底一条大峡谷"，这是诗的合理夸张，有着本质上的真实。接着刻画舰长勇敢、幽默的性格和温厚的气质。他能骑在鲸鱼背上做游戏，在海底堆垒礁石积木，随意与海浪交流情感，像一个海洋骑士一样与海的女儿谈情说爱……这些都是在诗人的想象中完成的，它们不拘于实，但更拘于真，有着诗歌的不可为其他形式替代的天趣和自由。舰长的心脏是铁锚形的，道出了他坚强的性格和对大海的深情；他"年轻时轻轻地违犯一条舰规"，使我们觉得他不拘小节的快活天性，同时也使这个人物更可信更亲切；至此，舰长的可爱又可敬的性格已经在我们心中扎下了根。他像是神话中的人物，又是我们现实生活中确实可以见到的人物。

以上诗人刻画了舰长可爱的性格特征，但仅仅如此还不能导致他精神的升华。诗人接着将情感推高一步，如一道强光照亮了舰长那颗博大的男人的心："至今他仍然单独去赴海洋的约会 / 他一人踱步海湾，在沙滩上坐着或者躺下 / 点燃那根海柳木的黑烟斗，这时我看见 / 一八四〇远远地燃烧"。这一节，如海上高高的浪柱，那么有力，那么醒目，在仿佛漫不经心的语言里，融铸了浓烈的忧患感和对祖国的深情。这个场景如果拿到小说里就毫无效果，诗人要做的是写出小说无法转述的情致来。

接下来，诗人又以写实、幻想、传说交相掺杂，巧妙闪回，进一步完成了对舰长精神内核的展现。在一派迷离朦胧中，以一句"脚下是——液体的——祖国"的舰长自语，拨开晨雾，现出他的太阳一般炽烈的心。如果说前面是海面高耸的浪柱，到结尾则铺展开了整个深沉的大海。这是一片诗的大海。这首诗启示我们，诗歌的叙事性因素不是不可以有，关键是怎么把握它的火候，使之成为诗的叙事性因素，而不是其他。

明　天

　　明天很好

　　明天在日历之外

　　有一只鸟在众鸟之外

　　金蝉在蝉蜕之外（也不在树上）

　　有两颗心插上羽毛，而且

　　在我们之外

　　明天是一条河

　　在水的形式之外

明天是一个季节
在所有的季节之外
明天是一种温度
在摄氏和华氏之外
明天是一种幻想
在一切幻想之外

是的，明天
明天没有神
只有两张羽毛帆在那条河里漂着
河在那个季节里流着
季节被那种温度统治着
为那样的幻想而存在着
至少，在今天之外

明天真好
我们在明天之内
明天在世界之外　之外

　　这是一首十分神秘的诗。通篇都有意象，但每个意象又落不到确凿的意义上，这是诗人用他巧妙的匠心着意渲染的一种效果。如果细读几遍，这十几个"之外"，还是在一种情绪"之内"的。这种情绪就是对爱情的痴迷，对爱情力量的深厚寄望。这是一首空蒙纯净的爱情诗，说它空蒙是因为诗中无一爱的字眼儿，说它纯净是由于那爱的天国里毫无尘俗的迹象。

　　"明天很好/明天在日历之外/有一只鸟在众鸟之外/金蝉在蝉蜕之外（也不在树上）"。为什么说明天在日历之外呢？是因为诗人明天就要去见自己的情人了，平庸乏味又使人疲惫的生活将停止它的"钟摆"，另一种超凡脱俗的情感生活要开始了。这只"鸟"要飞向只属于自己的、"众鸟之外"的林子里。这只"金蝉"也卸下了自己的负轼飞到情人的树上去了。那两颗痴情的心也暂时消隐了旁的内容，插上爱的"羽毛"，相逢在"我们之外"了。

明天是一条河，但这条河的水源是只发自我们两人的心底的，所以与旁人无涉，"在水的形式之外"。明天是一个季节，但它是爱的季节，自然也是"在所有的季节之外"的。明天是一种温度，那是生命和青春的爱的温度，"摄氏"和"华氏"怎能度量？旁人怎能体味呢？明天是一种幻想，这种幻想人的一生真正的只能有一次，所以它是最珍贵的"在一切幻想之外"的幻想。你看，诗人是多么纯情，把爱看得多么神圣！

明天没有神，"只有两张羽毛帆"驾起的爱神的小舟，在心底流出的"河"里，在爱的"季节"里，在生命和挚情的"温度"里飘呀飘。这里的"两张羽毛帆"，是承第一节的"两颗心插上羽毛"而发的，把握住这个复现的意象，整首诗就豁然开朗了。为"在一切幻想之外"的人类万古常新的"幻想而存在着"，是多么值得，又是多么难得呵。爱情，是现实"之外"的天国！

最后一节，诗人仿佛在喃喃低语，他用了不加修饰的口语，表现了深沉而透明的心情："明天真好 / 我们在明天之内 / 明天在世界之外　之外"。但愿诗人的"明天"是在现实之内的。

这是一首格高境奇的情诗。你要轻轻地吟，用你的心去抚触这些"之外"，慢慢地你就插上一片羽毛找到了那神奇温暖的天地，我的读者朋友！

东方之月

东方之月，升起在东方
荡荡的银须飘下
落地生根
　　以江为乳

以山为土
一时间东方的神话全都开花
　　在水是莲
　　在陆是菊
皎皎的明月，在东方之树上高悬

东方之月，升起在东方
滚滚的月潮袭来
浪涛喧哗
　　以暮为源
　　以晨为岸
一时间东方的神秘腾空而起
　　云里是首
　　雾里是尾
皓皓的明月，吞吐在东方之龙的口中
骑梦而来
骑梦而去
东方之月是骑士
　　横骑灿烂
　　纵骑精神

风止而吟
风起而啸
东方之月，浑浑然，不染一尘
这赤裸的大魂
　　永是东方之魂

　　《东方之月》是一曲民族精神的咏叹调，它不是狂飙突进的浩歌。用这种审美情趣去处理这样的题材，可以说是真正把握了东方之月的灵魂的。与西人相比，中华民族性格近于柔。但这种柔不是柔媚，而是高度安详高度沉静下，潜藏着的深沉、恒久、质朴，是空明净远中智慧的辉光在涣涣地盈动。这正是东方型的月的精神。

所以，《东方之月》在这里就远远超出了自然物象的意义，一直通向民族精神和智慧的极点。月亮，几乎成为自《诗经》以来中国文人的图腾。由此看来，李钢与月亮就决非一般意义上的派生关系，而是彼此选择和发现的关系了。正是在这颗柔美宁静的星体抚摸下，传统和今天构成了共时性的东西："皓皓的明月，吞吐在东方之龙的口中 / 骑梦而来 / 骑梦而去 / 东方之月是骑士 / 横骑灿烂 / 纵骑精神"。龙，作为诗中的叠加意象，不只是比喻，也不仅是象征，而是东方人生命本身的"现实"。可见，诗人写东方之月、东方之龙，不是恋古，而是要写今天我们民族的命脉、民族的骨骼和灵魂。虽然它高悬于碧树，但它并没有宁息，它"落地生根"，催动"东方的神话全都开花"，虽然它静穆无言，但它并没有疲惫，你听"滚滚的月潮袭来"，东方的神秘终会"腾空而起"！这时，我们再凝望那枚古中国的月亮，就会感到现实和历史之间的深切呼应。创造、坚韧、默默战胜眼前的积重，是民族的呼唤、历史的迫切吁求。这是诗人作为现代人对历史的反思和对现实的把握。重振东方声威是我们奋斗真正的归宿，"这赤裸的大魂"该是怎样蓬蓬勃勃的创造的大魂啊！

这首诗在回归传统审美性格上做出了很大努力，也取得了很高的价值。更重要的是，诗人回归传统不是为了陶醉其中把玩它的澄明与和谐感，而是提炼出传统中积极的方面启示人们："东方之魂"该是怎样的，而现在是怎样的。

蓝水兵

蓝水兵
你的嗓音纯得发蓝，你的呐喊
带有好多小锯齿

你要把什么锯下来带走
你深深的呼吸
吸进那么多透明的空气
莫非要去冲淡蓝蓝的咸咸的海风

蓝水兵
从海滩上跃起身来
随便撕一张日历揣在裤兜里
举起太平斧砍断你的目光
你漂到海蓝和天蓝中去
挥动你的双鳍鼓一排巨浪
把岸推向远处去
蓝水兵
你这两栖的蓝水兵

蓝水兵
畅泳在你的蓝军服里
隐身在海面的蓝雾里
南海用粤语为你浅浅地唱着
羊城在远方咩咩地叫着
海啸的嗓哨挺粗犷
太阳那家伙的毛胡子怪刺痒
在一派浩浩荡荡的蓝色中
反正你蓝得很独特
蓝水兵
你是蓝鲸

春季过了你就下潜
一直下潜到贝壳中去
谛听海的心音

伸出潜望镜来瞭望整个夏天

你可以仰泳，可以侧泳

可以轻盈地鱼跃过任何海区

如果你高兴

你尽可以展翅飞去

去银河系对你来说

是再容易不过的事了

那场壮观的流星雨

究竟算一次空战还是海战

反正你打得够潇洒的

当天上和海上的潮声平息

当月光流泻如月光曲

你便在月光中睡成一座月光岛

早晨你醒来

在那棵扶桑树上解开你的缆绳

总会将一只金鸟儿惊起

它扑棱棱地扇下几根羽毛

响叮叮落在你的甲板上

世界顿时一片灿烂

在这令人眼花缭乱的光芒中

天开始一个劲地高

海开始一个劲地阔

蓝水兵

你便一个劲地蓝

这首诗出现在八十年代初的中国诗坛，着实引起了一阵不大不小的惊喜。首先，人们仿佛突然发现，原来"军旅诗"也可以写成纯诗！其次，原来"人物诗"也可以完全交托给情绪化意象化体验！狡猾的李钢就是这样轻轻一个吊球，弄得球场上那些死命扣杀的硬汉瞠目结舌；弄得被流行打法程式化的读者一愣，随即感到眼睛被擦亮般的痛快！

是的，《蓝水兵》是格高境奇的纯诗。诗人摒弃了任何现实功利性的判断，而进入一种澄怀味象的凝神审美活动。在他眼中，蓝水兵就是一块透明的"蓝水晶"，这本身对诗歌来说，已经足够了！诗人以轻松潇洒的语势，写了蓝水兵生命的欢乐。这是把自己的青春交付给大海的人才能领受的大海的馈赠。为了体现这种生命的欢乐，诗人很少使用静态的描摹，而采用了极富动感的词汇；甚至从单纯语流所造成的声音序列中，我们也可以感到，诗人是以单簧管悠扬的抒情和小号诙谐的顿奏，来造成诗歌生命流动效果的。这里有一种"液态"感，正好与诗歌所展开的海洋背景达成同位效应（试想，如果换成昌耀式的块垒峥嵘，海洋就死掉了）。诗人反复展示了"蓝"，渐渐这种色彩脱离了它所附着的物体，转而成为一种不可捉摸的抽象的色彩，弥漫了我们的视线。这正是使诗歌从词语、声音、色彩三个方面呈现而达到纯粹的本体自觉。

这首"人物诗"是完全交托给情绪化意象化体验的。这里没有任何事态，诗人只将一个个生动的细节剪贴起来，多向度、多维面的闪回镜头被紧紧地融汇在情绪化的审美流程中，疏而不乱，散中求凝，很好地传达了变幻莫测、生气贯注的水兵神采、海洋气象。这就避免了一般"人物诗"泥滞于"事件加人物加议论"的呆板模式，而自有一种恣意风流的逸气；同时，又使诗歌的容量扩大，读者审美二度创造力因之变得格外活跃起来。这首诗的意象化与情绪化是同时呈现的，这一点就不再赘言。

《蓝水兵》是李钢格外注重诗歌文体实验的结果，它具有某种启示性。李钢，这"究竟算一次空战还是海战 / 反正你打得够潇洒的"！

傅天琳

一个老人和一棵铁树

我的信任从来没有犹豫过
我的铁色
是难以穿透的甲
我站在江边已经千年
千年，山顶上弈王的一盘棋
还未下完

我是很难开一次花的
这谁都知道
我不愿对一切人都开鲜花的门
我不愿亲手拆散自己编织的花冠
我这样很好
我的树枝垂头倾听冬天
白芙蓉白得皎洁
但不动我的心
白石头磊磊落落
我可以和它交换各自的经验

我的信任从来没有犹豫过
一阵风雨只是一笔淡写轻描
在波涛的大起大落中趋乎平静

　　看那人又在打捞陈年的老鱼

　　读傅天琳的这首诗教我们躁动不宁的心绪安顿下来。诗写得颇为轻松，但内涵却不轻飘，是实实在在的。当你被尘世的忧烦所困扰，你就坐在这棵铁树下"垂头倾听冬天"，和老人用白石头那样磊磊落落纤尘不染的语言"交换各自的经验"。你会在静穆中体味沉默和旷达的力量。那些许的忧烦就连"淡写轻描"都够不上嘛！整首诗就在"但见性情，不著文字"中生长，它是建立在超验的基础上的。它不是写"老人"，也不是写"铁树"，而是写一种诗人心向往之的心境，一种大巧若朴、大智若愚的人格修炼。就这些？这足够了！

　　这里，"老人"和"一棵铁树"这两个意象是叠加在一起的，在一个意象上投影出另一个意象，具有共生的活力。它们之间没有过渡的中间环节，诗就从两物类比的障碍中解放出来了。它们没有时间，只有空间，连绵不息，暗示着生命沉默的"大美不言"。

　　铁树是常绿灌木，几十年却难得开一次花，仿佛在忍耐信守的秘密。也正因如此，它的开花才显得那么珍贵那么纯情。"我的信任从来没有犹豫过／我的铁色／是难以穿透的甲／我站在江边已经千年"，不开花但从不犹豫开花的信念，默守这信念"已经千年"。对永恒的生命意志来讲，千年不过一瞬尔，故有"千年，山顶上弈王的一盘棋／还未下完"。这铁树的信念亦是饱历沧桑的"老人"对生命的感悟。

　　"我是很难开一次花的"，这节是写坚韧内凝的生命不会计较小义，它所倾心的乃是大义。"我不愿亲手拆散自己编织的花冠"是由于"我不愿对一切人都开鲜花的门"。这句是倒装，意在强调生命中恒久明辨的方面。

　　接下来，诗人写铁树——老人冲淡安谧的心境。这不是逃避什么，而是充分的自信饱满的自为状态："我这样很好／我的树枝垂头倾听冬天／白芙蓉白得皎洁／但不动我的心／白石头磊磊落落／我可以和它交换各自的经验"。它们倾听着万类生机暂时安顿下来的"冬天"，旁边的白芙蓉枉自皎洁，但我心中波澜不惊；白石头静静地卧在那儿，它坚实朴质不事声张，我便与它交换生命的经验。你看，诗人这六句写得多内在而明亮，仿佛是挥毫间滴下的不经意的余墨，但"具象的抽象"意蕴，却是不难领悟的。这铁树，这老人，实乃至树至人了。

"我的信任从来没有犹豫过／一阵风雨只是一笔淡写轻描／在波涛的大起大落中趋乎平静／看那人又在打捞陈年的老鱼"。这是心情泰然、真体内充、自在宽宏的东方人对生命的体验。诗人在传统的基础上淘洗出了其精华的一面，即对生存的彻悟，一种无畏的强大的承受性。这是铁树精神，也是沉着智慧的老人精神。

此诗继承了传统风神意态，又注入了新的意识，它安顿你在铁树下，是为了让你望一眼那"淡写轻描"的风雨。它让你和"白石头交换各自的经验"，是为了让你领略沉默中的坚实和纯洁。正是——

行到水穷处，坐看云起时！

七层塔顶的黄桷树

七层塔顶的黄桷树
像一件高高晾着的衣衫
旷野
拖着它寂寞的影子
许是鸟儿口中
偶尔失落的一粒籽核
不偏不倚
在砖与灰浆的夹缝里
萌发了永恒的灾难

而它稀疏的桠枝上
麻雀吵闹着

正在筑巢

而它伸直的手臂

像要抓住破碎的云片

捎去

并不破碎的盼望

它盼望什么呢？我不知道

犹如我不知道

它摇曳的枝叶

是挣扎，还是舞蹈

是的，它活得多别扭

但绝不会死去

它在不断延伸的岁月

把孤独者并不孤独的宣言

写在天空

　　黑格尔说："抒情诗人把最有实体性的最本质的东西也看作是他自己的东西，作为他自己的情欲、心情和感想，作为这些心理活动的产品而表达出来。"（《美学》）傅天琳的这首诗，就是通过对物象的灌注，达到一种充分心灵化的地步的。这首诗围绕在一个形象指代系统里旋转，结构端凝，线条硬健，是咏物诗中的佼佼者。

　　这是一曲坚强的孤独者的颂歌。诗的最后三句是直抒胸臆的议论，它落落大方，情理相生，是我们把握此诗意旨的关键处。

　　第一节，写了黄桷树生长的环境。它在七层塔顶上，"像一件高高晾着的衣衫"，这是说它的柔弱不支。"旷野 / 拖着它寂寞的影子"，以旷野的辽阔来反衬黄桷树的寂寞，并且，不是生在土地上，而只是影子"拖"在土地上，这个画面就注入了诗人强烈的悲情色彩。

　　第二节和第三节，是写黄桷树生存的状态。它的生命是带有偶然性的，但它的生命力却又是必然性的："许是鸟儿口中 / 偶尔失落的一

粒籽核 / 不偏不倚 / 在砖与灰浆的夹缝里 / 萌发了永恒的灾难"。这里的"灾难"冠以"永恒"二字,既有表层的语义,更有深层的隐义,是写黄桷树的顽强恒久奋勇不息的抗争精神。在远离土地的七层塔顶,黄桷树却以"它稀疏的桠枝",抚慰和收留了自由的生命,"麻雀吵闹着, / 正在筑巢"。黄桷树的生存状态是艰难的,但它却并不哀怨,它的灵魂是飞翔着的,"它伸直的手臂 / 像要抓住破碎的云片 / 捎去 / 并不破碎的盼望"。在这酷烈的生存状态下,黄桷树仍然充满温情和憧憬,这使我们恍然悟到:这不是所有受难而崇高的人格的象征吗?

正是这样,全诗至此豁然开朗。诗人索性直抒情怀,直陈了一种正气凛然的人格:无论是"挣扎"也罢,是"舞蹈"也罢,重要的是"它活得多别扭 / 但绝不会死去"!这是生命的真义,也是人格的至境啊!黄桷树是孤独的,它生在远离土地和同类的塔顶;黄桷树又是不孤独的,它离高洁辽阔的天空最近,那种永恒的精神在它体内流淌着,"它在不断延伸的岁月 / 把孤独者并不孤独的宣言 / 写在天空",写在每一个有思想有气节的人的大脑沟回里!

这首诗的成功之处,全在诗人的"取景"。这里的"景"既是客观的,又是经诗人点化了的。如果黄桷树是生长在土地上,就没有必要去写了,因为它不能为我们提供更多的东西。我国"七月派"老诗人曾卓也有一棵树的"专利",那是一棵独特的《悬岩边的树》——

不知道是什么奇异的风 / 将一棵树吹到了那边—— / 平原的尽头 / 临近深谷的悬岩上

它倾听远处森林的喧哗 / 和深谷中小溪的歌唱 / 它孤独地站在那里 / 显得寂寞而又倔强

它的弯曲的身体 / 留下了风的形状 / 它似乎即将倾跌进深谷里 / 却又像是要展翅飞翔……

这里老少二位诗人,都以树象征了独立不倚、横而不流的伟大灵魂,是咏树诗中的双璧。

序幕已经拉开

无数的角色进入角色
我们是诗人
将笔和纸带上场去就是了
除此之外，不要
不要一件多余的道具了
一张柳叶
说是要借我们的嘴唇歌唱三月
三月踏青，踏响
遍地切分音
我们已惊醒泥像的目光
山脉已排成雁状

向远方驮去翩翩的绿意
我听见无数生命在努力
我们的笔尖笃、笃、笃、笃
集体啄食残夜的眼泪
　　啄食晨间的露水
我们是诗人

诗人只懂得去爱
即使被抛弃之后依然去爱
即使被爱过一百分之一秒
也视为长久
而今
节令渐渐清醒过来

序幕已经拉开

我们将声音，融入
高高低低、短短长长的
汽笛之声，水稻之声
我们整个儿地融入自然
终归整个儿地成为自然
充溢于天地之间的蒸蒸岚气
自会点化我们的韵律

无数的角色进入角色
我们就做这样的角色
所有僵硬的笑容和忧伤都不要
宁愿这样。我们不做表情
不做表情便是最好的表情

这是一首以诗论诗的佳作。它的长处是，不做作不晦涩，但又没有流于一般。题名《序幕已经拉开》，是说生命和世界本身就是个大舞台，每个人都要在其中扮演一个角色。那么，诗人是怎样的一个角色呢？傅天琳如是说：

第一，诗人具有冥想的气质，所谓"物色之动，心亦摇焉"。他们感到"一张柳叶 / 说是要借我们的嘴唇歌唱三月 / 三月踏青，踏响 / 遍地切分音 / 我们已惊醒泥像的目光 / 山脉已排成雁状"。诗人的心时而旁驰博骛，时而凝神注视，对一切都充满新鲜的一次性体验。这是这个"角色"必备的基本素质。"柳叶说是要借我们的嘴唇"就道出，诗人这份气质是天启的，而并非仅凭后天修炼所能达到。

第二，诗人要有高尚的品格，坚强的生命意志。所谓"在心为志，发言为诗"。他们的生命是和整个土地的生命联系在一起的，他们的愿望就是普普通通的人们的愿望。"向远方驶去翩翩的绿意"，诗人们"无数生命在努力 / 我们的笔尖笃、笃、笃、笃 / 集体啄食残夜的眼

泪 / 啄食晨间的露水"，这一切都因为"我们是诗人"。屈原"哀民生之多艰"，杜甫要"大庇天下寒士俱欢颜"，秋瑾是"拼将十万头颅血"，艾青"为什么我的眼里常含泪水？因为我对这土地爱得深沉……"高洁的人格，勇敢的斗争精神，忧国忧民的情怀，是一个伟大诗人最可贵的品格。这一点不算新鲜，但却是一切命题的前提。

第三，博爱的情怀是诗情的发源地。这是具有充分人本内涵的。但这种爱不是索取，而是无条件的释放。"诗人只懂得去爱 / 即使被抛弃之后依然去爱 / 即使被爱过一百分之一秒 / 也视为长久"。诗是爱的象征，即使遭到误解、迫害，仍然在爱。爱是人类的至境，诗是通向这至境的路标。很难想象一个胸怀萎缩、毫无爱心的人能成为真正的诗人。"卑鄙是卑鄙者的通行证 / 高尚是高尚者的墓志铭"（北岛语），这仍是爱，爱得发冷，愈见爱心之炽！

第四，诗人是自然的孩子，他们和自然时时在构成一种相互选择和发现。自然在优秀的诗中绝不是背景，而是生命的感性显现，是"象征的森林"。人性归依自然，生命重返自然，人与自然的感应契合，决非因景生情，而是人发自生命深处的永恒的吁求。"我们整个儿地融入自然 / 终归整个地成为自然 / 充溢于天地之间的蒸蒸岚气 / 自会点化我们的韵律"。这种物我两忘、天人合一的境界，是多么强烈地诱惑了从古至今一代一代的诗人的心啊！

第五，诗人写的是作诗贵在真诚，贵在自然。真诚不排除巧妙的结构安排，自然不排除对语言的深层把握。"所有僵硬的笑容和忧伤都不要 / 我们不做表情 / 不做表情便是最好的表情"。在一个谎言和做作充斥的社会，最后一个诚实纯朴的人就是诗人。

这类以诗论诗的诗歌，我国和西方都古已有之。它的好处是生动、鲜明，透过纠缠不清的逻辑推理，一下子进入实体的境地，教人得到艺术和理论的双重享受。

徐敬亚

在一种节奏里，我走向你
——赠 W·生日

1. 上午八点钟

（呵——八！
两颗太阳连在一起）
天空像雪地一样亮
有很多
乳白色的直线
（一组一组地）
从玻璃窗上跑下来

有轨电车
仿佛静静地等着我
（我很柔和地笑了
笔直地站在镜子前面
日历上印着：初一）

2. 我奔向你

电车穿过市区，驶向郊外
我要去终点。终点

两条铁轨
在远方连成一体

一个。和另一个

3. 窗外，闪过雪

以及节日的人群和大街
在一个特殊的角度
我看到
有两棵树并在一起
我的思想
永恒地停在那个时刻

一棵。二棵
生命的树，生命

4. 电车摇晃着

摇着满车的笑声
一下。二下……

在这个古老的节日里
人们都很兴奋
而且忽然变得年青
仿佛全在今天
一下子变成了二十六岁
（呵，都多么像你！）

我想向全体乘客提议

所有的人
互相握一次手
不，两次！
（我感到右手的指头动了动
一下。二下……）

5. 我跳下车

在雪地上溅起了阳光
溅起了五颜六色的小花
一朵，二朵……

在一种节奏里
我走向你
我的脚步富于旋律
一二，一二
一二，一二

　　"在一种节奏里"，我们走向这首诗。这是一首情诗，就是徐敬亚君赠给他的女友（现在的夫人）诗人王小妮的。我们所习惯的情诗大都是情思缱绻一唱三叹的，那韵味之浓郁心火之炽烈直直灼到你脸上。在很多时候，我们对这类成批生产的情诗竟出现了一种审美上的疲劳——一切都已被揭示过了。再按照这路数去写，只能是量上的增加，而不是质上的突破。而这首诗却写得新鲜、简洁，它主要是作用于节奏的效果，一二，一二，富于弹性，恰到好处地完成了诗人的情感经验的寄托。
　　这首诗，都是短句，像是快活的生命的自然起伏。诗人在选字时，既考虑了意味也考虑了声音——用声音去强调意味。你读时就能体会出来："一组一组"；"一个。和另一个"；"一棵。二棵"；"一下。二下"；"一下。二下……""一朵，二朵；""一二，一二／一二，一二"。这种像是青春的心音和脉动的节奏，既是诗人借助节奏的选择安排，使微妙的美好的声音效果深入人心；又是情感的不断演进的标识，增加了诗的气氛和意味。看来，埃德加·爱伦·坡所说的"诗是音乐的和有趣的思想的结合"，这话是不差的。可惜我们有许多人竟只知死守着押韵不放，并没有悟出音乐在诗中的真义来。声音作为表达诗意的有效方法，从诗的体式上也体现出了意义。这首诗正是依仗了音节与意义的重复，使诗有了整饬的形体和严谨的结构的。就像音乐中某些乐音的重复、曲调的变奏，决不仅仅是为了使人愉快，它们是一种生命、一种形体。

这首诗的清新可人也并非全是声音的功劳，它在组合意象及蒙太奇的迅速闪回上，也是颇有独到之处的。

山 墓

坟草青青
坟草青青

一个年纪轻轻的人
走到这里
忍着疼痛，最后一次
用生命和土地
组成脚印
忽然化成了一阵风

树叶，哗哗响
坟草青青
一定是爱笑的人
才能穿过茫茫岁月

以凝固的微笑
仰望着太阳和不尽星辰
那些年，一天天
冲淡这荒郊的寂寞
每逢夜深人静时
站起来，伸一伸腰
又埋下头
继续做谁也砍不断的事情

于是，街上的青年
想也不用想
眼睛，就懂得微笑
脚步，就懂得轻盈

一定是爱动的人！
忍住生长的欲望……
迎着滴血的手
穿过杀死他的枪口
在腐烂的木桩上
留下绿晕晕的弹洞

土地，不愿意覆盖年轻的人
于是，地层深处
永远有三十七度的恒温
一年，又一年
拱出油绿油绿的风
像最后一声倾斜的呼喊
久久地，穿过岁月……
坟草，青青，拂动

每年一次
人们在春天想起一个青年
杀死他的人，没有想到
在生命最新嫩的时刻
碰一下
会流出油绿油绿的风

倒下去的人
不再衰老、不再衰老
在一阵阵回想中
依然活泼，依然轻盈
只留下二十岁的名字
日夜在墓碑上缭绕
墓碑无声
一个人微笑着，用死
永远固定了自己的年龄

……五十年，一百年
不添一根白发
坟草，青青
青青

　　徐敬亚的这首诗仿佛是蹦蹦跳跳地完成的，这与这首诗的整体情绪太不和谐了！等等，你再读一遍，你会发现它是那么别致，轻中有重，柔中有刚；更重要的是它的抒情方法——它不使你压抑，不使你流泪，它让你轻盈地走进去，坚定地回来。这首诗和北岛的《宣告》表现的题材是相似的，但格调却颇为不同，两首诗各有妙境，各收到了不可替代的审美价值。

　　开头的两行"坟草青青／坟草青青"，从画面和声音上就给人以无限生机之感。接着写这位青年英雄为真理而献身，没有写血啊、枪啊什么的，只说他"用生命和土地／组成脚印／忽然化成了一阵风"。多么轻快的生命之风！把正义的声音交给风的人是不朽的。"树叶，哗哗响／坟草青青"，又是一派蓬勃景象，那棵苍绿而哗哗歌唱的树，不就是英雄品格的象征、生命力的象征吗？英雄离去了，但他的灵魂并没有消逝，你看，他"每逢夜深人静时／站起来，伸一伸腰／又埋下头／继续做谁也砍不断的事情"。多么自信的生命，他不需要你的沉甸甸的哀叹，他希望的是你的觉醒，希望你继续做完他"谁也砍不断的事情"。坚定而自豪地做吧，"想也不用想／眼睛，就懂得微笑／脚步，就懂得轻盈"，明天必定会如期而至的。等待最终的微笑吧，后继的人们。

土地是理解为它献身的孩子的，"地层深处／永远有三十七度的恒温／一年，又一年／拱出油绿油绿的风"。这是从"绿晕晕的弹洞"里流出的自由的风，"久久地，穿过岁月……／坟草，青青，拂动"。诗人就是这样流丽爽快地处理了这个悲剧事件的，他所倾心的不是这个悲剧事实，而是这个事实的意义。一个人的生命消失了，这无疑是悲剧。但仅仅停留在所谓"悲"上，又能从多大程度上体现人类不屈精神的生命力呢？"倒下去的人／不再衰老、不再衰老／在一阵阵回想中／依然活泼，依然轻盈……／一个人微笑着，用死／永远固定了自己的年龄／……五十年，一百年／不添一根白发／坟草，青青／青青"。看那一蓬青青的坟草摇曳得多么嘹亮，诗人说英雄用死"永远固定了自己的年龄"，你能说这是悲还是喜？重要的不是悲也不是喜，而是悲和喜各自的质量。徐敬亚的轻松不是廉价的乐观，而是穿透了这个事件的表层意义对其深层意义的开掘。这种写法处理悲剧题材的确是不多见的，这表现了诗人空手入白刃的艺术勇气。

张 烨

老处女

理解别人很难
想让别人理解自己更难

不是吗
一道道猎奇的目光
探我内心的奥秘
一簇簇轻蔑的人言
像起哄的灰蝙蝠
在身旁上下翩舞

和人们一起工作、游玩、叙谈
向善良的关切频频致谢
我欢笑着，笑容像
睡莲一样舒展坦荡
谁能看到
颤动在下唇的一排齿痕
清朗的笑声是湿的
我不慎碰翻了茶杯
我甚至错拿了别人的手绢

在一条S形的小路上

盛情的夏日往事般消逝

忧郁的风，带来了

暮秋的灰黄初冬的苍白

我从不停步

有青鸟为我殷勤探询

有星辰遥遥注目

有火热的问候来自真诚的友情

我并不觉得孤独

捧起蕴藉信念的花束前往

大海在呼唤

远山在呼唤

最痛楚的寻觅

也许

会使我变成一片银霜，一片

黄绿色的落叶

但我美丽的追求铺满小路铺满小路

　　"老处女"本来是一种人生活方式的名称，它的含义无非是年龄很大却独身生活的女人。但特定的语词，从来都不仅是表意的工具，它本身便是一种文化现象。当我们接受了一个词，我们实际上是接受了一种深刻的背景和文化观念。比如，说裸体模特，有些人表述是"不穿衣服的人体"，这是正常的健康的欣赏美的态度；有些人则表述为"一丝不挂"，这里面既有封建意识对美的亵渎，又有一种不可告人的犯罪观隐感。因此，"老处女"这个词在我们封建意识还很浓厚的国家，就被赋予了不正常、阴暗、变态、乖戾等内涵。严格地说，这是从精神上对人格的侵犯，是十足的小市民心理。

　　张烨偏偏要与这种封建陋习宣战，她干脆用"老处女"作为一首诗的名字。在这首诗里，她细腻而深刻地剥露了"大女"们那颗带着箭伤又充满追求的心。这类题材的开拓，是张烨对新时期诗坛贡献的独特果实。

开头的两句，道出了老处女心灵深处的经验。在人与人相互猜忌与隔膜的氛围里，作为一个脱离开常规生活"轨道"的女人，别人的理解真正是"更难"的。那猎奇的庸俗的目光，那浅薄的轻蔑的人言，虽然不是刀子，但却是"起哄的灰蝙蝠／在身旁上下翻舞"，既不能抓来与之争斗，又拂之不去，让人淹灭在这灰暗的翅膀下和阴森的细鸣声中。

接下来，诗人以深情的笔触轻轻述写了老处女生活的苦辛。为了不显得古怪，她努力像平常的人一样工作、游玩、叙谈，甚至还得让"笑容像睡莲舒展坦荡"。但又有谁能注意到这噬心的"笑"，是从"颤动在下唇的一排齿痕"中流泻出来的呢？所以，诗人说它是"湿的"，是含着苦涩的泪水的。这个细节捕捉得相当好。

青春像盛情的夏日不知不觉地消逝了，"忧郁的风，带来了／暮秋的灰黄初冬的苍白"。对别人的讥笑，她会流泪，但对自己青春的消逝，她却如此坦然。为一句话而沉默，为一个信念而等待是值得的，"我并不觉得孤独"。宁肯不要降格的爱而在心中默守着真正的爱情；即使我的生命落下一片片"黄绿色的落叶／但我美丽的追求铺满小路铺满小路"。多么纯真高洁的信念！恩格斯说，婚姻要以爱情为基础，没有爱情的婚姻是不道德的。如果我们真正理解了导师这句话，我们也就不难理解为什么张烨说那条铺满落叶的小路是"美丽的追求"的小路了。

这首诗以情真意切取胜，诗人的笔致是委婉的忧郁的，但这委婉和忧郁并非感伤，而是一颗坚韧、充实的心灵的忧郁，有着当代意识的灌注，这就使此诗既是个人的，同时也是时代先觉者的了。

雨　后

欢乐的原野在展览她的财富
远山奔跑

如同冲出栅栏的群羊

绿莹莹的天鹅绒毯缀满珍珠钻石

阳光在珠光里流淌，丁丁当当

一群青鸟降落绿毯抖动半湿的羽翎

红嘴啄着珍珠发出淡青色的声音

蚱蜢和螳螂跳来跳去

一条花蛇猛地从阴暗处窜出

引颈望望蓝天上那个金红的微笑

这家伙的情绪总显得疑惑、狡黠

然后它安安稳稳，变成一根

斑斓色带悬挂在苹果树梢

苹果花雪白的芬芳在喧响

惟独那湿透了的

金黄稻束

独自沉思在树阴的黯绿里

失恋的忧郁一丝丝垂下

心里收藏着暴风雨的鞭痕

外表却宁静得像一座雕像

　　《雨后》是写诗人在雨水洗刷了大自然之后获得的印象。这首诗的基调是清爽飘逸的，但在这支清爽飘逸的曲子的结尾，却出现了一种深深的忧伤，这微弱的不谐和音与前面清明生动的气象构成反差，并将以前的种种情绪盖过了，留给我们一种复杂的感受。这是诗人娴熟的结构技巧的表现。这种技巧不但组织架构了内容，而且决定了内容的意义。对景物的描绘，这首诗运用了意象派生的技巧。"远山奔跑 / 如同冲出栅栏的群羊"，这是主意象，接下来的 "绿莹莹的天鹅绒毯缀满珍珠钻石"，是承继着群羊而发的，洁白的羊群欢腾于绿草地，就像是珍珠缀于绿毯上了。再下面的 "一群青鸟降落绿毯抖动半湿的羽翎 / 红嘴啄着珍珠发出淡青色的声音"，又是由 "珍珠钻石" 的意象派生出来的。这种意象的连锁派生恰到好处地展示了诗人活跃的意识涌动，也使诗歌形成一种强烈而连贯的审美力量。正像查理·奥森所言：诗人的"一个感觉必须立即地和直接地通往另一个感觉……永远、永远一个知觉必须、必须、必须立即向另一个发展！"（《意象派诗选》彼德·琼斯编）另外，这首诗还打破了被人们固定下来寓意的物象，使之收到一种独特的醒目的美感，如蛇缠绕着喧响的苹果树的意象就是这样。这里的物我关系摆脱了在实用观点上的联系，蛇美丽的花纹就成为生动的审美对象了。最后，正像我们刚才所说，出现了忧郁的与一系列意象不谐和的"金黄稻束"的意象。它"独自沉思在树阴的黯绿里／失恋的忧郁一丝丝垂下／心里收藏着暴风雨的鞭痕／外表却宁静得像一座雕像"。一动一静，一喜一忧，使此诗获得了多重意蕴，它显得沉甸甸的，也避免了情绪一涌而下造成的平面之感。"稻束——雕像"这个意象，是点化了"九叶派"诗人郑敏的《金黄的稻束》一诗的意境，但张烨不是在模仿，而是将这个大家已经熟悉了的意象再度出现，以造成诗歌更大的爆发力和读者更广远的阅读联想，这是服务于此诗的内在结构的"用典"。

外白渡桥

月光潺潺流淌在外白渡桥

"我永远爱你
除非你哪天不再爱我。"

这就是你爱的深度了
我的神情蓦然黯淡，为自己的魅力
不能将你的心儿永久占有
你下半句话不说出该有多好

你下半句话不说出我会感到幸福
幸福有时候是瞬间的满足

但我发觉自己在愈加爱你
由于你的坦率　诚实
由于你音色温存、深沉如桥下的波澜
是的，即使你哪天不爱我
我还是爱你的
不然世上就不存在痛楚的
无望的爱了

这情感我必须深藏，必须深藏
只有岁月才能证实
但我不愿这样的一天降临在
夜深人寂的外白渡桥

你甜柔的眼神漾开了我的微笑
可你不知道，不知道
月光像淡黄微酸的
柠檬汁缓缓流注我心头

　　外白渡桥是上海的一座美丽的桥，这首诗写的是一对情人在外白
渡桥上互诉衷肠的情景。这首诗几乎很少主观意象，它是一种情态结
构。诗人情感的浓度、深度、丰富度，决定了这首诗的价值。

　　美国文论家劳·坡林这样认为，优秀的诗歌不是传达信息，它
所关心的是经验。诗人给读者创造有意义的新经验，使读者也加入到
这种经验中去，澄清生命的真象。坡林的话和兰色姆的诗是"独特的
知识"的观念是十分相近的。对照《外白渡桥》这首诗看，张烨的确
是为我们提供了"有意义的新经验"的。在谈话中，当女方问道"你
怎样的爱我"时，对方认真地答道："我永远爱你 / 除非你哪天不再爱

我。"这声音是不够甜蜜和纯情，比不上言情小说，所以，"我的神情蓦然黯淡"了。但这黯淡的只是瞬间，诗人以深刻的透视力从这句平淡的话中发现了足以让她震惊的东西：一个男人的稳健、"坦率　诚实"！这样的人活得是那么泰然，那么敞亮，那么深沉。这的确是诗人独到的发现，它忽然拨亮了我们的心。接着，诗人倾诉了自己的爱情，"即使你哪天不爱我／我还是爱你的／不然世上就不存在痛楚的／无望的爱了／这情感我必须深藏，必须深藏／只有岁月才能证实"。既然自己是永远爱着对方的，那么"除非你哪天不再爱我"的前提也就不存在了，他们会永远相爱下去的，所以，"你甜柔的眼神漾开了我的微笑"。最后，诗人用了月光像淡黄微酸的柠檬汁这个意象，对她的感情流程由酸变甜进行了描绘，这是甜蜜的又是感伤的——像所有深刻的爱情一样。

　　一首二十余行的诗，蕴藏着如此独特、如此深刻的情感经验，我们就可以认为它跻身于优秀诗歌之列是无愧的了。

静　物

黯蓝色的背景

桌布连同盘子都是黯蓝的

橘子

仿佛是情绪悒郁的大海
在回忆
　　　一叶橙色的帆，一轮
　　　漾着初恋微笑的日出

　　但更像
　　冷暗的逆境里，燃起的一片
　　明亮而饱满的思想

　　这首诗题名为《静物》，从诗中的画面看，很像是法国后期印象派大师、"现代绘画之父"塞尚的作品。不过诗人调动了诗歌特有的手段，将光学语言变为意味深长的诗家语了。这里选择了静物而入诗，诗人不是再现以形式美见长的静物画，这样再拙劣的画家也敌得过一流的诗人。诗人要创造的是视觉效果在她心中溶解了的秘密，这种秘密既是纯粹个人的，同时也具有普遍性本质。

　　这首诗一开始，诗人先用一句为一节共三节，勾勒出一幅简洁宁静的画面，"黯蓝色的背景／桌布连同盘子都是黯蓝的／橘子"。这样，黯蓝与橙黄通过色彩冷和暖、强和弱、亮和暗、静默和嘹亮的对比，塑成了坚实而饱满的形体。诗人的色彩修养和形式感无疑是很强的，那一派安寂中汩汩焕发出单纯的又是富于重量感的生命意味来，给人的视觉造成刺激。

　　下面诗人开始写她刹那间"情感和理智的集合体"。"仿佛是情绪悒郁的大海／在回忆／一叶橙色的帆，一轮／漾着初恋微笑的日出"。这仍然是具体的画面，但已渗透了诗人强烈的主观感情，是她从黯蓝背景和橙黄橘子的画面上产生的感受，这里面饱含了甜蜜的忧伤，那是对往事的回忆，也是对未来的憧憬。

　　再接下来，具体的画面消隐了，纯粹的情绪性的东西出现了，"但更像／冷暗的逆境里，燃起的一片／明亮而饱满的思想"。这里，橘子与黯蓝的背景、桌布、盘子之间的和谐被击破了，构成一种力的对峙。诗人最终彻底改造了这幅静物，使它成为另外的一种审美意味了。读了这首诗，我们再去读德国美学大师莱辛的《拉奥孔》中有关诗与绘画的区别，可能会有更深的体会。

骆耕野

车过秦岭

黑色的　白色的　时间
蜿蜒着　蜿蜒
列车
　　穿行在隧道与空谷之间

　　车窗刚透出久逝的蔚蓝
　　阳光刚扫过记忆底层的灰暗
　　被黑暗切断的日光　刚刚结痂愈合
　　掀动窗幔的天风　刚刚把绿色的微笑
　　卷进每个旅客的心坎
　　从所有的车窗
　　所有躲藏着夜晚的地方围拢过来
　　隧洞的巨口
　　吞没了站牌　野花　环抱村镇的溪涧
　　吞没了车窗框成的山水图
　　号旗的绿翅膀
　　和萦绕于孤松鬓角的忧思般的山岚

黑色的　白色的　时间
蜿蜒着　蜿蜒
列车

穿行在黑暗与光明之间

不能看书　不能作画　不能织毛线
甚至找不到一粒星星的棋子
布进迷失了经纬的棋盘
空白　又是生命的空白
黑暗　又是希望的黑暗
仿佛突然回到　火的根芽
从燧石中苏生以前的历史
仿佛突然跌进　迷乱的岁月
同伴们灵魂的深渊
多臂的风扇
急躁地挥动着　挥动着
驱不散梦魇似的担忧和预感
隧道里
车轮和铁轨
碰撞出刺耳的忧烦

黑色的　白色的　时间
蜿蜒着　蜿蜒
列车
　　穿行在痛苦与欢乐之间

　　多想看一眼新架的油井和杆塔
　　小鸟的音符
　　高低在电缆的五线谱上
　　把春的乐思　谱进光明与自然
　　多想光一般地追回
　　车窗里撒出的传单和青春
　　晚上的列车

错过在站台上的号旗和手绢
多想风一般地穿过山的围截
谷地落叶般层积的岁月和箕形的蓝天
让深壑挤窄的胸脯
走向黄河上初张的帆篷
让隧洞幽闭的年代
永远属于断碑和古冢
让思想
像扇形的道路
自由地伸向八百里秦川

黑色的　白色的　时间
蜿蜒着　蜿蜒
列车
　　穿行在现实与理想之间

不是没有过灿烂的经历
不是所有的光明
都属于飞逝的瞬间
为了联结被阻隔　被遗忘的村落
被阻隔　被遗忘的心
为了地平线一样辽远的目标
为了每个站台都成为史诗的一个句点
铁路旋升着
一层层的桥梁　隧洞
从山麓蜿蜒而上
分出光明的层次
阳光从山顶的树冠筛落
射进昏暗的窗口
烘暖过潮湿的灵魂

点燃过冰结的血液
一次
又一次
激溅起幸福的泪泉

黑色的　白色的　时间
蜿蜒着　蜿蜒
列车
　　穿行在死灭与新生之间

　　隧洞　像黑洞洞的网口
一个接一个
向希望逼来　逼来
映入瞳孔的蓝天破碎了
像迸裂的蓝玻璃
像惊飞的鸽群　哀鸣四散
然而　没有一颗心
眷顾于空谷间短促的明媚
没有一个人
迟疑或停留在网口之前
嬉闹的孩子　偎紧母亲的胸脯
向黑暗惶惑地睁大双眼
白发老人放下车窗
思绪的浓云间　划过皱纹的闪电

黑色的　白色的　时间
蜿蜒着　蜿蜒
列车
　　穿行在邪恶与正义之间

鹰一般盘旋而上

又蛇似的滑进溪谷　滑进急弯

黑暗与光明

从车窗的日历册上

斑斑驳驳地掠过　掠过

掠过现实和回忆　生和死

伟大的荣耀和血腥的耻辱

生命

起落在历史的黑键和白键上

轰鸣起沉郁而辉煌的人的旋律

黎明和黄昏　从车轮

走向宇宙的两极　走向永恒和无限

黑色的　白色的　时间

蜿蜒着　蜿蜒

列车

穿行在历史与未来之间

希望和失望

交替地折磨着每一个旅客

每一次期待

都像死亡一样漫长

每一次喜悦

却似幽会一般短暂

在窒闷的缄默与期待中

心和每一声悲壮的汽笛

却呐喊着一个共同的信念

既然没有一条重复的隧道

就绝没有一次重复的黑暗

南宋词人姜白石说："大凡诗自有气象、体面、血脉、韵度。气象欲其深厚，其失也俗；体面欲其宏大，其失也狂；血脉欲其贯穿，其失也露；韵度欲其飘逸，其失也怪。"(《白石诗说》) 骆耕野的《车过秦岭》就是一首气象深厚、体面宏大、血脉贯穿、韵度飘逸的好诗。

诗名《车过秦岭》，说的是诗人乘火车穿越秦岭时的经验，但这是被充分象征化了的经验。联系这首诗产生的年代（1982 年），我们不难领悟它的寓意。这是从宏观上把握历史进程的巨构。诗中"黑色的　白色的　时间"是指文明和愚昧的交替、格斗。诗人用了"列车 / 穿行在黑暗与光明之间——痛苦与欢乐之间——现实与理想之间——死灭与新生之间——邪恶与正义之间——历史与未来之间"，这种两极对位式的观照，体现了人类历史的向上精神。这里，把黑暗的力量看得十分强大，正是诗人清醒的历史意识的表现，也正是在光明从血泊里缓缓诞生的场景里，我们看到了理想世界的实现过程。

这首诗底气很足，原因是诗人不是采取了一面镜子的折光表现生活，而是像巨幅全息摄影一样，直接承担了时效性、冲突性极强的历史命题。列车沉雄的呼啸，有一种历史强悍雄健的飓风气势，铁轨撞击出的铿锵声，则暗示了斗争的残烈酷厉。一面战斗，一面反顾时代的艰辛，使此诗构成一种多层次的意蕴，这是诗人对崇高这一哲理——美学命题自觉追求和开掘的结果。历史的纵深感和诗情的豪壮开阔感形成贯通，揭开了现实的巨幕，体现出实践对现实的艰巨抗争。这是对八十年代初的中国现实生活总体的、自觉的认识和把握，它们在诗中形成一个运动的凝重的形体，放射出力的光芒。随着诗人大笔宕起，一个时代的精神形象就全面伸展开去。写这类诗颇不容易，往往费力不讨好，骆耕野能把握住现实和象征的合一、宏阔和扎实的并驱，堪称历史忠实而尽职的歌手。

吕贵品

少妇之谜

一位少妇喜欢静静地看海
喜欢听雨声睡觉

海滩没有足迹
一双高跟鞋栖息在孤礁上
闪出月亮的黑光

古龙香水气息笼罩着海面
海欲，在膨胀

大海默默上升
二十个世纪也无法超越一座山
海真的渴望爆炸

天落雨了
湿衣服使女人躯体更加美丽

少妇在雨中站着
听到了身后一座城市里
玻璃窗上反光的声音
还有一辆汽车正在被撕碎

雨里，少妇静静看海时发现
海有翅膀
天下雨时就是海在飞翔

少妇在海边想站着睡觉
天空什么也没有

大寂静弥漫过来
香水味消失后大潮退去
雨也停了
在旧梦里
少妇一声惊叫
喊出了一个人的名字
一只海鸟突然出现
在少妇的头上盘旋不愿离去

湿衣服晾干后随风飘逝
海边有一棵光洁的树

　　读这首诗我们可能会感到迷惑不解，"少妇之谜"到最后仍然是个"谜"。但这首诗是深沉的，由于感情的深沉决定了诗人将意旨藏得很深，而不是有意与读者制造"迷宫"。理解这首诗的关键，是把握"少妇"与"海"的关系，这个关系搞清了，一切就都豁然开朗。

　　这首诗的主人公是"少妇"，这就暗示我们，她已不再年轻，是已经成为妻子的人了。她为什么喜欢"静静地看海"呢？让我们看看海在这里象征着什么吧。"海"在这里是少妇旧日情人的象征，可能由于无法抗拒的客观原因，使这一对有情人终未能结成眷属。这类情感悲剧，我们在日常生活中几乎是随处可见的。少妇日夜沉浸在"旧梦"的海里，那么怅惘那么忧伤。"海"呢，也是同样。"大海默默上升／二十个世纪也无法超越一座山／海真的渴望爆炸"！舒婷写过这样两句诗："无垠的大海，／纵有辽远的疆域，／咫尺之内却丧失了最后的力量"（《船》），这里的"海"是痛苦的，痛苦于"无法超越"的命运。它的隐痛在膨胀，无望地膨胀……它痛苦难当就要"爆炸"了。

　　这是真挚的纯洁的爱情，诗人对此深表同情。"天落雨了"实际是少妇的心在落雨，为真挚而无望的爱流泪，诗人认为是"更加美丽"的。"少妇在雨中站着／听到了身后一座城市里／玻璃窗上反光的声音／还有一辆汽车正在被撕碎"，这是诗人用了潜意识的超验性意象：玻璃窗的反光是刺人的，汽车被撕碎是说少妇的心被这无望的爱情撕碎了！她时刻感应着对方那冥冥中深情的呼唤，她知道，"海有翅膀／天下雨时就是海在飞翔"。她望着大海，久久地望着大海，在这海一样漫无尽头的"旧梦里"，"少妇一声惊叫／喊出了一个人的名字"。这爱情虽然不是以结合的形式告终，但它更纯粹、更本质。最后，诗人以"海边有一棵光洁的树"这个纯洁、恒久的意象，歌颂了那些执着于爱情的自由和本质的人们。

　　现代诗往往具有多重意蕴，即使是那些世界性的名篇，理论大师们各自对它阐释的差异也是惊人的。在相当多的时候，读者的期待视野决定了他对一首诗意义的把握，期待视野不同，诗的意义就不同。对《少妇之谜》的阐释，一定会有多种，这里只是其中的一种而已。

唐晓渡

无 题

愤怒的柳树把春天扯成棉絮
玫瑰在咆哮。灰烬喷吐着新意
当然火焰有可能熄灭于半空
但落地之前
谁曾对你说，我将离去！

我将离去……
我又能去往哪里？
在刀锋上跳舞
我的脚早已鲜血淋漓
白的血。白白的血
瑜伽功教我向上腾跃
我上不着天，下不着地

这就是罪！
是前世就已挖成陷阱的罪
因无辜而格外残忍
谁不服，谁就越陷越深
黑水晶面对铁锤必须绽开微笑
我说过，我罪孽深重

　　这是惟一的真实。其余都是谎言

　　但真实的谎言比铁锤更令人动容

　　你看它步步生莲，旋舞得有多精彩

　　如同我梦幻似地悬在空中

　　跺脚、叹气、抓耳挠腮像一个幕间小丑

　　和哈哈大笑的观众一起

　　对着自己起哄——

　　是的，这就是罪

　　是不服不行的罪

　　谁能测出从玫瑰到刀锋的距离？

　　在灰烬中跳舞

　　我哪儿都不去！

　　唐晓渡是著名的诗歌批评家，也是优秀的诗人。诗人批评家的特殊身份，使他的诗在新感性的表层之下，潜行着深厚的人文背景和"艺术学养"（由自发写作上升为自觉写作）。这样的诗，往往更鲜明地体现出所谓"文本间性"，即：诗人写作的文本与其他文本之间的交互关系。从横向方面说，此一文本与彼一文本相沟通对话，彼此形成能产生新意义的关系网络；从纵向方面说，当下的文本与过去的文本发生联系，以构成新的文本织体。这是一个诗人成熟的标志。由于新的文本是在与旧的文本发生对话的关系中产生意义的，所以诗人实现了历史与当下相互生成和激活的想法，将共时性和历时性统一起来了。

　　这首诗的核心意象是：玫瑰，火焰，灰烬，刀锋。有足够现代诗阅读经历的读者会知道，这些意象在现代诗历史中已具备充分的"原型"意义。比如，艾略特一生的写作似乎都是在处理"火焰"元素的变奏。到他巅峰时期的《四个四重奏》，则将火焰、玫瑰、灰烬做了扭结一体的游走和命名："一个老人衣袖上的灰烬，/ 是焚烧的玫瑰留下的全部灰烬"，"那儿的火焰是玫瑰 / 而烟灰是荆棘"，"玫瑰与紫杉，为时同样长久……/ 是永恒时间的一种式样"/"而一切终将安然无恙，/ 当火舌最后为绳索交缠成结，火焰与玫瑰化为一体的时候"。当然，艾略特处理的这些原型意象，又与但丁、布莱克、邓恩等诗人的作品构成纵向的文本间性。这里，"火焰"是使人痛苦焦灼的元素，同时也是拯救涤罪的炼狱之火，具有多重意味。"玫瑰"则是喻指仁慈和爱，审美想象力的经验和历险。而"灰烬"，是毁灭与净化再生的多重象征。其中，"沟通是通过火焰，那火提炼复原……""是一个思辨的世界中的永恒可能性"。

唐晓渡的诗与艾略特的《四个四重奏》有较强的文本互涉特征，其核心语象有与后者相关之处。但他处理的是当下的历史语境，对艾略特诗中的基督教色彩，灵魂得救许诺又有所偏离；换言之，艾略特祈祷的是"世间一切终将安然无恙"，而唐晓渡面对意识形态暴力，表达的是"谁能测出从玫瑰到刀锋的距离？/ 在火烬中跳舞 / 我哪儿都不去"这样一种现代知识分子的承担意识，一个诗人的良知和天职，以及对诗歌写作中历史想象力、经验载力的探寻。

这首诗中的"我"，是一个"在刀锋上跳舞"的人，他的脚"早已鲜血淋漓"。但这种情势，却不是任何意义上的自戕，而是由无可选择的种族恶劣生存环境造成的："是前世就已挖成陷阱的罪 / 因无辜而格外残忍"。对此噬心命运，那些在语言的"玫瑰花园"（艾略特语）中劳动的诗人，如果不想随浊流而扬波或佯扮现代隐士的话，就会发现，你不得不将诗写得"不纯"。过往诗中安恬的风景突然遥远了，陌生了，失效了。春天不再明朗，"愤怒的柳树把春天扯成棉絮"；诗歌不再闲适，"玫瑰在咆哮"；而"灰烬"却在毁灭和再生中"喷吐着新意"。在这样一个时代，玫瑰、火焰、灰烬、刀锋吁求着诗人们综合处理，体现异质纠葛共生的语境。而写作，作为对生存和语言的深入探询，在一个以自由为天敌的环境中，就成了"罪"。诗歌应有水晶的纯度和高贵品质，但此时代真正有活力的诗，不是透明的玲珑水晶球，应是"黑水晶"，坚硬、沉郁、对内部的黑暗充满隐忍力量，并且"黑水晶面对铁锤必须绽开微笑"。写作是生命与言辞的双重历险，它既要维护住艺术的纯度，同时又不能在揭示生存的深度上做半点让步——这就是一个知识分子诗人的精神自律。是的,"谁能测出从玫瑰到刀锋的距离"? 谁又能捍卫火焰与玫瑰的对抗与对称、混成与转化? 一个诗人也许很难做到它,但要有这个目标,要深入这个处境,不断重生,在灰烬中跳舞,"我哪儿都不去!"

此诗产生于诗人特殊遭际之后,写得骨肉沉痛,又尖厉白热。但他不想以一个占据道义制高点的诗人身份说话(虽然他有资格这么做),而是将自己的语境限制在对写作与生存关系的重新定位、省察上。特别是,为冲淡过于浓烈的氛围,此诗在第四节涉入了谐谑、反讽的情境,增加了诗歌的活力和解读的多重可能;同时,谐谑消解了权势——无论是意识形态权势,还是与之反向同构的写作中的"道义优势"——这也是此诗在诗坛被广泛嘉许的一个重要原因。是的,今天的中国诗人与昔日的艾略特有着不同的命运,面对着不同的问题,唐晓渡以一脉对历史绵长的召唤,使我们感到了玫瑰与火焰内质的变异。这些体现了诗人自觉强化文本间性的功力。

诚

住进本楼第十三层
说不清该幸福还是忧伤
我当然喜欢高高在上
却又怀疑这数字是否
真的隐含着某种不祥

有人告诫要装上双保险门锁
有人推销窥视器二元一副立等可装
殷勤的客人旋转的陀螺
全不知我城府九丈,墙中有墙

俯临阳台才真的一阵心慌

其时正有一只白翎信鸽

  在冥色的脚下无端滑翔

这温柔的灵禽究竟来自何方

我转身进屋

房门却已先我

砰然关上

这首诗暗示的是我们存在的基本状态：沉沦与被抛。海德格尔说：
"常人的自信与坚决传布着一种日益增长的无须乎本真地现身领会的
情绪。一般人自以为培育着而且过着完满真实的'生活'；这种自以
为是把一种安定带入存在；从这种安定情绪看来，一切都在'最好的
安排中'，一切大门都敞开着。沉沦在世对自己本身是起引诱作用同
时也起安定作用的。"（《存在与时间》）唐晓渡的《诫》，传导了生命
深处对世界的莫名的"畏"，他不怕具体的凶险情况，怕的是那冥冥
中的、孤独无援的、沦落的感觉，而这种感觉恰恰是当一个人独处的
时候最为强烈的。所以，诗人没有"安定"，充满着警觉。

十三，作为一个数字，在西方人的观念中是不祥、厄运的象征。
在西方，凡是日常生活中出现的十三，都力求回避。如人的生日要
改，电影院没有十三号，房间号也隔过十三……所以，这首诗中的
"本楼第十三层"，就不再是本来意义上的楼层（也许是真的十三层，
但与诗的关系不大），而是一种象征：人在存在中的位置就是这无可
规避的"十三"，你就被生存搁置在那儿了！你也许想做"高高在上"
的局外人，但你所在的"上"，本身就是"尴尬"的同义语！搬进新居，
暗示着诗人生活态度的有意性变化，他想换个方式"活"。可搬进的
"新居"，恰恰是"十三层"。你跑不了了！——存在如是说。客人告
诫"我"的是具体的险情，所以"我"能无动于衷，"城府九丈，墙
中有墙"。可真正的险情就存在于"我"生命的内部，那日益加剧的
沉沦感、尴尬感、被抛置感使"我""才真的一阵心慌"，连鸽子的滑
翔这种意味和平、安定的情景都无法使"我"的心宁静。"我"必须

逃走，但回头反视，"房门却已先我／砰然关上"！

　　沉沦与被抛的过程就这样被诗人揭示出来。"一切都在'最好的安排中'"？"一切大门都敞开着"？——不，本体性的、决定性的存在，只能是"十三"。

不动声色

　　　　就这样临窗独坐不动声色
　　　　看两指间明灭处
　　　　怎样变幻青青的云雾

　　　　青青的云雾，轻轻的头颅

　　　　兀然一片水声
　　　　风暴中亢奋的桅杆
　　　　渴望黑礁石的爱抚

　　　　血流如注。身前身后波浪的脚步
　　　　呼救声此起彼伏
　　　　谁的瞳孔中张起第一面帆
　　　　又一面帆
　　　　白内障眼药国内首创
　　　　可确保手到病除

　　　　我冷冷吐出艾略特的剩烟头
　　　　潮音冷冷吐出了我
　　　　荒凉的海滩上
　　　　一只寄居蟹仍在怅然守护

> 它是否还在惦记
>
> 那在沙砾中
>
> 被暗暗孕育着的珍珠

"不动声色"在这里可以有两种理解：其一，本来意义上的一种心理状态。面对"水里的死亡"（见艾略特《荒原》），表现出悟透世态的镇定。这是建立在对生存的深刻把握上的认识，是一种思想的"暗暗孕育着的珍珠"。其二，反讽意义上的一种心理状态。面对水里的"呼救声此起彼伏"，但生存的表情是"不动声色"。这昭示了现代人无可拯救的事实。诗人所要做的也仅只是透视这个事实，所能做的也仅只如此。故"不动声色"之中又蕴含着深层的恐慌和厌烦。

一开始，写诗人自己临窗独坐，抽烟。他本想进入超然的"麻木"状态，烟是他逃避现实的一种方式（可参看日本心理学家早坂泰次郎的《现代人生心理学·吸烟和人类学》）。但生存的沉重力量比一支香烟大得多，那袅袅的青青的云雾，幻化成了"轻轻的头颅"，死亡的影像在烟雾中出现了，诗人无可逃避！接下来，烟雾又由团状的"头颅"散作起伏的海水，诗人感到"兀然一片水声"，看到风景中坚强的船桅，看到阴冷的黑礁石在等候着什么……这里用"渴望黑礁石的爱抚"来写船的方向，是一种互否性的残酷的"不动声色"，死亡就这样轻轻地毁掉了那么多人！"呼救声此起彼伏"是对现实生存的基本"倾听"。但在那些肤浅的"乐观主义者"看来，这种眼睛中绝望的"帆"、绝望的呼救的瞳孔，都只是"白内障"。他们宁愿相信假象而不敢正视生存！

诗人深深地感到了艾略特的深度和力量。他所意识到的历史内容和生存现实，早在六十多年前已经被这位大师、先哲揭示出来了，他的烟不过是"艾略特的剩烟头"。这是一种自嘲，但更是一种自豪。他毕竟从内在精神上通向了这位大师。他知道，忍受误解、忍受戕害的代价是什么，他知道这片"死亡的海"中，才会暗暗孕育真理的珍珠！

李　琦

山楂树

那年一起唱山楂树
你唱得最好听
你说有一天山楂树下
也会站着一个等你的人
呵山楂树山楂树

歌声还在昨天飞翔
满树的果实却一夜间苦涩
癌症要掠走那个
曾在树下等你的人
呵山楂树山楂树

为什么你轻轻地
还唱那支歌
歌声芬芬芳芳
落进他沉重的呼吸
弥留的生命馥郁
最后的希望红硕地
缀满了枝头
呵山楂树山楂树

如今那山楂花又满树开放
又有少男少女们在树下唱歌
说那洁白的花是热烈是爱
呵山楂树山楂树

　　《山楂树》是一首老歌，五十年代曾在我国流行。那是一首苏联姑娘唱的情歌：暮色轻轻荡漾，在黄昏的小河旁，姑娘站在开满了白色山楂花的树下等着自己的情人。她陷入了深深的矛盾中，因为镟工和铁匠都是那样痴情地爱着她，她也痴情地爱着这两个同样勇敢、正直、神采飞扬的小伙子，她不知道该怎样最后定夺。"茂密的山楂树呵，白花满树开放，茂密的山楂树呵，你为何要悲伤？"这是真悲伤吗？不，李琦的《山楂树》才是刻骨铭心的悲伤呢！你看，"那年一起唱山楂树 / 你唱得最好听 / 你说有一天山楂树下 / 也会站着一个等你的人"。诗一开始先把我们带入了一个充满向往的、单纯无瑕的氛围里，这是为了与后面的悲惨际遇造成强烈对比。"歌声还在昨天飞翔 / 满树的果实却一夜间苦涩"，突如其来的厄运降临在这一对青年头上，小伙子得了癌症。这是对爱情质量的深刻考验了。诗人没有写姑娘如何如何痛苦，反而让她唱这支"昨天飞翔"的歌，这就更加重了我们对这一对恋人的同情。"歌声芬芬芳芳 / 落进他沉重的呼吸 / 弥留的生命馥郁 / 最后的希望红硕地 / 缀满了枝头"。这里，山楂树的生长和爱情的生长融为一体了，虽然满树的白花过早地凋谢了，但爱的果实却如期照耀在枝头。命运呵，你可以将爱情打倒，但你就是打不败它！最后，诗人以无数少男少女在山楂树下天真歌唱的情景，再一次寄托了对那横遭不测而早逝的爱情的哀叹，以乐景写哀，一倍其哀啊！
（王夫之语）

　　　这首诗写得深致哀婉，它虽然有某种程度的叙事性，但又通篇是以情绪化的镜头组接的。这就大大冲淡了它的客观叙事性情节，在最有限的时空里容纳了丰富的心灵性内容，使人读来不枯燥（本来这样的故事我们已经见过不少）。诗人的剪裁和点化的确是老到的。另外，在每一节的末尾都反复出现"呵山楂树山楂树"的乐句，就使此诗从声音上加强了效果——那种悲痛的绝望的叠唱效果，余音袅袅不绝如缕，一直盘桓在我们心里。

大自然

城市们总显得那么精明
楼厦们总显得那么拘谨
可大自然随意便是画面
处处意识流
流得满目青幽
流得处处绝笔

那山有姓名
那水有辈分
山山水水都仁义而厚道
温柔着你的心和眼睛
让你一下子
葱绿清新了起来

于是我们爱世界
于是失望后仍然希望
于是有了歌有了爱情
于是吉卜赛人到处流浪
于是诗人们世世代代清贫
用每一个铜板去远方
去远方追寻一个又一个梦境
去远方放牧一个又一个幻想

　　这是一首献给大自然的情歌。这首诗写法很特别，它摆脱了惯常的对自然波光流岚、青峰绿树的描写，它重的不是形，而是神，不光是美，更有"善"。一句话，诗人对自然的态度就是她对人世的态度。所以，这首诗表面上看空净、通脱，而骨子里却是这"冲淡自处"掩盖下的灵魂的焦虑和不安。

　　诗人是将自然的风神意态当作一种人格、一种处世态度来向往的。"城市们总显得那么精明／楼厦们总显得那么拘谨"，这既是对城市生活空间的不适感，更是对人与人之间那种无聊的争斗、猜忌、人格异化的批判。可大自然却是那么开放，那么包容百川，处处皆是美妙的图画，处处皆可安抚弱小的心灵，它"山山水水都仁义而厚道"。用仁义和厚道去评判大自然的品格，我们的确还没有见到过，这实在是一种道德和伦理上的对人世的不动声色的嘲讽。这里的大自然显然是人格化、伦理化了。接下来，诗人写的大自然就是本来意义上的大自然了。有了前面的对流行的处世原则的批判，我们就不难体味为什么"诗人们世世代代清贫／用每一个铜板去远方"，那实在是"少无适俗韵，性本爱丘山……久在樊笼里，复得返自然"（陶渊明《归园田居》）的心态所致啊！但愿我们的现实人生像淳厚慷慨坦荡的大自然一样吧，那样谁还只能"去远方追寻"美丽的梦，"去远方放牧"美丽的幻想呢？

　　这首小诗笔墨简洁，但寓意饱满。当然，你也可以将此诗只看作诗人对大自然的歌颂、依恋，怎么看都无妨它的韵味。

阿曲强巴

童 话

那些房间死了
不再有人从那里进进出出
没有声音
连呻吟也没有
可你，干吗还站在那儿？
那些房间静得出奇
它们盖着白被单
你没有办法为它们送葬
记得吗？
我们的歌声曾把那些屋子充满
那是童年的时候
用你的彩色蜡笔
在墙上画下山和树
树下是草地
还有在草地上玩耍的孩子
可你干吗要画上那架飞机呢？

那些房间一齐死了
真怪
房间里，曾有过那么多美好的回忆
那是童年的时候

我们在一间屋里找到一条船
它载着我们通过一道道门
是我
用白雪把它埋葬在一个屋角
那时，你已赤着身子一路跑去
我看到你前头那片蓝蓝的海
你说
通向另一个房间的钥匙
就在大海底下

如今，所有的门都已打开
可它们全都死了
只有你
还站在那儿
我知道你又在想那个时候
又在想那条河
那是童年的时候
是你把船弄翻
我们在树林里晾衣裳
发现那最后打开的门
那么多陌生人进进出出
你说
是你画的那些孩子
他们已经长大
可如今墙壁雪白一片寂静
人们一个个永远离去
真的
你干吗要画上那架飞机呢？

那些房间已经死了

盖着白被单

别再为它们伤心

到这儿来，和我一起走吧

通过这条走廊

到外面去

到你画过的地方去

那里，河流绕过高山

尽头是藏着钥匙的大海

我们现在就走吧

别担心那架飞机

你看

那颗太阳

不是正照耀着我们吗？

　　阿曲强巴的这首诗透明度很高，情绪也不难捉摸。题名为《童话》，不是说写的是童话，而是写童话的破灭。难得的是，诗人将这破灭写得那么轻柔和纯粹，它决不同于流行的常见的涕泪滂沱式的申诉，而是那样清澈地、纯真地浸入你的心。

　　它首先让你感到美，而不是让你受到撼动。这就使此诗具有了纯诗的某些品质。另外，这首诗是以至朋好友林中漫步互诉衷肠的语势写的。通篇用的第二人称"你"，显得亲切而体察入微，这比起居高临下的指教，更容易为人接受。"可你，干吗还站在那儿？""只有你 / 还站在那儿"，这些情深意长的劝慰，比起那些硬邦邦的哲理来，更有一股抚慰人心的人情味儿。看来，写诗时创作主体的抒情角度是大有讲究的。再其次一点，我们还觉得，这首诗中的意象，都与孩子所热爱的物品有关，它们不隐晦，但又都充满了象征的意味。"你干吗要画上那架飞机呢？"的意象的三次出现，就使那架多余的飞机成了一种咒符，一种不祥的前兆。最后，诗人劝他的朋友"我们现在就走吧 / 别担心那架飞机 / 你看 / 那颗太阳 / 不是正照耀着我们吗？"是说那不祥的命运我们不要再慨叹了，要向前走，抛弃痛苦寻找快乐。

童年的梦一个个都破灭了，画满彩色蜡笔画的墙壁如今一片雪白寂静，那幻想的"房间已经死了 / 盖着白被单"，过去的就让它过去，"到这儿来，和我一起走吧"。这就是此诗所含的意味，它并不深刻，但很动人。原因是这首诗首先从言语构成和语感上给了我们一种感动。

孙武军

水和鱼

鱼是一小块很静的东西
水是一大块很静的东西
静在静中移动
咬着静
放在当中填补静

轰响剖开西瓜
嚼碎瓜瓤
西瓜籽仍是黑色的静
粘在刀刃上
包含于大海的红色的瓜瓤

风涌过树
是在剧烈呼啸
站远些就难以证实
站在空气外面
那里像有绿心的玻璃弹子

水和鱼的实质是一条水鱼
这条水鱼脊平似桌面
只有当这条鱼非常巨大时

它的背才慢慢地弯到
地球那边

　　《水和鱼》选自孙武军的组诗《海》。在这首诗中，诗人凝神观照于纯粹的美，他可能无意于讲玄秘的哲理，但一种更高形态的顿悟却在诗美中自然地呈现：动和静，人和宇宙的关系，就在这澄怀味象的审美中被揭示出来了。

　　在这里，"静"是相对于灵魂的"动"而言的。海水是动荡不息的，鱼是不停地游动的，它们不知疲倦，因为，它们没有灵魂，没有人那种智慧带来的忧思缠绕。但是，诗人并无意发掘此中人鱼两忘于江湖的哲思，他先是倾心于这种彻底的"静"的非凝结状态所带来的美感。试想，如果是一具鱼化石，表面上是"静"了，但诗人的心却会剧烈地"动"的。所以，静中之动，是真静矣。"静在静中移动 / 咬着静"，诗人已放弃了主观视角，进入了鱼和水自身的混沌无觉之中。静谧而不乏生趣——诗趣。

　　接下来的两节，诗人经营了两组突兀的意象群。这两组意象群与鱼水的关系是比拟式的，红色的西瓜瓤和呼啸的风喻作海水，而黑色的瓜籽与绿树则喻作游鱼。"轰响剖开西瓜 / 嚼碎瓜瓤 / 西瓜籽仍是黑色的静 / 粘在刀刃上 / 包含于大海的红色的瓜瓤"。这组意象的出色处在于，诗人化大为小，化曼妙的奇异联想为端凝的局部注息。一只西瓜比作大海是诗人的错觉，表面看是收敛了联想的幅度，而实际上却又是无限发散了联想，它变得更为具体，仿佛海水和鱼被把玩于股掌之上。"轰响"化为"黑色的静"，一种新的营构关系出现了，不再是"静在静中移动"，而是"静在动中移动"了。这有什么意义？这几乎趋于无意义。但诗就这样无中生有，呈现出使你意想不到的深意来。你感到了美，就感到了生命的一切，你不必思考什么——像鱼和海水那样自在地存在吧。"风涌过树 / 是在剧烈呼啸 / 站远些就难以证实 / 站在空气外面 / 那里像有绿心的玻璃弹子"。这组意象暗示给读者一种进入此诗的门径：站远些。这里的"远"，就是远离以往的审美程式，忘记你所受的诗歌鉴赏的戒条（或者说"鉴赏指南"之类无稽之谈），将诗当作纯粹的、无任何实用目的的对象加以审视。这样一来，真正的"静"与"动"，只能相对于你的审美态度而发。"站在空气外面"，透明的风和摇曳的绿树（海水和游鱼），不过像"有绿心的玻璃弹子"。世界变得明澈起来，它结晶了、升华了，这不是思想的深邃所致，而是放弃思想所致，复杂被还原为纯粹，繁杂中退出的人是那些对艺术最虔诚的孩子！人们，你们"出来"，"站在空气外面"纤尘不染的地方，以审美的态度把握社会和自然，你会发现，鱼和水的关系实在是最理想的关系了。这里，似乎融进了禅宗的精气，无理趣无不理趣，把理放在理之外，恰恰达到更高级的顿悟状态。

　　最后一节，又回到了水和鱼的"整一"结构中。水和鱼已融为一体，"实质是一条水鱼"，暗指人和宇宙也是契合无间的，人不过是自然的一个部分，它们绝不是二元的，而是一元的，天人同根，人是自然中的一个音响，一株会游动的植物，一粒元素而已。人与自然不是对立的，就像水和鱼不可再分。"这条水鱼脊平似桌面/只有当这条鱼非常巨大时/它的背才慢慢地弯到/地球那边"。这条水鱼是什么？是大海！是弧形的蔚蓝色的、辽阔无垠的大海！所有的个体终于被融于一种绝对的太一，这就是人与宇宙的关系。这是美的关系，诗的关系，灵与肉的关系。

　　这首诗的真正用心是澄心静虑地凝神于美，但真正的纯诗一定不会没有意味。它不讲玄秘的哲理，不求深刻，不求说教，可是，美本身难道不是一切玄理中最高级的形态么？一切人生体验中最理想的状态么？！

岛 子

荒原狂想曲

世纪的流浪者，黑色龙种
从远古，缀着强悍而诡谲的梦中走来
沿途纳集桀骜不驯的魂魄
　　　那是上天之雨
　　　　血泪之泉
　　　　大山之精
　　　　荒原之泽
　　　流注而成的最沉郁最冷峻的思想之波呵
（很久了。……）嚎叫的狼群垄断着雪原的月光
黑夜，凶险地衍生着磷火，散布死神的巫咒
那些被放逐的囚歌，裹着石头的缄默落入江底
异族间的夙仇，随远逝的马蹄隐遁于两岸的树轮
只有垦荒牛的白骨如闪电，迸裂黑土地这片凝固的乌云
袒露生殖力炽盛的种子和地火

我的熊皮般油黑地铺展着的北方呵
我的高耸长白乳峰的最母性最壮美的北方呵
大沼泽的腹地绽开野蜂刺艳的花冠
白天鹅的柔情抚慰着你的阵痛——

一个呐喊的意志粘结着火山熔岩的胎液

跃向曲折浩淼的未竟之旅……
哦，夕阳的美丽包容着沉静的孕育，你是叛逆的精灵
哦，黄昏的威力支配着生命的自负，你是黑色的龙种

兴安岭是一条毛森森的裸汉
腰围鹿筋缝合的兽皮趁极光闪烁猎获狼王
森林的巨臂拱翻冻土举起了盘古遗落的石斧
剁断蒙昧的脐带砍出松明子犴肉八叉茸角
每一个毛孔都萌发着我龙父的生机
萌发着摩尔根英雄史诗阳刚之气
菌子般繁衍黑貂棕熊红鬃烈马虎啸狼嗥

世纪的流浪者，黑色龙种
从海啸撼醒大陆的洪荒中走来
沿途把一根根断拐抛向两岸，定植无边的大森林
时间密布着无标志的金矿油脉和燧石
诱惑冒死的探险者开拓者猎奇者
与怀孕的森林女神一同在命运之树上筑巢

比邻的晨光里蓝眼睛花蕾黄皮肤花蕾交换含露的祝福
汇合的三色水飞扬横跨穹隆的七彩长虹
岸汀的红罂粟正以恶毒的微笑　为阻塞和壅滞
为鸦群轮番啄食的僵尸举行最后的葬仪！

噢嗬！暴风雪！噢嗬！黑色龙种！
啜饮过虎血，你欲望饱涨
那剁尾之痛，那刮鳞之辱
已谱成你二十四重奏五套大曲的旋律
这撞击的冰排之枷哟，震天价崩裂
海的诏谕不可抗拒

　　祖先的夕阳是海底的金鼓
　　　　一万次敲响敲响敲响
　　噢嗬！北方！噢嗬，我遥相呼应的兄弟的黄河长江！
　　噢嗬！北方！噢嗬，我的琥珀色水晶色之冬！
　　这是最后的苍茫时刻，奇迹在苍茫之外列队迎接
　　迎接历史磨锐的长箭，在时代大弓上较量膂力的时刻

　　噢嗬！世纪的伟大流浪者
　　噢嗬！噢嗬！
　　黑色龙种！！

　　《荒原狂想曲》是一首充满力度的诗，读这样的诗，你一定得大声些，并且开放你的全部感官，去读、去嗅、去触、去品，渐渐地你眼前就会幻化出一片黑魂一样辽阔的不断旋转的北国风光。诗中的"黑色龙种"，具有双重语义。一是指北方的河流黑龙江；一是指由远古神话、北方文化所积淀下来的关于黑龙的传说所暗示的意义（就是勇敢的斗争精神）。关于这首诗的题旨，我们不必多说，简单说就是呼唤雄性的开拓精神，激活北国富饶又充满魔幻色彩的风光。这样的诗，我们应从感觉上去把握，它带给你的只是一股飓风一般的气势，你不必刻意去每个意象中寻找隐义、暗示，它们只是自身，是经诗人点化了的"象征的森林"。19 世纪瑞典神秘主义哲学家史威登堡提出了"对应论"理论，后又被象征主义诗人波德莱尔生发运用于诗歌的写作中。他认为，天下万象与人的内心是相互感应契合的，自然界是向人发出信息的"象征的森林"。岛子的这首诗，很明显受到了这种理论的影响。北国的黑龙江、长白山、兴安岭、狼群、雪原、大沼泽、古代的石斧、金矿、油脉、燧石，仿佛都充满了生命的活力，他们活动起来，轰轰烈烈压过来，让我们感受到了更真实的北国气息。试想，如果用写实的手法再加上一点"富饶""鱼满舱""大豆高粱""石油滚滚"之类的颂词，那么我们就肯定感到它浮泛、空洞了。这也是

我们刚才说的，对这首诗不仅要读，更要嗅、触、品的缘故。可见，衡量诗歌真实观念的尺度是早该改一改了。"真实"，在诗中更多指的是感觉的真实。

小　青

失去的地平线

你的眼睛如此透澈
几乎使窥视成为不可能
只有我，能从你的眼中觉察到
那一丝阴影
淡淡的，依稀难辨——
那是残留的
地平线上的轮廓
在无数次的黎明之中
你曾追逐过
直到它最后失去
你曾过于长久地
注视
以至它在你的眼中
留下了痕迹：模模糊糊
似乎暗示着距离

　　这首诗是写给那些历尽沧桑的失败者的。它语言平静，甚至是冷冷的，但是你读后，却感到了诗人对他们的敬重与理解。在浩瀚的人世间，失败者从来都是多数，比起那些春风得意的人们，他们更需要得到一颗体谅入微的诗人的心。
　　地平线是诱人的但又是微渺的不存在的。它只是你目力所及的地方。待你奔上前去，却发觉它已伸延到更远的地方了。在这首诗里，地平线是一种象征，象征着人的远大精神目标，及这种目标的不能实现。"你的眼睛如此透澈／几乎使窥视成为不可能"，这是说失败者并没有溺于忧郁、怨艾之中，经历了灵魂的创痛，仍然认真地生活，善以待人，那些"窥视"的幸灾乐祸的眼睛并不能从中得到低级的满足。"只有我，能从你的眼中觉察到／那一丝阴影／淡淡的，依稀难辨——／那是残留的／地平线上的轮廓"。这是说诗人不是用眼睛而是用心觉察到了失败者那深藏的悲壮的情感。它不是感伤，而是悲壮，因为那是"地平线上的轮廓"——未达理想而理想之火却难以寂灭。"在无数次的黎明之中／你曾追逐过／直到它最后失去"，可见这位失败者不是由于怯懦败下阵来，他无数次追逐过理想，直到理想最后失去。他竭尽生命的热量发动过追求的双腿，但他终于失败了。他曾过于长久地注视着崇高的精神目标，以至在他的眼里"留下了痕迹：模模糊糊／似乎暗示着距离"。这一意象极为深邃，眼中的那"一丝阴影""模模糊糊的痕迹"，就在诗中成为一种纪念、一道光轮：一种奋斗的纪念，一道生命的光轮！

鲁迅先生在他的杂文和小说中，多次歌颂了失败的英雄、失败的赛跑者，他所看重的不是奋斗的结果而是奋斗本身，正是在这点上，英雄和失败的英雄是等值的。小青这首诗的特殊意义亦存乎此。

诗二首

命　运

你在命运嘴角抽动的刹那间茫然
你猜测那是笑——
绷紧的表情中一道迷人的裂缝

这笑容如此荒凉
犹如爱情版图上
最边远的地域

正是这笑容
曾诱惑那些最贞洁者
自愿放逐

最后的姿势

在浅浅的目光中
你生活得太久了
那由浅浅的目光形成的
浅浅的空间
仅容得下
你的失去厚度的轮廓

你像一条透明的鱼
在光线中游动——
你失去了你坚实的背影
就在瞳孔扩散——
空间崩溃的瞬息
你消失在最后的姿势里

这两首小诗实际上可以互易标题，它们揭示的都是人的命运和
人最后的姿势。这是小青用自己的生命体验到的普遍的生命形态。但
它不是说教，而是纯粹的诗。我们常说"诗就是思"，但不能将诗之
思与理性的思考混为一谈。我认为，诗是对"语言本质"的"思"，
它是一种审美意义上的"兀然而醉，恍然而醒"。"命运"是能牵动
所有人心灵的字眼。在诗人看来，人的命运是悲惨的，他们无时无

刻不在感到被悬搁的焦虑。这种焦虑通常被我们界定为海德格尔的"烦""畏"，萨特的"厌恶"。诗人接受了这种界定，但他进一步指明，这种焦虑的产生乃是源于人类还存有"希望"。这希望，就是诗中的"笑"，它在远方诱惑着那些贞洁的人，使他们"自愿放逐"。这样看来，诗人对人的命运就不是持悲观态度了。他觉得，人生是值得的，虽然希望（笑）像"爱情版图上／最边远的地域"，但人们毕竟是在走向它。在这坚韧的跋涉中，即使遭到灭顶之灾，人的意义也可以充分肯定了。重要的不是达到希望，而是永远不停地走着，那"刹那间茫然"正是一种美好的、有力的"茫然"。《最后的姿势》实际上也是永远的姿势。人，生活在一系列的盲目和偶然之中，他们自以为找到了真理的根，但他们抓住的往往是一把枯叶。于是，有些人放弃了这种艰难的探求，遁入内心生活的平衡和宁静。小青对这种人生态度是鄙薄的，他宁愿歌颂那些"自愿放逐"的人。他从这些回避对生存思考者那"浅浅的目光中"，看到了"空间崩溃的瞬息"。这些人虽然活着，但灵魂已经寂灭。人应无望而勇敢地生活着，永远保持这"最后的姿势"！如果"你消失在最后的姿势里"，你就是一个被生存击败的人。让这"最后的姿势"永远存在，我们就这样与阴暗的生存较量！最后，我们留下的不会是"失去厚度的轮廓"，而是高大雄健的生命意志的巨影！

贝 岭

冬天的字句

竟这样远，这样昏暗
一切都挡在时间的后面
那些凯旋般涂满漂亮词藻
疯狂又疯狂的日子
双手交叠的日子
遥远，遮拦着手
冬天动荡
冬天留不住阳光
你远离一切
步履仍旧匆忙

没有，什么都没有
没有扭不断而裸着的茎
没有风吹上房顶
没有苦苦寻觅的字句

被撩起，跫音泛起
人的声音
光和粪土的声音

整个夜晚平静

　　《冬天的字句》是冷凝的字句、淡漠的字句、是要覆盖和掩埋记忆的字句。这首诗写的是诗人在瞬间体验到的对冬天的感觉，它没有任何功利意义上的评价，仅是感觉而已。

　　在冬天，大地荒芜了，一切都显得轮廓不清，彼此秃成一片，而时间的界限也模糊了，所以诗人说"竟这样远，这样昏暗 / 一切都挡在时间的后面"。在隆冬时，想起热烈的夏和丰饶的秋那"凯旋般涂满漂亮词藻 / 疯狂又疯狂的日子"，就显得隔得分外远了，这种感觉不仅是时间上的，更有自然风貌的不同、气候大改变影响心态的原因。在冬天，我们回忆秋天，短短的一两个月竟是那么遥远（这些感觉我们都有，只是未加留心）。在冬天的路上，阳光昏暗，仿佛再也"留不住"了，一个人匆忙地走在路上，更渲染了这种孤寂冷落和荒凉。"什么都没有 / 没有扭不断而裸着的茎 / 没有风吹上房顶 / 没有苦苦寻觅的字句"。这些"没有"，只是诗人的感觉。什么都没有"被撩起"，是为了突现诗人灵感的"被撩起"。在这毫无生机的冬天，诗情是常青的绿色抗寒植物，人是活动着的发热的生命体！什么声音都没有，但有人行动的脚步声，"跫音泛起 / 人的声音 / 光和粪土的声音"。人的创造没有停息，在严寒的季节里，他们早就备好了撒种的肥料，他们知道那"挡在时间后面的"苍翠，就要如约而来了。所以，在诗的末尾，诗人避免了再使用情绪定向感太强的词，只说"整个夜晚平静"，就使读者的感觉为之一变，由死寂成为安详了。读者也许另有所动，这类感觉诗是具有多解性的，这只是一种。

马高明

诗二首

小夜曲

孩子们睡熟了
纷纷爬上
自己梦中的树

没有谁
打开过窗户

灯火
用渐渐微弱的语气
交谈

影子之歌

手术台上我的影子
月黑风高的夜晚我的影子
盲人的眼睛里我的影子

少女梦中我的影子
太阳伞撑开我的影子

隆隆的推土机我的影子

狗一般忠实的影子

为我心灵的故居看门的影子

疯狂旋转的舞场我的影子

情敌出没的窄巷我的影子

断电的地铁车站我的影子

炉火熄灭的小屋我的影子

在楼梯在天井在仓库在广场我的影子

站着的跪着的藏着的飞着的我的影子

全部都消失了。

我擅自出发

拖曳别人的影子

去打捞我的影子的

尸首

　　这两首小诗相映成趣，前一首意象干净、简淡，后一首意象繁复、神秘，但都收到了很好的艺术效果。这两首诗共同的奥秘是，诗人彻底摒弃了传统意义上的比喻式意象，而另铸新辞写自己瞬间的超现实感觉，它们来得更直接、更刺激，也更真实。

　　《小夜曲》没有抒情，而是呈现。孩子们睡熟了，小脸上漾着安详和天真，诗人望着他们，感到了世界的美好。孩子进入甜蜜的梦乡，"纷纷爬上／自己梦中的树"。这个意象经营得漂亮。一方面说出了孩子的稚气和纯真，另一方面还表现了孩子就是世界这棵大树上浑圆晶莹的果子。它让我们联想的东西很多。紧闭着的窗户，给人以略略的压抑感，但"灯火／用渐渐微弱的语气／交谈"，则又打破了这种压抑，强化了宁静中人与人坦诚亲密的交流感。"渐渐微弱的语气"，不是疲惫，而是亲近的轻轻的倾诉衷肠。这首诗只有三十六个字，但让我们联想到更广远的境界，这就是诗人强调瞬间感觉捕捉所造成的诗意的不断增值。

《影子之歌》一气排出十四个"我的影子",暗示着诗人所经历过的一切。这里,有生存的困境,也有生存的美好;有失望,也有希望,是诗人对以往经验的打捞,充满着暗示性。今天,这一切"全都消失了",青春就这样在彷徨和美好中给挥霍掉了。诗人深感怅惘,他不得不依恋不舍地从青春期的"自我中心"状态中走出,开始留意"别人的影子"。这种新的注意类型,使诗人深深感伤,他知道,今后所面对的不再是自己的意志,而是别人对"我"的评价和看法,这使"我"充满着不安和受控的感觉。"去打捞我的影子的 / 尸首",多么让人感伤!生命,青春的生命,就这样一去不复返了!这首诗,用直觉体验的方式,传导出内心的焦虑,这比那种浪漫主义的直抒胸臆,显然要深邃得多。

猎　物

多少年前
我曾追逐过一只野兔

草丛俯下身体
使奔跑的形象
格外突出

阳光若明若暗
呼吸时有时无

草丛突然耸起
黑红的血沫溢出眼珠

多少年后

那一声枪响
还常常使阳光下的镜子
陷入孤独

　　这首诗记录了一代人的忏悔之情。"朦胧诗"在刚出现的时候，高扬其个体人格，仿佛个个都是好汉、龙种、被伤害者。随着民族反思的深入，诗人们开始意识到自己在那场浩劫中所应承担的责任，他们怀着更深的内伤开始揭示自身的丑恶，一种深刻的忏悔意识出现了。这种深刻的现代理性精神，使"朦胧诗"又一次成为时代意识的前卫角色。马高明的这首小诗，只是这场忏悔的哀恸合唱中的一个音符。马高明为这首诗题名为"猎物"，的确是意味深长的。真正的"猎物"是兔子（美的象征、自由的象征）吗？不是！是那个美的毁灭者，他将永远背负着沉重的忏悔，成为良知这张巨网中的"猎物"！我们可以将这里的"我"理解为一代曾经狂热过的"红卫兵"，也可以将"我"扩而大之来代表你、我、他——我们这些做过违背良知事情的一切人。这首诗较容易把握，我就不再多说。最后四行略显朦胧："多少年后 / 那一声枪响 / 还常常使阳光下的镜子 / 陷入孤独"。关键是"阳光下的镜子"这个意象不好理解，这里的"镜子"，是暗喻良知的洞照。你的一切丑恶，都会忠实地复现在良知这面镜子上，你无法回避，只能一次次忏悔，陷入无限的孤独与负疚之中。

　　这首诗是深刻的，那个杀害过野兔的人是值得我们敬重的。因为他主动将灵魂送上绞架，反复拷打自己，这种忏悔之情，正是人类不断反思自身、不断向上的保证。兰色姆说，现代诗是"有罪的成人"写的。我们抛掉这句话中宗教感"原罪说"的内涵，便会发现它更深的意义。"朦胧诗人"梁小斌曾写过一首《雪白的墙》，与此诗的意味是一致的，这里抄出供大家对读：

　　妈妈 / 我看见了雪白的墙 / 早晨 / 我上街去买蜡笔 / 看见一位工人 / 费了很大的力气 / 在为长长的围墙粉刷。

　　他回头向我微笑 / 他叫我 / 去告诉所有的小朋友 / 以后不要在这

墙上乱画 / 妈妈 / 我看见了雪白的墙。

这上面曾经那么肮脏 / 写有很多粗暴的字 / 妈妈，你也哭过 / 就为那些辱骂的缘故 / 爸爸不在了 / 永远地不在了。

比我喝的牛奶还要洁白 / 还要洁白的墙 / 一直闪现在我的梦中 / 它还站在地平线上 / 在白天里闪烁着迷人的光芒 / 我爱洁白的墙。

永远地不会在这墙上乱画 / 不会的 / 像妈妈一样温和的晴空啊 / 你听到了吗？

妈妈 / 我看见了雪白的墙。

阁月君

月的中国

江天一色无纤尘，皎皎空中孤月轮。

江畔何人初见月？江月何年初照人？

——张若虚《春江花月夜》

从未曾去过也不曾有来
所谓的日子播种在窗外
惟一的裤子精心洗了又晒
年年盼年
年年吃去春的野菜
年年把月放在江里
年年用九歌的魂把她嫁娶
我们喝江中的水
喝她永不枯竭的隐秘
并得知祖先曾喝过她的水被她吮干过
我们是她心甘情愿的鱼儿
争宠吃醋受苦于她的河
我们恋着的双腿永是成不了佛了

我们在春天只痴心于一种花
说不尽勿忘我　勿忘我的悄悄话
我们把这花儿一路栽种下去

便再也走不出　走不出这块土地

对酒当歌　歌山光亦歌水色
拍遍栏杆　摸红叶的台阶
长空浩瀚啊银河是一条流向何处的河
夕阳西下　伊人断肠在天涯
瘦马瘦马哟　犹自吻落花

在东方朗碧的天空下
有清泪千年蜿蜒为芬芳
一行黄河　一行长江
寒蝉凄切　何人独对长亭晚凉
落红飞花　荷锄怅惘的是哪一家的姑娘
基督基督你永不会读懂
这神秘多情的东方之泪
更不必说　那凤毁于火亦生于火
那披发浪子当哭的长歌

我和庄生并不隔膜
有我的时候就有蝴蝶
有我的时候就有苏东坡的月色
月色总在有雾的江边等着
从前李白曾踏歌来过
那以后的履声便夜夜从未断过
月呵月　你吮尽了中国
月呵月　你化作金灿灿的颜色
那金黄的颜色是龙的颜色
月呵月呵　你是中国
寒食夜　见河汉袅袅浑圆将落
那满月之上装满了什么

有什么舞着且歌着

纵使欢乐盛满五千年也是沉甸甸的

更何况太多的苦痛与伤别

而我们仍把你当少女的唇吻着

当慈母的怀抱倾吐着

当圣洁的天使崇拜着

我们是心甘情愿的鱼儿

死去　活着　游弋于你的河

我们恋着的魂纵使飞天也成不了佛了

永是

一串串清泪啊

一声声中国

　　阎月君是创造性很强的女诗人。关于诗，她有自己的见解。下面这段话是诗人创作态度的表白，对我们理解《月的中国》有着直接的启发："从遥远的过去，走向无穷尽的将来，一个伟大古老的民族悠久而充满苦难的昨天与今天，歌与哭，泪与笑，是如此执拗地占据着我的内心，血脉一般，使我的诗饱含了她的苍凉与苦涩。我是大河的一滴。我来。我去。大河生生不息。而我的魂魄却因了她的血缘，无时不在喧响一种永恒，从我渺小的瞬间里开出花朵，温馨地，此岸与彼岸——沧桑的每一个年轮。"（《诗刊·青春诗话》1986 年 11 月号）

　　这首诗是对五千年历史文化的迷恋与痛切反思，其中饱含着深深的认同，但更主要的是忧患色彩。中华民族的荣与衰、骄傲和耻辱、对传统的淘洗和踔厉奋发的现代意识，在诗中和谐地熔于一炉，使之成为东方的，同时又是现代的；历史的，同时又是个人的。我们读这首诗，并不因它过多的用典而隔膜，对传统的认识，诗人是受惠于新时期以来中国知识界普遍的觉醒的。她既不盲目肯定，也不轻率地否定，她是以整体性包容后，去实现一种超越。在这里，既有祖先们奋斗的业绩，"对酒当歌""拍遍栏杆""凤毁于火亦生于火""披发浪子当哭的长歌""金黄的颜色是龙的颜色"；更有历史的重轭，"惟一的裤子精心洗了又晒""年年吃去春的野菜""夕阳西下 伊人断肠在天涯／瘦马瘦马哟 犹自吻落花""有清泪千年蜿蜒为芬芳／一行黄河一行长江""纵使欢乐盛满五千年也是沉甸甸的"……这样一来，五千年的文化，就超越了时空，成为今天传统与现代夹缝中的精神历史的现实。这正是对目下中国现实的清醒估计。民族血脉中遗传下来的忧患意识的血缘，使我们"再也走不出 走不出这块土地"，辩证地把握它，使之上升为一种更为内在的伟力，这就是诗人所要昭示我们的。

读这首诗，我们感到，诗人是将现实的思考不露痕迹地渗入了历史文化的。它让我们分不清哪些是历史，哪些是今天。它让我们从现在看到历史，从历史看到今天。也许诗人倾心的不是历史的画面本身，而是今天对这些画面的重新发现。这样一来，民族文化心理浸润的诗魂，民族固有的审美积淀，开始放出含义深长的光来，同时也使这首悲郁的诗拥有了某种现代人的血气。正像诗人自己所言，这是从渺小的瞬间开出的永恒的花朵。

老 城

一

月亮的色彩
乌鸦的色彩
巷子间公猫呜咽的色彩

护城河的色彩
垃圾箱的色彩
巴望着随河水一样流出去
却只能做一棵树

竖着长这件事的色彩
一些破碎在我们目力无法企及的远方
一些玻璃的向往
大风自漠上来　有淡淡的肉香
泥土青草青青的芬芳
青青的相似的故事如同快乐的雁此时在城外
在眼眸外安慰暮色
疲惫、伤感、翻来覆去的又一个白天
一种奇特的争战

不为什么地球转动
不为什么海明威的耳朵里满溢着钟声
仿佛鬼火　隐约着嚼尽五月的第五天
隐隐忧伤隐隐苦味的端阳节
菌子最疯狂繁衍的顷刻
看不出有何必要的人流通向街道、广场、河水的两侧
气喘吁吁　似有无形的挖掘之声
锹和镐的起落　我们活着
拥挤　在一条电车线上蹭着橡皮
且以最温情的杀戮以叹息

二

甬道呢喃
午后三点半　一种炙烤灵魂的火焰暮霭般燃起
夕阳就在佛光下就在高楼的隙缝间
青灯古寺　有女尼的长袖一闪一闪

岁月之外　你是莲花独开

你微笑　尘世的影子一层层环绕

如霁如虹　我属于一场亘古的误会　一次游戏
一种被动时态
你放逐我于此
不由得我不来

缘江南的水巷
缘秦雨汉雨的氲氲走来
一种无根草木
接近你　以季节以一个浪子的姿态
父兮　母兮　兄弟何人兮
山之巅　水之湄
谁人唱歌谁人翘首兮

苏武的牧羊鞭就挂在腰间
脚下不是自己的土地哟
头顶不是自己的天

三

胸脯在七月里感到逼迫
感到夏末的侵袭
成熟的南瓜蒂落时的诱惑
你挥舞手臂　或者你逃开
水声起落回音悠远地传来
如同提示　如同在证明
忘川的深度　宇宙又大又孤独

就在此刻　在星系的手臂无聊地将帘幕拉开

招呼沉睡的东方之前
城的另一端
某一唇贪婪地吮吸湿濡的火焰
吮吸黎明的少女之光

有轻烟　有悄悄死去的人
有黑暗边缘处飘忽不定的魂
有两种解　有两种可能
在高层公寓的中间一层
坠落　以及升空的可能
嗡嗡叫着
全部指示灯放着光芒
电梯之门残酷地升降

玫瑰开得正浓　正香
佛说　有一种重量是柔软的羽毛
无须风吹　便会自行飘荡
自行寂寞成一粒尘埃
苦海无边　只需悄悄转过身
我叫你在火红的花蕾之间
嗅出苍白来

四

笼子里攥紧双拳　固守着
一种安全感
一种不用舒展不用生下根的家畜的安全
啃噬羚羊骨头
大口大口嚼着鲱鱼刺的傍晚
日落之后街灯倏然亮起瞬间

有一缕异香
自京城王府井的胡同自御膳的门缝之下
逶迤飘向圆明园——
一座残酷的废园
并用余韵叩打香山的佛门
缘仲秋凌空而上

在东方　我相信这样的神话
从森林到草原
从平原到山岗
那些趴伏在浮冰之上的北极熊
是在寻找一只溺水的月亮
寻找美丽的蝴蝶鱼
原始的飞翔之姿

五

多情的赤道雨温柔的大陆风
在北京的月光下
哭泣　那孩子是著名的遗腹子
他叫着　爸　噢爸爸
我是么　人说我是长城
天地间最古老最奇异的方程式
那么你是谁

去年夏天在渤海　潮汛把彼方的笛音
次第传来
刺肤　有时无名的期待
仿佛诞生
以血　以痛　以毁灭的刹那

不可挽回　紧握着的那东西
正一滴滴从我的指缝间落下去
一个名字消失　一座城
幽灵一样孵化四季
孵化出最苍白的黎明

十二月　载满难题的船只搁浅在昆明湖边
谁人的惆怅轻轻踏响　落叶
慈禧的长廊空空荡荡
谁人的惶惑一阵阵逼近
山峦的远景　白玉塔的另一面
瞭望孔中疾速闪过的鹰隼
紧盯着过路的人群
由脚至膝至毛孔至莫明的血液之状
至躯干深处　墙壁之间堆积着岁月的残骸　失败的标志
一只手帕上暧昧的吻印
金黄赤热　一种属于水种族的蓝色的地球的忧郁

六

城池深深　在你的高墙下我茫然而立
岁月般疑惑　如弃儿

黑影幢幢　落叶瑟瑟飘来
风雨交加的秋夜里
对谁去说爱
开始从一个个洞穴走出
然后独自徘徊
徘徊在往事如烟如梦如弗洛伊德如彼岸的某种存在

如何爱　以那一种姿势

怎么表达

在清晨还是在黄昏

去面对什么人　对他说

我有的是一颗必死的心

必会关上的巴士底的门

葱茏与凋谢一页一页我读过你裸露的纯真

你的天庭与地心

我是不会哭泣的人

不屑于微笑和冷笑的人

总能在你剧情的高潮里

遥见结局的惟一的人

七

在北方　在一月的边沿

季节留给城市以浓浓的煤烟味以血腥的

冬的余韵

某种欲望骤然勃起的怪诞之状

从木头栅栏不可思议地直蹑到大街的尽头

直蹑到西部的高地

伸出右掌　朝茫茫昆仑的方向

告诉我　满掌心的烦恼

数哪一条最长

一双流浪者的靴子脱下又穿上

什么样的名字值得放在心上

正在走着马儿呵不必向四面张望

天堂的方向　就是地狱的方向

雁翅以及鱼尾

地平线一样撒满千里之网的方向

河流的方向

永恒逃离城市的方向

《老城》是一首感情复杂的诗歌。读这首诗，我们总有一种哽咽的感觉。这种哽咽仿佛来自历史深处，又仿佛来自今天。诗人将历史与现实纳入了一个指代系统（北京老城），但它不是臆想，而是历史与现实本质上的同构。

这首诗用"老城"的昏暗、疲惫、自我荼毒来揭示我们民族的集体无意识——集体病根。这使人读起来颇不畅快，但使人清醒、厌恶。第一节和第三节，表现"老城"人面对废墟而不为所动，他们惧怕炼狱的烈焰，自甘颓败而濒于沉没。第二节和第四节，表现"老城"人选择的是自我欺骗的方式消释焦虑，无论是遁入佛门还是耽于天人合一，在今天都只能是加速消亡，不再轮回！第五节写昔日的文明不再成为"老城"人的父亲，它"正一滴滴从我的指缝间落下去 / 一个名字消失　一座城 / 幽灵一样孵化四季 / 孵化出最苍白的黎明"。第六节是"老城"中新居民的觉醒，尽管他茫然无措，如弃儿站立于城池之畔独自徘徊，但他毕竟是苏醒了，要在黑夜策划一次伟大的私奔！他深信自己是"不会哭泣的人 / 不屑于微笑和冷笑的人"，但正是这"老城"的逆子，是惟一能够"遥见结局"的人！第七节借助了西部酷烈雄奇的景观，意在表明流浪者（叛逆者）的道路的艰难。他不信任"老城"的训诫，嘲谑着"什么样的名字值得放在心上"？！而且他知道，他面临的是地狱的煎迫，因为自由的选择、胜利的叛逃，是奔向天堂，而"天堂的方向　就是地狱的方向"。虽然前景未卜，可这实在是"老城"人惟一的方向了——自由的"河流的方向"，注定只能是"永恒逃离城市的方向"！是背叛"老城"穿越地狱、炼狱，走向新城的方向！

历史的真容，时代的呼声，穿透老化的皮肤般的城墙，犀利地奔涌出来。《老城》成为一个象征，一个渐渐被战败了的东方"城堡"。但诗人不相信文化中无可奈何的宿命，因为既然"老城"一触即溃，那么逃离出去就是紧接着的行动，这毫无疑问。换句话说，"老城"的坍陷正是"新城"奠基的开始，"海明威的耳朵里满溢着钟声"（海明威有《丧钟为谁而鸣》一书），那钟声划开了两重天地！从这个意义上说，阎月君的《老城》不再是悲观的、绝望的，而是一个民族通过死亡来拯救新生的浩歌……

黑大春

白洋淀的献诗

我就要离开大淀头村庄
妈妈，小船说：今夜有风又有浪
当一片落帆似的薄雾沿着静静的河面飘荡
我一声铁锚般的叹息来自深深的胸膛

唉！每一次命运的聚会我都凑巧赶来
但我永远也玩不赢那副黑桃般心灵的纸牌
我多像那只驼了背却没有一点人生经验的虾米
用千万只手挣扎在虚幻的水草里

我就要离开大淀头村庄
妈妈，我却没有征服那位瘦弱的姑娘
她在渔家的酒席上干起杯来
就跟豪侠的男子汉一模一样

妈妈，我总错掉旺季的好时光
渔网在惆怅，美好而荒凉
在吉他琴那六根风中的芦苇上
在吉他琴那六根折断的芦苇上

我就要离开大淀头村庄

妈妈，我躺在岸上伸着系满了疲倦的手指的木桩
这是全中国的孩子都闭上了星星的最后一夜
这是从我身后展开的一次最荒凉的田野

呵！这片干枯的老玉米也曾有过绿色的过去
就像我的青春曾梦想覆盖民族的大地
呵！这片老玉米如今却又黄又瘦地找不到一滴水
就像我在太阳的照耀下，无比地颓废

我就要离开大淀头村庄
妈妈，我要划着快船回到你岛形的心上
在那上面，你多少次伤心地企望过我飘泊的生涯
你白露的泪水就掉在我荷叶的绿手掌上

我常常向你夸口：我是个很大很大的诗人
所有善良的人们都将把我公认
呵！我也曾多少次伤心地企望过在回家看望你的路上
那荷花的桂冠就托在我荷叶的绿手掌上

　　这首诗既有现代诗的特征，又不乏感伤浪漫派精神，它音韵频频
但情思涣散，结构谨严又放逸迷蒙，可视为现代诗的又一路。
　　读黑大春的《白洋淀的献诗》，很有叶赛宁的韵致。他写景是那
么尽力用心，在细致的描绘中显出了放浪的姿势。他咏唱忧郁时也伴
随着一种内心的激情。他能控制激情，让它款款地翩然远举，毫不显
得造作："我就要离开大淀头村庄／妈妈，小船说：今夜有风又有浪／
当一片落帆似的薄雾沿着静静的河面飘荡／我一声铁锚般的叹息来自
深深的胸膛"。你看，在这舒缓的节奏里，蕴蓄了多少忧伤而沉思的
东西。它不是故作冲动的夸张，但也不同于现代主义的艰涩玄奥，他
要追求的是诗的咏唱性和诗的情绪达成同一。诗中反复出现的"妈妈，
我……"增加了诗作温厚而感伤的情绪，它的一再出现，不得不使读

者为之涂上一层神秘的色彩，仿佛这是弦外之音，合卷之后仍然袅袅荡漾。这样巧妙地借助传统手法去写现代诗，并取得很大的成功，在今天看的确是不容易的。

这首诗的结构也很别致，它不是逐层推进式的，也不是由相互矛盾的方面形成的力的结构，而是平行前进的，八节诗相互呼应，相互加强，无主无次，像一阵十二音体系的和音，有一种浑满而让人摸不清的感觉。它在严谨中混淆了读者的视线，让你只听见一个青年的男子沉思而忧郁地坐在湖边，用酒醉后絮叨的呼唤"妈妈"声，去消释内心那难以平复的创伤。

当我在晚秋时节归来

当我在晚秋时节归来
纷纷落叶已掩埋了家乡的小径
山峰像一群迷途难返的骆驼
胸前佩着那只落日的铜铃

背着空囊，心却异常沉重
不过趁暮色回来要感到点轻松
这样，路上的熟人就不会认出
我垂入晚霞中的羞愧面容

目送一辆载满石头的马车
吱吱哑哑地拐进一片灌木丛
那印在泥泞中的车辙使我想起
我所走过的暴风雨中的路程

在那些闯荡江湖的岁月

我荒废了田园诗而一事无成
从挥霍青春的东方式的华宴中
我只带回贴在酒瓶上的空名

所以，我不敢轻易靠近家门
仿佛那是一块带着裂缝的薄冰
茅屋似的母亲哟！我叹息
我就是你那盏最不省油的灯

已再不是无所顾忌的孩提时代
贪耍归来，随意抓起灶中大饼
现在，不管我是多么疲乏
也不能钻进羊皮袄的睡梦

于是，像怕弄出一点声响的贼
我弓身溜出了篱笆的阴影
那只孤单的压水机，鹤一般
沉湎在昔日的庭院之中

只有夜这翻着盲眼的占卜老人
在朝我低语：流浪已命中注定
因为，当你在晚秋时节归来
纷纷落叶已掩埋了家乡的小径

在新时期崛起的青年诗人中，黑大春是极富传奇色彩的一位。他出生于 1960 年，但七十年代末已投入民间现代诗运动，与比他年长十来岁的《今天》派诗人一起，写作、探究新型的表达方式。他是一位"老资格"的年少诗人。八十年代初，他只身住进了荒圮的圆明园，潜心写作、阅读，他要将东方诗人心中的神话式田园理想，过成真实的生活。他真的做到了。

但《今天》派诗人对黑大春的影响并不显豁体现在写作的意识背景和技术环节上，而体现在对生命体验的悉心捕捉、挽留和不妥协的纯正艺术立场上。除此之外，我们看不出黑大春的诗与"朦胧诗"当时的话语场有多大关系。这正是这位早慧的诗人令人钦慕之处。我想，如果说当时的"朦胧诗"更多是社会批判和人性诉求的"智性"隐喻修辞，那么黑大春的诗则是一脉秉承老派游吟遗风和俄罗斯象征主义田园歌手情愫，糅合成就的东方型现代田园诗。虽从精神气象上大致是如此，但从诗歌材料和话语方式上他则具备独一无二的个人性。这首《当我在晚秋时节归来》，鲜明地体现了上述特征。

黑大春喜欢的诗人有李白、王维，以及勃洛克和叶赛宁。前二位与其性格中的放逸又清旷接榫；后二位则与其心灵深处的怀乡感、忧郁感应和。这些成分散布在他众多的诗中，而此诗更接近怀乡与忧郁。

"当我在晚秋时节归来"，在此，情感负荷最重的词是"晚秋"。在诗歌的总体语境压力下，"晚秋"已不单指时令，而是心灵之疲惫，情态之秋风迟暮。"纷纷落叶已掩埋了家乡的小径"，这使我们想起奥顿的名诗"现在树叶越落越快，/精心培育的花朵不会常开。/保姆们进了坟墓之中，/而童车仍在继续滚动！"奥顿对生存情境的命名同样可用于黑大春的诗。因此，"纷纷落叶"是一个生命体验凝成的"心象"。精神已处日暮乡关何处是的境地，"家乡的小径"犹存，但心已被忧伤淤塞了。山峰像迷途难返的骆驼，与诗人交感注息，共佩着有形和无形的"落日"的铜铃。

但与奥顿式的智性揭示不同，作为一个纯粹的游吟式诗人，黑大春更愿意将"日暮乡关何处是"的体验限制在个人范围内。接下来的六节，展开了带有潜传记色彩的言说。游吟式的现代诗人与古典诗人的不同在于，前者在咏叹调性里常常会出现反向的情绪，即精神上的忏悔，而后者常常只是一脉透明横越的长风。与俄罗斯"最后一位田园歌手"叶赛宁的情感相类似，黑大春的这首诗也充满了悲慨与反省。熟悉叶赛宁 1921 年至 1922 年写出的《浪子的忏悔》与《小酒馆的莫斯科》的读者会知道，这里叶氏对自己放荡不羁和狂热的酒醉生涯的城市生活，充满了既迷恋又厌倦的情绪。他企望重返故乡，但从心情上却不能乡梦重温了。这一境况与黑大春的实际履历也多有暗合。这是两颗懂得羞愧的赤子之心，在不同的时空中呼应出的音响。

此诗语境澄明，意象准确坚实，毋须我多加"解读"，那样只会使这首杰作变得木讷乏味。最后值得一说的是，此诗情感流程不是直线的，而是不断自设"障碍"，保持了恰到好处的张力——一种向度是"还乡"心切，另一种向度是"不敢还乡"。诗歌就在这种双向拉开的力量中，保持了"悬置感"、迟疑感、低回感。这是诗人的功力所在，使羞愧和还乡之情变得既痛楚又有魅力。

黑大春的诗是迷人的、本土的。他从不像某些低能的诗人那样直接"仿写"他们心仪的诗人的话语方式，而是更深入更艰辛地"采气"，以个体的生命体验，写出充满创造活力的自己的诗。

杨如雪

爱的尼西亚信经

连梦也睡着了 / 连叹息也疲倦了
连神也惊愕了 / 连呼吸也暂时被心脏囚禁了

——题记

序　诗

愿你的国度降临
愿你的旨意行在地上如行在天上
我信你如信阳光、土地、水
我与你订的契约　将带来源源不断的福音
你是从光出来的光
从神出来的神
不是被造的　而是永生的
你赐予了生命
你的国永无穷尽

你们要尽心　尽性　尽意
爱主你们的男神和女神
这是十条诫命中的第一
你们要尊他（她）的名字为圣

一

从十月的陆地深处遥想六月的海洋
无数个小小为什么面对你的碧蓝
柔软的怀抱最里层　一束束阳光都是定情的信物
你不要与其他的阳光交换
除了为你周围的云朵吟咏的歌曲
我没剩下更多的言语和温暖

那么，我不是故意的，一只傻天鹅
总是不分场合地泪流满面
说，你没有走，但比离别更加遥远
你仍旧不认识我故乡的沙漠，三叶草
月光般的波浪冲击倒退的时间

要爱，又要幻想，便是犯了重婚罪
然而乐观的小麦花，早洋溢了整个北国的画面
那隔离已久的有着什么样的风貌
与你亲近的年龄，又要比你早几千几百年
因此你似懂非懂

二

汪洋和巫术的谣曲
在一株株石化了的树枝间酣眠

　　前面是路吗？同伴啊
　　沿这一溜贝壳能不能走回家去

既然，水面的辉煌不是城，也不是节日
我们如此匆忙地走着，赴谁的约会

　　天一黑路陡峭起来了，或者全部消失
　　兄长啊，这匹蜗牛将把我们驮到下一世纪

三

一颗星在头顶足以照亮整个酒杯
使夜的密约在众人面前
密约裸露无遗

不可能真正重叠起来　　不可能比较
相互的映衬下最炫目的是珠泪
不可能不可能不可能
美丽而危险的
海啊　　在眼帘内外有两个真空
憩于胸前的树枝总是脆弱的
无论是火热的心或冰冷的心
点上长长的纸烟　　让我们谈一谈
遥远的漠不相关的星辰吧

且设想一下今晚
它们之间有没有刚刚发生过故事

四

迎面走来的人是个什么
对我致意的人叫作什么
推门而入的人说些什么

又红又绿的人微笑什么
静默许久的神嘲弄什么
瞬间的邂逅我会爱上什么
时间久了又会厌倦什么
专注起来能够美丽什么又可能衰老什么

抛弃一切也许会得到什么
你再近前一步就会永远失去我

除了名字人还被安插过什么
除了生日那一天世界还发生过什么
除了梦想的国土和异性还创造过什么
除了爱一切
一切都是过错

来
和去　你的生死都令我惊愕万分
惊愕的身体像第三者

五

早晨起床便看见那些雨已等了一夜
整整一夜那是冬天的雪
我们的计划需要更改么
许多许多日子就梦到的海
似乎更远了　飘泊的家与坟
似乎更近

请用家乡话告诉我
请用北方话低语给我听

你惟一的心愿，在去那里之前
之后，亲爱的，并没有什么本质的不同

六

群山的建筑已经历了千千万万年
胸中的风云雷电美丽所有的石头

因何感动起来我们无限的耐心
缓缓行止如一个王和他的王后

为一个人活着为许多人活着
和为自己活着有什么两样
沉默的是你心中的那位女子
和我头项的那位男子

没有情节的秋雨始于一次散步
又终于散步，怀着温暖的感情我们像
在垄上奔波的蚁队一般年幼

七

在六楼，我们都不说话
在摩天的椰子树中间，我们被一个声音催眠
那是书本落地的声音吗，或者是男生们在唱
唱"兜里没有一分钱"
然而也许，他有的是爱情
秋石榴的色素，在黑漆漆的走廊中飞溅

有人敲门。让我们激动忧伤愤怒

也许真该去看看夜，繁星满天

室内只有一颗星，十五度的行星

说明你伸出的双手深邃且遥远

今年的庄稼已收割　明年还没来

原野的孤独　幸福又短暂

到处都有亲戚　在乡村幽居

准确地说，哪里也没有你我共有的家园

没有，你内疚地摇摇头

又冲空中晃一晃拳头，四个角落都在摇晃

汽车从我们中间穿过，我们自愿

被这条路隔开　被这许多河

仍能看到山　漠然的叶子

在城市背后作壁上观

　　如果说我们常见的诗是从制造迷宫所驱使的自然物象开始，那么，《爱的尼西亚信经》则是从对天空的注视开始。如果说前者是在展示诗人的心理现实，那么，《爱的尼西亚信经》则是在空洞中接近并探询神圣，是一种饱满自足的"言之无物"，它超越幻觉达到生命的深层水域。

　　诗人无疑是擅长把握造型性语言的，这首诗在比较庞杂的意象群互相干扰冲突中凝聚了她对生命的理解。在这里，生命是由不断的分裂过程体现的，它冥冥地喘息，没有恒定的内核，是言之无物弥散成的场。

　　"序诗"有某种布道的味道，穿红衣的老人在疲倦地重复"主祷文"："愿你的国度降临 / 愿你的旨意行在地上如行在天上 / 我信你如信阳光、土地、水 / 我与你订的契约　将带来源源不断的福音"。在这里，"契约"是从承认人的愚昧开始的。制定契约的瞬间，是结束的过去和难卜的未来临界点上的困境。生命的无所依归和顽健的重建精神家园的欲望就这样抵牾着，形成诗的内在张力。在词类的搭配上，诗人恪守了模仿了祈祷中的常规语言，她几乎没有用什么特别的修辞，而借助单调乏味的语势迫使读者对它注意。这样，全诗就拥有了一个空洞的起点，一种悬浮的敬畏感。这正是生命的基本状态。

下面，诗人将宗教语境消解了，在世俗经验中展开大幅度的感觉阈限，迹写现代人对神秘的乌托邦的渴望及失望的精神履历。"从十月的陆地深处遥想六月的海洋"，这种两极状态的"遥想"，所带来的结果只是"月光般的波浪冲击倒退的时间"。幻想褪去了斑斓的色泽，构成"重婚罪"。生命在这里被还原为一种极为简单的内心体验："既然，水面的辉煌不是城，也不是节日／我们如此匆忙地走着，赴谁的约会"。在寻求生命最高限值的路途上，诗人改变了人们熟悉了的方向。在悲剧性的紧张关头，她没有对尴尬的实存掉过头去，她默默望着它，啜饮了一切。这就是全诗的第一、二节。它完成了一种否定。第三节，诗人又开始一种肯定。这种肯定是由两个核心意象体现的——"美丽而危险的／海啊，在眼帘内外有两个真空"，"点上长长的纸烟　让我们谈一谈／遥远的漠不相关的星辰吧"。"两个真空"和"遥远的漠不相关的星辰"，已经不是在生存与个人关系的角度表达孤独、异化等经验，它们已经缩小到最初的范围，即人类一厢情愿地制造致幻剂，与外部事象暂时隔阂所带来的内心的宁静。这种空洞的气象，使人突然趋临至境。在这里，诗人肯定了人在死亡之前获得的自由感和欢乐感。在世俗的表层价值和个体生命的深层价值间，在行为的围闭和灵魂的自由间，诗人肯定了后者漠视了前者。重要的不是价值的物质实现，而是价值追求本身。

到这里，诗人平行推出了正和反。这样，此诗就有了一个平衡的、当然是粗糙的基本构架。这是对宗教及人文科学史的思索。它不是社会批判意识、忧患意识的结果，而是一种全方位俯视的、局外的整体性把握。这里面包含着客观地理解人生的勇气。下面的三节，诗人就进行了正——反——合的过程。

先是十三个连锁疑问句，写得从容不迫。它们没有咄咄逼人的气息，更像是独白式的沉吟。因为，"序诗"无所不包的神谕，早已消弭了其宗教性内含，变为普通人彼此之间的世俗的关爱。这个世界所有的缺憾和值得留恋之处加在一起就是："除了爱一切／一切都是过错"，因为——"你惟一的心愿，在去那里之前 / 之后，亲爱的，并没有什么本质的不同"，到此，我们终于体味了诗人对生命的基本态度。她是"怀着温暖的感情"，像"在垄上奔波的蚁队一般年幼"。这是一种无可奈何的又是一种混合在大脑、智性、肉体、器官、血素中的对世界和人生的依恋。

这首诗命名为"爱的尼西亚信经"，在宗教文本"尼西亚信经"前冠以"爱"字，说明诗人对世俗生活的肯定。结尾，诗人展现了一组"生活化意象"，仿佛空洞中的神圣教人疲倦了、醒悟了的受体开始谋求世俗的噪杂——人啊，你走了那么远，最后又回到原来的地方。"书本落地的声音""兜里没有一分钱""黑漆漆的走廊""有人敲门""十五度的行星（灯泡）""今年的庄稼已收割""汽车从我们中间穿过"……诱使她从精神目标中回到地面的是无法回避的生存。我们看到欧福良的飞翔和吉诃德的冲杀，不管他们最终完成的是想反抗还是真正的反抗，这念头本身已经足够动人了！

《爱的尼西亚信经》的贡献在于，它既不简单否定，也不简单肯定，而是一种涉过二元对立结构后的对宗教中有助于现实人生成分（"爱"）的整体性包容。对真正的诗歌而言，我们很难剥离解析出它是乐观的还是悲观的。它应该像山一样存在着，是那么自信自足，那么轻松沉重。这首诗在这一点上的有意性实验是成功的。

陈超诗文全编

唐晓渡 主编 第4卷/鉴赏卷

20世纪中国探索诗鉴赏

陈超 著

下

作家出版社

目 录

第五辑　西部诗诗群

第六辑 新生代诗群

第五辑　西部诗诗群

昌　耀

划呀，划呀，父亲们！
——献给新时期的船夫

自从听懂波涛的律动以来，
我们的触角，就是如此确凿地
感受到大海的挑逗：

　　——划呀，划呀，
　　父亲们！

我们发祥于大海。
我们的胚胎史，
也只是我们的胚胎史——
展示了从鱼虫到真人的演化序列。
脱尽了鳍翅。
可是，我们仍在韧性地划呀。
可是，我们仍在拼力地划呀。
我们是一群男子。是一群女子。
是为一群女子依恋的
一群男子。
我们摇起棹橹，就这么划，就这么划。
在天幕的金色的晨昏，
众多仰合的背影

有庆功宴上骄军的醉态。

我们不至于酩酊。

　　最动情的呐喊
　　莫不是
　　我们沿着椭圆的海平面
　　一声向前冲刺的
　　嗥叫?

我们都是哭着降临到这个多彩的寰宇。

后天的笑，才是一瞥投报给母亲的慰安。

——我们是哭着笑着

从大海划向内河，划向洲陆……

从洲陆划向大海，划向穹隆……

拜谒了长城的雉堞。

见识了泉州湾里沉溺的十二桅古帆船。

狎弄过春秋末代的编钟。

我们将钦定的史册连根儿翻个。

从所有的器物我听见逝去的流水。

我听见流水之上抗逆的脚步。

　　——划呀，父亲们，
　　划呀!

还来得及赶路。

太阳还不见老，正当中年。

我们会有自己的里程碑。

我们应有自己的里程碑。

可那漩涡，

那狰狞的弧圈，
向来不放松对我们的跟踪，
只轻轻一扫
就永远地卷去了我们的父兄，
把幸存者的脊椎
扭曲。

　　　大海，我应诅咒你的暴虐。
　　　但去掉了暴虐的大海不是
　　　大海。失去了大海的船夫
　　　也不是
　　　船夫。

于是，我们仍然开心地燃起爝火。
我们依然要怀着情欲剪裁婴儿衣。
我们昂奋地划呀……哈哈……划呀
　　　　……哈哈……划呀……

是从冰川期划过了洪水期。
是从赤道风划过了火山灰。
划过了泥石流。划过了
原始公社的残骸，和
生物遗体的沉积层……
我们原是从荒蛮的纪元划来。
我们造就了一个大禹，
他已是水边的神。
而那个烈女
变作了填海的精卫鸟。
预言家已经不少。
总会有橄榄枝的土地。

总会冲出必然的王国。
但我们生命的个体都尚是阳寿短促,
难得两次见到哈雷彗星。
当又一个旷古后的未来,
我们不再认识自己变形了的子孙。

可是,我们仍在韧性地划呀。
可是,我们仍在拼力地划呀。
在这日趋缩小的星球,
不会有另一条坦途。
不会有另一种选择。
除了五条巨大的舳舻,
我只看到渴求那一海岸的
船夫。

只有啼呼海岸的呐喊
沿着椭圆的海平面
组合成一支
不懈的
嗥叫。

大海,你绝不会感动。
而我们的桨叶也绝不会喑哑。
我们的婆母还是要腌制过冬的咸菜。
我们的姑娘还是烫一个流行的发式。
我们的胎儿还是要从血光里
临盆。

……今夕何夕?
会有那么多临盆的孩子?

我最不忍闻孩子的啼哭了。
但我们的桨叶绝对地忠实。
就这么划着。就这么划着。
就这么回答着大海的挑逗：

　　——划呀，父亲们！
　　父亲们！
　　父亲们！

我们不至于酩酊。
我们负荷着孩子的哭声赶路。
在大海的尽头
会有我们的
笑。

　　这是一束从天空射来的视线，是从世纪的冰川峰顶呼啸而来的嚎叫！它是粗野的又是温情的空间形式，是精神的又是肉体的反应系统。它使我们想起了那尊默默地站在海岸的碑铭：

　　纪念那些所有死在海上和将要死在海上的人们。

　　将人类的实践对现实的抗争过程比作征服海洋，这并不是什么新鲜的象征了。但在昌耀的《划呀，划呀，父亲们》面前，我们被震慑了。它几乎是划开了一个大陆的命运和向往。在这首诗中，自然的苍茫感与人类生命力感、原始感与现代气息相伴，块垒峥嵘地压了过来，构成了雄健苦难的诗歌背景。"大海，我应诅咒你的暴虐。／但去掉了暴虐的大海不是／大海。失去了大海的船夫／也不是／船夫。"人类和他们的命运就是这样赤裸裸地对峙着、拥抱着，一次次的飓风恶浪吞噬了那些顽强的或是孱弱的男人和女人，但"我们仍在韧性地划呀""我们仍在拼力地划呀"，这是使命也是宿命。人类的里程碑就在这一次次的漩涡中，一次次大海的挑逗和抚安中，耸立起来了。这样，透过这首诗升沉起伏的海面，我们看到的是人类直接的历史行动。这种行动，意味着胜利和更多失败。诗人就是这样从辽远的历史时空中汲取人类的形象的。他没有将激情化为峡谷惊湍般的呼喊，他注意的是战胜暴虐的海洋所赋出沉滞艰砺的代价，"可那漩涡，／那狰狞的弧圈，／向来不放松对我们的跟踪，／只轻轻一扫／就永远地卷去了我们的父兄，／把幸存者的脊椎／扭曲"。诗中的大禹、精卫、衔来橄榄枝的鸽子等意象，就整体性地暗示了人类的意志。所以，重要的永远不是彼岸，而是通向彼岸的奋斗过程："大海，你绝不会感动。／而我们的桨叶也绝不会喑哑。／我们的婆母还是要腌制过冬的咸菜。／我们的姑娘还是烫一个流行的发式。／我们的胎儿还是要从血光里／临盆。"这首诗的气势并不是简单的感人，它是在裹挟你，那横绝太空的寥寥海风，使你产生一种周身颤抖的恐惧和倾慕，它让你压抑又充满自豪——人类的历史进程从来都不是长舸御风一往无前的，苦难的美是由于在这残酷的社会里，人类为摆脱苦难而斗争！

这首诗是一部恢宏劲健的生命意志投影，诗人以波涛的起伏作为情感律动的依托，一气灌注形成一种数量的体积感、幅度感、纵深感和力量的穿透力、恒久力。生命的真容、牺牲者的雄姿、历史的回声、哲思的强辐射，是那么和谐地流贯一体。那些"负荷着孩子的哭声赶路"的父亲们——我们的人民，"不会有另一条坦途。／不会有另一种选择"。因为那些死去的人正在海底用红珊瑚的眼睛注视，海浪微波粼粼或是阴森悍厉的波涛都是我们难舍难分的情人！

这首诗出现在 1982 年的诗坛。当时的诗坛一片浅吟低唱，缺乏飓风般的雄性的嚎叫。这首诗的出现，使人的精神为之震荡，它放达浑重而不失之于浮泛的声音，恰到好处地体现了某种踔厉奋发而苦难献身的基本心态，成为那个时代最重要的诗的脚印之一。

一百头雄牛

一

一百头雄牛噌噌的步武。
一个时代上升的摩擦。
彤云垂天，火红的帷幕，血酒一样悲壮。

二

犄角扬起，
遗世而独立。

犄角扬起，
一百头雄牛，一百九十九只犄角。
一百头雄牛扬起一百九十九种威猛。
立起在垂天彤云飞行的牛角砦堡，
号手握持那一只折断的犄角
而呼呜呜……

血酒一样悲壮。

三

一百头雄牛低悬的睾丸阴囊投影大地。
一百头雄牛低悬的睾丸阴囊垂布天宇。

午夜，一百种雄性荷尔蒙穆穆地渗透了泥土，

血酒一样悲壮。

　　美国当代诗人加里·斯奈德说过，"每一首诗都是从一个有能量的、舞蹈着的思想领域中产生的，而它自身又包含着一颗内在的种子。诗人的大部分工作就是让这一颗种子生长起来并自己开口来为自己说话"（转引自伊哈布·哈桑著《当代美国文学》）。昌耀的《一百头雄牛》就找到了那颗诗歌"内在的种子"，他让这种子静静地生长起来，并开口来为自己说话，静默地说。这是一幅滞缓的画面，它的流动受到更为内在的力的牵制。但我们读到它，却感到一种沉实的凝固的犷悍的美。由此看来，美感的流动性，更多的是作用于诗人和读者内心，而与表现对象自身的运动关系并不是很大的。冰排沉闷地艰难地拱动所唤起我们的运动感受，绝不是顺势而下的河水所能比拟的。

　　"一百头雄牛噌噌的步武／一个时代上升的摩擦"，这是诗中惟一的富于强烈动感的画面了，但这种动感却没有持续性，它只表现了诗人在特定时空里所感到的"具象的抽象"：时代精神冲破栅栏。接下来，画面就开始凝滞、固定，"自己为自己说话"。在火红的云朵下，这一百头雄牛默默地站立，坚韧的犄角指向垂天的彤云，"血酒一样悲壮"。这是一幅刀法粗犷的浮雕，怎样使它放出更意味深长的光来，诗人有他的办法。一百头静静伫立的雄牛，只有一百九十九只犄角，那一只犄角，却在放牧者手里，他仰天长啸，牛角号发出"呼呜呜……"的声音。这就在凝滞的画面自身里，造成了一种灵魂的运动感。这不是诗人的"发现"，而是画面自身的造型语言。它遗世而独立，血酒一样悲壮。接下来仍然是凝固的画面，"一百头雄牛低悬的睾丸阴囊投影大地。／一百头雄牛低悬的睾丸阴囊垂布天宇"。这是生命的图腾，繁衍的伟力的象征，诗人的这个聚焦点久久不移动，一切意味都在其中了。这"穆穆地渗透了泥土"的一百种雄性荷尔蒙，却并非"穆穆地"而是猛烈地震撼了我们的灵魂，血酒一样悲壮。而这种内在运动感的审美效果，是决非那种诗人急不可耐地出来发言、

急不可耐地使画面流动起来的诗可以相比的。

日　出

听见日出的声息蝉鸣般沙沙作响……
沙沙作响、沙沙作响、沙沙作响……
这微妙的声息沙沙作响。
静谧的是河流、山林和泉边的水瓮。
是水瓮里浮着的瓢。

但我只听得沙沙的声息。
只听得雄鸡振荡的肉冠。
只听得岩羊初醒的椎角。
垭豁口
有骑驴的农艺师结伴早行。

但我只听得沙沙的潮红
从东方的渊底沙沙地迫近。

我们的古人在审美观照方式上为我们留下了极为宝贵的经验，其中"澄怀味象"（宗炳）的提出，不仅对绘画的审美有意义，对其他艺术种类，尤其是诗歌，也是特具深意的。所谓的"澄怀"，就是艺术家要以空明净远的心境去面对自然，读者的审美鉴赏活动也要全神贯注摒弃功利目的。只有这样，才能完成对艺术品（指读者而言）和自然（指诗人而言）的深切体悟。现在，我们来看昌耀的这首《日出》，就会领略到这种纯粹的、洞幽发微的审美活动的妙处了。

"日出"，是早被人写滥了的景观。在写日出时，许多人已经被流行的程式强化了、僵固了，还没落笔，思绪和情感定势就出来活动了，光明战胜黑暗呀，希望在升起呀，青春的潮红呀，世界的心脏呀……仿佛非此不足以表现日出的意义。这还是没能做到"澄怀"的结果。日出就是日出，如果你想写它，你必须对它有一种不同于常人的感受。这种感受应该是纯粹的审美感受，是一种全新的"中得心源"。昌耀的"日出"只是他自己的"日出"。你看，他没有写日出磅礴的气势，而是"听见日出的声息蝉鸣般沙沙作响……／沙沙作响、沙沙作响、沙沙作响……／这微妙的声息沙沙作响"。这里，太阳初升时光线微微的震颤、渐渐的强劲过程被生动地表现出来了。诗人运用了通感的艺术手法，使视觉印象转为听觉，但又不露痕迹，在小不似中寻得了大似。这正是诗人放弃一切而凝神观照审美对象的结果。接下来诗人又以静谧衬托了那只在诗中才能听到的"沙沙作响"声，"静谧的是河流、山林和泉边的水瓮。／是水瓮里浮着的瓢"。"水瓮里浮着的瓢"这一句真是信手拈来，但细加玩味又觉得它浑然天成、意趣盎然。满脑子"主题"的诗人是断断写不出这只"瓢"的。接着诗人又以纤细幽微的审美敏感写道，"只听得雄鸡振荡的肉冠"（注意，不是雄鸡的鸣叫声），"只听得岩羊初醒的椎角"（注意，也不是叫声和踢踏声），这种细腻之至的体察，不是观物取形，而是澄怀味象。"但我只听得沙沙的潮红／从东方的渊底沙沙地迫近"，至此，一派充满生机的充满喜悦的太阳就要升起了，它"沙沙"地从昌耀的诗中真切地向我们走过来。能否写出最具有人性的，同时又对读者具有召唤力的感觉，是对一个诗人的考验。怪不得意象派大师艾兹拉·庞德这样说："与其写万卷书，还不如在一生中呈现一个好的意象！"这句像是赌气的话，反映了真正的诗人对诗歌独创性的重视。是的，只有"沙沙"的日出对昌耀才有意义，因为那是他自己的日出！

巨　灵

西部的城。西关桥上。一年年
我看着南川河夏日里体态丰盈肥硕，
而秋后复归清瘦萧索。
在我倾心的塞上有一撮不化的白雪，
那却是祁连山高洁的冰峰。
被迫西征的大月氏人曾在那里支起
　游荡的穹庐。
我已几次食言推迟我的访问。
日久，阿力克雪原的大风
可还记得我年幼的飘发？
其实我何曾离开过那条山脉，
在收获铜石、稞麦与雄麝之宝的梦里
我永远是新垦地的一个磨镰人。

古战场从我身后加速退去，
故人多半望我笑而不语。
请问：这土地谁爱得最深？
多情者额头的万仞沟壑正逐年加宽。
孩子笑我下颏已生出几枝棘手的白刺。
我将是古史的回声。
是逸漏于土壤的铁质。是这钙。这磷……
但巨灵时时召唤人们不要凝固僵滞麻木，
美的"黄金分割"从常变中悟得，
生命自"对称性破缺"中走来。

照耀吧，红缎子覆盖的接天旷原，
在你黄河神的圣殿，是巨灵的手
创造了这些被膜拜的饕餮兽、凤鸟、夔龙……
惟化育了故国神明的卵壳配享如许的尊崇。

我攀登愈高，发觉中途岛离我愈近。
视平线远了，而近海已毕现于陆棚。
宇宙之辉煌恒有与我共振的频率。
能不感受到那一大摇撼？

总要坐卧不宁。
我们从殷墟的龟甲察看一次古老的日食。
我们从圣贤的典籍搜寻湮塞的古河。
我们不断在历史中校准历史。
我们不断在历史中变作历史。
我们得以领略其全部悲壮的使命感
是巨灵的召唤。

没有后悔。
直到最后一分钟。

　　昌耀的诗总有一股旁人难以企及的笨重壮硕的艺术精神。他似乎不屑于浅斟低唱一己的情愫，而是要将土地的全部丰富性展示出来。读他的诗使我们领略到了吞吐大荒真力弥满的气象。这种气象险而不怪、硬而不瘦、阔而不空，原因是诗人在写自然时，总有一种深沉的历史穿透力运动其间，犹如一口长气，使诗显得庄严扎实百感横集！即便是一些抒情的短章也是如此。《巨灵》这首诗就是具有深沉的历史感的佳构。这首诗万象峥嵘但并非无迹可寻，我们要把握住"巨灵"是此诗的主体。它是什么？它是生命力拨动历史的手掌，是"我们不断在历史中校准历史。／我们不断在历史中变作历史"的一往无前的跋涉精神。这是《巨灵》的总内涵，也是它能超出一般景物诗的原因。

　　当然，一首诗的成功并不能指望所谓的历史感。诗人在操作技术上的独到之处是我们更感兴趣的方面。我们注意到，从语感上诗人采用了横断式，频繁的句号，艰涩的语流，意象的丛生性和切分带来的多音齐鸣，都恰到好处地展示了块垒嶙峋的地貌——历史的象征。这是一个泛灵的世界，每个意象都是自足体。这些意象大多未曾变形，未曾被揉搓得圆圆润润，它们静静地生长在那儿，使你的视线一片模糊。但正是在这种模糊中，你领略了土地的真容。昌耀的诗中，多次出现"黄河神"这个母性原型，她是一种生殖力、生命力、化万物而不言的象征体。在这首诗中，她的出现虽然不再具有统摄万物的意味，但她唤起了我们以往阅读昌耀诗歌的经验，那些诗就作为总体的大背景再次共时呈现了，她同时也具备了系统的文本结构意义。这种自觉的创作态度是目下诗人们很少意识到的（当然，这只是附带一提的另一个问题）。对这首诗，不能采取"得意而忘言"的阅读方式。其中每一个字、每一个意象都要注意，它们彼此若无关联，但又结合成一个稳定的结构，难以撼动，诗的生命，就"自'对称性破缺'中走来"。

空城堡

与孩子径直走进那座城堡，
最初的一刻已使我深信不疑。
我想：他们不会不在。

与孩子登上楼梯，
鞋跟叩响石级错落有致，颇悦耳，如落空山野。
鞋跟踏着人造花岗岩，铿然作声，如落空山野。
我想：他们能到哪儿去呢？

门厅是敞开着的，旭日临窗之下华灯
仍旧高照。
水晶碟上烟蒂飘一缕淡蓝。高脚杯贴
一撮桃色的唇膏。

孩子已震怖于这空城堡无人的宴席，
在我胯下瑟缩，裹足不进。
我想：他们岂敢无视孩子的莅临！

而后我们登上最高的顶楼。
孩子喘息未定，含泪的目光已哀告我一同火速离去。
但我索性对着房顶大声喝斥：
——出来吧，你们，从墙壁，从面具，从纸张，
从你们筑起的城堡……去掉隔阂、
　　距离、冷漠……

我发誓：我将与孩子洗劫这一切！

　　"我发誓：我将与孩子洗劫这一切！"诗人的愤怒由哪儿而来呢？
读完这首《空城堡》，你也许会发出这样的疑问。你再读一遍，以隐
喻方式深入具体的物象去读，用你全部的经验去加入它，你会恍然大
悟：诗人要洗劫的是人与人之间的防范，要"去掉隔阂、／距离、冷
漠……"捣毁不平等！
　　这的确是一首藏旨很深的诗，需要读者花费一点时间去揣测。但
当你真的进入了这《空城堡》后，你会觉得它真是值得你去细读的。
这首诗中的"空城堡"，象征着某种冷傲、浅薄、伪善、狡诈的权力
主义支配下的人情事态。它的空洞、阴森、冷寂，使走入它的"孩
子""在我胯下瑟缩，裹足不进"，"孩子喘息未定，含泪的目光已哀
告我一同火速离去"。人与人的不平等、对同类的恣意蔑视，戕害了

多少弱者纯洁的生命啊！它形成了一种可怕的置人于死地的网，一种无处不在的暗算，但又使你找不到这张丑恶的网，只能见到凶残的"无人的宴席"，和弥漫着死亡气息的"城堡""墙壁""面具""纸张"。诗人这里特意让"孩子"出现，用意在于，冷漠、虚伪、施虐的旧生活早该结束了，"他们岂敢无视孩子的莅临！"岂敢无视新人性的普遍觉醒！诗中的"我"的情感是经历了轻信——怀疑——震惊——愤怒的，面对着腐败的空城堡，诗人表现了要摧毁它洗劫它的决心。这也是新的价值观、生活态度、生命意志向权力主义者的宣战！

这首小诗采用的是私人象征，但诗人绝不是故弄密码，他需要读者对诗歌语言的特殊审视破译其意味，"他表述而不指明，他指明而不命名"（罗歇·高卢语）。对他来说，《空城堡》的隐喻是他最精确的语言。这是诗人对读者充分信任的表现。另外，这首诗的结构安排也很巧妙，诗人不是作为全知作者的视角出现的，所以情绪的推进始终对读者有一种"探险"般的魅力。因不知道结果将是怎样的，情绪的活跃度大大加强了。这比一开始就先发"洗劫"宣言要好得多，自由度也大得多。随着诗人情感的层层变化，读者的情感也随之起伏，一种诗歌的"召唤结构"就顺利地形成了。

牛　王
（西部诗纪。乙丑年正月）

1

牛王眉清目秀。
牛王仪表堂堂。
牛王丰满。牛王的乳房沉甸甸。
牛王，光荣的西部的

长毛绒母牛，西中国春牛之王，
带来西部草地的芳芬，使离乡者
重又忆及故乡温情的篷帐、池沼、雪山、漠风……

牛王站在华盖之前，工匠为她雕饰。为她梳理。为她贴
　　牢胸沿最后一道人造毛。
　　为她红绸加冕。
牛王挺拔。牛王挺拔的躯体高耸在广场，品味春正月的
　　良风美俗。
牛王俯瞰脚下奔走百川……微型汽车……微型人……
俯瞰电火石光。
俯瞰阴影如切，如割。如切割成片的伞盖旋转。如鲲
　　鹏飞鸣。
牛王被抚摸。被簇拥在海盘车般展开腕足的广场，受
　　人以世袭的景仰。
牛王，
先民繁殖神的嫡传后裔，眼见夜潮退尽，
　　泛起破晓的冷光，丛林与峭壁离异，推出一片危楼
　　幽谷、高树旗帜，而为自己的降临生发奕奕神采。

是一曲古歌。

2

牛王立在早春的
令人感觉沉重的
黄秃秃的西部中国的土地。
是土地昂首的一曲万古的歌。
牛王巍峨。
牛王方正的五官是青藏雪原巍峨的神殿。

牛王的乳房沉甸甸，是布帛托起的一片蓝海洋。是一片
　　欲堕的卷云。是金屋。

牛王被簇拥在海盘车般的广场，看到人们沿着海盘车的
　　五条腕足向这里聚拢。孩子率先爬上树背。……每一
　　堵肩头后面亮起两只眼睛。

牛王看到星宿的海。

牛王感动、牛王如此宣谕：啜饮吧，你们从我

激荡的目光啜饮，摄取春的油脂吧，如同往日从我的黄
　　金桶揭起一张张酥奶皮……你们期待的奇迹也正是我
　　之所盼……

牛王沉默。

牛王其实默然无语。

牛王默然地倾听大地的城。

听到了世纪初的强鼓动。

大地在鼓动中起伏，趋向邈远、寥廓……静穆。

牛王金光炫目。

3

牛王的道路浮起。

牛王缓缓滑行。

牛王四肢端立。

牛王的四根乳突是悬垂的浆果。是可被吸吮的棒槌。
　　是吊脚楼。

是四只钟乳石古瓶。

牛王为大地祝福。……路很长远。牛王巡游大地，以双
　　龙为前导，以百伎之舞乐为前导，以花钹大镲为前导，
　　以双狮为前导……接受天真孩子东方式的礼拜。

接受我之投慕。

万人空巷。全城为牛王而倾倒。

看我们民族的欢乐，民族的笑……

看我们民间的庄与谐……

牛王目光炯炯。

牛王的歌舞队甩起一片水袖。

听到那青春的偶像如此咏赞——

        我们唱呵……平平仄仄平平仄……

        我们舞呵……仄仄平平仄仄平……

牛王巡游大地。

想起风雨的牧歌。

想起月亮湖边的处子为她击节而歌月亮诗。

想起裸身的戏水者竞相以双臂擂打江河。想起南国夏

  熟的田畴，此起彼伏，农人围着仓桶扳打金稻穗……

    遍地鼓声。

想起九间殿前喇嘛一同踏跳护法神舞

……那响晴的鼓声。

那响晴响晴的晴天。

那挑战的丛林……

他们腾空一跃。

想起他们喊她牛妈妈……

想起日月如梭……似水流年……

牛王庄重。牛王巡游大地。

巡游黄秃秃的西部中国的荒土地。

一步一朵莲花。

    这首诗通篇围绕一个核心意象：牛王。一般地说，一首诗集中辐
辏于单一的物象，容易使诗显得局促而张力不够。但读了这首诗，我

们并无这种感觉，它给我们以广阔的空间感、绵延的时间感和博大的结构感。为什么能获得这样的感觉呢？原因是诗人面对牛王，展开了多方位多视点多角度的表现。他将描摹与幻想、物理时空与心理时空、神话与现实上下纠葛、左右贯通起来，形成一个带有魔幻味道的意象共振场。它不是一个点，而是一片网，不是一个面，而是立体的动态过程。在这首诗中，凝重滞缓的是牛王威严的仪态，而动荡不息的则是诗人心灵深处对牛王的景仰、膜拜甚至加有一丝畏惧；这样，动和静发生了互补，既避免了宣泄式的直抒，又使诗歌不至于太过僵硬。这是此诗产生不凡效果的基础。

　　读这首诗需要注意的是，不要拟滞于物象本身，而要将牛王当作一种精神象征去体会。它是一头象征生殖力、生命力、忍耐力、恒久力的神牛，是中国西部大自然和人文环境的具体体现。它的仪态和性格，无处不与西部好汉的生命状态合拍。正是在这里，我们感觉到牛王具有了人类的情感。诗人感觉领域的丰富程度就是建立在对西部人民的深入体验和理解的基础上的。在昌耀的诗中，多次出现"牛"的意象，它们形成了一个稳定的系统，是一个带有魔幻味道的原型意象。诗人的创作是自觉的，他的智力空间呈示出庞杂中的统一。所以，要把握昌耀诗歌的"牛王"的深层隐喻，只能从一系列诗中去考察之，这一点我们必须指出。

冷色调的有小酒店的风景

　　　　雨季延长。雷电一夕苟且，新麦
　　　　于穗头提前萌发。重力在膝盖
　　　　缓缓弯曲。我的行期再三耽搁，
　　　　岁月又添加一圈年轮。

　　　　雾晨。小酒店珠帘红绿微动，东方沙漠

鼓乐喜庆的旋律自店家结队驼行。
门首一辆牛车，车主不在，轭下老牛
闷头嚼食筐中草料慷慷慨慨与世无争。
车尾拴系的绵羊回顾小酒店珠帘红绿
微动，意识到即将的归宿而啼叫孤独。

蝈蝈笼悬在窗棂，
日月的喧哗弧面转接，
是山林的浓郁，
比去年多了几斤分量。
断桥歧路，柱头石核噙一颗露珠瞪视已越千年，
茫然是植物人的眼神
我仅吐出一个字：——Hai！

这幅"冷色调的有小酒店的风景"，背后隐藏着什么？没有背后的什么，只是风景而已。在这幅风景里暗调子占据了优势，诗人的心充盈着天地同参的寂寥的音调，他实验着用冷客观的方式传导出这种音调，就是这样，非常抽象又非常具体。读这首诗，我们感到天空凝重，万物凝重，但凝重不是窒息，它化为一种独特的美感，一种青藏高原特有的生存威力在寂寥中展示出来。比起莺语呢喃、花红草绿的秀美来，这里的美更具有粗粝的质感和温度。这"风景"并非没有意义，这种画面具有清刚沉默的精神。这是诗人的发现，它产生于"雾晨"，它不可解释，但是有意味、有张力。如果你到过西部，如果你哪怕一瞬间涉过一家小酒店……你肯定会体味这首诗的妙处，它不可诠释，只能像诗人一样仰天长啸——Hai！这首小诗冷静而简隽，庞德说，"诗人之所以是诗人，就在于他具有一种持久的感情，同时，还具有一种特殊的控制力"（《严肃的艺术家》）。昌耀的这首诗就源于他对自身的地缘环境所具有的持久的感情，和对感情的控制力。

河　床

我从白头的巴颜喀拉走下。
白头的雪豹默默卧在鹰的城堡，目送我走向远方。
但我更是值得骄傲的一个。
我老远就听到了唐古特人的那些马车。
我轻轻地笑着，并不出声。
我让那些早早上路的马车沿着我的堤坡鱼贯而行。
那些马车响着刮木，像奏着迎神的喇叭，登上了我的胸
　　脯。轮子跳动在我鼓囊囊的肌块。
那些裹着冬装的唐古特车夫也伴着他们的辕马谨小慎微
　　地举步，随时准备拽紧握在他们手心的刹绳。

他们说我是巨人般躺倒的河床。
他们说我是巨人般屹立的河床。

是的，我从白头的巴颜喀拉走下。我是滋润的河床。
　　我是枯干的河床。
　　我是浩荡的河床。
我的大名如雷贯耳。

我坚实、宽厚、壮阔。我是发育完备的雄性美。
我创造。我须臾不停地
向东方大海排泻我那不竭的精力。
我刺肤文身，让精心显示的那些图形可被仰观而不可
　　近狎。
我喜欢向霜风透露我体魄之多毛。
我让万山洞开，好叫钟情的众水投入我博爱的襟怀。

我是父亲。

我爱听兀鹰长唳。他有少年的声带。他的目光如少女的
　　媚眼。他的翼轮双层之舞可让血流沸腾。

我称誉在我隘口的深雪潜伏达旦的那个猎人。

也同等地欣赏那头三条腿的母狼。她在长夏的每一次黄
　　昏都要从我的阴影趿向天边的彤云。

也永远怀念你们——消逝了的黄河象。

我在每一个瞬间都同时看到你们。

我在每一个瞬间都表现为大千众相。

我是屈曲的峰峦。是下陷的断层。是切开的地峡。

是眩晕的风。

是纵的河床。是横的河床。是总谱的主旋律。

我一身织锦，一身珠宝，一身黄金。

我张弛如弓。我拓荒千里。

我是时间。是古迹。是宇宙洪荒的一片颚骨化石。是始
　　皇帝。

我是排列成阵的帆樯。是广场。是通都大邑。是展开的
　　景观。是不可测度的深渊。

是结构力。是驰道。是不可克的球门。

我把龙的形象重新推上世界的前台。

而现在我仍转向你们白头的巴颜喀拉。

你们的马车已满载昆山之玉，走向归程。

你们的麦种在农妇的胝掌准时地亮了。

你们的团围月正从我的脐蒂升起。

我答应过你们。我说潮汛即刻到来，

　　而潮汛已经到来……

黄河正源被那里的藏民称为铜色的河，这是多么雄武铮慓又是多么坚韧沉厚的名字啊！我们的母亲河就从巴颜喀拉山支脉各姿各雅山北麓沉静地走下来，流入我们的脉管。这是中华民族的脐带，是我们生命的根。

昌耀的《河床》，以辐射性的构思，无限伸展的空间序列形式，为我们勾勒了一幅黄河源河床的巨人般躺倒、巨人般屹立的形象。这首诗，通篇采用了"自述"的形式，诗人隐身而河床发言，这就避免了我们读诗时"隔"的感觉，也避免了我们已经不感到新鲜的"母亲"呀、"摇篮"呀之类的浮浅的赞美。当我们读到这首诗的第一行"我从白头的巴颜喀拉走下"时，从审美心理上就已经与河床成为一体了，审美距离也随着诗歌情感的递进而递进，直至消失。这正是诗人巧妙的抒情手法的成功。另外，这首诗的意象构成也是十分独特的，有实有虚，虚实相生，显得既不拥塞又不空洞。实的如"白头的雪豹默默卧在鹰的城堡"，"唐古特人的那些马车"，"深雪潜伏达旦的那个猎人"等，给人以具体的视觉刺激。虚的如"我坚实、宽厚、壮阔。我是发育完备的雄性美"，"我是父亲"，"我在每一个瞬间都同时看到你们"，"是眩晕的风"，"我是时间。是古迹。……是始皇帝"，"是不可测度的深渊"，"是结构力"等，又给人以空阔迷幻的美感。读这样的诗，我们感到的不是什么比喻式的画面，而是具有质感的、有体积感的河床本身。诗人的思绪纷纷扬扬，但又都像辐丝一样紧紧地辐辏在所咏唱的核心意象河床上，这就避免了由于庞杂给人造成的审美疲劳，同时又获得了"真力弥满，万象在旁"的审美享受。在为数众多的歌唱黄河的诗中，昌耀的这首《河床》真正称得上独标逸韵另铸伟辞了！

这首诗在标点符号的使用上也是很讲究的。几乎每一句都标以句号，这样做的用意是限制语流的速度，使每一句都形成一个环境，形成一个嶙峋的、自足的空间。仿佛电影中的蒙太奇组接，每一个画面既有联系，又相对独立，这就恰到好处地展示了黄河源河床凝恒粗粝的地貌，以及诗人沉雄、稳健、恒久的感情。

热苞谷

手持热苞谷的一对小男孩在街头追戏。
手持的热苞谷如同奥林匹克圣火接力的火炬。
一切在加快成熟。

请看街头一对追戏的小男孩
他们手持鲜嫩的热苞谷大步跃过一片一片太阳
像跃过一片一片湖水。
像跃过母亲的弹簧床。
他们躲过行道树忘情地朝向前方追戏。
他们嬉笑什么？
林荫道上奔跑着男孩子蓝蓝的背心。
和高尔夫呢西服短裤。
和雪白的运动鞋。
父母在一旁骑着自行车随后尾随。
父母在一旁骑着自行车随后尾随
奔跑着的一个男孩子
忍不住停步掰开热苞谷的一叶苞衣。
喜气的谷粒透过丝絮射出迷人的十字星辉
男孩子更紧地追逐另一个奔跑的男孩子。
热苞谷金黄的籽实让城市的夏季瞬刻成熟
男孩子奔跑在铁桥。奔跑在河岸。奔跑在光栅。
他们呼唤什么？
他们嬉笑什么？
听得到热苞谷飒飒的风声。
一切请加快成熟。

　　我几乎熟悉昌耀所有的诗。一个诗人的一生中会写下自己生命的流程，这流程中有宽阔的河面，有突起的风波，有两岸的风光……但是，最能昭示诗人灵魂的，却是内凝的漩涡。这样的诗一生并不多见，因为它是猝然袭来令诗人神骸俱消的瞬间，是诗人被"非如此不可"的神异之声擒住后噬心的自画像。我认为，昌耀有两首诗属于这种性质，一是《孤坟》，一是《烘烤》。"孤坟"是诗人宏伟的葬身之地——冰山大坂，在这里他与"天堂墙壁"对击，最终轰然倒下，"大自然悲鸣。冰风自背后袭来"。而《烘烤》则是"永怀的内热如同地火"，是诗人主动寻求的"酷刑"；是历练精神、锻打意志的炼狱之火。昌耀的一生就是在坚冰和火焰中轮回的一生，他的生平告诉我们：尽管这世界已变得歪歪斜斜，但作为诗人仍然可能活得高尚。

　　但我三思之后却没有选择解读这两首诗。圣者已逝，我不忍再打扰他。他睡在大地怀中，借生命的光明，行完一世路程。愿他醒来清静，得享澄澈性情。《热苞谷》是昌耀众多佳作之一，这首诗是诗人创作中的一个"例外"。它单纯、明澈，走笔清畅，孩子手持热苞谷奔跑的声音，应和着诗人欣快的脉搏声，苞谷粒射出的"十字星辉"，安慰了一颗痛苦的诗心。

　　这首诗的结构是线条的，与昌耀大部分作品的块垒峥嵘不同。手持热苞谷的孩子在追戏另一个孩子，这一场景使诗人凝神。但他没有急于站出来抒情，而是以叙述的笔调尽心尽性地写了孩子的步态、表情、衣着、剥苞谷的动作、飞跑中闪掠而过的风景。正是在这种对本真情境的描述中，"存在"自己现身"说话"了。它不是诗人"移情"的产物，而是直接带着天地同参的拍击力，向我们涌来。"他们呼唤什么？他们嬉笑什么？"不必再说了，一切在加快成熟，懵懂的孩子教诗人领悟了"心与道合"。

　　另外，《热苞谷》与昌耀大部分作品善于使用"混色"不同，它几乎是平涂的一块有装饰感的单色。主体色调是响亮的金黄色（苞谷，火炬，一片一片太阳及光棚），间以单纯颜色的绿树。蓝背心，高尔夫呢西裤，雪白的运动鞋，黑色铁桥。色彩的单纯，表达了诗人心灵的快放与和谐,与他所要处理的情境达成同构关系,在此,"色彩就是思想"(列宾语)。

像凡·高选择"食土豆的人"入画一样,昌耀也将"苞谷"这平民化食品深刻撩进了我们的心。苞谷是"低下"的。但它才更像大地伸出的拳头,诚朴地反映着太阳之光和大地的"喜气"。——昌耀老师,愿我没有选错这首诗。

周　涛

这是一块偏心的版图

若干世纪以来所发生的事情
都在证明这家族的分配不均
多山的北方多高原的北方多雪的北方
用脚掌暖化冰雪却无奈它向东倾注的北方
眼见那河流在南方养育三角洲
却在北方在中原菌生群雄并起的纷争

北方坐在马鞍上透过风扬的黑鬃俯视河水
听远行的商旅带来的秦淮河传说
满地珠宝城郭，十万富贵人家
楼头有红衣女倚栏拨琴低唱
便对这偏心的版图产生妒恨和野心
黄河粗野的浪头就从血脉中腾起

饮马长江从来是一句诱人的口号
游牧者的劳动是战争，追逐水草是天性
奴役人如同役使畜牲
发起一次战争像围猎一支兽群
但是南方却用一个宫女就解了围
用一曲幽怨的琵琶引去遍野铁骑

在南方水池里依旧游动着红鲤

亭台畔假山旁青翠的竹林不生荒草

凭一江天险守富庶的和平

等五十年后躁动的马蹄又叩响长城

三千年不息的内战证明这版图的偏心

——偌大的中国东南倾斜而失去平衡

　　欣赏这首诗首先要明确，审美态度与实用态度、艺术美和社会评判应该截然分开。否则，你将越读越不舒服，越读越怀疑此诗意蕴是建立在荒谬之上的。艺术的真实，不同于历史的真实；情感的判断，不同于理智的判断，这是欣赏《这是一块偏心的版图》这首诗，必须遵循的前提。

　　周涛是内地人，却一直生活在荒凉的新疆。大自然粗粝的风，雕凿了他诗歌的线条；沙漠上的热泉，在给他的生命以滋润的同时，也给了他一种近乎狂迷的爱情。他对北中国的爱，是无条件的、浸入肌髓的。他任凭浓烈的情感驱使，"忽略"了具体物象的客观品质，将自身完全融在了那一片凝恒的地貌里，达到一种高峰体验。《这是一块偏心的版图》就是这样一首除了激情之外，一切评断尺度都泯灭、消融的力作。在这种迷狂的状态里，诗人写了他对"多高原的北方""多雪的北方"（这里的北方似乎主要指西北）的一片痴情。在诗人看来，中国的版图是"偏心的""分配不均"的，憨厚辛劳的北方"用脚掌暖化冰雪却无奈它向东倾注"。北方坐在马鞍上迎着砭骨的朔风，无望地听"满地珠宝城郭，十万富贵人家"的南国红衣女浅斟低唱。是北方的河流养育了富庶的三角洲，但自身却过着风餐露宿的游牧生活……诗人对北方的一片痴情竟导致了他对"历史"的重新观照，"饮马长江从来是一句诱人的口号""三千年不息的内战证明这版图的偏心"。这里，我们实在不必像读历史教科书一样去考察这种观点是否成立，我们只须问自己一下：你是否为诗人的一片挚爱所感动了？是否完成了一次诗的遨游？你的历史意识、社会意识是否在刹那间失落？是否在内心深处为诗人的正气和人格所震动？——如果是这样，你就不愧为《这是一块偏心的版图》的不偏心的读者！诗歌从来都是特殊的"呓语"，但它引导我们走向真实——情感的真实。

周涛热爱他的大西北竟到了可笑的程度，但我们笑过后却不能不为诗人超出常人的爱所感动。你看，他竟能够写出这等奇句：北方才有／真正的被窝呢／冬天的／干燥的／温暖的（《夜的反叛》）。这绝不是那些猎奇者几句"沙枣""胡杨""瀚海""飞天"之类所可比拟的。情之所至，力之所至，赤子之心之所至啊！

冬天里遇到的童话

有一年冬天
我遇到了一个童话

它并没有什么深刻的含义
但我觉得它很美丽

那是巩乃斯草原雪后的清晨
大地铺了厚厚的银絮

阳光在上面镀上炫目的幻想
这时，雪原上跑过一只狐狸

它是那样的火红
如滚动的火焰，太阳的儿女

当它艰难地从深雪里跃出
慌张得险些撞上我的马蹄

一刹那，我看见那恐惧绝望的眼睛
和嘴边细碎的雾气

我让开了道路久久凝望
洁白的雪原上，火红的影子渐渐远去

这时，我身后才传来了
暴怒的犬吠和沉重的马蹄

这猎人追捕的逃犯，草原的惯盗
自然界骗子，啊狐狸

可是我心里却希望着
他们不要抓住你

让这火红的生命在雪原跳动吧
没有它旷野该多孤寂

这是一个没有意义的童话
至今，还清晰地藏在我的记忆

　　这是一首纯诗，它源于诗人生命内部对美的无任何功利判断的虔诚。用诗人自己的话说，就是"它并没有什么深刻的含义／但我觉得它很美丽"。其实，诗的目的，就是物我在实用观点上的某种隔绝，它将美当作最高的真和善。对于一个真正的诗人来说，为纯粹的美而忘乎所以就是最高的"品格"！

　　狐狸，在世代流传下来的神话、童谣中，已经被固定为狡猾、奸诈、歹毒的象征物。但诗人却一反常规，尽情尽兴地赞美了它，说它是"滚动的火焰，太阳的儿女"。读了这首诗，我们奇怪地接受了诗人的观点，这是因为它以美征服了我们。而那些围捕狐狸的人，却成了美的毁灭者。这就是诗的力量，它超越世俗的语义系统，有着自己的深层艺术价值。

这首诗对狐狸的赞美是颇具匠心的。诗人选择了无垠的雪原作为底色，更加衬托了狐狸的火红；草原的广袤的静谧，更加突出了狐狸奔跑的运动感和无限感。没有这些背景，狐狸的风神意态便不会如此鲜明。这是"火红的生命在雪原跳动"，这是美在洁白的纸上划出的一道红彤彤的线条！但美是那么脆弱，它仿佛马上就会被毁灭，它"恐惧绝望的眼睛"令我们心痛。这里，诗人非常出色地调节了诗的内部节奏，他先让我们感到美，再让我们感到紧张，最后又留给我们一个遐想，"火红的影子渐渐远去"。它美得令我们担心，美得令我们生动！噢，诗人！请保留你独特的对美无条件的崇拜吧，让蒙尘于诗歌的世俗功利性统统散去，让这缪斯的精灵自由地奔驰，"没有它旷野该多孤寂"，生命该多孤寂！

这首小诗无多深意，与所谓的"保护自然生态"没有什么关系。诗人关心的是美的出现，美的运动，美的脆弱。如果我们非要从此诗中挖掘什么微言大义，那么，离诗人的想法就很远了。那样，只会缩小这只火狐的内涵，只会毁灭一首纯诗。

我不想赞美骆驼

为什么总是要赞美骆驼呢？
我弄不明白
看见它的时候我只有沉重的悲哀

大而贫瘠的沙漠
它是大而畸形的怪态
尖厉的怪叫是跋涉者的声音吗？
不，那是可怕的变态

你为了生存，别人为驱使
竟把你变得这样
丑陋得善良，合理得奇怪
像一只驼背的恐龙
像一位乖僻的老者
看见它的时候我只有沉重的悲哀

对自己所求甚少，是的
它吃带刺的食物
难道让它吃铁丝网也干吗？
甚至半个月可以不进滴水
难怪它的血液黏稠得不再沸腾
在沙漠里求生是无罪的
在沙漠里安居是可悲的
其实它对绿洲恐惧而不理解
它已经衰老了
令人惋惜的是那些小骆驼
它们一生下来就是老态十足
背上因袭着那可笑的瘤
并且似乎永远永远
世世代代在沙漠生活下去
倘使海洋风复归，北方走进雨季

谁能保证沙漠就永远不变成岛屿？

骆驼的精神只是一个忍耐
因而我不想赞美骆驼
因而看见它的时候我只有沉重的悲哀

骆驼，是被千百诗人咏唱过的。它是沙漠之舟，坚韧执着的生命，需求最少而贡献最多，忍辱负重而默默跋涉……以至于如果再去写骆驼，就发现一切都被写尽了。但一个真正的诗人，似乎就爱做些人们感到困难的事，"言前人所未言，发前人所未发，而后为我之诗"（《原诗》叶燮）。周涛的《我不想赞美骆驼》，就唱出了与众不同的弦外之音。诗人根据骆驼本身的形状和生活特性，表现了自己对这一生命现象所暗示的文化意蕴的理解。他没有遁入寻常的轨道去赞美骆驼，而是霍然揭去了附在它身上的光环，使之成为盲目忍耐、随遇而安、麻木不仁、畸形悲哀的象征。这种意味，是和现代人对生存状态的反思同步的。

　　要改变一个早被确立为公共象征体的事物，真是相当困难。略失稳健，就会落入故弄玄虚哗众取宠的窠臼。周涛的《我不想赞美骆驼》为什么使人读后不但没有抗拒心理，反而折服诗人目光的犀利呢？原因是他紧紧围绕着骆驼本有的生活特性和形态体貌来加以描述。"尖厉的怪叫是跋涉者的声音吗？／不，那是可怕的变态／你为了生存，别人为驱使／竟把你变得这样／丑陋得善良，合理得奇怪"。这就透过忍耐辛劳的表面，揭示了那一颗尘封了的、麻木而乖僻的心。接下来诗人更深刻地写了究竟怎样才算顽强坚韧的人生。它应是不断进取的，而非随遇而安的；它应是清醒自为的，而非逆来顺受的。"甚至半个月可以不进滴水／难怪它的血液黏稠得不再沸腾／在沙漠里求生是无罪的／在沙漠里安居是可悲的"。至此我们忽然警醒起来，这果真是在为了揭示骆驼的本质吗？我们意识到了自身的悲剧，意识到几千年封建奴性意识的污血还在我们脉管里黏稠地涌动。我们连铺路石子、螺丝钉都做过了，但就是放弃了首先做一个有独立精神、独立判断和思考的主体——人！我们以贫瘠为骄傲，以忍耐为美德，我们不知道除了沙漠里那片可能出现的草丛外，远方还有一望无际的生命绿涛、有浩瀚的大海在雄奇地演进！更可悲的是，骆驼遗留的小骆驼，"它们一生下来就是老态十足／背上因袭着那可笑的瘤／并且似乎永远永远／世世代代在沙漠生活下去"！彻底反思民族命运的时代到来了，中国人要和世界人生活得一样，"现代化"就是这民族的声带发出的惟一声音，"谁能保证沙漠就永远不变成岛屿？"最后，诗人以沉重的语气否定了"骆驼精神"——忍耐，表现了他深广的忧患和重铸民族性格的急迫吁求。这首诗看似寻常实奇崛，因为它是以诗人深刻而宏阔的内心世界做基础的。这是一曲觉醒之歌：旧时代的葬歌，新时代的颂歌！

被啄破的蛋壳

猛兽和食草兽

从远古起

便追逐着奔向地平线

潮水起伏

彼岸未至

地平线依然而恐龙绝种了

凶禽和白嘴鸦

从地平线上起飞

被双腿弹向空中

苍空旋转

羽毛纷乱

地平线依然而凤凰失踪了

人类凝视它数千载

眼见这神奇的手掌

将太阳抛起复收回

便在它面前如兽匍匐

之后人类放出各种幻想

在它之上盘旋如禽鸟

一切图腾和神话

都在天地之间

再之后，人类比禽鸟飞得更高
不再崇拜大地
如禽鸟啄破可爱的蛋壳
神话和科学是两翅
待羽毛丰满高高飞入宇宙
回眸俯瞰儿时摇篮——

蛋壳依然在转动
神圣的地平线，被啄破了

这是一曲科学的颂歌，这是一曲人的颂歌。但可贵的还不在于这些"诗言志"，而是"志之所之"（后面的"之"在古汉语中作运动、走向……包含了对形式过程的重视）。这首诗在构思上是十分巧妙的，它将人类把握宇宙、探求宇宙奥秘的信心和行动，比作"禽鸟啄破可爱的蛋壳"，这就为此诗平添了一脉生动的情趣，化雄奇壮阔的美为轻灵纤巧的美了。我国古典诗歌在这方面也不乏优秀之例，比如写万类生机舞动、天地为之一新的春天，既可以"春风又绿江南岸"，也可以"竹外桃花三两枝，春江水暖鸭先知"。前者谓之寥廓，而后者谓之精巧。各有所长，都是化境。

这首诗，短短的二十八行，却高度凝练地概括了一部科学进化的袖珍历史。从远古的猛兽、食草兽、凶禽、白嘴鸦对"地平线"的追逐，到人类的祖先对土地的崇拜、敬畏，再到"人类比禽鸟飞得更高 / 不再崇拜大地"，诗人仿佛漫不经心一笔扫过，但内中所含的深刻意蕴却在这漫不经心中静静衍化开来。由神话和科学作为双翼的万物灵长，就是靠了一代一代艰苦的探索、斗争、前仆后继、筚路蓝缕，才终于"如禽鸟啄破可爱的蛋壳"，飞升起来俯视我们的地球母亲，并去探求宇宙的奥秘的。这首诗没有不着边际的说教和空泛的呐喊，诗人"窥意象而运斤"（《文心雕龙》刘勰），既有理性的骨架，又有直觉和幻象为血肉，凝逸思为聚想，是不可多得的科学诗。这首诗围绕着"消失了的地平线"运转，于不动声色中尽示出一腔豪情。人的赞歌、科学的赞歌不是不能再唱，而是你要唱，就一定要唱出独标真素的声音来！

足 球

一

疯狗们攥蛋傻狗们看！

二

除了手
全身任何部位都调动起来
头和脚联盟
向一双手进攻
别的手全不愿帮忙

束手有策的拼抢
缩手不缩脚的战争

三

由于人在地球上
显得太渺小
就制造了一个模拟的小球
踢来踢去

还说：瞧吧

　　　地球在我脚下！

四

越他妈的不容易进
观众就越有耐性

五

守门员。
胜利总是跟他毫无关系
在进攻中他老是袖手旁观
罪过却一定由他全部承担
失败总是怪他疏忽无能

六

在这场风靡世界的运动中
得到最充分显示的
是人的无聊

七

给人最重要的启示在于
得有一个球
一个圆形的
会蹦跳和滚动的
不容易弄住的目标
不然，那十个小伙子

会自己打起来
看台上的人也坐不住
会各自惹出许多事……

八

四种标点符号而已
。
，
——
！

九

人类已经设计出许多
逗自己玩儿的东西

小孩的玩具
用来防止他哭闹
大人的玩具
用来分散注意力
——以免他过分关心
　　球场以外的争夺

十

奖杯到手
一切化为乌有
球星等不到下一次
下一次又有新球星

老球星坐在看台上
腿上的伤隐隐作疼
只有他知道
这种疯狂的节日
究竟是怎么回事

生活的魅力在于
它永远诱骗刚上场的人
和——观众

十一

谁真正能通过足球
一通百通地悟透了世界
谁就是超级球星
超级球星
配当总统

十二

什么也不精通
就等于什么也不懂
事物有大小之别
道理却同样深刻

这是周涛的组诗《歪诗六首》中的第一首。这首诗从表面上看仿佛是诗人在狠乡乡地插科打诨，但深入细辨，我们就不难发现这首诗骨子里的严肃，它表面上的乖张是为了强调实质上的真实。读了这首诗后，你会畅快地大笑，也可能会意地戏骂诗人一声"这小子！"但你就是不能一笑一骂而过，你感到你的心被它狠狠地划了一下，你感到一种悲凉忽地涌了上来：我究竟在扮演着哪种角色？我是怎样在巨大的幻觉中生存的？足球还是地球？此诗毋须去导读，这是一种戏谑背后的反讽的悲悯，一种浓重的怀疑和宿命感。人类的缩影被置放在小小的绿茵场上，他们的力量和愚昧，他们的欣悦和哀伤，他们制造幻觉又被幻觉制造，以及"老球星"式的早殇和新来者的懵懂，都在这里纤毫毕露！这首诗，诗人并无恶意，他只是通过浪漫反讽形式，以严肃的几乎犀利的眼睛盯住无法回避的生存，并将它揭示出来而已。幽默谐谑的语调，是为增加此诗的沧桑感，那是悟透世事的智者的箴言，它漫不经心，但深意藏焉。是的，"谁真正能通过足球／一通百通地悟透了世界／谁就是超级球星／超级球星／配当总统"。这种从反面入手揭示生存的诗，我们可能还不习惯，这不要紧，只要我们相信诗人诗心善良，他的幽默不是滑稽，他的讽刺是对着人类中愚劣天性的部分，就可以了。而更深刻的洞见和诗人经验的本质内核，则需要你反复的品味和不断的打开……"歪诗"不歪，或者说周涛"歪打正着"。我们习惯了一本正经，习惯了接受教训，诗人有意将我们拉入极端的调侃之中，让笑发挥它的本质力量。

梅绍静

唢呐声声

这不歇气儿的
金黄的声音，
在金黄的阳光里
金黄的土地上飘荡……

啊，只要世上还有这个声音，
我的心就不会平静，
不管它在多远的地方，
也会款款地落在
我的耳旁。

我不再好奇地
盯着吹奏人，
那微闭的双眼。

我不再讪笑
满眼的红红绿绿，
也不再发傻似地瞧着
驴驮上的新嫁娘……

我的心开始在这声音里

隐隐地振动，
还一阵阵地发出
抑制不住的声响。

好像它也有
和这支唢呐一样的频率。
好像它也憋了整整一年，
和土地、阳光一样。

难道我的心里，
真有这金黄的声音，
既扎实又透亮？

啊，为什么它会
和千万支唢呐一样，
颤颤悠悠，
喜气洋洋，
不停不休地
响在这山间小路上？

我听见了它，
它招来了这么些
小娃娃和大姑娘。
他们也知道吗？
我多么喜欢无忧无虑的笑容、
崭新美丽的衣裳。

唢呐也是
世上的一面镜子，
把另外一种鲜花和色彩，

真实地映在自己的身上：

那缀着拼音字母的秋竹梅花，
那撒下银色星雨的焰火，
不再是土炕上织布时的梦，
它们已是一件件真实的衣裳。
啊，让我这悠悠的、亮亮的声音，
也跟着花花绿绿的腰带，
跟着旱船的桨，
在这欢笑闹嚷的人流里
起起伏伏，飞飞扬扬。

让它也响得人心痒痒的，
把那些还在窑里、
还在山上的人们
聚到这大路旁。
我听见了它，
我听见它
在金黄的阳光里、
金黄的土地上飘荡……

我心中的唢呐呀，
这才是你的命运——
永远被欢喜的人群高举，
还将在流淌的人群中闪闪发光。

啊，不是去迎什么神神，
吹奏唢呐的人就是
捧着甘露瓶儿的观音菩萨！
世上又要有一片开花的果林，

又要有一片翠生生的庄稼……

吹唢呐的人呀，
你吹出了甘露，
吹出了阳光，
也吹出了我的泪花。

梅绍静是当年北京知青，也是长期仍自愿留在陕北高原的少数人
之一。仅仅用对那片温热凝恒的土地的爱情去理解梅绍静，显然是不
够了。那么，梅绍静的魅力在哪儿？首先就在于她是用整个生命、整
个青春为代价，去写着一首永远不会结束的灵魂的诗；这绝不是当年
热情的延续，而是一个诗人终于找到民族的根、诗的根之后，产生的
深邃的痴迷。读她的诗，我们会感到，她不是作为外来的客人去歌唱
那片黄土，而是作为黄土地上生长出来的一株槐树，根紧紧扎在土地
上。是高原的风吹出她叶片的声音，塑造了她自由摇曳遒劲朴拙的形
象。这首《唢呐声声》就是她源于内在生命的献给黄土地的情歌。

粗犷热烈的唢呐声，在这里成了诗人情感生命律动的音调摹
写，这种超越了语言的声音，却使诗人领悟的是一种更深层的语言。
"这不歇气儿的／金黄的声音，／在金黄的阳光里／金黄的土地上飘
荡……"在陕北，随手可触的一切都与黄色紧密相连。民族命脉中遗
传下来的一种血缘，使梅绍静对黄色格外敏感，"金黄的声音"就这
样牵动了我们的心，使我们想到它后面的更大的背景。所以，诗人说
"只要世上还有这个声音，／我的心就不会平静"，这是整个黄皮肤
的民族千百年来用一口长气吹出的生命的音响啊！

望着这迎亲的队伍，诗人"不再好奇"，那满眼的红红绿绿，在
她心中焕发着生活的信心和滋润；那种笨重的、憨直的神情，使诗人
领悟到一种内在的力量。她的心也开始在唢呐的声音里，"隐隐地振
动，／还一阵阵地发出／抑制不住的声响"。这种声响的发出，暗示
给我们：诗人与吹唢呐的乡亲们，已不再是欣赏与被欣赏、表现与被
表现的关系，"我"本来就是他们中的一员，唢呐的声音就是"我"

的心弦的颤荡！它"既扎实又透亮"，是由于"我"的心已经全部属于高原了啊！"根"，又何须从自身外找？！

这首诗写得非常淳朴，但这种淳朴是不能简单地只从文字效果上考察的。诗人和语言的关系，绝不是简单的派生关系，而是一种相互的选择和发现。我们注意到，梅绍静的语言和她置身其中的地缘文化环境是那么和谐，她绝少使用文人化的句式，而以一种貌似不大经意的口语（有些甚至是陕北俗语）入诗，这就使她的语言不再属于一般意义上的行文特点，而是和她的生命现象达成一种同构关系，就像彭斯之于苏格兰方言的关系一样，它们不能靠模仿、"修炼"，本身就是血液里的东西！

窑洞和园子

伸手推开窑洞的门
像是曝日野老眯上眼睛

一只耳朵捎进一只蜜蜂来
满树的苹果花开繁这条黑脊背

前胸长出些泡桐树
亮光光的叶子亮光光的身

垴畔上麦穗儿灌了浆
一碗水把白糖都化绿

走的这是条地平格漫漫
走的这是你家的水浇园

　　　　谁跟上谁唱好听的"苦菜花儿开"哪
　　　　路唱路走再也不剩它

　　　　太阳焦焦儿的　水萝卜阴阴儿的
　　　　菜蝴蝶来绕在人脚前

　　这首小诗不可句摘，每一句看起来格外平常，但你读完它就会感到，它们构成了朴野清明的完整意境。在这个意境里，高原生活的血脉流通着，由细微而至广远，直到摄住你的灵魂。这是黄土高原的另一种风光，另一种美感。

　　"伸手推开窑洞的门／像是曝日野老眯上眼睛"，这种细微的感觉具有特定的地域性。生活在昏暗的土窑中的陕北人，对阳光的感受特别强烈。梅绍静纤细的审美触角探到了它，使这两句诗变得味浓意长。一个"眯"字，准确传神，那疏懒的、心平气和的情致与此诗的意境是那么吻合。这是无风的正午，黄土塬在太阳的抚摸下静静地卧在那儿。"一只耳朵捎进一只蜜蜂来／满树的苹果花开繁这条黑脊背"。无风才可能听到蜜蜂的歌子吗？不完全是。只有一个对这片土地有无限痴情的人才可能感受蜜蜂的歌唱。这蜜蜂的歌唱不是杂乱的嘤嗡，而是清晰纤柔，"一只耳朵捎进一只"，这就突出了窑洞和园子的静谧可人。生活在这儿的人是多么单纯和气与世无争啊！像是那些粉白色的苹果花开得安详美丽。这里写了风光又使我们感到人的美好。"前胸长出些泡桐树／亮光光的叶子亮光光的身"。诗人这里没用"绿油油"来描绘泡桐树，因为这个意象一出现，我们的感觉屏幕上必定是一片绿色，诗人从我们固有的感觉上再推进一步，突出了"亮光光"，这样一来，光、色及树的动态都描绘出来了，多么清爽明丽的画面如现目前。小麦在悄悄灌浆，诗人仿佛尝到了绿色的"白糖水"。一个通感的使用，视觉、味觉、触觉都有了，我们的心也开始灌进这甜甜的浆汁。到此，诗人再也忍不住内心的喜悦，她索性喃喃地说出声儿来，"走的这是条地平格漫漫／走的这是你家的水浇园"。这是对那位不知姓名的勤劳汉的赞美，"你家的"三个字倾注了诗人善良友好的感情。

　　这一切绝非一个观光的人所能领略，只有那些与劳动者心心相印的人才会发出这样平静深情的声音。时代揭开了新的一页，农民有了自己的水浇园，再不必绑在一起吃大锅饭了，劳动创造了美好的生活，辛勤的汗水不再白白渗进黄土。春荒时剜野菜成为一种回忆，"谁跟上谁唱好听的'苦菜花儿开'哪／路唱路走再也不剜它"。别人从歌声中听到旋律，梅绍静却从歌声中听到历史。这凄惶的歌儿勾起她的回忆了吧？不然，她为何单单写进这首歌？！"回来吧，那辽远的思绪"，诗人也许这样对自己说，这与眼前的风光是多么不谐和呀。"太阳焦焦儿的　水萝卜阴阴儿的／菜蝴蝶来绕在人脚前"。这就是黄土高坡的另一种神韵，它"焦焦儿的"烤暖诗人的心，"阴阴儿的"滋润着诗人的心，菜蝴蝶一样缠绕撩拨着诗人的心……真真兴会神到！这首诗没有变幻怪谲的意象，没有浓缛绚烂的色彩，像一幅陕北民间剪纸，那么清爽拙稚，却又那么令人回味无穷。

碗形心

　　　　那些老碗在我面前
　　　　冒着热气
　　　　香味儿阵阵飘散。

　　　　可我看见的，
　　　　只有汗水润湿了，
　　　　冒着热气的脸。

　　　　只有初春的太阳底下，
　　　　静静地，
　　　　冒着热气的山塬。

我没法儿改变
自己的碗形心，
塑成它，烧制它的，
是我的民族的苦难。

就让这样一颗碗形的心
把这个世界上
还冒着热气的话语
盛得满满。

就让它带着
自己的香味儿，
在那么多土窑里，
阵阵飘散。

　　这首诗写得端凝委曲，但又肝胆刻露，有一脉浓重的忧患感。黄土高原作为中华民族的发祥地之一，留下了多少辉煌的历史文物！梅绍静身居其中，但几乎没有写过什么神壶彩陶之类。这不说明诗人缺少"历史意识"，恰恰告诉我们，诗人是从对现实的关注中去反思历史的。在这个意义上，一个粗瓷老碗的意象，是胜过那些类型化的怀思古之幽情、发骚人之感慨的"彩陶"的意象的。在这里，历史——人——文化——生存都是那么不露刻痕地凝为一体，粗瓷老碗成为一种联系过去和今天的场。

　　望着那些热气腾腾的老碗，诗人感到的不是笨重落后，而是艰辛和清苦。老碗被幻化成汗水淋漓的粗糙的脸庞，那上面被岁月的刀斧刻下很深的印痕，像泥泞中的辙印。老碗又被幻化成整个的黄土山塬，它清贫坚韧却洒满象征顽强生命的太阳的辉光。诗人被这一切撼动了，那匆匆的一瞥，竟使她终生不能走出，"我没法儿改变／自己的碗形心，／塑成它，烧制它的，／是我的民族的苦难"。心灵的形状可以是甜蜜的桃子，也可以是红润的玛瑙，可梅绍静的心是"碗形"的！因为只有这样的形状，才可能盛满浓重的血浆和苦泪，这是整个艰辛的民族留给它的孩子的遗产啊！诗人不会忘怀清贫中的仁义，和与清贫的斗争，她骄傲地宣告她无愧于苦难的父老们！"就让这样一颗碗形的心／把这个世界上／还冒着热气的话语／盛得满满"。那冒着热气的话语是什么？是肝胆相照的誓约，是无私贡献的母爱，是抚慰更是鞭策，是鼓励更是叮咛……诗人就这样带着一颗注满忧患和幸福、历史和现实的"碗形心"上路，沉重使她的步履击打出扎实的蹬音，温暖使她的脚掌烫伤一路的冰雪。这是一颗大心，它和民族的心发出同样的节拍。无论是在"那么多土窑里"，还是在别的地方，它都会让"自己的香味儿""阵阵飘散"！

　　这首诗在炼意上颇见功夫。诗人由一只粗瓷老碗生发联想，平淡的语言由于立意高远而发出金声玉振的音响，正是"以数言而统万形，元气浑成，其浩无涯"（《四溟诗话》明·谢榛）的精品。

山风才为玉米叶子歌唱

山风才为玉米叶子歌唱！

为那些扎了羊肚子手巾，赤了脚，
站在黄土地里的叶子歌唱……

啊，好似穿了黑衣裳的玉米叶子呀，
已灌满碧绿的血汗汁浆！

每一根叶脉都鼓鼓涨涨，
在黄土里闪耀翡翠的亮光。

这升起叹息又融化叹息的叶子啊，
这会开花又会结实永无穷尽的矿藏！

山风才为玉米叶子歌唱！

多么久了？艰辛为玉米叶子传播花粉，
孕育在那里的就只是活下去的希望。

祖祖辈辈连一个节气也不敢放松的玉米叶子呀，
并没有采摘不完的果实闪亮！

哪里有遍地不落的拔节音响？
沟沟底蕴含着的永远是沉重的芳香……

在玉米叶子里找不到一曲无字的信天游啊，
所有随风编唱的歌词都和种子的历史一样漫长！

山风才为玉米叶子歌唱！

为一辈子就只叫个玉米，
为一辈子就懂收棒子的叶子歌唱。

为山梁上那些"展足了劲受苦"的玉米叶子，
为沟沟底那些早已让"黄土盖在脸上"了的玉米叶子歌唱。

为每一片夜夜期待三星许下诺言，
为每一片日日任汗珠滚淌的玉米叶子歌唱。

啊，那从胸脯上萌发出来的嫩芽
新鲜皮肉一般柔嫩。

啊，那从脚趾间向土里伸展的根须
牛绳马缰一般强壮！

山风才为玉米叶子歌唱！

为那些下山前总要抓起一把泥土，
把古老工具擦得锃亮的玉米叶子歌唱。

为来到山上，只向牛，只向天空，
喊出自己声音来的玉米叶子歌唱！

为任千万只手剥落他的果实，
为艰难呼吸使这土地芬芳的玉米叶子歌唱！

啊，纯朴的玉米叶子啊，你们无边无际，无边无际，
从这黄山土塬的每一个角落蔓延到我的心上！

只有山风才为你们歌唱！
我再也唱不出声音来了，当我走在你们中间，
啊，我不知道自己为什么热泪盈眶？为什么热泪盈眶？

我愿意此刻就从自己的胳膊上，
长出一片又一片碧绿的叶子来！

我就是扎在这里的一条根呀，
从今后永远不再说自己是在为你们歌唱！

我愿意此刻就从自己的胸怀里，
飘出一阵又一阵清香来！

　　我就是淌过你们心上的一股汁浆呀，
　　从今后永远不再说自己是在为你们歌唱！
　　啊，只有山风才为你们歌唱！

　　有谁像她那样固执地唱过？
　　走遍了你的每一条沟壑，每一座山梁。

　　有谁像她那样无邪地唱过？
　　日日夜夜歌唱着你没有喊叫出来的愿望。

　　有谁像她那样赤诚地唱过啊？
　　你的一切都怀抱在她的胸膛。

　　只有山风，只有山风才是你们的歌手，
　　她永远不会离开黄山土梁……

　　"山风才为玉米叶子歌唱！"这种泼辣放逸的声音只有梅绍静唱得出来！这开首的一句是全篇主旋，具有一种强大的感染力。那自豪那悲慨那温厚那凝重都紧紧挤压在这十个字中，它们期待着爆发。接下来，诗人从各个方面去挖掘被人视若卑贱的、无用的"玉米叶子"中，闪耀出的"翡翠的亮光"。这里的"玉米叶子"，已经消失了它本来的意义，成为世世代代躬耕在西部黄土高原上的父老乡亲的象征。他们默默匍匐在梁峁上，"展足了劲受苦"；他们奉献出鲜血和热汗，只能孕育"活下去的希望"。但是，正是在这里，诗人发现了生命的精义，西部的历史不正是这"无边无际，无边无际"的"纯朴的玉米叶子"推动的吗？"山风"是谁？仿佛有诗人的自喻："有谁像她那样赤诚地唱过啊？"诗人情感深致，她甚至为过去那种居高临下的歌唱的态度感到惭愧，因为那是一种旁观式的田园牧歌。而现在，她已和那些"扎了羊肚子手巾，赤了脚，／站在黄土地里的叶子"是一体的了，"我就是扎在这里的一条根呀，／从今后永远不再说自己是在为你们歌唱！""我"和"你们"，都是沉重的玉米叶子，"我"是在为生命歌唱，为我们永恒的卑微者的财富歌唱，为我自己和那些同我一样的土地的孩子歌唱！为民族的脊梁——人民歌唱啊！

这首诗，诗人的抒情角度不是主客式的，而是充分个体生命的爆发。她不仅去体验什么生活，而是要让生活去体验一下她的发自灵魂的诗歌。在诗里，她是山风，是玉米叶子，是诗人，又是清贫而坚韧的人民中的一员。这样，才使我们领略到了超出一般颂歌的源于灵魂的剧烈喧哗。其次，这首诗在结构上和意象转换上也是很耐人寻味的。结构在这里具有双重性质，一重是自然景观意义上的"山风才为玉米叶子歌唱"，另一重是"我为那些深沉苦壮如玉米叶子的人歌唱"。后一重结构，是此诗的高层结构，它带有深刻的象征性。意象的转换是诗人双重结构建筑的主要手段。"玉米叶子"转换成乡亲，"我"又转换成"玉米叶子"，这样，就在三者之间找到了一种无间隙的联系，"我"成了多元第一人称，时而在这儿，时而在那儿，从不同方位展示灵魂："我为那些深沉苦壮如玉米叶子的人歌唱"，也就成了"我为我的生命意志歌唱"了，因为，我本身也是一片有"沉重的芳香"的玉米叶子啊！

她就是那个梅

不要指着你那憨野地笑着的女儿，
对我说："我的二女子！叫唤梅。"

不要停下你絮着棉花的手，抬起眼：
"为甚女子都叫'改'？我就叫她'唤'哩！"

啊，母亲！唤着你的梅的母亲

你的这些话，惊得我瞪大了眼睛。

"二女子生下来就哭不出声！
是你大娘抱了公鸡来唤我的梅。"

"嘴对着嘴唤了嘛，唤活来我的梅，
你说叫个唤梅，究竟对不对？"

"这名字起好了！"（我笑什么哟？）
你却说："你是学生女子，不还叫了个梅？"

唤梅的母亲：多少年过去了，
你还记不记得那一个梅！

不是你把我从大路上唤回你窑里来的吗？
不是你给了我第一阵哭声？

能哭出声来的孩子才能活下去，
那一天，我也叫你家的公鸡嘴对过嘴？

也许只有我一个人吧，在这个世界上，
想起那天我觉着羞愧！

你拉着我的手一股劲叫唤梅呵，
你慌乱中的呼唤又催出我多少眼泪？

可是那天以后，我好好地活下来了，
像颗野果子，我也包着兜活着的滋味！

呵，母亲！我长在这儿多像马茹子啊，

显眉显眼的，可也叫你放心！

什么时候起，外乡人问我是谁，
你就在那人面前说："她是我的梅！"

也这么叫着我："来！我的梅！"
我想不起来了呵，唤梅的母亲！

我总是看见一个学生女子走在那沟沟底，
她就是那个在你怀里哭过的梅呵，母亲！

　　黄土高原那片无垠的土地，无时不在呼唤着诗人的灵性。梅绍静不是一个苦苦地找矿的人，她的矿脉到处都是。所以，她的诗很少有突然"发现"式的惊喜，而是素朴的、几乎是原生在那儿的。这样的诗，就不像黄土地上雄风猎猎的旗，而是土地深层温度的款款释放。《她就是那个梅》就是诗人对那片充满母性的高原以及高原人民的赞歌，看似信手拈来，实却意味深长。

　　这首诗利用了巧合的戏剧性效果。诗人先是以简洁的笔墨为我们讲了一个故事：母亲的亲生女儿叫"唤梅"，"我"的名字里也有个"梅"。唤梅生下来哭不出声，于是亲人用公鸡来"唤"醒她哭。"唤梅"的名字就来源于此，她的真正的生命是从公鸡唤哭来做开始的。但这个故事在梅绍静笔下放出了深刻的光束。她通过类比意识到，自己的青春和生命的意义，不也正是母亲这样善良伟大的陕北乡亲们"唤"来的吗？在那精神被放逐的迷惘岁月，有多少知青那寒冷的心僵死的心，是被最底层的人民"唤"活、"唤"暖的啊！是他（她）们给了"我第一阵哭声"，像委屈的孩子见到父母那样的纵情的、温暖的哭声！这就是人民伟大的母亲般的抚慰，它具有起死回生的力量。正是这种无私的母爱，使千百个"我""好好地活下来了，／像颗野果子"倔强地承受了荒野的风暴。诗人庆幸自己能遇到这样的母亲，正是在这里，她理解了非意识形态化的、本真的人民的含义。她以有这样的

"唤着你的梅的母亲"而骄傲，她永远"就是那个梅"，那个母亲的亲生女儿！

这首诗构思精巧，但不露斧痕，诗人牢牢抓住一个"唤"字、一个"梅"字，反复咏唱，层层推进感情，收到了格外强烈的抒情效果。在语言上，诗人摒弃铅华，任凭挚情由叙事片段牵引而一路写开，用感叹句和问句的频繁出现，收到了奇妙的一唱三叹效果，使诗像一首纯朴委婉的信天游那样，音逐情起，语与兴趣。

银纽丝

从没听过这样的眉户调，啊，
这么凄凉的曲牌，它叫银纽丝。

这会儿我才晓得自己的心又要站不稳了，
已在冰河上摔过好几回。

他几次回头想过来的样子，
可还是打定主意离我远远的。

他总算还是走在我前头啊，
可过了河就是山西是山西。

谁跟谁这阵子还有言语？
只有银纽丝那曲牌在远处响得凄凄。

谁让他教我在塑料底儿上包块破布？
谁让那破布是他身上一块儿烂棉袄里子？

烂里子上还衬着块棉花啊,

他不理我问他:"是不是胸背上的?"

他只叫我把那踩在脚底底。

他只叫我把那踩在脚底底。

我从没听过这么凄惨的眉户调,

它这会儿是在哪搭儿响啊? 它叫银纽丝。

眉户调,多么朴拙的剧种名字,我熟悉它! 我在山西长大,幼时常听奶奶哼唱。那时我还不识字,随奶奶乡音管它叫"迷胡子"。每当奶奶哼起"迷胡子"我就知道她老人家遇到绕不过去的心事了。稍大一点,我一感到奶奶伤怀,就会搬个小板凳坐在她脚边说:"给我唱迷胡子吧。"奶奶笑着,眼里却依稀敷上薄薄的泪花。

后来,我知道了"迷胡子"原来是叫"眉户",它是流行于陕西、山西、甘肃、青海等地的戏曲剧种。贫瘠的山塬,瘦硬的垴畔,凄惶的天空,苦苦菜崮堆……是生长和收留它的地方。比起信天游"酸曲儿",它少了些高亢,但更错落、低回、憨实,一句句往你心里扎。噢,"迷胡子",你可是教硬"胡子"汉子"凄迷"的曲调吗?

但我至今不能分辨眉户调中的一个曲牌:"银纽丝"。不过不必啦,梅绍静已经为我们"唱"出了它。我至今保留着发表这首诗的《中国西部文学》1985 年 3 月号。在读到它那天的日记上写着:"……又凄楚又明亮。不可思议的魔力,老老实实来自一颗朴拙又敏感的人心。"

这首诗垂直打入我的心灵,十五年过去仍葆有持之以恒的审美温度和情感的噬心力量。时光流逝,真诗不死,它们本是大地上那些顽强的生命呼出的一口口长气呵。

《银纽丝》写的是感人的爱情。像《国风》中某些动人的诗篇一样,这首诗也以第一人称女子的口吻,道出了凄凉又灼热的爱情离别之痛。但以第一人称直接抒情的方式写新诗,往往容易使作品流于发"飘",现当代诗歌史上这样的例子不在少数。或许诗人们有真挚热烈的情感，但是形成文字后，它们不一定经得起"被再读"。我们都知道"诗缘情"，但一个真正的诗人却更应懂得：情——并不等于诗。

这首诗的成功在于，作者没有教情感漫溢，而是使抒情与叙述相融合。全诗紧紧围绕在银纽丝、冰河、烂棉袄里子这些最具体的细节和特定的时空场景中，从而使深广厚重的爱情得以凝注，有如凸透镜使阳光聚焦一样，将感情传达得更为强烈灼人。此诗作只截取了一对恋人离别的时刻，而对为什么离别，诗人几乎没有做交代。一声"他几次回头想过来的样子，可还是打定主意离我远远的"，就教我们体知了那冷酷峻急的生存的逼使，这既是抒情，又是叙述。小伙子踏上了冰河，姑娘在望着他越走越远的身影，有如从近景、中景到远景，送别的视线抻着两颗心，尖锐的痛楚使它快要绷断了。这时，"银纽丝那曲牌在远处响得凄凄"，同时也就成为快要绷断的两根心弦发出的声响。这里，炽灼的爱情燃烧在凛冽的冰河上，这是火与冰的轮回。全诗的张力，就建置在这集中、强烈地撕扯心灵的"限量"的具体时空中。这首诗情感撼人，又扎实内在。在哀唱（抒情）和叙述的融合上堪称完美。其哀唱（抒情）线索是"凄惨的眉户调"，从开始起，规律性地每隔三节就响起它痛断肝肠的声音。这声音固执、凄怆、缭绕不息，有如板胡的琴轴，将全诗的结构旋得紧紧。而此诗的叙述内容，则紧紧扣住冰河送行这一情境。在此，冰河之寒、滑，与命运之寒、滑，互为拟喻。这既是实写，更是心象。小伙子扯下烂棉袄胸背里子，包在姑娘的塑料鞋底上，正是为了能稍稍抵挡一下这双重意义上的寒、滑之冰河呵。

"他只叫我把那踩在脚底底，他只叫我把那踩在脚底底"，这种哀唱与叙述的融合，令人闻之心碎，视之泪滚。

我更热爱这穷人版的"公无渡河"篇里拙朴的《银纽丝》，才有着真正的纯正高贵的情感。难能可贵的是，诗人没有凭仗情感的真挚而在诗艺上做半点让步，它达到了情与诗忻合无间的境界。我们真真儿的听到了凄凉的银纽丝，它这会儿是在这搭儿响啊，我们的"心又要站不稳了，已在冰河上摔过好几回"……

章德益

高原的诞生

从古猛士仆地的身躯中徐徐隆起
高原，开始隆升起最初的骨骼

血肉之躯卧地，如紧闭之蚌
微微启开，吐出血滴炼成太阳
背脊拱升起岩体
胸脯绵延成平野
目光徐徐滑动，渐渐陨灭成幽冷地平线
指缝揳入岩层
有第一棵青草沿指尖悄悄吐绿
嶙峋的肌腱，石化成西部最初的轮廓
地壳在一颗心脏的重击下颤栗

高度终于沿着他背脊线的弧度
突破，徐徐上升

身躯最终弯成一张拉开的强弓
生命的最后姿势
呼啸着射出最初的山群
岩层狂欢，血泪呼唤高度
凝固的时间裂开，岩石迸裂

紫色的闪电中，云层与岩流与熔浆交欢
渴望全部的血肉化为熔岩上升
抚摸最初的天空

殉道者的血肉冷凝为土地
而灵魂体现为至高的山岳
最后勃动于喉管的呼唤
也渐次飞出
飞成高原上最初的鹰
盘旋于苍穹上的点点遗言
千万年飞入代代仰望者的瞳孔
一曲石化的颂歌，充盈天地
礼赞着一块古大陆悲壮的新生

　　"从古猛士仆地的身躯中徐徐隆起／高原，开始隆升起最初的骨骼"。这首诗从一开始就进入了奇诡的内心视象，"古猛士"的倒下不再是悲剧，而是以死亡换得了生命的永恒，这是高原最初的血缘，西部最初的骨骼。中国传统文化性格中天人合一的精神，就这样得到了浑融的展现。古猛士不是要劈开混沌划出天地，而他本身就是天地造化的灵魂！

　　这是一个从容不迫真体内充的意象，下面的一系列意象都围绕着这个核心意象展开。"血肉之躯卧地，如紧闭之蚌／微微启开，吐出血滴炼成太阳／背脊拱升起岩体／胸脯绵延成平野／目光徐徐滑动，渐渐陨灭成幽冷地平线"。古猛士的鲜血被想象为珍珠——太阳，孕育这珍珠——太阳的，竟是僵硬如蚌的身躯。这里道出了死亡和创造的关系、无尽的受难和永恒的超越之间价值的对比，它们是等值的！猛士的背脊、胸脯、目光分别幻化成西部的岩体、平野、地平线，这些意象是何等恢宏壮烈！但诗人的叙述语调是极为舒缓平静的，他甚至是克制着感情的冲动，以增强诗歌更内在更恒久的张力。

　　接下来，诗人又开始追求迅猛激荡。"身躯最终弯成一张拉开的

强弓 / 生命的最后姿势 / 呼啸着射出最初的山群 / 岩层狂欢，血泪呼唤着高度……"这是有强烈速度感、冲击力的意象群。诗人的用力处在于"呼啸着"三个字，它们与前两节形成对比。我们注意到前两节的叠音形容词，"徐徐""微微""渐渐""悄悄"等，有效地控制了诗的效果。而这里，却用了"呼啸着射出""岩层狂欢""血泪呼唤""时间裂开""岩石迸裂""云层与岩流与熔浆交欢"等这些骚动与喧嚣的动词。这样，此诗就在动与静中得到了新的高度的平衡，读者的阅读过程也充盈着张弛有致的愉快。

以上意象的构成大都与古猛士的身躯有对应关系，如背脊对岩体、胸脯对平野、血滴对太阳等。诗人的想象力是超拔的，但仅是如此还不能突破"笔补造化"的一般层次。下面的一节，诗人的体验趋临高峰状态，摆脱了两者在具象上的相似点，而专力于内在精神的同构：古猛士的"灵魂体现为至高的山岳"。他"最后勃动于喉管的呼唤"犀利地飞上天空，成为"高原上最初的鹰"，而鹰又变作古猛士的"点点遗言"，万古常新地点亮高原后代们的眼睛！这一节来得格外漂亮！诗人凭虚展开，下笔凌厉，高原的诞生就这样完成了。这种脱形以尽意的手法，能在诗人的意图和读者的接受之间产生更大的弹性，使情感从具体的画面飞升到更为空漾博大的境界之中。灵魂为山岳，呼唤为鹰，这种意象的生成，是诗人生命深处剧烈冲突的结果，正像诗人说的，这是"悲壮的新生"。

这首诗生气远出堪与造化争奇，是章德益对西部地貌的钟爱所致，更重要的是对西部人精神内核的深刻把握所致。至此，那位仆地的古猛士象征着谁，或者说他的后裔是谁，还用得着诗人说出吗？！此诗的基本框架借助于古代神话盘古"开天辟地"，诗人吸取了这个神话的精髓，并将今天西部人民的精神灌注其间，这就使此诗具有了相当浓郁的由历史感贯通的当代意识。

大西北，金色的史话

大西北
这不是一个简单的地理名词
这是大地、云海、苍穹、地平线与群山的组合
这是烽火台、古长城、奔马、绿洲与开拓者的合成
这是一重历史空间

这块种植太阳、毡房与大宛马的土地
这块种植冰峰、兀鹰与金色冬不拉的土地
落日的灰烬都堆放在这里吧（因此有了沙漠？）
陨坠的流星都库存在这里吧（因此有了砾石？）
史前生物的残骸都堆积在这里吧（因此有了苍茫的
　群山？）

岁月以残垒与废城注释它，
历史以烽墩与丝绸之路论证它
而人类以绿洲与新城总结它
山，你见过大西北的山吗？
那才是真正男子汉的山
肌腱与线条的组合
力量与雄心的凝铸
凌空起伏成一种宇宙的魄力

树，你见过大西北的树吗？
那才是真正男性的树
一道道凝固于天地间的闪电

一柱柱凝固于天穹下的绿色的喷泉
向人心与世界不断充电

每一条边域古道
都是大西北浩瀚卷帙中一条典故
尘封了三千年悲壮
擦拭它，可以拭响出一串串
古拓边者的蹄声

每一座边城
都是浑黄史记中，一节金色的史话
雄峙三千年，人类的尊严与信心
一座血肉的石雕
矗立在无数岁月的废墟上

每一部历史，都应该有自己的大西北
每一个民族，都应该有自己的大西北
每一个时代，都应该有自己的大西北
世界与人类
才有明天

大西北，开阔辽远的大西北
站在你的土地上
视野与胸怀的放射呀
激情与壮思的驰骋呀
幻想与诗情的圆舞呀
人在历史与世界的广阔中
发现了自身的庄严与美丽
才感到自己站在地球上的沉重

天下的道路
你可都从尘沙与蛮荒中发端
凌越一切古老的曲折
一代代骑者
正向世界的广度与深度
走去

我们是大西北的儿子
我们也是大地、云海、苍穹、地平线与群山的组合
我们也是烽火台、古长城、奔马、绿洲与开拓者的合成
我们也是一重
历史空间

请也在我们的血肉中，种植太阳、毡房与大宛马吧
请也在我们的身躯中，种植冰峰、兀鹰与金色的冬不
　拉吧
大西北
你决不只是一个地理名词
你是历史与现实的象征
你是人类不断远征的最高启示

　　"每一部历史，都应该有自己的大西北／每一个民族，都应该有
自己的大西北／每一个时代，都应该有自己的大西北／世界与人类／
才有明天"！这就是章德益对西部的理解。显然，这里的大西北，已
经超越了它纯粹地域性的意义，而成为人类历史与现实的象征，成为
人类生命意志的深层展示和生存圆与人的关系的思考。这首诗，没有
以猎奇的心理去展览西部的奇诡风光，诗人以悲慨的、不屈的情愫，
直面了生存的艰辛。沙漠被幻化成落日的灰烬，砾石被幻化为陨落的
流星，群山被幻化成史前生物的残骸。这是西部人必须面对的基本生
存背景。但这只是一个事实，如何理解这个事实的意义呢？诗人几

乎是怀着感恩的心情歌唱了命运为他安排的这个角落。自然的阴森悍厉，恰恰刺激了人类不屈的精神；自然的凶险，培养了人类对自身力量的确信。浓重的忧患感和自豪感使诗人意识到，他与西部"真正男子汉的山""真正男性的树"，是属于同样的自然中的一个音响。这样一来，他与古拓边者的血脉融为一体，他们共同占有着这严酷而崇高的"一重历史空间"。西部绵亘的地貌，凝恒的民风民情，造成了诗人心理时间特别强烈这一感觉。旷远的缺少变化的时空，正好被填进了纵向延伸的历史意识，大西北成为人类一切辉煌成就的起始点的象征："你是人类不断远征的最高启示"。人类的尊严和信心，只有在酷烈的背景中才能充分释放，章德益正是站在西北的土地上，才"发现了自身的庄严与美丽／才感到自己站在地球上的沉重"！

　　这首诗写的是大西北，但诗人不滞于物，而能另铸伟辞，融进了对历史、现实中人类命运的思索。这就使此诗不同于一般意义上的对"开拓者"的赞美，对流行观念的"时代精神"的揭示。正是这样，大西北成为一切生命淬砺的熔炉，一切辉煌必经的起点，一个无所不在的启示。噢，"大西北／这不是一个简单的地理名词"！它是人的本质力量的对象化啊！

雪　崩

　　最初的骚动抠破天空
　　天空倾滑
　　骤然间一千里轰轰隆隆的
　　蔚蓝色的脱臼，星云崩塌
　　太阳轰轰旋转往下垂陷
　　天空层层陷落

　　沉睡在山腹深处的古雷电

骇醒，嘈杂一片世纪初的古语
咬出岩壁，闪闪烁烁狂旋一片死光
端起半座雪峰抛祭苍天
古星光嗡嘤乱飞撞颤天壁
万山抽搐，释放眠成惰性的岩腹之力
使一天雪崩的梨花开成漫天春意

空间并不僵固，每一重雪峰
都是一座古海浪的暂时静态
世界在一切冷酷的高度冲决冻结的宁静
疯狂的月光滑翔而下
一角倾覆的宇宙堆成古雪山的坟茔

星光狂飞，玉色粉蝶天边栖落
天山巨大的骨粉弥溢天地
一秒钟一次千百年的突变
雪末的白色焰火扬飞
大地通过死亡的毁灭走向新生的节庆
冰雪凝铸成的千万年静态
终被痛苦的痉挛突破
全部世纪堆积的冰雪秩序开始松动

雪崩平息，雪峰平息
天空渐渐愈合
在雪暴的遗骸中徐徐升起
群山的全新的形体
每一条线条都在解释世界全新的法则
天摇地动中完成着大地运动的过程

我们知道，诗歌语言的目的不是传达某种约定俗成的思想类型，不是消息性的；而是一种构成性的，它作用于生命，作用于生命的意志，成为跳过以概念原素的分解与综合的"第二外语言"，借此它与生命达成同构。

从这个意义上去理解章德益的《雪崩》，我们就会得出深邃的意味。雪崩会给人类及其生存的环境造成威胁甚至伤亡，诗人赞美它，并非从这个简单的功利判断着眼。在他的眼中，雪崩是一种盲目的带有毁灭性的力量，它突如而至势不可遏，使人感到恐惧。这里的毁灭性是指一种抽象的力量感，既有凶猛残忍的特性，又有重新组合生命的能力；人类文明的历史正是在这种严酷的悖论中发展的。面对这种残酷的真实，诗人没有产生紧张的抗拒的心理，仿佛他的生命在瞬间托付给了这自然的伟力，一种原始的漫无目的的生命意志所形成的力量，在诗中回环激荡起来。它超越一般意义上的理性，成为一种绝对的对力的崇拜。就像我们看到雄鹰在捕捉地上的动物时一样，鹰下射的速度，它的犀利目光和尖爪，它动作的开合掀落，本身就震撼了我们。这时，你除了惊惧和崇仰之外，还能感到什么呢？

将这首诗当作摧毁旧秩序建立新秩序这一概念的形象表现也无不可，但这样一来，诗的内涵就会变得十分干巴可怜。诗人自有诗家语，它不能用世俗的功利性评判准则去衡量它的意义。你在《雪崩》中感到一种空前的力压迫过来，你就达到了欣赏的目的。那种一味从诗中讨"道理"的阅读方式，是有悖于现代诗的性质的。

西部太阳

那于黄土上爆蕾于血滴中抽芽
　于汗液中膨胀的
　　是西部太阳吗
那于高原上紫熟于黄河间灌浆
　于冰峰间冷藏的

是西部太阳吗

那如五色鹿酣卧在西部大草原
　　如红狮咆哮在莽苍天涯
那如金穗头般毕剥爆响于荒原僻野
如紫铜古镜般脆裂于浩莽风沙中的
　　　是西部太阳吗

那暴虐的那温顺的那冰冷的那温煦的
那文静的那凶悍的那妩媚的那酷烈的
　　　是西部太阳吗

那如血之指印，盖印于苍穹
那如花之重瓣，绽放于天心
那如泣血之心房，沉重夯碎黑夜
那如黄金钻头，钻塌一重重凝固的远空
那如猩红之佛痣，点在高空
那以日潮的圣水之海，涤荡尘世万事万物的
　　　那是西部太阳吗

那天天沉落天天更新
那天天死亡天天再生
那于灰烬中飞成紫凤
那于黑夜中植成光明树的
　　　是西部太阳吗

那令坚冰融释令万物萌生
那令江河律动令山岳怒放令灵魂芬芳的
辉煌的光之神
　　　是西部太阳吗

那被废墟奉为祭水

那被土地奉为精血

那被黄金铸为宇宙年轮

那被一块古陆捧为民族裸赤之心的

　　是中国的西部太阳吗

　　西部太阳在诗人眼中是不同于内地的太阳的。它灼热、顽强、狞厉，它少有温静、妩媚、平和。诗人尽情泼墨挥毫想象，像凡·高面对阿尔的太阳一样，充满着灵魂深处的体知和感应。这首诗给我们的，不是温暖的抚触，而是近乎疯狂的冲撞，像"膨胀""咆哮""爆响""脆裂""暴虐""凶悍""夯碎""涤荡""怒放"等词汇的使用，都以一种未经教化的野性，向我们压迫过来。虽然诗中也出现了"酣卧""温煦""文静"等词语，但这些最终都被盖过了、淹没了。我们感受到的只是前者。这正是一个对西部人生命意志把握准确的诗人，对"太阳——人"的基本感觉。这是一种近乎残酷的爱情。内地人倾慕于和谐的自然，边地人崇拜燃烧的自然，他们狂热无羁的精神就是西部太阳精神！

　　这首诗整个由一个问句构成："那……是西部太阳吗？"（与埃利蒂斯的《疯狂的石榴树》类似。）诗人这样做是为了收到一种迫促的强烈而连贯的力量感和空间感。在这种强劲的不容分说的语流里，我们失去了停下来品味的可能性，但诗歌并没因此而受到损害。声音的暴力在统摄着我们，我们的灵魂得以被牵引，一连串排浪式的音响构成了一种"姿势"，它暂时超越于文字之外，给人一种纯粹的声音的震撼。这是诗人使诗从语义中解脱出来的有意性实验，可以说这种实验是收到了一定效果的。西部人的精神内核中，时刻泛涌着一种慷慨的、悲郁的孤傲感、流落感，他们面对的自然环境，使他们体知到人类原始生命力的强大。所以，西部太阳实在是西部人精神的"客观对应物"，它不是诗人在咏物，而是诗人在咏人的命运！

张子选

阿拉善之西

阿拉善之西
古岩画上的人们
分布在巨大的岩石上
他们紧贴着那些岩石
陡峭地生活或者歌唱
用羽毛装饰过的响箭
射杀一只秋天的灰狼
有时也一声不响
凝思更高的地方
树在他们眼里显得抽象
他们现在一声不响
戴兽角的孩子
骑在第一匹被驯化的马上
他们将看到潮湿的月光上
漂来一些远处的山冈
看到今夜的我们几个
坐在苍白的石头上
支起猎枪烤一只黄羊

与另外的西部诗人相比，张子选的诗更有一种平淡沉郁的气骨。他很少采用繁复的结构和密度很高的意象撞击以造成多主题象征的效果；而是找到某一个具体的点，用淡淡几笔勾画，再蘸以清水将墨点冲淡，使之濡湿弥漫开来。虽无奇诡雄健之容，却得真气远出之态。这种超象虚灵的境界，可能与诗人的美术修养有关。这首诗就是这样，每一句都非常淡泊，但当它们结构成一个完整的艺术形态时，你就会感到，它有一种逸趣有一种性情有一种实景虚而空景现的特殊味道。

　　"阿拉善之西／古岩画上的人们／分布在巨大的岩石上／他们紧贴着那些岩石／陡峭地生活或者歌唱"。阿拉善之西，那是非常渺远的地方，具体是哪里，诗人没有说，一个"西"字，给我们以西之再西的辽远感，这激发了我们的兴致。那里的人与岩石为伍，过着接近于原始部落的生活，诗人说他们是"古岩画上的人们"。这一笔勾起了我们美好的遐想。古岩画上稚拙天真的人形兽态，那种格外抽象笨重而不乏灵气的线条，都洋溢着原始的生命力和对世界的依恋。这里，我们就很自然地联想到阿拉善之西的人们那种纯朴善良真挚的天性。他们简单粗犷的生活方式，教我们这些置身于焦虑之中的城市人感到美丽而健康。在那里，人直接与自然对话，二者形成亲昵美好的诗意，故"陡峭地生活或者歌唱"，就不再是痛苦的而是天人同根、人与自然达成的内在统一了。"用羽毛装饰过的响箭／射杀一只秋天的灰狼"，这是围猎，但又是诗化的生活，美丽的羽毛插在箭囊里，或者啸鸣着飞出直刺野兽，这壮烈的场面，不正是一种诗意的东西吗？这里要注意的是诗歌这种艺术形式特有的"意向"性质。诗人不是希望我们回到原始性的生活中去，而是借此表达了人类对天真、淳厚、勇敢等品格的思慕意向。

　　"有时也一声不响／凝思更高的地方／树在他们眼里显得抽象"，这里的"凝思"，是含有深意的。那"更高的地方"和"抽象的树"，都是阿拉善之西的人之精神寄托。他们有自己的神圣图腾，不是对人的崇拜，而是对"更高的地方"那无形的绝对意志的崇拜，可以理解为自然泛灵观的作用。"更高的地方"必定生活着更坚强更孤傲的生命，这使他们敬畏钦佩；而"树"的抽象化就摆脱了卑俗的功利实用目的，成为人的精神及生命力的对应物。在那些人及他们"戴兽角的孩子"的眸子里，也时常流露出深层的寂寞和悲凉。望着"潮湿的月光上"飘来的"远处的山冈",他们在渴望着什么?灵魂在怎样骚动着?诗人没有说,他留给我们去猜测:"看到今夜的我们几个 / 坐在苍白的石头上 / 支起猎枪烤一只黄羊",这回答了那些人寂寞忧郁的原因。一边是"响箭",一边是"猎枪";一边是终生围闭山岩之中,一边是纯粹娱乐性原始生活体验。诗人的心灵也是矛盾的,他知道人最终肯定要过现代生活,但原始生活中那些人与自然的亲昵关系的某些方面,难道真的毫无深刻之处了吗?

此诗行尽势未尽,言尽旨愈遥,读后我们难以言说其复杂的感受。但阿拉善之西的人们就这样活在我们心里,成为我们灵魂的兄弟。

大风雪之夜

每逢大风雪之夜
毡房门外成群的风声
注定要吹瘦一两盏酥油灯
让你感到:牧马的汉子
留在你面颊上的每个亲吻
都格外寒冷
四处游牧的马群
使草原大得永无止境
使人在大风雪之夜
总是等不来由远而近的马蹄声
一辈子也等不来多少马蹄声

也有承受不了大风雪
之夜的女人
改嫁了,嫁给了不肯游牧的人
你知道:她们将因为

在大风雪之夜不用再等待什么
而憔悴一生
憔悴一生也挡不住那些
早上起来总要钻出酒瓶子
打几个呵欠的男人
吆喝着马群出几趟远门
大风雪之夜、大雪大风
宠坏了大草原上
飘来飘去的男人
宠坏了对女人永无歉意的男子
宠坏了你的男人
他会在你快要忍受不了的时候
弄得你浑身都是爱情
弄得你只有惦念着他那
每个充满风暴的指纹
疯癫癫地骂一声：该死的
又后悔这句话在大风雪之夜
会预示出一种不祥的命运
会成为你哭不出泪水的眼睛里
永远走不回来的什么音讯
——相传，牧马人倒下的时候
他们的靴子还会站在荒野上
痛饮狂风

不想知道，可你还是
清楚地知道：每逢大风雪之夜
总有去了就回不来的牧马人
变成身披黑斗篷的风神
惹得部落里的寡妇们
都要冲出家门，纷纷搂住

　　随便哪匹马的脖颈

　　像搂紧她们自己的男人

　　彼此撕肝裂胆地

　　痛苦一阵，安慰一阵

　　然后沉默，然后就是

　　拉扯大自己的每一桩心事

　　拉扯大孩子们的哭声

　　还做牧马人

　　张子选曾是校园诗人，大学毕业后他从兰州到了阿克塞。这是一片蛮荒的粗粝的土地，游牧的哈萨克们与酷烈的自然构成了特殊的冲突氛围。张子选深深感受着这一切，理解着这一切，他认为真正的西部诗不应该是空泛的嘶喊，而应把握住"人与自然之间互相对立，互相交流，互相塑造，同时改变自身精神结构的博大微妙的过程"（张子选《西部大草原》序）。且让我们看看这首《大风雪之夜》的"精神结构"吧。

　　在西部，人们随时都在感到大自然施虐的力量。一部自然的历史，几乎就是威慑、吞噬孱弱生命的历史。但真正坚强的生命，也正是在与自然的搏斗中塑打成形的。沙漠风可怖的啸叫更增添了人们那种孤寂沉郁又勃发的生命力度，在死亡岸边的歌唱由于这啸叫的伴奏，而显得格外雄浑悲壮。"大风雪之夜"不是恐怖之夜死亡之夜，诗人在与大自然的对峙中，借助了自然力来肯定人的生命力：自然成了背景，活动着的主体是战胜它的人。这首诗写了西部的男人和女人，男人是勇敢的向自然挑战的力量，女人是坚韧的忍受苦难的力量，这两种力量加起来，正是荒蛮的土地上顽强生存者的整体形象。所以，在这首诗中，男人和女人不再仅是生理意义上的男人和女人，而成为一种抽象的力的象征。这首诗用了男人对女人的谈话语势以造成直接感。一开始，诗人写了大风雪之夜"你"的思绪。"毡房门外成群的风声"像疯狂的野兽砸门时，女人（"你"）感到牧马汉子留在她额头的每个亲吻都格外寒冷。为什么？因为在无数个这样的夜晚，归来者"由远而近的马蹄声"永远消失了。她的丈夫在哪儿呢？她不敢想下去！她又在深入地想下去！

她转而想起另一些女人，她们忍受不了大风雪之夜的孤独恐惧，"改嫁了，嫁给了不肯游牧的人"。这是一种什么样的选择？她认为，这种选择是不幸的，"她们将因为／在大风雪之夜不用再等待什么／而憔悴一生"。这是一种价值判断，是西部人在与死亡的抗争中树立起的特殊的精神火焰，这又是一种悲壮的乐观主义。诗人接下来写牧马汉子。他们是些被暴风雪宠坏了的男人，为了生存终日"飘来飘去"，每个"指纹"都"充满风暴"，即使"倒下的时候／他们的靴子还会站在荒野上／痛饮狂风"。这样的男人才是真正的男人，在大风雪之夜，只有思念担忧着这样的男人才值得！

她又想起那些与她同样的女人，她们中的许多人在暴风雪之夜失去了丈夫。那些死去的人"变成身披黑斗篷的风神"，也要回来抚慰坚强忠贞的妻子。"随便哪匹马的脖颈"被寡妇们死死搂住，像搂住自己的男人，她们痛苦一阵，彼此安慰一阵，然后——沉默！这沉默中潜藏着巨大的爆发力，她们无悔无惧，她们要以两倍的疼爱和严厉"拉扯大孩子们的哭声／还做牧马人"！啊，这就是"人与自然之间互相对立，互相交流，互相塑造"后，呈献的"自身精神结构"，这是生命的超越，生命的最高图腾——牧马人！

这首诗，以诗人对"你"的交谈贯穿全篇，读来一无障碍，仿佛我们直接触摸了"你"的心音。这种抒情角度的选择是张子选的智慧。

西北二题

西北偏西

西北偏西
一个我去过的地方

没有高粱没有高粱也没有高粱

羊群啃食石头上的阳光

我和一个牧羊人互相拍了拍肩膀

又拍了拍肩膀

走了很远这才发现自己

还不曾转过头去回望

心里一阵迷惘

天空中飘满了老鹰们的翅膀

提起西北偏西

我时常满面泪光

无人地带

在无人地带

你面前的石头是些

棕色皮肤的小孩

它们不说话也不会像花朵

像你期待的那样突然盛开

可你还是有些期待

你有时也突然站住

坚信石头上能长出树来

长出长长的思想状态的树来

在无人地带

要么你相信石头上会长出树来

要么你悲哀

　　这两首诗有一种共同的味道，就是孤独！深切的来自生命底层的孤独！但这里的孤独并不是无聊的面壁伤怀，也不是懦弱者渴望人群的吁求。不是！这是一个强悍的生命在与残烈自然的开合注息之中，领略到一种有限对无限、瞬间与永恒的关系后所产生的那种慨叹。它不是能用积极——消极、乐观——悲观所来判断的。作为一种最基本的西部氛围，孤独的意义几乎是难以辨清的。它是绝望也是希望，是犹疑也是进取，是生命的无助也是生命的自信。不敢或不能深入孤独的诗人，肯定不是一个优秀的诗人，体验和承受孤独从来就是对诗人精神深度的考验。

《西北偏西》是一片荒凉的景象。诗人没有用繁复的意象来渲染它，他只说"没有高粱没有高粱也没有高粱"。这种同义的三重反复，就从意义和声音的两个方面强化了孤独的感觉。"羊群啃食石头上的阳光"，这个意象具有很大的穿透力，诗人有意不去写斑驳的草棵，是因为与荒凉的沙砾比起来，那些许绿色的确太可怜太微不足道了，写出来会破坏整首诗的总体氛围。"我和一个牧羊人互相拍了拍肩膀／又拍了拍肩膀／走了很远这才发现自己／还不曾转过头去回望"。这是一个饶有意味的情境。诗人为什么不和牧羊人谈话，而只是反复"拍了拍肩膀"？因为在这样苦难寂寥的地方能相遇的人，都具有共同的意志和品格。一切都不必谈了，一切都在这"拍了拍"中交流无遗。这是两个真正男子汉的"姿势语言"，它胜过人类最复杂的精神交感。前方除了石头还是石头，"我"必须往前走。自然景观强烈的压迫在这里构成一种刺激诗人的内驱力，使他走了很远才发现自己"还不曾转过头去回望"。惟一的牧羊人不见踪影了，一种更博大的孤独笼罩过来，"我"的"心里一阵迷惘"。这里要注意的是，这是一种行动着的迷惘，或者说是主动寻求困境的迷惘，在这种迷惘中运动着的乃是一种强劲的生命意志。在这里，"孤独"的意义被瞬间放大了，成为人对自然斗争中必然出现的一种精神状态，自有着丰沛悲郁的反抗性质。"提起西北偏西／我时常满面泪光"，这泪水就不再是为孤独荒凉而流，而是为人自身的力量所感动而流的了。

《无人地带》里，诗人为我们提供了两种选择："要么你相信石头上会长出树来"；"要么你悲哀"。诗人自己的选择是不言自明的，这几乎是一种别无选择的选择，是"活着还是死去"的另一种说法。"在无人地带／你面前的石头是些／棕色皮肤的小孩／它们不说话也不会像花朵／像你期待的那样突然盛开"。这里，用"小孩"去比喻石头，泄露了诗人内心的秘密，他是怀着怎样一种美好的感情在凝视这片不毛之地啊：这里有深彻的孤独，但就是没有绝望！这片土地不生长庄稼，但生长比庄稼更苗壮更疯狂的思想——这就是诗人对这片土地钟情的原因。"可你还是有些期待 / 你有时也突然站住 / 坚信石头上能长出树来"。石头上长出树来只是一种幻想，诗人紧接着说那些"树"原来是"长长的思想状态的树"。这里的"思想"，不单是指一种思维状态，还包括着更深刻的东西，诸如生命的意志力，主动寻求困境的人类精神，生命在死亡面前的胜利，等等。到这里，我们理解了诗人的选择，理解了真正不朽的、不能被再折断一次的灵魂的"树"，是只能生长在苦难而孤独的"石头"上的。《无人地带》就这样成为新生命诞生的地方，成为孤独的思想者必须涉足的圣殿。而这些感悟，是张子选用青春为代价，深入荒原、深入西部阿克塞，灵魂被石头划破后流出的思考的血滴……

西部诗，你的魅力就是这样用整整一代开拓者的血液和骨头构成的！

杨 牧

大西北，是雄性的

当铁色的苍鹰在广袤的旷野
傲慢而从容地盘旋之后
箭一般地射向穹旻
大漠便回荡着金属的声音
天山的喉结高高突起
啸一支雄浑的大风歌
马队惊过，驼队惊过
天边任何一帧剪影
都不使人产生联想：它属于女性

大西北，是雄性的
没有柔弱，只有亢奋
赤日，活跃着雄性的激素
清月，也带着青铜的光晕
土著者本来是骏马的家族
那些告别柳烟的历史
也都在阳关交付了最后的女儿泪
演进着一条男儿的征程
即使悲愤，也如高原虎的嘶鸣

没有第二副这样的胸脯

包容千江万河的源头

没有第二张这样的画屏

纳进雄奇的千山万岭

盐湖的咸味，碱滩的苦味

都被漠风搅拌成汗血马的气息

死海的鱼鹰演变成红柳

苦难的牧鞭拔节成塔松

高高挺立着男性的坚劲

用马头做琴

用马尾做拂尘

用狼皮做睡垫

用鹿血壮精英

有的是马革裹尸的正史

有的是马踏飞燕的轶闻

死了，也在坟头

挂一弯铁青色的牛角

高高挑着强悍的灵魂

大西北哟，男儿的疆土！

读不懂《芙蓉女儿诔》

装不下屏屏《断肠集》

而每一种版本的《铁流》和《天马》

都有鹰声凌厉的共鸣

那位女性（是冯嫽吗）

出关也有了将才之风

男儿没有了男儿的血性

大西北将鄙你如轻尘

　　杨牧的诗苍凉慷慨像西北大漠中的红柳，酷厉的生存环境使他的笔"总忘却轻柔"。他所描写的对象是古朴的、寂寥的，但他的灵魂却在这里得到了飞腾，他的审美视野格外宽广。对这片凝恒的地貌，杨牧有着自己的理解，这是培育英雄的地方——《大西北，是雄性的》！

这首诗以天地为大炉，以造化为大冶，抒发了新一代西部开拓者的情怀。它的意象都具有十足的地域性，但这种地域性不只是为突出什么地方色彩，而是凝结为一种象征，超越了文字表层的语义，成为西部开拓者精神的具象写照。雄鹰的粗犷、马队和驼队的坚韧、红柳塔松的顽健、冷凝的冰峰、潜动的雪川……都鲜明地暗示了西部人精神深处涌动的意志和力量。这样，就使此诗与那种猎奇式的"观光诗"根本区别开来了。判别一首诗歌意象的质量，看的就是它们是否是诗人生命的符号化，是否具有一种气格、一种风骨。有，则是生命的诗；无，则是行当的诗。

读这首诗，我们会感到一股轰轰隆隆压过来的力度，这壮硕劲健的气象在相当大的程度上依赖于诗中弥漫着的苦难感。（否则，只能是空泛地"豪放"一番，故作姿态的呼喊教人反胃。）这里，诗人没有为了观念的东西而牺牲现实的真容，受难而不悔，受难而崇高，受难而旷达，这就是西部人的价值，西部人的生命质量！"大西北，是雄性的"，这是对一种精神的礼赞，不含有任何生理意义。正像诗人在《鹰》中所写的，飞翔在大漠上空的"鹰呵／你这生命的矫勇者／无论雌雄——都称作雄鹰"！

这首诗的标题是饶有深意的，它几乎是概括了整个西部诗歌的审美感受。与古代的边塞诗不同的是，杨牧们的新边塞诗的"雄性意识"是建立在孤独、受难的悲剧式体验基础上的，这是把握它的总背景。如果我们弃置了这一点，而只去欣赏其豪壮雄健的一面，我们就没有真正进入西部诗歌。在欣赏《大西北，是雄性的》时，这个前提必须在暗中支配着你，这样，你才算西部诗的知音。

哈萨克素描

站着是一匹伊犁马
睡着是一架乌孙山
动时是一条喀什河
静时是一片大草原

三角肌和肱二头肌
高高隆起剽悍的力
两腿的螺旋钳着鞍镫
始终是没有终点的起点

一副刀鞘，插着原始的果敢、顽强
一顶粗毡，护着自身永恒的温暖
鹰鼻钩着惊险的故事
两眼却是幽默的流传

酒里没有太高的奢望
酒后又有敞亮的不满
太阳落下左肩的时候
依旧把月亮扛在右肩

古老的历史正在开发
每一片胸脯，都擂着鼓点

此诗题为"素描"，但并没有摹其形，而是悟其神，简洁的几笔，
一个哈萨克人的形象鲜活地朝你走来。平心而论，刻画人物是诗歌的

弱项。诗歌主情，是"向内转"的艺术形式，我们见到不少"人物诗"，诗人竭尽笔墨去描摹人物的形体状貌，甚至加入对象的语言，但这些诗虽外形备具，却无生气可言。杨牧是机智的，他的诗散点式展开，仿佛随意吞吐，但句句有言外之意，象象有弦外之音，令人愉快令人赞叹！

　　起首四个意象选择了哈萨克生存的自然环境中带有特征性的景观，它们成为诗人对哈萨克牧人心灵世界感应的喻体，很抽象又很具体。伊犁马的灵性，乌孙山的坚实，喀什河的恣意，大草原的恢宏，不正是哈萨克人性格的基本特征吗？诗人找到这些意象绝不是偶然性的巧思，而是建立在深厚的生活体验的基础上的。这是发想，总的概括。接下来，诗人就开始收束、集中而聚想了。先是写牧人的体魄、健壮的肌肉和富有力量感的双腿。由于长期的马背生涯，哈萨克的两腿呈弯曲的"螺旋"状，这个细节抓得准确有力，使"钳"这个动词有了力量感和暗示性。生活的艰辛与快慰就在"钳"字中体现出来了。"一副刀鞘，插着原始的果敢、顽强／一顶粗毡，护着自身永恒的温暖／鹰鼻钩着惊险的故事／两眼却是幽默的流传"。又是四个意象并置，轻快和惊险、幽默和沉重、自在和清苦、放浪和温情全部凝在这里了。人们只知哈萨克的八字胡都颤动着幽默，但杨牧却看到这幽默的真实内涵。这是对牧人生活态度的揭示，他们的旷达、自在，原来是建立在悟透世事的基础上的！这一节我们不能轻易放过，因为它为下一节提供了一种基础，从这里我们理解了哈萨克人与酒的关系，那是一种自迷自恋式的逃避，又是自尊自励式的进取。是什么维系着这个古老民族的精神命脉？是什么魔力使他们不同于其他游牧民族？是幽默，一种涉过苦难后达到的生命的洞彻的微笑！在他们的精神世界中，"太阳落下左肩"和"把月亮扛在右肩"没有什么不同，黑夜和白昼没有什么不同，人生不过如此，谈笑间走过苦难总是胜于淹死在泪水之中。

　　为什么诗人说这"古老的历史正在开发"？诗人冀盼于人类的，正是开发、释放这种超迈乐观的原始精神啊！

黑鹰谷

大地突然从那里断裂
可见鹰翅犀利如刀锯
它们从高天劈下来，斜着灵魂
　　　插下去
　　　那里就陷落为一道深谷

有云烟覆盖
升。袅袅。
　　　　神秘如幕帷

隐隐听见它们在夜话
借黄昏最后一道微光
在深谷之底
仿佛在研究什么军机
　　　时而发出几声低啸，凄厉的。
边月在黑松林边徘徊
最后也落进那道深谷

有云烟覆盖
降。袅袅。
　　　　如一道幕帐
可以想象它们都已经睡着了
把喙插在翅膀下面
缩成北冰洋企鹅的样子
也可以理解为疲惫已极

如疲惫的夜，如
本来就疲惫的小贝壳

有云烟覆盖
不升。不降。只是

   袅袅

又一个早上：它们突然闪出来！闪出来利翅般的刀锯。
 刀上多了一重血。锯口多了一排利齿。向空劈去。天
 空断裂为一道深谷，如同昨夜深谷的倒影……
一位老猎人没有惊奇。
他说

  它们是宿在悬崖边的
  悬崖是长在石壁上的
  石壁是插在泥土中的
  泥土是高于天空之上的
它们昨夜在撕开泥土研究天空

  这首诗含有强烈生动的戏剧效果。诗人巧妙地安排了它的幕次，有序幕，有开端，有发展，有高潮，有结局，有尾声。我们可以感到，这首诗是建立在充分意义上的幻觉的基础上的，整首诗的核心内容是一群雄鹰劈打天空，"天空断裂为一道深谷"，这种不可思议的幻觉却带有本质上的真实——诗的真实。这就是诗歌无中生有的独异功能，鹰在这里成了反抗者的象征体。我们说这首诗有戏剧性质，是因为它的幻象是情节和悬念形式的。一直到前六小节，我们还不知要发生什么事情，只是隐隐感到一种内在的紧张和凶险的预兆。这是诗人对结构的巧妙安排所致，它紧紧攫住你，让你追索着结局。

  另外，此诗对文字的细密斟酌也是引人注目的。如第一节的"可见"，第三节的"仿佛"，第五节的"也可以理解为……"这些非确定性描述，都增添了读者的好奇心和期待感。这些语汇都是极其普通

的，但由于诗人的恰切安排，使它们焕发出了不凡的光彩，对情境的悬念就在这些化若无痕的导引下产生了。试想，如果换成其他文字，整首诗的结构及整体效果肯定会遭到破坏。此外，像"斜着灵魂／插下去""向空劈去""撕开泥土研究天空""仿佛在研究什么军机"等动词的使用，都是反复推敲再三掂量的结果，具有一字不易的性质。

诗的戏剧化效果，不再罕见。但杨牧的探求比一些诗人高出一筹的地方是，他有效地利用了悬念和背景，而不是简单套用戏剧的形式。从这个意义上，我们可以说这首诗比起有些称为"诗剧"的诗来，更有"剧"的意味，同时又突出了诗的幻象特征。西方现代诗有一种就很重视诗的"戏剧性处境"，讲究结构安排的悬念感、典型性等，《黑鹰谷》虽然与西诗的这种追求不尽相同，但在悬念的设置这一点上，却又是不谋而合的。

我骄傲，我有辽远的地平线
——写给我的第二故乡准噶尔

我常想，多难的人生应当有张巨伞，
这张巨伞应该是一片辽阔的蓝天；
我常想，郑重的生命应当有只托盘，
这只托盘应该是一片坚实的地面；
我常想，灵魂的官殿应当有个窗口，
这个窗口应该是一双明哲的锐眼；
我常想，生命的航船应当有条长纤，
这条长纤，应该是辽远的地平线……

我得到了。从我亲爱的准噶尔；
从我的向往，从我的思念。

从那一条闪烁迷离的虚线之中，
从这一片沧桑变幻的天地之间。
云朵和牧歌，总是我不肯抛弃的乘骑，
车辙与大道，总是我不肯折曲的翎箭；
即使天边浅露的雪峰，也像白帆，
让我想到茫茫大海最远的边缘！

我博大广袤的准噶尔呵，
你给了我多少恢弘的画展！
黄沙，黄尘，黄风，黄雾……
曾经是这个风沙王国威虐的"皇冠"！
当第一顶帐篷搭进这历史废墟的时候，
我见到过。并为发黄的白骨心寒。
那时的天地像只猛兽大张的巨口，
——地平线，千百年来的死亡线……

黑沙。黑尘。黑风。黑雾。
也曾在这片处女地上肆无忌惮。
我见到过。见到过那个疯狂的年月；
见到过恐怖，见到过劫难。
当罪恶与冤孽蒲公英似的乘风撒播，
我也曾为大漠的晨昏感到迷乱。
我记得那时天地间像座血腥的牢狱，
——地平线，冷得发青的一条锁链……

但这一切都没有扼死准噶尔。
真的，没有。你看那炊烟。
你看那条田，看那条田娇嫩的葱翠；
你看那湖水，看那湖水深沉的湛蓝。
自然的风暴不曾堵塞金秋的通道，

人为的风暴也没有战胜绿色的必然。
而地平线呵，复又闪动少女的青睐，
——深情眷恋着时代的变迁！
——因为我愿将阻隔明天的一切看穿！

说什么"明天太虚"呢！看不到的未必虚幻。
道什么"人生如梦"呢！梦想也常是理想的先遣。
地球上固然有太多的坎坷，（真的，太多！）
从太空望下——还不是个旋转的椭圆？
而地球对人们是公道的，
每一个生命都给予一条地平线；
只要你走着，结结实实地向前走着，
未来的天地——不是：无缘；而是：无限！

呵，不出茅舍，不知世界的辽阔！
呵，不到边塞，不觉天地之悠远！
准噶尔呵，感谢你哺育了我的视力——
即使今后走遍天南地北的幽谷，
我也能看到暮云的尸布、朝晖的霞冠；

——日落和日出都在迷人的地平线上，
——死亡与新生，都是信念。
我骄傲，我有辽远的地平线！

　　杨牧是四川人，青年时代来到了准噶尔。他的青春之血浇灌在这片粗粝的土地上，他艰难跋涉的足迹耕耘着生命的履历表。比起内地人来，这些亚洲中部荒原的开拓者少了一份忧郁，多了一份豁达，少了一份寻求安全感的天性，多了一份冒险欲。他们潇洒高亢，悲壮而深沉……在艰难拓殖的历程中，他们抬起头极目望去，在天地相接之处升腾起一片顿悟的火光——"我骄傲，我有辽远的地平线！"于是，一种深刻的人生经验被镀亮了，它扩大着，由突发渐渐弥漫起来，仿佛天地都受到这顿悟的感应，共同昭示了生命的精义。得到的和失去的、苦难的和崇高的、明亮的和凶险的这些互为矛盾的方面，都纠集起来成为一种极为单纯的内心体验：骄傲！这首诗的魅力就在于它的顿悟。

　　另外，这首诗的特点还在于它的咏唱性。诗人借鉴了新辞赋体诗歌的长处，大量使用铺陈、排比、重叠、对偶等表现手法，偶句俪辞，腾挪生辉，形成一股从外到内的文气，使人读之动魄惊心！这里的文气，除了文字组合所产生的效果外，我们更感兴趣的是诗意与节奏的密切联系。这种节奏除去诗行音组的大致整齐外，还得力于诗人对重音的安排（逻辑重音）。这首诗的重音，不是落在句子的主体上，而是落在它的修饰成分、限制成分上。以第一节为例："多难的""辽阔的""郑重的""坚实的""灵魂的""明哲的""生命的""辽远的"，这些都是必须重读的音节，它们不再像以往的诗那样成为打扮主体的附属物，而是连翻涌来甚至淹没了主体，成为一种很抽象的精神的撞击。正是这些修饰成分从音到意的巧妙安排，使我们从听觉上产生一种前倾的姿势，它们强调了诗人骄傲自得的感情，有效地控制了诗的速度，达到声义的谐调。可以试想，用别的体式去表达这种感情，是否会收到这种一唱三叹、荡气回肠、果敢自信、悠然忘返的效果？正是——

　　骅骝开道路，鹰隼出风尘！

马丽华

情 诗
——致遥远部落的王子

一

假使你的心旌还能摇动
那么，请你来吧
我知道风从哪里吹来
我知道无论顺风逆风该来的就
　一定会来
只是还不知你来的方向

既然那类感情古老得
　只能用碳素测定
并且有可能传播给星外之星
一穗永远生长的无限花序
可以无限地进行黄金分割
如同食盐和血液
如同"卡农"——同一主题被
重复演奏
被独唱被重唱被轮唱被合唱
既然这样，还有什么可诠释的

太阳籍贯月亮部落星星家族
要是那该死的酋长
不准许你的远行
正好任凭他随意放逐
披挂起最辉煌的甲胄
装饰以荣耀、黄金和诗意
青铜骑士跨上神驹
让我隔着一万年的距离
感受你逼人的英武之气

而我
则把目光
从费解的贝叶经和"怪圈"中挪开
一天四十八小时地陷入冥想
明知在我生命终结前
　你不可能抵达
仍然细致地计算你的行程
正是为了眺望你
我才奔到这世界的高处

二

假使你的心旌还能摇动
那么，请马不停蹄地来吧
穿过雅鲁藏布大跌水的地方不要回头
跃过冈底斯终年积雪的峰巅不要停留
倦意袭来就挽你的弓挥你的刀
在有炊烟没炊烟
　有羚羊没羚羊的草野
千万别叫骏马失了前蹄

比旅途更艰苦的是等待
这等待不被理解反成异端
现代人情绪已渗透摇滚乐节奏
所以我不敢说在等待或在思念
虽然它们并没有妨害谁

让生活用品仍由石磨陶制
男人都很强悍，女人都很端庄
男人是女人的保护神
女人眼中永远充满诱惑之光
让远离故乡的行吟诗人
咏唱爱情的纯洁忠贞
——有人认为这太陈旧
　　　我说这叫永恒
除非你有超光速的本领
不然在我生命终结前你不会抵达
恰好证实这类感情不带功利主义色彩
爱仅仅是爱，很单纯

三

假使你的心旌还能摇动
那么，请你星夜兼程地来吧

追忆着究竟相识于哪个时代
又将在几百世纪后重叙别情
各执天地一端
我熟悉你的气息你的音容
而你于世人犹如飞碟之于世人

光洁的前额被时光之波浸润

黑亮的长发风干为原始丛林

我双眼的晴空不幸有星辰殒落

曾经脆响的嗓音渐远渐渺……

想缩短一半的路程去迎接你

可是脚下，根须早已纵横……

"这里曾是原生爱情的丛莽

那植物连同爱情久已绝迹"

公元之后的微粒子时代

一位考古学家权威性地宣称

"这大片化石

　　　将被命名为'爱情石林'"

在惊讶的嘈切声中

只有迟到的你默然

　　这是怎样一种刻骨镂心的爱情！诗人仿佛站在她生活的西藏雪野上，在这个离天空最近离尘嚣最远的地方，颤抖着拉响一把高胡，那丝丝柔情、累累坚贞、滴滴热泪、阵阵长叹、绵绵思念、苦苦仁望……都飘飙起来，迂回升沉，它搅得我们心灵日夜不安！

　　这是一首"情诗"，是献给"遥远部落的王子"的。这里要注意的是，诗中的"王子"，既不是神话传说意义上的"王子"，也不是诗人在呼唤她的情人。通过细读，我们可以感觉到，诗人是在为那逝去了的人类优秀的气血而慨叹。"王子"是英武豪壮的，"王子"是忠贞不渝的，"王子"是"女人的保护神"。而这种古老恒久的人类精神，在普遍孱弱、猜忌、冷漠的今天已经趋临乌有了。诗人是悲怆的，她知道"我生命终结前／你不可能抵达"，但仍然痴情地计算着"你"的行程。这是一种伟大的固执，这是一种生命的能源，"有人认为这太陈旧／我说这叫永恒"。在这个"现代人情绪已渗透摇滚乐节奏"的时代，诗人显得那么孤单，她苦苦吁求着人类不应放弃的古老精神，她等待着那精神"星夜兼程"地回来。但"这等待不被理解反成异端"。这种"情歌"的内在旋律，不正是一种"挽歌"调性吗？

马丽华是内地援藏的青年，她深沉内向而不乏巾帼英雄之气。她的进藏，是使她生命充分释放的契机。在那样一个古老封闭的"国中之国"里，她更易于耽于内心生活。当地浓厚的宗教情感给予她的不是天国的幻觉，而是宗教般的对人类崇高精神的感应和痴迷。这种精神被寄托在一位"王子"身上，正如诗中所言，"正是为了眺望你／我才奔到这世界的高处"。诗人知其不可而为之，在动荡的现实中拼力抓住那不能动摇的人类天性的东西，那是人类的"食盐和血液"，"既然这样，还有什么可诠释的"？！即使"隔着一万年的距离"，又有何妨！即使身不能至，心向往之又有何妨！这"恰好证实这类感情不带功利主义色彩"。呵，"这类"感情，它们是一系列的、勇敢、善良、诚挚、坚贞、庄重——"爱仅仅是爱，很单纯"。这不是一己的情爱，而是博爱，是人类已渐荒芜的家园！

"这里曾是原生爱情的丛莽／那植物连同爱情久已绝迹"。公元之后的微粒子时代，一位考古学家如是说。这是诗人的想象？还是她通过生存圆内的种种现实得出的结论？面对这样的预言，我们不由得想起女先知西比尔的咒语。这一切可能发生吗？难道人类的爱将成为化石组成的"石林"？诗人从反面入手，又以自己的不可摧毁的信心否定了这些；假使我们每一个个体生命的"心旌还能摇动"，我们应当像遥远部落的王子一样踏着冰雪而来。这无疑取决于我们的"心旌"，而不是取决于那些积雪、大跌水、峰巅和不可逾越的"光年"。

这首诗具有双重建构，读者仅将此视为爱情诗也无不可，只是那样会使诗人略感失望的！在人类迈步走向明天的时候，我们遗失了哪些不该遗失的东西？如何找回来它们？这种博大的命题不也包括男女深刻的情爱吗？

日 暮

隔着遥遥的时空之距
凝视
目光交流用宇宙的语义
或许还该笑，唱支送别的歌
请灰天鹅做信使衔起它
金色地融入夕光
或许该实现非分之想了
将那小船驶往黄金的岸
每天每天经历爱的潮汐
感情也变成大海

悲壮之美
静穆之美
别了，我的太阳
摇动晚霞斑斓的手帕
一路珍重，一路
　　珍重

牧歌唱晚
我叹息心中的宁静
遂关闭心扉步入恒夜的相思
谁耽于幻想而倦于守候
谁就不免错过
夜，只为缄默地等待而夜
不再吟咏月光，再不吟咏

那片容易迸裂的薄薄的冰

从未相许的是我的太阳
永不失约的是我的太阳

　　《日暮》是组诗《我的太阳》中的一首。它壮阔严和，有一种内在的力度。日出的壮丽景观，我们在许多诗人的诗中都感受过，而落日则较为罕见。日出是磅礴的，但这种磅礴是一种"有限"，而日落则是"无限"的，因太阳沉没之后，一切都在诗人精神中、内心中活动，有限的东西被引向无限的冥想。太阳的威力消失了，诗人得以返回原我自身，静静体味生命意志的冲腾。那么，永远不落的当是心中的太阳。此诗中的落日，是一种伟大理想的象征，它曾在清晨"摇动十二万只风铃哗然而来"，使"宇宙饱和了恢宏和谐的回声"。但任何一种理想的光芒，都不可能永恒地悬于心灵的天空，历史也常常处于迷误之中。诗人清醒地意识到这一点，"落日时节"就成了一个短暂的过程，成为对人的意志和信念的考验。她不去转而吟咏月光，因为那是虚幻的"容易迸裂的薄薄的冰"，"谁耽于幻想而倦于守候／谁就不免错过"真正伟大的时刻。诗人相信，日落仅是过程，而日出则是永远。心灵的太阳永远不会熄灭，即使在苍茫时刻，也不能感伤，不能失望，而要将之看作一种"缄默地等待"理想浮出海面的长夜。因为，"从未相许的是我的太阳／永不失约的是我的太阳"。诗人说太阳是"悲壮""静穆"的，其实是说任何一种伟大的理想的实现，都要经过"悲壮""静穆"的时刻。不要相信黑夜，要相信太阳。经过失望的一代人更知道希望的意义，他们今天就站在历史新的滩头，睁大深邃而充血的眼睛，望着人性的太阳将黑夜中的信念镀亮！

　　这首诗写的是"日暮"，但几乎没有正面去写太阳，而是写"我"的内心活动。正像我们前面所说，诗人放弃了"有限"而抓到了"无限"，这样，落日的歌就成了我的歌，成了一代人的歌。青年诗人顾城说过："黑夜给了我黑色的眼睛／我却用它寻找光明"。这句话，可与马丽华的《日暮》相互注释。

人神困扰

甘丹林活佛蹒蹒跚跚
甘丹林活佛嘟嘟哝哝
自从管家那次率众阻婚
活佛从此黯淡了眼神

活佛亲手选购的年画是时装挂历
并赫然张贴起林黛玉和王昭君
荧屏上正显示打虎上山的子荣英雄
迪斯科节奏，乐队百人之众

漫不经意地拉开书橱
书橱里满是乱力怪神
白梵天王之子格萨尔在美学里漫步
高鼻梁的福尔摩斯在佛经中穿行

甘丹林活佛蹒蹒跚跚
甘丹林活佛嘟嘟哝哝
未到不惑之年正被众惑所惑
而多少僧俗人众正期盼你的摸顶

我不是最先一个，前有仓央嘉措
我不是最后一个，身后是二十一世纪的人
奢望么也只是做些自己愿做的事儿
只想当一个凡人，包括当一个……父亲

活佛斜倚着沙发假寐
全不理管家怎样小心殷勤
唔不错，历代甘丹林活佛确乎德高望重
德高，望重，望重，德高，德望，
　　高重……

活佛随手写下一行
蹬上自行车出了庄园大门
管家探头一看瞪圆了双目
上写着：离天太远，离地很近

这首诗写了一位怪诞不经的活佛。他一扫那种神秘高远的气息，行动"蹒蹒跚跚"，嘴中"嘟嘟哝哝"。他喜爱尘俗的生活，追求平凡的乐趣。他"亲手选购的年画是时装挂历"，并对林黛玉、王昭君充满兴趣；他能欣赏"迪斯科节奏"；对格萨尔王的形象他思考的是其文艺作品的美学价值；他也对超级侦探福尔摩斯一往情深。这位活佛使我们感到格外亲近，他的"怪诞不经"正构成了他的魅力、他的品格。对尘世生活的依恋，不但无损于这位活佛的形象，反而使我们尊敬他理解他。

马丽华的这首小诗，并非是对佛教的否定，而只是从另一种意义上歌颂了现世的美好。在"多少僧俗人众正期盼你的摸顶"时，活佛却想最高的幸福就在人间，"做些自己愿做的事儿"，"只想当一个凡人，包括当一个……父亲"。一位有血有肉的凡人，"活"的"佛"！这位活佛确如管家所说："离天太远，离地很近"。但肯定现世的自由和快乐，不正是一个人真正彻悟的表现吗？从人的角度看，这与彼岸理想并不矛盾吧？

这是一首颇难写好的诗，关键在于分寸的把握。搞不好就会成为浅薄的对藏民信仰的否定。马丽华稳健老到，通篇没有一句议论，只是以白描的笔法勾勒出甘丹林活佛的快乐和忧虑，而在这些行为之后的东西，她要让我们自己得出来。在语言上，诗人用了戏谑亲昵的态度，这种态度恰到好处地传导了诗人对活佛的赞赏之意。戏谑是建立在活佛与凡人同样是人这一基础上的，这是对活佛的最高肯定。在这种强烈的"人神困扰"中，甘丹林活佛倾向于人的一面，这个事实的意义远远超出了个人生活方式选择这一层面的意义，而成为一曲现世的颂歌，自由人的颂歌。

魏志远

开拓者

岩石是褐色的
那是你天地的界碑
太阳爬上你的肩头怦然跌落
你的嗯哨被风拧出绿汁
荡漾畜群
道路在诞生的瞬间成熟
金黄地震颤你的足音

夜渐渐靠岸
抛下锚
一弯铮亮的银月
那是你吗
所有的门窗所有的灵魂都敞开了
眺望你偎依你

倾诉忧伤和希望
你孤独着丰满
孵化出一声嘹亮的霞光
已经太久了
在这里
海市蜃楼永远是一棵树

一棵树兀立在冰雪覆盖的记忆

柔弱的梦飘泊的梦

有了你不再流浪

沙沙摇曳聚拢迷途的灵魂

你被羽翼拍打

葛藤无情地扼杀也挺拔你的青翠

雁群不慎带走你的种子

在遥远的早晨书写墨绿的思念

或许有那么一个时刻，

那一刻你被光抛弃被风毁灭

后人小心翼翼地扒开雪窝

溪泉汩汩流淌

初春的太阳又大又红

　　这首诗揭示了开拓者生命的完整形模。它从两个不同的方位向一个坐标点趋近，一个方位是开拓者的创造欲和行为的结果；另一个方位则是开拓者内心的孤独和牺牲的预感。这两个方位相互牴牾着各自的力量，最后以精神不灭的永恒现实性加以总括，这就是生命的坐标。人可以创造物质，也可以终其毕生垦殖而几无所获，但这些都是第二义的问题。重要的是，他可以收获一种看不见的东西，那就是生命的证明、精神的证明，从精神价值上说，这更是一种实实在在的东西！以上就是《开拓者》的深层寓意。

　　在意象的多重指向上，这首诗堪称是出色的。在第一节中，"岩石"和"太阳"，都具有死亡和永恒的双重意味，而"银月"和"霞光"，又同时具有孤独和充实的含义。这不是彼此间的矛盾，而是同一生命形态的内在张力，是互为因果互为表里的。第二节的核心意象是"一棵树"。这是一棵精神的大树，你可以说它是"海市蜃楼"里生长的植物，但你不能轻视它的力量。其实，人的生命意志本来就是一个幻觉，关键就在于这种幻觉的品位高下。开拓者就为那庄严的

"海市蜃楼"中的树而来，有了他的行动，那棵虚渺的树就"不再流浪"，就有可能真正成为一棵精神的大树并结出果实。"葛藤"的意象与"树"的意象一样，都是双重寓意的：树介于实存与虚妄之间，葛藤则介于扼杀与韧健之间。单纯的意象由于注入了多重内涵，使诗的空间骤然开裂，呈现出复杂的精神势能，它们彼此龃龉又结合在一个稳定的生命结构中。第三节中"初春的太阳"的意象，是呼应第一节"太阳爬上你的肩头怦然跌落"这一意象的。在这里，生命的太阳超越了生——死，成为一种人类永恒精神的火焰。这种火焰是深埋在冰雪之下的，需要无数代"后人"，无数个"当代"去反复加入、反复挖掘的。在这里，"开拓者"就是那穿透时空穿透一切表层价值来最终总结世界的人。

沐浴节

要是想到拉萨最好七月来
要是到了拉萨最好去沐浴
七月是拉萨河炫耀的日子
七月是大昭寺冷落的日子

男的女的老的少的都汇聚在这里
美的丑的胖的瘦的都汇聚在这里
（有那么几条长毛狗摇着铜铃追着主人跑得好欢
有那么几个老太太念着经文捏着佛珠踏上堤岸）
头发是黑的眼睛是黑的臂膀是黑的天空是蓝瓦瓦的
阳伞是绿的卡垫是紫的纬帐是白的沙滩是黄澄澄的
酥油茶是咸的青稞酒是甜的炸面果是脆的河水是凉丝
　　丝的
把琴弦拨响放开歌喉撒开舞步

把灵魂开敞放飞欢乐翻晒痛苦

这时候黄叶在风的指缝中轻轻抖落羞怯丁丁当当地碰撞

这时候阳光在发丝的河床奔流顽石也难以忍受生长的

　　骚动

结束还是开始

开始还是结束

要是想到拉萨最好七月来

要是到了拉萨最好去沐浴

七月是拉萨河炫耀的日子

七月是大昭寺冷落的日子

隐秘揭开面纱褪下黑袍诚实地袒露

纯真和信赖显示不可侵犯不可欺辱的铮铮风骨

（那几条长毛狗趴在堤岸吐出舌头晃着脑袋

那几个老太太站在水中搓着胸脯领略阳光的抚爱）

污垢随波而去情欲随波而去嫉妒随波而去遗恨和哀愁随

　　波而去

该脱落该死亡该腐烂的即便顽抗也终会化作尘埃

这时候一群白鸽从布达拉官腾飞在雪峰的密林自由翱翔

这时候肉体涤荡灵魂涤荡世界涤荡

出浴的笑容纯净如目光的交汇透明如目光的交汇

祝福是顶空的太阳照亮这圣洁照亮这肃穆

结束还是开始

开始还是结束

　　要是想到拉萨最好七月来

　　要是到了拉萨最好去沐浴

　　七月是拉萨河炫耀的日子

　　七月是大昭寺冷落的日子

该穿上的再重新穿好

该戴上的再重新戴好

（那几条长毛狗呜呜叫着跳来滚去嬉戏追逐

那几个老太太念着经文捏着佛珠走上归途）

再喝一碗酥油茶吧轻松又清爽

再喝一杯青稞酒吧惬意又舒畅

这时候金星倏地一亮留下一个呼唤翻过了雪峰

这时候暮霭甩着狐的长尾潜向桦林絮语的河谷

迷信圆了又破波纹是神女款款的呼吸

谎言生了又灭波光是神女展舒的玉臂

下凡或许恰巧是升天升天或许恰巧是下凡

天庭的幽深和厉禁谁也不曾窥视谁也不能窥视

结束还是开始

开始还是结束

要是不能到拉萨也不必在意

　　要是赶不上七月也不必在意

　　拉萨河炫耀的日子是昙花一现

　　而沐浴的大门永远敞开永远敞开永远向你敞开

　　"沐浴节"是西藏高原的一种传统风俗。每年藏历七月，那里的男女老幼，都赤裸着到江河和湖泊中擦洗身体。按那里的人民的说法，在这期间，无论江水还是湖水，都比寺庙里的"圣水"还灵验。诗人在诗中显然是改造了这个传统本来的意义，使它成为一种象征。象征着人的灵魂应该不断地擦洗、洞开，这样才能保持它的高洁、神圣。人只有到了"灵魂开敞放飞欢乐翻晒痛苦"的时候，只有到了"肉体涤荡灵魂涤荡世界"的时候，才是真正的"升天"——升入美好的崇高的现世的"天堂"。所以，诗中说，即使没有到过七月的拉萨也不必懊悔，灵魂的飞升只是个人的事，要寻着内心良知神异之声的导引，不断地摒除自身丑恶的、下作的欲望，这样就会成为高尚的人，而世界也就会变得越来越好。

正是这首诗在写实的基础上包含了象征意味，才显得它深厚而坚实起来，这对时下颇为流行的起于"观光"止于"观光"的诗是很有启示的。在语言上，这首诗也做了探索。它着意采用绵长的句式，以连锁流动的画面，活画出沐浴节那一派热闹、欢悦的气氛，如果改用浓缩的短句，就不能达到这般效果，这说明了形式对内容的反作用。几条长毛狗和老太太的反复出现，又使大幅度扫瞄的镜头相对显得集中，构成粗细交织的生活场景，和回环复沓的咏唱性质。诗人对人生的理解、漫长的体悟过程，忽然被"沐浴"的场面照亮，他抓住了这一瞬，却表现了永恒。

家

我们也有一个十年
十年前的那个夏天我们有个家了
那天下雨
那天雷电闯进了门窗
你看它
我看它
谁也不曾发现它的粗陋
雷雨住了
我把它揣在怀里四处飘游
随便找个路口
撑起它
靠着它
心里就十分高兴

这个十年世界变化多大啊

这个十年幼苗也会长成大树
路拓宽了
路是立体的
很多
很复杂
我们换了冬装又换春装
我们来不及换装
你没有裙子
我和你站在舞厅之外
我们不觉得有什么羞耻
我们说
我们不感兴趣

常常有那些个朋友来看望我们
吸烟
喝茶
门开了又关
烟雾弥漫
你想着要把门窗敞着
这样阳光充足
空气新鲜
我也这么想
听不懂他们在说些什么
我很惶恐
你说你也是
你也听不懂
我们认为把门窗永远敞着为好

这样我们的呼吸就自如多了
就看见我们好像蒙了千年

现在才醒

就看见我们很粗陋

家很粗陋

我们也就有了羞耻

门是开着的

朋友常常来

我也准备出去走走

去看看另一个世界

家就在我的怀里

随便找个路口撑起它

靠着它

心里就十分高兴

诗的语言是有"陌生化"的要求的，这一点我们都承认。但对"陌生化"这个概念的理解，流行的观念难免褊狭。许多人认为，"陌生化"的达成，要依靠词语的反常组合，感觉的神秘超验，等等。其实，诗歌语言的"陌生化"效果，还有另一类，即平实中见深意。可见，"陌生化"的达成，主要依赖于诗歌内部各要素的特殊组合。也就是说，它要求的是诗人在展示自己的新经验时，有别于一般的散文语言。无论是复杂的意象撞击，还是单纯的口语，都必须经过这个考验。

这首诗用了纯粹的口语，但仍然给我们一种"陌生化"体验。这是因为，这首诗的内部结构是有别于散文的。这里的"家"，不单指通常意义上的"家庭"，还是指诗人灵魂的房子。把握了这一诗的"肌质"，我们就会读出它的味道来。十年前，"我"和"你"组成"家"，那是一个粗陋的、封闭的"家"，它被"揣在怀里四处飘游"。诗人没有发现它的粗陋和闭塞，所以"心里十分高兴"。这是对民族封闭文化的自省。

但十年过去了，世界发生了变化，"我们"却仿佛被搁置起来，"站在舞厅之外"。长期的封闭使我们的感觉和意志都钝化了，"不觉得有什么羞耻",反而采取了消极的"自卫":"我们不感兴趣"。但灵魂的萌醒和骚动并不能因为一厢情愿的躲避所安歇。"我们"开始懂得,不能只靠"雷电闯进了门窗",而是要主动"把门窗敞开",接受新观念新思想的风暴。虽然暂时"听不懂他们在说些什么",但毕竟认识到了"把门窗永远敞着为好"!这是觉醒的第一个表现:开门窗!

这时,"家"开始流贯新鲜的空气和阳光,"我们的呼吸就自如多了/就看见我们好像蒙了千年/现在才醒"。"家"的粗陋、生存的围闭状态,第一次使"我们也就有了羞耻"。接下来的一步,就是从打开的门窗中"出去走走","去看看另一个世界"。从"把家揣在怀里"到"随便找个路口撑起它",这之间发生了多大的变化啊!"家"成了整个世界,"我"的心里才可能具备高品位的"十分高兴"。一个民族平和而自信的精神被勾勒出来了,它承认自身的愚昧,并为挣脱这愚昧落后而不息奋争着,这就是此诗"肌质"的深切之处,这就是它擦亮读者眼睛的"陌生化"构思。这种"肌质"是散文的语言无法转述的,所以,它是诗的。

另外,此诗的长处还在于,诗的体验属于个人又超越了个人,属于瞬间又具有永恒意义,是个人意志和民族精神的融会贯通。

肖　川

易水行

一条大汉。
一条与荆轲与狼牙山壮士同等气韵的大汉使古之易水决
　　然向西。
雪山朝暾古塬午照漠野沉阳循行不已，
蹚着厚厚的西部光大汉走得很远了。
绿洲的葡萄园灌渠林带花草与禾苗
　　都承认大汉是他们的父亲，
红翎雀呼唤尕羊儿呼唤汗血马咴咴而嘶；
这一切无法使他回头。

照他华年的太阳已长出雪丝，
还有当年的膂力筋力骨力吗？
他要向骄旷的大野
　　向渐渐升高的地平之横杆
做最后一回冲刺；
看一腔热血还能染红几瓣秋花。

……曾是那般悲慨。
小高炉吃红了眼睛，
给一代代壮男儿以骨肉以精血的燕赵麦
　　粟养不活她的子孙了；
大汉拧眉而决，

把命运交给潜然西去的盲流河。

是一群被饥饿放逐的草民。

是一群不甘坐毙的逃亡者。

二十世纪五十年代中国之"黑人"在穷
　　荒在漠野以血以汗以泪,浇出
　　一片又一片生命之新绿;

他们的大名可以正正堂堂写进西部户籍了

又在报纸头版向世人展示无愧的笑。

妻说:叶落总要归根

儿女说:不能让父辈再披那多风尘。

风说:我给你晚年的安逸和香馨。

月说:我有数千年出关壮士饮不完的
　　一壶浓酒……

大汉环顾八极继而默然。

……这一刻,偌大沙原只有他和斜阳,

只有如黛远山和大汉沉沉之背影;

他想在夕阳跌落之前赶到绝顶,

听自旸谷而升由崦嵫而坠之金乌
　　是否爆出霹雳之轰鸣?

路尚遥。

远方之暮霭可是故乡炊烟,可有那棵枣
　　树可有母亲的银发和眸光……

风萧萧兮又起。大汉前行。

许是赶不及望那沉雄之象呀那裂云之响了。

却信:

虽无杖可弃,身后会是一片邓林。

肖川是生活在宁夏的西部诗人，祖籍河北。许是故乡慷慨悲歌的血脉遗传在他的脉管里，他的诗总有一股燕赵式的沉郁和执拗。这种品性与西部人生的旷达粗放合为一体，就形成了肖川诗歌的特有味道。那不是立于黄土蛮沙之上的引颈狂啸，而是匍匐在这片凝恒地貌上的深情倾诉。《易水行》就是肖川诗歌中颇具这种味道的篇章。

这首诗有某种叙事因素。主人公"一条大汉"本是燕赵土地上的孩子，在"小高炉"的时代，迫于饥寒交困，毅然西下，成为"盲流"。诗人歌颂了这种为生命开掘新通道的壮士精神，说他们是"一群被饥饿放逐的草民"——"一群不甘坐毙的逃亡者"——"向世人展示无愧的笑"的西部拓荒英雄。这就超出了一般意义上的社会评判层面，而深入到了生命深层永恒价值评判层面。

但以上叙事因素只是这首诗的背景，诗人将这条"大汉"放在了今天的西部环境里。经过几十年的奋力开垦，他得到了安适丰裕的生活。他可以告慰了，可以休息一下静享人生晚景了，他的妻儿们甚至留恋起告别了的富饶肥沃的燕赵大平原来。这对他的确是个考验。他做了什么样的选择呢？这就是这首诗真正的焦点。这里有冲突、有沉默，这里有意志的黄金。

这条大汉没有停泊在舒适的港湾里，沙海的浪头在激励他继续远行。永远开拓，永远进击，这是他用整个青春为代价换来的人生感悟啊！他怎能一改初衷？！既然当初他远离"古之易水决然向西"，那么西向生命之活水岂能回头？！他老了，"膂力筋力骨力"都不似当年，但他精神犹存常青不老，他要在生命的最后时刻，"向骄旷的大野／向渐渐升高的地平之横杆／做最后一回冲刺；／看一腔热血还能染红几瓣秋花"！这里的用意十分明显，"大汉"对自然的挑战目的已经不再是求生存求物质（他已经老了，"许是赶不及望那沉雄之象听那裂云之响了"），而是为了证明生命意志的不屈、生命形式选择的无悔！他继续前行，"蹚着厚厚的西部光大汉走得很远了"，他创造的业绩在证明着人生的力量，"这一切无法使他回头"！这就是燕赵儿女的骨肉和精血，也是西部人民的顽健与壮烈！最后，诗人套用了"夸父逐日”的神话原型，又改造变通了这个神话。大汉要在“夕阳跌落之前赶到绝顶”，这“绝顶”就是生命的峰巅，它需要一个人终其一生来攀援而最终以死亡来实现。有多少人中途就一卧不起，更有多少人仅遥遥一望就胆魄顿失！大汉真正是人中之人，钢中之钢，他知道“许是赶不及”那一切了，但仍然坚信，一个人只要他奔走着、挣扎着，最终他“虽无杖可弃，身后会是一片邓林”的！

这就是肖川式的西部诗。外缓内紧的节奏，嶙峋起落的意象，热中发冷的感慨，无不来自生命的底渊。哦哦，“风萧萧兮又起。大汉前行……”

风 说

1

若非亘古冰川之呼遏云漠野之吸，
岂有这
   如此骄狂如此强悍如此犀利又如此深
    长的西部风。

婴儿与老者间倏地一瞬。
雪松若昙花。
花岗岩剥落如雨。
黄金溃烂。
高陆沉陷盆地隆起片刻不得消停，
沧海桑田也是弹指之间的事……
由此反思，能不陡涨从未有过的亢奋？

风说：惟搏者与我同行。

2

人猿尚未走出原始林便拥有风，
钻木火毕剥而燃爆出使地球进入文明纪的雷闪。
无法分清谁是元谋人蓝田人山顶洞人后裔，
我们都领今日之风骚。
从穹窿这方到那方从大野这头到那头
　　循行不已只是西部风吗？
在这吞吐亿万年日月悠远阔大之舞台
　　演出现代剧，看我们
　　与血汗先祖与血火前辈是否同样地风流？

风说：我将不朽。

3

从不喟叹，来也无影去也无踪。
无形风塑出无边尘海有形之人生。

求索者其路漫漫而一往无前，
即使猝然倒下
　　冰峰之谷旷野之末仍有不绝之回声。
苦思者不会永远冥想。
无言者不会永远沉默。
旁观者迟早会动情于辉煌壮举之威召。
遁逃者寻到梦中的避风港了吗？
依我看，那是早已被风遗弃的死渊。

风说：歌者，为我而号。

象征，是诗歌艺术的基本手段。对于真正的诗人来说，象征手法的运用一定不是简单的"托物言志"。他所倾心的，不仅仅是"志"，而首先在于全神贯注地挖掘物象所具有的各个层次的意义，让"物"自己站出来说话。在这里，物本身就是生命，诗人毋须再在它的外部"贴上"某种概念来"点题"。肖川的《风说》就是这样由"风"来"说"的诗。读这首诗，我们应把握住这里的"风"，并非仅指自然意义上的西部沙漠风，它首先是一种精神，一种沉雄的历史力量和文化状态。它从宇宙太一中走出来，从"钻木取火"的原始人那里一直奔放到今天。那么，"风"就是一种历史的见证，它在考察着今天的人们"与血汗先祖与血火前辈是否同样地风流"。"风"同时又是具体的西部狂风，它作为一种考验西部人的生命力量的环境，代表了所有西部酷烈自然条件的本质：征服人也塑造人，威胁人也鼓舞人。它说"惟搏者与我同行"，是对人的力量的礼赞；它说"我将不朽"，是对无休止抗争的清醒估计；它说"歌者，为我而号"，实际是说"我为顽强的生命而号"。至此，"风"又成了诗人自己的精神显象了。

三种"风"，实际是历史——生存——人的多音齐鸣的象征。它"说"出了中华民族顽强的抗争精神和今天西部开拓者的魂魄。用整体的重叠式象征来加强诗歌的审美空间，这就是肖川的手段。

王辽生

人生是一次远足

无边大梦
将敢于睥睨酷烈命运的叛逆
引渡给西域

其实无所谓东西
西部中国许是中国的奇崛构思
我行进在古往今来的微妙之间
方位已逐一披靡
我只求读懂理当属我的一瞬
一瞬
伏而信水魂悠远
起而知山魄狞厉
一瞬间我呕出我滴血的心脏
抛出去
足撞响熠煜西天的那一盘悬锣
宣布更新世纪

历史手指早已翻乱的那个命题
而今在西海沐浴
准备复辟
人性，以沙石流作为警句

将不卑不亢的一代

重新荡涤

尽管六弦琴被苍茫所破

狂放与智慧同碎

我依然甘步墨勒阿格之后尘

投入超自然毒火

投入犷悍边曲

在太空拓荒式举行之前

有人已跌进西部死沼

为一个陈旧而耐人寻味的信念

自作多情地捐躯

于是，公墓摇曳

我对沙漠中涌现的每一眼新泉

都双目紧闭

以免激情四溢

鹤群飞过

似欲飞进沙海尽头那血火之源

去完成一次皈依

而我要说

丹顶鹤头顶的那块丹红

倘无毒就不会那样瑰丽

我情急而无语

碑石嶙峋

民族魂在夕阳西下时鹊起

动人真有如悲剧

倘不能尾随那翱翔思绪

皈依那如血如火的一轮

我不如走进潘多拉魔匣

或者走进地狱

我既非碘钨灯下的伊思曼胶片

涂一层现代派感光药膜

以辑录生之倨傲

也不是福尔马林凄凄清液

浸泡住一段传统性拘泥

去佐证死之静谧

我仅仅是命运之神的忤逆之子

西出阳关

企图研讨又一种格局

在英灵与浪漫派硬汉仲裁之下

同魔界之主波旬决斗

展开最后一役

无论我抵达或中途倒下

无论我得手或最终失利

我都要说

我行进在古往今来的微妙之间

必将一悟凡凡此生的非凡涵义

方舟坠落

彪炳大气已注入夕阳

明晨有巨灵腾起

　　王辽生是饱经忧患的中年诗人。他曾因一首叫作《碎片》的小诗，被无中生有地打成右派。从此，他一直辗转在泥泞和冰雪的长途中，生活在人间的底层。经过汗水浸泡、泪水煎煮、血水烧炼，诗人不但没有屈服，反而质地更为纯粹坚实。这是一只苦难的"黑蝴蝶"，但他呈现给我们的绝不是那些苦难！新时期一开始，王辽生就以《探求》一诗昭告了几乎是他们一代人的精神复活。诗人不仅用诗来歌颂寻找回来的青春，而且以自己的行动证实了自身生命的价值：五十五岁时，他离开了莺飞草长的江南和家人，只身一人到新疆石河子。他是来这里工作的，更是来这里写生命的诗的。这一选择纯粹出于自愿，它既是对命运的挑战，又是自我选择自我实现的行动的标帜。熟悉了以上背景，我们再去读王辽生的诗，就会更深切地体味出它的深沉和博大。

《人生是一次远足》，这个标题就告诉我们诗人是怎样理解他西下的行动的。"无边大梦／将敢于睥睨酷烈命运的叛逆／引渡给西域"。"大梦"是一种理想，是一种自为的选择。诗人要扼住命运的咽喉，这里的"西域"就具有了双重意义，一是实指，一是一场永无休止的酷烈角逐场。对于一个勇敢的挑战者，"其实无所谓东西"，他要在有限的生命进程中"读懂理当属我的一瞬"，这一瞬就是有限生命的"永恒时刻"。为理想献身，为自由的选择而负责，这是他用"滴血的心脏"撞击西沉的太阳（"熠煜西天的那一盘悬锣"）发出的金属之声。自然的太阳落下去，人的太阳升起来！生命就这样"宣布更新世纪"。

接下来，诗人写了此番行动必须面对的考验。这绝不是一个充满猎奇欲冒险欲的声音。他清醒地知道，他几乎是自投"潘多拉魔匣／或者走进地狱"。但同时亦明白，潘多拉的魔匣里盛满了凶险却也盛着"希望"；地狱也正是经过地狱——炼狱走进天堂，这三个阶段的起点。他"不卑不亢"，一厢情愿地步墨勒阿格之后尘，"投入超自然毒火"。古边塞殉道者的尸骨使公墓摇曳，但诗人不为所恸，因为为一个信念而死是值得的；他却不忍面对"沙漠中涌现的每一眼新泉"，这是他的理想他永生永世的"情侣"——生命的源头，他怕"激情四溢"。这一笔是反笔，道出了诗人的价值观和生命坐标点。我们可以想象，一个真正的勇敢者最温柔最深情最"软弱"的时候，并不是面对刀丛，而是面对心中那面日夜珍藏的红旗，那是他的情人，是生命！诗人说他的诗不是伪现代派的"胶片"，也非那些遗产派的福尔马林液体；他写诗是与命运作战，他"西出阳关"，是对自身发难"企图研讨又一种格局"。信哉斯言！壮哉斯言！

是的，有这行动就尽够了！人生为追逐生命的最高实现而跋涉，只要是自由的选择、勇敢的抗争，那么，"抵达或中途倒下"，"得手或最终失利", 又有什么不同?! 普度众生的"方舟"早已"坠落", 上帝死了, 这意味着人将独自承担自己的命运; 夕阳虽已近没, 但有人的"彪炳大气已注入", 明晨是人的太阳——巨灵腾起! 这就是王辽生式的人生, 这就是他的"一悟凡凡此生的非凡涵义"!

这首诗带有强烈的身世感和精神自传性。在这里, 诗人的价值观不是以宣言的形式而是以行动的形式呈现出来的。我们读着这种用生命写下的诗篇, 更相信: 每一首真正的诗, 都是诗人生命过程的瞬间展开; 诗歌是血液, 不能倒在酒杯里!

需要太阳

天空压来
太阳被谁踢进了球网
世界一片昏黄

尽管沙浪已接近疯狂
死亡却不慌不忙
在我身边徜徉
听不见胡笳悲鸣
伸手拾一块幸存的戟铁
呐喊与厮杀凝定为冰凉
澎湃被沙砾埋葬
死亡大约正向我发呆
我大约正向我自己发呆
刚毅的应数我斑白的唇髭
它不但临危不惧
而且以幸灾乐祸的幽默
笑这次沙海迷航

沙柱扯响起十万雷霆

迎迓我的叩访

摇滚乐性状慓悍

大漠显然已心花怒放

只有头上那一盏吊灯

阴柔橘黄

我实在无法称之为太阳

我需要太阳

我需要强光

我需要以磊落的手指摆弄死亡

使鹰折云翅，虎断山威

使浩荡王权顿时沦丧

这就是死亡

使中年英姿与音容俱损

使少女酒窝与思美同僵

使爱与恨解体

恩与仇夭折

灵与肉虚妄

使雄师强将解除武装

这就是死亡

死亡庄严如卫道之仪仗

斑斓如西天云裳

巴赫从《马太受难曲》中走来

屈原从《离骚》中走来

仪态与步武别具阳刚

此刻，一只沙漠之狐

也突然冲来又愕然逃去

甩给我一瞥诡谲目光

张海迪和加拿大方雍走来

向我出示人的证明

　　我发现驼铃与希望未残

　　光在脚上

　　于是我理理胡子并气运丹田

　　飞起一脚

　　将死亡之球猛烈踢出

　　那球便旋到天上

　　定格为我的太阳

　　"我需要强光／我需要以磊落的手指摆弄死亡"！这就是王辽生情感和意志的瞬间定形。

　　此诗一开始，就为我们展示了一个昏暗狂悖的生存环境。天空冥冥地压迫过来，太阳像一颗被战败者的足球直落网底。沙漠啸吼着，死亡的神在"我身边徜祥"。甚至胡笳的悲鸣都被淹没，争斗的戟铁都凝成死神僵硬的嘲笑……但是，"我"却不同！在前不见古人后不见来者的沙漠漫步中，"死亡"却"正向我发呆"，"我"也"正向我自己发呆"。前一个"发呆"好理解，后一个"发呆"是诗人惊异自身竟有如此之大的魄力，如此之大的生命力量，它足以与死亡对峙！诗人绕开正面，只写了自己那一撮"斑白的唇髭"，它"临危不惧"，它在讥笑"死亡"的无能。年龄的老迈并不是意志的老迈，雷击沙打过的苍苍芨芨草，该是诗人唇髭的形象吧？"唇髭"的意象化轻为重，来得真棒！对对抗命运摆弄死亡的诗人来说，"沙柱扯响起十万雷霆"，不再是死神的仪仗，而是生命的凯旋巨阵"迎迓我的叩访"。疯狂的大漠那巨狮巨蟒般的吞噬力的狂舞，也成为"心花怒放"的生命"摇滚乐"。生命的欢乐就是在这狞厉的冲突中实现的，这是人的颂歌，征服死亡的颂歌！

　　诗人并非是廉价的乐观主义者，他在第四节充分地揭示了死亡的威力（这里的"死亡"，是指与人的实践构成反作用力的一切事物，包括社会意义上的和自然意义上的）。它使"鹰折云翅，虎断山威"，"使浩荡王权顿时沦丧"。它"使中年英姿与音容俱损／使少女酒窝与思美同僵……使雄师强将解除武装"……但是，真正的生命不会被震慑，"人的证明"就是与死亡较量。太阳就在这生命的核心，"光在脚上"。天空啊，你阴郁地扼杀了太阳，但"我"不会屈服，"我理理胡子并气运丹田／飞起一脚／将死亡之球猛烈踢出／那球便旋到天上／定格为我的太阳"！"定格"了的太阳永不会坠落，"我的太阳"永不变节。在西部，在风沙淹没了胡笳的地方，有一个诗人在啸歌，那歌声狂悍而苍凉，在这歌声铁锤般的击打下，命运颤栗着，死亡退却着……

这首诗是纯粹的"言志"之作。但诗人没有以观念去取代诗歌艺术上的精微。他精心结构，推敲辞章，以"太阳"的意象统领全篇，通过这一坠一升，揭示了人生的深层经验：我们究竟"需要"怎样的"太阳"。

林 染

我寻找火红色的伊犁马

早就听说过
伊犁马上的男子汉是最完美的人

伊犁马，沉静地走进塔松林
沉静地跃过松瀑和刺玫丛
登上郁苍苍的同样沉静的峻拔峭壁
那鬃毛会突然升腾起来
是落日，伊犁河上浑圆的落日
伊犁马嘶鸣了，喷着鼻气，塑像般立着
朝着落日啸啸嘶鸣

早就听说过
伊犁马在明媚的早晨是缄默的……
在明媚的早晨等待骁勇的骑手
等待着泼洒火星的驰骋
早就听说过
有一匹火红色的伊犁马属于我

为此我来到遥远的西天山
访遍军垦农场的将军
访遍婆罗科奴的牧人与伐木队

　　　　蜂场、葡萄园和白桦般挺秀之伊宁织毯女
　　　　访遍西陲所有的开拓者
　　　　寻找那丛熊熊燃烧的火红

　　　　早就听说过，我的火红火红的伊犁马
　　　　早已用悲壮的嘶叫送走落日
　　　　正保持昂扬的缄默

　　诗人说他要"寻找火红色的伊犁马"，这匹马在哪儿？诗人用了四个"早就听说过"，这告诉我们，"火红色的伊犁马"是一种象征性符号，它代表着昂奋、隐忍、一息尚存就要驰骋不已的西部精神。

　　一开始，诗人写道，"伊犁马上的男子汉是最完美的人"。接下来就不再写人而集中笔力状马。这时的马已经深深浸透了、代表了人的精神。伊犁马是"沉静"的，这种"沉静"是源于生命内部的自信和骁勇。它"沉静地走进塔松林／沉静地跃过松瀑和刺玫丛／登上郁苍苍的同样沉静的峻拔峭壁"。马在飞驰时是铁蹄暴怒的，只有历尽沧桑的马才有这等"沉静"。无论是面对松林还是面对坎坷的峭壁，这匹骏马都表现得同样稳健，坦途和畏途在它这儿又有什么不同？这匹马也有不"沉静"的时刻，这种时刻不是在艰辛凶险的道路上出现，而是面对落日的时候。望着伊犁河上浑圆的落日，伊犁马像一个悲壮的英雄在慨叹。它鬃毛升腾起来，发出悠长的嘶鸣，它塑像般伫立着，仿佛在永祭落日庄严的宁静。那啸啸的长嘶，有哪些人类语言可以转述呢？！哦，骏马，你为什么长嘶——

　　伊犁马在黄昏的悲壮啸叫是由于夜临了，它必须回到马厩，不能再伴着骑手驰骋。你看，"伊犁马在明媚的早晨是缄默的"，它知道新的太阳升起时，骁勇的骑手就会走来，让它的四蹄在荒原上狂啸"火星的驰骋"！这就是一个英雄的悲哀和欢乐观，马耶？人耶？终归是人！

　　下面，诗人说"早就听说过／有一匹火红色的伊犁马属于我"。他在寻找着这团"熊熊燃烧的火红"，到哪里找？到那些与诗人同舟共济肝胆相照的西部开拓者中去找！这里有军垦农场的将军，有牧人和伐木工，有蜂场、葡萄园、织毯厂的劳动者……这都是真正的伊犁马气质、伊犁马风貌的英雄！"访遍西陲所有的开拓者"，诗人意识到，属于他的那匹神奇的乌孙马（伊犁马的古称），就在他们的精神内核中。他们度过了无数艰辛的岁月，但从不悲鸣，因为他们"早已用悲壮的嘶叫送走落日"，精神为之超度和升华，他们胼手胝足静静地开拓着大西北，"正保持昂扬的缄默"。是的，缄默而昂扬正是西部拓殖者的精神形象啊！

这首诗写得丰满而精致，通篇围绕一个核心；人马互映，能出能入，若即若离，浑然无隙。在文气上，也是颇为有势有骨的。

开凿敦煌第 493 号洞窟

在铺满蓓蕾和帆影的产床上
当新生的婴儿
蓦地睁开东方沙漠澄澈无云的天空
以初生的太阳激荡晨鸟
激荡骆驼队，让驼铃纷纷讴歌
你可听到有一种欲望在道路流传？

远远地，白蜡树挥动一万片欢欣
在奔驰的西风背上纵情雀跃
裕固族牧女脱下古老的衣裙
走进河水，袒露雪莲的第一次诱惑
使庄严的冰山一阵阵颤栗
你可听到峡谷中惊喜的铁锤声
叮叮当当，欢呼希望的破绽？

你可看见鹰翅扇来的蔚蓝油彩

倾泼于大理石墙坦荡的无垠?

波涛起伏的眼睛诞生了

有风雨和悲壮的雷电被释放

北斗的叶蔓从那儿升起,向宇宙探询

果实累累的光明树在未来震响

你可看到那有声有色的壮丽描绘?

挥手送别四百九十二个阴郁的洞窟

我们前额上有番红花的芬芳

我们在创造崭新的敦煌

站在有毒而娇艳的罂粟丛里

蓓蕾般的狂想着,并开始谱写

并开始以号角和反弹的琵琶群奏鸣

并开始以黑夜的深渊去眷恋

你可知道我们的名字已写在三危山

崛起在东方沙漠

让命运和多情的姑娘们朝拜?

    我们知道,神秘的敦煌共有四百九十二座洞窟。林染要开凿敦煌第 493 号洞窟,这是一种精神意向。在他眼中,那四百九十二个洞窟是属于历史的,它们盛满了东方的奇迹,也盛满了东方的苦难。所以,他要"挥手送别"这些"阴郁的洞窟"。这是新一代西部好汉的宣告:"我们在创造崭新的敦煌",不再仅沉湎于往昔的荣耀之中。这首诗用一系列庄严蓬勃的意象展示了诗人的心理现实。在东方的沙漠里,一群"新生的婴儿"睁开眼睛,晨鸟被初升的太阳激荡起来,骆驼队不再寂寞,这些都因为"有一种欲望"在涌动。牧女洗浴的意象群,暗示了淘洗旧观念的污浊,欢呼新希望的诞生。鹰翅、风雨、雷电、北斗都在成为今天西部人的精神形象,牛角号和反弹的琵琶群就是西部人灵魂深处悲壮警拔的音响……

在这里，敦煌所固有的神秘、高古、沉静、斑斓被打碎，而代之以宏阔、冲突、进取、繁衍的现代精神，这体现了实践对现实的抗争过程。诗人所要打碎的并不是敦煌，而是它象征着的那种封闭、古顽、阴郁的气氛。显然，这是一种痛苦的碎裂，是现代人自身所经历的两难困境。诗人所意识到的位置："站在有毒而娇艳的罂粟丛里"，就是对这种两难困境的清醒把握。但我们别无选择。固守"492"座洞窟的人，只有最终被困死，开凿新时代的"第493号"洞窟是惟一的出路。飞天被扼死在那些洞窟里了，她手中的花瓣都成为朵朵叹息：让新生命的飞天逃出洞外，一路播种芬芳，则是我们每一个现代人的使命和宿命。"我们的名字已写在三危山"，新的敦煌就这样轰轰烈烈地竣工了！

这首诗的语体风格，可能受到希腊诗人埃利蒂斯《疯狂的石榴树》的影响。诗人笔力纵横，意兴遄飞，用层层排浪般的问句，造成一种特殊的效果。这些问句是不需要回答的，但与一般的抒情句式不同的是，它们带有一股先声夺人凌空展势的力量。读这首诗，我们被一种强烈的势能裹挟而去，它不容置疑、不容把玩，恰到好处地展示了今天西部开拓者犷悍勇武的进取性格。下面是埃利蒂斯《疯狂的石榴树》片段，读者可以更深地领略这种特殊语体的优长：

在这些刷白的庭园中，当南风／悄悄拂过有拱顶的走廊，告诉我，是那疯狂的石榴树／在阳光中跳跃，在风的嬉戏和絮语中／撒落她果实累累的欢笑？！告诉我，当清晨在高空带着胜利的颤栗展示她的五光十色／是那疯狂的石榴树带着新生的枝叶在蹦跳？

当赤身裸体的姑娘们在草地上醒来／用雪白的手采摘青青的三叶草／在梦的边缘上游荡，告诉我，是那疯狂的石榴树／出其不意地把亮光照到她们新编的篮子上／使她们的名字在鸟儿的歌声中回响，告诉我／是那疯狂的石榴树与多云的天空在较量？

当白昼用七色彩羽令人羡妒地打扮起来／用上千只眩目的三棱镜围住不朽的太阳／告诉我，是那疯狂的石榴树／抓住了一匹受百鞭之笞而狂奔的马的尾鬃／它不悲哀，不诉苦；告诉我，是那疯狂的石榴树／高声叫嚷着正在绽露的新生的希望？！

藏经洞的故事

史学博士斯坦因想笑
觅宝者斯坦因想笑
英帝国公民斯坦因想笑
他要三倍地大笑

二十九只宏伟的木箱
满盛东方的典籍与珍奇的画轴
满盛古长安深沉优雅的乐声
长生殿在这乐声里自如地浮沉
杨贵妃颤摇着
一枝芙蓉在舞蹈
满盛西夏缀有宝石的经卷
更多的是织绣品
丝绢裹着一条道路诱人的魅力
如今,这一切
只以二十四块马蹄银作代价
都是他的了
都是收集文明的大英帝国的了

而且
遥远的海岸上
欢呼声和一枚金质奖章的显赫
在等着归属于他

幸福的斯坦因走出藏经洞

他没有喝酒

却醉得很厉害

差一点跌下平稳的驼背

就要离开这片奇妙的土地了

他不由回过头

深情地看了最后一眼

博士突然一阵悚惧

一轮殷红的夕阳

正从大泉河西岸的灵岩上

从九层阁美丽的胸脯

从一个民族深深的伤口里

沉重地滴落

血光飞溅着涌来

染红了他和满载的驼队

　　这首诗在结构上颇见功力。它写的是西方文化强盗斯坦因博士敦煌盗宝的故事。前四节诗人仿佛在一个画面里旋转，先写斯坦因的笑，笑的内涵被省略了，诗人只是反复强调"想笑""他要三倍地大笑"，这就使读者产生一种究其原因的心理。接下来，诗人道出了他要狂笑的原因："二十九只宏伟的木箱／满盛东方的典籍与珍奇的画轴"、"盛满"了珍贵的经文宝卷和锦帛等这东方的奇迹，就这样被"二十四块马蹄银作代价"掠走了。诗人仍然不动声色，让诗歌像直线一样自然发展。斯坦因想到凯旋的场面，想着即将到手的财富和荣耀，他醉步蹒跚，踌躇满志，差点跌下驼背。到这里，我们可能会为诗思的单调疲倦、失望，会认为诗人才力不济。但从第四节的末尾，奇迹出现了。斯坦因"他不由回过头／深情地看了最后一眼"，这最后的一眼如平湖骤起洪波，它兀地搅起了浪柱，瞬间照亮全篇！"一轮殷红的夕阳／正从大泉河西岸的灵岩上／从九层阁美丽的胸脯／从一个民族深深的伤口里／沉重地滴落／血光飞溅着涌来／染红了他和满载的驼队"。这孤高绝妙的一笔，带有一种"返照"性质，它点到为止，却使我们忍不住又重新将此诗读一遍，刚才的倦意为之一扫。原来，诗人前四节诗的平缓单调正是有蓄谋、有深意藏焉！这正是诗人对诗歌结构的深层把握所致。它不是所谓的层层展开，也不是什么起承转合，而是"惊回首"式的顿悟，带给我们突然的狂喜（审美上的）和深重的忧患。这是一个控诉的故事，又是自责、忧愤的故事，真正看懂如血夕阳的，绝不是博士！

中华民族在人类历史的进程中占据着伟大的位置，她创造了灿烂的文化，并影响了世界文明进程的发展。如何评价这些文化，在今天已经毫无问题了。但与那些喋喋不休于妄自尊大的人不同，林染所关注的乃是更深层的东西。他透过这些昔日的荣耀，看到的是民族精神内核某些不优秀的素质。创造文化财富的人却耽于"治人"之道、"愚民"之道，最后导致文化的衰落和丧失。这首诗，写的虽然是对西方文化强盗掠夺瑰宝这一行径的控诉，但我们读后不难感到，它对民族历史的痛切反思仍是此诗的底色。狂妄至极的史学博士斯坦因，仅以"二十四块马蹄银作代价"，就盗走了东方的珍品，这究竟是为什么？！"民族深深的伤口里"流淌的除了仇恨，更深切的难道不是悔恨和自挞么？！

子　页

大漠的月儿

此处多山
燃烧了亿万年
没有路。第一个通过的是那枚月儿
火星抖落开无数花瓣

紫葡萄唱甜了大漠
献给骑手
又酸了一句格言
前方，迷人的银镯
划出谁也不敢靠近的一条雪线

还是那枚月儿
若即若离，若隐若现……
你会想起冰山的冷漠
但今天绝不同于昨天
月的精灵
顶起水罐
漫游杵衣的绿丛
浮雕出逼真的灵感

大胆点，那月儿

被有情者追入火焰书写的小溪
洗出高雅的袒露心迹的笑靥

与其他西部诗人比起来，子页的诗偏柔。这种柔不是媚，也不是弱，而是一种内在的精气，内在的疏淡。这同样是西部的诗，或者说是"我"的西部。

这首诗笼罩在一片淡淡的月光下。诗人仿佛不屑于力透纸背，诗兴到时，他轻轻一调，柔柔一点，使之化淡化远，机杼独到，别有胜境。大漠是寂寥的，在这一派浩瀚的沙海之中，在这"没有路"的地方，静静地悬挂着一枚古镜般的月儿。这轻轻一笔，便教我们的视觉映象中一切都不存在，只有明净的月光潺潺流注，沙海再不冷漠，它被月光熨暖了。在这样一种心境里，远方酷寒的雪线被幻化成"迷人的银镯"，大西北雄奇凝重的"百炼钢"，被诗人化为"绕指柔"。以上是静态，月儿、大漠、雪线这些并置的意象，无不浸润着平静淡雅的情致。这些意象中主要是月儿的意象，它作为一种无所不在的柔光，一种精气，点化了其他意象固有的意味，而成为它的衬托。下面，诗人写了月儿的动态。那是一个皎洁袅娜的美人儿，在深夜走上大漠，她"顶起水罐／漫游杵衣的绿丛"。这里，皎月、绿树、叮咚的水声、轻盈的步态、甘凉的感觉，都被勾画出来，自有异于江南水乡的神秘，异于中原河谷的寂美。沙漠中的水，罕见而醇冽，不也是一枚地上的月儿么？这里，借动态以描绘大漠月儿的风神，月照溪水，月涤溪水，月化溪水，真正是逸趣横生，情思深涌。

最后，诗人点出了大漠月儿为何如此之美。她是被炽情如火的大胆青年"追入火焰书写的小溪"里，用挚情与坚贞"洗出高雅的袒露心迹的笑靥"。美，只对勇敢的追求者呈献，不深入大漠，哪得西部月儿的爱情？那千百万西部开拓者，那充满硬汉精神的西部人，不就是纯情热烈的追月者吗？

诗人对大漠的月儿潜心默会，独标逸韵，最后一笔两写著手成春，由颂月及颂人，雅而不弱，柔而不媚，平而不浅。

火的河流

谁见过火的河流
逃出史籍
在荒野上浪游

炙烤你的皮肤，烫伤你的目光
老人想从对岸蹚过来
这边活着一棵老树
是他少年时的追求

靴子焚掉了，人变成了石头
一河的信物
流成葡萄一沟
流成瓜果一沟

传说似无似有
荡成少妇的耳坠
盈淌风的沉醉，等我
走近火河，相信了传说
吐鲁番是它酿造的一樽美酒

"谁见过火的河流／逃出史籍／在荒野上浪游"。诗人起句擒人，一个问句使我们产生了期待的心理。火的河流在这里既暗合了新疆一带"火焰山"的传说，同时又化山为水，带有强烈的运动感、冲突感。"逃出史籍"，便有一种神秘高古的色调，它是传说所以入不得史籍；此外诗人还强调了西部自然风光的原始野性、不为人类所羁束的特点。这正是一种"浪游"精神——西部人的生命状态。

接下来,诗人紧承这一传说,讲了一个充满诗意的故事:一位老人要横渡火的河流,因为对岸有一棵老树。这棵老树是他少年时的追求。他寻找着它,见到它时自己已经苍老了。但他还是要涉过这条凶险炙热的河流奔向它,不怕自己在烈火中化为灰烬。这个故事有一种象征意味,与"夸父逐日"几近。老人被焚毁了,"人变成了石头"。但这里诗人并不感到丝毫悲伤,追求理想终生不渝的老人毕竟以死亡抵近了老树,他的生命化为坚硬的不会死亡的石头,这实际是真正的永生。他的信念(信物),"流成葡萄一沟 / 流成瓜果一沟"。这就是老人最后的胜利,用生命为荒野铺架了一片绿茵。在"葡萄沟""果子沟"里品尝甘美的人,永远不会忘记他们的真正神灵乃是一种坚强勇武的精神人格。老人是传说,但这种精神人格不是传说,它活在今天、明天、昨天,活在每一个西部人的意志和行动之中。(就像夸父用生命化为一片遗泽万世的"桃林",它是传说,但在精神意向上则与人类的祖先内在的精神一样。)在这个意义上,尽管这传说似有似无,像西部少妇闪烁迷离的耳坠,但诗人"走近火河,相信了传说"。他的根据乃是今天千万个"追求老树"的西部人民所表现出来的顽强生存信念。

这首诗歌颂了今天西部人民的精神,但诗人借助传说来背面敷粉,初看了无痕迹,细品妙悟得出,自有一脉恍兮惚兮的风神格调。

旅　途

世代摇荡的家

时常赠我一席芳草

或展示雄性的铁戈壁

领会牧人生衍的轨迹

耳朵灌满来自西伯利亚的风涛

　　震颤的路上
　　就有草莓的杯盏
　　甜腻腻地撞我的唇舌
　　一个劲让人醉了又醉
　　好红的晚霞
　　披在摆动的腰肢上
　　把你裹进深深的湖泊里

　　入夜，似懂非懂的音韵
　　领我走入远古部落
　　情歌同葬歌一样悲壮
　　变我做古人
　　灵魂燃成一篷纯情的火

　　惟不敢叛离许诺
　　我的旅途一路追随
　　流成一条无尽的河

　　在西部，子页感到人与自然明显的对峙。这种对峙与其说是一种冲突，毋宁说是在冲突中的互感。那里铁青的戈壁、凶烈的罡风，都使诗人发现了自身的力量。灵魂的家园"世代摇荡"，在这种动荡不息的环境中，在这种横无际涯的地面上，任何停滞都意味着死亡，你只有往前走，让你的旅途成为"一条无尽的河"。这既是"牧人生衍的轨迹"，也是"我"生命的流程。《旅途》的意味，就是对行动的礼赞。

　　这首小诗中，交构着两种力量。一种是酷烈的"铁戈壁""西伯利亚的风涛"；另一种则是温馨的"一席芳草""草莓的杯盏""好红的晚霞"，这是诗人心中对西部感情离心力和向心力的综合体现。在这两种力量的拉力之间，诗人领略了复杂的生命情调：只要一个人在走，"不敢叛离许诺"，他就实现了人生的最高限值。在这种奋勇不息的"旅途"中，"情歌同葬歌一样悲壮"，只有行动着才可能获得残酷人生的绝对意义。

这首诗的结构很耐人寻味，诗人将自己情感的经验，压缩成两组性质不同的意象群，这两组意象群在矛盾中形成互补。他既不肯定，也不否定，因为，它们不存在选择的可能性。于是，剩下的只能是行动，无论是走向荒凉还是走向绿洲，人啊，你都得承受。这就是子页的旅途观，平静中潜藏着骚动和喧哗。

杨　树

道路二种

道路（一）

我们不能假如没有路，或者
假如所有的道路突然消失。
当独立家屋的主人挖掘墙基之前，
在他心中至少三条小路，通向
雪白的盐，亲戚朋友的笑声，
和自己挥汗耕耘的土地。
海湾的渔民，低矮的棚户，
一条条小小的渔船，眼睁睁地
注视着：没有暗礁的航道，
充满鱼讯的水域和散发着
腥味的、鳞片闪光的石板路。
啊！各种现实的、神秘的道路，
原是人类社会和宇宙万物的脉络。

我曾经走过许多的路：
双足的和头脑的。
但，我肯定不能走
更多的路，更不能
走完人世间的每一条路。

那饱和了痛苦和欢乐

和歌谣的路，虚假的线条，

梦幻般地竞走和狂热的一跳，

没有本土的路面，

太虚幻境的深渊和桥梁；

我还常常地被拒绝，但

只因缺乏拒绝的最终价值

而无法拒绝。

道路（二）

我问丝绸之路上的风霜雨雪：

"泥土之下还是泥土么？"

不。它下面埋藏着层层思念的白骨；

"石头之上就是石头么？"

不。它上面镶嵌着叠叠眷顾的目光！

"空气之中纯属空气么？"

不。这里的空气

永远震颤着激励世纪的强音！

用不着挖掘和考证，

在这条路上，人类历史的初衷

始终保持引发和放飞的活力！

他们是：志心殒命的僧人，

寻找乐土的农夫，流浪者，

披甲持戈的戍卒，黥面的刑徒，

牟利的商贾，劫掠的强盗，

探险家，叛逃者，役夫……

他们以崇高的或卑微的天籁，

依附或屈从一个又一个
真理以及种种浅薄的信念，
胼手胝足，往来艰难困厄，
舍生忘死，度过惨淡的一生。

呵！丝绸之路每前进一站，
究竟由多少脚步的相加，焦灼
目光的积累，心律的连续？
一个驿馆的诞生泯灭复活，
又凝结着多少青春的活力，
寒年酷月的平凡的劳作，
欢笑和叹息，嘱托和期望？
那深沉水井的清晨，共有多少
不朽的安抚？坚忍的榆树的
黄昏，踯躅多少欣喜的足迹？
而由泥坯构成的院落的午夜
那无休止的弹唱骏马的嘶鸣，
难道会随岁月的云翳而淡化？
不！古老的阳光始终灼热着
今天的前额，原始的道路
永远蜿蜒在我们的足底，脑褶。

　　这是杨树《丝绸之路漫歌》中的两首诗。之所以从一个完整的系列中选出这两首，是因为它们具备了独立自存的性质。有关道路的意象，我们常常在诗中见到，但像杨树这般老辣机敏的思辨，仍然使我们怦然心动。

　　先看《道路（一）》。从外观上看，这里的路就是现实中的路，但细细辨来，它们又笼罩着浓重的象征色彩。一开始，诗人就以貌似平淡的语言潜藏了深意。缺乏训练的读者可能会轻易地放过这两句话，那样，整首诗的意义就会失掉一块。人生下不久，就必须走路，那是

"双足的"路；当他成熟后，就兼走"头脑的"路了。道路通向何方是另一个问题，你面临的是必须走，你"不能假如没有路，或者 / 假如所有的道路突然消失"。人都希望自己选择一条充满希望的路，诗人用了"独立家屋的主人"和"海湾的渔民"这两组意象说明了这一点。这是诗人经验的表层。

接下来，诗人向生命的深层经验掘进。"我曾经走过许多的路：/ 双足的和头脑的。但，我肯定不能走 / 更多的路，更不能 / 走完人世间的每一条路。"这是生命的困惑。人生的短暂使我们在选择了某条路的瞬间，就已经预含了它的结果。但我们无从预测，也无法原路返回重新再走。"人世间的每一条路"都静静地躺在那儿，有一条命定属于你。最初的选择将决定你的一生。诗人语言平静，欲说还休，但他内心的冲突我们已经通过自己感受到了。

下面一节，诗人展示了自己对走过来的道路的反视。这里，有"歌谣""欢乐""梦幻""狂热""桥梁"等一些象征坦途的意象；与之并列的则有"痛苦""虚假""太虚幻境的深渊"等象征阻遏、阴森畏途的意象。这是生存本来的形状，你只有接受它。在追求生命真义的"头脑的"路的跋涉中，诗人也有疲软懦怯的时候，"我还常常地被拒绝"。这是反主为客的说法，其正面的意思是"我曾经无力再走这条充满艰辛的路"。但这种想法仅是一瞬间，因为这种退却和拒绝缺乏生命的"最终价值"，所以，"我"还必须往前走，直到穷尽那"无法拒绝"的一切真谛。

这首诗，在总体构思上与美国诗人弗洛斯特的《未选择的路》有相近之处，所不同的是，杨树的这首诗缺乏后者的神秘超逸，却又增添了一脉奋勇不息的跋涉热情。

再看《道路（二）》。这首诗与前面的一首迥然异趣，诗人将深沉的思索融入放歌的形式中，虽是"放歌"，但并不感到浮嚣，原因就在于它浓重的现实忧患感和深远的历史感。

一开始，诗人先用了三个疑问句，这三个疑问句不是并列式，而是递进式的。透过沉默的泥土、白骨、石头、目光、空气，诗人听到和看到的是我们英勇智慧的祖先用生命铺就的"丝绸之路"——"始终保持引发和放飞的活力"的中国牌大路。这是对民族精神的礼赞。

接下来，诗人用深情的笔写了奔走在这条道路上的人：志心皈命的僧人、寻找乐土的农夫、流浪者、披甲持戈的戍卒、黥面的刑徒、牟利的商贾、劫掠的强盗、探险家、叛逃者、役夫等等。在这里，诗人不是用局部是非本质来判断他们的，而是用抽象的生命力来理解他们行走的意义的。"胼手胝足""艰难困厄""舍生忘死"，这些带有明显褒扬色彩的词汇，泄露了诗人内心的秘密。他慨叹，生命的野性今天在哪里？！

在诗人眼中，"丝绸之路"就是生命之路，它的每一站延伸，都是人生命力量的延伸。一连串五个问句在以上的总体精神意向导引下出现，一切都不必回答了！诗人所关心的是这条开放的、充满原始野性活力的大路在今天的命运。这就使"丝绸之路"最终脱尽了具体的指涉性，而成为民族命脉、民族气度、民族未来的象征。那"古老的阳光始终灼热着 / 今天的前额，原始的道路 / 永远蜿蜒在我们的足底，脑褶"，这是对民族历史的骄傲，还是对现实积重的焦灼？重心肯定是在后者。也只有这种重心的移位，才使得"丝绸之路"具有了更为深厚的意味，这条路成为一条漫长而辽阔的鞭策今天的格言，一直在我们的灵魂深处闪烁。

李老乡

小诗二首

男人的星空

不关心秋野的色彩
不关心夕阳落山的地方
意味多么深长

不等在树前
　　不向归巢的鸟儿
　　打听天上的讯息
　　不偷看挂在树梢的羽毛
　　怎样骚动下一个黎明
不躲在树后

不知我在思考什么
直到莫合烟的烟头
把一身新衣烙成星空

槐香与五官

耳朵们

又在悄悄竞选翅膀
在这没有蜂蝶翻飞的月夜
我见最小的耳朵
也在频频扇动

耳边
再没嘴的窃窃私语
这一夜　所有的嘴们
全部张开了深度
为增强肺的活力

留下的鼻子
必须负起耳朵的责任
于是　鼻子们都在听着
听着满树槐花
摇响的铃铛
槐花开放的月夜
眼睛没有改行
眼睛最香

　　李老乡的诗，像一颗颗怪味胡豆。他总是置身于让读者全然陌生的语境中，让诗的审美空间以一种特殊的形式出现。这样的诗，就不再指向"理解"，而是指向纯粹的愉悦。就像一组幽默古怪的琶音，它唤起你的好奇使你身心放松，但它本身并无意去求什么深意。在西部诗中，这无疑是独特的一格。
　　《男人的星空》写的是一个男人，在黄昏呆呆地站在那儿，他什么也没想，只是一个劲儿地吸烟。这种忘情而惬意的过程使他深深沉湎，不知不觉中衣裳被莫合烟的火星烫破。但诗人是怀着极为超逸泰然的感情去看待这一事件的，名曰"男人的星空"。这里，衣服被烫成若干小洞，诗人竟说那是"星空"，而且是"男人的"专利，真正是活得放松、活得有劲！你说这首小诗有什么深意呢？它没有。但是，你读后就是忘不了那片"星空"，它使人想到一些美好的事情。与这个洒脱的汉子比，更映照出我们庸常生活中的患得患失、自作多情（前两节的六个"不"的反面，就是我们常常陷入的情境）是多么无聊。这首诗短小平淡，但你会读出这是真正男子汉的诗。让我们也拥有这麻木的时刻吧，烦恼人生的小憩，该是多么难得！这是首脱尽人间烟火的诗吗？读者君，请你回答！

《槐香与五官》无一字说"香"，但无一字不香。诗人采用了侧面烘托的方法，趣长笔短，活画了一幅槐花与逸思齐飞槐香共五官同放的图画。这首诗，具有一种描绘的非直观性。它的用意在于槐香，但用力之处却在五官，知味外味者，当自得之。诗有境界则自成高格，这首诗的境界堪称奇诡有趣。为了烘托槐香，诗人将整体性的五官拆成互不干涉的"零件"，并用"××们"的复指人称，让它们形成不同的观赏者，有的还"改了行"。正是它们从不同的角度感受槐香，才使我们感到这首诗也散发出淡雅的槐香来——这是通感的作用，但更是诗人性情中古怪幽趣的因素使然。

李　瑜

为了爱情，巴格达不嫌远（组诗）

她摘下一枝褐红的野罂粟
摘下一枝褐红的玛瑙

夜呀夜呀
柔情似水的夜
月亮那么轻盈，月色皓皓
在诗一般的旋律上飘摇
在火辣辣的誓言上飘摇

她摘下一枝褐红的野罂粟
摘下一枝褐红的玛瑙
献出了一片永恒的爱
在黑夜的沙包谷地燃烧
在拓荒者的心坎燃烧

唉唉唉
驼铃的夜歌还在飘曳

我的戈壁之舟
　那弯金黄新月

正在静静的夜里扬帆

在茫茫古尔班通古特瀚海飘浮
在茫茫古尔班通古特云海飘浮
犁过白云般沙包
犁过沙包般白云
风在呼啸
云在变幻

唻唻唻
驼铃的夜歌还在飘曳
青春的旋律不息奔腾
飘落天上
飘落人间

啊，她就在遥远的
　　黑戈壁
——我生命的绿洲
就在瀚海彼岸

那不息旋律的音符
也不会沉积

在月夜奔腾
她不息的歌声
歌喉像夜莺
　　婉转而又深情
抚慰瀚海凝固了的波浪
抚慰野罂粟飘洒的落英

她的歌声是不会消逝的
——伴着无涯絮语般涛声
那不息旋律的音符
　　也不会沉积
不会沉积到瀚海深处
将永远撞击我
　　颤动的心弦

因为红柳丛中有两只夜莺
正在唱着那支不朽的恋歌

　　天穹在静静倾听
大地在静静倾听
都在倾听一支
　　飘动爱的火焰的夜曲
那华彩的旋律在月下奔腾
我要悄悄
　　绕过这个沙包到那边去
我要虔诚
　　绕过这个沙包到那边去
因为红柳丛中有两只夜莺
正唱着那支不朽的恋歌

可是，却挡不住
天山冰峰酝酿的澎湃春潮

隐去了凝固的
　　浪涛般沙包
——这座未来新城的街市
隐去了红柳丛

　　隐去了骆驼刺

　　那曾哺育过绿色生命的大地

　　　　也隐去了

　　残雪覆盖那赤裸的胸脯

　　可是，却挡不住

　　　　天山冰峰酝酿的澎湃春潮

　　挡不住

　　　　恋人春潮般澎湃诗句

　　这是一支爱的谣曲。诗名《为了爱情，巴格达不嫌远》告诉我们，诗人情之所钟魂之所系的，不是一般意义上的儿女私情，而是他对巴格达这片土地的深情。"她"就是西部土地。

　　在这组诗里，爱的魅力和爱的虚幻被统一在一起，甜蜜的倾诉和难以消泯的忧伤统一在一起，构成生命的释放和苦辛的双重意味。诗中的"她"，是一个近于林妖和倩女之间的形象，她手中既持有美丽而有毒的"野罂粟"，又持有一颗"在黑夜的沙包谷地燃烧"的爱心，这正是大西北狰厉而又温厚的自然条件的象征。诗人写了西部拓荒者对她复杂而超拔的爱情，那是一种介于征服和抚爱之间的感情。第一首，写她迷人的诱惑和真挚的吁求；第二首，写西部好汉星夜兼程，凶险酷烈而驼铃不息的追求；第三首，写她对追求者的抚慰和理解；第四首，写追求者和她的相互呼唤；第五首，写追求的永无止境。这样一来，生命的阻遏和生命的内在力量就形成了诗歌的线索，追求的意义就不再限于凶险而诱人的西部人生，而是带有普遍性的生命价值探寻了。当一片蛮荒的土地被那些好汉夷为绿色的"新城"时，他们的爱也同时有了新的目标。所谓"为了爱情，巴格达不嫌远"，只是一种具象的说法，真正的爱情也许只存在于那"天山冰峰酝酿的澎湃春潮"中，那是一种不断汹涌的力，一种无限膨胀的爱的力量，一种永无归宿的进击啊！"她"永远在前诱惑你！

　　这应该是一首深沉凝重的诗。但使人惊奇的是，诗人竟采取了浅吟低唱式的谣曲调式。这种调式的形成，主要依赖于诗人巧妙地采用复沓重叠的手法。有时是同样内容的复沓,有时是简单的变奏,这种轻曼的旋律教我们神清气爽。假如采用繁缛浓酽的意象组合,也许同样可以成为好诗,但一定传达不出这种行吟式的弹唱效果。西部诗可以是铁马金戈,也不妨来点杏花春雨。不在于你选择哪种手段,而在于你的这种手段是否到家。那么,李瑜,你就拿起那只金色的冬不拉弹唱吧,不必在庄严长号的警世之音面前惭愧。"唻唻唻……唻唻唻……"

王小未

对　峙

雪停息
宁静从苍白里缓缓沁出

你和你的军车走过很远很远的路
走过或喧闹或落寞的感情区域
走进这奇怪的圈子里
目光是僵硬的柳枝，悠长又悠长的柳枝
伸向峥嵘的达坂伸出圈子以外
愤怒将不会死去

静极静极的氛围最为深刻
在世界的高处，在荒原，在一处绝境
一张无望的脸悬垂着
钟的音波传向何处难以看清但是
因无望而充满希望这是肯定的事

那么你便被雕刻
（一只巨手谁也不可能逃脱，可是……）
可是你的心被雕成液态
你圆圆的眼球被雕成峻嶒的山石
路有多长你的基座便有多长

路有多长你可见的呼吸便有多长
冻僵的笛声在头顶高高立起成一种标志

沉默……这便是巨大的背景呵
指尖上的意愿在沉默之上不断加固
你依然想象那悠长的目光渐渐泛绿
渐渐滴落浓稠的汁液落进山岩强硬的吐纳
骚动与情节产生，爱的因素产生

哦惨剧的止境在哪里呢
惟积雪起伏掩藏杀机群山的兽性等待喷发的缺口
你——所有意义冰冷的焦点上形成了恒固的力
惟你，站在洁白的你的基座上
把意态和表情凝于深沉的宁静

宁静是一种顽强的对峙
你死去

王小未是西域雪原上的哨兵，冰雪的锻打使他的笔沉凝而冷酷。他很少有与他年龄相应的浪漫，而有着一种惨烈的悲壮的早熟。这是土地的馈赠，而接受它则意味着以灵魂和生命作为交换。

这首写人物的诗并不着力刻画人物，诗人将膂力倾注在与人物命运相关的自然物象中。这是一场"不流血的战斗"，因为哨兵的血已被冰雪冻僵；这又是一场"无声的战斗"，因为一切呼救都毫无意义！我们年轻的士兵就在这里"因无望而充满希望"，他被冻死在哨位上，僵直的身体"冰冷的焦点"形成了恒固的力，与死亡对峙。在这沉默的对峙中，"愤怒将不会死去"！这首诗歌有一种内在的力量，但诗人竭力控制着它，不让它爆发出来。他只是渲染着那种"静极静极的氛围"，一点点地对我们的灵魂增加压力，它使我们不堪承受，充满了紧张感。直到最后，这种沉凝的力还在扩张，像一具劲弩，越拉越满……这就打破了流行诗歌的"起承转合"模式,而成为有赖于读者积极加入的"召唤结构"。这样做的好处是,诗歌不再是一个释尽能量的原素,而是一个能加进无限意味的广阔空间。那雪野上与死亡对峙的士兵,就成为一个无限活跃的生命,他站立着,永不跌倒。

第六辑　新生代诗群

于　坚

横渡怒江

黄昏时分的怒江

像晚年的康德在大峡谷中散步

乌黑的波浪

是这老人脸上的皱纹

被永恒之手翻开

深刻的思想在那儿露出

只有石头看见

千千万万年

天空高如教堂

巨石在看不见的河底滚动

被水磨成美丽的石子

装饰现代人的书房

或者白沙

光屁股的孩子们

把它堆成一座座金字塔

千千万万年

怒江流得冷静

目光炯炯

过江就是过江

影子滑过镜面

天空看得清清楚楚

逃跑就是逃跑

哪怕你浑身湿透

像落难的英雄

淹死就是淹死

许多奋斗许多梦许多离合悲欢

一闪就没了踪影

一只鹰

一只在诗歌中象征帝王的鹰

一闪就没了踪影

怒江水冷

太阳升起时

又走过人，又飞过鹰

在一些年代

怒江两岸有军队踞守

只有革命者或者叛徒

才横渡怒江

无论他们朝着哪一岸

革命或者背叛

都一样要面对怒江

无论是谁　当他站在大怒江边

都要先面对自己内心的江面

横渡或者逃走　要想好

他外表很平静

像怒江的脸

在他心的深处

巨石滚动或者停下

水流湍急或者混浊

永远没有人会看出

相对于那些训诫的诗，这首诗没有道德观，没有带倾向的逻辑斯中心主义的思想。这里惟一的现实是语言，是在语感的自然流泻中，升腾的另一种有意味的空间。关于诗歌的语感问题，于坚有一番高论。归纳起来说是这样的：在诗歌中，生命被表现为语感，语感是生命的有意味的形式，是诗人心灵的呼吸。犹如中国书法的美感不是基于字义本身，而是来自线条流动的气韵，诗歌的美感来自语感的流动。它是诗人生命的节奏，而不仅仅是音节的抑扬顿挫。诗人只要把直觉到的组合成有意味的形式，成为语感，他的生命就得到了表现。一切无意识的都会有意识，无意义的都会有意义，无情的无不有情，无形式的将构成形式。为了深刻而强调某一语义的东西没有语感，没有生命迹象的诗歌没有语感，故意制造的口气和行文特点没有语感。一句话，没有诗人的生命灌注的诗，就没有语感。

《横渡怒江》这首诗中，诗人的感情几乎没有定向化，他沉静地面对亘古如斯的河流，他只任凭那流畅、平缓的语感导引，将我们带入一个特有的艺术感觉中。欣赏这样的诗，一定要轻轻读出声音，而不必停下来死拘个别字词蕴藏的意义。这样一来，你会渐渐地感到这首诗活动起来，"变成一种姿势，就像暂时超过了正常意义的文字"（布拉克墨尔语）。它不是陈述性、消息性的语言，而生成一种内心音乐般的幻觉。这种幻觉，虽然没有固定的价值取向，但它给你一种感动。这是诗人生命的音响震动了你的心——就像我们在听大师们的乐曲中感到的一样。

这里绝不是在玩弄形式主义的花样。因为，听凭生命的节奏无定向的流淌、自然的涌动，读者可以任意组合意味，诗的内蕴也因之具备了多种可能性，诗歌最终摆脱了诗人，而成为不断增值的自足的生命体。语义的偏离，语感的还原，说到底还是基于诗人独异的审美感觉，这种感觉，在诗歌产生之前就完整地存在着，所以，它本身就是意义，就是象征，它不是要你"懂"，而是要你"听"。

对《横渡怒江》这首诗，也可以用"释义"的方式阅读，可以将你的经验和智能因素加入。但这里要说的是，如果只用这种方式把握此诗，那它内在的审美力会失掉一大块，诗人的用心将被忽略。事实上，这首诗的成功首先是来自那神奇而自然的语感的。

尚义街六号

尚义街六号

法国式的黄房子

老吴的裤子晾在二楼

喊一声　胯下就钻出戴眼镜的脑袋

隔壁的大厕所

天天清早排着长队

我们往往在黄昏光临

打开烟盒　打开嘴巴

打开灯

墙上钉着于坚的画

许多人不以为然

他们只认识凡·高

老卡的衬衣　揉成一团抹布

我们用它拭手上的果汁

他在翻一本黄书

后来他恋爱了

常常双双来临

在这里吵架　在这里调情

有一天他们宣告分手

朋友们一阵轻松　很高兴

次日他又送来结婚的请柬

大家也衣冠楚楚　前去赴宴

桌上总是摊开朱小羊的手稿

那些字乱七八糟

这个杂种警察样地盯牢我们

面对那双红丝丝的眼睛

我们只好说得朦胧

像一首时髦的诗

李勃的拖鞋压着费嘉的皮鞋

他已经成名了　有一本蓝皮会员证

他常常躺在上边

告诉我们应当怎样穿鞋子

怎样小便　怎样洗短裤

怎样炒白菜　怎样睡觉　等等

八二年他从北京回来

外衣比过去深沉

他讲文坛内幕

口气像作协主席

茶水是老吴的　电表是老吴的

地板是老吴的　邻居是老吴的

媳妇是老吴的　胃舒平是老吴的

口痰烟头空气朋友　是老吴的

老吴的笔躲在抽桌里

很少露面

没有妓女的城市

童男子们老练地谈着女人

偶尔有裙子们进来

大家就扣好纽子

那年纪我们都渴望钻进一条裙子

又不肯弯下腰去

于坚还没有成名

每回都被教训

在一张旧报纸上

他写下许多意味深长的笔名

有一人大家很怕他

他在某某处工作
"他来是有用心的，
我们什么也不要讲！"
有些日子天气不好
生活中经常倒霉
我们就攻击费嘉的近作
称朱小羊为大师
后来这只羊摸摸钱包
支支吾吾　闪烁其词
八张嘴马上笑嘻嘻地站起
那是智慧的年代
许多谈话如果录音
可以出一本名著
那是热闹的年代
许多脸都在这里出现
今天你去城里问问
他们都大名鼎鼎
外面下着小雨
我们来到街上
空荡荡的大厕所
他第一回独自使用
一些人结婚了
一些人成名了
一些人要到西部
老吴也要去西部
大家骂他硬充汉子
心中惶惶不安
吴文光　你走了
今晚我去哪里混饭
恩恩怨怨　吵吵嚷嚷

大家终于走散

剩下一片空地板

像一张旧唱片　再也不响

在别的地方

我们常常提到尚义街六号

说是很多年后的一天

孩子们要来参观

　　待新生代诗人出现时，中国大陆的精神气候已经与北岛时代完全不同了。英雄主义、理性主义在现代条件下成为一种幻想，而怀疑精神、相对主义、个性发展成为主导。这就使新生代诗人对外部世界的许多喜怒哀乐采取一种淡漠的、静观的、局外人的感情。他们不大关注个体生命以外的东西，而对个体生命本身，又采取了一种心平气和的观望和满不在乎的反讽。于坚的《尚义街六号》就完整地体现了上述倾向。

　　这首诗没有意象的洪流，仿佛是从生活中信手取来一个个场景，分开来看并无深意，但一旦它们形成结构，我们就感到它并不简单。它几乎是表现了一代人的生活方式、价值观念和审美习尚。这里，高贵的"戏剧化"情感不见了，诗意的日常化和凡人意识的凸现得到强调；诗人——生存——语言在这里是同一的，这正是诗人生命质量的体现。在顺势而下的口语中，诗人除却铅华，像局外人一样望着这个世界，他力图以不动声色的冷处理，体现他对同代人精神内核的把握。尚义街六号，是一些艺术青年的聚会点，他们在这里所谈论的，并非什么纯诗、古希腊之类，但你读后，却能体味出浓郁而温馨的人间味儿。它的"平淡寡味"，却能渐渐将你引入诗的情感效应中。你会发现，在这里，没有做作，没有神经质的"命运"的感叹。他们自信地活着，蔑视着那些高贵的家伙，相互切磋着艺术，相互用善意的调侃维持内心的平衡……正像法国新小说大师格里叶所言："世界既不是有意义的，也不是荒诞的。它存在着，如此而已。"

　　读这样的诗，教你疲倦的心安顿下来，仿佛是朋友间无拘无束的交谈，你会领略到一种平等的朴实的创作态度和人格。当你一腔忧惧，疲倦地回到家里，打开这"法国式的黄房子"，你会发现虚幻的乌托邦世界也该睡了，在这之前让我们心平气和吧！

作品 51 号

去年我常常照镜子看手表擦皮鞋买新衬衣
我读《青年心理学》读一角一张的小报
弹吉他跳伦巴唱流行歌听课等等都干过了
干过了忘得干干净净只有她叫我夜夜伤心
她从小和我一起玩石头见过我在二楼的窗台下撒尿
她长大了长高了长美丽了开放在那些铁丝煤堆尿布中间
她的胸脯真高啊在城里真少见她梳着长辫子这年头真
　　少见
我们不好意思啦心跳啦不打招呼啦昂着辫子和平头
我天天见她捂火纳鞋底腌冬菜抱着姐姐的娃娃站在木
　　门边
她真温柔啊叫干什么就温柔地干什么她上过小学没有
　　入团
她说我将来一定会当大诗人写好多诗她说她真羡慕我她
　　很自卑
我紧挨着她在院坝里看电视看一个男人吻另一个女人
我的手燃烧着去舔她的手但她一疼就缩开了
缩开了剧终她姐姐叫她回家关窗子关门捂火
她去捂火我跟着穿牛仔裤披头发的女生跳迪斯科
跳累了我们坐着喘息风就从我们肩头下的峡谷中流掉了
　　真凉快
她知道萨特普希金知道弗洛伊德她喜欢毕加索她说她的

忧郁是扇形的

我也很忧郁她喜欢毕加索是什么意思啊是什么意思啊

这些都是去年的事情过去的事情甜蜜忧伤痛苦疯狂的

　　事情

喜欢毕加索的人多得很多得很小时候的邻居永远只有她

　　一人

啊　　只有她一人

她结婚那天我没有去这年代真令人迷惘我失去了辫子也

　　得不到毕加索

得不到得不到我照旧照镜子看手表擦皮鞋哼最流行的歌

　　这首诗在情感化的咏唱里，加入了不少叙事性因素，构成一种新型的抒情调性。这种调性被一些理论家概括为"宣叙调性"。在这首诗中，那种隐喻的、冷凝的、深刻的传达情绪方式不见了，而代之以自然的、絮叨的、一气贯注的口语。但我们读后，却不难感到诗人那颗失意的、疲惫的、深沉的心——那被爱情的火焰搅得日夜不安的心；而这些又被诙谐松弛了。

　　在这首诗里，主要人物是"小时候的邻居"和"牛仔裤披头发"的女大学生。诗人对她们未加评价，只是连锁性地推出一个个生活细节，让她们形成强烈的对比，使我们领悟到什么是真正的人情、什么是真正的爱。诗人对"小时候的邻居"是情深的，因为她诚挚、朴讷、勤劳（默默地做着琐屑的劳动）、对爱情又十分慎重。而对那个跳迪斯科的女大学生则是惶恐的，她的无病呻吟只使人感到滑稽。在这里，通常被人们认为无价值的有了价值，陈旧的成了新鲜的。这仿佛是漫不经心的絮叨，几乎融尽了诗人矛盾的情感历程。但又使你读得那么轻松。

　　当然，这首诗的价值并不在如上的方面。使我们感兴趣的是诗人的文体实验。你看，这首诗的情绪是多么简单，但又不妨碍诗人表现其微妙的内心体验。原因是诗人借助了平实亲切的宣叙调性，一下子缩短了我们的审美距离，它的连贯急促的口语，相当传神地将凝结了的情绪一丝一缕地释放出来；生活事态的每一个细节都开始默默涌动，它们不再拘泥于写实，而成为忽实忽虚的蒙太奇，毫无琐碎拖沓的感觉。这首诗的长处也在这里得到体现：它不求深刻的思考，但求宣泄的真诚与痛快；它不求沉重的怀恋，但求诙谐的解脱；不求明确的评判，但求上下文互否的张力。

高　山

高山把影子投向世界

最高大的男子也显得矮小

在高山中人必须诚实

人觉得他是在英雄们面前走过

他不讲话　他怕失去力量

诚实　就像一块乌黑的岩石

一只鹰　一棵尖叶子的幼树

这样你才能在高山中生存

在山顶上走

风暴　洪水和闪电

都是高山中不朽的力量

他们摧毁高山

高山也摧毁他们

他们创造高山

高山也创造他们

在高山上人是孤独的

只有平地上才挤满炊烟

在高山中要有水兵的耐性

波浪不会平静　港口不会出现

一摇一晃之间

你已登上峰顶

或者堕入深渊

一辈子也望不见地平线

要看得远　就得向高处攀登

但在山峰你看见的仍旧是山峰

无数更高的山峰

你沉默了　只好又往前去

目的地不明

在云南有许多普通的男女

一生中到过许多雄伟的山峰

最后又埋在那些石头中

　　《高山》是于坚献给养育他的云岭之南的情歌。这首诗写得十分内在、深沉，更重要的是，诗人透过云南的自然地理风貌，展示了一种独特的云南式的文化性格：内凝、孤独、老实又充满恒久的力量，充满人与大自然静默的交流。

　　"高山把影子投向世界／最高大的男子也显得矮小／在高山中人必须诚实／人觉得他是在英雄们面前走过／他不讲话　他怕失去力量"。以"横断"为特征的地理形态，使云南成为一个相对封闭的地区。西部的崇山峻岭与险河急流所造成的雄浑、冷峻，激起了人们对自然近乎崇拜的泛神心理。闭塞的生活环境，使云南山区的人民有一种质朴的、诚实的、粗犷的人性。有感于都市生活的喧嚣围闭，于坚更倾心山区人民，"在高山中人必须诚实／人觉得他是在英雄们面前走过"。这不仅是什么恋土意识，而是诗人对纯真人性的呼唤。这里，人和自然的关系，不是对峙的，而是精神上深深的互塑和沟通，"他们摧毁高山／高山也摧毁他们／他们创造高山／高山也创造他们"。自然的性格和人的性格在这里得到忻合无间的展示，这里没有自卑，而是一种深深的自豪，一种高山巨石般的凝重的自豪。正如诗人在一篇文章中谈到的，"具有永恒价值的文学作品的美感、历史感、人生经验、哲学意味是在每一块土地上都可以体验的"（《甘于寂寞，埋头苦干》)。诗人正是透过当地人民那永恒而沉默的内心世界，感到人类精神的普遍力量和自身的价值的。在这块土地上，人民至今和大自然息息相关，这是一种健康而丰富的生活方式，它与都市生活构成刺目反差，让我们放弃了固有的社会进化常识，而沉浸在一种激情格调的向往状态中。也许有人会挑剔诗人情感的所谓社会价值，但他恰恰忘记了这些"生活方式"的象征性内容，忘记了诗从来都是为人们提供"别一世界"的形式。最后，诗人用不动声色的语言，表达了对故乡人民深深的爱戴和敬仰："在云南有许多普通的男女／一生中到过许多雄伟的山峰／最后又埋在那些石头中"。这里，山成了人灵魂的归宿。

歌德认为，艺术家必须遵守自然、研究自然，并创造一个毕肖自然的作品。艺术家要通过自己的心灵，把分散的自然集中起来，在细致处显示其意蕴和价值，成为一种"感觉过的、思考过的、按人的方式使其达到完美的自然"。于坚的《高山》，就是这样的既有文化价值又有心灵情感注入的"按人的方式达到的完美的自然"。他对景造意，写山真骨。他是无愧于那沉默雄伟的故乡的山和同样沉默雄伟的故乡父老的。

送朱小羊赴新疆

他从人群中挤出来
跳上开往大西北的火车
他父亲没有来送行
那个游击队员老了
躲在家里不出声地啜泣
灯也没有打开
我们站在水泥月台和他的独儿子握手
在一起好多年
从来没想起要握手

手和手紧紧地握

好像要握住将来所有的日子

手握过了　车还不开

最后几秒真是难耐

（如果你突然不走了

我们就是一群喜剧演员）

此后是天各一方了

傍晚你再也不会来敲门

叫我去逛八点钟的大街

听说新疆人烟稀少

冬天还要发烤火费

在那边倒可以干些破天荒的事情

好好干吧　朱小羊

"在那遥远的地方

有位好姑娘……"

列车载着你跑向天边外

我们这群有家的人

在人海中悄悄走散

　　这是一首品位很高的送别诗。在我们的定位期待中，送别诗一定是"劝君更进一杯酒，西出阳关无故人"式的，或是"执手相看泪眼，竟无语凝噎"式的。但真正的诗人从来不指望自己的诗仅仅从量上补充先贤，他要做的是面对自身原生的感觉，并经过艺术的磨砺让它放出别具意味的光来。

　　这首诗，没有易感的倾向，它显得宁静、老到而坚实自然。它不是某个电影某场戏剧中秋夜送友和长亭送别，而是现实生活中人的送别。这是一种平淡的深沉，质朴的冲动。朱小羊是诗人的好友，他违背了家人的意愿，只身到遥远的新疆闯荡，要换一番活法。诗人将这些仅仅作为暗示，死死限制在后台，也没有让这个有骨头的小伙子以英雄的面目出现，而是"他从人群中挤出来／跳上开往大西北的火车"，平平淡淡的两句话，朱小羊坚定而快活的性格就显示出来了。我们站在水泥月台上为朋友送行，"在一起好多年／从来没想起要握手／手和手紧紧地握／好像要握住将来所有的日子"。仍然是平平淡淡的语言，也没有什么感情色彩浓厚的词语，但内中深挚的暗示却静静地笼罩了我们。"握住将来所有的日子"，这句来得那么传神，这正是诗人对语言格外敏感的表现，它的精确、简洁是建立在深厚的情感背景上的。接下来，诗人没有顺着这种感情一泻到底，他轻松地宕开一笔，"手握过了　车还不开／最后几秒真是难耐／（如果你突然不走了／我们就是一群喜剧演员）"。这是在送行时，我们常有的感受。因舍不得对方离开，反而更迫切地希望他离开，该说的已经说过，情感最深层的海底谨慎地不再扬起波澜。所以，"最后几秒真是难耐""如果你突然不走了"两句，是诗人的内心活动，机智、诙谐，一下子调节了读者紧张的状态。在送别朋友时，诗人感到无言的悲凉，但他只说"傍晚你再也不会来敲门／叫我去逛八点钟的大街"，这种最具体最琐屑的友人间的交往，恰恰最容易勾起人们的怀恋之情。诗人对友人的临别赠言，也是平平淡淡的，"听说新疆人烟稀少／冬天还要发烤火费／在那边倒可以干些破天荒的事情／好好干吧　朱小羊"，这里没有矫造的姿态，但诗人那一颗细腻的心却表现出来了，这更像"人"话。最后两句"列车载着你跑向天边外／我们这群有家的人／在人海中悄悄走散"，仿佛是纯客观的叙述，但又使人放心不下。原因是"有家的人"和"悄悄走散"这种极度宁静的语言背后，埋藏着诗人那颗深沉的心。在这充满流浪感的世界上，何处是灵魂的"家"？！

　　这首诗，诗人没有为了感情而沉醉于感情之中，没有表现出大于生命状态所应有的感情。节制的诗情反使诗情无限弥散，达到了我与我生存的现状合一。

作品 55 号

世界上的人仿佛少了

落叶一张张踱过街心

像过路的老人

远方的朋友没有回来

一些人在家闭门思过

小雀停停飞飞

停在它从未停过的地段

从街这头可以望见远处的警察

他站着不动

像一只白鸽

不想回家　我早已不是儿童

也没有可去的地方

她久已不闻音讯

云从她走掉的地方

寄来一个个信封

谁的信

久久地望着蔚蓝的天空

柏油上的血痕暗了

热天这儿轧死过一个青年

我们都曾目击

斜的太阳光

把人画得很美

像金发的欧罗巴人

这里走一走

那儿站一站

望望想想

有一只吉他在二楼上响

有一个喜字挡在友人的门上

过去这条街上

我们从书店里出来

男男女女　一大群

在这个秋天

世界上的人少掉了

为什么少掉的不是我

为什么不是一截没有树叶的木桩

在落日中我的心充满怀念

这空掉的城

怀念着谁

　　诗是智慧的产物，但有的诗的智慧是思辨的智慧，有的诗的智慧是生命体验的智慧……于坚的这首诗却是智慧之后的稚拙，也可以说是化若无痕的、不动声色的智慧。它形同乌有，但又自若地站在那儿，让你放心不下。

　　这首诗不是那种抒情性作品，它没有情；也不是那种言志性作品，它缺少明确的价值判断。诗人仿佛在世界的一旁站稳，以旁观的姿势望着生存。这是人格的常态，而不是故作姿态。现代人孤独的内心历程与这个时代的生存是息息相通的，那就是回到自我——每一个非常具体的个人。《作品 55 号》这个标题就暗示了诗人的创作态度，他只提供状态，哪怕它是通俗的、脆弱的、冷漠的，甚或变态的，诗人都无所拘束地写下来。因为，他相信读者的人生经验和智能，相信他的编码能力。

　　这首诗写得漫不经心，但正好发挥读者的想象力。它的客观性、非抒情性，正是现代人最基本的生命状态：那种疲惫的、不再为幻想而冲动的老谋深算。这样，就又使诗歌具有了某种反讽的意味：噢，人们就这样感受着生活，经历着生命，这和文艺复兴之后人的地位、价值、意志的高扬是多么大的反差！可悲吗？不。生命就是这样，"这里走一走／那儿站一站"，如此而已。乌托邦虚幻的光环脱掉了，真实的生命水落石出，它无所谓高尚也无所谓卑俗，它就那么存在着，平淡无奇，心平气和，耽于内心，无所企求。但是，当诗人说"在落日中我的心充满怀念"，又不知道"怀念着谁"的时候，他终于露出了深在的一面：那使他茫然的生存原来是以平淡的方式在考验着他的道行，在这种生存圆中真正地安静下来，是需要痛苦的修炼方能成正果的。

《作品 55 号》就是这样一首充满矛盾张力的诗，就是这样一首源于个体生命真切体验的诗。

河 流

在我故乡的高山中有许多河流

它们在很深的峡谷中流过

它们很少看见天空

在那些河面上没有高扬的巨帆

也没有船歌引来大群的江鸥

要翻过千山万岭

你才听得见那河的声音

要乘着大树扎成的木筏

你才敢在那波涛上航行

有些地带永远没有人会知道

那里的自由只属于苍鹰

河水在雨季是粗暴的

高原的大风把巨石推下山谷

泥巴把河流染红

真像是大山流出来的血液

只有在宁静中

人才看见高原鼓起的血管

住在河两岸的人

也许永远都不会见面

但你走到我故乡的任何一个地方

都会听见人们谈论这些河

就像谈到他们的上帝

　　在那些优秀的展示自然景观的诗中，自然从来都不是一种被再现的摹本。所谓"外师造化"，可以理解为透过自然来凝神于自己的内心情感。换句话说，那种缺乏内在精神深度和厚度的诗人，即使他写出了华彩的语言描绘的自然，但仍然等于零。真正的诗人是将自然提升到一种生命体验的高度，获得一种深刻的意味，不滞于物，而成为源于生命的纯粹的诗。

　　于坚的《河流》就是这样的诗。我们读后发现，在描述对象的精致细微方面，此诗显然不够用力；但它给你一种震动，这种震动是诗人生命精气的高扬。诗人所倾心的故乡的河流，是他的生命与故乡土地会晤的场所。那河流仿佛是从诗人的血管中流出的，那浪头是和诗人的脉跳循着同样的节拍。云南的土地和河流，弥漫着雄浑冷峻又热烈神奇的光彩，这是我们共有的印象。但这只是表面的东西。于坚长期抚摸着这块土地，他最深切的感受是——孤独！是那种偏远的、粗粝的、局外的孤独！但正是这种仿佛被悬置起来的孤独，使诗人能遁入内心，通过直觉组合自己的感受。"故乡的河流"，原生状态地奔流着，它没有被古老的内地文化的世故所熏染，它流得寂寞，但充满了原始的力量和自信："它们在很深的峡谷中流过／它们很少看见天空／在那些河面上没有高扬的巨帆／也没有船歌引来大群的江鸥……有些地带永远没有人会知道／那里的自由只属于苍鹰"。红土高原凶猛的暴雨使泥浆的河流鲜红炽灼，"真像是大山流出来的血液"。这类意象岂是妙手可得的？它是生命，是无拘无碍的与死亡对称的生命！这里的人是孤独的、猛烈的、笨重的，他们以大地为炉，造化为冶，生生不息，宏朗自信。"住在河两岸的人／也许永远都不会见面／但你走到我故乡的任何一个地方／都会听见人们谈论这些河／就像谈到他们的上帝"。在那里，诗人感到了生命永恒的存在，感到人与自然对话的狂喜，更重要的是，他的生命找到了图腾，找到了归宿！这种孤独是多么富有内力，多么纯粹和崇高！不在于你的诗写了孤独，孤独的质量是更重要的：何种孤独？！

在诗歌的技艺上，这首诗也表现了足够的魅力。它采用了平缓的甚至是稠滞的语感，生气贯注却不露圭角。它限制了阅读的速度，使你不得不缓慢地体味它，让那河流静静地注入内心。意象的单纯厚重也恰到好处地表现了河流的性格，这才是云南的河，于坚的生命之河。

世界啊，你进来吧

今夜我大开窗子
今夜我没有锁门
在黑暗中我睁大眼睛
在黑暗中我张开双臂
世界啊　你进来吧

如果进来一个女人
即使她样子难看　当过妓女
她就是我的妻子
如果进来一个男子
即使他刚杀了母亲
眼珠上还滴着凶光
他就是我的兄弟
如果进来一个要饭的老妇

即使她一身疥疮
活不过明天早上
我就唤她一声"妈妈"

如果进来一只黑猫
黑森森的怪影
凶兆一样靠近
我就把它抱在怀里
如果进来一只蚂蚁
我就把它捧进火柴盒子
唱一支歌给它听
如果进来一只蚊子
我就让它停在皮肤上
喝我新鲜的血汁

一夜我都开着窗子
一夜我都没有锁门
一夜我都瞪大两只眼睛
一夜我都张开两条手臂
世界啊　你进来吧
八点钟进来了一个女人
她打着毛线　望着墙壁
问我什么是真正的爱情
我指了指枕头　她嫣然一笑
说：你猜猜　你猜猜
九点钟进来了一个男子
一坐下就聊得热火朝天
原来他就是老张的堂弟
去过北京上海　爱好苏联文学
十点钟进来一个老妇

她老远老远地赶来

叮嘱我热天别喝凉水

吸烟会得癌症

十一点钟进来一只黑猫

它咪咪地闻了一阵

发现没有老鼠

一跳就不见了

十二点进来一只蚂蚁

它老是爬来爬去

有时候四脚朝天

有时候四脚朝地

一点钟进来一只蚊子

它狠狠地戳我一针

我想都不想就是一掌

揩着蚊血 抓了抓痒

两点钟我已呵欠连天

锁门关窗上床

一头扎进梦乡

世界啊 你进来 你进来

    这首诗以反讽的幽默暗示了诗人内心的不安和疲倦。在庸常的生活里，诗人感到无聊，他那种"天真浪漫、憨厚纯情而猛烈、粗犷以至笨重"的天性（于坚语），时刻向往高度紧张多变的充满原始生命力的生活。只有在这种生活里，他的生命才可能再度充满生机而得以恢复创造。这样看来，城里人常常祈求的平静、安逸，在于坚这里就感到愤怒和诧异了。这是一种灵魂的强烈挣扎，是诗人对精神动荡的呼唤。我们读这首诗，会发觉这种表面对生活厌倦的态度，骨子里却是源于对生命的珍重的。这样，诗中出现的女人、男子、老妇、猫、蚂蚁、蚊子，就形成一种隐喻系统，揭示了孤独的个体诗人的存在，成为生存的证据、生命的现实。在这首诗里，存在被还原为一种极为简单的内心体验：厌恶。对诗人来说，生存并没有崇高或感伤的诗意光彩，只有真实，才具备那种有深意的美。在喧嚣的浪头和内在的痉挛过去后，于坚要做的是在承认生命的厌恶感的前提下，如何肯定它的意义。这首诗，不积极也不消极，不乐观也不悲观，既是社会也是个人，既是现象又是本质，是非理性带来的新的智性形式。在漆黑的深夜，诗人的灵魂开始自相格斗，他强烈地渴望真诚的、早已泯灭了的人的天性。所以，我们不能按文字表面的意义，判定"当过妓女""杀了母亲""要饭的老妇""凶兆一样的猫"等等意象的内质。它们只是诗人营造的暗示系统，代表着坦荡、勇猛、放纵的对原始生命力的呼唤。"世界啊，你进来吧"就为我们对这些意象的破译，提供了最直接明了的线索。但诗人失望了，一切都那么萎缩、矫饰、阴晦、贪婪，"进来"的"世界"，毫无生命的勃发流动可言。人的原始生命力已经被引入了可怜巴巴的狭窄的渠道，他们成了造作的演员，习惯了戏剧化的纱幕。但灵魂的风暴却难以消歇，尽管诗人一头扎进梦乡，仍然在痛切地呼唤："世界啊　你进来　你进来"！

这首诗对绝大多数读者都有可感性，但问题恰恰容易出在这里，出在人们错误的注意类型和阅读态度：仅从文字本身的意义把握它，并对它进行皮相的指责。正确的方法是"得意忘言"，整体性把握它的精神意向，同时注意它巧妙的结构形式。沃伦说："一首诗要成功，就必须赢得自己。它是一种朝着静止点方向前进的运动，但是如果它不是一种受到抵抗的运动，它就成为无关紧要的运动。"于坚的诗，就是由摩擦力构成的结构，这点要通过细读体会。

翟永明

憧　憬

我在何处显现？水里认不出
自己的脸，人们一个接一个走过去
夏天此起彼伏地坠落
仿照这无声无响的恐怖
我的爱人　我像露水般扩大我的感觉
所有的天空在冷笑
没有任何女人能逃脱
我已习惯在夜里学习月亮的微笑方式
在此地或者彼地，因为我是
受梦憧憬的土壤
我在何处形成？夕阳落下
敲打黑暗，我仍是痛苦的中心
影子在阳光下竖立起各种姿态
没有杀人者，也没有幸免者
这片天空把最初的肋骨
排列成星星的距离
我的爱人，难道我眼中的暴风雨
不能使你为我而流的血返回自身
创造奇迹？
我是这样小，这样依赖于你
但在某一天，我的尺度

　　　　将与天上的阴影重合，使你惊讶不已

　　如果每个智力健全的人都具有与生俱来的"自卑情结"这句话不错
的话，那么作为一个女人，一个被男权的文化积垢掩埋得呼吸格外艰难
的女人，其自卑感则是尤其强烈的。这种自卑感的表现是相当复杂的。
一部分女人采取了知命而乐天的自我麻醉方式，她们安静、柔顺，与世
无争，以对男性的依附，企图消灭这种感觉，在被征服的小巢中领略一
份可怜的支持。这就是浪漫主义、温情主义的女性诗歌根本的内驱力。
但翟永明作为一个女人却深为不同。她也有骨子里的自卑，却采取了另
一种表现方式。她采取一种阴森的反讽的态度与文化结缘，与浓重的阴
影作战，在同归于尽中重新肯定自己的力量。这是女性可供选择的超越
自卑的可能方式，尽管这方式在意图的实现上仍然等于零，但这种姿势
的价值也可以肯定了！正像诗人自己所言，这是一种《憧憬》。
　　"我在何处显现？水里认不出／自己的脸，人们一个接一个走过
去／夏天此起彼伏地坠落／仿照这无声无响的恐怖"。女人是水做的
骨肉，这是谁说的？无论是怡红公子认为的单纯清澈柔软，还是封建
文化认为的水性杨花、祸水之类，其内在原因庶几相似，即都有一种
居高临下的玩赏欲、征服欲、"使用"欲。这种隐喻十分准确地道出
了女性角色的社会化，它塑造着女人的思想和举止行为。但翟永明不
甘于这种男权文化结构和环境的压力，她在"水里认不出自己的脸"。
女人的真实本性是与男人同样的人，对性别歧视的结果翟永明采取不
买账的态度！这种对女性的歧视已被认为正常合理，女性也浑然不觉
溺而忘返，真正是看不见的"无声无响的恐怖"！
　　"我的爱人　我像露水般扩大我的感觉／所有的天空在冷笑／没
有任何女人能逃脱／我已习惯在夜里学习月亮的微笑方式／在此地或
者彼地，因为我是／受梦憧憬的土壤"。对男性中心的文化模态的反
抗，翟永明更相信"感觉"的力量。她知道已有的文化都为女人限定
了基本形象，运用这种文化去反抗，最终是逃不出这庞大的怪圈的。
生命感觉之外并没有一个真正的本体，自我维护、自我发展、自我确
立肯定来源于个体生命的原始欲望。所以，"我像露水般扩大我的感

觉"，就是将生命看作一个不可逆的永恒运动，它的所有欲求、吁求、探求都是神圣的，当然包括了女性作为与男人平等的人这一宣告。这种反抗带来了一种深刻的恐惧和孤独。自我从传统意识中分裂出来意味着你要独自承担后果和个人的命运。"所有的天空在冷笑／没有任何女人能逃脱"，甚至"我已习惯在夜里学习月亮的微笑方式"。那么，在白天，在清醒的时刻我是什么?!诗人，你的恐惧、你的自卑就这样时刻伴随着你，你自身的分裂就这样被根本性地揭示出来了！

"我在何处形成？夕阳落下／敲打黑暗，我仍是痛苦的中心／影子在阳光下竖立起各种姿态／没有杀人者，也没有幸免者……"在夜里，学习"月亮的微笑方式"的诗人，并没有自欺自恋。她知道，"我仍是痛苦的中心"！强大的性别歧视已经成为正常的"知识"，"没有杀人者"的生存环境里，才真正无一"幸免者"！最后，诗人直陈对自身力量的确信。她不需要体恤和施舍式的保护，让爱人"为我而流的血返回自身"吧！让泪水化作"眼中的暴风雨"吧！"我"虽然孤苦无依，"我是这样小，这样依赖于你"，可是请你等着："在某一天，我的尺度／将与天上的阴影重合，使你惊讶不已"！好一声义无反顾的宣告，好一种同归于尽的悲慨！那与"天上的阴影重合"的女人被吞噬了，但没有被打败，没有被征服，这就是生命通过死亡来拯救而趋临的永恒啊！

不能排除翟永明的诗歌深受"女权运动"和美国"自白派"诗人的影响。但这种影响不只是对一种观念的接受，而是从自身的生命中，从肉体、骨髓和血液中意识到自身力量的结果。它是诗的，而不是箴言的；是个人的，而不是大众的。

黑房间

天下乌鸦一般黑，至此
我感到胆怯，它们有如此多的

亲戚，它们人多势众，难以抗拒

我们却必不可少，我们姐妹四人
我们是黑色房间里的圈套
亭亭玉立，来回踱步
胜券在握的模样
我却有意使坏，内心刻薄
表面保持当女儿的好脾气
重蹈每天的失败

待字闺中，我们是名门淑女
悻悻地微笑，挖空心思
使自己变得多姿多彩
年轻、貌美，如火如荼
炮制很黑，很专心的圈套
（那些越过边境、精心策划的人
牙齿磨利、目光笔直的好人
毫无起伏的面容是我的姐夫？）

在夜晚，我感到
我们的房间危机四伏
猫和老鼠都醒着
我们去睡，在梦中寻找陌生的
门牌号码，在夜晚
我们是瓜熟蒂落的女人
颠鸾倒凤，如此等等

我们姐妹四人，我们日新月异
婚姻，依然是择偶的中心
卧室的光线使新婚夫妇沮丧

　　孤注一掷，我对自己说
　　家是出发的地方

　　这是一种什么情绪？调侃、揶揄、反讽、玩世不恭、六神无主、放浪形骸、黑色幽默、痛楚……一切似乎都不确定，但又都在其中。这里对女性命运的体验，已经超出了社会的、道德的范畴，而直接进入生命本体了。这首诗的题材，与我们前面所介绍的张烨的《老处女》是一样的，但与张烨那温情的理想主义色泽相比，这首诗是更富于现代感的。关于女性的生命体验，翟永明说过："每个女人都面对自己的深渊——不断泯灭和不断认可的私心痛楚与经验……这是最初的黑夜，它升起时带领我们进入全新的、一个有着特殊布局和角度的、只属于女性的世界。"（《黑夜的意识》）这里的"深渊"，是指历史积淀下来的对女性的蔑视和偏见。在中国人的观念中，从神话开始，女性就是作为"阴"的力量相对于"阳性"而言的。"阴"是黑暗和萎缩的方面。愚妄的偏见就是这样在暗中支配了一代一代麻木的人们。《黑房间》要做的是一种反抗，这种反抗不是向外，而是向内，它指向生命深层的实在，它知道正面的呼喊在今天已经十分无力了。它要自己反抗自己。

　　"天下乌鸦一般黑，至此 / 我感到胆怯，它们有如此多的 / 亲戚，它们人多势众，难以抗拒"。这是一种令人窒息的生存，女人仿佛只能被视为客，而男人从来都是主。这已是"人多势众，难以抗拒"的现实了。这是对生存的清醒估计。但"我们却必不可少"，我们力争活得像模像样，尽管"重蹈每天的失败"。我的"有意使坏，内心刻薄"是相对男性而言的，女性争取自身的解放、做人的平等权利，被视为"使坏、刻薄"，这里是反讽，强化了正极的意义。"胜券在握的模样"暗示了女性孤苦无依地支撑抗争的艰难状态。下面的"炮制很黑，很专心的圈套"是说偏见对女性智慧和人格的抨击——这本来是正常的生存权利，却被视为阴森的伎俩。在白天，她们高视阔步，但内心却颤栗着彻骨的悲凉，"在夜晚，我感到 / 我们的房间危机四伏"。那些"越过边境、精心策划的人 / 牙齿磨利、目光笔直的好人"就渐渐对我构成一种冥冥中的压迫。接下来"我们是瓜熟蒂落的女人／颠鸾倒凤，如此等等"，不光是以荒诞的语气对女人的生命欲望进行开掘，而是对真正的爱情的渴望，因为这一切都只是"在梦中寻找陌生的／门牌号码"；在白天，这种平等的、彼此尊敬互为主体的爱情结构是太难寻了。自主自强的女性生命是骄傲的，"我们日新月异"；为一种信念而等待是值得的，这自由的生活，足以"使新婚夫妇沮丧"。为了拯救自身，为了反抗某种不可反抗的宿命，我不惜"孤注一掷"，"家是出发的地方"。至此那个不甘为丈夫玩偶的娜拉，那个寻求真正爱情的安娜，还有那个为自由的生活而逃离"家"的子君，都成为了诗人的"姐妹"。她们从"家"出发是为了重建灵魂的家园啊！

这首诗从语感到意味都给人以全新的感觉。它反崇高、反优美、反脆弱的理想主义，但骨子里却更贴近人的生命，更深刻地揭示了无法回避的女性的生存。这一切，都使女性意识在整个文学表现中获具了更实质性的进展。

母　亲

　　无力到达的地方太多了，脚在疼痛，母亲，你没有
　　教会我在贪婪的朝霞中染上古老的哀愁。我的心只像你

　　你是我的母亲，我甚至是你的血液在黎明流出的
　　血泊中使你惊讶地看到你自己，你使我醒来

　　听到这世界的声音，你让我生下来，你让我与不幸构成
　　这世界的可怕的双胞胎。多年来，我已记不得今夜的
　　　哭声

　　那使你受孕的光芒，来得多么遥远，多么可疑，站在生

　　与死
之间，你的眼睛拥有黑暗而进入脚底的阴影何等沉重

在你怀抱之中，我曾露出谜底似的笑容，有谁知道
你让我以童贞方式领悟一切，但我却无动于衷

我把这世界当作处女，难道我对着你发出的
爽朗的笑声没有燃烧起足够的夏季吗？没有？

我被遗弃在世上，只身一人，太阳的光线悲哀地
笼罩着我，当你俯身世界时是否知道你遗落了什么？

岁月把我放在磨子里，让我亲眼看着自己被碾碎
呵，母亲，当我终于变得沉默，你是否为之欣喜

没有人知道我是怎样不着痕迹地爱你，这秘密
来自你的一部分，我的眼睛像两个伤口痛苦地望着你

活着为了活着，我自取灭亡，以对抗亘古已久的爱
一块石头被抛弃，直到像骨髓一样风干，这世界

有了孤儿，使一切祝福暴露无遗，然而谁最清楚
凡在母亲手上站过的人，终会因诞生而死去

　　这是诗人献给母亲们的歌。作为同性，诗人表达了对母亲那残酷
的近于矛盾的爱情。按照弗洛伊德的解释，女人是具有伊列克特拉情
结的，这种情结的发展，最终导致被动性、受虐性和自恋性这三种人
格基本构成。所以，女人始终不可能像男性那样彻底地超越俄狄浦斯
情结，达成超我。这样就使她们终生都感到自卑，易于冲动，并富有
强烈的母性欲望。女人对母亲的感情是复杂的，《母亲》这首诗就用

生命体验的形式传达了这种深远的消息。

"你让我生下来，你让我与不幸构成／这世界的可怕的双胞胎"，在痛苦的血泊中，又一个生下来就得承担自身命运的生命出现了。诗人说，"我被遗弃在世上，只身一人，太阳的光线悲哀地／笼罩着我"，"岁月把我放在磨子里，让我亲眼看着自己被碾碎"。这里除了发自生命情调的对母亲的"怨艾"之外，更多的是诗人通过自身的命运，体验到了母亲的酸辛。她看着自己的孩子，犹如血泊中"惊讶地看到你自己"。无可选择的女性的命运，又一次从母亲的体内分离出来，这黎明时流出的血液，已经同磨难一起到来了！由于体验到男权文化对妇女的生存构成压迫，诗人将这种痛苦的现实焦虑转向母亲宣泄。这样她就可以将强烈的自卑导入自欺之中，从另外的方面获得某种无辜感的满足。这种自欺是每一位有思想有成就的女性必须经历的。这既是潜意识层面的东西，又是现世经验层面的东西。

但骨子里，诗人对母亲有着男人所无法进入的挚爱的情感区域。这不仅仅是亲情血缘在起作用，更多的是基于同一命运的相知、体谅、同情。也正是带我和不幸一同到来的母亲，"没有教会我在贪婪的朝霞中染上古老的哀愁"。诗人的心只像母亲，她对着厄运发出惨淡的笑声，她"终于变得沉静"，尽管无力到达的地方太多了，但她勇敢而默默地啜饮了这一切。这里，诗人表达了对母亲的感恩之情，这情感的深沉和灼热已经"燃烧起足够的夏季"了！母女之间复杂的情感就是这样整体性的、化若无痕的呈现的：母亲啊，"没有人知道我是怎样不着痕迹地爱你，这秘密／来自你的一部分，我的眼睛像两个伤口痛苦地望着你"。我的创痛和母亲的创痛是同样的，女性命运的代代相承将她们牢固地联在一起了。女性意识在这里得到强调。

这首诗，尽管借助了有关女性受孕的原始神话，但所表达的感受，却是纯粹的现代人的。也许我们读了此诗之后感到不可理解，那只能证明我们脆弱的神经经不起一阵真理的拷打。翟永明曾这样对诗歌的最高限值进行了确定：如果诗人面对自己的真实世界连揭示的勇气都没有，那他还能写些什么呢？我们都是普普通通的人，因此都有着那不为人知也不为我知的一面，把它揭示出来是一种胜利……（《诗

刊》1986 年 11 月号《青春诗话》）

　　这首诗就是面对自己真实世界的揭示。用美或不美、巧或不巧去评价它，都是一种亵渎——对真诚的亵渎。

人生在世

　　　"人生在世"，她低声念着
　　　又抬起富有表情的眼光
　　　对准所有的人——
　　　　　智慧、满载着学问
　　　第一句诗就使人心萧条

　　　肩后，孩童似的夜
　　　唤醒内心活动的色彩
　　　月亮呵月亮
　　　把幻景投在她的脸上

　　　女诗人用植物的语言
　　　写着她缺少的东西
　　　通过星辰，思索并未言明的
　　　我们出世的地方
　　　毫无害处的词语和毫无用处的
　　　子孙排成一行
　　　无药可救的真实，目瞪口呆
　　　看着春天的绿色野兽渐渐走来

　　　看起来像医生的建筑师
　　　无法为我减轻苦难

当他说：你缺乏锐度

当你说了许多，仅仅一句话

就使人心萧条

谁将是凶手？谁在假装生活？

是否她的声音在背地里营造

双重的意象？

男人在近处注视：巴不得她生儿育女

"人生在世"，这毫无智慧的声音

脱颖而出，但在夜深人静时

她的目光无法同时贡献

个人和历史的幻想

月亮呵月亮，把空虚投在她的脸上

"人生在世"，这不是一句完整的话。但当这四个音节从一个女人嘴里涌出时，我们不难体味到它那浓重的叹息、深深的内创，这"第一句诗就使人心萧条"。这正是以女人生存的大文化语境做背景的，它足以唤起"内心活动的色彩"。诗人这样说过，"在生活中我却首先是一个女人，其次才是一个诗人，因此我永远无法像男人那样去获得后天的深刻，我的优势只能源于生命本身"（《诗刊·青春诗话》1986年11月号）。这就是说，诗人追求的是生命的深刻，而非思考的深刻。她"用植物的语言／写着她缺少的东西"，她是"通过星辰，思索并未言明的／我们出世的地方"。这种独特的个体生命的瞬间展开，恰恰比那些理性的思辨更能把握内在的真实。她的"毫无害处的词语"，却揭示了"无药可救的真实"。这首诗就是在为女性诗歌申辩，为女人独异的审美观照方式申辩。

诗中那位"看起来像医生的建筑师"，就是不伦不类貌似深刻的男性审美习尚的代表。"他说：你缺乏锐度"，这是以男性的审美价值实现方式去苛求女性诗歌。他不知道，正是女性诗歌这种独具真素的生命体验，使这个世界"目瞪口呆／看着春天的绿色野兽渐渐走来"

的。他不知道，"人生在世"——"仅仅一句话／就使人心萧条"。接下来，诗人冷峻地发问"谁将是凶手？谁在假装生活？／是否她的声音在背地里营造／双重的意象？"原来，人们庸俗的猜测，恶俗的阐释，都是为了消泯女性活着的精神内核，使她只去"生儿育女"！诗人不是"在背地里营造双重的意象"，她只是展示了生命内部最基本的复杂现实。因为，"她的目光无法同时贡献／个人和历史的幻想"。似乎，"人生在世"是"毫无智慧的声音"，但我们却发觉它不是在故意制造什么，而是毫无遮饰地呈示了女人的现实命运。当月亮"把空虚投在她的脸上"时，她投在人们心底的却是生命的原生形态。

这首诗，结构坚卓，意旨埋得很深。女人对自身的成功感到焦虑这一常见的心态，也在这里得到了生动的展现。心神沮丧、疲惫不堪与自信自勉、自我赏识这些矛盾的方面，在诗中结合成一个相当稳定的系统，为我们提供了深邃复杂的经验。

预　感

穿黑裙的女人夤夜而来
她秘密的一瞥使我精疲力竭
我突然想起这个季节鱼都会死去
而每一条路都穿越飞鸟的痕迹

貌似尸体的山峦被黑夜拖曳
附近灌木的心跳隐约可闻
那些巨大的鸟从空中向我俯视
带着人类的眼神
在一种秘而不宣的野蛮空气中
冬天起伏着残酷的雄性意识

我一向有着不同寻常的平静
犹如盲者，因此我在白天看见黑夜
婴儿般直率，我的指纹
已没有更多的悲哀可提供
脚步！正在变老的声音
梦显得若有所知，从自己的眼睛里
我看到了忘记开花的时辰
给黄昏施加压力

鲜苔含在口中，他们所恳求的意义
把微笑会心地折入怀中
夜晚似有似无地痉挛，像一声咳嗽
憋在喉咙，我已离开这个死洞

　　《预感》所表现的并非"预感"，它是一种清醒的现实感受。这种感受来自文化和女性心理的双重束缚。作为一个女人，翟永明要反抗的是传统文化扭曲了的女性角色，这种反抗有时很有力，有时很孱弱，有时把自己也给毁了。重要的不是反抗的结果，而是反抗本身。在万象的生成湮灭和消残轮回中，女人作为无限时空中的有限过程，她的每一个反抗的念头，都敌得过盘古开天的一击。
　　这首诗是从承认女性的软弱开始的，"穿黑裙的女人黧夜而来／她秘密的一瞥使我精疲力竭"。这里的"精疲力竭"是指精神上不堪重负。但重要的不是这种感觉，而是这种感觉背后的意义。只有那些勇于抗争坚持独立人格的女性，才会有"精疲力竭"的感觉，才可能看到那无迹可见又无处不在的"穿黑裙"的不祥的命运女神。这样，此诗一开始就出现了两种对立的力量，这两种力量都源于女性自身。接下来，诗人通过直觉把握了女性生存的基本环境，"那些巨大的鸟从空中向我俯视／带着人类的眼神／在一种秘而不宣的野蛮空气中／冬天起伏着残酷的雄性意识"。但诗人并没有被这种压迫征服，作为有精神目标的女性，"我一向有着不同寻常的平静"，这些野蛮空

气和残酷的雄性意识，正构成了我反抗的对象，我的生命恰恰在对象
身上呈示了意义。尽管最终的结局还难以估计，但这种"预感"本
身，其价值也可以肯定了。诗人说她在白天看见黑夜，她的命运也不
过如此，"已没有更多的悲哀可提供"了，这就使她的反抗超越了大
悲大喜的英雄主义，而别有一种持久的内心平衡的力量，"从自己的
眼睛里／我看到了忘记开花的时辰／给黄昏施加压力"。正是这种持
久的、内在的个体主体性觉醒，使"夜晚似有似无地痉挛，像一声咳
嗽／憋在喉咙"。而诗人由于个体人格的高扬，在"精疲力竭"中也
终于争得了高层次的自我实现，摆脱苦难，"离开这个死洞"。在这首
诗中，女性要争得做人的"平等"，但绝不是做人的"相同"。诗人始
终没有忘记自身是与"雄性意识"相对而存在的。她要争得的是作为
个体的女性能被社会所重视、所尊重，她要确立的是女性本身就是美
好的。在涉足女性文学的诸诗人中，翟永明无疑是最深刻最成熟的一
位。她的诗几乎昭示了，一种新的文化现象正从中国知识女性身上释
放出来。而更可贵的是，诗人在贯注强烈的思想时并未在艺术上做出
让步。

牛 波

不觉如履

船和船会打招呼的
——《眼含古老的液体》

船是一只鞋。远处
看不见的地方，还有一只
你会看见它的——

这是巨人的脚步行于水上
横跨山峦或者平原
涉水的孩子把鞋扔向对岸
巨人也一样，可以并膝
蹲在一个长满了苇叶的
码头上。像那个孩子
仔细盘算
　不把水蹚起在自己的脸上
船是随着一种力量
抬起又落下
　　　　　并不是水
并不是水的力量
　一个伟大的梦游者

　　一个不见形迹的人
为了让守在岸边的孩子感到失望
让船上的水手感到压力，他破例
让自己可以变幻形象的脚步
被凡人看见
　　他是有意地
　　告诉压迫着水的人类
　　如何保持与生俱来的无知

他选择了船，因为
在水上
从不留下脚印

船从来就没有随波逐流过

　　这是诗人对一种力量的礼赞。这种神秘的力量是什么呢？诗人没
有说，我们也不必去为之寻找确切的答案。它可以指历史，可以指时
间，可以指一种强大的精神势能，也不妨认为它就是一种抽象的力。
关键是你真正地感觉到它。
　　这种力，在诗中是以"一个伟大的梦游者／一个不见形迹的人"
来体现的。这首诗的各部分意象都最终归结到了这个人。船是这个人
的一只鞋，另一只无形在远处，这个巨人行走在水上。巨人脚步的移
动，使他的"鞋"随着一种力量抬起又落下。这不是水波的作用，力
量来自巨人本身的动作。这是一个多么宏大而神异的境界，诗人毫不
费力就将之表现出来了。但巨人不让人看到他，只让人看到他的一只
"鞋"，这就使守在岸边的孩子感到失望，使那些水手感到压力。对
巨人的捉摸不定，体现了人类的无知，也体现了巨人的智慧和伟力。
巨人的路无处不在，但偏偏选择了水、选择了船的鞋，"因为／在水
上／从不留下脚印"。我们可以感到这种力，但看不到力的发出者，
他是那么虚幻，又是那么真切。"一个不见形迹的人"，把握着船的方

向，走向既定的目标，"船从来就没有随波逐流过"。就在我们不断的凝视和回味中，忽然感到了那冥冥中的、不可抗拒的世界本原之力的存在。

这的确是一首不易把握的诗。但重要的不是不易把握，而是它是一首好诗。我们读后，说不出什么，但却能真切地感到那个"伟大的梦游者"的存在。这种感觉是新鲜的、神奇的、美的——对一首诗来说，这足够了。另外，需要提及的是，这首诗是诗人组诗《河》中的一首，这组诗的副标题是"献给一个人"，可见，这首诗中对力的礼赞，终归还是对人的礼赞，对那些奋力推动历史的超人们精神的礼赞。

并不值得

言辞呵，我将在被复述之时
与你互换容貌，还将给你的含义放上光芒
那光芒，在你我之间，形成语言

我不曾使用它，但我已在那里
我已使你担当了万物之名
你的来源就是我的预言，随处可见
　你看，我写下了悲伤，因而使人悲伤
　那是供世界悲伤的地方，醒着，并且想象

一个词，当它从嘴上下来的时候，没有还是没有带来
　移向无数的悲伤，在一种以上
这已足够让它说：得不到的已经获得
每一个词是一块布满绳纹的砖
它们像石钟一样嵌进无限的时间之墙

相互推算着过去的事件，并且记下来

等待发生

它用复本、词典的镜子让无数人

在某个句子里使用它，如铁合页把书合上

祖先只说了一次悲伤，不能增减的一次

所以，我们不可创造

　　这首小诗体现的是牛波对诗歌语言的深入思考。我们知道，语言作为一种表意的符号，在相当大的程度上不能涵括其指称的意思自身，它只能陷入在一种暗晦里，做出通向那个意思的姿势。而诗歌的语言，比起日常性的陈述式、消息式的语言，在某种意义上说更精确些，它通过直觉的、个别的体验，超越了遮盖在语言上的原有积淀，擦亮了它原本的光芒，这就是这首诗中所说的"言辞呵，我将在被复述之时／与你互换容貌，还将给你的含义放上光芒／那光芒，在你我之间，形成语言"。当诗人将内心的感觉用语言表述出来时，他常会感到一种深深的失落。那种本真的、整体性的意味不见了，代之以空洞的、泛指的、抽象的东西。这种困境时时在折磨着那些真正的诗人，"我已使你担当了万物之名"。事实上诗人所要传导的并非万物之名，他只企图说出个人特有的一次性的体验，这样，语言的能力受到了深深的怀疑。当诗人说出"悲伤"，指的是他内心的非常具体的一种感觉。但"悲伤"这个词语却一开始就离开了诗人特有的生命感觉，成为"使人悲伤""供世界悲伤"的广义的大众信息式的东西了。诗人祈愿着他的"悲伤"，不要带来"在一种以上"的"移向无数的悲伤"，那样只能缩小"悲伤"的核心和边缘，使之毫无个人化的意义。接下来，诗人告诉自己和人们，语言——特别是诗歌中的语言，它不是复本、词典的镜子"让无数人／在某个句子里使用它，如铁合页把书合上"，重要的永远不是某一个词，而是这个词是否有纯粹的个人的意义，否则，就不要动用它。"祖先只说了一次悲伤，不能增减的一次／所以，我们不可创造"。这是说，当初"悲伤"这个词语被创造出来的一瞬间，它指的是一种十分具体的、细微的感觉。就像"灵魂"一样，祖先在创造它的时候，肯定是指具有特指性的存在。祖先只说了一次悲伤，那是不能增减的一次；所以，我们如果不能准确、精微地传达内心体验到的不可说透的个人化的"悲伤"，我们就不是在创造艺术，而仅是在重复"悲伤"的抽象词汇意义。

但牛波对诗歌语言的研究是双向展开的。他在一篇名叫《凝神》的文章中反向涉及了这些内容，我照录如下，也许对读者从另一角度理解这首诗、理解诗的语言有些帮助：

> 语言是人类的表述，但不是最完整的表达。我始终认为祖先在创造文字的同时就感到了无法表达的东西是存在的。他们留下的文字是有限的。他们给每一物体、每一感受命名，这种命名，是为了不让世界在头脑中混乱，却并不限定所命名的客体本身的独立和属性。由此可知的另一层意味是祖先和我们是不尽相同的人，而我们正在丧失着人类与生俱来的本能的才能，这就是在字与字、词与词之间的空隙中发现并创作无言的精神的能力。因此，优美就不在优美的词汇之中，丑恶也不在丑恶的词汇之中……那种望文生义，那种看图识字式的诗歌审美标准是幼稚的。(《诗刊》1986 年 9 月号)

赶路林中
——致罗伯特·弗洛斯特

在林中小路上
树叶把天空铺满绿色的迷雾
我加快步伐，超过所有的人
从一排排站立的树桩后
忽然看见一双移动的脚向我走来

枝叶层层遮住了他的脸
他走路的姿态是那么熟悉
从容不迫又坚韧不拔
我知道我认识这双脚
这双行动中的脚
我认识他
他向我越走越近
我逐渐看见他随着脚步
晃动的胯骨和手臂
像在水底看着一个游泳的人

我们终于走到了一起
一瞬间面对面
然而擦肩而过，我们并不相识
我转过身，看着他远去
先是头颅，而后是身体
最后看见的还是那双熟悉的有力的脚步
我看着他一点点走进我的来路
走向我的起点，直到树林把他淹没

我继续赶路，向着他来的方向

我从童年走来
一路上度过了青春年少
我追逐着人生面临的一切
直到今天，我看见这个人
走向我认为已经走过的
不再留恋的道路

我还是要走下去

　　　　一直走到那个人来的地方
　　　　回来的时候也许已变成老人
　　　　但是，我仍会看见迎面走来的陌生人
　　　　和一双双熟悉的脚

　　要欣赏这首诗，就要先搞清楚它的副题："——致罗伯特·弗洛斯特"。我们将这种"致"的内涵把握住了，这首诗也就豁然明朗了。罗伯特·弗洛斯特是美国现代诗人，也是得到公认的象征派诗歌大师。但他与众不同的是，在对传统的态度上表现得十分稳健。他的诗大多数是格律诗，可这并不能认为他是形式上的保守派。他十分深入地和谐地运用了英诗传统的抑扬格，写出的诗歌却是具有深刻的现代感和哲学意味的。这说明，传统是由无数个现代重新照亮的，我们没有必要也不可能像丢一件旧衣裳那样丢弃它。重要的是诗人的感觉是否具有现代性，表面的语言效果并不能成为判定诗歌价值高下的尺度。优秀的诗从来都是共时性的，甚至《诗经》中的佳作我们仿佛还能看到诗人的身影。好了，现在我们可以轻松地进入牛波的这首诗了。

　　这首诗的题目与弗洛斯特的代表作《雪夜林中小停》有些类似。在这首诗里，诗人通过对这位大师的怀恋，表达了自己对艺术与传统的看法。在林中小路上，"我"加快步伐，超过所有的人，这组意象似乎是在暗示诗人艰苦的孤独的艺术探求。忽然，他看见一双移动的脚向他走来。"从容不迫又坚韧不拔"，这是那位大师独旨孤运的艺术足迹：他不为言必称"先锋派"的时尚所左右，坚持自己的探索，终于走出了一条传统与现代彼此"走向"的"诗歌之路"。诗人向往这位大师的艺术境界和对传统的全新融铸，向往他的朴实、深邃。他决定"继续赶路，向着他来的方向"。接下来，诗人追怀了自己在艺术探求中所走过的弯弯曲曲的道路。一直到今天，终于从大师那里得到启示，"我看见这个人／走向我认为已经走过的／不再留恋的道路"。这说明，诗人牛波曾经有过"为'现代派'而写作"的不成熟的过程。正是从弗洛斯特身上，他才理解了一个优秀的诗人对传统与现代性的整体性包容——超越的态度。尽管现代派已经被流行为一种风度，已经被一些肤浅的诗人当作了幌子，但牛波决定他偏是要到"那个人来的地方"，偏是要坚定地走下去。他深信，传统是因为我们的存在而存在的，它有迹可寻不是因为有废墟和遗言似的预言，而是这种废墟和预言就在我们的建立和实感中顽强挣扎着、生长着，它为我们提供了一种可能、一种启示，任何一厢情愿逃离它的做法只能证明自身的软弱。

韩　东

下午的阳光

下午的阳光透过窗帘
这是临时的
一条印花布的被面
因为这所房子是新的
我们刚刚搬进来
阳光透过窗帘
变得很柔和
外面的天空暗淡下去了
它们还在这儿久久地逗留

坐着两个开始新生活的人
此刻却显得有些陈旧
就像一件衣裳
多年没穿
又突然展现在你的面前

这也许就是阳光的妙用
它不改变事件
却让事物改变了自身

韩东是新生代的代表性诗人，他提供了一种新的话语方式。在他澄明宁静的诗中，没有强烈的冲突，这与他善于运用"补色"有关。他总是避免采用强烈的色彩和单向的线条，而是使各种色线在不同方向均衡地展开拉力，造成诗语沉静的、弥散开来的场。人们在这种缺乏明显的聚焦点的画面中，可以从不同的角度和审美感受投入其中。所以，只用"和谐"来概括他的诗，显然是不够了。那是一种单纯感受的引申和丰富化，在沉静中隐藏着内在的张力。所谓无为无不为是也。《下午的阳光》这个标题就可以形象地体现韩东诗歌的特质。它是清晰的，但又不乏柔和，没有咄咄逼人的光调；它是明亮的，但又不乏疲倦，有一种让人慵懒而陶醉的气氛。这首诗，将我们送到了一个遥远的艺术氛围里，而诗的意象却是那么平平常常，那么切近。韩东就是这样惨淡经营着他诗歌生命形式的！

"下午的阳光透过窗帘／这是临时的／一条印花布的被面／因为这所房子是新的／我们刚刚搬进来／阳光透过窗帘／变得很柔和／外面的天空暗淡下去了／它们还在这儿久久地逗留"。这是一个以日常情景的形式构成的画面，诗人没有让迷人的色彩刺激我们的视线，他所关注的是窗帘的花色与阳光配合后所形成的那种家庭气氛。换句话说，色彩和光线本身的美是不重要的，重要的是置身其中的家里，特有的温暖、平和与陌生感。所以，即使没有它们，那种气氛仍然存在着，"外面的天空暗淡下去了／它们还在这儿久久地逗留"。下午的阳光和被阳光抚摸的窗帘，在这里成了诗人心境的象征物，充满了生气，充满了有意味的形式感。

"坐着两个开始新生活的人／此刻却显得有些陈旧／就像一件衣裳／多年没穿／又突然展现在你的面前"。这里的"陈旧"，是诗人故意运用的反语，他微微地调侃了一下，是为了衬托上一节所渲染的惊喜感、新鲜感。同时，也融进了对往昔情感经验的回味。那种情感就像"一件衣裳／多年没穿／又突然展现在你的面前"。一种相依为命、相互体验的关系被诗人巧妙地道出来，在新的房间里，初恋时的滋味被这阳光透过的美丽窗帘所唤起了。这是一种多么美好的"陈旧"！它"突然展现"了，它其实一直伴随着"我们"，存在心灵的房子里面，它不会消失！

"这也许就是阳光的妙用 / 它不改变事件 / 却让事物改变了自身"。阳光在这里彻底消失了它的实用目的，它被抽象成一种精神动作，直接漫步走在诗人心里，它一直奔注着，直到将诗人的心灌满。这种永恒的客观的东西，在诗人精神的主观里开始放出灵魂深处的光来。在这样的状态里，"坐着两个开始新生活的人"，他们不必渴慕梦幻去装饰房间，因为有着对阳光的共同体验，"事物改变了自身"，这一瞬间将永远闪烁在未来的生命进程之中！

这首诗有自得之趣，无奇诡之言，浑融蕴藉，语义双关，殊属别致矣！

在早晨睡去

听着这音乐
你在早晨睡去
你不是刚刚起床吗
外面阳光很好
玻璃擦得干净
你在一把椅子上睡着了
头垂下来
像在用心倾听

睡在耀眼的晨光中
房间里没有别人
你睡去
不醒来
简直像幸福的昏迷

生命的尘埃纷纷降落

又聚集到你的身边
没有人来敲门

你睡去
然后醒来
一切都无法解释
在自己的家里
像倒在途中的一个客店
包括早晨也有某种异常的气味
使你迷惑
啊
现在你只感到腹中空空

　　这是一首清腴冲淡而自然洗练的小诗。表面上看，是诗人写自己的爱人，在清晨时听音乐而睡去的过程。但是，你再读一遍，就会体味出这首诗超然于尘嚣之外的那种韵致。它是一种精神的模样和风度。这种风度不是放浪不羁的伪现代派，而是超逸洒脱的中国知识分子。这种诗歌内在的气韵，实在是"可以意冥，难以言状"的。它的象外之象，味外之味，言外之意，需要我们细细体验方能领略。诗人写他的爱人听着一支曲子，在早晨睡去。是一支什么曲子，诗人没有说。你想，能使人在刚刚起床就又睡去（被音乐整个浸透了，松弛了）的曲子，该是多么轻柔纯净啊。这简单的两笔，就把环境和气氛说透了。"她"的精神风度也尽体现出来。"她"有自己沉静美丽的"天国"，在那儿安放着她的灵魂，使"生命的尘埃纷纷降落"。外面阳光很好，玻璃擦得干净，没有人来敲门，只有音乐的小溪在低语。这些都已失去了它们表层的意义，而成为了一种气格，是诗人审美情趣的形体状貌。"她"醒来了，超脱的状态却还萦绕在生命里，"一切都无法解释"。艺术将她带入了另一个国度，另一种旅途中间的"一个客店"。在这甜美的早晨，平凡的日子带有了"某种异常的气味"，使人迷惑，使人生动起来。最后一笔，诗人又将我们拉入现实中，"现在你只感到腹中空空",这样,前面的超诣气氛便显得更为突出,更为迷人。这首诗,情与气偕,言简味深,堪称佳品。

山　民

小时候,他问父亲
"山那边是什么"
父亲说"是山"
"那边的那边呢"
"山,还是山"
他不作声了,看着远处
山第一次使他这样疲倦

他想,这辈子是走不出这里的群山了
海是有的,但十分遥远
他只能活几十年
所以没等到他走到那里
就已死在半路上
死在山中

他觉得应该带着老婆一起上路
老婆会给他生个儿子
到他死的时候
儿子就长大了
…………
他不再想了
儿子也使他很疲倦

他只是遗憾

他的祖先没有像他一样想过

不然，见到大海的该是他了

　　韩东这首早期的诗在高度浓缩、高度单纯中，蕴藏了诗人对稳如顽根的传统文化的批判。"山民"，在这里已经消失了它固有的含义，成为一种符号，一种封建传统文化以持重掩饰闭塞、以质朴掩饰保守、以澹泊掩饰愚昧的象征。我们逐节来看："小时候，他问父亲／'山那边是什么'／父亲说'是山'／'那边的那边呢'／'山，还是山'／他不作声了，看着远处／山第一次使他这样疲倦"。这里的他，已经不同于父亲，他提出了具有异质性的思考。这种思考是有意义的。后来，他知道了山那边有海，但"十分遥远／他只能活几十年／所以没等到他走到那里／就已死在半路上／死在山中"。这是一种愚昧的"智慧"。传统文化就是这样去衡量现实价值和精神价值的。他也曾想过带老婆一起上路，老婆为他生下儿子，到他死时，儿子就长大了……但也只能想想而已，"他不再想了／儿子也使他很疲倦"。这里，他已不是"梦醒了无路可走"的悲剧，而是更深的"梦醒了又睡去"的悲剧，是一种典型的文化积淀"好死不如赖活着"的赖活学！他的疲倦不是鹰隼面对天空的疲倦，而只是家鸡的疲倦。这是一种更可怕的麻木，具有强大的惰力和再殖能力。诗的最后一节，更将这批判的锋芒直插传统意识的核心，"他只是遗憾／他的祖先没有像他一样想过／不然，见到大海的该是他了"。对祖先的不满是对的，但他恰恰忘记了自己也是未来孩子们的祖先，也给孩子们造成了"遗憾"！中国封建传统文化从本质上讲，就是这种"山民意识"。至今它早已无力维系中华民族的生存，更不能促进其发展了。在全民一致迈向现代化的今天，写这样的诗是十分有益的，它使人汗颜，使人清醒地反思。

　　从艺术上讲，这首诗也是很成功的。诗人没有用直抒胸臆的语言，表现他的思考和批判。而是用一种纯客观的叙述性口语，让题材本身出来说话。这种"纯客观"，又不同于50年代的再现型诗歌。它构成一种象征，言此意彼，空手入白刃，一下子划破读者的心。强烈的批判激情被压入克制的反讽的语言中，别有一番沉痛的滋味。这首哲理性很强的诗，却不见有什么"片言立其要"的警句，诗人所关心的是诗的整体结构。在这里，每一句都是平淡的，但你却不能从整篇诗中抽掉这平淡的一句，它们共同支撑着诗美的空间，使全诗富有更大的张力。

有关大雁塔

有关大雁塔
我们又能知道些什么
有很多人从远方赶来
为了爬上去
做一次英雄
也有的还来做第二次
或者更多
那些不得意的人们
那些发福的人们
统统爬上去
做一做英雄
然后下来
走进这条大街
转眼不见了
也有有种的往下跳
在台阶上开一朵红花
那就真的成了英雄
当代英雄

有关大雁塔
我们又能知道些什么
我们爬上去
看看四周的风景
然后再下来

  西安的大雁塔，是诗人们反复咏唱的对象。诗人们往往从传统文化和现实关系的角度，以高贵的、激情的咏唱，给读者以历史感、文化感意义上的震撼。这是有意义的。但并不妨碍新生代的诗人从独特的个人经验的角度，去重新观照它。韩东的《有关大雁塔》可以被视为新生代写作"宪章"，具有消解"圣词"的后现代主义意味。这首诗中的大雁塔，不是什么文化意义上的东西，而是诗人真实的个人感受。在这首诗中，诗人没有强调某种文化语义，而表现出淡漠的、局外的、相对的特征。它以平淡的表面性直接处理语言，在单纯到使读者的意识趋临停滞的刹那，顿悟出与诗歌表层结构构成反讽的深层结构。"有关大雁塔／我们又能知道些什么／有很多人从远方赶来／为了爬上去／做一次英雄／……那些不得意的人们／那些发福的人们／统统爬上去／做一做英雄／然后下来／走进这条大街／转眼不见了"。这是诗人对大雁塔的真实感受。你也许会觉得太寡情少味了，但这种寡情少味正是诗人所要传达给你的对"卡里斯玛"的消解。如果你真的到过大雁塔，你会觉得诗人写的那位"然后下来／走进这条大街／转眼不见了"的人就是你。这里，现代人精神的疲惫，耽于个体情感生活的迟钝，都表现出来了。它是不够冲动，但它真实。是的，有关大雁塔，我们又能知道些什么，不过是去观观光，散散心，"我们爬上去／看看四周的风景／然后再下来"。生命就这样渐渐消残了，万事不关，一"尘"不染。

我们的朋友

我的好妻子
我们的朋友都会回来
朋友们还会带来更多没见过面的朋友
我们的小屋子连坐都坐不下

我的好妻子
只要我们在一起
我们的朋友就会回来
他们很多人还是单身汉
他们不愿去另一个单身汉的小窝
他们到我们家来
只因为我们是非常亲爱的夫妻
因为我们有一个漂亮的儿子
他们要用胡子扎我们儿子的小脸
他们拥到厨房里
瞧年轻的主妇给他们烧鱼
他们和我没碰三杯就醉了
在鸡汤面前痛哭流涕
然后摇摇晃晃去找多年不见的女友
说是连夜就要成亲
得到的却是一个痛快的大嘴巴

我的好妻子
我们的朋友都会回来
我们看到他们风尘仆仆的面容

看到他们混浊的眼泪

我们听见屋后一记响亮的耳光

就原谅了他们

　　这首诗中款款涌动的亲切凡俗的意味，是不需要任何解释的。我们一开始就感到了它，感到一种和诗人心灵上的亲近。更重要的是，我们感受到了一个个别的灵魂、活的灵魂，感受到了一种生活方式、一种义气、一种对人生的理解。

　　"诗是贵族的"，这句话是语义含混的。是指诗表现形式的先锋性？是指意旨的神秘超验性？是对以往经典性作品的总结？还是指诗歌未来的价值取向？其实，诗歌应具的根本素质是人间性，诗是诗人实现个人梦想的一种途径。如果说"朦胧诗"还多少带有名士气、贵族气，太卓尔不群太超然空茫了，那么"新生代诗人"中有相当多的人已经开始将诗通向最具体的普通个人。韩东的《我们的朋友》，就是这类生活方式型感觉诗的佼佼者。诗人和妻子、儿子，过着宁静甜美的生活，但他并没有忘记那些命途不佳的朋友，那些坚强又脆弱的单身汉。他要尽量以自己的方式给这些朋友温暖、爱和信任。这首诗毋须解读，是每一位读者都能进入的。

　　读着《我们的朋友》，我们感到汩汩流淌着人间的理解与温存，感到无拘无碍的灵魂的亲近。活在这个世界上是值得的，理解与尊重，爱与同情，真诚与交流，像一道柔光洞彻肺腑。这种款款涌动的亲切凡俗的诗意，显然是属于开朗的现代人的。《我们的朋友》以源于个体生命的语言，饱满流动的诗意，体现了用诗把爱推向他人的自觉，这正是真正意义上的人的主体性觉醒的标识。而这里的话语又仅仅是韩东的个人方式。

要 求

夜已很深

有人在我的窗下低语

他们走过去了

脚步声远去

我多想叫住他们

让他们这样再站一会儿

我的窗户整夜敞开

在他们的身后

这真是异想天开

而且是幼稚的

你会惊吓他们

自己也不能安睡

这样的要求简直难以启齿

　　韩东在一篇文章中这样谈了自己对诗歌的理解："从一首真正好的诗里我们可以看见作者的灵魂、他的生活方式和对这个世界的理解。人面对世界只能有一扇窗户，那就是你自己。我们只能居住在自己的肉体中，任何想脱离它的想法都是不切实际的。我们无法判断哪些东西是出于梦境，哪些东西是实际发生了的。但对于一个人的此时此地，二者并无区分的必要。这就是历史的真实，也是诗歌的真实，更重要的它是心灵的真实。"（《诗刊》1986 年 11 月号《青春诗话》）可见，诗人对诗的要求是个人和真实。《要求》这首诗，就是诗人向我们洞开的他心灵的窗户。在一个深夜，诗人听到有人在他的窗下低语。深夜而低语，不是恋人必是挚友了。这模模糊糊的声音，诗人听不真切。但他感到生活是那么美好，那么宁静，那么神秘，在夜里，美好灵魂的交流并没有安歇。这倾吐衷肠的声音，诗人是多么想让它长久地环绕着他的时间啊！这种愿望，我想我们不难理解。但"他们走过去了／脚步声远去"，诗人多想叫住他们，让他们再在窗下站一会儿。他等待着不能再出现的美好片刻，只能让窗户整夜敞开，让人性的芬芳在室内弥漫。这是一闪即逝的感觉，但诗人抓住了它，并以个人私语的形式唤起了我们的兴趣。这就是诗人所说的"心灵真实"所起的作用了。最后，诗人说"这真是异想天开"，"这样的要求简直难以启齿"，这是在那瞬间过后诗人对自己的嘲弄。确实，这样的要求是"难以启齿"的，但一旦它进入诗歌，就会变成充满人性的了。读者朋友，你能理解这"异想天开"的要求吗？

一切安排就绪

一切安排就绪
我可以坐下来欣赏
或在房间里
踱来踱去
这是我的家
从此便有了这样的感觉
卧室里
我妻子的船只出没
凡·高的成熟的向日葵
顿时使四壁生辉
四把椅子
该写上四位好友的大名
供他们专用
他们来

打牌至天明鸡叫

有时候安静下来

比如黄昏

从这个房间

可以看到另一个房间

一块漂亮的桌布

一本书

都使我的灵魂喜悦

又总怀疑它们不该为我所用

韩东的这首诗，消除了主观幻象，他让纯粹的视觉投射在物象中，但他又不是在录制和观察事实本身，他进行了精致的选择和组合。日常方式看到的普通事物在这种组合中呈现出了艺术的意味，成为"有机的形式"。如果我们承认一首诗歌重要的不是意义而是效果，那么，我们就可以更为深入地欣赏这首《一切安排就绪》了。这首诗出现的五个核心物象是重要的——这里，有温馨的情爱，"卧室里／我妻子的船只出没"；有艺术之光的烛照，"凡·高的成熟的向日葵／顿时使四壁生辉"；有对友谊的渴望，"四把椅子／该写上四位好友的大名／供他们专用"；有对生活细部的欣悦，"一块漂亮的桌布"；有对知识的倾心，"一本书"……这一切，都仿佛是微不足道的，但正是这些作为诗人灵魂的粮食，让他生命粲然开放在一种宁静、充实的氛围里。这新的居所里的气氛，与噪杂的生存是那么强烈地反差对比着；这看似平常的环境，却使生活在纷扰、疲惫的外部现实中的现代人一往情深。所以，诗人对这些东西感到超其所望，感到格外珍贵，"总怀疑它们不该为我所用"。

读这首诗，我们会有一种突然发现的惊喜，它平平常常的几个物象都具有了结构陌生感，具有了更大的包容量和表现力。但这首诗又不是在"说明"什么，它着意制造的是一种气氛，一种中国风的诗人日夜萦绕于心的气氛：淡泊明志，宁静致远。任轻风吹带，红烛映诗。

廖亦武

死　城

公元 6891 年，一头巨牛绕过棕色盆地，巴人村先知阿拉法戚在临终时指着脚下说："这个城市将围困你们，不管上帝是死是活。"

你跨过这道门槛。脚步那么轻盈。白昼像根大蜡烛吱吱燃着。牛乳遍野。摧动弯角般铮铮发亮的双叶革。你的脚背被戳开个窟窿。你痛吼三声下肢爆出蹄来。好一头神奇的公牛！斜日之光颤跳一下就熄灭了。遗下大滩蜡泪。我看见你消融在浓稠的奶汁中。化作一股烟

雷鸣之夜。牛角乒乒撞碰以后。裂嘴的天空涌满流泪的牛眼睛。其中一只弹向有位姑娘的下腹

我呱呱坠地。成为你间接的种子。我清楚地记得你跨出过这道门槛。并对我说你此去不再回来。我臆想中的爸爸！终日独坐阶沿的我。淌着口涎。傻傻地对绿脸远游人笑。我在乞求谁告诉我你的消息呢？生养我的驼背汉子分明站在身后

阴历七月十五。传统的鬼节。墓地很热闹。像个大码头。冥河的船都在这儿靠岸。你摇着橹。桡片敲碎祭灵人的膝盖。很多类似祖母的嗓音在发酒疯。我人鬼不清想放声大哭。一团蛤蟆兀地窜进我的嘴巴。阴风乍起。生养我的驼背汉子扑地变成石龟。我依偎着它。模仿女性

给予它最后的柔情。我抠掉口中物。一圈圈拉扯自己的肠子。我瞥见你在腰斩一个人，让他的下半截跳到我面前问：

"阿拉法威。我的裤子在哪儿？"

我回忆着你的血手。翻越重重白墙。隐隐有鸡叫。阴历七月十五。坟头涨潮似的浸入城市。与人类的房屋对峙

我透过筛子目送赶尸人远去。我烧完纸钱钻出山崖。蛇刺招摇冥河无迹可寻。缕缕孤烟宛如淡化的路。安然延伸。当银甲虫爬上树枝的时候。刚刚远去的黑点又飞快折回。迎面遁入我的心

我是一座空城沉陷于另一座空城。世界宽敞。我是夜夜爆发惨笑的房间。鸱鸮如黑色报春花怒放于栅栏。野藤遮掩的橱窗里假面出没。赶尸人的吆喝不绝于耳。我的发根溢荡着尸臭。

鬼巷交错。人们却浸没于枕衾之欢。荒原悬空生长。草根扎入梦幻之土。你迈过每一道门槛走向钟塔。一柄转动的剑主宰时间。那就是自由国度的象征吗？

夏季涛声起伏的海面。人类的轮船仍在颠簸。汽笛声声。惊起群群鳞甲耀眼的鸟。我的陆地受鸟的启示一点点绽露。像蓝藻攀爬的坛子。黯淡的夕阳刚好盖住坛口。筑成一座金翡翠之城。珊瑚逶迤。海马雀跃。浪柱像鲛人的舞姿重重叠叠。几串宝石项链遗落水上

黄昏风是巨大的铜柱滚碾水域。隆隆之声从太古传来。挟持着泥泞寒冷和旋涡密布的岁月。我听见急促的脚音自海下升起。遥望无际的男女划摆着龙尾。团团向新城膜拜。礼拜寺像凝固的火焰永远烧灼他们。圣主耶稣踞立寺尖领唱悲歌。声声血泪。天水一方。骑白马的新娘变幻若云

万众应和。温情的黑面纱降临。祭品尼采被含泪的圣徒们活剐。他冒烟的筋骨扎扎移向城墙。细读用自己的皮拼贴的告示：

　　"上帝死了……现在我们正走向远方……"

余音袅袅。基督先他而死，几个大独裁者在火刑柱上喃喃争吵着什么。于是警车骤然尖叫。大桥坍垮。高速公路坠毁于万丈沟壑。一队队壮汉应召开进宫廷。像互相厮拼的木偶。大厦如纸塔在孩子胯间萎缩。纸屑横飞。分不清是桃花、人头还是煽动圣战的传单。狂轰滥炸之后。我的陆地沦落。只剩半边狮子腿在浊浪中呻吟。那一年冬季。嫦娥随异教徒私奔。愤怒的后羿射瞎了九个太阳。这幻想种族的文明全部付之一炬。有位诗人写道：

　　"当人的智慧企图超越造物主的智慧时他们的末日就来
　　到了……"

那一行行蝌蚪文使我着魔：上帝死了。谁来摆弄悬空的棋子？回音狰狞。我被自己的声音吞噬。我的皮肉像破旧的衣服自动剥离骨头。我的脑髓发痒。蚂蚁进进出出。夏季喧嚣的海面。人世幽黯。尼采周游银河归来。祭品廖亦武正要在万众前自焚。几名警察将他从幻境拖往精神病院

我紧紧扭住床单。长廊尽头。开闭着催眠的玫瑰。梦游人缩成虫子吮食雌蕊。我倾听践踏花瓣的脚步慢慢逼近：一下。两下。铁窗外闪过女娲的脸。一支听诊器隔墙捅来。你浮现了。

牛角弯弯。腹下隐翘着鲜活的鱼。从你的形象里我找回了童年。鱼儿亲昵地逗弄着阴茎，总有些母亲叉开双腿仰卧沙滩用经血蘸泡玲珑透剔的卵石。我逆水捞入小蟹的家。分食沙虫。几只水兵凫过我的腋

窝。折扇般的仙人掌一开一叠。砂粒传唱着红色的歌谣。我遇见诗人畅饮洛尔迦的溪水。问好的嗓音从罅缝传来。有法语、印加语、希伯来语

而你操着什么语言。你的听诊器要把我导向何方？桃树成林。几位大夫在追捕女娲。夸父、刑天、屈原、庄周等疯祖宗的器官全被宰掉了。我好歹逃出杀人如麻的桃花村，随你挤进喧嚣的广场。向全体疯子表演：把第三代自恋狂人变成腰间挂着诗篇的猪

畜牲遍地。暗示我的命运。一头红狼盯住我看直到溢出口水。我在你的掌心腾挪多次。阴影揳入围墙。像恐龙的变种。航天时代我伸缩着爪子。仰望苍空。金刺猬颤栗。羽箭自唇间发芽。来呀你——恶魔。人类。手枪和幻术！我宁愿死于痴迷的决斗！看那月亮的蜘蛛盘绕着层层铁丝网。几个越狱的囚徒倒吊网中……

可怜的逃犯！他们的血衣被同类扒光。当作图腾的艺术挂入展览大厅——看啊。先生们女士们来了。鞋跟咯咯。手杖指点那空荡荡的袖口。我搭着玩具火车往返于病院与坟墓。旅客永远上上下下。面孔恍惚。辨不清人与尸首。我目睹他们的脑髓被制成治疗癔症的良药在每个车站出售

但是那高空之星多像一把把水晶雨伞啊！我的妻子等在那儿吗？我能一个电话打到时间背后吗？

你的一声冷笑就足以将一切化为乌有。天外有路。而我只有倒毙于此！九头鸟的翅膀是缥缈的阶梯。级级叠往更深的洞穴。闪电的铁手从里面伸张。朝大地划开五条河的流向。我的内部渗出五条裂纹。来呀你——医生。骗子。现实。屠宰场。我自己扯下咆哮的阳物给你吧！

有二十八只右臂从背后搂住我。有二十八个声音轮番对我说闭嘴吧！

我颓然栽倒。疲倦地摸索攫住我不放的根。我默数从根上萌发的绿手。从一到百

漫无边际的掌纹向平原铺展。我堕落其中。竟不知哪一片属于自己。我只感到儿子们的声音在迷茫里变老。病室化作无声飞机投入穹窿。峰峦卧如母牛。预言家捏着秘诀从奶子里游来

我只感到人间是那样寂寞。长城内跪满断臂石像。泪水淤积成黄河的沙子。温泉大厦紧贴山壁。腐臭的热水丝丝滑下旋梯。灌入巍峨的穹门。公共汽车在门下生锈。风铃呜咽。泡沫乳房里暗藏刀子。两只大蚯蚓钻出人的鼻孔，绞在一起交媾

我默数着一生中寄宿过的客店。从一到百。远祖。太祖。曾祖。母亲。每个朝代的脸谱都从脑海里匆匆而过。最后我发现巴人村先知阿拉法威亮出绿手。伪装嫖客摸入暗娼馆

你的手势逗起我的情欲幸存的树桩蔓生触须寻觅渴望已久的荆丛穿透地缝穿透门楣穿透床单穿透林莽掩蔽的琥珀宇宙的电波源源不断搅动血液循环两张强弓无情对射两个半圆咬合一体外面紧裹着夏季异热喷溅星球超常运转白狗吞吃大象瓦片把星星击得粉碎人类整个掉进地狱地狱整个掉进天堂将上帝砸个脑浆迸流谁在油锅里跳现代舞屁股扭得像邓肯掌声大作你是神明你是魔鬼你是唐朝遗老还是咖啡馆的女招待所有鲜活的东西都排成一溜吧在永恒深渊之上叉开双腿形成又漫长又臊湿的历史甬道等待那石破天惊的日子呼啸而来！

泥土翻耕过了我的姑娘你浑身酥软卵巢子实动荡我说我爱你我爱你我爱你直到兀然认出你是我的母亲直到掀开你的第九层皮肤撞见女娲躲在里面啜泣五雷轰顶我抓起秽迹斑斑的家谱披发狂啸我拼命捶打下身祖宗八十八代的咒骂像愤怒的群蜂嗡嗡蜇我。我喊："阿拉法威！我这诱奸的贼！"

预官家倒退着潜入套间。亮出绿手

公元 6891 年，惟一的见证人去世。只有在黑皮书《巨匠的落日》里，记载了这桩罪行：

公元 1937 年，第二次世界大战爆发。日本飞机轰炸长江流域，巴人村档案库化为灰烬，《巨匠的落日》下落不明；在远古动荡的年代，中国军队开赴前线，我在行军途中误入一间空房，《巨匠的落日》失而复得。我边读自己边嚼完三包魔术饼子，从此做了五千年哑巴。

当这一切都结束的时候，我已白发苍苍
满脸尘土。我彻夜独坐公园的长椅
看风吹折多少气息奄奄的脆枝

我挪动着半截残腿
憋住气忍受昨晚、今晚……天又要亮了
我盼望从椅后跳出一个乞丐
语调凶狠，搜去我所有的积蓄
包括那块小腿换来的勋章

他能缓解我的创痛。任何敌人
都可以用理想的复仇方法
缓解我的创痛
你也来吧，算算旧账，灌我几口毒酒
尽管你戴着高雅的礼帽
我还是知道你脑后有牛角

痴呆的幼年多么幸福！

那时你变化为牛，捉弄了我
以后我们互相捉弄
两败俱伤
直到我彻夜独坐公园的长椅
看死城里不分东南西北

当这一切都结束的时候
你没有露面
谁也没有露面
我只好盯牢对面假山下的破门槛
它多像老家的门槛啊

在我儿时的阶沿下
有个老太婆坐北朝南
她伤心地摘下茄子般的舌头
借着月光久久凝视

上面镌刻着你的罪孽
和一座名城的始末
当她塞回嘴里
高墙外传来诗人的狂歌
天要亮了

　　当我们再一次面对西绪弗斯的时候，对人类命运之抽象的思考不得不中止了。我们无法区分究竟是谁在推动那块苦难的石头！一种悲慨的感悟像烙铁一样灼痛我们的神经。作为具有乐感文化性格的东方人的后代，我们曾想弃置那块巨石。围着阴沉的大山走了一圈，结果又回到了原来的地方。作为整个人类共同的劫数，我们在劫难逃！在这个失去精神历史的环境里，诗人只能充当先知的角色。肉体的我、感觉的我、感情的我、理性的我、分裂的我错综而来，催动宿命开放。我们想象不出还有别的什么形式能至切地展示生命深层的实在——只有诗歌！凡·高说："我作为一个苦难的人，不能离开一种比我更强大的力量。"这种比我更强大的力量是什么？噢，是生存！在"死城"生存！

廖亦武的《死城》在1987年年初一出现，立刻引起了诗坛的震动。这首长诗具有对生存现实、民族心态和时空的穿透力，是一种创造性的亵渎和亵渎性的创造。它以空前的焦虑、疯狂、困惑和自卑，以击碎所有偶像为基础，以暴尸般的勇敢为代价，渐渐企及了个体生命和种族命运的原初的真实。廖亦武说："别问阿拉法威是谁，什么时候去世，牛、上帝与人是什么关系之类的蠢话，如果你提前进入6891年，触探到自己的真实归宿，如果你被粗暴地绑上时间之轮，一会儿头着地，一会儿脚着地地倒转，你千万莫哀号，这是死亡之城，没有人救你"……"未来，现在，过去；过去，现在，未来——你存在的环境全变样了。谁知道历史从哪一端开始？……给你印象最深的始终是1966年中国迸发的那场民族斗殴，红布猎猎招展，惹得全民争相追杀幻觉之牛，你听见过睾丸被揍爆时发出的那一连串脆响吗？……我们心惊胆战地读这样的艺术，目睹千疮百孔的灵魂，犹如目睹自己隶属的屡遭杀戮仍然顽强生存下来的民族本身"（《写在〈死城〉的门前》见《巴蜀现代诗群》）！

诗人的这段话，是我们进入《死城》的钥匙。死城是一个现实和幻象、乱伦和受虐、人与妖、个体生命和种族命运混杂在一起的生存背景。诗中的先知阿拉法威，不再是乌龙族传说中的先知，而是诗人创造的一个符号，是一种阴森而邪恶的力量的代表。"他"清醒而残酷，疯狂地拨动历史的轮子，享用着轮下累累的尸体和鲜血。"他"活了几千年，像恶魔一样缠绕在我们民族的肢体上，犯下了罄竹难书的罪过！这种恶劣种族的发源地，曾经被我们当作神圣的祭坛。这个"诱奸的贼"，使我们的脉管里也流淌着同样的污血。我们曾经粉饰过的一切，不过是"巍峨的宫殿，一触即溃"，在现实的废墟上，"我只感到人间是那样寂寞。长城内跪满断臂石像。泪水淤积成黄河的沙子……"到此，我们可以认为：《死城》是对种族命运的追问，是个体生命焦虑达到饱和时发出的咒符。它的形式是超现实的，但精神内核则是充分现实化了的。那些敌意、恐惧、孤独、孱弱、荒诞、异化感、无家可归感、渺小感、死亡感，都是针对存在主义所揭示过的"荒诞"历史而发的。只不过加缪们是个人与历史交战，而廖亦武则是在个人与被阉的种族意识交战的同时，更主要的是与自己交战——这是死亡的精神名命使然。

《死城》采用了两大类基本意象：现实经验层面的和潜意识幻觉层面的。前者如祭品尼采，后者如阴毒的先知阿拉法威。这两类意象各自牵引一个系列，使死城具有充分的现实感和形而上的哲学意味。这就使诗人对现实和历史，文化和个人的反思、自剖，达到了某种深度——是今天也是昨天。这首诗的最后说："高墙外传来诗人的狂歌 / 天要亮了"，显得纤弱乏力。诗人的用心是不难领悟的：真正的天亮不能指望诗人的狂歌，而只能依靠全民族每个精神个体都通过自审来拯救。是的，从死城的血泊中站起来的人们，或许开始了清理废墟的工作，太阳越升越高，"上帝死了……现在我们正走向远方"！

大盆地

啊，大盆地！你红颜色的泥土滋养了我们
你群山环抱的空间是我们共鸣音很强的胸膛
岁月诞生自你的腹部，奥秘和希望诞生自你的腹部
你是世界上血管最密集的地方，平原上遍布橘树、血
　橙、红甘蔗等血液丰富的植物
你翻耕过的泥块像火苗蔓延开去，洋溢着一千种炽热而
　复杂的感情

我们在你的原野上生息、创造，山峦像另一群固执的男人
　挽臂挤在你的周围

一代又一代过去了，人们遥望着山峦，
山峦俯视着人们，新鲜的气息被隔绝
但是启示不断来源于脚下。大盆地啊
你是一个动荡不安的热恋的女人
仰望着无始无终的天空，你的唇间吐露着一种无法破译
　　的语言
引诱人们向四面八方走去：跨越茫茫的林莽，探寻那
　　打开宝藏之门的钥匙……

大盆地！大盆地！你红颜色的泥土滋养了我们
我们的肌腱日益隆起，你再也无法容纳我们膨胀的情愫

先烈们的坟墓耸立在江岸上，裂人心肺的船工号子从
　　峭壁撞向峭壁
一种难以用声音表达的召唤使我们颤栗了！

苍凉的高原风从西北荡进来，喧嚷着
起落着，像自然之神不可名状的琴声向我们展开一种
　　壮美、高远、疯狂的气势
我们的头发如飘卷的马鬃呜呜发响，大盆地！
我们要溯你所有的河流而上，我们狂想着没有边缘的
　　天地

我们穿过峡谷，攀上被泥石流轰动过的巉崖，到贡嘎
　　山下

去和太阳一起放牧（它是一个穿金色藏袍的牧民，挥
　　舞着光芒的鞭子催赶牦牛、马催赶痛苦抽搐的金沙
　　江。红军长征经过的沼泽也被改造成河道）

我们体内交流着太阳的热力和大地的血

我们放着筏子，像咆哮的水兽在激流中滑行，任金矿
　　和浪头在脊梁上闪耀
我们回应着空谷之音，喊叫着洞穿地层
让始祖鸟的化石和沦落的远古内海悄悄开放

我们第一次在梦中变成大禹时代的熊，
把山脉推向海洋……
然后叩打海上月亮，回荡起银光闪闪的声音……

这是一个产生神话的时代：大地向四周扩展着，永远扩
　　展着
群山后退着，永远后退着……我们把儿子种在新出现的
　　原野上
让他们长成大片淡黄色皮肤的树，胁下伸出枝叶
嘴唇绽开成世界上最奇异的花，猛烈吹奏绿阴和音乐
　　的花
花的茎管连结着咽喉，小腿插进盆地的动脉……

大盆地啊，你红颜色的泥土滋养了我们
我们是你创造的奇迹

　　这是廖亦武献给生养他的土地——四川大盆地的浩歌。这首早期诗作有着大盆地凝恒起伏的姿容，有着它丰沛滂沱的巨大生殖力，有着它的痛苦和欢乐……正如诗人所说，"我们体内交流着太阳的热力和大地的血"，这热力和血都是这块神奇的土地赋予的。

　　当高声诵读之后，我们感到，这首诗在风格上颇像美国诗人惠特曼。诗人不仅是呈现想象的果实，他力图将整个土地的生命呈现出来。诗人的笔力是粗犷豪壮的，他无愧于"由道返气，处得以狂。无

风浪浪，海山苍苍；真力弥满，万象在旁"的评价。中国新诗，从郭沫若唱出气势非凡的《女神》之后，一直缺少这种力的呼喊、力的剧烈错动。廖亦武的《大盆地》使我们听到了久已陌生的东西。他不是一句一句倾吐，而是像大盆地上的绿色生命一团团一簇簇随风摆动，强烈地摇撼着我们的心灵。这种板块冲撞式的语流，恰到好处地表现了新时代勇武雄健的步履声。诗的节奏是长链的，但这种音调恰恰构成一种集中持续的穿透力，仿佛一切都在这芜杂的冲撞中搅动了，它们挤碰着跃向前去，像土地的奔腾起伏。欣赏这样的诗，我们不必去寻找那些繁杂的意象各自暗示着什么，我们不能停下来玩味某一个象征用得巧或不巧。诗人所追求的乃是一种不间断的情绪的洪流，形象与形象彼此纠葛着、推动着浩浩荡荡的一种气势，一种"壮美、高远、疯狂的气势"。如果我们读了这首诗，胸中翻滚起土地的全部色彩、线条和韵律，感到了土地的全部丰富性，诗表层目的就已达到。我们感到了物象隐喻着的生命冲动纵横繁丽的气势，诗的深层意味渐渐就会呈现。美国诗人惠特曼说："陆地和海洋、走兽、鱼和鸟、广袤的天空和天体、森林、山脉、河流——都是不小的主题——可是人们期待于诗人的，不是简单地表现出这些不能说话的实物所固有的优美和庄严。他们希望他揭示出沟通现实与灵魂的道路。"（《草叶集》序）

廖亦武的这首诗正是这样，他不但写出了实物固有的壮美和生机，而且还形成一种浩大的生命原动力的气势，这种气势本身就已"沟通了现实与灵魂的道路"，既是内容，也是形式，是新一代人们精神的现实。

丛林里有等待的女人

南方有红色的山坡，南方有茶色的丛林
多情、神秘、漫无边际

随着丛林中绕来绕去的河流去吧——你
　许久听不见一丝声响
仿佛已渐渐走进生命的源头。只有悄语着芭蕉
风告诉你
藏匿在林深处的绿色幻景似的湖泊
一群人鱼般的姑娘在那儿游泳
手臂如藻类在水中荡漾，脸孔如睡莲向夜空张开
她们唱着：
我的掉进湖里的多情的南方
我的多情的
掉进湖里的
南方……

何处传来男子的吉他声？新奇的节奏如
　夏天的流星雨
清脆地敲击卵石镶嵌的湖岸。被惊动的姑娘们纷纷逃走
抛下一连串湿漉漉的咒骂
椰子林里又多了一群树精……
（那最后留在湖心的女孩子就是吉他手的知音了）
（低声儿对唱呀
高声儿对唱呀
会弹琴的男儿明天又要上路
对着月中的轮廓幻想北边的城吧
衣衫般的夜快要收起来了——南方有个
　世代相传的规矩

男人总是出远门
女人总是等待）

在等待中孩子产生。摇篮曲拴在树上，溢出菠萝蜜的

滋味老祖母一样的山丘打着盹，把记载往事的额头浸
在醉迷迷的黄昏里。做了妈妈的女人从坡上归来，回
味着依在丈夫胸前的情景，她望着夕照中的树杈儿好
看地指向月儿居住的地方，她喃喃自语：
月亮，月亮，你不要出来吧！

（这时她的男人正在北方的城里建筑高楼，许多人说
他的眼睛里始终摇曳着一棵女人样的椰子树）

云片像乳白色的芭蕉叶铺向很远
南方女人宽阔的爱铺向了很远
（即使丈夫回来儿子还会出远门的）
南方女人的盼望
……没完没了……

    这首诗写得神秘又朴实，既有相当成分的魔幻色彩，又有对现
实经验的表现。奇而不怪，空灵而不空洞，忽虚忽真，给人以新鲜的
刺激。

    眼前仿佛是一则古老的神话：在南方红色的山坡茶色的丛林里，
有一泊幻景似的湖水。一群美人鱼一样的姑娘恣意地舒展开放于水
中。她们轻轻地唱着古老的情歌……忽然，伴着苍绿的芭蕉风传来一
阵吉他的弹奏，湖水不安地抖动，姑娘们被惊动了，她们纷纷逃走，
像一群美艳的树精顷刻消失于绿色的丛林。只有一位姑娘留了下来，
她忘情地应和着弹吉他的青年的歌，他们情投意合，一见钟情……诗
人就是这样利用了古老的传说，为我们展示了这一对青年男女纯洁、
柔情的风采。这是他们爱的基础：神秘、自然、泼辣、纯情。接下来，
诗人忽然将神话拉回现实，使之既有超逸脱俗的一面，又有沉甸甸的
现实生活丰满的姿容。正是这奇幻的结合，诱使我们进一步关心他们
的命运。"南方有个 / 世代相传的规矩 / 男人总是出远门 / 女人总是
等待"，那个神话中王子一般的青年，原来是一个"正在北方的城里

建筑高楼"的好汉，他在唱过恋歌之后，就要上路了。以后留给那位仙女般的"吉他手的知音"的，是漫长的等待，繁重的家务劳作，"依在丈夫胸前的情景"仿佛成了幻觉。她怀恋在树林中月光浸透的那一刻，此时却害怕月光出来。但旷日持久的分离并没有冲淡真正的爱情，那汉子整日思念着姑娘，在遥远的北方，"许多人说／他的眼睛里始终摇曳着一棵女人样的椰子树"；而姑娘也依然"把记载往事的额头／浸在醉迷迷的黄昏里"，她的思念变作片片云朵，将那神圣的爱铺向了遥远……这时，诗人没有按一般的诗歌情感流程那样，最终让思念变成现实，而是写道"（即使丈夫回来儿子还会出远门的）／南方女人的盼望／……没完没了……"这忽然拉开的一幕，意味深远，使南方女人的命运质量，得到了更高的升华和结晶。

这首诗将轻渺瑰丽的神话和沉重艰难的生活联系起来，强化了后者所具有的并不比神话逊色的姿容，歌颂了非神话的现实、神圣的人生。笨重凶蛮的廖亦武，也能写出这等柔曼的谣曲，诗人的创造力是丰富多样的。

骆一禾

修 远

触及肝脏的诗句　诗的

那凝止的血食

是这样的道路　是道路

使血流充沛了万马　倾注在一人内部

这一个人迈上了道路

他是被平地拔出

那天空又怎能听见他喃喃的自语

浩嗨　路呵

这道路正在我的肝脏里安睡

北风里　是我手扶额角

听黑夜正长歌当哭

那黑夜说　北

北啊　北　北和北

想起方向的诞生

血就砍在了地上

我扶着这个人　向谁

向什么　看了好久

女儿的铃铛　儿子的风神　白银的滋润

是我在什么地方把你们于毁灭中埋葬

方向方向　我白银的嗅觉

无处安身　叫我的名字

浩嗨　嗨呀　修远
两代钢叉在水底腾动
那声息自清澈里传来锐利和痛疼
那亚细亚的痛疼　是金的痛疼
修远　这两个圣诉蒙盖在上面
我就看见了大盾的尘土
完人和戈矛　雅思与斧钺
在北斗中畅饮
是否真有什么死去　我触摸着无边
触摸着跪上马头的平原
眼也望不到，脚也走不到
女仙们坐在月亮的边缘

修远　我以此迎接太阳
持着诗　我自己和睡眠　那一阵暴雨
有一条道路在肝脏里震颤
那血做的诗人卧在这里　这路上
长眠不醒
他灵敏其耳
他婴童　他胆死　他岁唱　他劲哀
都已纳入耳中
听惊鸿奔过　是我黑暗的血

血就这样诞生了
在诗中我看见的活血俱是深色
他的美　他的天庭　他的飘风白日
平明和极景
压在天上　大地又怎会是别人的
在诗里我看见活血汪霈而沸腾

沐与舞　红与龙
你们四个与我一起走上风鸣马楚的高峰
修远已如此闪亮
迎着黄昏歌唱
我们就一直走上了清晨

那朝霞
诗人因自己的性格而化作灰烬
我的诗丢在道路上
一队天灵盖上挖出来的火苗
穿过我的头顶
请把诗带走　还我一个人
修远呐
在朝霞里我看见我从一个诗人
变成一个人

与罪恶对饮
说起修远
那毒气在山中使盛水的犀杯轰然炸裂
满山的嵩岳　稀少的密林
那亚洲白练
那儿子的脚跟　女儿的穗佩　口的粮食
身上的布袋与河流亮丽的分叉
连你们也不知道我为什么看着道路
修远呐

与罪恶迎唱　拉开我的步伐
这就是我的涵歌
在歌中我们唱剑　唱行吟的诗人冒险行善

这歌中的美人人懂得

这善却只有等到我抵家园

唱吧　那家乡

我们分别装入两支排箫

素净两方门窗

这声息一旦响起

就不知道黯淡怎样吹过

天就一下子黑了

在大地的口中　排箫哭着

与罪恶我有健康的竞技

说一声修远

三种时间就澎湃而来

天空在升高中醒了

万物愈是渺小　也就愈是苍莽

在那一夜滂沱的雨水中

新月独自干旱

　　骆一禾是新时期以来为中国现代诗作出突出贡献的青年诗人。置身于相对主义和怀疑主义的时代语境中，要坚守一种理想，渴慕一种崇高，已是很困难的事。我们见过那些浮嚣的伪崇高叫喊，其骨子里不过是依赖于人们蒙昧的"伦理固定反应"，写出的道德高调。这类诗遭到有敏识的读者的厌弃是当然的事。但是，我们不能不加细辨地一律排斥崇高和理想主义精神，不能忘记诗乃是人类向上精神的闪灼。因此，"崇高"本身无所谓重要与否，关键是看崇高的质量。

　　骆一禾的崇高是发自内在灵魂的，是对人类精神历史有足够了解后得出的个人内在道德律。他从不以自恋的诗句表达"成圣"的僭妄之心，而是沉毅、谦抑地对待人类智慧和文明，在诗中广阔地设下了朝霞、血光、道路和新理想的冲涌。他试图以写作变衍生命、重建信心，他的诗即体现了至美至善的纯一性。但他从不以"从天下视"先知的方式言说，他更喜欢做一位自我约束、修持、历练的大地上的义人。这首《修远》庶几能勾勒出这位诗人的姿势与表情。

"修远"，这个题目意义复杂。我们想到屈原在《离骚》中的宣谕："路漫漫其修远兮，吾将上下而求索。"在这里，"修"是长与高的意思，它不但指向"远"方，还竖立了高度。生命和良知修炼的道路是漫长的，同时是高峻的、难能的，故有"上下求索"一句承接。骆一禾的"修远"与此意义相通。同时，在汉语中，"修"还有另外含义：修理，整饬，兴建，撰写，学习，善，美好……如此等等。我们常说修文，修德，修正，修业，修行，修身，修省，修养，修能，修道，就是此种含义的引申。因此，骆一禾的"修远"，也与这些意向密切相关。刚才说过骆一禾不屑充任指斥众生的"圣者"，他的"修远"是指向个人的，是"内在道德律"和美的自我修持、提升。

在诗人看来，写诗是一个诗人精神历练的主要内容，是"触及肝脏"的。肝脏的功能是分泌胆汁，储藏营养，新陈代谢，化解毒素。从隐喻上说，诗亦应有此功能。一个诗人的道路就"是这样的道路"，它是艰辛漫长的，"使血流充沛了万马"。"这一个人迈上了道路"，是使命也是宿命，他要活得自觉活得高尚，有如被真善美选中的实践战士，"他是被平地拔出"。这是第一节暗示给读者的意义。它为整首诗定下了具体语境的幅度和纵深感。从精神维度上来说，它承接着人类伟大诗歌共时体；从个人方式上来说，它又是个体的、向内的。

第二、三节，诗人将"修远"的向度更为具体化，"这道路正在我的肝脏里安睡"，"我手扶额角"，在寻找着方向。在世界的暗夜，北风呼啸，"黑夜正长歌当哭"。诗人找到了什么方向呢？"北／北啊北北和北"。在这里，"北"是含义深广的，激发起我们无尽的遐想：其一，暗夜中北斗星孤高在引领。其二，在坐标中，"北"方标志着向上，是崇高和升华的简洁隐喻。其三，北方是多慷慨悲歌之士的所在。是既勇且韧，行侠好义，有智有胆者辈出的地方。诗人心仪这些悲壮的英雄前辈。其四，北方还是寒冷酷烈的，它考验着冻土地带那一颗颗滚烫的赤子之心。这正是一个有血性有气节的诗人置身当下世界的象征形象。其五，骆一禾平素喜欢受尽磨难但矢志不渝的俄罗斯诗人，如曼德尔施塔姆、帕斯捷尔纳克、布罗斯基、蒲宁等，那么，这些在中国版图外之"北方"的诗歌英雄，也是他的前辈和榜样，他要加入到这一伟大方阵中去。其六，《圣经》有言，"金光出于北方"，北乃是救赎和苦难的轮回之所。可能读者已对我的琐屑解读不耐烦了，但请相信，诗的语言就是这般深邃、浓缩、充满张力、"数语统万物的"。这些彼此渗透、叠加、交融的意义，使骆一禾笔下的"北啊北北和北"有了确切的含义，使整首诗有了依托，使诗人的言说不致空阔。北方是辉煌的，又是危险的，诗人深知此中命途："想起方向的诞生／血就砍在了地上"，"那声息自清澈里传来锐利和痛疼／那亚细亚的痛疼是金的痛疼／修远这两个圣诉蒙盖在上面"。

接下来，诗歌就在这种精神维度中展开："在北斗中畅饮"，"修远我以此迎接太阳／持着诗"，"有一条道路在肝脏里震颤"。在树立了方向和迈上道路后，"血液"成为诗人的主导意象。血在诗中有两种相冲突的寓意。其一，是"我黑暗的血"，它涉及到迷途、暴雨、"长眠不醒"、"胆死"、"劲哀"，是诗人反躬修省自身后对杂质的抛弃；其二，是精神历淬后诞生的"活血"，"血就这样诞生了／在诗中我看见的活血俱是深色"，"在诗里我看见活血汪霈而沸腾"。主导意象"活血"，在下面展开了意象的派生和变奏，成为"沐与舞红与龙"，能够澡雪精神，挥盾而舞，丹心普照，龙跃凤鸣。至此，"修远已如此闪亮迎着黄昏歌唱"……

但是，精神修远的历程是艰难的，它需要一个人付出终生的努力，而绝不会一蹴而就。就在诗人迎着黄昏"一直走上了清晨"的朝霞（"血"这一意象的又一次变奏）时，新的考验又来了。"那朝霞／诗人因自己的性格而化作灰烬"，过往的"黑暗的血"又一次永劫轮回，迷途、怅惘、昏睡又考验着"在路上"的诗人。诗人意识到，诗的修炼就是整个生命的修炼，舍弃后者，会沦为自恋的"言语巨人"。因此，在诗抵达"朝霞"后，人亦应抵达它："请把诗带走还我一个人／修远呐／在朝霞里我看见我从一个诗人／变成一个人"。在人生的道路上，诗人立下血誓，不怕"毒气""天黑""哭声"，而要直面生存，"与罪恶对饮"，"与罪恶迎唱拉开我的步伐"，"与罪恶我有健康的竞技"。这里，写作与人生达成了统一，诗不仅是一种高尚难能的语言技艺，它还应是人生的诚命、精神的指南。因此，骆一禾能够面对那些孱弱的唯美派诗人高傲地说出："在歌中我们唱剑，唱行吟的诗人冒险行善。这歌中的美人人懂得，这善却只有等到我抵家园！"他的修远要兼及真善美，这就是此时代一个有理想的诗人精神的纯一性。

但是，正如我们上面介绍的，骆一禾是谦逊诚朴的诗人，他不会以启蒙者和引领者自居，更不想以"精神修远"为道德优势去夸饰自己，因此，他的美和善不是用号角喊出，而宁肯将之"分别装入两支排箫"，在黑暗中吹奏，在死寂中坚持良知的声息。正如天黑透了我们才得见星光，一派死寂中我们方能清晰听到排箫的吟诉。这就是一个东方现代诗人的修远，他出淤泥而不染，如在一夜浸淫的雨中，"新月独自干旱"。

从整体来看，此诗的主题是精神修远者的具体历史处境，既高贵、辉煌，又艰辛、黑暗。它展示了智性的严密力量，又将之和谐地融汇于隐喻的激情和想象中。这是感人的、挑战的，又是内倾的、自审的。它将宽广的语境和精雕细琢的局部肌质共时呈现，将悲慨的缅怀和朗照的理想主义前景化若无痕地衔接在一起。是的，骆一禾是此时代极少数坚持真善美而不令人感到虚伪的诗人。在他身上，我们会反省自己：在我们学会了"生存的智慧"后，是否丢失了什么东西？

为美而想

在五月里一块大岩石旁边

我想到美

河流不远　靠在一块紫色的大岩石旁边

我想到美　雷电闪在这离寂静

不远的地方

有一片晒烫的地衣

　　闪耀着翅膀

　　在暴力中吸上岩层

　　那只在深红色五月的青苔上

　　孜孜不倦的工蜂

　　是背着美的呀

　　在五月里一块大岩石的旁边

　　我感到岩石下面的目的

　　有一层深思在为美而冥想

　　这首诗只有十四行，但内涵却不轻浅。它有如一个由"中景"渐渐推近的"特写"，在寂静中使我们心血涌动。诗人的"造型"功力令人佩服。

　　时间是在五月春夏之交，太阳渐渐暴烈起来，"晒烫的地衣"。我们会联想到庄稼正可劲儿灌浆，大地孕育着丰收。这些能联想到的内容，诗人不必再写，晒烫的大地衣裳这一物象足以涵括了。在这样的季节，诗人在沉思冥想着"美"。美是感性的，不是"想"到的。那么必须经由冥想的"美"，一定是特殊意义上的美了。您瞧，诗人在为我们设置"问题"了。他是歌颂另一意义上的美：劳动之美，奉献之美。但他不是滥发感慨，而要追求内在的诚实、技艺的精湛。

　　骆一禾深知诗歌应有内部的秘密，它不是铺叙、滥情，而是暗示与凝神，"将真理固置于个别的事物"（海德格尔语）。他先推出中景："五月里一块大岩石旁"，然后是远景：河流，远方寂静的闪电。最终将镜头凝聚于一只工蜂。在辽阔的背景消逝后，工蜂特写出现了：它"闪耀着翅膀"，奋力吸上岩层，"在深红色五月的青苔上／孜孜不倦的工蜂"在劳作着。为什么是工蜂？诗人可以写蝴蝶，那不是更"美"吗？也可以写蜻蜓，亦俱轻盈曼妙之美呵。但那就不是诗人要表现的意味了。诗人在这首十四行的诗中四次说到"美"（"我想到美"，"我想到美"，"是背着美的"，"为美而冥想"），并为之深思。这说明在诗人心中，"美"不仅仅是表面的绮丽，它还应具备值得尊敬的精神品格。工蜂，我们知道又称"职蜂"，是蜜蜂家族中最辛劳的。它的外表并不够美，甚至在蜂类中也是寒伧的。但在它渺小的身躯上，后足有花粉筐，腹下有蜡腺，尾端还带螫针。它整日劳动，除采集蜂蜜和花粉外，还得担负修巢、哺饲、造脾、清洁及御敌等一切工作，它的寿命不长，但的确是"鞠躬尽瘁的一生"。这些常识我们在孩提时代已谙熟于心了，但一个成年人才会对之有更深切的理解。正是这些高洁的品格使诗人动容，在两次低语"我想到美"之后，得以长叹一声"孜孜不倦的工蜂／是背着美的呀"！——劳动创造美，劳动本身是美。

最后，诗人又将镜头拉开成中景：五月一块大岩石旁边，一个人在思考着生命的目的，"有一层深思在为美而冥想"。诗人的造型功力是一流的，他不去正面写劳动者的伟大、无私，而是以一只小小的工蜂来暗示之；他不故作高雅地回避最朴素最本质的真理，却写出了感人至深的劳动者颂歌。但是，我们更感兴趣的地方是，此诗仅就其表层文本的写作技艺已足以感动我们了，即使我们不去深究其暗示性（对劳动者的赞颂），也丝毫不影响此诗的价值，这就是它与那些徒有真情而缺乏写作技艺的诗歌的不同之处。这个事实也教我们"冥想"，正如庞德所言："技艺考验着真诚。"

巴赫的十二圣咏

最少听见声音的人被声音感动
最少听见声音的人成了声音
头上是巴赫的十二圣咏
是头和数学
沿着黄金风管满身流血

巴赫的十二圣咏

拔下雷霆的塞子，这星座的音乐

给生命倒酒

放干了呼吸，在

谁的肋骨里倾注了基础的声音

在晨曦的景色里

这是谁的灵魂？在谁的

最少听见声音的耳鼓里

敲响的火在倒下来

巴赫的十二圣咏遇见了金子

谁的手斧第一安睡

空荡荡的房中只有远处的十二只耳朵

在火之后万里雷鸣

我对巴赫的十二圣咏说

从此再不过昌平

巴赫的十二圣咏从王的手上

拿下了十二支雷管

　　这是一首写音乐的诗。对音乐家来说，音乐可以和情感有关；但也有些作品纯表现"音乐的形式"，它的价值只在运动着的、变化无穷的乐音的组织形式。音乐开始于价值判断"语言终止的地方"，它的一系列音响形式（旋律、节奏、和声、音色、音程关系），表现的只是纯粹的美感音响程式。我们认为，这两种不同的见解都各有立论依据和适切的论说对象。

　　但对诗人来说，由于不熟悉更专业化的音乐理论，他们一般倾向于将音乐作为人生命体验的最纯粹最特殊的流露，是"生命的抽象形式"。他们将音乐视为心灵（情绪、意志、观念）的曲折呈现——经由乐音结构起来。换句话说，他们喜欢的是经由诗性的想象和联想来进行音乐欣赏，将其语义化、视觉化。这种欣赏态度或许被真正的音乐家一笑了之，但我认为，诗人们也是有"道理"的，他们说出了只能经由诗歌说出的"音乐的精神"。

这首诗写的是诗人听了巴赫的"十二圣咏"引发的激情和联想。巴赫（1685—1750 年）是德国作曲家，早年即精通管风琴演奏技术，曾任教堂管风琴师和唱诗班成员。巴赫是虔诚的基督徒，同时又深受西方启蒙思想（理性主义）影响。他的作品反映出他特有的精神世界，既有压抑苦闷的时代性格，又有宁静超迈的宗教救赎。特别是其表现宗教题材的作品在音乐史上影响更为深远，如《b 小调弥撒曲》《马太：受难曲》《约翰：受难曲》《耶稣躺在枯骨中》《悼歌》《基督诞生时节清唱剧》等。诗人谛听了这高古纯洁又伤感的圣乐，写下了这首诗。

此诗有一句会令我们不解："我对巴赫的十二圣咏说 / 从此再不过昌平"。我来解释一下其含义，对读者理解此诗或会有帮助。此诗写于 1989 年 5 月 11 日，是骆一禾最亲密的朋友、诗人海子逝世不久（1989 年 3 月 26 日海子自杀）。海子生前在中国政法大学任教，校址是北京近郊的昌平县。海子的一生是纯洁高贵的，在他的诗中可见出《圣经》的深深印痕，他写过"荒凉大地承受着荒凉天空的雷霆，圣书上卷是我们的翅膀，无比明亮——圣书下卷……当然也是我受伤的翅膀，荒凉大地承受着更加荒凉的天空。我空荡荡的大地和天空，是上卷和下卷合成一本的圣书，是我重又劈开的肢体，流着雨雪，泪水在二月"（《黎明》）。因此，这一背景是打开此诗的钥匙，经由这一索解，全诗的感情指向、语境特征就会清澈起来。

在这里，"最少听见声音的人"是指海子。海子的日常生活是"贫穷、单调与孤独"的，诗人西川在《怀念》一文中说，他的房间里几乎没有任何娱乐设备，他"每天晚上写作直至第二天早上七点，整个上午睡觉，整个下午读书，间或吃点东西，晚上七点继续开始工作"。但这样一个"最少听见声音的人"，却有自己对声音的选择，海子深深沉浸在巴赫的圣乐之中。他"被声音感动"，他与之融为一体，"人成了声音"。巴赫以心灵奏响的管风琴，使海子"沿着黄金风管满身流血"。

巴赫的乐曲是安静悠深的，很少有"戏剧性冲突"，但恰恰是这源于灵魂的声音，在安静中更为尖锐地深入了诗人的心。那不是"雷霆"，而是"拔下了雷霆的塞子"，雷霆的引爆发生在诗人内心！它是来自天堂的呼唤，"星座的音乐"，使大地上的生命沉迷、坚定，在"肋骨里倾注了基础的声音"。这里，安静与冲动发生了转化，真正的强音也许不是喧嚣的高音，而是静谧中灵魂的巨大涌动。此诗用了一系列问句，"谁……？"使缅怀与热爱的情感埋得更深、更恒久和炽热，比直说出歌咏对象海子本人，要有力得多。"谁的肋骨里倾注了基础的声音"，"在晨曦的景色里／这是谁的灵魂？""在谁的／最少听见声音的耳鼓里／敲响的火在倒下来"，"谁的手斧第一安睡"……诗人歌赞了音乐家和倾听者，"巴赫的十二圣咏遇见了金子"。巴赫与海子，都是圣徒般的艺术家，音乐与倾听，是"黄金"与"黄金"的纯正交流呵！

但海子走了，"放干了呼吸"，"火在倒下来"，"手斧安睡"了。诗人心酸又钦敬，他不忍惊扰海子的灵魂，不敢回想痛苦的"海子生涯"，因此，他"对巴赫的十二圣咏说／从此再不过昌平"，他要从被拔下塞子的十二圣咏这"雷霆"上，"拿下了十二支雷管"。

这首诗是挽歌调性的。但它并不过于直抒感伤，而是将对象的灵魂坚卓地竖立在具象的文本中。它描绘的是音乐与人心灵的同构状态。在诗坛大量的此类作品中，它是少数真正的翘楚。

张 枣

望远镜

我们的望远镜像五月的一支歌谣
鲜花般的讴歌你走来时的静寂
它看见世界把自己缩小又缩小，并将
距离化成一片晚风，夜莺的一点泪滴

它看见生命多么浩大，呵，不，它是闻到了
这一切：迷途的玫瑰正找回来
像你一样奔赴幽会；岁月正脱离
一部痛苦的书，并把自己交给浏亮的雨后的

长笛；呵，快一点，再快一点，越阡度陌
不再被别的什么耽延；让它更紧张地
闻着，呓语着你浴后的耳环发鬓
请让水抵达天堂，飞鸣的箭不再自已

哦，无穷的山水，你腕上羞怯的脉搏
神的望远镜像五月的一支歌谣
看见我们更清晰，更集中，永远是孩子
神的望远镜还听见我们海誓山盟

这是一首爱情诗，其核心语象是"望远镜"。望远镜是用来"缩短"

距离的仪器，它无法改变物理意义上的本真距离，却可以调节主观视距。因此，这首诗不是建立于"我"对"你"说，而是自言自语。这一视点决定了此诗欣悦又无告的隐秘感受。在望远镜中，五月的鲜花陡然扩大扑向眼睛，它的"讴歌"之所以"静寂"；乃是因为它只萦回于"我"的内心。"我"只看见"你"，故"世界把自己缩小又缩小"，凝聚于清纯的镜片内。在"我"的心中，距离不存在了，它"化成一片晚风"。这是短暂的欣悦。但马上涌上来的却是酸楚："夜莺的一点泪滴"。夜莺在诗歌语象的语义积淀中，从来都是爱情的象征。但这里，它是含泪的。一方面它暗示爱情的刻骨镂心，另一方面，它将夜莺晶莹的珠泪交融于望远镜镜片这一语象。二者都具有纯净、圆凸、内凝的性质。夜莺、镜片、泪滴至此达成相互渗透、叠加、浑整的一体，它们共生于"望远镜"这一核心语象。

在诗人的主观视距中，世界缩小了，但"生命多么浩大"。这又是短暂的欣悦。但马上诗人开始迟疑，他"修改"了"看见"，变为"闻到"。这一修改，强化了诗歌隐流中的无告成分。"迷途的玫瑰正找回来"，只是诗人美妙的祈望和幻觉。"迷途"这一语词浓缩了爱情际遇中的种种感受、纠葛、误会、恍惚和缅想。"玫瑰"与前面的"夜莺"呼应承接，唤起了我们对古典爱情诗、浪漫主义爱情诗习用语境的回忆。诗人没有放纵自己的想象力，他很快又应和了望远镜这一核心语象。"浏亮的雨后的长笛"，从形体上与镜筒相似；从声音上回旋了"五月的一支歌谣"；从品质上，"浏亮的雨后"则与镜片、夜莺、泪滴共同具有澄澈、明亮、清晰、湿润的美质。

接下来，诗歌的运思稍稍摆脱了无告与酸楚。诗人的自言自语带上祈祷的性质。"越阡度陌"，"你浴后的耳环发鬓"，这些带有东方感的话语形式，使我们的心柔软安顿下来，有一种精神"还乡"的欣慰。它激活了传统诗歌留给我们的审美感受，使古典与现代凝为一体。这里，"请让水抵达天堂"，是镜片、泪滴、雨水意味的进一步变奏，从视觉维度上由平视转为仰望；而"飞鸣的箭不再自已"，则又与上下维度构成纠葛，它是内敛和平面延伸二而一的心灵犹豫。诗歌就在这种既迎承又犹豫的结构中呈现了欣悦与酸楚两面拉开的力量。它不是

"头脑"缜密求实的力量，而是"心灵"无端变化的力量。

最后，望远镜有了体温、灵魂。"我"手握的已是"你腕上羞怯的脉搏"。爱情的宿命有如天意（"神"）的绝对诉说，"五月的一支歌谣"使一个"孩子"陷入于自言自语的"海誓山盟"。这正是东方式的爱情，温润、羞怯、无端、伤怀。

何人斯

究竟那是什么人？在外面的声音
只可能在外面。你的心地幽深莫测
青苔的井边有棵铁树，进了门
为何你不来找我，只是溜向
悬满干鱼的木梁下，我们曾经
一同结网，你钟爱过跟水波说话的我
你此刻追踪的是什么？
为何对我如此暴虐

我们有时也背靠着背，韶华流水
我抚平你额上的皱纹，手掌因编织
而温暖；你和我本来是一件东西
享受另一件东西；纸窗、星宿和锅
谁使眼睛昏花
一片雪花转为两片雪花
鲜鱼开了膛，血腥淋漓；你进门
为何不来问寒问暖
冷冰冰地溜动，门外的山丘缄默

这是我钟情的第十个月

我的光阴嫁给了一个影子

我咬一口自己摘来的鲜桃，让你

清洁的牙齿也尝一口，甜润的

让你全身也膨胀如感激

为何只有你说话的声音

不见你遗留的晚餐皮果

空空的外衣留着灰垢

不见你的脸，香烟袅袅上升——

你没有脸对人，对我？

究竟那是什么人？一切变迁

皆从手指开始。伐木丁丁，想起

你的那些姿势，一个风暴便灌满了楼阁

疾风紧张而突兀

不在北边也不在南边

我们的甬道冷得酸心刺骨

你要是正缓缓向前行进

马匹悠懒，六根辔绳积满阴天

你要是正匆匆向前行进

马匹婉转，长鞭飞扬

二月开白花，你逃也逃不脱，你在哪儿休息

哪儿就被我守望着。我若告诉我

你的双臂怎样垂落，我就会告诉你

你将怎样再一次招手；你若告诉我

你看见什么东西正在消逝

我就会告诉你，你是哪一个

　　诗人张枣是极少数有"定力"的人。他是英美文学专业硕士生，专业学养很深；他80年代初开始诗歌创作时，正值中国诗坛一派欧美情调氤氲，大有"西风压倒东风"之势。照说，张枣应是此等"香蕉人"吧（比喻黄皮肤者修炼一副白种人心态）？但张枣是让人钦慕的有主见有独特精神脉息的诗人，1985 年他发表了一个"守旧"的诗观，道是：历来就没有不属于某种传统的人，没有传统的人是不可思议的，他至少会因寂寞和百无聊赖而死去。的确，我们也见过没有传统的人，比如那些极端的个人主义者和浪漫主义者，不过他们最多只是热闹了一阵子，到后来却什么都没干。而传统从来就不尽然是那些家喻户晓的东西，一个民族所遗忘了的，或者那些它至今为之缄默的，很可能是构成一个传统的最优秀的成分……传统从来就不会流传到某人手中。如何进入传统，是对每个人的考验。总之，任何方式的进入和接近传统，都会使我们变得成熟、正派和大度。只有这样，我们的语言才能代表周围每个人的环境、纠葛、表情和饮食起居（见《中国当代实验诗选》）。

以上言说使我们恍如面对宿儒，但当时的张枣仅有二十三岁。这是当时极少有的诗学立场，它引起了有敏识能力的读者的嘉许。但不要以为张枣是应和主流意识形态的"继承传统"。真正的传统是"继承"不来的，因为具体时空的话语场所是无法继承的，是不可还原的。因此，张枣谈的只是如何"进入"传统。对诗人的写作而言，"进入"传统，必须包含着对传统的重新发现，它是传统精义的重新生成。"进入"，不是被动的承接而是积极能动的创造，它是和"变异"一起到来的。只有这样，传统才有可能"生还"，成为活生生的今天的一部分，成为不可测度的"熟悉的陌生人"。从这个意义上来说，传统和今人的关系，乃是"谜语"与"诠释"的关系，它的可能性是很大的。美国诗人庞德深谙个中奥秘，他曾别开生面地"转译"了李白《古风六首》："惊沙乱海日"，转译为"惊奇。沙漠在暴乱。大海的太阳"。"荒城空大漠"，转译为"荒凉的城堡。空空。广袤的沙漠"。而汉武帝刘彻的诗《落叶哀蝉曲》中，"落叶依于重扃"，被转译为"一片潮湿的树叶粘在门槛上"。也许我们要对庞德的转译报以会心一笑，但我们不想苛责诗人。我们知道，这不仅是转译，更是创造。庞德采到了中国古诗的真气，突出了意象切割带来的美妙陌生感。这才是有活力的

"进入"传统，而非皮相的拟古。

张枣这首《何人斯》也是对《诗经》中"何人斯"的拆解和重写。此诗以虚拟的女孩子的口吻，写出了初恋者的羞怯、恍惚，爱与怨含混难辨，自怜又自悔，欲言又止，舒心的伤感和欣悦的折磨。它的情感是朴实的，但言语又是诡谲的；心在渴盼，眼睛却在躲闪。而且，此诗的诉说视角是奇妙地"封闭"着，"我"的心"你"现在还不懂呵！这一切都在女孩子的内心展开，小伙子懵懂无察，教人叹息。这种结构很像一出戏剧，置身其间者迷，观众（读者）却心知肚明。这种很"现代"的结构方式，其实在诗经中比比皆是。内视角、间离效果、场景感，在诗经中也多有出现。你瞧，这就是张枣，他出神入化，如盐溶于水般"进入"了传统，但写出的却是适合当代人趣味的、成色十足的现代汉诗。我们看到了纯正汉语那清明的外貌和诚朴的脾性，看到了汉风常驻，持之以恒。这样的汉诗，比那些低能的拟古主义者写出的"当代四六句"不知要高明多少倍！

此诗的意象平静又奇崛，令人叹为观止。写爱抚，"我抚平你额上的皱纹，手掌因编织／而温暖"。写羞怯的心愿，"我咬一口自己摘来的鲜桃，让你／清洁的牙齿也尝一口，甜润的／让你全身也膨胀如感激"。写爱的情感历险，"想起／你的那些姿势，一个风暴便灌满了楼阁"。写小伙子的英姿，"你要是正缓缓向前行进／马匹悠懒，六根辔绳积满阴天／你要是正匆匆向前行进／马匹婉转，长鞭飞扬"。对此等语言功力，我们只有悉心享受，像"门外的山丘缄默"中心潮（山势）起伏。这首诗，格高境奇，语言有美妙的自指功能，我们应直接接受，不必去寻找另外的暗示与象征，那会破坏掉此诗的气韵贯通感。为更好体会张枣"进入"传统又能"现代"的复杂技艺，我这里再录他一首《镜中》，供你欣赏——

> 只要想起一生中后悔的事
>
> 梅花便落了下来
>
> 比如看她游泳到河的另一岸
>
> 比如登上一株松木梯子

危险的事固然美丽
不如看她骑马归来
面颊温暖
羞惭。低下头，回答着皇帝
一面镜子永远等候她
让她坐到镜中常坐的地方
望着窗外，只要想起一生中后悔的事
梅花便落满了南山

邓南遮的金鱼

我是熊熊烈焰却再也不烫自己了
现在深入水的假寐，我让自己更是水
我要抚摸那个忧伤的人，那个
泪汪汪的俊儿，那个樟脑香味袅袅的

革命家，他正穿上我的形象冲锋陷阵
哦，瞧瞧，敌人对着敌人旋涡般晃动
可因为他，他们却化成了夜晚的美酒
流溢，飞腾，将所有钟情的裙裾溅湿
修长的飘移的世界听到了这些呻吟
哦哦，这惟一的一夜，罗密欧换成了朱丽叶
他那只从不疼的耳朵也谛听着

这再也抑不住的一夜，每件小事物
尖声鸣叫，飞向他沸腾的那一面
而他，我的小宝贝，就会来我清凉身旁安歇

虽然我们无意为唯美主义大唱赞歌，但似乎可以这样说：每一位真正优秀的诗人，或多或少都是个"唯美主义者"。自然和生命之美，教他们凝神、沉浸。将之转换为语言，赋予它神秘的声调和形体（话语秩序），这一工作令多少诗人废寝忘食，"独上高楼"，"衣带渐宽终不悔"呵！创造语言之美的过程是艰辛的，诗人们将艰辛留给自己，将美的欣悦传递给读者。

这首诗，赞叹的就是这样的诗人。加布里耶莱·邓南遮（Gabriele D'Annunzio），是 20 世纪初意大利著名的唯美主义诗人、作家。邓南遮一生写了许多杰出的文学作品，以诗歌成就为最。他深受法国高蹈派与象征派诗人的影响，但在对语言的精细感受上却充满了个人发现。他的诗歌题材面不宽，主要是以哀伤无告的心境移情于大自然，写出大自然神奇、纤细、明丽、易碎的品质，其诗集《阿尔奇奥内》是有世界性影响的杰作。他的诗剧《死城》，被徐志摩评价为："无双的杰作，是纯粹的力与热，是生命的诗歌与死的赞美的合奏。谐音在太空中回荡着……文字中有锦绣，有金玉，有美丽的火焰。"（《丹农雪乌》）这一切震动了徐志摩，他翻译了邓南遮的话剧及一些诗作，并写了一篇逾万字的评价文章，在 20 年代中期的中国诗坛，产生了很大反响（见《徐志摩全集》）。但邓南遮的小说却是另一番面貌，刻露、怪癖、忏悔、肉感、狂悖，是受尼采"超人哲学"影响的产物。虽然《玫瑰》三部曲仍不失为佳作，但现在看来，他的诗似乎更能久远流传。

张枣的这首诗，赞叹的是诗人邓南遮，他的唯美，他的纯粹，他携带的热烈的"清凉"之火焰。"金鱼"，是邓南遮热爱的书写对象。但在这首诗里，它成为一种暗示，一种唯美主义天才诗人的隐喻：金鱼是天生的"唯美主义者"，它是只为美而存在的。它摒除了世俗的功利目的（不可食用）；它没有任何进攻性；它像是鱼类中老式的典雅贵族，袅然游移，神态澄明；它的生命又是脆弱的，令人产生呵护、恭谨之情……但它是不可或缺的，与文明事物有关的（野蛮和非审美时代没有它的价值场所），是一场精神的烈火与冷水的轮回，如此等等。这些特性正合一个唯美主义诗人的隐喻。美是昂贵脆弱的，需要我们去发现去体验。

但不要认为美是"无用"的，不要相信"美无助于人生"的浅见蠢说。在张枣看来，美是"熊熊烈焰"，是"香味袅袅的／革命家"，是"泪汪汪的俊儿"，它使我们的感官和心智获得突然的解放，使彼此仇视的人世洪水，变成"美酒"。使"罗密欧换成了朱丽叶"，人与人在美的共同观感中对话、沟通，情爱在美中听到了内在的天意的呻吟，无辜而幸福。在美的逼近、注视中，世界苏醒了，"再也抑不住"，"每件小事物／尖声鸣叫，飞向他沸腾的那一面"，人与自然发生了感应、契合，世界成为"象征的森林"。这就是一个诗人的使命、天职。他为世界唤醒美，他是在水中"假寐"的金鱼，有熊熊烈焰的形状，但"不烫自己"，不训诫世人，而是平等的交流，让饱尝人世酸辛的人来找"清凉身旁安歇"。在世俗社会普遍的不屑乃至诋毁中，美顽强存在并生长着，它是另一种意义上的"冲锋陷阵"。提供美的诗人们呵，请接受我们迟到的歉意吧！

青年诗人欧阳江河也有一首诗献给邓南遮，他说，"人群中最孤单的诗人，把整个世界扔到一边，为金鱼而歌……金鱼是火的种族，浑身冒起水的骨头，眼睛突出但茫无所见"，但美使我们活得纯洁高贵，"恍若隔世的邂逅，爱情的人造天堂，天堂之水"，诗人"身体里最痛的语言"，"一只金鱼为此哭泣"——诗人在金鱼这对应物身上，看到了自己的使命和宿命，诗人（金鱼）从不申辩，他们沉默的火焰似在涌动着无声的祈祷：感谢美，感谢能体验美的生命。

唐亚平

黑色睡裙

我在深不可测的瓶子里灌满洗脚水

下雨的夜晚最有意味

约一个男人来吹牛

他到来之前我什么也没想

我放下紫色的窗帘开一盏发红的壁灯

黑睡裙在屋里荡了一圈

门已被敲响三次

他进门时带着一把黑伞

撑在屋子中间的地板上

我们开始喝浓茶

高贵的阿谀自来水一样哗哗流淌

甜蜜的谎言星星一样动人

我渐渐地随意地靠着沙发

以学者般的冷漠讲述老处女的故事

在我们之间上帝开始潜逃

捂着耳朵掉了一只拖鞋

在夜晚吹牛有种浑然的效果

在讲故事的时候

夜色越浓越好

雨越下越大越好

这是诗吗？可能许多读者会这样问。这是诗，而且是一首有探索意味的诗。这首诗最大的特点是运用了整体结构的反讽，而非某一句、某一节的反讽。这就使我们接受起来颇不习惯，认为诗人太油滑太玩世不恭了。玩世不恭作为一种有效性反抗在诗中是有一点，但绝无油滑。反讽，如果是局部的，我们会看出诗人的基本态度，从而对事实的意义有较明晰的认识。而这首诗，从一开始就将诗人自己的态度隐藏起来，她装作无知，口是心非，说的是假象，意思暗指真相；吃反讽之苦的人一心认为真相即所言，不明白所言非真相（关于这一点，可参看赵毅衡先生著《新批评》一书）。这就使诗达到一种更高程度的揭示事件本质的效果。

第一句，"我在深不可测的瓶子里灌满洗脚水"，就暗示出"我"对这次约会是抱着一种清醒的、嘲谑的态度的。为什么抱这样的态度呢？因为"他"是虚伪的卑琐的，并无爱的挚诚。你看，"他"在谈话时，"高贵的阿谀自来水一样哗哗流淌／甜蜜的谎言星星一样动人"。一个浅薄的伪君子的模样就这样被戳穿了。"我渐渐地随意地靠着沙发／以学者般的冷漠讲述老处女的故事"，这里，"我"的讽刺是以貌似严肃的"学者般的冷漠"来体现的，是将反话正说。在这种丑陋而虚伪的空气里，一切神圣的东西都不见了，连上帝也开始潜逃。诗人对事件经过的叙述采取了以虚伪抗虚伪的态度，索性讥诮要弄一番这个伪君子，便与"他"侃侃而谈起来。他们说的都只是"故事"，而非心灵深处的语言，所以诗人嘲弄地写道，"在讲故事的时候／夜色越浓越好／雨越下越大越好"。如果是晴天白日，人与人之间说些口是心非的甜言蜜语，岂不让双方都怪难为情？读到这里，我们想笑，但终于没能笑出来。我们在诗人那满不在乎的外表下，看到了那颗失望的、疲惫的心。

这首诗有一种冷酷的幽默。诗人将不协调的矛盾的两个方面，在诗中扭结协调，更好地发挥了诗歌所特有的反讽语言效果。读这样的诗，是对读者敏感度的考验，对他审美价值多向性的考验。唐亚平作为女性诗人，时时意识到女性被蔑视的现实性，她和翟永明一样，用反讽作为武器，在维护着自己的尊严。这种性质的诗歌，在中国诗坛大面积出现，透露了一个新时代女性主义写作意识的觉醒。

我就是瀑布

我率领山民们化为瀑布挣脱沉重的压抑
在悬崖上铺展液体的狂风张开宇宙的声带
代表整个高原的磅礴
代表群山蕴含的激情和心愿
哭诉高原巨大的沉寂深厚的痛苦
歌唱整个高原的想象和性格

我就是瀑布
在沉睡的梦的边缘截断阴河
变成疯狂的裸女
谁也不敢亲近我谁也不敢占有我
雷霆也不敢逞威狂风也不敢挑逗
云彩也不敢献媚苍鹰也不敢炫耀
我是个悲愤得癫狂的女人
蔑视天空蔑视大海蔑视太阳和月亮
蔑视没有声响的力量和思想
我是高原女人是十万大山慓悍的妻子
我的悲愤是高原的悲愤
我的压抑和痛苦是整个高原的压抑和痛苦
我控诉整个高原沉重的贫瘠和冷落
我歌颂整个高原的崇高和悲壮
然而高原一动不动
以他永恒的稳重和安详
抚慰我在狂暴的闹腾后

静静地躺在幽深的山谷

环抱山的倒影清亮地醒来

我整天整夜地仰望山

直到它们成为魁梧的男子汉

　成为苍翠的喀斯特①在岩溶的高原上

以固执的爱情盘根错节

穿透石灰岩缝合断层缝合大峡谷

我迫不及待

迫不及待用瀑布的乳汁哺育他们

不容忍一个世纪的犹豫和迟缓

我和红土一样

有情不自禁的创造欲生产欲

我和高原一样

有着崇高的责任和使命

我是高原女人

不容忍一千年失落一个沉闷的姿态

为了高原太阳般完美的高贵和雄伟

敢于放弃一切放弃一切

为了从石头里繁衍森林般健壮的山民

敢于战胜一切战胜一切

　　这首诗题名为《我就是瀑布》，不仅是诗人将自然人格化的移情手法，而是启示我们，这是她的一种自我分析、自我生命力宣泄的形式。她激烈的灵魂冲突找到了最恰切的隐喻方式，她的生命受到一种启示。那种瀑布般的未经教化的野性和新人性觉醒喷薄的创造热情合而为一，具体的物象渐渐被抽象了，诗人充满新的觉悟，她要把这种觉悟付诸实践。

---

① 即喀斯特森林。贵州高原大部分地区是岩溶地区。森林植被都植根于无土的石丛中。

在诗人眼中，瀑布是"在悬崖上铺展液体的狂风张开宇宙的声带"，它是悲壮冲动的高原的女人，挣脱了沉重的压抑，"哭诉高原巨大的沉寂深厚的痛苦"。这是一种勇敢摆脱枷锁，追求新的道路和人格的象征。由于长久的压抑，使她悲愤得癫狂。正是这种压迫，培养了她疯狂的性格，使她"蔑视没有声响的力量和思想"；也正是她的压抑代表了"整个高原的压抑"，所以才显得格外有底气、格外悲壮。从瀑布身上，我们不是看到了从残酷生存的血泊中站起来的一代青年人的形象吗？他们正是"在沉睡的梦的边缘截断阴河"，和他们的父辈一道化为思想解放的瀑布的。诗人笔下的高原，是祖国的象征。它既有"沉重的贫瘠和冷落"，又有"崇高和悲壮"。诗人说她"不容忍一个世纪的犹豫和迟缓"，她和高原一样"有着崇高的责任和使命"：为了"高原"太阳般完美的高贵和雄伟，我们必须"敢于放弃一切放弃一切"，"敢于战胜一切战胜一切"，像瀑布那样张开宇宙的声带宣告——一个全新的充满生命伟力的时代，在亚洲的东方开始了！

这首诗返虚入浑，积健为雄，行神如空，行气如虹，吞吐大荒，真体内充，不愧为新时代精神的"液体狂风"！即使剔却它的象征意义，只从它对自然和抽象的力的歌颂上看，也是不可多得的佳作。

秋天的花是不会凋谢的

我多想叫出这些野花的名字
她们总是对我微笑
即使在最凄厉的风吹来时
即使在秋天最忧伤之时
今天我躺在花的怀中
第一次知道秋天是温暖的
我的梦境上也开满鲜花

　　秋天的花朵不是为了果实才开放

　　我也不是为了果实才来到秋天

　　我在梦中微笑过

　　醒来我将继续微笑

　　秋天的花是不会凋谢的

　　因为她不是为了果实才开放

　　这首诗可理解为对真正的友谊的歌颂。真正的友谊，从来不是建立在相互利用的基础上的，也不一定是朝朝暮暮在一起。在平常的日子里，它默默地生长着，它是人类灵魂的需要，是人类灵魂的另一所房子。北京诗人严力曾经这样写过："显然，人们不能没有交往／你回答我从不需要房间是否能行／你告诉我／没有人的房间没有生命／生命就像一座房屋／你回答我／我住在你那儿是否快活？"有感于真正的友谊难得，唐亚平写下了《秋天的花是不会凋谢的》。诗人说，在最凄厉的风吹来时，在秋天最忧伤的时候，她躺在花的怀中，"第一次知道秋天是温暖的"。为什么在人们眼中秋天本来是肃杀的，果实已经被摘走，冬天将覆盖一切，而在诗人眼中秋天的小花却是格外珍贵的呢？就是因为，秋天的花朵不是为了果实才开放，我热爱它们，也绝不是为了果实才来的。这种不掺杂任何功利目的的友情深深地温暖了诗人的心。虽然自然界的花朵在深秋是会凋谢的，但友情的花朵，在秋天，在冬天，在永远，都不会凋谢！是啊，"在人生漫漫的旅途上，爱情是酒，友情是水，朋友，你说哪个更珍贵"？

　　这是一首哲理性很强的诗。但可贵的是，诗人没有让理胜过情，她用个性化的体验，用不同寻常的思考方式，昭告了人们一个平凡而深刻的道理。

我举着火把走进溶洞

带着血的热情和孤独

宁愿去创造一块有生命的石头

而不去雕刻无生命的人

相信美在血液里不朽

相信岁月在血液里不朽

五百万年形成一面石旗

五百万年形成一面石盾

五百万年形成一只石笋

一亿年形成一座塑像

一亿年形成一个舞台

一亿年形成一道幕帷

岩石以折皱断裂的层次装订一页页沉重的历史

远古的智慧雕塑了整个岁月

超越图腾超越现代派

生成混沌之气无声地创造了沧海桑田

生成万物之水柔韧地创造了超越永恒的时空

所有朝代的帝王将相才子佳人

在这里成为化石昭示人类

所有年代的猩猴牛羊春华秋实

在这里成为化石昭示万物

洞穴鱼以一腹透明的螺纹

在阴河里周游列国使一切化石活灵活现

这溶洞因为太古老不需要人的见证

只要人们发现和沉思痛苦和狂喜

我不能让洞穴风化为山怪的目光

我以山王的权威率领山民们涌进洞穴

山民们手举熊熊燃烧的松明火把

蜂涌而至穿山而行照亮历史

带着群山的阳刚之气以及山羊的膻腥气

在山的腹地高原的腹地返朴归真

让充血的牛角号吹起来

让牛角号在洞穴里波涛般回荡

把雕像们激动起来

把石鼓石笋石旗石花激动起来

把沉寂的历史激动起来

我率领山民们用土酒和牛血和包谷浆

浇灌高原滋生高原

溶洞是古老而幽邃的，岁月悠缓而固执的脚步溶解了坚硬的石灰岩，形成奇幻的洞穴，更形成一种东方型的永恒之力的柔之胜强的启示。别人在溶洞中得到美感，而唐亚平在溶洞中读到历史。与别的自然景观不同，溶洞是未被人利用、改造、控制的，它独特的形式，它的明暗、深浅、秩序、象形、节奏等，无不纯系天然的完美与和谐。这正昭示了诗人对造化的崇拜。这种崇拜，在唐亚平那里发生移情，高原人民的历史形态、生活方式，个人的生活经验和情感，在瞬间都喷射到溶洞和钟乳石身上，使它们具有了人的伟大和精神能量，成为历史内容的一种暗示。它不仅具有直观形式美，更重要的是有了精神品质。在诗人眼中，溶洞是"辉煌的黑暗"，是"岁月深邃的画廊"，它带着血的热情和孤独默默地创造那些有生命的石头。这里，"有生命的石头"与"无生命的人"并置，体现了诗人对那些脱尽勇猛之气的孱弱的人的鄙薄。大自然的恒久和坚韧不拔，像"装订一页页沉重的历史"，它的力量不是顷刻宣泄的，而是以水的形态，"柔韧地创造了超越永恒的时空"。这里，溶洞因其恐怖，对人产生压力，但人一旦深入进去，就发现它是那么宽厚那么柔和。它在光滑、圆润、精致、舒缓中蕴藏着巨大的力量，这正是东方型的"柔之胜刚，弱之胜强"的作风。这是诗人从历史的脉动中体知的。最后,诗人说"我以山王的权威率领山民们涌进洞穴",这是说让我们从历史和自然造化中汲取智慧和能力,带着群山般的阳刚之气"穿山而行照亮历史"。让我们的生命勃发流通起来"返朴归真",让我们像造化一样坚韧执着,"把沉寂的历史激动起来",让美在我们的"血液里不朽",让东方式的勇敢在历史的"血液里不朽",用今天的"混沌之气无声地创造"新时代的"沧海桑田"!

　　唐亚平曾说过这样的话,"对于我来说,诗没有什么理论,只有经验、情感和智慧。但是,诗如果没有一种很深刻的哲学意识从内部无形地支撑着,诗就难以长久地站稳脚跟"(《荒蛮月亮·自序》)。这首诗,就在对自然的注视中融进了深刻的哲学意识。这种意识不露痕迹,在诗中内部支撑着,使诗获得了很大的张力和穿透力。作为一个女诗人,能写出这等意气骏爽、积健为雄的诗来,真教人钦佩!

伊 蕾

独身女人的卧室

1. 镜子的魔术

你猜我认识的是谁
她是一个，又是许多个
在各个方向突然出现
又瞬间消隐
她目光直视
没有幸福的痕迹
她自言自语，没有声音
她肌肉健美，没有热气
她是立体，又是平面
她给你什么你也无法接受
她不能属于任何人
——她就是镜子中的我
整个世界除以二
剩下的一个单数
一个自由运动的独立的单子
一个具有创造力的精神实体
——她就是镜子中的我
我的木框镜子就在床头
它一天做一百次这样的魔术

你不来与我同居

2. 土耳其浴室

这小屋裸体的素描太多
一个男同胞偶然推门
高叫"土耳其浴室"
他不知道在夏天我紧锁房门
我是这浴室名副其实的顾客
顾影自怜——
四肢很长，身材窈窕
臀部紧凑，肩膀斜削
碗状的乳房轻轻颤动
每一块肌肉都充满激情
我是我自己的模样
我创造了艺术，艺术创造了我
床上堆满了画册
袜子和短裤在桌子上
玻璃瓶里迎春花枯萎了
地上乱开着暗淡的金黄
软垫和靠背四面都是
每个角落都可以安然入睡
　　　你不来与我同居

3. 窗帘的秘密

白天我总是拉着窗帘
以便想象阳光下的罪恶
或者进入感情王国
心理空前安全

心理空前自由

然后幽灵一样的灵感纷纷出笼

我结交他们达到快感高潮

新生儿立即出世

智力空前良好

如果需要幸福我就拉上窗帘

痛苦立即变成享受

如果我想自杀我就拉上窗帘

生存欲望油然而生

拉上窗帘听一段交响曲

爱情就充满各个角落

    你不来与我同居

4. 自画像

所有的照片都把我丑化

我在自画像上表达理想

我把十二种油彩合在一起

我给它起名叫 P 色

我最喜欢神秘的头发

蓬松的刘海像我侄女

整个脸部我只画了眉毛

敬祝我像眉毛一辈子长不大

眉毛真伟大充满了哲学

既不认为是，也不认为非

既不光荣，也不可耻

既不贞洁，也不淫秽

既不是生，也不是死

我把自画像挂在低矮的墙壁

每日朝见这惟一偶像

　　　　你不来与我同居

5. 小小聚会

小小餐桌铺一块彩色台布
迷离的灯光泄在模糊的头顶
喝一口红红的酒
我和几位老兄起来跳舞
像舞厅的少男少女一样
我们不微笑，沉默着
显得昏昏欲醉
独身女人的时间像一块猪排
你却不来分食
我在偷偷念一个咒语——
让我的高跟鞋跳掉后跟
噢！这个世界已不是我的
我好像出生了一个世纪
面容腐朽，脚上也长了皱纹
独身女人没有好名声
只是因为她不再年轻
　　　　你不来与我同居

6. 一封请柬

一封请柬使我如释重负
坐在藤椅上我若有所失
曾为了他那篇论文我同意约会
我们是知音，知音，只是知音
为什么他不问我点儿什么
每次他大谈现代派、黑色幽默

可他一点也不学以致用
他才思敏捷，卓有见识
可他毕竟是孩子
他温存多情，单纯可爱
他只能是孩子
他文雅庄重，彬彬有礼
他永远是孩子，是孩子
——我不能证明自己是女人
这一次婚礼是否具有转折意义
人是否可以自救或者互救
你不来与我同居

7. 星期日独唱

星期日没有人陪我去野游
公园最可怕，我不敢问津
我翻出现存的全体歌本
在土耳其浴室里流浪
从早饭后唱到黄昏
头发唱成 1
眼睛唱成 2
耳朵唱成 3
鼻子唱成 4
脸蛋唱成 5
嘴巴唱成 6
全身上下唱成 7
表哥的名言万岁——
歌声是心灵的呻吟
音乐使痛苦可以忍受
孤独是伟大的

（我不要伟大）
疲乏的眼睛憩息在四壁
头发在屋顶下飞像黑色蝙蝠
　　你不来与我同居

8. 哲学讨论

我朗读唯物主义哲学——
物质第一
我不创造任何物质
这个世界谁需要我
我甚至不生孩子
不承担人类最基本的责任
在一堆破烂的稿纸旁
讨论艺术讨论哲学
第一，存在主义
第二，达达主义
第三，实证主义
第四，超现实主义
终于发现了人类的秘密
为活着而活着
活着有没有意义
什么是最高意义
我有无用之用
我的气息无所不在
我决心进行无意义结婚
　　你不来与我同居

9. 暴雨之夜

暴雨像男子汉给大地以鞭楚

躁动不安瞬间缓解为深刻的安宁
六种欲望掺和在一起
此刻我什么都要什么都不要
暴雨封锁了所有的道路
走投无路多么幸福
我放弃了一切苟且的计划
生命放任自流
暴雨使生物钟短暂停止
哦，暂停的快乐深奥无边
　　"请停留一下"①
我宁愿倒地而死
　　你不来与我同居

10. 象征之梦

我一人占有这四面墙壁
我变成了枯燥的长方形
我做了一个长方形的梦
长方形的天空变成了狮子星座
一会儿头部闪闪发亮
一会儿尾部闪闪发亮
突然它变成一匹无缰的野马
向无边的宇宙飞驰而去
套马索无力地转了一圈垂落下来
宇宙漆黑没有道路
每一步都有如万丈深渊
自由的灵魂不知去向
也许她在某一天夭折

---

① 《浮士德》中浮士德最后的话。

　　你不来与我同居

11. 生日蜡烛

生日蜡烛像一堆星星
方方的屋顶是闭锁的太阳系
空间无边无沿
宇宙无意中创造了人
我们的出生纯属偶然
生命应当珍惜还是应当挥霍
应当约束还是应当放任
上帝命令：生日快乐
所有举杯者共同大笑
迎接又临近一年的死亡
因为是全体人的恐惧
所以全体人都不恐惧
可惜青春比蜡烛还短
火焰就要熄灭
这是我一个人的痛苦
　　你不来与我同居

12. 女士香烟

我吸它是因为它细得可爱
点燃我做女人的欲望
我欣赏我吸烟的姿势
具有一种世界性美感
烟雾造成混沌的状态
寂寞变得很甜蜜
我把这张报纸翻了一翻

戒烟运动正在广泛开展
并且得到了广泛支持
支持的并不身体力行
不支持的更不为它作出牺牲
谁能比较出吸烟的功德与危害
戒烟和吸烟只好并行
各取所需
是谁制定了不可戒的戒律
高等人因此而更加神奇
低等人因此而成为罪犯
今夜我想无罪而犯
　　你不来与我同居

13. 想

我把剩余时间统统用来想
我赋予想一个形式：室内散步
我把体验过的加以深化
我把未得到的改为得到
我把发生过的加以进展
我把未曾有的化成幻觉
不能做的都想
怯于对你说的都想
法律踟蹰在地下
眼睁睁仰望着想
罗网和箭矢失去了目标
任凭想胡作非为
我想签证去想的王国居住
我只担心那里已经人口泛滥
　　你不来与我同居

14. 绝望的希望

这繁华的城市如此空旷

小小的房子目标暴露

白天黑夜都有监护人

我独往独来，充满恐惧

我不可能健康无损

众多的目光如刺我鲜血淋漓

我祈祷上帝把那一半没有眼的椰子①分给全体公民

道路已被无形的障碍封锁

我怀着绝望的希望夜夜等你

你来了会发生世界大战吗

你来了黄河会决口吗

你来了会有坏天气吗

你来了会影响收麦子吗，

面对所恨的一切我无能为力

我最恨的是我自己

　　　你不来与我同居

伊蕾的《独身女人的卧室》，在后现代式的反讽和语义偏离中潜藏了自恋和自虐的生命情调，这是一首在思想和艺术上都有较强突破的诗。独身女人的世界，有自己的深渊和迷宫，有自己燃烧的能量和生命力。诗人不想戴上斯芬克斯的面具，而用惊世骇俗的直率，表达她对生命的真诚。对她来说，整个原欲的沉重力量，比人自以为凌驾一切的伪道德重要得多。这是一种不规则的、原生的美，它不求和谐，而求冲突。诗中反复出现的"你不来与我同居"，是诗人故意采用的俚俗化语言，她企图用这种不事雕琢的刺激性口吻，向各种窒息

----

① 神话传说中鬼把一半没有眼的椰子分给活人，活人就看不到它。

原始生命的势力挑战。我们不能将诗的语言，按照日常用语做褊狭的理解。诗人的用意在于，以闹剧的无所谓态度，去表现现代人主动寻求困境，并战胜这种困境的生命精神。虽然我们不难看出这首诗明显地受了美国自白派诗人如西尔维娅·普拉斯和安妮·塞克斯顿的影响，但这只是诗的表层。在诗的深层意蕴里，它并没有生命要万劫不复地归于虚无的意味，而是前卫中国青年对生命质素的理解，那种剧烈的内心矛盾和冲突的结果。这样看来，所谓"同居"，就展示了神圣的欲望就是真正的爱的同义语，它们彼此掺和不可分割！在这满不在乎的口吻里，我们不难看出诗人灵魂深处的真实想法。

但这首诗真正的价值还不在这里，而是它尝试了一种新的体验角度。在朦胧诗人那里，自我和意识是一回事，是一种主观性。诗人将自我作为主体去感受一切。在这首诗中，自我和意识是两回事，"我"是我观照的准客体。如果说朦胧诗中的物带有人的特点，那么这首诗中的人则带有物的特点。诗人从"我"中分离出来一个我，静静地审视着那个在"独身女人的卧室"中的"我"。这个"卧室"不是单纯的物理场所，而是诗人的"内在生命史"。所以，这首诗中的"我"，是诗人从外部审视而得的。"我"不确定，是一种"形成性"的我。这种作为准客体出现的"我"，具备一种充分的可验证性，而不像朦胧诗人那样，在诗中扮演的是某种角色，比如英雄、思想者、纯情女人、童稚未泯的少年等。我们知道，"我"实际感受到的东西绝不可能用"我是某某"的形式表现出来。"我"对那个真实的我的感觉，肯定是一种不断分裂、不断重组的，这就为"我"来审视我提供了最为充分的依据。

《独身女人的卧室》就是这样，通过各个不同方面的"我的存在状态"，最终形成一种纯粹的自我世界（Eigen welt）。她没有目的，没有止境，一切都是过程。因为，除去过程之外，没有任何办法完整地表示出"独我"来。这首诗，为我们提供了新的体验角度，使"我"能够更准确更有力地被觉察。这是富有启示性的。梅洛·庞蒂（M·ponty）在他的《知觉现象学》中说："我自身既是'观看者'又是'被观看者'，我自身看见观看着的自己，摸到抚摸着的自己，然而这又都是一个自己。都是通过'观看者'内在地成为'被观看者'而达到的一个自己。"这段话，对我们理解《独身女人的卧室》不无帮助。

黄果树大瀑布

白岩石一样砸下来
砸
下
来
砸碎大墙下款款的散步
砸碎"维也纳别墅"那架小床
砸碎死水河那个幽暗的夜晚
砸碎那尊白蜡的雕像
砸碎那座小岛，茅草的小岛
砸碎那段无人的走廊
砸碎古陵墓前躁动不安的欲念
砸碎重复了又重复的缠绵的失望
砸碎沙地上那株深秋的苹果树
砸碎旷野里那幅水彩画
砸碎红窗帘下那把流泪的吉他
砸碎海滩上那迷茫中短暂的彷徨

把我砸得粉碎粉碎吧
我灵魂不散
要去寻找那一片永恒的土壤
强盗一样去占领、占领
哪怕像这瀑布

　　　　千年万年被钉在
　　　　悬
　　　　崖
　　　　上

　　这首诗主要作用于读者的听觉和视觉。诗的建行，是近代的事。我国古典诗歌因为有着鲜明的韵律，有着一套固定的章法，所以即使只断句而不建行，仍然能从读者的阅读过程中，体现出每一个诗行来。诗的分行排列，是从西方诗歌的体式中模仿来的。虽然诗的素质并不一定是从分行排列中得来的，但在优秀的诗人那里，建行是释放诗美力量的一种有效手段。甚至不妨这样说，有些诗如果将它的建行方式改变一下，其魅力就大大消减了。这首诗就属于此类。在诗中，黄果树大瀑布飞流直下的气势，在相当大的程度上是由"砸／下／来"和"悬／崖／上"这样的每字各占一行的视觉形式体现的。我们看到它们，眼前仿佛出现了咆哮惊吼的黄果树大瀑布义无反顾扑下悬崖的景象。这种视觉印象和诗人所要表达的感情融为一体，加强了诗的力度，所以它与无聊的猎奇不可同日而语。

　　这首诗从听觉上也给人以新鲜的感觉。连续十二个"砸碎"的排比句一气灌注，让人目不暇接，恰到好处地体现了诗人生命内部激烈的搏战之声。所"砸碎"的东西我们不必深究，总之都是陈旧的、缠绵的、寂寞的、忧郁的、柔弱的、封闭的等与现代人格不相配的"旧我"。我们读着这一系列"砸碎"，首先感动我们的是一种连锁的、遒劲的声音。这种声音本身就构成了意义，构成了力量，构成了体积，构成了幅度。排比作为一种最常见的修辞手法，在现代诗中已无太大生命力。但伊蕾的这首诗却灵活地采用了它，仿佛成为哗哗的跌入深谷的被砸碎的屑沫，向四外溃逃，给人以生动而冲撞的感觉。最后，诗人祈求这生命的瀑布来砸碎"旧我"，让全新的被荡涤过的灵魂去追求生命的永恒的土壤。她九死不悔，就像瀑布一样，"千年万年被钉在／悬／崖／上"也不怨艾。因为，流动的纯洁的白色魂，每一分每一秒都是全新的啊！

闪　电

目光相触的刹那迸发的奇光
被热情烧弯的宝剑

一支金发簪插在乌黑的云鬟上
从心灵的惊涛里起飞了，这勇敢的鹰
天空闪亮的嘴唇向大地倾诉
一束灿烂的迎春怒放在天庭

一座云山骤然间被劈成两半
中间是一道燃烧的鸿沟
砰然倒下的七叶树高大的躯干
在大地上爆发出隆隆的回声
勇敢的鹰，哪里去了
剩一根闪闪的羽毛在空中飘零

长久的沉默后突然唱出的颤抖的歌
漫漫的期待后突然而至的长长的信笺
命运之神举起的尖锐的金针
要缝补那破碎了的吗
这座弯弯折折的金灿灿的桥
要架在今天与明天之间吗

　　意象派大师庞德写过一首只有两行的诗——《地铁车站》："这些面庞从人群中涌现／湿漉漉的黑树干上花瓣朵朵"。这首诗竟成为意象派公认的代表作之一。庞德说，这首诗是"那一刹——那一刹中一件外向的和客体的事物使自己改观了，突变入一件内向和主观的事物"（转引自彼德·琼斯编《意象派诗选·导论》）。这两行诗的容量是巨大的、不确定的。既可以理解为诗人在繁乱的大城市对美的自然或人突然而短暂的回味，又可以理解为美的易逝性，还可以做别的理解——总之，它的"解"是多元的、不确定的。

伊蕾的《闪电》，也是一首深得意象派精髓的好诗。在闪电突现的一刹那，诗人忽然被照亮，她往日的情感体验、她的智慧因素都被激活并交融在一起，成为这结结实实的十三个意象。这十三个意象之间的关系不是因果式的，而是并置式的。诗人没有做任何解释，她信任读者的审美二度创造力，相信人们会从这十三个意象里，发现他所需要的任何东西。这些"一刹间理性和感情的复合体"，目的不仅写出闪电的生动性、它的具体形态；那样的话，任何一个低能的摄影师也要高于一流的诗人。意象的目的是呈献诗人体验的最高真实，同时也揭示了事物和生命直觉的本质的真实。这首诗，我们很难用"诗人通过……表现了……"这种僵死的程式去概括，它给予我们的是无数的变幻的"数值"，是一种既具体又很抽象的感觉。意象手法本身，很难说是优是劣，关键是意象的质量高低。这十三个意象是纯粹个人性的，我们没有见到过的，所以它带给我们新的陌生感和惊喜。

蓝色血

潮湿的东海岸飘来蓝色血的暗影，
引诱我的是因陌生而产生的神秘吗？
引诱我的是另一个更隐晦的欲望。
此刻我把双足探进海浪听海水低吟，
我整夜坐在海滩，灵魂撒在幽蓝的海光里，
直到海潮终于汹涌着，一排排向我压过来，
啊，这野蛮的蓝色血！这悲壮的蓝色血！

我面对着地平线以外的宇宙大声叫你：
大海，你这血性汉子！

冰一样冷静岩浆一样冲动，
我知道你热爱的是哪一种哲学。
除了我，你走遍大陆是否得到过知音？
除了我，又有谁回答过你重复了又重复的
　短促的问话呢？
你时时刻刻粉碎着自己又重新组合，
你为什么这样不自信而又自信呢？
在我心中你永远是一个完美的梦幻，
因为你每一秒钟都是全新的啊！

沿着通向天空的遥远的道路，
沿着百川曲折跌宕的行程，
你不屈不挠地往复，
对于生命之水，你既是源头，又是归宿，
你在天与地之间画了一个巨大的怪圈。
——你中有我时我中已有你，
我走不出你的诱惑，你走不出我的欲望，
大海，因为你的蓝色血，
因为我们共同的血性，
你和我就是一个无法改正的怪圈！

　　这是一首纯粹的象征诗。但在具体的表现方法上，诗人又不满足于纯然的象征，她让自己的一只脚跨出象征主义门槛，而去寻找浪漫主义和象征主义手法的联接点。她的诗，通过对主体世界的揭示，将客观对应物注满深厚的个人化色彩，从而达到私人象征的高度。另外，和象征主义所倾心的"忧郁美"不同，诗人的忧郁，在相当大的程度上是一颗勇敢的灵魂要夺回生命和创造的全部权利的结果，或者径直说，这是一代人的忧郁。

大海，在诗人眼中幻化成一排排崛起的"野蛮的蓝色血""悲壮的蓝色血"，它"时时刻刻粉碎着自己又重新组合"。这种自由豪壮的精神是作为宗教神学和现代迷信的对立面而存在的。在诗中，诗人摒弃铅华，以内心世界的宏伟结构作基础，去浸润抒情客体，使自由的精神外化为对象世界。大海，这蓝血液的勇士，对精神不断奔腾、追寻的一代青年，形成一种遒劲的力量。在诗里，灵魂的挣扎、不安与生存中的压迫、滞重赤裸裸地对立着。但诗人没有孱弱的情致，她宁愿在自己的脉管里注入蓝色血，"沿着通向天空的遥远的道路，／沿着百川曲折跌宕的行程"，"不屈不挠地往复"。我们从大海——蓝色血这破天荒的密码里，已经破译出它深刻的意蕴："冰一样冷静岩浆一样冲动"的一代人，会以大海的精神和勇敢肩负起生命的吁求，释放自由生命意志的。《蓝色血》是一派被现代意识贯注的亢奋的、敢作敢为的行动宣言。这是这个时代"共同的血性"，它痛苦而崇高，选择而负责，这暗示了一种新的生活态度的精神内核。

这首诗的象征，不是局部的，而是整体性的、定向性的。这就使它显得单纯而不单薄，对大多数读者都有可感性。在语言上，诗人糅合了浪漫主义的激情喷射与隐喻式的语言，放逸而典雅，奇诡而工稳，收到了感染人心的效果。

野　餐

在滚着太阳的草坡上
我们吃五香鱼
吃你的短短的胡须

多么想让你的胡须又长又乱
像个野人

我想做一回野人

哦，吃吧，吃吧
吃古老的董酒
吃面包黄油
吃你的逃跑的手
吃你的漆黑的头发
吃你的响着笑声的牙
直到把太阳吃完

剩下满天飞流的云
我们吃不完了

　　这首诗的"情节"简单到可以用一句话概括：与自己的情人去野餐，她很高兴。这样的情绪并无更多意义，或者说并无太大的趣味。正是因此，诗人将它写成诗，就含有冒险的性质。她要使这个平凡的事件带上生命情调，将之处理成一种现代人普遍的情感经验。敏感的读者会发现，这首诗的用力之处，全在第二节："多么想让你的胡须又长又乱／像个野人／我想做一回野人"。为什么诗人说她"想做一回野人"呢？这里，她平日生活的情境就被暗示出来了。那种规行矩步的、三思而行的生命困厄，与人类自由的天性，是多么对立、多么格格不入啊！这种偶然的感悟，却体现了人的本性最丰富的一刹那。这是一种新的认知，新的价值观。接下来，诗的语调开始变得单纯、天真，完全沉浸在一种忘情的状态里，"哦，吃吧，吃吧……""直到把太阳吃完"。人在瞬间卸下了负轭，他们怎能不充分地体验这种快乐呢？

　　这首诗短小、明快，诗人也没用特殊的修辞，但读后给人的感觉却不一般。正是在瞬间里，诗人把握住了那种称得上是永恒的生命渴望，才使这首小诗与众多的"旅游诗"最终区别开来。

西　川

死　豹

棕黄色的豹子
尾巴敲打着落满青苔的
山岩，敲打着
我的手掌

它移动，像一座花园在移动
野生的葡萄珠
在风中滚动，而羞涩的
百里花射出苍白的光芒

没有运动的肉体
我们不能称之为肉体
这只年迈的豹子，轻柔地漂移
流水般疏懒，放松警惕
我听到水的泠泠声在我的手掌上
从它的脚下渗出在我的手掌上
水声激荡结疤的红霞
而它的眼睛里一片安详

现在，它要按自己的方式死去
让背上的花园

攫住一寸泥土开出绚烂的花

它的尾巴敲打山岩

敲打我大天使绿色的手掌

水呀水呀，知更鸟去后

幻影出现

它在我绿色的手掌上安眠

从此我据有一块琥珀垂挂腰间

而它本是大地的宝藏

　　在西川笔下，观照"死亡"是一种精神深度，是对生的彻悟。正是死的意识使他领悟了对美的追索；反之，美又同时提示了他的死亡感。尘世的虚幻和美的脆弱使诗人内心体验到一种神圣的东西，这就是有若"临终一瞥"的诗，纯粹的诗！生命有限，真诗不死，美不死，这就是《死豹》的意味。

　　我们知道，对死亡的沉思和吟咏，是现代诗一大噬心的命题。在一些大师眼里，死与美是一体的，死不是最后的归宿，而是将生命的美从沉沦和麻木中唤醒，完成最后的超升，是美的激情在自焚的烈焰中达到的升腾和明彻。所以，对西川诗中的"死"，我们不能做日常意义上的理解，而要让它与艺术、美共生于一个指代系统中。这是诗人对有限生命和无限美的领悟，也是对肉体和灵魂关系的冥想。面对着死豹，诗人说，"没有运动的肉体／我们不能称之为肉体"。那么，它是什么？是一种精神！是一块不再消残的永恒的"琥珀"，它超越实在性的生命，而不断生长在美的世界的运转中。美，就是这样成为诗人灵魂的最后家园，它以诗歌的形式去占有死亡的高度，它不是"虚无"，也不是现世的满足，它需要诗人千百次奉献出那颗敏感的心灵作为祭品。在这个意义上说，诗人的幻灭感恰恰是一种极为可贵的虔诚的艺术精神，在尘世的幻灭感中他看到美——冉冉再生！

　　奥地利象征主义诗人里尔克有一首著名的诗《豹》，拿诗人自己的话说，是一种"力之舞"。而西川的《死豹》，则是一种"美之舞"。

前者表现了"伟大的意志昏眩",后者则表现了"伟大的意志死而复生"。读者不妨对读,以领略不同的旨趣。

旷野一日

完整的旷野上只有冬天
我们畏惧的豺狼踪迹杳然
大风呼啸而过,如同
绕过两块人形石头
拥向一次没有主人的盛宴

跟随我,否则你会感到孤单
与我一同高喊,让寒冷
逼入我们体内最黑暗的部位
为黑暗带去应有的尊严
在这飞鸟遗落的一天

跟随我走向大地的讲坛
在浓缩的太阳底下
清除我们冗长而嘈杂的怀恋
你必须懂得服从后来者的安排
大地的沉默中包含着非理性的沉淀

看那些纯洁的褐色灌木
它们与旷野保持着某种默契
而一个人却需要为此
付出一个殉道者全部的热情
才能安身在这旷野,单调又无限

我抚摩万物而逐渐衰老

我收回双手时万物已经黯淡

草籽中的黎明你无法叩问

一个人意味着一个困难

而你将对此慢慢习惯

你将看到我让出我自己

是为了在旷野上与冬天相遇

是为了弥补头脑的损失

是为了在大地空阔的

讲坛上沉默无言

　　这首诗的阅读感受颇为"古典"。我们看到一个老式的游吟者漫步于心灵的"旷野"。他的灵魂内部在缓缓分裂，但他不想让这分裂将诗的纯粹给毁了，而是沉静、徐缓、透彻而自明。规则的韵律和大致相似的分节又在"耳感"上给我们一种"安全"感，它不带有声音摩擦、语速转捩造成的不适冲撞。读这首诗，我们当然会感到某种程度的西方古典玄学诗歌的味道，但更内在的滋味却还是晚年杜甫、李商隐以及某种程度的曹操的诗歌在"今天"的沉郁回声。它不只是现代主义的"认知"，更是东方风的"体验"。

　　体验不是向外的分析，而是向内的发现。因此，生存的惨烈冲突在诗人心中反而是"见惯不惊"的恒久"冬天"。"我们畏惧的豺狼踪迹杳然"，不是说它们不存在，而是说诗人不再与之锱铢必较、平面格斗。诗人要捍卫内心世界的完整，必以自己"体内最黑暗的部位"为对抗对象。即使世界像一场悲风"呼啸而过"，但我们仍有不被风化的"人形石头"般的自持、坚卓。这是在黑暗中，诗人"应有的尊严"，也是在技术暴力和形形色色的"历史决定论"控制世界这一所谓"理性"时代，一个诗人的"非理性沉淀"。这种"非理性"恰恰代表更高的"新理性"——对人性的关切。但是西川没有将此导向"升华"。在今日世界，诗歌的"升华"往往和意识形态的"改造"机制、个人方式的道德献祭仪式扭结一体，成为抹杀个体生命意志的"脱胎换骨""新人"神话。因此，诗人不是指向"天空""太阳"，而是"走向大地的讲坛"。在悬置了假想的崇高背景后，个体生命将直接面对灵魂中的分裂、互否，"一个人意味着一个困难"。这困难难以类聚，"单调又无限"。至此，世界作为一场混乱的"没有主人的盛宴"，它要求那些具有个人精神历史的觉悟者（诗人），来自我"付账"。文本乃是诗人与世界清账的账单，既是一种损伤，又是一种"默契"。诗人"需要为此／付出一个殉道者全部的热情"，这里的"殉道"，乃是古老的诗歌之道，它指向语言的澄明、敞开、去蔽，对生存和生命临界点上产生的语言交锋的彻骨领受。它不是高高在上的先在绝对律令，而是"后来者的安排"，"你将对此慢慢习惯"。诗人的心灵就在这种使命与宿命混而不辨的盘诘中，在这种内凝与分裂合二而一的心态下写作，一方面他是自矜的，另一方面则在这种平和的自矜中充盈了内在的紧张。

的确，这是东方型的相对主义和怀疑精神。它以"心灵"的音乐，"弥补头脑的损失"；它起于"一同高喊"，归于"在大地空阔的／讲坛上沉默无言"。它没有犀利的绝对知识造成的进攻性，却满含对生命的体谅，对世界的惦念。

起　风

　　　　起风以前树林一片寂静
　　　　起风以前阳光和云影
　　　　容易被忽略仿佛它们没有
　　　　存在的必要
　　　　起风以前穿过树林的人
　　　　是没有记忆的人

> 一个遁世者
>
> 起风以前说不准
>
> 是冬天的风刮得更凶
>
> 还是夏天的风刮得更凶
>
>
> 我有三年未到过那片树林
>
> 我走到那里在起风以后

　　西川的诗在当代诗坛是很独特的。如何欣赏？西川在一篇谈诗的短文中说——

　　对于我，诗歌应当面对自然；人是自然的回声，以自然的伟大而伟大。诗歌的意志既自由也有所节制。诗歌在三种层次上出现等级之差：一机智，二智慧，三真理。但我所谓的真理是一种猜测，它源于智慧的思维方式和机智的表达。衡量一首诗的成功与否有四个程度：一、诗歌向永恒真理靠近的程度；二、诗歌通过现世界对于另一世界的提示程度；三、诗歌内部结构、技巧完善的程度；四、诗歌作为审美对象在读者心中所能引起的快感程度。我也可称为新古典主义又一派，请让我取得古典文学的神髓，并附之以现代精神。请让我面对宗教，使诗与自然一起运转从而取得生命。请让我复活一种回声，它充满着自如的透明。请让我有所节制，向往调动语言中一切因素，追求结构、声音、意象上的完美（《诗歌报》1986 年 10 月 21 日）。

　　西川的理论是稳健扎实的，他的创作也很好地体现了他的理论原则。他的许多诗都写得泰然、纯粹、透彻，具有"新古典"的意味。让我们来看看《起风》的馨澄心以凝思的古典风神吧。

　　《起风》是写诗人通过直觉获得的经验。它体现了对动的向往。先是四个排比句型，为我们创造了静谧中充盈生气的自然物象，线条简洁，语调平缓，像是一幅干净的铅笔画。"起风以前"树林是恬睡的，仿佛没有生命。诗人也用了比较肯定的语势来加强这一点。无论是寂静的树林、被忽略的阳光和云影，还是默默穿过树林的人等，都溶解在一派幽邃的氛围里。但诗人的用意并不是说"起风以前"树林没有生机，而是说它一直生生不息，静静地洋溢着天地创化之功。第二节的两行诗句"我有三年未到过那片树林／我走到那里在起风以后"，这就与前面一节的四行排比句构成强烈反差。在动中才能更加深刻地体会静，在静中同样才能更鲜明地衬托出动来。所谓"蝉噪林愈静，鸟鸣山更幽"（王籍《入若耶溪》）。

这首诗没有主观的变形，没有过多的过渡式语言，诗人只将他的直觉体验简隽地写出来，却收到了神秘的效果。他无意于表达哲思，但又表达了哲思，他"充满着自如的透明"，但我们读后却并不感到此诗单薄，正所谓"一人独钓一江秋"。

广场上的落日

那西沉的永远是同一颗太阳
——古希腊诗行

青春焕发的彼得，我要请你：
看看这广场上的落日
我要请你做一回中国人
看看落日，看看落日下的山河

山崖和流水上空的落日
已经很大，已经很红，已经很圆
巨大的夜已经凝聚到
灰色水泥地的方形广场上

这广场是我祖国的心脏
那些广场上自由走动的人
像失明的蝙蝠

感知到夜色临降

热爱生活的彼得，你走遍了世界
你可知夜色是一首哀伤的诗
能看懂落日的人
已将它无数次书写在方形广场

而那广场西边的落日
正照着深红色的古代宫墙
忧郁的琴声刮过墙去
广场上走失了喝啤酒的歌王

我要给落日谱一首新歌
让那些被记忆打晕的姐妹们恰似
向日葵般转动她们金黄的面孔
我的谣曲就从她们的面孔上掠过

啊，年轻的彼得，我要请你
看看这广场上的落日
喝一杯啤酒，我要请你
看看落日，看看落日下的山河

美国自白派诗人西尔维娅·普拉斯说过这样的话："我不写广岛的原子弹或纳粹对犹太人的屠杀，我要写的是月光下墓地的凄凉。"这就告诉我们，诗歌展开的是另一个心象的空间。它不是现实的摹本，而是现实的感觉。这种感觉不是人人都有的，不是普通哲学的，而只能是作为个体的诗人通过自己的生命感受到的。只有这种个体生命的全新观照，那些被认为是已无新意可翻的东西才会粲然放出新鲜的光来。

西川的《广场上的落日》是一首耐人咀嚼的好诗。天安门广场是被反复吟咏的题材，再去写它，难免会落入旧套子。但真正的诗人仿佛就愿意去干不能再干的事；他所关心的不是这件事本身，而是"交代"这件事的方法。在诗中，诗人是以对异邦友人倾吐心曲的方式来写祖国的心脏——天安门广场的。这里，没有对广场进行历史的和现实的概括，也没有去详尽地描写广场的外貌，只抓住了黄昏巨大的太阳铺展在广场上这一瞬间，就细腻地展示了一种东方型的沉静、庄重、成熟同时又不乏滞重岑寂疲软的特有气质。因为诗人选择了对朋友倾述心曲的抒情方式，就使这首诗通篇充盈着一种自豪的又是忧郁的情感："我要请你"来理解我的祖国，领略一种只有中国才具备的美，体会一种只有中国人才有的忧伤。如果你能"看懂落日"，你就能知道东方的奇迹和东方的忧患。落日"正照着深红色的古代宫墙"，既写出了东方的美，同时又不乏一丝历史滞重带来的压抑。但总的看来，这首诗是平和的，是诗人"给落日谱一首新歌"，深深的忧患和深深的安详那么和谐地熔于一炉，给人以复杂的感受和思考。

这首诗，对天安门广场的感觉是诗人自己所特有的，我们读后感到它是那么亲切，那么深邃，简直一言难尽。它不是写历史，但其中有诗人对历史的沉思；它不是写现实，但其中亦有现实的回声。它是诗人心中的广场，心中的落日。"此中有真意，欲辨已忘言"，正是这首诗给人的启示。

体 验

火车轰隆隆地从铁路桥上开过来。
我走到桥下。我感到桥身在颤栗。

因为这里是郊区，并且是在子夜。
我想除了我，不会再有什么人
　　打算从这桥下穿过。

读西川的这首诗，你很可能感到失望。这里的一切真是太简单太无聊了。但你放下它后，却渐渐发现它在你脑海里活动起来，你感到一种无法说透的感觉向你笼罩过来。可以这样来说，这首诗没有固定的解读方式。它作为自足的生命体，在不断地激发读者的想象力，吸入各种层次的读者对它的感悟。比如，它可以是说诗人不同于常人的注意类型。在子夜的郊外，火车轰隆隆地从铁路桥上开过来，诗人恰好走到桥下，去体验桥身传导给躯体的颤栗。一般人不会有此雅兴、有此自觉、有此"体验"。但这正是一个诗人必备的素质。再比如，这首诗还可以是写诗人体验到沉重震耳的钢铁轰鸣声的一刹那，产生的一种茫然感、迟疑感、渺小感和对力量的崇敬感。还可以有更多的理解。这不但不会违背现代诗的本质特征，相反，是更加强了它的生命力——现代诗从来都是反复地活在各种各样的解读方式中的，"不管诗人想写什么，他只写了他写出的东西"。威廉斯这样认为，一首好的诗歌，就是诗人从微不足道的现象中，一瞬间产生的感触，这个感触"除了事物外，不要意念"。威廉斯这段话正是从现代诗的自足性、多解性以及凝练性上谈的。西川的这首小诗，就达到了这一标准。

这里需要提及的是，这类诗歌，对选材要求极其严格，不是任何东西都可入诗，更不是只有神异的怪诞的感觉才能入诗；它要求的是从平凡的事物中悟出意味来，把它们结构成秩序，结构成张力场，以召唤不同层次的读者来加入。

聂鲁达肖像

经常在一切终结
只有音乐黄昏般浮动时
我注意到

他的肖像挂在墙上

高山、野狐掠眼而过

巴勃罗·聂鲁达

开始注视

这间房子

它布满尘埃和格言

而我坐在那里

翻阅书报

和朋友聊天

一百次，太阳光临

而我总是错过时辰

而巴勃罗

则总像一个阴影

压着胖胖的下巴

搜索这间房子里

年轻的主人

当我困睡，又无法梦见

帆板和夏天

他为我写下诗歌

并悄悄地

摆到我肮脏的桌上

这首诗表达了诗人对巴勃罗·聂鲁达的敬仰。诗人写得平静、安详，通篇没用一个表示赞美意义的词汇，但却给人以很大的感染。这是因为，诗人没有像我们常见的此类诗歌那样，去追怀大师的往事，诠释他的作品等，而是通过"我个人"的日常感觉，去体现出大师本身的光芒来。

巴勃罗·聂鲁达（1904—1973 年）是智利诗歌巨人，诺贝尔文学奖获得者。他的诗如《马楚比楚高峰》《伐木者醒来吧》《流亡者》及《二十首情诗和一支绝望的歌》，在世界诗坛及我国都有极大影响。

诺贝尔文学奖在"得奖原因"中说："他的诗作具有自然力般的作用，复苏了一个大陆的命运和梦想。"西川对诗人是崇敬的，他将诗人的肖像悬于壁上，这件事本身，就暗示给我们一种深厚的、永恒的怀恋和追慕。

诗人说聂鲁达精神和人格已经浸入了他最日常的生活之中，"经常在一切终结／只有音乐黄昏般浮动时／我注意到／他的肖像挂在墙上"。这里的"黄昏"，不是诗人情感的剧烈冲突之时，而是在一切该做的事做完后，可见诗人不是用实用的眼光去汲取什么"精神力量"，而是充分地对美的体验和向往。由于旷日长久的思恋，那幅肖像已不仅是"我注意到"了，而是"（他）开始注视／这间房子"，"搜索这间房子里／年轻的主人"。这就在诗歌平静的语言里，蕴藏了丰富的情感内容，聂鲁达诗歌强大的美感渗透力在这里被体现出来了。最后，诗人说"当我困睡，又无法梦见／帆板和夏天／他为我写下诗歌并悄悄地／摆到我肮脏的桌上"。这是说当我对生活感到疲倦、无聊，又没有新的幻想出现时，正是伟大的聂鲁达以他的诗在温暖我、汰洗我，这些精神力量不是岸然轰轰而至的，而是"悄悄地"浸透着我的全身心。其实，这种恒久的、绵长的精神鼓舞，正是所有真正的好诗的特质。这些诗，在寒冷的夜里为你制造热烈的"夏天"和自由的"帆板"，而在炎热的夜里为你展开一片冬雪的纯净和安详。

我们读了这首诗，会想起巴勃罗·聂鲁达那宽厚的面容和超拔的艺术创造精神，这正是《聂鲁达肖像》的言外之意。诗人用极其省俭的笔墨完成了诗歌意味的重托，这对那些繁缛的交代、惟恐读者误会而加入了"议论"的诗，是一种挑战。

在哈尔盖仰望星空

有一种神秘你无法驾驭

你只能充当旁观者的角色

听凭那神秘的力量

从遥远的地方发出信号

射出光束，穿透你的心

像今夜，在哈尔盖

在这个远离城市的荒凉的

地方，在这青藏高原上的

一个蚕豆般大小的火车站旁

我抬起头来眺望星空

这时河汉无声，稀薄的鸟翼

坠落，使驽马惊惶

逃向我，我站立不动

让灿烂的群星如亿万只脚

把我的肩头踩成祭坛

我像一个领取圣餐的孩子

放大了胆子，但屏住呼吸

　　克雷奇在他的《心理学纲要》中说："沉思是学会平息精神激动的一种方法……当集中的沉思得到成功时，它就会引起一种异常的意识状态。实践者用如下词语来描写它：明净、空虚或静寂……这样一种异常的意识状态一旦出现，其本身就可能是极宝贵的。但这种状态的后效被认为甚至是更可宝贵的。"这种后效，他是指人们沉静感知事物引起的灵魂安宁和直觉上的澄明感。

　　《在哈尔盖仰望星空》是西川早期诗中最广为人知的一首，它是写诗人在特定时空下的一种感觉。这种感觉是敬畏的不是亲近的，是神圣的不是日常的。一句话，是天启的，不是"炼意"得来的。深夜，在荒蛮苍茫的中国西部，在一个"蚕豆般大小的火车站旁"，诗人眺望河汉。这时他感到语言的困境：那冥冥中的世界浸透他的肌髓，但"有一种神秘你无法驾驭／你只能充当旁观者的角色／听凭那神秘的力量／从遥远的地方发出信号／射出光束，穿透你的心"。这种不可说透的意蕴缠绕着诗人，他"欲辨已忘言"，他毋须借助主观化的意象，因为任何语言都是多余的，都会损失掉他心中、眼里的超验图景。他只消"站立不动／让灿烂的群星如亿万只脚／把我的肩头踩成祭坛"。节制的诗情反使诗情无限弥散，把我放在我之外来写，使诗达到一种天地同参的效果，这就是诗人所说的"诗歌通过现世界对于另一世界的提示"了。那个世界是无声的，寒洁而澄明的。这首诗是纯粹的感觉诗，无所寄托又无不寄托。说它无所寄托是指它纯粹的形式感、美感，说它无不寄托则是指它通过对神圣永恒星空的呼应，来暗示现世人生的粗鄙和噪杂。"头顶的星空和内心良知"使诗人敬畏，像康德那样。

这首诗就具有克雷奇所说的"异常的意识状态"，这也是对东方型的凝神观照作风的一种承继，但它又不无现代精神，完成了诗人所一向追求的诗作中"宗教般的净化力量"，使我们沉默如潮涌，使我们坚信世间会有奇迹发生。

杨　黎

冷风景

献给阿兰·罗布－格里叶

这条街远离城市中心
在黑夜降临时
这街上异常宁静

这会儿是冬天
正在飘雪

这条街很长
街两边整整齐齐地栽着
法国梧桐
（夏天的时候
梧桐树叶将整条整条街
全部遮了）

这会儿是冬天
梧桐树叶
早就掉了

街口是一块较大的空地
除了两个垃圾箱外

什么也没有

雪
已经下了好久
街两边的房顶上
结下了薄薄一层

街两边全是平顶矮房
这些房子的门和窗子
在这个时候
全都紧紧关着

这时还不算太晚
黑夜刚好降临
雪继续下着
这些窗户全贴上厚厚的报纸
一丝光线也透不出来

这是一条死街
街的尽头是一家很大的院子
院子里有一幢
灰色的楼房
天亮后会看见
黑色高大的院门
永远关着

站在外面
看得见灰色楼房的墙灰脱落
好像窗户都烂了
都胡乱敞开

院子围墙上已经长了许多草
夜晚月亮照着
没有一点反光

灰色楼房高高的尖顶
超过了这条街所有的
法国梧桐
（紧靠楼房的几间没有人住
平时也没有谁走近这里）

这时候却有一个人
从街口走来

深夜时
街右边有一家门突然打开
一股黄色的光
射了出来
接着"哗"的一声
一盆水泼到了街上

门还未关上的那一刹
看得见地上冒起
丝丝热气

最后门重新关死
雪继续下着
静静的

这是条很长很长的街

没有一盏路灯
异常地黑

记得夏天的晚上
街两边的门窗全都打开
许多黄光白光射出来
树影婆娑
（夏天的晚上
人们都坐在梧桐树下散凉）

夏天的中午
街口树阴下面
站着一位穿白色连衣裙的少女
（风微微一吹
白色连衣裙就飘动起来）
这会儿是冬天
正在飘雪

忽然
"哗啦"一声
不知是谁家发出
接着是粗野的咒骂
接着是女人的哭声
接着是狗叫
（狗的叫声来得挺远）

有几家门悄悄打开
射出黄光、白光
街被划了好些口子
然后，门又同时

悄悄关上

过了好一会儿
狗不叫了
女人也不哭了
骂声也停止了
雪继续下着
静静的

这时候却有一个人
从街口走来

当然
秋天不会有
秋天如果有人在这个时候走来
脚踏在满街的落叶上
声音太响

这会儿是冬天
正在飘雪

雪虽然飘了一个晚上
但还是薄薄一层
这条街是不容易积雪的

天还未亮
就有人开始扫地
那声音很响
沙、沙、沙

接着有一两家打开门
灯光射了出来

天快亮的时候
送牛奶的在外面喊
拿牛奶了

这是这条街最热闹的时候
所有的门都打开
许多人推着自行车
呵着气
走向街口

这个时候
只有街的尽头
依然没有响动

天全亮之后
这条街又恢复了夜晚的样子
天全亮之后
这街上宁静看得清楚

这时候有一个人
从街口走来
（穿一身红色滑雪衫）

冬天

秋天是满街落叶
春天树刚长叶子

夏天树叶遮完了这整条街

但这会儿是冬天
虽然雪停了
这会儿依旧是冬天

这会儿虽是冬天
但有太阳
街尽头院子里的灰色楼房
被太阳照着

这是一条很长很长的街
两边所有的房子
都死死地关着
这是一条很静很静的街

天全亮后
这条街又恢复了夜晚的样子
天全亮后
这条街上宁静看得清楚

这时候
有一个人
从街口走来

　　初读这首诗，我相信大家会感到颇不习惯。一切都是那样客观、寂静，诗人仿佛不见了，留给我们的就是这一帧"冷风景"。对，您的感觉没错，这首诗真是没有什么深层结构。诗人是要进行一种"冷客观"零度写作语言实验。它们光线清晰，一切都浮在表面——但这表面恰恰是很丰富和深邃的。诗人沉默后它开始自己说话。

杨黎自称此诗的创作受法国"新小说"（Roman　Nouveau）的影响，这首诗是"献给阿兰·罗伯-格里叶"的。格里叶是"新小说"重要代表作家，著有《橡皮》《窥视者》等诗作。他与同道们认为，人不应是小说的中心，小说的中心应是"物"。作家的使命在于叙述他本真的有限的经验，创造出一个更实体化更直观的世界。他只消用冷静的语言如实地记录物的存在状态和人的活动，就体现了事物原初的真实。这种看似机械的、外在的描写，恰恰道出了"人已变成自己纯粹的影子"的现实状况。在一切都"测不准"中，却测准了世界存在的样子。

在杨黎的这首诗里，我们看到的不是倒退到再现自然，他有意地实现和忽略了许多东西，紧紧围绕在一个"冷"、一个"静"上。他是沉默的人，他与这个世界体现出一种距离，一种冷静旁观的姿态。他相信他不必去说什么，"冷风景"更能深刻地说明自身。这首诗，描绘的客观性、语义的平面性，使自然景观伸出自身幽动的触角爬向读者心灵。客观的体察代替了主观的幻化，增强了诗的"不确定性"，使读者不必受任何先验的导引，一下子沉浸到事物本身的氛围之中。在人与自然面前，这首诗像一个集成电路元件，它默默存在着，无意于接通但恰恰接通了那应该接通的部分。这是一种客观，但又远远超出了那些有限的"主观"，它使人第一次感到世界的陌生和难以得出明确结论，从而获得一种更深刻的印象和渴望。从"主体移心"上看，此诗带有后现代主义特征。

读了这首纯粹客观叙述的诗，敏感的读者得到的绝不是一纸自然物象的清单。诗中的时间、地点、人物、景物死死地站在坚实的结构里，它们在谋求复杂的呼应，它们互有联系，毫不显得突兀。瞬间的人物活动打破静止状态，但这活动本身就是客观的、无目的的、静止的。这种死灭一般的寂静，本身就是召唤读者参与创作的姿势。这里，读者参与创作是一回事，诗自身又是一回事，它不拒绝任何解读方式，不同的读者都会从此诗中寻找到与自己的经验有内在联系的部分。但在顷刻间这种联系又消失掉了——还是那条街，那条简单的难以捉摸的街，轻轻地冷冷地铺在纸上，直到让你分不清哪里是现实哪里是梦境。诗歌这时已不因诗人和读者而存在,"物"本来就在那里,它无须人去安装反射装置,它本身就是生命。

变 化

这是我的手
这不是你的手
你的手背藏在身后
我的手才扶在阳台上
看着下面

这是我家的阳台
这不是你家的阳台
(你家的阳台在那边
而此刻——)
我是站在我家的阳台上
你也是站在我家的阳台上
我们的眼睛
看着下面

这些想法
当然是我的
这不是你的
我想着这些事
心里
特别快乐
而你却一动不动
(某些意外的情节

　难以理解）
好在我们的眼睛
都看着下面

下面逐渐模糊
我们的眼睛
开始什么也看不清楚
只是你的手
依旧扶在阳台上
我的手依旧
背藏在身后
我和你
表面上什么也没有说

下面
逐渐模糊
我们的眼睛
什么也看不清楚
你，站在你的阳台上
一动不动
我，也站在你的阳台上
想起那些事
心里发酸
而我们的手
已经看不清楚
放在什么地方

　　在杨黎的艺术观念里，可以说某些诗歌具有超语义、超表现性质。他曾说过，"人类的一切活动形式都是到语言为止。用维特根斯坦的话来表述，就是一切事实都是语言的事实。但我认为，只是诗恰好相反——诗从语言开始,其指向为超语义,其存在形式为一种'被再听'的声音……如果诗不背叛语言,它只能是语言,而这样,诗人和一个说话的人就没有本质上的区别。诗是语言的最高形式。其高级处,我想,就在于它对语言的背叛。经过超语义之后,语言达意言志的原初作用、性质,就都被改变了。打一个比方,古人说,得意忘言,而我们却是得言忘意。诗从语言开始,将意味着诗的自觉"(《第三代诗:对混乱的澄清》)。

《变化》这首诗,可以说是杨黎对"超语义"诗歌的有意性试验。初读这首诗,我们有一种内在的预感,觉得"我"和"你"之间必定会发生些什么。但读到最后,我们会感到失望,诗人究竟在说什么呀?在这种状态里,你不觉又将此诗读了一遍,你真真切切地感到了一种东西。它是语言!它是语流以及语序的细微变化中,渐渐成形的一种流体:语言的流体。它不具有情态特征,不表现什么,它就是语言,那种原初的、纯粹的口唇快感,那种清晰的声音的飘流!

这首诗题名为《变化》,诗人变化了什么?他变化了语言。他将语言从这个被充分语义化了的世界里解放出来,它不再是一种工具,一种载体,而是它自身。这首诗的"变化",乃是纯语言过程的"变化",语言内部的奥秘使它自身有一种内在的力量,诗人也从关注语言所指涉的对象转而为关注纯语言自身。这里,抒情言志、暗示象征等冲动消释了,语言却水落石出。读这首诗,你可能忘掉它的"场面",但你却忘不掉它的语言,那种干净、明亮、音响幻觉的语言。这种纯语言的试验,是现代诗的又一格。它企望得到读者的宽容和理解,企望那些合格的读者"再听"。

这首诗,"我"和"你"、"我的手"和"你的手"、"快乐"和"心里发酸"之间的界限已经消失。这表明诗人有意打破语言的固定意义,而将它提升为"纯语"的试验。它不是写现代人之间冷漠、麻木的内在生命感觉,这一点是要注意的。

旅途之一

有一个小女孩
被汽车轧死了
就那么轻轻一下
她就躺在
路的中间
有少许的血
从她身上流了出来

她的父亲正从前面跑来
她的母亲趴在她的身上
已经无法哭出
许多人
围在四周
交通顿时阻塞
来往的汽车在两边
停了长长一串
我恰好在其中一辆车上
我得赶到那边去
坐开往远处的火车

但小女孩躺在路中
没有哪一辆汽车
敢从她的身旁开过去
那是郊外

　　　　一个普通的下午
　　　　阳光明亮而又温暖

　　这首诗是不动声色的冷处理，但读后却使人感到格外压抑。这其中蕴藏了诗人的智慧。一个美丽而幼小的生命顷刻间被粉碎，这件事本身已经足够撼动我们了。诗人如果再去议论、再去渲染，绝不会超出这个事件本身的性质和本身的悲剧程度——那么，写成诗还有什么意义可言呢？诗人清楚地悟到了这一点，他有意扮演了一个平静的旁观者的角色，客观地记叙了事件的过程。它极度平静的语势里却溢出了极度的悲哀，这是一种被惊呆了的悲哀，一种几近于麻木了的悲哀。亲眼目睹了两个世界的交接点，诗人要做的是把它们原封不动地呈现出来——这比起涕泪交流的哭诉来，显然是更为有力更为深沉的，更重要的是它更是诗的。

　　诗人在组织词句上是颇含匠心的。汽车猛烈的冲撞，在这里只表现为"轻轻一下"。这轻轻的一下竟摧毁了一个生命，一个鲜花般的少女的生命。轻轻一下——生命终结，这是多么令人悲哀的无可挽回的事实和对比呵！"有少许的血／从她身上流了出来"，这里没有展览车祸的惨状，一切都是单纯的、明晰的，连血也只是"少许的"，但一个生命流出了她最后的一滴发热的液体；一个事件的悲剧性质已经说尽了。小女孩的父亲还不知事件的结果，他"正从前面跑来"，小女孩的母亲趴在她的身上，"已经无法哭出"。这仿佛是一个客观的交代，但背后的悲剧意味却因着这简洁的勾勒无限弥散开来，无边无涯。最后，诗人写了来往的汽车因交通阻塞长久地停着，"没有哪一辆汽车／敢从她的身旁开过去"，这既是实写，同时也是这幕悲剧的"道具"。汽车的静默，暗示着人们浓重的心事，深深的同情，不只是不敢开过，而是不忍。结尾的三句是诗人精心构筑的，它们绝不是可有可无的时间交代，而有着深深的悲剧意味：阳光仍然明亮而温暖地抚摸着这个世界，但它不知道有一个生命已感受不到它的恩泽；这个下午过得普普通通，更多的人不知道，就在这会儿有一个灵魂随着一声凄厉而熄灭了……读到这里，我们欲哭无泪，欲唤无声，在诗人的不动声色里，体验到了更深一重的悲哀。这悲哀由于诗人高度的艺术传达技巧，已经超越了题材自身固有的意义，发出意味深长的淡淡的光轮。

有一匹马

有一匹马
从我的窗外经过
当时我正好站在窗前
看着它紫红的身子
从远处奔驰而来
我先是一惊
继而微微地笑了
这东西
我已好久没有见过
那温柔而又刚劲的节奏
哒哒哒的
过去了好久都还清楚地响着
当时正是傍晚
我窗外的小路上
一个人也没有

这一匹马有什么意义？习惯于从诗中讨教诲的读者可能会这样发问。这匹马没有它以外的意义，它自身就构成一种意义——诗的美感被简洁、清新地创造出来了。自然事物被诗人从平凡的生活场景中提升出来，成为一种结构、一种关系、一种形体，这对一首十五行的小诗来说，已经足够了。

这首诗让我想起美国诗人威·威廉斯的一首耐人寻味的小诗《红

色手推车》。全诗只有八行："那么多东西／依仗／一辆红色／手推车／雨水淋得它／晶亮／旁边是一群／白鸡"。这首诗来得神异，它只将平凡的事物经过一种秩序列入诗中（红色的手推车——晶莹的雨滴——洁白的鸡群），却突然照亮了我们的眼睛，简直像是出现了奇迹。三个物象，三种色彩，三种线条，但包含了多少审美情趣！杨黎这首诗的可贵之处，同样在于对平凡事物的重新发现上。傍晚时分，小路上没有一人。诗人站在窗口，看到一匹紫红身子的马从远处奔驰而来。它一闪即逝，温柔而刚劲的蹄声好久还清楚地响着。这匹神奇的马代表什么？它只代表自身。它的颜色，它奔跑的形态，它发出的哒哒的声音，特别是它从窗前一闪而过的速度，都是"我已好久没有见过"的。美的突发性和易逝性宣告了它的价值，这一刻真是千金难买！那"哒哒哒的／过去了好久都还清楚地响着"的声音，既是马蹄声，更是诗人因惊喜而发出的心跳的声音。但可贵的是，诗人并没有站出来发表一通赞叹，他只"一惊"，"一笑"，其余的全都交给读者去回味。于是，那匹紫红身子的马就摆脱了诗人，在你视野里奔跑起来。

丁 当

房 子

你躲在房子里

你躲在城市里

你躲在冬天里

你躲在自己的黄皮肤里

你躲在吃得饱穿得暖的地方

你在没有时间的地方

你在不是地方的地方

你就在命里注定的地方

有时候饥饿

有时候困倦

有时候无可奈何

有时候默不作声

或者自己动手做饭

或者躺在床上不起

或者很卫生很优雅地出恭

或者看一本伤感的爱情小说

给炉子再加一块煤

给朋友写一封信再撕掉

翻翻以前的日记沉思默想

翻翻以前的旧衣服套上走几步

再坐到那把破木椅上点支烟

再喝掉那半杯凉咖啡

拿一张很大的白纸

拿一盒彩色铅笔

画一座房子

画一个女人

画三个孩子

画一桌酒菜

画几个朋友

画上温暖的颜色

画上幸福的颜色

画上高高兴兴

画上心平气和

然后挂在墙上

然后看了又看

然后想了又想

然后上床睡觉

"你"的行为、情感、心态、思维轨迹都非常正常。我每天都和"你"同样活着。同一文化中大多数人都这样活着。诗人以不动声色的笔触写下这一切，当它们在白纸上渐渐显形的时候，我们突然感到一种"不正常"。这种现象上的正常和本质上的不正常就这样形成一种悖谬的力量，向度相同的意象拼命朝着它们相反的方向运动着，构成此诗的反讽张力场。

这首诗外松内紧，现代人的焦虑、不安全感、麻木呆滞感，在这里纤毫毕露。如果说任何冲动都有激发焦虑的潜在势能的话，那么，被遏制的冲动就是焦虑无限膨胀的过程。这是一种困兽般的生命体验，它不是源于对世界的敌意，而是源于对自身的失望。懂得蔑视自己的人，一定是那些为灵魂而哭泣的人，换句话说，是那些生命不会死灭的人！《房子》作为此诗的标题，为我们展开了一个封闭性的难以捉摸的期待视野。在现代人寻找精神家园的世界性流浪感中，没有比"房子"更教人关注的意象了。但是，"你"躲在房子里，躲在自己的皮囊里，并不具备实现任何意义上自控的可能性，这种躲避本身就在自足体以外生存压迫的层面上，更加上了又一重自恋——自渎——自毁的内在压迫。"你"来回奔走，行为琐屑貌似平静，但这些琐屑的行为不是和戈戈、狄狄在漫无尽头的路上嗅臭烘烘的靴子，摆弄肮脏的帽子，说毫无意义的呓语一样吗（可参看贝克特的《等待戈多》）?！呵，这就是生存，这就是你"没有时间的地方"，"不是地方的地方"，"命里注定的地方"！

但这首诗又不是一般意义上的"末日感"的诗。诗人相信，某种精神深度的获具，肯定是建立在对幻觉的绝对信赖上。这就是我们这个农业大国的知识分子性质、知识分子品格。它缺乏西方人那种来自生命底渊的悲剧感、绝望感，却自有一脉淡然平静的精神气象。需要说明的是，丁当的淡然不同于古典意义上的旷达超脱，而是涉过这种浅层的"修炼"后，抵达的另一种主动寻求悖论体验的境界。在他那里，精神成为绝对的现实，他要用"一张很大的白纸"，"拿一盒彩色铅笔"，画上生命的意志和繁衍的渴望。在这里，他的灵魂得到安顿。这幻觉的画与前面的日常性行为活动构成对比，幻觉的意义竟然超过有实用目的的意义了。这才是真正的灵魂的"房子"。但它一触即溃的性质也是显然的！

生存在压迫着那些精神的自觉者，他们躲在房子里不行，躲在琐屑的日常性排遣中不行，走投无路的人，最终躲到一幅画里……世界啊，我该调侃你还是该为你哭泣?！

背时的爱情

你看看，这就是我，天生的人物
生在中国，住在廿世纪
我和以往的祖宗们一样，吃着、喝着

　　梦想做名人，并为爱情而哭

　　我夜夜梦见那些古代的美人
　　西施、貂蝉、还有出浴的杨贵妃
　　用不着军队，我一个人杀入情场
　　拿一支无声手枪，或者一张电影票
　　把她们周围的帝王一一打败
　　就得到了她们，用不着一滴忧伤的眼泪

　　我把她珍藏在家，用一台电视机拴住
　　对她讲科学，讲电灯的发明
　　我给她买手表，买玩具汽车
　　当然还有牛仔裤、超短裙、法国的香水
　　我说我是玉皇大帝的外孙
　　偷偷下凡，和她共享天伦之乐
　　我说外面每天都打仗、车祸、煤气爆炸
　　你要待在家里、千万不要出门

　　我每天照常上班，对当代姑娘不屑一顾
　　人们议论纷纷，这家伙怎么突然变样
　　我下班匆忙回家，和貂蝉或西施接吻
　　坐在破沙发上，犹如赫赫帝王

　　《背时的爱情》是幽默的游戏之作，这毋须讳言。问题的关键是我们怎样看待它的意义。我们的诗歌观念是"诗言志"的，是"载道"的，所以"文字游戏"就成为断送一首诗的判词了。

　　其实，人类的需要是多种多样的，精神需要尤是如此。随着人们精神欲求的提高，人们对蕴藏着高度智慧的幽默感会日益需要。"文字游戏"的说法也应深究一步，只要"游戏"得巧妙，"游戏"得有味道，也不妨聊备一格。美国的《新时代大百科全书》在幽默这一辞条下写道"……随着时代的进程，幽默已越来越成为美国和其他许多国家的生活中的一个主题。……在今天的大多数作品中，人们都已认为强烈的幽默色彩是必不可少的，然而就在一两个世纪以前，轻浮的风格可以断送一部作品的生命。"丁当的这首诗，我们不必去深究什么内在含义。它的动机就是让你在惊愕、恍然之后，发出痛快的笑声。它不是沉痛式的幽默，不是黑色幽默，也不是愤怒式的幽默，只是一种最普通的日常的"笑话"而已。在"现代"的今天，"丁当式"的爱情的确是"背时的"，它脱离生活常轨，让你感到滑稽可乐。诗人故意采取一种自嘲的态度，揭示出事物的乖张、矛盾。这与西方后现代主义热衷的"罗曼司反讽"有相同的意味。这种轻松的、随和的态度，达到了诗人和普通读者的沟通。可惜，这种充分放松的幽默，这种有趣味的"文字游戏"，在当前诗歌界还不多见。我们无意于号召大家都来插科打诨，但在紧张的生活和生存的焦虑感中，放松下来，自嘲一下这些"背时的爱情"，还是有调节精神松弛神经的作用的。严肃的读者，你说我们适当用诗来"游戏"一下，不也挺好吗？

时　间

在我干净的面目前
一只台灯发出台灯的光
我的座下是一把木椅
它以椅子的姿势天天将我陪伴
同时陪伴我的还有
门、尘土、空气和墙
它们模仿我我模仿它们一道生活
一台电视被放置在木箱上方
而木箱（情愿）被放置在电视机下方

饭锅空无一物

米作为米正在米袋里待着

一本书被打开

九本书自己合着

烟灰被送进烟缸

烟缸被迫盛满烟灰

作为一个人

我想着另外一个人

以及其他几个人

以及所有的人

以致我心的三分之二分离出我的胸膛

我的耳朵，同时接受数种声音

汽车、天气预报、婴儿和爱情的哭泣

直到钟表的声音，提醒我

它是为时间走动

现在，每天天亮之前

我都能准确无误地猜到

一切已经发生的事迹

一切将会发生的事迹

《时间》这首诗最引人注目的地方，是诗人的语言态度。这里，我们所说的语言不是什么"美文"意义上的语言，而是个体生命意义上的人与生存实在之间，那种真正临界点和真正困境的语言。这首诗的语言，是淡乎寡味的，像"一只台灯发出台灯的光""一把木椅／它以椅子的姿势天天将我陪伴""米作为米正在米袋里待着"等，几乎趋临无意义了。但正是这种淡乎寡味的语言，与诗人疲惫的迟钝的生命状态达成同构。这种生命的语言，不是事后得出的语感、口气和诗人有意制造的某种效果，而是诗人心中的场。这个场在还没有迹写之前，就完整地存在于诗人的生命之内了。他的人生观、存在意识决定了这种特殊的语言。所以，当我们感到这种语言的平淡、无多深意时，恰恰进入了诗人意识状态的极点：那本来就是一个令人疲惫的、平淡的、无多深意的生命状态的表达。这就启示我们，对这类诗歌，与其讨论它语言本身的性质，不如去细辨它和生命状态的同构联系。读了《时间》，我们会想起自己每天度过的日子被诗人冷静地揭示出来了。我们更为真切地用自己的灵魂感到了另一个灵魂的低语。它不扮相，不戏剧化，来得实实在在，来得朴朴素素，但又有弦外之音。

所以，考察一种语言态度，必须与诗人的生命情调、生存方式、对环境和实在的态度等诸多因素结合起来。这些东西和语言是同一的，那么，这首诗就是成功的，反之，则是失败的。朋友，请你再读一遍《时间》，你会听到自己的生命无聊乏味淙淙流逝的声音……

陈东东

点 灯

把灯点到石头里去，让他们看看
海的姿态，让他们看看
古代的鱼
也应该让他们看看亮光，一盏高举在山上的灯

灯也该点到江水里去，让他们看看
活着的鱼，让他们看看
无声的海
也应该让他们看看落日
一只火鸟从树林里腾起

点灯。当我用手去阻挡北风
当我站到了峡谷之间
我想他们会向我围拢
会来看我灯一样的
语言

这首诗所点燃的"灯"是诗歌语言之灯。诗人以违反"常规"的关系组合，使我们对世界获得一种更复杂、更纯粹、更有"唯美"色彩的审美方式成为可能。在对语言和感觉常规的破坏里，诗人吸引了我们的注意力，使我们一直处于紧张的期待之中：为什么要以这种方

式"点灯"？那"灯"是什么？

这首诗的前两节就写了现实生活中不可能存在的"灯"。"把灯点到石头里去","灯也该点到江水里去"。把这样的"灯"擎在光芒所不能抵达的地方，目的是让人们看到他目力不及的地方那种邃密的、宁静的美丽，这种美丽是诗歌区别于它种艺术的优长，它通过物我在实用观点上的隔绝，使人领略到"物理世界"和"经验世界"之外的"世界3"。在这个世界里，石头有了生命，"古代的鱼"开始游动（鱼化石）。江水中"活着的鱼"的一切秘密都无所障蔽地呈现于人们眼前，它们以千种风姿自由地摆动，世界变得格外澄明。"落日／一只火鸟从树林里腾起"，这个意象来得奇兀，充满擦亮人们眼睛的魅力，这是一盏"灯"，是诗人用心象点燃的，它没有暗示和象征，是一种诗歌语言特有的感觉的真实。

最后，诗人道出了那盏"灯"是什么。他就是"我灯一样的／语言"——诗的语言！它充满自指和自足性的诞生，使新的世界开始诞生；它将人的思考不能趋达的方向交给了直觉；它超越了实体世界，使精神飞驰于人所不知的世界；它使世界之外的东西化为人之内的；"我的语言的界限意味着我的世界的界限"，诗的语言的无穷丰富性，使诗人对世界的感知也显示出了实用语言难以接近的丰富性。热爱诗歌吧，它是语言中的语言，是我们生命的"灯"！

雨中的马

黑暗里顺手拿一件乐器。黑暗里稳坐
马的声音自尽头而来

雨中的马。

这乐器陈旧，点点闪亮

像马鼻子上的红色雀斑，闪亮
像树的尽头
木芙蓉初放，惊起了几只灰知更鸟

雨中的马也注定要奔出我的记忆
像乐器在手
像木芙蓉开放在温馨的夜晚
走廊尽头
我稳坐有如雨下了一天

我稳坐有如花开了一夜
雨中的马。雨中的马也注定要奔出我的记忆
我拿过乐器
顺手奏出了想唱的歌

　　《雨中的马》是什么象征？它不是象征，而是诗人对音乐艺术的独特体验所产生的超经验联想。除了美之外，诗人不必再说清什么。"黑暗里顺手拿一件乐器。黑暗里稳坐／马的声音自尽头而来"。音乐音响的一系列程式冲击着诗人，它作为一种无对象的纯粹的艺术形式，在诗人的联想深处幻化出了具体的形象、声音和速度。一匹骏马踏雨而来，雨声是副旋，马蹄声是主旋，可见，这是诗人奏出的一曲神秘而充满生命力感的曲子。音乐不是生活形象而是情绪的反映，它甚至不是情感，而是不能说透的一种情绪。接下来，诗人由乐器联想到马，描绘很纤细，"这乐器陈旧，点点闪亮／像马鼻子上的红色雀斑，闪亮"。这就从听觉联想转为视觉、触觉联想。这是诗人将自己对乐曲的感受原生地传递、外化出来，使我们仿佛感到了那声音、速度、力度以及旋律的急骤奔突。下面的树的尽头木芙蓉初放，几只灰色的知更鸟飞起的意象，仍然是诗人审美经验积淀被这乐曲激活，它们以具象的形式出现了。乐曲结束了，雨中的马奔出了诗人的记忆，木芙蓉开放的温馨夜晚也消失了，诗人生命的音响却没有中断。这马、这芙蓉都深深地活动在他的联觉里，使他"稳坐有如雨下了一天 / ……稳坐有如花开了一夜"。我们知道，优秀音乐的转换媒介是人生命的音响，它是一种独特的体验对象，具有不可描述性和不可解析性。诗人尊重了音乐的特性，他只写自己对音乐的感觉过程，以及这种感觉在他心理上引起的一系列联想，这就超出了乐曲自身的时间性、运动性，而成为定型的诗的时间和运动了。

英国音乐美学家柯克说："当一位作曲家用意义不明确的语言表现下意识中的情感……他确认无论他说的是什么，只有在音乐上具有敏感的人才能感受到。并且，用这种未经明确鉴定的、未经明确解释的和详细说明的语言，他能倾吐出在他心灵深处所感受到的一切，而仍然保持'缄默'（即模糊不清）。"（《音乐语言》）这些话对我们欣赏《雨中的马》是颇有启发的。

起 身

清晨也是愿望苏醒的时刻
是饥饿之鸟飞离峭壁的时刻
是想晒太阳之鸟飞离峭壁的时刻
也是寻找幸福之鸟飞离峭壁的时刻

清晨也是精神抖擞之树开满蓝花的时刻
在心脏的航空港内
血液之旗升上顶端
如飞机一架划开了云层

清晨也是雄心勃勃之日升上屋顶的时刻
等到我终于穿好了衣服
窗下能听见鱼群的叫喊

也能看见上学的孩子

这首诗写的是诗人在清晨的感觉。诗中的一系列物象，均超出了自身固有的形模，成为一种气韵、一种精神，正是不求物趣，以得天趣。这种不为物形所累的创作态度，是一切优秀诗人所特有的纯粹的诗美产生的内在原因。它要求我们得气而忘意，得神而忘形。

第一节诗人写了清晨是愿望苏醒的时刻。这种内在的精神灌注了一只鸟。这是一只饥饿的、想晒太阳的、寻找幸福的鸟。在经过了漫长而寒冷的夜晚，它在清晨起身去峭壁之外寻觅那未知的温饱和幸福。这是诗人对新的一天充满希望和机会的心态的反映。寻找的结果是次要的，主要的是寻找的机会到来了，一切都充满新鲜、未知，这已经够教人兴奋了！

第二节诗人写了清晨是精神抖擞的时刻。人的心脏像空阔纯净的航空港，血流开始急骤，像是港内鲜丽的旗帜那样迎风抖擞，牵动人们欲望的眼睛。为什么说心脏是航空港呢？因为，飞机给人以自由飘逸的感觉，它飞翔的疆域是辽阔无边的。如果说像汽车站，就全无新鲜、冲动、自由的感觉，而只是噪杂和混乱了。"飞机一架划开了云层"，这里把人在清晨精神抖擞、清新向上的感觉就恰到好处地外化出来了。我们看到的不是飞机，而是诗人希望之翼。

第三节诗人写了清晨是雄心勃勃的充满奋斗欲望的时刻。诗人"穿好了衣服"，要到那呼唤他的地方——大海上去。他仿佛"听见鱼群的叫喊"。鱼群是不能"叫喊"的，这里是诗人内心高度兴奋而产生的幻听，有一种诗特有的幻想的"真实"。"上学的孩子"是活泼的、可爱的，他们五彩缤纷地奔走在街道上，给人以清爽的、稚嫩的生命力，这是一个人一生"起身"的时刻啊！想着这些孩子，诗人更加理解了清晨的意义。

这首小诗可能受到美国诗人勃莱《从睡梦中醒来》一诗的启发，但它有足够的创造性，它真境虚而神境生，无理而有势，恰到好处地传导了诗人在清晨的感觉，是为上品。

车前子

蒲 团

心远地自偏
于天空下喧哗的这个城市
草蒲团，使你想起
乡下的谷堆了
风毛茸茸地刺来
坐穿几只了呢
红莲花哪会盛开
也就永不枯萎

一座名山里，记得
有一只石蒲团的
黑瘦的松鼠咬着松子
把壳吐向万丈
深渊

还没有炉火纯青
所以你浮想联翩

　　蒲团，这古朴的东西在今天的都市已不多见了。诗人对一只草蒲团如此动情，为什么？因为它是用来闲坐的，在闲坐中才能产生冲远澹泊的情怀和与世无争空寂淡漠的精神。这是一种艺术精神，一种简淡平和万趣融于神思之中的东方艺术性格。

　　"心远地自偏",这开头的一句引自陶潜的《饮酒》。这句话为全诗定下了基调,显得那么闲和宁静,惟素心人方能领略。"于天空下喧哗的这个城市 / 草蒲团,使你想起 / 乡下的谷堆了 / 风毛茸茸地刺来"。静照的地方不是陶渊明的"结庐在人境,而无车马喧",而是在"喧哗的城市"里,更显得难能可贵,脱尽尘滓! 静由心生,静中见境,"乡下的谷堆"是诗人心灵内部与城市生活拉开的距离,虽淡淡一笔,但百感横集,暴露了诗人内心深处的隐痛:现代生活对人的异化。生活在尘市之中,精神紧张而无所依归,"乡下"就成了想象中的安顿心灵的地方。这里的"乡下",不宜做实解,可视为与城市生活孤立绝缘的内心天地。这样看来,真正做到漱涤心境是很难的。但之所以难以企及,方显得艺术人格的可贵诱惑;正是这种诱惑,使诗人"坐穿几只"草蒲团。心静如莲,莲不会盛开,"也就永不枯萎",一如心境永不宁和才有这企求宁和的修炼过程。这里,过程即目的即价值。"一座名山里,记得 / 有一只石蒲团的 / 黑瘦的松鼠咬着松子 / 把壳吐向万丈 / 深渊"。这是一个大跨度跳跃的非理性联想,它与上文有着内在的气格上的关联:一种萧索宁静的气氛。静而见深,淡不可收。空山。石蒲团。松鼠。深渊。这一系列物象组成一幅画面,既空且灵,正好回应了诗人"心远地自偏"的审美追求。这仿佛是电影中的象征蒙太奇,通过观众对画面的意会(不可言传),领略导演的用心。

　　最后,诗人淡淡地自嘲一下,"还没有炉火纯青 / 所以你浮想联翩"。虽然诗人超越尘俗的修炼失败了,但我们毕竟读到了他深静淡泊的诗篇。这是另一种意义上的"炉火纯青",这心襟这气象还是"浮想联翩"些好!

一颗葡萄

　　　一颗葡萄被结实的水
　　　胀得沉甸甸沉甸甸后,坠落了。

坠落就是展开的过程。

这颗葡萄像一架绿色的软梯一直拖到了大地上。

结实的水被泥土吮干。
那些核就仿佛是从一扇门里出来
又开始爬向梯顶。
葡萄更多更多了乱哄哄地说
跳呵跳呵一起往下跳。

从很遥远的地方
跳下。　　　跳下
我们。　　我们
一直跳到大地上。

梯子从自己的影子中探长双手叉开两腿。
梯子把黑暗的影子从身上脱下。

从很遥远的地方
我们跳下后又爬上梯顶超越墙头眺望天外。

接近天堂的是梯子穿过地狱的是门

星球转动我们生生死死。
但有一颗葡萄不会消失。
这颗葡萄像一架绿色的软梯从高处展开一直拖到了
　大地上。

作为江南青年诗人的车前子，深得那片明净秀雅的土地之神韵。

他的诗没有狂放豪壮的气度，但别有一种倩巧空灵的味道。近几十年来，我们一直推重豪放而轻视婉约，这是审美形态畸形发展的结果。其实，诗歌只有纯粹与不纯粹之别，纯粹的诗在艺术上是等值的。

这首诗造境奇幻，但意味却是很好体会的。看来，诗人关心的是美本身，而不是什么诗歌之外的"深刻"。这颗葡萄是一个象征，是审美的、纯净的、生命的象征。当它成熟后，被沉甸甸的液汁坠落了。但这是生命成熟的标志。你看，它的水被泥土吮干后，那粒生命的核又冒出新芽，重新攀上梯顶。落入泥土是为了更加认识梯顶外的天空，更多的成熟的葡萄纷纷跳下大地，"跳下后又爬上梯顶超越墙头眺望天外"。葡萄藤长长地拖在地上，它的绿阴被诗人看作从身上脱下的影子。这棵葡萄是怎样的一棵空幻晶美的纯诗葡萄呵，但它并不纤弱，它蓬松地往上生长，它要搭一架接近天堂的梯子。而这一架梯子就是从"一扇门里出来"的那颗葡萄核衍生的。诗人说"穿过地狱的是门"，就道出了理想、纯净和生命是穿过地狱、炼狱，最终接近天堂的。这是一个不断重临的起点。真实的生命必将反复爆芽、坠落、再爆芽……"星球转动我们生生死死。／但有一颗葡萄不会消失"。这颗葡萄是人类审美的精神，向上的精神。它死去了，但它会在另外的地方重新生长，"这颗葡萄像一架绿色的软梯从高处展开／一直拖到了大地上"！

这首诗写得精致丰美，像一颗晶莹的葡萄；但不淡渺轻曼，像一颗沉甸甸的葡萄。这是一颗诗的葡萄，它成熟、透明、甘甜、浑圆。

红　烛
——读闻一多诗后

远古时代有一位匠人
一生制了无数支蜡烛
有次手指被生活割破

那天就是红烛的诞辰
黑暗糊起茅屋的苦涩
红烛宛如竖着的手指
血滴在敲打他的桌子
匠人死了，还没燃尽夜色

"从题材的意义上来说，这首诗似乎应是另一个样子。"这句话本身就是不对的。诗的样子就是诗人独立不倚另创奇境的样子，不存在"应是"一类命定的线条。正是诗人独特的构思，使这首诗成为同类诗的佼佼者。

闻一多的情况我们都熟悉，这里就不再说。使我们感兴趣的是诗人的独特艺术手段。一开始，诗人就抛开了追溯性的背景交代，直接进入炫动、深邃的心理活动。"远古时代有一位匠人／一生制了无数支蜡烛／有次手指被生活割破／那天就是红烛的诞辰"。为什么近在眼前的闻一多成了"远古"呢？这是因为，在诗人眼里，闻一多是历史上一切正直的、关心人民疾苦的诗人的嫡传子孙，他和这些前辈诗人的命运是一样的。为了烫伤黑暗，点燃世界的良心，他们的手指都会为"生活割破"。这样，就使此诗的空间更为广阔，有一种历史的纵深感。"红烛的诞辰"是诗人们用生命的鲜血孕育出来的。"黑暗糊起茅屋的苦涩／红烛宛如竖着的手指／血滴在敲打他的桌子／匠人死了，还没燃尽夜色"。这里运用了意象交融与叠加的手法。红烛是手指，手指是红烛，扩大了诗的含量，使我们在瞬间看到两个不同的影像，心里泛起更为复杂的感受。一边是无边的黑暗，一边是燃烧的"手指"，对比是强烈的，也是悬殊的。但正是这种大与小、暗与亮的强烈、悬殊反差，使得小变得大，亮显得更夺目更警策。"血滴在敲打他的桌子"，化轻为重，"敲打"是诗人内心的声音，强化了感情色彩，更有力量（试想，如果说"烛泪流遍桌子"，就差得远了）。最后的一句，含有深切的忧患感，它不使人悲伤，而使人觉得格外悲壮。

这首诗不求向外扩散的力，但求向内凝聚的力；不求历史事件的真实，但求主观感受的真实；不求驳杂，但求单纯。它是一首有言外之意、味外之味的好诗。下面，我们也将闻一多先生的《红烛》录下，在体味诗人那颗红烛般的心的同时，也体味一下这两首同题诗各自的胜境：

"红烛啊！这样红的烛！诗人啊！吐出你的心来比比，可是一般颜色？

"红烛啊！是谁制的蜡——给你躯体？是谁点的火——点着灵魂？为何更须烧蜡成灰，然后才放光出？一误再误；矛盾！冲突！

"红烛啊！不误，不误！原是要'烧'出你的光来——这正是自然的方法。

"红烛啊！既制了，便烧着！烧罢！烧罢！烧破世人的梦，烧沸世人的血——也救出他们的灵魂，也捣破他们的监狱！

"红烛啊！你心火发光之期，正是泪流开始之日。

"红烛啊！匠人造了你，原是为烧的。既已烧着，又何苦伤心流泪？哦！我知道了！是残风来侵你的光芒，你烧得不稳时，才着急得流泪！

"红烛啊！流罢！你怎能不流呢？请将你的脂膏，不息地流向人间培出慰藉底花儿，结成快乐的果子！

"红烛啊！你流一滴泪，灰一分心。灰心流泪你的果，创造光明你的因。

"红烛啊！'莫问收获，但问耕耘'。"

三原色

我，在白纸上
白纸——什么也没有
用三支蜡笔

一支画一条
画了三条线

没有尺子
线歪歪扭扭的

大人说（他很大了）：
红黄蓝
是三原色
三条直线
象征三条道路

——我听不懂
（讲些什么呵？）
又照着自己的喜欢
画了三只圆圈

我要画得最圆最圆

　　《三原色》是车前子诗中为广大读者所知的。这首诗最初发表在1983 年 4 月号的《青春》杂志上。诗末还附有一篇短文《我谈我的诗》。这篇短文中，车前子这样解释他的《三原色》："《三原色》这首诗，没什么说的（其实诗都没什么说的），只要不认为是'儿童诗'就行了。……昨天，有个朋友问我，'三条直线'和'三只圆圈'是不是象征这个意思。真的，我没有想到……"这段话表面看几近于无意义，但深入细辨，我们会发现它的分量。这是诗人创作态度的表白，也是我们进入此诗的门径。
　　这是一首纯诗。诗人关心的不是教诲和情态，而是无任何功利目的的澄心凝神的审美活动。与西方"纯诗"追求音乐的纯度不同，车前子的"纯诗"，追求的是纯色彩纯线条的美感。这种色彩和线条，本身就是美的，它们在一张白纸上渐渐显形，使一颗诗人的心灵达到一种"无物象的颤动……这种美常常构成一种力量，不引导到精神，而是离开精神"（康定斯基语，转引自瓦尔特·赫斯编著的《欧洲现代画派画论选》）。我们读着这首单纯而唯美的诗，内心中某种神奇的感觉出来运动了，你说不清这种感觉是什么，只感到它纯粹、精微、飘逸，以一种风尘外物的圣洁，涤漱着我们那颗被生存的喧杂所围闭了的心！的确，它"没什么说的"，但这种无言无不言的审美空间，不是在"说"着纯粹艺术的力量，"说"着艺术家生命的神奇和丰沛吗？不是在"说"着艺术创造和接受的自由吗？所谓"照着自己的喜欢"，是说艺术创造者灵动、独异的审美态度，而"我要画得最圆最圆"，则暗示了艺术家那颗对艺术虔诚的心！

诗歌与绘画毕竟不同，在绘画中共时呈现的色彩和线条，被车前子在诗中依序表现了。绘画是空间艺术，诗歌是时间艺术，在《三原色》里，"我"的绘画过程本身就是诗意化了的，这就使此诗建立在一种事态结构上，充满了审美无目的的涣散的味道。诗歌所特有的虚灵、玄秘，就在这全神贯注的唯美境界中展示出来。读这样的诗，是对读者审美敏感度的测验，你必须忘掉诗所承担的"思想"，以一种纯粹的唯美的态度去进入它，你会发现生命的开放和艺术的美好。在我国的传统诗教中，"诗言志"成了判别诗歌品位的准绳，从某种意义上来说，这种惟功利的审美尺度，是将诗当作了"载道"的工具。我们无意全盘弃置这种观念，但必须建立一种纯诗意识。《三原色》的作者就在做着这样的艰辛的（因其处处遭到误解和否定）工作！

日常生活
——一个拐腿的人也想踢一场足球

每扇门里摆满了"世界杯"
我也想踢一场足球了

或者把足球

抱在胸前

像抱着一捧水果

于是就想到结婚

这惟一不意外的奇迹

娶一个健康的女子

若干年后的若干年后

我就有一个儿子

这惟一不意外的奇迹

飞跑在足球场上

就像我自己正跑着似的

坐在栅栏外

我温情地观看

阳光金黄

草坪碧绿

射门：我儿子就像我

把一个个字

填进格子一样自然

足球滚过身边

我抚摸着枯萎的右腿

注视着足球滚远

滚得远远

一直滚到我结婚之前

现在的桌边

叫我去想以后会遇到的好事

真忍不住要哭上几声

一个拐腿的人为了踢一场足球

　　这是一首身世感很强的感人至深的诗。车前子本人是个残疾人，他在七个月时患了小儿麻痹症，右腿留下残疾。他读书只到初中，硬是凭着顽强的毅力，和对生命与世界的善意，修炼艺术成为著名青年诗人的。了解了这些背景，我们会更深切地体味这首诗。这首诗在取材上是新奇的。平时我们见过许多表现残疾人生活、理想的诗，但这些并没能深深地撼动我们。原因是，这些诗仿佛已被规定了程式，所谓"身残志不残"。有些诗人为了观念而牺牲了自己的生命体验，写出些"走向太阳""叩开宇宙门环"的不着边际的空泛之词。当然，不是说不能这样写，但是，一首诗是生命的还是故意制造出来的，读者一眼便能看穿。车前子为这首诗取名为《日常生活》，个中滋味是很明显的。事实上，正是在"日常生活"中，残疾人对自身生命的感觉体验最深。诗人没有写他"要怎样作出巨大贡献"，他只写了"一个拐腿的人也想踢一场足球"，这就包含了生命的苦衷和对命运的挑战。

这首诗在语言上是节制的，诗人没有淋漓尽致地抒写他的情感，只用了淡淡的口语和平缓的声音。他这样做的原因是，这些东西即使不写，读者心中也已存在。他只用了几个场景，就深深地搅动了我们心中的湖水。这几个场景昭示着诗人对未来的憧憬，是悲郁中的自勉、乐观。正是从这里，我们看到了一个勇敢的生命，一个苦难的生命，他不是要我们同情，而是要我们理解。

《日常生活》的确只是"日常生活"。但一个拐腿的人想踢一场足球，这并不是每个残疾人的"日常生活"都有的感觉啊！正因如此，这首诗就格外令人感动，诗人的愿望也并非是"日常的"，而是一个坚强的灵魂才有的——踢足球难道只是一种游戏吗，对车前子来说？

李亚伟

中文系

中文系是一条撒满钓饵的大河
浅滩边，一个教授和一群讲师正在撒网
网住的鱼儿
上岸就当助教，然后
当屈原李白的导游然后
再去撒网
要吃透《野草》《花边》的人
把鲁迅存进银行，吃利息

当一个大诗人率领一伙小诗人在古代写诗
写王维写过的那块石头
蠢鲫鱼或傻白鲢在期末渔讯中
挨一记考试的耳光飞跌出门外

老师说过要做伟人
就得吃伟人的剩饭背诵伟人的咳嗽
亚伟想做伟人
想和古代的伟人一起干
他每天咳着各种各样的声音从图书馆
回到寝室后来真的咳嗽不止
诗人胡玉是个调皮捣蛋鬼

就是溜旱冰不太在行，于是
常常踏着自己的长发溜进
女生密集的场所用腮
唱一首关于晚风吹了澎湖湾的歌
二十四岁的敖歌已经
二十四年都没写诗了
可他本身就是一首诗
永远在五公尺外爱一个姑娘
由于没记住韩愈是中国人还是苏联人
敖歌悲壮地降了一级，他想外逃
但他害怕爬上香港的海滩会立即
被警察抓去考古汉语

万夏每天起床后的问题是
继续吃饭还是永远
不再吃了
和女朋友卖完旧衣服后
脑袋常吱吱地发出喝酒信号

大伙的拜把兄弟小绵阳
花一个月读完半页书后去食堂
打饭也打炊哥
中文系就是这么的
学生们白天朝拜古人和黑板
晚上就朝拜银幕或很容易地
就到街上去凤求凰兮
诗人杨洋老是打算
和刚认识的姑娘结婚老是
以鲨鱼的面孔游上赌饭票的牌桌
这根恶棍认识四个食堂的炊哥

却连写作课的老师至今还不认得
他曾精辟地认为
知识就是书本就是女人
女人就是考试
每个男人可要及格啦

中文系就这样流着
老师命令学生思想自由命令学生
在大小集会上不得胡说八道
二十二条军规规定教授要鼓励学生
创新成果
不得污染期终卷面

中文系也学外国文学
着重学鲍狄埃学高尔基，有天晚上
厕所里奔出一神色慌张的讲师
他大声喊：同学们
快撤，里面有现代派
中文系就是这样流着
像亚伟撒在干土上的小便宅的波涛
随毕业时的被盖卷一叠叠地远去啦

新生代诗人有一个共同的审美特征，即反文化，反崇高，反优美。在他们的艺术语义、价值取向及文化深层构成上，都多少可以觉出美国"垮掉的一代"的影响。但事实上，他们"反文化"的精神实质是反对封建理性，"反崇高"的用意在于恢复现实的个人的主体意识，"反优美"是要打破规行矩步的古典审美趣味，追求一种新的冲突的美。而这些都与"垮掉的一代"有相同也有不同。反文化就意味着出现了另一种新的文化现象，这是时代的必然。

李亚伟的《中文系》是传遍我国高校的名篇，它体现了现代大学生相对和怀疑的精神。这首诗，对我国绝大多数高校封闭保守的教学方式和对以"述而不作"的治学态度为特征的超稳定型文化传统，进行了某种嘲弄。这是此诗的一个方面。此诗的另一个方面是，诗人描述了几个骚动不宁的灵魂。这些人具有玩世不恭、厌倦颓丧、放荡不羁、迷惘荒诞、六神无主且力比多冲动的性格特征。这些人是当代的"麦田守望者"类型。他们不满现状，但采取了自恋到自渎的反抗方式。诗人仅仅在那里"呈现"这一切，这是具有相当的认识价值的。我们不能简单地认为，诗人是在歌颂这一切。事实上，一首诗仅仅是"呈现"，其结论应由读者得出。正像劳·坡林所言："我们务必谨慎，不可随便把诗中的情节安在诗人身上。诗人和小说家、戏剧家一样，有充分理由把自己的实际经验加以改装，使之具有普遍意义……就是说这是故事中人物的发言而非诗人自己的发言。"（《怎样欣赏英美诗歌》）这首诗改变了以往的"憎爱分明，是非分明"两极对立的认识类型，形成一种暧昧和反讽的态度，这些有意性实验，极为成功。

我和你

　　我的脑袋在诗句中晃过我的身体在一片金秋天下朝你
　　　　出发
　　好季节啊这地球长满酒店老板肥而又壮
　　来一场大丰收我真想
　　迅速溜遍中国
　　把日子混个透！

　　李亚伟我们走吧
　　太阳刚刚升起大地上酒杯林立
　　阳光射来一片女人的尖叫！
　　睁开眼我的梦已经站到我的鼻子稳稳停靠在脸上

真是和你不期而遇啊！

一旦醒来我便成了李亚伟真让人觉得这事儿严肃
拐过早晨房屋朝右边让开我想开头最好是去一个
随便什么地方交一个随便怎样的朋友这念头显然正经
一个女孩被活蹦蹦套在订婚戒指里在我面前挣扎了两下
　　然后继续用早餐
在中国每天五千多女孩结婚真是够惨的诗人再多也没
　　什么
大不了互相抄袭诗句铺天盖地互相
混乱今早起床我和你便混成一个人啦！

出门时我把你穿在身上外面情况紧急
男人抄袭男人女人剽窃女人我挺喜欢呢这热闹凑定了
在中国大家都把用坏了的名字改一下把用好了的东西也
　　改一下
我把一贫如洗的酒杯朝下泼了整整八次只不过一贫
如洗喂老板不管什么酒先给斟满趁热闹
我在句号后面找了不少酒钱一个小子
在我面前学女人下巴光光活像脚后跟对着我
阴阳怪气被我几拳揍成了女的
这家伙改变性别之后
仍在诗坛挤来挤去

上午总让人感到挺新鲜挺有活头让人
顿生功成名就的预感十一点准时跟一浅发女孩角斗般
亲嘴心里考虑是否来一次现场直播来世雄近来可能
要价太高中国女排姑娘把排球直往地球上扣
前些日子朋友同事们情绪高昂都想
出差开会请病假去北京当女排姑娘锁紧中山服所有纽扣

在排球边扬眉吐气做一场中国人！

我急匆匆走在人行道上二十多个女孩
给我制造了二十多次勾引她们的绝好机会而我
背着手嗤之以鼻偶尔对爱情的忠贞让我
顿感骄傲抬头正遇日挂中天
突然想操起血管朝上喷射这太阳一到中午就脸色焦黄
地球也挺疲倦它俩不知到底干了些什么孔夫子
前几天与小孩辩日真是离题甚远孔子这样的
男人教书也太屈才若把他换个单位干警察也不赖站在
街上准让全国妇女躲在家中不再抛头露面！
穿过中午饿极了酒馆朝两边让得挺远
古代的中国也只几个老头坐在皱纹里喝酒眼下
农民一群群进城在工人身上种田我
要求插队落户也插不到他们的饭桌边女朋友也迅速把
自己安装在香烟上防止我袭击她的嘴唇好极了这娘们

中午做人真难脑袋朝阴影处萎缩好一个秋日的中午啊
诗句的芦苇摇晃起来脑子像一座黑夜四下里
传来性行为的声音一点钟全国人民瞌睡准时来到叔们
　姨们
四肢无力垂涎掉泪呵欠不止这瘫病
也对我下手血洗灵感我立即研究还做不做诗人动员
全身各器官在眼睛里开扩大会议五秒钟之后就哗地一声
　瘫在床上了！

中国实际上是一个
调皮捣蛋的国家想到自己是正经八百的中国人我心里
直乐狠狠拐过下午一下子拐得太猛迎面跟
单位领导碰个满怀他表扬我上班准时打算封我

为第一百零九名理事这家伙在古代大概是宋江这宋江
心里也明白如今的青年都想做一把手不停地拉帮结党
　建立
公司创立流派宋朝的办法已经不行想当初
那边的老哥们发明了火药罗盘之类历史老师们骄傲极了
没多久火药到了八国联军手里弄得俺曾祖们那批京津
　青年
挨了一顿好揍哥伦布及后来的洋哥们把罗盘借去轰轰
　烈烈
地航海航天走得好远今年夏天
　我勒了很久的腰带外加对
哥们姐们多次敲诈勒索方才走到武当山的半腰在那儿
还有几个老爷子拿着罗盘察看风水呢!

这下午也太短了把自己安装在办公桌上用心
欣赏窗外美丽的海景鱼儿吐出白云
李白吐出古诗直到一位同事酒后呕吐出妻子
奸夫在黄昏里散步
这样的黄昏我面目痴呆地东张西望想要
吃掉整整一座厨房!

世界上所有的下午都让人饿极了血管牵着嘴唇来往于
人行道上这时全中国所有的主妇都在厨房
里同烟囱一齐快活地冒在我的胃在汉朝的长城边狼烟
　四起
情况紧急我迅速从汉武帝手下开小差直奔女朋友饭桌
　宣称
不久提拔她为太太她不会当场晕倒吧一个汉子
在她身后陡然崛起下巴挂着沉重
山羊胡在我周围转来转去要把我泡进菜汤里的这小子

也真够劲在"朦胧诗"崛起之后

这样的哥们越来越多了好朝前

赶路吧酒馆再次远远地让开我和你

同时叼在了一根劣质烟卷上！

地球上国界越来越明显男女界限日趋模糊房间里飘满

汉子们的长发几杯曲酒下肚决定狠狠刨个光头然后

把软绵绵的房屋像脱衣服一样脱掉走得远远的要不

干脆留长长的辫子叼在嘴上去武打片中报杀父之仇父

　　亲虽

活得挺好正坐在沙发上一本正经当主任

也无所谓走街串巷似乎到了美国在丹佛一个广场边

两个汉子正互相猥亵狎昵亲嘴美国哥们也太好玩若是

政府批准出国我准去自由女神像下当个体户开创

第五产业承包其全国白哥们黑哥们人体零件的拆换凭着

一个中国佬的智慧和小聪明广开财路然后

在美国继续当地下诗人并迅速建立二十个以上的流派

　　铅印

若干的《非非》《他们》等地下诗刊撬翻美国诗坛！

进入黑夜眼睛慢慢消逝美丽的城市

一座座滑过地球越来越大站在路边

和所有路过的人发生一种微妙的关系要是一只蟋蟀不

马上离开我也不会当场成为一只蟋蟀在广场边因为

遭到几个顺便逮住我的人的无聊耍弄而快活地高声尖叫

叫完最后一声道路的铁棒把醉汉撬翻我突然发现自己

已回到床边走了这么远的路正感叹

自己不过是一双旅游鞋唉李亚伟

请多待一会儿我把

世界上千万座城市用一根鞋带拴进你的家中

全国三十一个省市的朋友都把脸凑拢多待一会儿

他们准会留你别沮丧他们跟你一模一样啊姑娘们
也会留你不会老是把手抬起来看那该死的时间请坐下
现在是深夜我把一座座酒馆扛进你的心中！

我知道一个人即使睡眠严重不足也是可以勉强
活下去的想尽办法眼睛还是睁不开就闭着眼去见
爱人朋友刚见面他们就要我来点够劲儿的
这怎么行打算闭着眼混日子热热闹闹给混掉了
夜幕已经降临我的表演已经够糟该谢幕了那么
就往回走吧朋友们再见酒杯李白孔子同事们再见再见
再见酒店老板你才是一个真正的诗人每天都在写我
别了媛媛花花草草别了李亚伟愿
你好走告别告别哈我恨这种事！

独自进入午夜心里仍然挺高兴愉快的日子
怎么说也愉快我打着呵欠兴致未尽李亚伟我等你的又
　　一场
遭遇在梧桐树下发生浪漫不浪漫无所谓
险恶情形出现也不打紧再险恶也
莫过于现实对诗意的残酷无情但这情形也唬不了人要
　　知道

真正的李亚伟现年二十三岁才真正的
年轻得唬人哪在一个遥远乡村的屋子里窘困地拖着
怪模怪样的身子走来走去下巴若隐若现露出几根稀稀
疏疏可能叫胡子的东西两粒贼亮的眼珠骨碌碌直转朝
你走来准有什么事情要突然发生可别
发生太大声的尖叫别闭上你的眼现在是黑夜
沉沉睡意围拢来我推动眼球的沙发向你靠近你不孤独吗
你不是需要一个朋友吗这样的时候才会产生真正的感觉

我手在口袋里直掏喂借个火我的意思很明白是想
给你朗读我的诗歌我只想让你快乐从你认识我起直到
你死去每天深夜我只想让你乐一下没有其他
邪门想法别介意白天的繁嚣正深深下沉我慢慢
进入你心中很远很远的地方!

这首诗静静地落在纸上,但当你读了第一节后,它活动起来
了——它不再等着你去玩味咂摸,而是轰轰隆隆地主动迎上你去,撬
翻你的阅读习惯,粉碎你的审美观念,教你目不暇接、头昏脑涨、且
喜且疑、六神无主!作家王蒙在评价现代派青年作家刘索拉的小说时
说:"那种闹腾劲儿,那种嘲笑别人也嘲笑自己的语言,那种意欲有所
追寻但又对不准目标的惶惑,那种不惜一切的献身精神与创造欲望,
那种自我夸大狂与自卑自弃,尽管有时候是以'不像'的闹剧形式出
现的,却也真实地再现了 80 年代某些城市青年的心态风貌……但他
们已经出现了,哪怕是在闹剧的或自嘲的外衣下面,他们发出了自己
的杂沓的却也是动人的青春的声音!"(《你别无选择·序》)善哉斯
言!表现了优秀艺术家对青年人的深切理解和快活的包容力量!表现
了对新艺术观的敏感!

李亚伟的《我和你》就是以"闹剧"的形式写出的青春的诗。这
首诗从表面上看有某种"恶作剧"的意味,但深入细辨,我们会发现
在这种恶作剧背后有一种充实宏阔的青春生命力勃发流通着。这是永
劫和超越、矛盾和欢乐、对自身价值的自信和活的血性难以羁束之间
的冲突。对艺术而言,生命力本体的充足,就是美就是诗!透过诗人
那大大咧咧的、未经教化的野性,我们体味到一种题材之上的意味:
不知满足,不再买账,精力弥满,四面出击的青春期骚动。我们忘记
了从"实用"的观点去评判此诗的"主题",而着实被这健壮的精神
和紧绷绷的肌肉惊呆了。诗人的直率、粗鲁、幽默感,使我们得意忘
言,专注于抽象的生命力的挥浩流转横扫旁溢。我们注意到,诗中狂
肆的意志并不带有任何侵犯和暴力意图,它的放纵和兴奋始终旋转在
个体生命的中心,宣泄着过剩的青春精力和对生活的直接情怀——对

厄运毫无惆怅之感的豁达情怀。这就是"酒神精神"，这就是现代的狄奥尼苏斯们不可否弃的喧哗与骚动！诗人的自谑毫不虚伪，他的自豪也不无根由。这首诗在调侃自嘲中也糅进了严肃的成分。比如对四大发明的火药、罗盘等的反思，对目下诗坛脂粉气、贵族气的批评，对疲软的国民精神的嘲讽，对"扬眉吐气做一回中国人"的嘲弄等，都以一种乖张、滑稽的语气，从反面引起人们的思索。

　　李亚伟自称为"腰间挂着诗篇的豪猪"（见《关东文学》1987 年6 月号《莽汉手段》)，他要以直接的、粗糙的、急煎煎的创作态度，以众声喧哗使诗从圣殿还俗，以反诗的形式探索另外的诗之路。他诗歌的语言是强烈而连贯的，仿佛泼辣辣滚动着的长铁链，使人在上气不接下气中直接感到扑面而来的酒腥气息。读这样的诗，你会获得一种生理上宣泄的快感，平添一脉放荡敞亮的滋味儿。作为一种后现代主义实验，李亚伟的探索是成功的。即使将这类诗当作单纯的娱乐对象，它的价值也可以肯定了：正像诗人在此诗的最后所言——

　　我的意思很明白是想 / 给你朗读我的诗歌我只想让你快乐从你认识我起直到 / 你死去每天深夜我只想让你乐一下没有其他 / 邪门想法别介意白天的繁嚣正深深下沉我慢慢 / 进入你心中很远很远的地方！

何小竹

鬼城三种

菖蒲 (之一)

羊在山上跑
那人看雨从羊背上走近
于是采菖蒲的孩子

说刚才还看见
有一个太阳
菖蒲挂在木门上了
女人在洗澡
忽然想到那头牛了
两天前就生了病

牛车从很远的地方来
那人抱一捆菖蒲
晚上熬成汤

羊又在山上跑了
云很白很白
那人黑着脸

鸡毛（之二）

你望着雪山的时候
想起鸡毛
那柔软之物

雪山便从鸡毛的背上
日日消瘦
多毛的幻想
总是

从门缝
有如柔软的手指伸向你
十三根断指淌着鸡血
那占卜的书页
可就是这样写成的吗

你想
再不能将鸡毛插在领子
妻子以怀孕的神情
仰望你脸上怪异的风景

大红袍（之三）

我穿上这件袍子
很多男人这样穿过
很多男人也是这样说的

大红袍下

藏着我的魔术球
黑白两色
一手捏一个

每天我都估算着
该伸出哪一只手

总说时间到了
可是在那间铺子里
老裁缝还没裁好另一件袍子
老花镜搁在寂寞的中午

如果你
因为雪天感到冷
我把袍子借你
但要相信自己
害你的
并非什么魔鬼

相信那绝对是幻觉
相信大红袍
只是每个男人都穿过

　　在诗歌中，感觉可以是有所指的隐喻，也可以就只是感觉自身。对于后者来说，诗歌是一株麻醉性的植物，是一种纯粹的对语言的试验。在写下第一行诗之前，什么都没有，但第一行诗突然出现了！一个场，就开始渐渐在诗人冥视中显形。这样，意识的死树里开始有液汁流动，你感到奇迹出现了，一切都充满了神秘的、咒语般的力量，这就是诗的语言改变了世界的力量。
　　何小竹是个纯粹苗族血统的青年诗人，他的诗被称为"巫术诗"。

当然，这只说明了何小竹是以"巫术"的感觉去写诗的，并不能说明巫术本身的性质。在何小竹的诗中，物体通过某种神秘的感应可以超越时空，作用于人的生命之中，并对你发生着永恒的影响，这可以理解为何小竹对自然泛神观的倾心。而这一切，归根到底还是诗人对纯粹感觉的信任和珍爱。这里的三首诗就是这样，你不必去追究《菖蒲》是什么，《大红袍》是什么，《鸡毛》又是什么。你只去循着诗人的语言进入诗歌，就会在冥冥中感到，这三种物体都是有灵性的、充满不祥预感的东西。从纯粹的物体功能的角度去理解，它们是无法得到解释的，但抛开这些，你会发现潜藏在诗人生命深处的，乃是一种源于本能的恐惧构成的缓解的应力的模式。命运的流向是一种刻毒的固执的力量，它使人防不胜防，暗中支配着你，你将此作为图腾，恰恰是源于对它的恐惧。诗人无意表现他的恐惧，他只是将原始的感觉写出来，这里面自然就含有生命底层的那些潜意识在内了。诗人这样告诉人们："相信那绝对是幻觉 / 相信大红袍 / 只是每个男人都穿过"，如此而已。

美国学者苏珊·朗格在她的著作《情感与形式》中说："在诗歌的描述中，不涉及意识的事实，其成分是虚幻的；语言的印记创造了事情的全部，即创造了'事实'。"对何小竹的《鬼城》来说，我们只要接受其全部语言的事实就可以了，不能去探究诗人陈述的事件原来的样子——因为它只是一种纯粹的感觉，对外部事物无所依附，却又源于生命内部。与其说这些诗是智力活动的产物，毋宁说它们是天赋的产物或是一种血缘里（苗裔？）涌动的东西。它们毋须呕心沥血，而是从童年起就深深地通过其特有的地缘性和文化语境植根于诗人心中了。

杨松霖

误会 B

如果世上只有一个人
此人必定孤独
但这世上有着难以计数的人
却仍然存在孤独
对话
意味着人有意无意地在排解孤独
谋求人与人之间的理解

假设这种理解是能够实现的
我们可以举出许多的例子来证说
比如在历史时间的某一刻
有两个人同时亮出手里的火
相互理解了
而第三个人则因此误会
付出巨大的代价

我们再假设
如果第三个人也想到了火
结果将会怎样呢
历史不再表现为一个发展过程
而成为一种静止——

理解的实现令我们坠入这个困境

假设人与人的理解业已实现
那么所有为实现这一理解的话便随之失去了意义
人与人再不用作任何交流
就只有沉默了——
理解的实现致使我们失去理解的对象
我们仍会陷入另一种集体孤独

不理解的孤独是因为存在着难以避免的误会
理解的孤独是因为我们失去了误会
我们谋求这种理解与
我们谋求这种理解的结果恰好相悖
我们谋求理解却又不能使其实现
这本身即是一个错误

"那我们为什么还去谋求呢？"
谁若提出这个问题
则又是一个误会

　　杨松霖的诗歌具有深刻的反讽性质。但这种反讽与一些诗人不同，他不是诉之于玩世不恭的嘲谑、以恶抗恶的宣泄，而是遁回到内心，以类乎数理逻辑的方式思考生存的意义。在他的诗中，进取和宿命是同步发生的，对生存的批判和整体包容是共同完成的。他很少追求那种表面的"自我"，他尽量显示分析哲学的抽象的高度。
　　《误会B》选自他的组诗《误会四种》。这首诗不是仅仅在"我们"与生存的对立这一点上做文章，而是在这两方面的互为因果互为表里上做文章。这就超出了一般意义上的实用理性，而进入了更高层面的人类整体悖谬的存在状态，既是理性的，又是怀疑理性的，它就那么存在着，像生存一样难以概括。这种永恒的悖论是杨松霖诗歌高于那些"反思""思辨""诗哲学"的诗之处。《误会》这首诗共有六节，这六节不是递进式的，而是循环不已的"怪圈"。这怪圈就是人——文化——语言的"存在与空无"。"误会"是怎样产生的？它源于人谋求理解的需要。现代人人人都生活在孤独中，他们为"排解孤独"去进行"对话"。但对话的结果是未参加对话的人"误会"，他又陷入了双重孤独。而这个"第三者"也加入了对话，结果更为可怕，"理解的实现致使我们失去理解的对象"，同一角度的探究离生存的本源越来越远。我们为了消除"误会"而对话，其结果与我们的初衷"恰好相悖"，这难道不是一个更大的"误会"？存在的不可知，语言的宿命在这里得到体现。你说它是理性还是非理性？是理性中的非理性？非理性中的理性？很难说，生存就是这样充满盲目、偶然和自觉、秩序，这是它整体性的面目，如此而已。

但诗人不是一个浅薄的悲观论者，他嘲笑了那个提出"那我们为什么还去谋求呢"的人。因为，人生时时处在一个过程中，"运动从来没有完整存在过，它只是过程"（萨特《厌恶》）。"谋求理解"的目的不是实现它本身，而是证明人的存在。知其不可而为之，这就是人高于动物的根本之处。你说这是悲观还是乐观？我认为，这是一种根本的乐观，因为诗人看清了生存的怪圈，而又主动投入它，他是自为的。

关于门的四首诗

Z 的门

Z 沿着石墙寻找门
已经很久很久了

Z 总是遇到墙

他困在围墙里
或者说
他被阻隔在围墙的外面

Z 很孤独
Z 认为
不穿过这堵墙
就无法解脱孤独
Z 已经厌于寻找路了
因为每一条路的末端
都遇到这堵墙
被墙截断
Z 深信不疑
墙的外面
路肯定会有新的延续
翻越这光滑的墙不可能
只找到门
找到关键的门
这是他惟一的办法

对于那些只有半截路的厌烦
使 Z 焦躁不安
他不能平静
他感觉到自己像一个囚犯
必须逃走了

久久地，久久地
Z 沿着石墙
寻找门

A 的门

A 弄不明白
他何以会遇到如此
众多的门

A 在心里诅咒
建造这些门的人
当初肯定喝醉了酒
把什么都搞得一塌糊涂

现在该怎么办
他该走哪一道门呢

A 要去参加一个重要的假面舞会
现在他必须判断出
从这些一模一样的门里
走哪一道门才能到达会场
A 手里捏着请帖
时间就要到了
而他那怪脾气的女友
该会以怎样令人难以忍受的方式
嘲笑或干脆抛弃他呢
A 左手腕上的表针
飞快地走着
A 的额头上沁出了汗珠
浑身燥热

A 面临选择

选择关系到终身大事

面前的每一道门里
都潜伏着一种错误
也正因为错误的存在
A 就必须选择
A 像一个团团转的骰子
难以确定他自己
该在哪一份赌注上停下来

因为一个不能拒绝的约会
A 陷入了困境

K 的门

K 当上了守门人
穿上传统的制服
这是他渴慕已久的差事了
K 上任之后
十分认真地拟定了一整套
出入门的制度
K 考虑到每一个细节
他甚至要盘问出门人在每一年中
打了几个喷嚏
这关系到疾病的传染
他要让出门人
交代他们最隐秘的私事

这都是门赋予他的权力
也是义不容辞的权力

K 也为自己拥有这样的权力
感到满足

K 对门做了一番精心修缮
并做了些改动
使之更显得庄重、肃穆起来
K 端详着门
长长地松了一口气

岁月流逝
K 在门前久久等待着
终不见有人要出这道门

K 为此深深地内疚
同时也感到困惑
难道过去也无人出这道门吗
那么
为什么要盖这门
门究竟是谁盖的呢
K 倍感烦闷
他的权力得不到实施
他仅仅是个守门人

古老的风不停地往返
门又在渐渐陈旧了
守门人守着门
百思不解

T 的门

T 打坐房间里

在昏暗的灯光下静思
如果没有这道
通往外界的门
这房间可以说就是完美的六合了

几十年尘世纷扰的生活
使 T 深深参悟到
必须将自己繁杂的思想沉淀下来
才能找到人生的目的
而这一切用"矛盾"是不能解答的

T 企图获得一种绝对的孤独
然而，这道门……该死的门
门外的脚步声
总是震乱房子里业已平静的空气
T 总担心有人敲门
或是情侣在门外私语
或是恶人在门外殴斗
或是商贩在门外谈生意
甚至有迷路的儿童
在门外哭喊爸爸
T 想
难免有一天
会有人突然闯进来

久而久之
T 感到自己是在被愚弄
T 明白了
他仍然不能摆脱"矛盾"
他处处都在受到尘世的挑战

　　——门的挑战

　　而且不论从哪方面讲

　　T 总是被击败者

　　T 终于跨出了这道门

　　走入尘世

　　《关于门的四首诗》由内容相联系的四首诗组成。这种联系不是在同一观念的指代系统里旋转，也不是平行推出四种现实，它们是在一种相互作用、冲突、排斥中，结合成的一个稳定的结构，它消解了二元对立模式，扩大了问题的难度。现代人寻找精神家园的种种困境、尴尬、荒诞，都被诗人赤裸裸地揭示出来。所以，这首诗的最高限值不是感情的强度，而是认识的深度。诗歌在这里担任的是"生存的证据"，这样一个庄重的文化角色。

　　四种"门"是四种困境，四种与人的存在密切相关的现实。《Z的门》已被森严的墙封死，根本不可能找到，但他还在焦灼地四处寻找，像一只圈在樟脑圈里的蚂蚁，这是现代人渴念生命归宿的虚妄过程。《A的门》全部洞开，而事实上都成了门的假象，仍然无门可逃。这是现代人彼此谋求理解的内心需要事实上成为更深一层的"误会"的共谋。他情有所钟，但却找不到路径，最终只能像蚌渴死在宽阔的沙滩。《K的门》企图制约人们，但恰恰最先被制约的是他自己，门失去了意义，凝化为专制的死结，这是异化人者首先被异化的事实。《T的门》是"烦恼"的原因，但当他遁入内心却发现真正的"沉沦"和"死亡"，是源于生命本身。他无法规避作为现代人存在的本体属性，生命的"亲在"到处都散发出咄咄逼人的气息。在这四首诗里，对人的本质、人的悲剧的理解已经超越了社会层次和道德层次，而直接进入了生存状态的极点——抽象的人类这种散居在地球表面上别种生命形式所没有的尴尬命运。

　　这四首诗简隽硬健，像炭笔素描。范畴的广泛和表述的简洁，锋利节制的意象和从容不迫的交代，语义的偏离和语感还原是那么和谐地熔于一炉。诗人老老实实为读者打开大门，迫使你去寻找"门"背后的意义。他追求一种新的"明晰感"。这种平静明晰的气象并非一种可以有意为之的技巧，而是诗人在生存面前的一种心态：在这四首诗中，始终有个沉默的审视者，他清醒冷静地望着人们望着生存严酷的面庞，他彻悟他悲悯他不再蛊惑。所以，与其说这种明晰是以纯净的艺术语言谋求快感，不如说它本身就是生存原初的简单但无可把捉的模样。明晰而不可渗透在这里就构成互否，它使你深入生存，并对自己重新陌生。诗歌就这样轻轻一扫，抚去蒙尘让我们看到反复铸下大错的本体生命。这首诗中的每一部分，都有一个"故事"框架在内部支撑，这就使它们避免了一览无余的告白，充满跃动感。正如狄尔泰所言："最伟大的诗人的艺术，在于它能创造一种情节，正是在这种情节中，人类生活的内在关联及其意义才得以呈现出来。这样，诗向我们提示了人生之谜。"（《体验与诗》）杨松霖的这首诗也许称不上"伟大"，但它们无疑是"重要的"。

大 仙

听 蝉

下午的寂静从林子的空地上蔓延起来了
这下午的风在我的掌中一动不动
我默默地和石头坐在一起
四周全是我不同姿势的影子

这蝉声就在这时候响起了
这蝉声从半空里轻轻落下
轻轻拂响我的影子
我那攥着风的手也张开了
要把这声音合进手掌

这蝉声在我的手心里
通过全身
和我的呼吸在同一个时间
回到树上
这蝉声浓浓地遮住了我
一遍一遍褪去我身上的颜色
最终透明地映出我来
哦,我已是一个空蝉壳

我会如此静坐一个夏天
如此不见一切

大仙的《听蝉》颇有禅气，诗人在静寂的凝神观照中，与自然发生了心灵往复，终至物我归一、人"蝉"两忘。在这种空澄恬适的氛围里，诗人摒却了尘俗间的烦恼，达到荡涤肺腑的自我解脱。这正是一脉东方风的吹拂使然。整首诗的格调是清淡岑寂的，但清淡中有真义，岑寂中亦不乏生气。"自然即我心，我心即自然"，人与自然混沌一体，那宁静冲淡中生命在开放。

"下午的寂静从林子的空地上蔓延起来了／这下午的风在我的掌中一动不动／我默默地和石头坐在一起／四周全是我不同姿势的影子"。这开始的一节就表现出诗人在直觉观照中与自然消失了界限，成为朦胧的一片，自然之中已深深地包含了我，我成为承受风的一株植物，成为和石头一样的万象之一。这里，自然已不是心灵的寄托，它和心灵本是一体。人也不是自然的陪衬，而成为自然的一部分。"这蝉声就在这时候响起了／这蝉声从半空里轻轻落下／轻轻拂响我的影子／我那攥着风的手也张开了／要把这声音合进手掌"。只有"默默地和石头坐在一起"的人，才会感到蝉声是"轻轻落下"的。这是一种身心俱忘的境界，在这境界里，无形的被看出形来，声音被合进手掌，纳入肺腑。"这蝉声在我的手心里／通过全身／和我的呼吸在同一个时间／回到树上"。这时的蝉鸣已是从我胸中泻出了，它已不是一种听觉，而是一种生命的节奏。是人的"本心"发出的声响。是一种生活方式的风流。"这蝉声浓浓地遮住了我／一遍一遍褪去我身上的颜色／最终透明地映出我来／哦，我已是一个空蝉壳"。这里是说人与自然的忻合无间中，人怡然自乐并领悟到深邃幽微的哲理辉光，"此心安处即吾乡"——精神的家园就在这物我合一的喜悦之中啊！诗人顿悟到这一点，乐不思返，他要"如此静坐一个夏天／如此不见一切"。

这首诗结构严谨而富于弹性，语言亦不乏传统风神。诗人不求大开大阖，但求"从半空里轻轻落下"，这一切都与本心清净的诗风达成高度的和谐，充盈着禅趣。

聆 听

我的天空有乱鸟飞过
黄昏
叶喧如雨

我的草地上有泡桐树立
风花月季
含芳自妍
几只飞虫绕过花坛

我的季节是六月
蓝星闪耀
淡月微圆
我的襟前有暮色滑落
六月
我听到第一声初蝉

我的静寂之中有蝶翅扇动
静而聆听
盈盈绿水洗蝉声
我的风语
我的钟吟
我的唇边一枚簌簌的青杏

这首诗写得静、幽、淡、雅，有如"静寂之中有蝶翅扇动"，"盈
盈绿水洗蝉声"。那种清旷渺远的情趣，那种全无人间气象的恬静、

自然，都被诗人毫不费力地融到笔下，成为一种心灵的潇洒气象，一种浑然天成的审美效果。《聆听》这首诗"聆听"中的内容，显然并非皆是聆听而得。诗人不过在"嗒焉自丧"的状态中，目不迷五色，耳但听八音罢了。仿佛禅家打坐，摒思弃虑，闭目进行纯粹的直觉体验，那冥冥中的物象便有了灵气，与诗人的内心省悟达成不分彼此的一片，成为诗人精神状态的图景。

这首诗在一派静寂中写声音，但写得极有层次。先是"我的天空有乱鸟飞过／黄昏／叶喧如雨"，这是大音，有噪杂感、冲动感，暗示了诗人还没能彻底进入冲远澹泊的化境。接下来，写"几只飞虫绕过花坛"，这是弱音，但仍可聆听，诗人的冥思已经渐入无我之境。这两节不但写实有的声音，而且有具体的物象，"泡桐树立""风花月季""蓝星闪耀""淡月微圆"，写出了干净疏淡的景物，但仍是"我"看到的、"我"听到的。下面，诗人才真正达到浑然忘我的状态，"我心"听到无声的"蝶翅扇动"，无形的"盈盈绿水洗蝉声"。这两个意象只可能心会，不可能"聆听"。蝶翅无声，绿水如何洗得蝉鸣？这真是神来之笔，心不待境静先静啊！最后，"我"彻底消失，不再"听到"什么，而是我就是"风语""钟吟"，就是"一枚簌簌的青杏"了。

静寂中读过大仙这首诗，使我们心胸为之涤漱，于波澜不惊中达到心灵的安歇。当然，这不是现代人的生活方式，但我们不妨进去待一会儿，水澄江静，满目青山，我们疲惫的心在那儿卸下了，这挺好。

雪　迪

饥　饿

我听见那种饥饿的声音
日夜嗥叫在我的面孔里
我的手在喉咙里挣扎
在吐出的日子上布下爪印

被遗忘的人在另一个地点折磨我
他们准确地撕扯我的回忆
我听见他们歌唱着
在时间的深处打捞我的伤口
在疼痛密集的海上
我的身体缄默着

我最大的伤口，在牙齿间生长
我听见那种声音
我听见死去的人在我脸上
一次又一次胜利地歌唱
我把手伸进喉咙里
开辟一条无声地嚎叫的航线

　　饥饿，这是人们久违了的字眼。他们吃得很饱，很舒服，他们满
足地笑着消磨着生命的时光。但是有少数人，他们在吃饱了饭之后仍

然感到饥饿，并且这种饥饿是不能用食物解决的。他们疯狂地寻找，痛苦地呻吟，他们不能停下来，饥饿成了他们生命背后的动力。饥饿——灵魂的饥饿！它的危险不仅指向个人，而且指向群体。像传染病一样日益远播的饥饿，使这些人的生命充满觉悟，那饥肠辘辘的声音，成为他们精神的内在音响。生存对现代人灵魂的压抑，就这样被雪迪用"饥饿"体现出来了！

"我听见那种饥饿的声音／日夜嗥叫在我的面孔里／我的手在喉咙里挣扎／在吐出的日子上布下爪印"。这是现代人灵魂空虚无所依归的生命体验。生存在这里被还原为一种极为简单的感悟：饥饿。"嗥叫在我的面孔里"，是说这种饥饿的折磨无法倾诉给他人，或他人并不关心，人与人之间如此冷漠，所以，"我"不能说出"我"灵魂的真容，只能下意识地在面庞上体现出来。而"我"生命内部冲突是激烈的，相互矛盾的思想在时时斗争，"我"无望的手缩在喉咙里，不再向世人求援，只让"吐出的日子"布满自戕的血"爪印"。这种"饥饿"感的产生，源于个体生命在世界上的孤独、不安；源于世界上总有那么一些制造或强化异化现实的"强人"。"被遗忘的人在另一个地点折磨我／他们准确地撕扯我的回忆"，"在时间的深处打捞我的伤口"。这"被遗忘的人"，是指那些权力主义的"强人"，他们对人类犯下了滔天罪行，他们的嗜好就是无止尽地施暴施虐，望着人类的呻吟，"他们歌唱着"。生存的焦虑击倒了一个又一个善良而软弱的人，"在疼痛密集的海上"，他们的心在流血，而"身体缄默着"。他们的灵魂在饥饿地嚣叫：生存，这就是你基本的面目么？！

诗人为找不到生存的答案在"饥饿"，在斗争。在他的前面，已经倒下了无数的同类，这些"死去的人在我脸上／一次又一次胜利地歌唱"。这种"胜利"是多么残酷！他们以生命的死亡为代价，才得以逃出灵魂的"饥饿"状态。这是诗人所不能认同的。因为死并不能证明饥饿感的最终消除。他还要不断地追问下去，不断地找到灵魂的"粮食"。于是，他不再自戕地用手在喉咙里留下血印，而要勇敢地开辟一条探究生存的"航线"。

这首诗在深层意象中运动着强烈的现代智性，是揭示生存的诗中难得的上品。

总有一天

总有一天，你会衰老
你生命的车栏已褪色枯朽
你在田野上孤零地散步
手中的花朵滴入疲倦的泪珠

那时，你会想起我吗
一颗被你的轮声擦伤的
沉默的树。你会站在树前
靠着它短暂的休息
而它遍痂的身体也老态龙钟

伸出手，摘一片叶子
犹如从架子上取一部诗集
看着叶脉的横纵网纹
悄声叹息。红胸脯的鸟
拍响着翅膀远去

这首爱情诗写得深沉、纯洁，与众不同。在这里没有甜甜腻腻的"我爱你""梦""露水"之类，也没有撒娇式的祈求。它内在、质朴而又明亮。在诗的构思上，诗人取得了很大成功。这首诗中，"我"的爱情始终是建立在无望的基础上的，无望而不悔，这才是真正的铭心刻骨的爱情。当时光悄悄洗去青春的光泽后，姑娘"生命的车栏已褪色枯朽"，她孤独地漫步于田野，手中的花朵已被疲倦的泪珠打湿。而那时，诗人愿是一棵树，让姑娘靠着他短暂地休息。虽然这是一棵被她青春欢快的车轮擦伤的树，通体的擦痕也老态龙钟，可这是一棵一生都在爱着她的树，每一片叶子，都是一部写给她的诗集！但这时已经晚了，姑娘只能望着叶脉的横纵网纹悄声叹息，青春已逝，时光难回，一切都像那只"红胸脯的鸟／拍响着翅膀远去"了。

这首诗的成功主要得益于诗人"预叙式"的构思。诗人将自己对姑娘的爱情统统作为背景处理，而只选择了未来富有戏剧性的可能场面（一位老妇人和一棵老树），就将爱的方式说尽了。这个场面背后，隐藏着一部曲折的爱的故事，那棵树被"擦伤"的过程只字未提，但历历在目。

这首诗写得委曲深致，却不给人以故意绕圈子的感觉，除了构思的巧妙外，更得益于诗人那一腔纯真的感情。爱尔兰著名诗人、诺贝尔文学奖获得者叶芝也有一首著名的情诗，是以预叙构思和真情取胜。这首诗与雪迪的《总有一天》放在一起对读，会看出诗人受叶芝影响而又能出新的艺术精神。这里，我们将叶芝的《当你老了》全诗录下，供读者对读、欣赏：

> 当你老了，头发白了，睡思昏沉，
> 炉火旁打盹，请取下这部诗歌，
> 慢慢读，回想你过去眼神的柔和，
> 回想它们过去的浓重的阴影；
>
> 多少人爱你年轻欢畅的时辰，
> 爱慕你的美丽，假意或真心，
> 只有一个人爱你那朝圣者的灵魂，
> 爱你衰老了的脸上的痛苦的皱纹；
>
> 垂下头来，在红光闪耀的炉子旁，
> 凄然地轻轻诉说那爱情的消逝，

在头顶的山上它缓缓踱着步子，

在一群星星中间隐藏着脸庞。

弹吉他者的肖像

每次我穿过这片白桦树林

那些叶子纷纷落地

响彻金属的声音

叶脉里的潮湿缠绕着阳光飞走

午后我的脸一片宁静

沉入黑暗。进入母亲蓝色的水中

孤单的桨向深处试探

手指飘过岁月的波涛

五点的时间响遍生命崩裂的声音

我的灵魂带着祈求的叫声飞过

父亲巨大的琴箱绽裂，眼眶里飘出

　　　黄昏晚祷的钟声——

黑夜的死亡！我要砍伐这片白桦树林

让夜鸟和丁香花瓣四溅，叶子汹涌

迸裂的四肢成为这块空地上

　　　刺目，寂静的

　　　星群

　　诗人是用语言创造幻象的人，对许多诗歌来说，语言的组合就是一种绝对的现实，纯粹的生命自足体。你接受一首现代诗，就意味着接受了这种纯粹的词语的事实，它们不依赖理性而存在，不依赖逻辑而存在，它就是一种被突然凝聚到一起的话语，刺穿你的灵魂。这种一空依傍、神秘莫测的东西，所指"内容"的刺激常常变得微弱，而能指"形式"的刺激却猛烈地加强了。对这首诗，让我们去体验它语言的事实吧！

《弹吉他者的肖像》是诗人用文字表达的具有直觉性质的感觉。为什么说它"具有直觉性质"呢？因为，音乐只能是情感体验的"直觉"，而非具有质量的世界表象的直观。诗人望着一幅《弹吉他者的肖像》，他的主体心灵自由建构了一座形象的宫殿，这座宫殿具有重量、气味、色彩——具有鲜明的质感（由画引起的联觉）。吉他的声音转换成白桦树叶片纷纷落地的"金属的声音"，他的灵魂已经升华，像"叶脉里的潮湿缠绕着阳光飞走"，灵魂一片宁静。这里，这种静为下面的动做了铺垫。

吉他轻曼而又深沉的弹奏，使诗人沉湎。那些温暖的往事，呈现一派蔚蓝，如母亲的呼唤。声音的感觉转换为视觉，使诗人体味到了甜蜜而忧伤的复杂心境。他渐渐地沉下去、沉下去，"孤单的桨向深处试探"，而那弹拨吉他的"手指飘过岁月的波涛／五点的时间响遍生命崩裂的声音"。这里，生命和吉他的音响已经融为一体，联想和想象开始具有了特定的对象含义，成为诗人生命过程的瞬间展示，成为他意志和经历的音响。这里，"静"已开始了解体。

这是使人颤栗又令人销魂的时刻，"我的灵魂带着祈求的叫声飞过"，诗人的情感激荡起来，那逝去的一切都同时呈现了。那欢乐、美好，那痛苦、焦虑，那些冲动的白天和孤独的黑夜，都在这一瞬间飞升冲撞起来了！呵，"父亲巨大的琴箱绽裂，眼眶里飘出／黄昏晚祷的钟声——"那片音乐的白桦树林再也不能使"我的脸一片宁静"，因为，"我"听到了"黑夜的死亡"的声音！"我"无法忍受这种折磨！"我"需要另一种声音，"我"要"砍伐这片"宁静的音乐"白桦树林"，让生命在与死亡的交战中受难，"让夜鸟和丁香花瓣四溅，叶子汹涌／迸裂的四肢成为这块空地上／刺目，寂静的／星群"。诗人渴望冲突，不惮灵魂的十字架更为沉重一些，通过灵魂与死亡的格斗，重新出现一种更为深刻的宁静：那不是午后的阳光，那应该是冷凝、寂静的生命之星群！这里，诗人观赏"弹吉他者的肖像"这幅画，心中响起了吉他的声响。这声响随着诗人心灵状态的宁静、甜美、抑郁、高扬的不断变化，呈现了他对虚幻梦境的告别和对现世苦难的积极抗争过程。这是一个年轻生命的自我的拯救——而这一切，都是通过深入巧妙地拨动文字这个精灵来实现的。

换句话说，这首诗的意味是"正常的语言形式"难以表达乃至难以转述的。正如雪迪自己所说："文字是诗歌的本质。文字的各种奇妙的排列组合揭示着创作主体的内在情绪与存在意识。"（《中国当代实验诗选》）

星

你独自闪着光芒，璀目、耀眼

你的四周飘满荒凉的翅膀

诗行的脚步沉重、缓慢

你冷酷地出现在你的轨道上

光芒寒冷，又与树丛显得那样遥远

夜的衣襟上，你像一颗多余的扣子

而你在桥头站立，独自歌唱

草坡用手指着你，谈论你的来历

你给他们平坦的床头，嵌入

一种梦想。你独自闪着光芒

在你自己的轨道上孤独地照耀

没有谁知道你星宿的名字

那些穿过黑暗的云

会记住你冰凉、璀璨的目光

日本符号学家池上嘉彦说："只要符号的使用被限定于代码规定

的范围，就不会创造出本质意义上的新的意义作用。这是因为'美的功能'必然包含着它要超越既成代码的作用。从本文创造者的角度来讲，这是超越既成代码创造信息；从文本解释者的角度来讲，这是超越既成代码解释信息。总之，这就要伴随'把讯息从代码中解放出来'的活动。"（《符号学入门》）

雪迪的这颗《星》，就超越了"星"规定的范围，成为一种"本质意义上的新的意义"。这首诗采用的是通体象征。诗人稍稍摆脱了自然物象的性质，转而去探求个体生命内部的"最高真实"。这样一来，"星"发出了孤独的思想者的光芒，成为永恒的照彻人间的思想。这颗星"独自闪着光芒／在你自己的轨道上孤独地照耀"，它自信自己不是"夜的衣襟上"的"多余的扣子"，能给卑微的小草"一种梦想"。这是坚韧的、执着的、无私奉献而得不到理解的思想精英们的化身。但诗人深深地感到这颗"没有谁知道你星宿的名字"的孤星发出的光是"璀目、耀眼"的，尽管那"光芒寒冷"，但它正是对"四周飘满荒凉的翅膀"的忠实反光啊。在这颗寒冷而智慧的星星照耀下，诗人"诗行的脚步沉重，缓慢"，这是对先觉者的感应，能有这种感应，这颗星已足够欣慰了。让那些虚假的星星装扮辉煌吧，让人们忽略这颗星所特有的轨道和冷峻的光芒吧，但真正的光是不能抹杀的，勇敢而独立的思想是不会永远沉寂的！你看，在渺如烟海的空间里，总会有"那些穿过黑暗的云／会记住你冰凉、璀璨的目光"。这里，诗人终于道出了"真相"——那颗孤独的星原是一只孤独而犀利的人类良知的眼睛，那"目光"时时在发出真理的暗示、善恶的评判。

云

你是一个优美的伤口
你是黄昏里的钟
敲响我们的身体

凝集在往日里的血
穿透疼痛回来

你是童年
孤独者把一只脚踏进夜晚
啜饮抒情的水面
你是那只鲜红的嘴
吮吸我们深深的感叹

你是一只水瓮
平稳地立在天边
辉映着我们在道路旁
残缺的瓦罐般的脸
那脸发出碎裂的嘶喊
把声音送入你的宁静里面

　　这朵云既是自然的，同时也是诗人用生命灌注的。这首诗虽然
意象奇诡，但它的内涵和情调却不难把握。想是当这朵云从天边出现
的时候，诗人正沉浸在深重的忧郁里，所以，他眼中的云就不是无拘
无束的流浪者，而是静静地俯临人间的悲悯者。它默默记载了土地上
的苦难，默默把沉重的叹息收入它的宁静里面。在诗中，诗人先写了
痛苦的感觉。在这种感觉支配下，洁白的云镀上晚照，就成了"优美
的伤口"，成了黄昏里忧伤的钟。这里运用了意象转换及通感的技巧。
伤口发出钟声，就使两个意象同时呈现出来，而又各自保持着自身的
特征和功能。接着，"钟"和"伤口"一起对"我"起作用，故有"敲
响我们的身体／凝集在往日里的血／穿透疼痛回来"三行，写了痛苦
的感觉，接下来，诗人又写孤独的感觉。"你是童年／孤独者把一只
脚踏进夜晚"，童年是孤独的，它并不像人们所说的那样无忧无虑，
它对这个世界是惊恐的、莫名所以的，而又难以诉说，所以童年是孤
独的、不安的。因为是黄昏时分的云，站在白天和黑夜临界点上，就

显得格外孤单,一只脚正踏进夜晚。这里是诗人将自己的孤独,自己那只颤栗的脚移情于白云。白云仿佛承受了这些,像那只"鲜红的嘴／吮吸我们深深的感叹",抚慰我们饱历沧桑的灵魂。紧接着诗人又写了疲惫的感觉。这种疲惫与云朵的端庄、安详形成对照。云朵是"平稳地立在天边"的"一只水瓮",而"我们"则是站在道路上的"残缺的瓦罐";那云朵是宁静的,"我们"则发出"碎裂的嘶喊"。自然的浑圆和谐与人的残缺疲惫在这里被鲜明地比较出来。最后,诗人望着那朵生命灌注的云,得到了片刻解脱,"把声音送入你的宁静里面"。诗人庞德在谈及意象时说:"意象在任何情形下都不只是一个思想。它是一团或一堆相交融的思想,具有活力。"(《关于意象主义》)雪迪的《云》正是这样具有一团相交融思想的诗。可贵的是,此诗交而不杂,融而不乱,依序写出痛苦、孤独、疲惫三种现代人的感觉常态,使那朵奇诡的云,久久徘徊在我们眼前。

吕德安

献　诗

草场上有人在装草
小小的马车闪耀金光
四周空空荡荡
惟有他在漫游歌唱

装草的人似乎很懂得
享受这大片青草
他把草堆得很高
远看就像房子一样

大清早的风吹拂
西天还晃动几颗星辰
过不久草将全部运走
给过冬的畜生充槽

眼前还有更大块的青草
等候他下次再来
等候他记得下次再来
屈身在这绿色的怀抱

　　吕德安对这个世界常常是持平和态度的，这使他的诗有着一种近似谣曲的天真、纯粹和咏唱性。在今天，诗歌回到书斋、回到文化、回到"现代"已成时尚时，吕德安的诗不左右从风，体现出了他独有的亲切、朴素的美质。

这首《献诗》，是诗人献给自然和劳动者的，诗作的意象很单纯。只有对这个世界报有信任、报有感恩之情的人，才会唱出这样质朴、内在、明亮的歌。是的，单纯的意象在这首诗中不是为了用简洁来谋求快感，而是同时表现了诗人在世界面前的一种心态：不以恶抗恶，不斤斤计较，静静地感受自然、劳动、友爱，并带着一种惊喜感、陌生感将之表现出来。这首诗的意味用不着来阐释，它让我们忘不了的是那种情调。这种情调是这样的：它写了土地，但没有泥土的零乱和板结，而取其清香的气味；它写了牧草，但没有牧草的荒杂和稠滞，而取其颜色和形体；他写了劳动者，但没有劳动者的沉重和疲惫，而取他和自然间亲昵优美的诗意。这种情调是弗洛斯特化的，是纯诗的。所以，它虽然有某种歌谣的性质，但骨子里，是一个知识分子审美情趣的一种表现。欣赏这样的诗，不可死死扣在字面上，要能超离出来，体味诗人的一种生活态度、价值态度、对这个世界的理解。像美国诗人弗洛斯特的许多景物诗一样，其中整个儿就是诗人情感和生活态度的诗化自白。

沃角的夜和女人

沃角，是一个渔村的名字
它的地形就像渔夫的脚板
扇子似的浸在水里
当海上吹来一件缀满星云的黑衣衫
沃角，这个小小的夜降落了

人们早早睡去，让盐在窗外撒播气息
从傍晚就在附近海面上的几盏渔火

标记着海底有网，已等待了一千年
而茫茫的夜，孩子们长久的啼哭
使这里显得仿佛没有大人在关照

人们睡死了，孩子们已不再啼哭
沃角这个小小的夜已不再啼哭
一切都在幸福中做浪沫的微笑
这是最美梦的时刻，沃角
再没有声音轻轻推动身旁的男人说
"要出海了"

　　诗歌中的自然内容，可以是一种生命情调、生命意志的"物质"表现，也可以忠实自然本身的"动作"和"呼吸"。前者如埃利蒂斯的《疯狂的石榴树》，后者如耶可布森的《嘘——轻点》。这是两格，只要营造得到家，是难以较出高下的，读者不妨找来深入细辨个中滋味。吕德安的这首诗属于后者。

　　这首诗写得格外蓬松温润静远虚灵。诗人仿佛在瞬间身心俱忘而深深化入了沃角之夜的奥美惝恍之中。"女人"在这首诗中没有出现，只有最后两句暗示出来。可见，诗人是将沃角之夜的温柔宁静充满不测的诱惑，比作女人的。那么，此诗的核心还是沃角而不是女人。

　　第一节，诗人用一种与自然合一的纯净安详的喜悦，写沃角的形状和夜晚。这里有两个意象是关键的。一是"它的地形就像渔夫的脚板／扇子似地浸在水里"，这使我们想到，沃角美丽柔缓的地貌以及这里的渔人和大海间亲昵的诗意。"扇子"是使人产生轻柔凉爽雅致感觉的东西，用来形容沃角，真是漂亮！它使人产生的感觉绝不是诸如"像贝壳啦""像小船啦"等近距离交易法所能比肩的。另一意象是，"海上吹来一件缀满星云的黑衣衫"，这十四个字造成了我们心理感觉的徐缓感悬浮感，很快读过去但徐徐地漂着漂着……这是微波粼粼的海湾之夜，诗人写得多么空渺澄静，多么自然淡泊！

　　如果此诗顺着这一脉柔波流淌下去也会不错，但那样，它顶多是一首不错的诗而不会是一首优秀的诗了。诗人深知诗中三昧，在第二节开始出现静谧中潜藏的骚动和不安。盐的气息使人感到深海的呼吸；而"已等待了一千年"的海底巨网，肯定不会是渔网，而是一种不可卜知的宿命的象征。它在等着把什么收去？把什么人最终安顿下来？无边的长夜，"孩子长久的啼哭／使这里显得仿佛没有大人在关照"。这是一笔两写，在写实的层面上有着超现实的一面。人类的短暂对自然的永恒在这里并没有价值判断意义上的悲观，而是一种认同。诗人顿悟了自然，它的美和不测都具有魅力啊！这不是诗人"说"的，而是沃角之夜自己"说"的。

夜深沉。一切生命都安歇了，"孩子已不再啼哭／沃角这个小小的夜已不再啼哭／一切都在幸福中做浪沫的微笑"。浪沫的微笑这个意象，具有鲜明的动感和神秘的意味，它无际无涯地喁喁低语，大海的微笑是多么宽厚多么抚慰人心。那把生命与自然化作同一音响的人是幸福的。有大海的蔚蓝色的注视，有浪沫情侣般的浸润，"小小的夜已不再啼哭"，一切都是同律而谐和的。最后，诗人展现了一帧日常经验化意象。他写"再没有声音轻轻推动身旁的男人说／'要出海了'"，但让我们感到的却恰是这个"再没有"的声音，这很奇怪，为了没有声音却恰恰写了声音，这声音对我们产生一种幻觉，眼前浮现了沉睡着的粗犷豪壮的渔人和他健康温柔的妻子。沃角之夜的美，有了这一双夫妇的出现，更散发出一种宁静淳朴的人间气味……

这就是纯粹自然的动作和呼吸。你看，它们不也和人一样，具有自己的鼻息和心音，具有明亮的或阴晦的眼睛，具有亮闪闪的肌腱吗？谁说诗中的自然只能代表人类，而不代表它自身的生命？

门

隔壁那扇艰涩暗然的门重重关上
它砰的一声却把我的门给震开

因为在家时我的门总是虚掩着

所以隔壁的门只要关上一次

总会通过我们之间那堵薄似月亮的墙

一下子震开我的门。记得头一次

我当真吓住了，还多次本能地回首张望

后来到底还是习惯了

也不去抱怨这倒霉的时光

说真的，自从觉得这不是敌意的侵扰

我就一直克制住自己被动的情绪

任凭它优美而驯服地靠向一旁

吕德安曾这样谈到自己的诗："我把写诗当作自我净化的过程，同时我不希望给读者上轭（所谓的历史感或更堂皇的形式），而是平凡和愉快。我的词汇必须是人在谈话中的词汇，它要支配着我的整个创作情绪。我追求亲切和睦，做到不把诗当作诗写，而是当作一件事或一个事物。"（《中国当代实验诗选》）读了吕德安的诗歌，我们会感到诗人是实现了他的审美追求的。《门》这首诗是充分日常化了的，但我们读后，却又会感到它不那么"日常"。这是因为诗人从日常生活中细细地咂摸出了它深沉的意味：人只有宽宏、体谅，才会感到生活的美好和充实。现实中一个微不足道的事件，就这样被诗人挖掘出了永恒的意义。"不把诗当作诗写"的吕德安，恰恰写出了纯粹的诗。

这首诗在语言上也是颇具匠心的。我们通常的观念是，诗的语言要简洁、深邃，充满再生能力和暗示性。这不错。但是，这并不是所有诗歌语言的共同准则。这首诗的语言，给人以拖沓、絮叨的感觉，这种拖沓和絮叨却使我们与诗人的对话站到了一个平面上，仿佛是知心朋友在倾吐衷肠。诗人慢慢悠悠地给我们叙述"门"的经历，他让我们听得轻松，听得格外投入。"因为""所以"的转折，"我当真吓住了""说真的"这些语气的使用，都使整个讲说过程充满了愉快、平凡的味道，更容易使我们接受诗人的观点。正像诗人所言，这是人在谈话中（而非写诗作文中）的词汇，这种词汇的使用、语气的选择，不是出于行文的技巧，而是"支配着我的整个创作情绪"的东西。这种创作情绪是什么？就是心平气和的日常体验色彩。

启 示

我们的时辰就像身边坠落的叶片
   稍不在意就堆积满地
这些叶片摆脱了树枝
   就来纠缠我们的脚步

如果这只是一种幻觉，而我们
   又万事像风一样顺利
我们对此就会毫不犹豫地
   欢笑地走向目的地
可往往因为烦躁或困惑
   和树一样停立许久
无休止地重复单调的语言
   时间就给你一身落叶的感觉

也许还会有空隙，让鸟儿啁啾
   从暗里飞出，让鸟儿筑巢
也许还会有爱情，但时辰一到
   这一切终将把你窒息

凡·高说："对艺术我还不知有更好的像下面的定义。这定义是：艺术，这就是人被加到自然里去，这自然是他解放出来的；这现实，这真理，却具备着一层艺术家在那里面表达出来的意义……我在全部自然中，例如在树木中，见到表情，甚至见到心灵。"（《给弟弟的信》）

以上凡·高的这段话虽然是就绘画艺术而言的，但它实在是道出了所有艺术的共性。作为最具心灵性和抒情性的诗歌艺术，不但要从自然中受到启悟，更重要的是将这种启悟熔铸为精练、纯粹的文字和结构，使读者"见到表情，甚至见到心灵"。

吕德安的《启示》写的是生命的体验。为什么这样讲？因为，这首诗与流行的悲秋类诗歌深为不同，它不是"怀才不遇"的忧郁，也不是临秋风而洒泪的感伤。因为这些痛苦只是很浅层的痛苦，仅仅是已被反复揭示过的可以类聚性的悲恸，而缺乏审美上的纯度与个体生命体验的深度。而这首《启示》则别开境界，诗人以冷静的、心平气和的态度揭示了生命的本质：生命的过程就是消残的过程，像纷纷坠落的树叶堆积满地。人生的智慧是由一次次精神放血灌溉出来的，你的经验达到某种深广度，你的忧虑和苦难也同样增加多少，像无尽的枯老成熟的叶子"纠缠我们的脚步"。我们向往"万事像风一样顺利"，"欢笑地走向目的地"，但这"只是一种幻觉"！"往往因为烦躁或困惑／和树一样停立许久／无休止地重复单调的语言／时间就给你一身落叶的感觉"。人生的欢乐，只像一株落叶缤纷的老树的"空隙"，鸟儿短促的啁啾从这缝隙中传出；老树上也会有爱情的小巢，但这些都不能挽留住纷纷的落叶……"时辰一到／这一切终将把你窒息"。人的一生充满了无尽相连的偶然，对每个个体生命而言，死亡则是唯一的必然，它无法规避，无可超越。正因为有着这一基本的焦虑，人们才理解了存在的真正意义。换句话说，要成为真正的强者、乐观主义者，最初和最后的考验只能是向死而生！吕德安正是在这个意义上，对人的生命进行了肯定——焦虑和死亡，不是对生命的否定，而是生命的动力。"我会死"，所以我才能尽量使生命过程更有价值、更纯粹和更完善些！

《启示》以平淡的语言，客观而深刻的态度，完成了一个朴素的又是最基本的（最终的）命题。《启示》的启示，是充分诗意化的生命的启示，是凡·高所谓的"从自然中解放出来的真理"。

梁晓明

读鲁迅书

鲁迅坐在我面前
鲁迅把手
放在我的手上
鲁迅的手很重
那是一个阴天的下午
鲁迅坐在藤椅里
他依然
抽他的大烟斗
他皱着眉
他总是皱着眉
他很少有笑得轻松的时候

鲁迅坐在我面前
慢慢讲他的话
鲁迅转身掸烟灰的时候
眼睛也从来不忘
看着我的脸
（我是他的下一代）
鲁迅把我的手拉过去
握在他的手里

鲁迅很忧郁

鲁迅很瘦了

好多年来鲁迅一直没有开心过

鲁迅坐在我对面

慢慢抚摸着我的手

慢慢对我讲他的话

我听着

真不敢相信

他已经死了

现在，每天下班

我就坐在桌子前

读读鲁迅

想想鲁迅

有一天

许多朋友到我家里来

我说起鲁迅

他们都说

好多年不见他了

　　鲁迅思想和人格在现代文人中是最具魅力、最具辐射力的，他的文学创作也几乎影响了一个时代。怀念这位巨人的诗作可谓多矣，读来读去，我们渐渐地不再有所触动。原因是那些诗人喜欢说由思想家、文化史家说的话。梁晓明的《读鲁迅书》却与众不同。他写鲁迅是把他当作尊敬的祖辈、亲切的师长来写的。这一来，鲁迅精神的光辉被突现出来，使我们如见其人、如聆其声，从内心深处感到一种久已疏隔的亲切。这种亲切感使我们更深地理解了鲁迅。

　　这首诗的第一节就摒弃了烦琐的背景性交代。先是一个特写，直接让"鲁迅坐在我面前／鲁迅把手／放在我的手上"。而且这位伟人手很重，皱着眉。这就在不动声色的白描里蕴藏了丰厚的情感内容：

鲁迅近年来又看到了多少阿Q的嫡亲、闰土的子孙啊！这位民族共同命运的担负者，即使死了，也不能释然，也"少有笑得轻松的时候"。接下来的一节，诗人将镜头拉开一点，通过鲁迅掸烟灰也望着"我"的近景，暗示出这位伟人对青年一代的重托。这里没有语言也没有诗人的议论，只是一个简单的动作，但内中却饱含着情思和哲理。试想，这种情景如果落到蹩脚诗人手里，必定是侃侃而谈、吟哦不已的，但诗也正是从这侃侃而谈中、从这浅薄的咏叹中溜掉了。"鲁迅很忧郁／鲁迅很瘦了"，这里一笔两写，既是实情又是象征，既是历史又是现实，个中滋味读者当不难领略。最后，诗人将笔触拉回到现实，原来是他每天下班后，就坐在桌前，"读读鲁迅／想想鲁迅"。这是经过冲杀沉浮后的一代青年重新认识的鲁迅、重新"发现"的鲁迅，它不是空洞的激动，而是一种淌血的思考。"有一天／许多朋友到我家里来／我说起鲁迅／他们都说／好多年不见他了"。这结尾的一节颇为奇崛，"好多年不见"这句平淡到似乎没有意义的话，使人的思维突临至境，这不单是对伟人的怀念，更重要的是对目下文学艺术乃至整个人文科学界现状的批判。我们自称是鲁迅和"五四"先驱们的孩子，但在过去和今天的日子里，我们是怎样扮演了鲁迅讽刺小说中的人物啊！

　　这首诗言简意深，不露圭角而处处圭角。它是现代文人的一种境遇，一种实际的不可改变的灵魂显像。它的高度宁静不是有意为之的一种风度，而是一种思考的姿势，是一种生命之思与语言合一的基本现实。

挪威诗人耶可布森

　　我和树寂寞的时候
　　想起耶可布森
　　戴宽边眼镜的耶可布森

挪威一条冷清的大街上

独自散步的耶可布森

坐下来写几句阳光的诗

床上考虑播种的诗

喜欢看陶器上反射出来的光

喜欢写街边老人的手

关心森林里蚂蚁的生活

叫大海说话轻一点的

挪威人

耶可布森

他说死

不是死

死

是一缕烟

在空中

渐渐散开

的

透明过程

挪威人

耶可布森

在我寂寞的时候

就这样

来敲敲我的门

　　罗夫·耶可布森被认为是挪威第一个现代派诗人。梁晓明为什么那么动情地想念他呢？因为耶可布森与大多数现代派诗人不同，他活得明亮、平静，对世界充满善心。美国诗人布莱非常推崇他，将他诗作的乐观主义态度比作"纯洁的影子"。耶可布森有一首著名的小诗，表现了他对人生的态度："嘘——轻点，大海说。嘘——轻点，岸边的小浪说。嘘——不要／这么凶猛，不要／这么高傲，不要／这么突出，嘘——轻点。波峰涌向滩头的白浪，嘘——轻点。它们向人们说：这是咱们的大地，咱们的永恒。"（《嘘——轻点》）在喧嚣与骚动的现代社会，在情不知所钟、魂不知所系的现代人那里，这种被性情之光照彻的，内在、质朴而透明的艺术精神，是多么可贵！

　　这首诗之所以是成功的，当然并不在于诗人所歌颂的对象本身，而是歌颂的方式。我们注意到，这首诗完全是口语化的，没有变形，没有隐喻。但正是这种口语，使全诗笼罩着一种淡朴的、温暖的人间气味。这和耶可布森的内在气质是十分融合的，我们仿佛感到了这位大师的心音和鼻息。伴随着纯粹的口语和颇具匠心的建行方式，梁晓明展开了自己的想象。这里的想象是非常平常的，没有大艺术家的玄秘气氛。但你读后就是忘不掉它：热爱自然、热爱劳动、热爱和平的耶可布森的形象，就这样在"轻描淡写"中生动起来了！试想，如果诗人采用复杂的长句，喋喋不休地历数耶可布森的经历，评判他的人格和诗，那会收到如此平淡中见深沉的效果吗？以简御繁，以小御大，这正是梁晓明的手段；他不求写形，但求传神，不求句胜，但求气胜。正如清代文学家刘海峰所言："字句之奇不足为奇，气奇则真奇矣。"（《论文偶记》）这首小诗可谓语淡气奇之作了。

向米罗致敬，半夜我披着窗帘起飞

天空飞翔我的脸

我眼睛是星星照亮的，在陶罐上发亮的刀剑中
我的指甲因为太阳而日夜生长

山坡朝大海张开他倾向唱歌的嘴巴

一万里的喇叭与飞出去的鸟
我搭手在栏杆上
细数去而复归的羽毛

沟壑扩展我的家，当手掌离开钥匙
大雪老远就击打着拍子
把指头按满在我的窗子上

半夜我披着窗帘起飞，提着泉水的灯笼
天空回转身惊诧我头顶跳跃的黑发
我浑身的瓦片都点亮着蜡烛

墙壁竖起了道路，帽子飘飞起旗帜
梯子向上升起我的脚

一首纯粹的诗在风中挽着苹果出现
在翘望的树林与太阳高高飞翔的下巴上

灯罩与音乐歪倾着脸
默默坐在大麦丰满芳香的桌子上

在我看来，诗人梁晓明是少数具有奇异语言才华的人。他生活在美丽的杭州，那里风光的绮丽，水波光色的变幻，葳蕤的各类植物，莺歌燕舞的气象……都深深浸润了他的诗歌。自然界茁壮的生机在召唤与之相应的嗓音，它一把拉住了梁晓明。因此，梁晓明的诗有几种不同的调性，他既有淡泊宁静的口语诗，体现沉思特征的祈祷型文本；也有具有梦幻般神秘瑰丽的"超现实主义"诗歌。这首《向米罗致敬，半夜我披着窗帘起飞》就属于后一类作品。

"向米罗致敬"，是说诗人从米罗身上感受到了全新艺术创造的活力，米罗解放了他的感官，激活了他对新奇艺术符号的探寻。至于诗歌意味，则与米罗无关。但为理解此诗的言说方式，我们应简单了解一下米罗。

若安·米罗是全球著名的西班牙籍画家。早期的米罗，对凡·高、毕加索、马蒂斯的绘画艺术极为推崇，后二者使他的画风趋向立体派。但不久，他的绘画完成了走向超现实主义的新的变构，他更加强调本能、幻想性、幽默感、怪异、有节奏的神秘曲线、几何图形。这一切相互微妙地交错应和着，构成一幅幅光和色彩，线条和构形闪耀跳荡的艺术世界。这种充满生机和创造力的艺术，使米罗成为当之无愧的超现实主义绘画大师。他笔下的新的视觉语言也使超现实主义诗人们推崇备至，超现实主义诗派"掌门人"布勒东，在看了米罗的画后激动地说："米罗是最超现实主义的画家……没有任何人像他那样，准备同不可能联合在一起的东西联合，并且无情地把我们不敢期望看到其破碎的东西打碎。"除此之外，米罗的个人魅力还体现在，他与那些"复杂"的超现实主义画家不同，他喜欢那些质朴、天真、即刻发挥的奇思异想。许多作品类乎儿童画或史前人的岩画，给予了观者更久远更陌生的想象力，在抽象中与大地上的生命保持着休戚相关的联系。米罗就这样奇妙地融合了本能和抽象，天真和老到，偶然和必然，无机和有机，心理和生理，幽默和深沉……构成了一个不可思议的"米罗的超现实主义艺术世界"。

这首诗是诗人感受了超现实主义艺术的魅力写出的，所谓"向米罗致敬"其含义在此。我们感到，在这里梦幻与现实达成了某种程度的"统一"，诗人将潜意识中涌出的一个个绮丽画面，以"自动写作"的方式展示出来，它们的奇兀组合，令人惊愕、沉迷。对这样的诗，我们应开放自己的感官，解放自己的想象力，随着意象的自由并置和迅疾转换，将诗歌话语当作"绝对的事实"，和诗人一起完成灵感的自在飞翔。这样，我们的生命都仿佛进入了一种超越现实的迷离恍惚状态，并组织起潜意识的大军来冲击理智领域的大门。正如杜布莱西斯在那本有名的著作《超现实主义》中指出的：闯入无意识的沼泽地中，到处撒满藻类和绿宝石，需要很大的勇气。诗人是能够进行这种大胆尝试的，因为那被发现了的形象具有一种美，可以使诗人忘记世界给他们的梦幻设置的重重障碍。一首诗应该是理解力的某种崩溃，它使人瞥见一个新的世界，作为精神自由运动的诗，应该取代仅仅作为表现、说教或者宣传方式的诗。

此诗的维度是上（下）的，丰沛的想象力使诗人飞了起来，有一种轻盈和迷醉的感受。在这种超现实的体验中，"我"与"天空"融为一体，物我交融。太阳、星宿、鸟儿、熏风都成为"我"的器官和灵魂，生命在纷纷绽放。由于采取了上（下）维度，大地上的物象是诗人"俯瞰"所得，充满了神奇："山坡朝大海张开他倾向唱歌的嘴巴""沟壑扩展我的家，当手掌离开钥匙 / 大雪老远就击打着拍子 / 把指头按满在我的窗子上""提着泉水的灯笼""我浑身的瓦片都点亮着蜡烛"……在遥远的视距里，大地上的事物被"缩小"了，更为精致、幽邃，同时亦有感觉意义上的"真实性"。最后，诗人幽默地兜底告诉我们：那是"我"在写诗，"一首纯粹的诗在风中挽着苹果出现"，写在"大麦丰满芳香的桌子上"。

对超现实主义诗歌，我想我们应尊重诗人的想法，并寻求与此想法相应的阅读态度。所以，在这篇短文中，我不去强作解人进行什么"解读"，只是为读者提供了一些背景性材料，但愿这些能对您的阅读提供些帮助。让我们放松心态，忘掉已有的"反映论"观念，与诗人一起，半夜披着语言的魔毯飞起来。

梁晓明还有一首诗与此诗相似。为了向那些陈腐的诗歌观念挑战，他将这首神奇惝恍的诗命名为《真理》，全诗如下：

我将全身的瓦片翻开，寻找一盏灯
谁在我背后鲜花盛开？

谁将一碗水端在胸口
将天空的灵魂在山中深埋？

我曾经从树叶上屡次起飞
我将手深深插进泥土

这生命里最旺盛的一处泉水
是谁？在一小包火柴中将我等待
我燃烧，将时间里的琴弦
齐声拨响
在一把大火中，我的白马出走
家乡在马蹄下一片灰烬

现在我回家，灯光黯淡
是谁在飞檐上将风铃高挂
在眼中将瓦当重新安排

将逝去的呼吸声细数珍藏，我高举起一支箫
无人的旷野上，我的箫声一片呜咽

　　在超现实主义诗人那里，梦幻、神奇、语言的自由展示就是艺术的"真理"！它不去重温已知信息，它直接刺激你，"将时间里的琴弦／齐声拨响"，"在飞檐上将风铃高挂／在眼中将瓦当重新安排"。梁晓明是我国诗人中最早的那批"超现实主义"写作实验者，大约在20世纪80年代中期，他就提供了很"到位"的超现实主义诗歌文本。可惜的是，这样的诗与普通读者的感受力距离较远，故影响不够大。但我们不应以此责备诗人，因为创造和发现美才是他们的天职。

欧阳江河

冷血的秋天

一夜大风吹掉月亮
泪水像一只蜡烛烧痛了土地
微暗的火，几乎不是火
田野飘浮在向下的阴沉里

向下，一只鸟陷入人形
它所承受的还不是收获
却使收获显得触目
一粒谷子的重量压迫了生活

树没有弯曲但折断了
谁从果实里哭泣着走来
不是悄悄地哭，而是放声痛哭
但这浩瀚的忧郁并没有传开

活着就得独自活着
并把喊叫变成安静的言辞
何必惊动那世世代代的亡魂
它们死了多年，还得重新去死

欧阳江河的这首小诗是平静的、冷漠的，恰如标题《冷血的秋天》。在这首诗里，诗人表现了一个艺术家的体验方式："水是用来解渴的，火是用来驱寒的——这些都与诗无关；要进入诗就必须进入水自身的渴意和火自身的寒冷。"(《中国当代实验诗选》)换句话说，诗人的意义不在于抒情，而在于体验；不在于对物体进行简单的变形，而在于释放出物体自身所困闭着的意味。当然，这是借喻意义上的说法。

这首诗的前两节写尽了秋天的肃杀。月黑风高，光秃的田野向下沉去；连收获也变得沉重，像鸟儿装满谷粒的胸脯。这些都不是带有感情色彩的夸大，而是诗人对事物体验的心理现实。对一个诗人来说，无所谓乐景、哀景，重要的是准确地把握住它们，"进入水自身的渴意和火自身的寒冷……"在诗人看来，这些景观无所谓美好与否，所以，他以反讽的口吻写了那些忧郁的悲秋的诗人。这些人"从果实里哭泣着走来 / 不是悄悄地哭，而是放声痛哭 / 但这浩瀚的忧郁并没有传开"。当艺术进入一定的阶段，就不应再有意识窄小的诅咒诗人、流泪诗人，"世界存在着，如此而已"。今天，已不是伤感的、自我中心的浪漫主义时代，秋天也变成了"冷血的"。艺术家要想为艺术的圣殿继续供奉自己的热情，必须具备像自然一样宁静、深邃、不为一时心境所动的精神境界。"放声痛哭"也罢，"放声歌唱"也罢，在今天都离真正意义上的诗歌是那么遥远，它注定不能"传开"。

最后，诗人用告白式的语言说出了一个真正的艺术家对生存的态度。"活着就得独自活着 / 并把喊叫变成安静的言辞 / 何必惊动那世世代代的亡魂 / 它们死了多年，还得重新去死"。艺术家在今天意味着，他必须是孤独的人，必须是独立承担自己命运的人。他对世事的变迁和人生的得失麻木不仁，他不再浮泛地呐喊，而是在寻找本质意义上的深度的"安静的言辞"。在宁静的透明中，价值功利判断消失了。对一个不再和世界斤斤计较的人，春天和秋天有什么不同？甚至夏天和冬天又有什么不同？只要诗歌的殿堂没有崩颓，它就给我们永恒的慰安，让我们宁静得心音清晰。这就是今天的"冷血"艺术，它不再重复前人，不再"惊动那世世代代的亡魂"，死去的让它死掉吧，拙劣的模仿无异于"重新去死"。

这是一首以诗论诗的诗，它深邃平静，言简意长；启人深思，启人改变诗歌的姿势去重新面对改变了的世界。

玻璃工厂

(一)

从看见到看见，中间只有玻璃。
从脸到脸
隔开是看不见的。
在玻璃中，物质并不透明。
整个玻璃工厂是一只巨大的眼珠，
劳动是其中最黑的部分，
它的白天在事物的核心闪耀。
事物坚持了最初的泪水，
就像鸟在一片纯光中坚持了阴影。
以黑暗方式收回光芒，然后奉献。
在到处都是玻璃的地方，
玻璃已经不是它自己，而是
一种精神。
就像到处都是空气，空气近乎不存在。

(二)

工厂附近是大海。
对水的认识就是对玻璃的认识。
凝固，寒冷，易碎，
这些都是透明的代价。

透明是一种神秘的、能看见波浪的语言，
我在说出它的时候已经脱离了它，
脱离了杯子、茶几、穿衣镜，所有这些
具体的、成批生产的物质。
但我又置身于物质的包围之中，
生命被欲望充满。
语言溢出，枯竭，在透明之前。
语言就是飞翔，就是
以空旷对空旷，以闪电对闪电。
如此多的天空在飞鸟的躯体之外，
而一只孤鸟的影子
可以是光在海上的轻轻的擦痕。
有什么东西从玻璃上划过，比影子更轻，
比切口更深，比刀锋更难逾越。
裂缝是看不见的。

(三)

我来了，我看见，我说出。
语言和时间浑浊，泥沙俱下，
一片盲目从中心散开。
同样的经验也发生在玻璃内部。
火焰的呼吸，火焰的心脏。
所谓玻璃就是水在火焰里改变态度，
就是两种精神相遇，
两次毁灭进入同一永生。
水经过火焰变成玻璃。
变成零度以下的冷峻的燃烧，
像一个真理或一种感情
浅显，清晰，拒绝流动。

在果实里，在大海深处，水从不流动。

（四）

那么这就是我看到的玻璃——
依旧是石头，但已不再坚固。
依旧是火焰，但已不复温暖。
依旧是水，但既不柔软也不流逝。
它是一些伤口但从不流血，
它是一种声音但从不经过寂静。
从失去到失去：这就是玻璃。
语言和时间透明，
付出高代价。

（五）

在同一个工厂我看见三种玻璃：
物态的，装饰的，象征的。
人们告诉我玻璃的父亲是一些混乱的石头。
在石头的空虚里，死亡并非终结，
而是一种可改变的原始的事实。
石头粉碎，玻璃诞生。
这是真实的。但还有另一种真实
把我引入另一种境界：从高处到高处。
在那种真实里玻璃仅仅是水，是已经
或正在变硬的、有骨头的、泼不掉的水，
而火焰是彻骨的寒冷，
并且最美丽的也最容易破碎。
世间一切崇高的事物，以及
事物的眼泪。

　　欧阳江河的《玻璃工厂》是一首在高度智慧和对抗共生修辞方式下产生的深刻的现代诗。这首诗使我们感到早些年苦心构筑《悬棺》的诗人，正从那死亡的巨阵中新生出来，重新进入"此在"的范畴。这首诗与《悬棺》并不是对立的，而是同一方面的纵深思考：在这个人欲横流、到处填满工业奇迹、精神无家可归的现代社会，作为一个实现自我的现代人，如何保持内省的自觉，如何以死亡的方式拯救那些渐渐消逝的有价值的东西？世界的发展并没有终局，那么人的基本反应就不应是挽歌一般的哭泣！而应是自由的、自我选择和自我实现的！

　　玻璃在这里成为一种生命形态的象征。它的诞生是经历了死亡的，这是它的起点。"人们告诉我玻璃的父亲是一些混乱的石头。／在石头的空虚里，死亡并非终结，／而是一种可改变的原始的事实。／石头粉碎，玻璃诞生。／这是真实的。"没有经历过精神性毁灭的生命，是不可能有真正意义上的诞生的，局部渗透的方式根本不可能重新创造生命。"以黑暗方式收回光芒，然后奉献"自身的玻璃，"已经不是它自己，而是／一种精神"，一种现代人生命意志的体现物。两种意向在这里达成互否，生和死共存于一个稳定结构中。

　　玻璃在这里又是一种牺牲的象征物。"凝固，寒冷，易碎，／这些都是透明的代价。"这里，诗人表现了他的价值确认方式。人有意识地做出选择是重要的，而选择的结果则是次要的。他不必考虑客观必然性的惩罚，人的本质只是自为的行动，人与生存的冲突就构成了人自我实现的最高形式。即使惨败，他也获得了绝对的价值。因为自由选择是衡量一切价值的最实质性的准绳，是"两次毁灭进入同一永生"。这就是玻璃的真理，它"浅显，清晰，拒绝流动"，但它又是多么深刻，永恒啊，你看，"在果实里，在大海深处，水从不流动"！

　　经过唯理主义的钳制以及畸形政治扭曲的现代先觉者们，一旦醒来就会让过去的"我"随过去一同埋葬。他们清醒、明亮、锋利如玻璃，在"零度以下冷峻的燃烧"。他们是"正在变硬的、有骨头的、泼不掉的水"，"是一些伤口但从不流血"。他们坚强美丽却显得弱小而"容易破碎",但这不能遏止他们在地狱之火中烧炼的热情。生命的最高限值就是这样,"世间一切崇高的事物,以及 / 事物的眼泪"都是这样!

这就是《玻璃工厂》。这就是诗人从"语言和时间浑浊,泥沙俱下"中得到的智性的澄明!世界啊,尽管你循着既定的无可挽回的方向坠落,但一个人的精神生活固有的本质永远是建立在他的内在世界中的!玻璃,可以被粉碎,但你就是不能彻底消灭它,被粉碎的玻璃仍然闪烁着尖锐的寒光!

也有人认为此诗是"后现代主义"诗歌,是悬置深度和历史意识的能指游走。或许这种说法也能成立,但我个人只感到了它深刻的揭示生存的力量。

放学的女孩

局部的下午,一段街道正破裂
受波及的学校翻出肚腹
像鱼儿倾吐着鱼卵和泡沫
水多,但空气不够

如何看待那些放学的、数不清的女孩
阳光下面触目的一片
她们在家长的错视里走了样
一副集体的面容没法辨认
连肩的灯笼的袖子
左和右
双手合拢自圆其说

她们生来是自己的女儿

恰当的年龄不需要证实

她们向父亲撒娇

从品德内部发出高高的笑声

母亲的失败反映在脸上

生理布满乌云

一小时的、织成毛衣的阴天

过渡到散漫的无纪律的打扮

她们相同而起着变化的名字

散布在鸟群的连成一片的叫声里

她们把知识变成错觉

变成只照见老年的奇怪的镜子

她们每天放学都要路过人生

她们随便地买东西

向国家要钱

用旋转的铅笔刀把大人削小

她们这样玩着，一年长大一天

　　欧阳江河所有的诗，从《悬棺》到后来的《傍晚穿过广场》，仿佛是一首不断向生存终极实在深入的长诗。在当代中国青年诗人中，他的写作是最具有方向性的。在他的诗歌意象系统中，"孩子"是复现律极高者之一。深入细辨，我们能够区分"孩子"这一语辞在欧阳江河诗中的三重含义：A. 作为一种生命力的强调，"孩子"意味着精神自杀的无用性。B. 作为一种抗议，"孩子"意味着不能应付成人罪孽境遇的威胁时，产生的逃避心态。C. 作为一种见证者，"孩子"又意味着方向缺失，核心解体，他们通过不选择而抗拒绝望，通过即时性生活而摆脱神经症因素。在欧阳江河的诗中，这一切都纠葛着，运行在语辞的深处；这使得这些"孩子"既像弃儿，盲目而鲁莽地挥霍原始生命力，又像皇家的王子一样，担负起超负荷的危险警告。欧阳江河企图对"孩子"这一隐喻，做出经典性阐释，他的"逻各斯"

（logos）倾向，使这些诗成为非个性化的真理传达。

《放学的女孩》，使我想起奥顿的名句："现在树叶越落越快 / 精心培养的花朵不会长开 / 保姆们进了坟墓之中 / 而童车仍在继续滚动"。如果说奥顿时代的"孩子"，是被消解掉的人文主义精神软弱的继承者，欧阳江河笔下的孩子面对的则是"保姆"的充分制度化造就的欣快症和健忘症奇特混合的类人。"局部的下午"，是零碎的、粗鄙的、没有核心的，它往往是最强烈的慵倦感和最普通木讷、空洞感的栖生之时。在这种时刻，"孩子"处于制度和家庭的交合部。它对这二者构成退步抽身的威胁。然而，短暂的自由在此成为一种负担，对于没有个人精神历史的一代人，他不可能成为他之想成为者："水多，但空气不够。"

但欧阳江河显然不想用更激进的语型表达个体消失的危险，他企图对读者的单义性解读提出警告。于是，接下来他转入一种犹豫的、含混的过渡语型："如何看待那些放学的、数不清的女孩 / 阳光下面触目的一片 / 她们在家长的错视里走了样 / 一副集体的面容没法辨认"。这里，诗人涉入了"家长"这一隐喻：封闭的家庭组织权威、"孩子"亲密又陌生的异己者。他对"孩子"的生命状态是错视的、陌生的，他创造了枯燥乏味的下一代，使一种灵魂等同于集体的灵魂。"双手合拢自圆其说"，无个性的生命循环往复，"自圆其说"，使这一恶性循环仿佛没有可能结束。

这时，我们有必要注重欧阳江河诗中的核心语象——"女孩"了。女性，在传统的观念中意味着阴性、从属、非本质、负面和边缘。从精神内核上考察，她们是依附性的、被动的、有寄主的。"女孩"一词，在诗中具有汉语词源上的两种主要含义：性别学和社会学含义。她们在生活中似乎应有尽有，但精神上是倾家荡产的。这种生存和性别上的双重剥夺，使之永远不会成为父亲的弑杀者。"她们向父亲撒娇 / 从品德内部发出高高的笑声 / 母亲的失败反映在脸上 / 生理布满乌云 / 一小时的、织成毛衣的阴天"。这里，诗人稍稍借助了精神分析中"恋父情结"的内涵，但又深化了它、偏离了它；诗人想要表述的意思是，"向父亲撒娇"意味着女性无可奈何的降服，对寄主巧妙的邀宠。这同时就道出了"女孩"参与精神权力体制的不可能。没有怀疑，没有悖念，精神中个体主体性就无法展开；"从品德内部发出高高的笑声"，这笑声是莫名其妙的、驯顺的、无偿被蚀尽的，因而也是无须认真看待的。"母亲的失败"，"生理布满乌云"，在此，"一小时"延伸为永久现在时。"织"的动作止住了经验，盘根错节的、作茧自缚的、有既成品的、枯燥岁月的纤维织片无限止地循环起来。

至此，"女孩"这一语词被自身内部奇怪的逻辑拆解了。一方面，她是被强制的因素；另一方面，她又是喋喋不休的快活天使。一方面，她是汲取者；另一方面，她又是维持家庭封闭的营养液。她变得神秘莫测，变得不甚可靠了。诗的语境借此陡然增大，"女孩"延展为广义的"孩子"，携带有这一集合名词的所有隐喻密码。

按照时髦的"后现代"的方式，此诗从内涵上至此已可以完成了。它自足、充分，一系列词、词素之间，既亲密无间又奇特地对立，既含有生存的复杂性，又无法用简单的二元对立逻辑所包容。但那时的欧阳江河是某种程度上的玄学诗人和"逻各斯中心主义者"（logocentrism），他的诗歌语象一般地说，具有强暴的等次关系。他渴望诗歌严饬、稳定、暗示性强，他要强调核心、首位、本源等因素。因此，在此诗的最后一节，诗人拆解了前三节中衍生和边缘的语义，将之导入核心的界限之内，使此诗的可变性和间接性受到阻遏。"她们相同而起着变化的名字／散布在鸟群的连成一片的叫声里／她们把知识变成错觉"，这三行诗与上面的"一副集体的面容没法辨认"，"阳光下面触目的一片"，"在家长的错视里走了样"，有着语义上的一再变奏和意象的重现功能。这种功能，起着突出"主题"和稳定结构的作用，使阅读者不致逃避诗人的控制。也许这种后象征主义的诗歌话语构成方式，更有利于诗人传达他对生存的领悟。事实上的确是这样：一首以揭示生存为旨归的诗歌，牢牢把握具体、明晰、毫不含糊的"论证"逻辑，是达到诗人启发读者这一愿望的最可靠的途径。

"如何看待那些放学的、数不清的女孩"？欧阳江河的深刻之处在于，此诗中设置了一个潜含的真正的"主角"——家长。他才是难以测度的、不可分离的异己存在物。如此说来，"女孩"的表现方式仅仅是家长权力话语的物化体现者而已。这种体现者可以凭借寄主的头脑做机械运动，自身却毫无知觉。可以完成寄主旧梦重温的愿望，却自认为"玩着，一年长大一天"。在她们身上，清晰地折射着家长的阴沉念头，她们的一生"变成只照见老年的奇怪的镜子"。当我们重新听到她们"从品德内部发出高高的笑声"时，也许会感到一丝凄楚？或者像塞林格小说的一个副题——又凄楚又明亮。

柏 桦

夏日读诗人传记

这哲学令我羞愧
他期望太高
两次打算放弃
不！两次打算去死
漫长的三个月是他沉沦的三个月
我漫长的痛苦跟随他
从北京直到重庆

整整三个月，云游的小孤儿
暗中要成为大诗人
他的童年已经结束
他已经十六岁
他反复说：
"要么为自己牺牲自己
要么为别人而活着。"
这哲学令我羞愧

他表达的速度太快了
我无法跟上这意义
短暂的夏日翻过第八十九页
瞧，他孤单的颈子开始发炎

在意义中，也在激情中发炎
并继续下去
这哲学令我羞愧

再瞧，他的身子
多敏感，多难看
太小了，太瘦了

嘴角太平凡了
只有狡黠的眼神肯定了他的力量
但这是不幸的力量
这哲学令我羞愧

其中还有一些绝望的细节
无人问津的两三个细节
梦游的两三个细节
竖着指头的两三个细节
由于一句话而自杀的一个细节
那是十八岁的一个细节
这惟一的哲学令我羞愧。

    这首诗几乎没有隐喻、象征。它甚至很少意象。按照"意象派"对意象的经典解释（情、知、象在刹那间的凝结体），它恰好是反意象的。我认为以意象派为发源的现代主义诗歌，其结构是板块的、凝结的；而中国的诗歌传统则是线条。板块与线条之不同，取决于是以"智性"还是以"心灵"处理手中的材料，二者各擅胜场，只不过在块垒峥嵘的智性板块占据世界诗坛主流地位时，我不免追忆和怀念起祖先们笔下漂亮通达的线条，那是中国的"地气"贯注的浏亮连续的心灵运行曲线。

    柏桦的诗就秉承了这种气韵贯通的审美性格。与西诗热衷处理

"超验"精神不同，中国诗人更喜欢写日常生活，"留恋光景"。他要由语言将日常生活转化为可供欣赏的东西。生活在流逝，心灵随之迂回升沉，慨叹又挽留。这首诗在抒情中融合了"事件"，有如电影中的一路"跟拍"与"特写"的交错使用，使画面流动起来、清晰起来——它不分"表层文本"与"深层文本"，它就这样完整呈现，"到语言为止"。西方美学家认为，电影蒙太奇的发现是受中国古典诗词结构形式的启发。对此，我虽有怀疑，但从骨子里又感到此言端的不谬。

此诗有两条平行的线索。但不是两个不同声部，而是一个声部中平行的两种音质。"他"，是白热、尖厉、响亮、肯定的音质；"我"，是喑哑、断续、忐忑、敬慕的音质。这里没有"对话"，只有跟随，故我视之为单声部中的双音质。文本中的"他"，具有敏感、脆弱、纯洁、决绝的力量。"十八岁"，正置于少年与青春交错的关口，过往的安全感及依恃心境粉碎了，代之以燃灼的、混乱的意志力。他"期望太高"，但又不明白这"期望"是什么。因此，所谓"放弃"云云，只是寻找期望内涵的另一种说法。"云游的小孤儿"，具有自由和凄凉的双重性质，它准确地道出了一个诗人的生活履历和精神履历。他们是主流意识形态的离心部分，他们以自由而人性的"个人哲学"，区别于任何形式的集体顺役体制制导的"道德哲学"。面对这种纯洁又颓废、寒冷又温柔的生命立场，成年的柏桦说："这哲学令我羞愧。"青春是前倾的、奋不顾身的、非经验的，这同时决定了它感人的纯洁和骇人的独断性。因此，"他表达的速度太快了／我无法跟上这意义"。"他"青春光洁的颈子令人钦羡，像"他"的诗一样富于活力，但这种光洁同时因其独断性而"开始发炎／在意义中，也在激情中发炎"。但柏桦无意于警示这种青春期的"发炎"，作为一个强力抒情的"大孩子"，柏桦也一直在努力延长其"青春写作"（要知道，写此诗时，柏桦已经四十岁了！存此一笑），为这时代的诗坛提供了众多异质冲动型文本。的确，在一个务实的时代，"这是不幸的力量"，而"狡黠"则昭示出诗人对庸众的不屑、挑战。"要么为自己（的期望）牺牲自己／要么为别人而活着"，在这里，肯定了一种由生存——创造——

审美三级提升的等次关系。虽然是独断的、急躁的，但它关系一个诗人的价值指向，它不是清醒而实用的理性工具，而是"让生活摹仿诗歌"的"个人哲学"。又一次，"这哲学令我羞愧"！虽然，这哲学是"绝望的"，"无人问津的"，但它却捍卫了诗人之为诗人具有的灵魂"梦游"意志。凭依这种灵魂的梦游，被物质、技术和权力媾和统治的世界开始变得柔软、人性，分享和告慰我们"漫长的痛苦"。因此，诗人存在的理由乃是"这惟一的哲学"；诗的本质依据乃是"由于一句话而自杀"的对语言的高度虔敬之心。

这首诗，速度较快，但线索清晰。在感应传统艺术风神的同时，又恰当地处理了"现代观念"。我只能说，它是中国诗人眼中的具体生存语境，中国诗人独特的语型。它是浪漫的，但又很"现代"，是浪漫与现代混生的东西。

表 达

我要表达一种情绪

一种白色的情绪

这情绪不会说话

你也不能感到它的存在

但它存在

来自另一个星球

只为了今天这个夜晚

才来到这个陌生的世界

它凄凉而美丽

拖着一条长长的影子

可就是找不到另一个可以交谈的影子

你如果说它像一块石头
冰冷而沉默
我就告诉你它是一朵花
这花的气味在夜空下潜行
只有当你死亡之时
才进入你意识的平原

音乐无法呈现这种情绪
舞蹈也不能抒发它的形体
你无法知道它的头发有多少
也不知道为什么要梳成这样的发式

你爱她，她不爱你
你的爱是从去年春天的傍晚开始的
为何不是今年冬日的黎明？

我要表达一种细胞运动的情绪
我要思考它们为什么反叛自己
给自己带来莫名的激动和怒气

我知道这种情绪很难表达
比如夜，为什么在这时降临？
我和她为什么在这时相爱？
你为什么在这时死去？

我知道鲜血的流淌是无声的
虽然悲壮
也无法融化这铺满钢铁的大地

水流动发出一种声音

树断裂发出一种声音

蛇缠住青蛙发出一种声音

这声音预示着什么？

是准备传达一种情绪呢？

还是表达一种内含的哲理？

还是那些哭声

那些不可言喻的哭声

中国的儿女在古城下哭泣过

基督忠实的儿女在耶路撒冷哭泣过

千千万万的人在广岛死去了

日本人曾哭泣过

那些殉难者，那些怯懦者也哭泣过

可这一切都很难被理解

一种白色的情绪

一种无法表达的情绪

就在今夜

已经来到这个世界

在我们视觉以外

在我们中枢神经里

静静地笼罩着整个宇宙

它不会死，也不会离开我们

在我们心里延续着，延续着……

不能平息，不能感知

因为我们不想死去

　　法国当代结构主义美学家、文艺理论家、符号学家罗兰·巴特在谈到诗歌语言时这样说："现代诗歌是一种客观的诗歌。自然本性成为一种孤独而可怕的客观物的断续，因为，这些客观物只有一些潜在的联系；没有人能为它们选择一个特定的含义或一个用途，或一个效应，没有人能强加给它们一种等级，没有人能把它们局限于一种精神行为或一种意向的意义，这就是说，不论怎样，也不能把它们局限于一种温情。（现代诗人）他们走到诗歌构思的极端，并且接受诗歌时不把它当作一种精神活动、一种灵魂状态或一种姿态，而把它视为一种梦幻语言（language）所产生的灿烂辉煌和清新爽目的东西。"（《符号学美学》）如果能接受这一段话，柏桦的这首《表达》就不会令我们"气闷"了。诗人为这首诗取名为"表达"，意在说明，这种感觉是无法用正常语义表达的，要么就以它本来的样子"表达"，要么就不表达。这种暧昧不明的能指符号无限游走的语言，恰恰构成了诗人那种"白色情绪"的终端显示，它是充分"客观化"的，是只存在于诗中的。"你也不能感到它的存在／但它存在"，"音乐无法呈现这种情绪／舞蹈也不能抒发它的形体"，"它不会死，也不会离开我们／在我们心里延续着，延续着……／不能平息，不能感知"。这首诗的"意思"是说语言的困境。人实实在在感受到了什么，但他就是难以说清楚。诗歌的"不清楚"，乃是由于感觉本身的难以说出。约定的语义显得那么无力，它们不是本体，而是代表着什么东西。所以，诗人摒弃了它们，去展示这"困境"本身。它是"在我们视觉以外／在我们中枢神经里／静静地笼罩着整个宇宙"的、"很难被理解"的客观实在。

读了这首诗，你会感到有一种情绪语言无法驾驭，甚至这首诗也无法驾驭，那就正合诗人的本意。你理解了语言的无能，这还不够吗？正像柏桦自己所言："从这个意义上说诗是不能写的，只是我们在不得已的情况下动用了这种形式。"（《中国当代实验诗选》）最后，当该提及的是，此诗的第八节出现的古今中外人类被蹂躏所发出的"哭泣"，这些"哭泣"并非此诗所要表现的东西，不过是诗人借以说明语言的"无能"，人类只能借助于非语义的"哭声"来抒发悲伤而已。这仍然是在强调语言的困境。

再见，夏天

我用整个夏天同你告别
我的悲怆和诗歌
皱纹噼啪点起
岁月在焚烧中变为勇敢的痛哭

泪水汹涌，燃遍道路
燕子南来北去
证明我们苦难的爱情
暴雨后的坚贞不屈
风迎面扑来，树林倾倒
我散步穿过黑色的草地
穿过干枯的水库
心跳迅速，无言而感动

我来向你告别，夏天
我的痛苦和幸福
曾火热地经历你的温柔
忘却吧，记住吧，再见吧，夏天！

夏天是狂热的，是生长的，一切色彩都呈现了，一切线条都混沌不清……这首诗中的"夏天"既是自然界的夏天，同时也是诗人心灵的夏天。这是一首伤怀的诗，又是一首自豪的诗，是"岁月在焚烧中变为勇敢的痛哭"，"苦难的爱情 / 暴雨后的坚贞不屈"。度过夏的狂热、冲突，成熟的秋天已经不远，所以，诗人要和夏天"再见"。这是一首爱情诗，其意味是复杂的。事实上，真正的爱情从来都不是单纯地甜蜜的，它总伴随着痴心、衷心、噬心、痛心，就像令人欣慰而又教人迷惘的夏季，有火热的气温，也有猛烈的暴雨和干枯的水库。诗人在诗中写入这些意象，其暗示性是较为明显的。正因为夏天不仅仅意味着热烈，它才显得值得纪念。那"泪水汹涌，燃遍道路"，"风迎面扑来，树林倾倒"，"散步穿过黑色的草地／穿过干枯的水库"的苦难际遇，在秋天到来的时候显得那么珍贵，成为"爱情坚贞不屈"的证明。正像普希金所言"一切都是往昔，一切都会过去，而那过去了的将会变为亲切的回忆"。爱情的夏天总会过去，狂热的沸泉变成深沉的火山湖，令人"心跳迅速，无言而感动"。诗人满怀挚情来向夏天告别，"我的痛苦和幸福／曾火热地经历你的温柔／忘却吧，记住吧，再见吧，夏天！"正因为有了这段艰难的生长期，爱情才像秋天的果子一样浑圆、宁静、恒久，才有了真正意义上的成熟。

这首诗写了爱情，但能不主故常地忠实于内心深处的感受，这样的爱情是珍贵的，这样的夏天是值得诗人庄重地说"再见"的。此诗如流风回雪，精约远奥，乃爱情诗中上品。

在清朝

在清朝
安闲和理想越来越深
牛羊无事、百姓下棋
科举也大公无私
货币两地不同
有时还用谷物兑换
茶叶、丝、瓷器

在清朝
山水画臻于完美

纸张泛滥、风筝遍地
灯笼得了要领
一座座庙宇向南
财富似乎过分

在清朝
诗人不事营生、爱面子
饮酒落花、风和日丽
池塘的水很肥
二只鸭子迎风游泳
风马牛不相及

在清朝
一个人梦见一个人
夜读太史公、清晨扫地
而朝廷增设军机处
每年选拔长指甲的官吏

在清朝
多胡须和无胡须的人
严于身教，不苟言谈
农村人不愿认字
孩子们敬老
母亲屈从于儿子

在清朝
用款税激励人民
办水利、办学校、办祠堂
编印书籍、整理地方志
建筑弄得古香古色

　　在清朝

　　哲学如雨、科学不能适应

　　有一个人朝三暮四

　　无端端的着急

　　愤怒成为他毕生的事业

　　他于一八四〇年死去

　　以儒家道统为核心的中国封建文化，到了清代，尤其是晚清，已是气息奄奄。它不但不能促进中华民族的发展，甚至连维系其生存也成了问题。那真正是一个危机四伏的、总爆发的时刻。柏桦的这首诗，在处理这类题材的诗中是很有特色的。写一个时代的矛盾，诗人没有选用大开大阖的语势和激烈的情感去诅咒、去呐喊、去评判；而是用了冷静的，甚至有些清新的语象，轻挑慢捻出一个个细节。这些细节看似微不足道，但连续起来却活活画出了一个时代渐渐腐烂掉的过程。所以，这首诗的出色之处不在于它的主题，而是它的语言和结构。

　　鲁迅先生在《坟·娜拉走后怎样》中说过，"中国太难改变了……不是很大的鞭子打在背上，中国自己是不肯动弹的"。正是这样，中国社会的变革，往往是滞缓沉重的，它不是轰隆一声的突变，而是一点一点地烂到不可收拾。这首诗深深地体现出了这种"民族特色"。古代"天行健，君子以自强不息"的儒家进取精神，此时已很少见到；以审美态度对待人生的庄子哲学也彻底沦为"风筝""灯笼"，以及养鸟、观鱼之类的低下的"玩世"；不否弃生命的中国佛教禅宗，这时也成为统治者愚弄百姓、寻找依恃的摆设；而执着于美好理想和不屈情操的屈骚传统，这时只是"一个人梦见一个人"，读太史公的《史记》，竟是夜里抚胸长叹的事情！这一切，诗人都有所暗示，但他有意用了轻描淡写式的语言和七种类型的意象，用意在于告诉人们，当时只有孱弱的"齐家修身养性"，而"治国平天下"已荡然无存！在那个"哲学如雨、科学不能适应"，"朝廷增设军机处／每年选拔长指甲的官吏"的时代，为民族而忧患的巨大心灵，只被看作"朝三暮四"，只能"无端端的着急"，只能让那些"愤怒成为他毕生的事业"。全诗的结句是双关的："他于一八四〇年死去"，既是指鸦片战争的战火烧尽了国人那点可怜的妄自尊大，同时也是指国人的开始觉醒，对科学、对政治变法的初步觉醒。

这首诗，选材相当精严，每一个意象都在全诗的整体结构中彼此呼应、彼此作用。诗人仿佛站在历史的高处，以轻蔑又慨叹的眼睛望着那逝去年代的尘烟，他用平淡表现讥嘲，用冷静表现内心的痛楚。对历史的痛切反思，就是这样轻松自如地完成的，它带给我们的思索是胜过那些愤怒式的评判文学的。这首诗用了克制陈述的手段（understatement），诗人故意把话说得轻松，甚至反话正说，在含混的言说中实际暗指强烈的情绪。这种深度反讽，表现了柏桦的底气。

家 居

三日细雨，二日晴朗
门前停云落寞
院里飘满微凉
秋深了
家居的日子又临了

古朴的居室宽敞大方
祖父的肖像挂在壁上
帘子很旧，但干干净净
屋里屋外都已打扫
几把竹椅还摆在老地方
仿佛去年回家时的模样

父亲，家居的日子多快乐

再让我邀二三知己

酒约黄昏

纳着晚凉

闲话好时光

与前面的《表达》不同，这首诗写得素朴、冲淡，颇得陶潜隐逸之风的真味。此诗的长处是，仿佛信手拈来几个自然物象，但这种物象本身就构成一种境界，构成一种情趣。因为诗人是远道而归"家居"的，一切恒常的东西都显得格外亲切，诗人只消真率自然地白描写出，就足见风韵了。

诗里无一字表情又无一字不表情。"三日细雨，二日晴朗／门前停云落寞／院里飘满微凉／秋深了／家居的日子又临了"。短短五行，着重渲染了一种散懒的、宁静的情调。"落寞""微凉""秋深"是使人怅惘的，但这种怅惘不是天涯游子临秋风而念故里，而是家居的日子来到了。这就在自然和心境间造成了很大弹性，使诗的意味更深远。接下来，诗人写了他家陈设，这些陈设是颇具古风的，唯其如此，才更显得可爱、淳朴、令人钟情。"古朴的居室宽敞大方／祖父的肖像挂在壁上／帘子很旧，但干干净净／屋里屋外都已打扫／几把竹椅还摆在老地方／仿佛去年回家时的模样"。这几句不以细刻见长，却以素描见工。分开来看并无意味，但连续排出便显出淳淡亲切的心境来。这是永远等你归来的"老家"啊！在这不必与这个世界锱铢必较的地方，诗人心平气和，他要将这种美好的心境传导给好朋友们，"邀二三知己／酒约黄昏／纳着晚凉／闲话好时光"。这几句诗，用力处全在"闲"上。"闲"能生趣，"闲"能使疏远隔膜化为亲切体谅，这种身心俱"闲"的时辰，现代人多么难得啊！

这首诗中，自然景物均无人格化痕迹，但又不乏情感的点化，有无言之美随意之美古朴之美。"发纤秾于简古，寄至味于淡泊"，是这首小诗的境界。

活 着

在迷离的市声中
隐约传来暗淡的口琴声
呵，这是春阳普照的一刻
这是下午的大地

运行不已的春光啊
带走我蓦然远飞的年轻心思
北方、南方
到处是一样的经历

我站在明净的平台上
赞叹我秀丽的身影
风吹乱我的头发
这是真的，我多么年轻

当天气从潦倒中退去
当落日迎来了流水
我轻声对自己说：
我要活着、活着、活到底

在众口一词比拼"谁更能跟上时代"的诗坛，柏桦是真正的"另
类"。他的诗有一条清畅又敏感的脉管，通向汉诗传统，眷念生命，
留恋光景，神清韵远，明心见性。在现代诗界，柏桦是被人阅读极多
但评论最少的诗人之一，其原因就是他的诗极为迷人却"脱离代"。
他的抒情唤起了我们灵魂中被认为是落伍的"陈腐"的部分。它伤害

了我们"后现代"集体式的虚荣。

从心理完型隐喻上说，我在一篇文章中曾"玩笑"地将诗人分为三类。"上午型"的诗人是合时的、理智的、进取的。"夜晚型"的诗人是阴鸷的、玄学的、启示的。"下午型"的诗人则是清静的、不争的、安于内在情感的。

一天下午，我在成都翟永明的"白夜"酒吧对柏桦谈了我的玩笑。柏桦深为会心，他说：是呵，我就是个"下午"的诗人。向黄昏、向暗夜迅速过渡的"下午"充满了深不可测的"颓唐"与火热的女性般的魅力。在未出版的《左边》一书里，我也专门谈到了"下午"的喻象。

是的，"下午"在这里不再是时间制度，而是柏桦许多诗作的情境、心象、宿疾、生命感受的尺度、写作语境的"命运伙伴"。

《活着》同样是一首"下午之歌"，它语境澄明、线条流畅、情感纤细而饱满。多少次我沉浸其间。它使我被"后现代"催促得惶乱的心踏实下来，对自己说，生活好好的没变，诗歌仍然会是我们古老的心愿之乡。

我多么喜欢柏桦写出了"隐约传来暗淡的口琴声"这句呵！口琴声也是这首诗的音色和音质。"落伍的"口琴，闪烁着细碎岑寂的口琴，老派的、懂得羞怯的簧片，稳住了一颗诗人的心，"呵，这是春阳普照的一刻，这是下午的大地"。

光景多么让人留恋，春天如期滚滚来到人间。与古典诗人一样，大自然的变化也是给柏桦的一次巨大赐福。"蓦然远飞的年轻心思"，道尽了领受者的惊喜和宽怀。在这"我心与天地同参"的一刻，诗人成为自然中的一个音符，他沉醉其间，以"女性般"的纤细柔情，毫不自矜地赞叹、眷念着自己有幸能感知到美的生命。

这时，我们有必要注意到开头"在迷离的市声中"这一情境了。"市声"，在现实的接受语境中既有实指性，又有隐喻功能。与当下"效率"和"利润"粗鄙合唱的市声相比，暗淡的诗歌"口琴"显得多么纤弱、"颓唐"。但是，诗从来就有自己的使命，诗人应有自己古老而率真的"潦倒"，他要挽留有如"剩日"般的美，珍惜被性情之光照彻的生命，他面向诗歌要"轻声对自己说：我要活着、活着、活到底"。

　　柏桦同时期的《选择》，堪与此诗形成互文关系："他要去肯尼亚／他要去墨西哥／他要去江苏国际公司／年轻时我们在规则中大肆尖叫／今天，我们在规则中学习呼吸。"这种反讽是"下午的""陈腐而传统的"，但它深深击中了我们的无言之痛……

老　木

迎接秋天

四个季节都在向我告别
能够触摸的只是迟迟而去的秋风
在落叶旋舞于脸上而划起皱纹的
剧场之外的街道上
你以不易察觉的微笑朝我致意
又缓缓而去，这是五年的记忆
泪水顷刻发出的信号是暴雨
不曾到来也不曾存在
因此当黄昏的散步来到海边
那些不断开合的窗户里
灯光有最后的情感倾诉
渔船如今却到了什么地方了
季节如同汹涌又平静的潮水
涌上来又退下去

迎接秋天是多年卜居的愿望
打扫庭院并且沐浴自己
让菊花在空气中发出蓝色的喟叹
如同我想念不能相见的爱人
铺开雪白的信笺
所写下的是夏天里

大海和大海边的日子

老木的诗是涤除玄鉴的诗。涤除掉的是尘世的喧杂和人的欲念，"玄"是指他心中的斋室，心中的"道"，宁静、超脱，像一面明镜辉映着他的气质。这首诗表现的就是这种中国知识分子疏瀹五藏澡雪精神的自我修炼。

诗的一开始诗人并不是万虑消沉的，他有欲望、有情感，这为下面的清静本心做了铺垫和对比。"四个季节都在向我告别／能够触摸的只是迟迟而去的秋风／在落叶旋舞于脸上而划起皱纹的／剧场之外的街道上／你以不易察觉的微笑朝我致意／又缓缓而去"。对秋天，诗人的感觉是忧郁的，这种忧郁源于"你的微笑"。这种微笑是在秋叶缤纷之时，"剧场"之外，一切是那么真实，不可挽回。这伤感的微笑勾起了五年前的旧情，泪水就要像暴雨一样流淌下来。但诗人克制了这脆弱的感情，他将之做了冷处理，过去的就让它过去吧，只当它"不曾到来也不曾存在"。但诗人并非不再珍惜昔日的情爱，而是让它静静沉在心底，不再泛起波涟，像平静的海边窗口的灯光，面对大海发出幽微的回忆之光。旧情难再，如渔舟已远，海水将变为"平静的湖水"，在秋湖之畔，诗心也静静地泛着纯净的光波。这一节，语调是平缓的，但感情却深藏于平缓内凝的语句之中，可视为诗人内心冲突乍起又被压抑下去的过程。

接下来，诗人道出了"迎接秋天"的内涵。秋天在这里不是指自然的节令，而是指一种心境、一所心斋。它平静老到，离形去智，是一种澄怀观道的姿势。"迎接秋天是多年卜居的愿望／打扫庭院并且沐浴自己／让菊花在空气中发出蓝色的喟叹／如同我想念不能相见的爱人"。秋天，意味着成熟、纯净、凉爽而心平气和。在这样的季节里，诗人清涤本心，"沐浴自己"，他终于悟出感情本身就是价值，"为无为，事无事，味无味"，何必一定要谋求什么"结局"呢？菊花在空气中发出深沉的喟叹，这不是无可奈何，而是一种气格、一种精神的象征。在这种平和适意的心境里，诗人不再想"剧场之外的街道上"的感伤的微笑，而是追念着"夏天里／大海和大海边的日子"。是的，有过短暂真情的时刻已经尽够了，人生还能再奢求什么呢？

这首诗，对众多追念逝去的爱情的诗是一种刷新。这里没有幽怨，没有指责，没有扼腕叹息。诗人在自己的内心深处珍藏了往日的甜蜜，去除了今日的感伤，终于进入到更高的境界。当"四个季节都在向我告别"时，"我"还有心灵之"斋"的第五个季节，它吞吐万境又始终维持着生命的平衡！

海边的散步

海边的散步有多年后的咸涩
在迟疑中我能够想象你的声音
那是清晰的脚印
因此沙滩上的记忆不可改变
直到下一次潮水涌入梦境
无止无息，更多的空白
是你第一次感受到的尖锐的痛楚
划破所有光滑的日子
来到海边，在黑夜之后
以关注的姿势出现
这就是我要说到的
那只久久没有飞到的海鸥

在黑夜之中亮相，又奔驰而去
来自城市的灯光像一把利剑
仅仅把你的影子砍下
孤单地与面前的大海相互对照
留在这里，保持沉默

这里的大海，不是波涛起落浪柱冲天的，而是一种平静安详中流淌的感伤。这是一种高贵的充满古典意味的感伤，它没有实在的对象，它源于诗人那神秘的内视中"久久没有飞到的海鸥"。所以，在读这首诗时，我们不必去寻找"你"具体是谁，"尖锐的痛楚"是什么，等等。就像陈子昂站在幽州台发出的感慨，那是一种无中生有，也正因无对象，恰恰达到了天地同参的效果。

这首诗的结构是颇有新奇之处的。前十行起得突兀，使人置身于迷惘的忧伤的氛围，仿佛有什么事件出现了，我们等待着。但从第十一行起，诗人就告诉我们，什么都没有发生，是由于大海"更多的空白"的辽阔无垠，使人感到生命的渺小无力。试想，面对无限辽远的大海，一只海鸥怎能飞越过来？这就是有限面对无限产生的"尖锐的痛楚"啊！生命的过程，犹如"在黑夜之中亮相，又奔驰而去"的海鸥，忽地一闪又坠入无垠的黑暗之中。照亮这"亮相"的是"来自城市的灯光"，那么，海鸥留下的也绝不会是整个身体，而只是一个侧影、一个梦境般的弧线。这里，诗人持一种宿命的悲观态度，承认生命是虚幻的、无助的。这是生存的原初真实。

但是，"影子"不是可有可无的，它毕竟出现了，成为整个大海除以二剩下的一个单数！因为有了这生命的影子，才有了与"大海相互对照"的东西。从这个意义上讲，诗人又是乐观的，这种乐观不是廉价的英雄主义，而是涉过紧张的、幻灭的海域后，重新达到的平静和安详，它将永远地"留在这里，保持沉默"——原来，"那只久久没有飞到的海鸥"永远不会飞到了，但它在诗人的内视里飞，在飞！人就是这样，大海，你可以淹灭我，但你就是不能消灭我的影子！我"留在这里，保持沉默"，我的命运我已了然，一切都做好准备了，我永远"在黑夜之后／以关注的姿势出现"，并对大海进行屡败屡战的不息抗争。这首诗写的就是对人类宿命的认同，以及认同后的积极反应。

周伦佑

自由方块（选章）

动机I 姿势设计

姿势是应该考虑的。就像仕女注意自己的表情。比如笑不能露齿。比如目不许斜视。皮尔·卡丹选你做时装模特儿。你按现代标准重新设计自己。坐如钟。夜半钟声到客船。你不在船上。在宝光寺数那些数不完的罗汉。面南而坐。面壁而坐。皆是圣人的坐法。你不是圣人。不想君临天下。可以坐得随便一些。任意选一个蒲团。或想象古代的某一位隐士。或模仿某一只猴子。古来圣贤皆寂寞。坐为悟道之本。你不坐便不学无术。孔子坐而有弟子三千。芝诺坐然后发现飞矢不动。阿基里斯永远追不上乌龟。而你看见杨朱坐得像一朵花。无风也摆动。引来三五只蝴蝶。男人喜欢摇尾巴的女孩。睡如弓。大雪满弓刀。挑选睡式非常必要。最好不要白天杀人。据说释迦牟尼就是因为宫女睡态不雅而愤世出家的。从此他特别讲究睡的技巧。你是喜欢侧睡的。你想换一种睡法。你试着翻身。那种感受很强烈。那只脚似有似无。那种飞机。喷气式的。那种鸭儿凫水。画外的爱民拳。你觉得那种姿态十分优雅。死是明天的事。再研究研究。今天还是坚持做早操。至于今生之后是否有来世。从孙中山到耶稣都没说清楚过。瑞士的丹尼肯又考证上帝是外星人。那

个天堂你更不想去了。低头可以接受。没有尾巴可翘。但腰
要挺直。男儿有泪不轻弹。保持平衡极端重要。站如松。松
下问童子。言师采药去。松下的童子再答。不知师父在哪棵
松下。重要的是要站得谦恭。最好不要说话。韩愈欣赏贾岛
站着推门敲门的姿势。留他做了门客。你知道门外还有别种
姿势。

——陶渊明悠然见南山的姿势

——王维松风吹解带的姿势

——苏东坡大江东去的姿势

——李清照人比黄花瘦的姿势

人之外还有许多的姿势。云的姿势。月的姿势。鸟的姿
势。虹的姿势。你借来斑马和天鹅。加上那一切。设计出一
种新的款式。很多人都来模仿你了。

动机 V　拒绝之盐

必要时学会摇头。必要时学会摆手

假如头和手都不自由时

你得学会沉默

为此你练习绝食

拒绝水你不再游泳不再向江河湖海撒网

拒绝火你不再炼石不再仿制一切形式的灯

拒绝雨你不再布道不再敲打破碎的瓦罐

拒绝风你不再升旗不再指挥船队远航

你把拒绝作为游戏

无人对弈

你的棋子仍在减少

拒绝之盐无味

你从无味接近烹饪之道

拒绝圣贤你不再亦步亦趋学之习之
拒绝标准你不分善恶忘记了身高和体重
拒绝亲和你没有血缘不知根的粗细
拒绝仇恨你取下弓矢在室内挂起斑斓的虎皮
拒绝道路你不再跋涉不再作无谓的寻求
拒绝热情你不再沐浴不再为美色而动容

你以拒绝作为盾牌抵挡伟人名人的进攻
×××思想战无不胜
你招架不住
只有低头认罪

拒绝开口你不再争辩以免落入态度的陷阱
拒绝语言你失去了概念只会沉默或嚎叫
拒绝幻想你不再企望某种高度和深度
拒绝索问你不研习养生之道不再采药炼丹
拒绝沉思左冲右突始终杀不出一条血路
拒绝突围愧见江东父老不如留下击节而歌守节而死

拒绝是一种艺术。兵临城下
你仍在午睡
闲敲棋子
旷逸亭上听水听鱼

拒绝远游
你不再探奇访胜或发思古之幽情或故作漂泊流离之慨叹
　拒绝登临
你不再插茱萸不再把酒问青天或者拉着陈子昂的衣襟啼
　笑皆非

　　　拒绝归隐

你清晨出售假山黄昏搬走盆景让三十里之内无竹一览而

　　无遗物

　　　拒绝回忆

人格在形形色色胖胖瘦瘦的面具中周旋轮廓渐渐丧失细

　　节无记了

　　　你想起周伦佑说。

你可以被人反对。你可以被人憎恨。但你不能被人

　　蔑视。

尤其不能被人讽刺。

讽刺使绝食归于徒劳。

拒绝之盐使你形容枯槁。渐入宠辱皆忘之境。

据古书载若持之以恒当使你无知无识无欲——最后达之

　　无耻。那时你就得救了。

你答应再试试看。

　　这两首诗选自周伦佑的长诗《自由方块》。长诗《自由方块》是"非非"式的反文化、反理性、反崇高、反语义的庞大"魔方"。这里所选的《动机Ⅰ　姿势设计》和《动机Ⅴ　拒绝之盐》是这古怪的"魔方"中的"两块"。将它们放在一起是由于它们在精神意向上有共同之处，即都侧面表现了传统文化对个体生命的压迫。

　　虽然周伦佑是强调反理性、反语义的，但我们还是从他的诗中看到了另外意义上的理性和语义。诗人的反理性，我以为可以理解为反封建理性，张扬一种相对主义、怀疑主义的现代"理性"；而诗人的反语义，我以为可以理解为反固定语义对诗歌的羁束，而追求一种更为不确定、向度更多的"新语义"。也许这不合周伦佑的"解构"主义的原初想法，但他的诗似可回答我的设想是对头的。

　　《动机Ⅰ　姿势设计》揭示了传统文化的非人道本质。在诗中，我们始终看到一个惶恐不安、不知所措、六神无主、自戕自恋的异化人。他不知道自己的"姿势"究竟应出于生命的本能，还是要适应文

化的需要。他的学识恰恰成了他无能为力、躁乱不宁的根源。劣质的文化已经浸透了他的血液，他注定是要在这可怕的选择中精疲力竭而死。这看似变态的人格恰恰是我们每天所经历的常态。可悲的是，这个选择"姿势"的人不是在体验生命的悲哀，而是想尽快找一个适应异化现实的"姿势"安定下来。这就暴露了他已被扭曲到何种地步！诗人采用了后现代主义的"平面戏仿书写法"，一切听凭事象的自由流淌，在深刻的反讽中，揭示了生存的真容。

《动机 V　拒绝之盐》是写现代人生命的焦虑感、萎缩感。但与西方人的焦虑不同的是，这里的"你"，是传统文化的牺牲品。"你"的焦虑是个体生命与传统文化的同归于尽，而不是后工业社会的产物。诗中一气排出了二十多个"拒绝"，但真正是路路断绝！"你"的拒绝并非阿 Q 式的妄自尊大，而是源于一种骨子里的不安感、被弃置感、无精神目标感。传统文化教给"你"的只有两种东西：盲目服从和盲目拒绝。"你"置身其中浑然不觉，"拒绝是一种艺术。兵临城下 / 你仍在午睡 / 闲敲棋子 / 旷逸亭上听水听鱼"。这种表面上的镇定自若正是自闭感、被弃置感的表现。我们被整个世界放在路旁了，诗人满怀忧患，蔑视灵魂又为它而放声哭泣。因此，他才用了这般苛刻的挖苦讽刺，这般的自卑、自尊！

周伦佑的《自由方块》具有很高的自由度。这里的自由度，是指创作者充分的随意性和接受者多重把握的随意性。每一个读者都可以从各自的体验角度去理解这首诗，我这里的理解是其中的一种。

在刀锋上完成的句法转换

皮肤在臆想中被利刃割破
血流了一地。很浓的血
使你的呼吸充满腥味
冷冷的玩味伤口的经过

手指在刀锋上拭了又拭
终于没有勇气让自己更深刻一些

现在还不是谈论死的时候
死很简单，活着需要更多的粮食
空气和水，女人的性感部位
肉欲的精神把你搅得更浑
但活得耿直是另一回事
以生命做抵押，使暴力失去耐心

让刀更深一些。从看他人流血
到自己流血，体验转换的过程
施暴的手并不比受难的手轻松
在尖锐的意念中打开你的皮肤
看刀锋揳入，一点红色从肉里渗出
激发众多的感想

这是你的第一滴血
遵循句法转换的原则
不再有观众。用主观的肉体
与钢铁对抗，或被钢铁推倒
一片天空压过头顶
广大的伤痛消失
世界在你之后继续冷得干净

刀锋在滴血。从左手到右手
你体会牺牲时尝试了屠杀
臆想的死使你的两眼充满杀机

这首诗的标题令人深思。它的关键词是"刀锋"——"句法"——

"转换"。具有敏识的读者会感到，它是在写经历过一场心灵乃至肉体的重创之后，一代诗人对生存、历史、写作的重新追问、自审和清理。由于"生存是和语言一起到来的"，所以诗人周伦佑在诗中所处理的是写作与具体生存语境的噬心关系，知识分子精神中的知与行关系。既然一个诗人的工作是与语言搏斗，那么所谓"句法转换"，就成为生命状态、价值立场、历史意识的"转换"了。

20世纪80年代中期，我国先锋诗歌主要脉向是"本体自足""纯诗""神性"。在对抗权力话语制导的意识形态功利诗歌时，这种纯艺术立场是极有意义的，但其流弊所及也带来了先锋诗写作中的"非历史化"倾向。诗越来越成为文化人的遣兴，个人乌托邦的轻快飞翔，丧失了介入生存的内在力量。80年代末历史的巨大错动，给诗人带来深深的痛苦、无告。他们开始反省过往写作的精神洁癖，及诗歌在历史话语、道德载力、深入灵魂方面的缺席。这一切虽不仅是"写作学"这一论域能含括的，但它"转换"的结果最终一定会落实在文本之中。因此，我们要将此诗的语境设置在生存、历史与心灵修辞（"句法"）的关系上。

阿多尔诺说过，"在奥斯维辛之后写诗是野蛮的。这种状况甚至影响到了对今天为什么不能写诗的理由的认识"。"在奥斯维辛集中营之后，任何漂亮的空话、甚至神学的空话都失去了权利，除非它经历一场变化"。从某种意义上说，阿多尔诺这段话与周伦佑的这首诗形成了"互文关系"。在人类历史发生痛苦灾变之后，仍然写所谓"超越性"的诗歌，尽管它们纯洁、优雅、技艺精湛，但它们在不期中加入了集体遗忘的行列，消解了痛苦的记忆，所以，它们是"野蛮的"！

周伦佑这首诗，表达了精英知识分子的立场。作为历史和种族命运承担者，诗人们在猝然袭来的历史刀锋群下，感到过往的写作姿态如此孱弱无力。他们开始"完成句法的转换"，让诗语更深入，"从看他人流血／到自己流血，体验转换的过程"，"活得耿直是另一回事／以生命做抵押，使暴力失去耐心"，"用主观的肉体／与钢铁对抗，或被钢铁推倒"。在这里，一切都指向于质询一个"潜在的、不出场的背景"，即未曾"转换"之前的非历史化纯诗写作。我们在阅读中如果不能放进这一"背景"，就会将此诗仅仅解读为一种"道义姿态"，而不会体味它深厚的历史内容、语言批判和痛苦的自我盘诘。

这首诗冷峻、深刻，在广阔的历史反思和具体的"写作"行为、严密的理性和燃烧的激情之间，达成了难能可贵的平衡。它没有在写作技艺上做半点让步，又实现了现实介入的锐利，是这时代"红色写作"（生命、血液、历史承担）的典范之作。

潞　潞

石头屋子

我想有一座
牧羊人的
白石头屋子

离村寨远远的
离玉米田远远的
就盖在
光秃秃的原野

石头光滑
有无数理不清的纹理
我看着它们
　在太阳下烤热
慢慢地斑驳
下雪的时候
站在屋子外面
听雪花落在石头上
　　沙沙的声响
直到我的双脚冻僵

如果起风了

我的屋子
　　会微微颤动
石头与石头
小心地摩擦
但是不必担心它会倒塌

我想有一座
牧羊人的
白石头屋子

　　《石头屋子》是一首恬淡而纯粹的诗。这首诗是诗人情怀的自述，却不见一丝人间气象。那座神秘的牧羊人的石屋仿佛自己开口说话，自己发出一种清气，带着我们被安顿得美好的心境，飞升到一个旷远澄明的世界。

　　我们都知道，这类情致，我国古人早有妙迹，但古人所追求的，乃是幽、空二字。所写自然物象无非静月寂林、澄潭孤鹤之类。潞潞则不同，他取古人情趣，避其物类，偏偏捡些荒凉粗糙的景观入诗，这就给人新鲜的刺激，别样的美感。在这里，"幽邃"代之以旷远，"空明"代之以豁达，"葱茏"代之以粗粝，但传统风神意态犹在，可谓弃形而悟神了。事实上，前人的成功正是后来诗人的困境，被先人反复观照反复入诗的意象类型已经抵近饱和状态，后来的诗人是必择新象而后生的。潞潞能悟到这一点，就使他的诗最终摆脱了毫无生命感的拟古类型，而成为货真价实的创造。我们说了，这首诗所择物象是荒凉粗糙的。但并不是说诗人的感觉也同样。你看，诗人看出了"石头光滑／有无数理不清的纹理"，他看着它们"在太阳下烤热／慢慢地斑驳"，何等纤细何等有味；诗人甚至能听到雪花落在石头上发出的"沙沙"的声音，没有冲远的"我心即山林大地"的格调，又怎能听到无声之声？所以，物象的品质是需要诗人用生命去灌注的，在这个意义上说，秋泉瘦月与粗糙的石头屋子，区别究竟何在呢？

肩的雕塑

最后的
也是最陡峭的一座山岗
路，在山脚下消失了。黄土高原
干燥的春季的旱风卷起层层砂石
骨骼坚实却矮小的蒙古马迎风站着
喑哑地喷着响鼻，昂起疲惫的头
汗水浸湿敦厚的马皮，一绺绺酱褐色的毛
紧贴在起伏的勒紧肚带的马腹上
肌肉发达的马胯两侧被坚硬细腻的榆栋辕
以及岁月的重负，磨出
嫩红的皮肉，隐约可见鼓凸的
生命在其间微微颤流的血管
一根新铸的，青灰色的高压水泥电杆
在跋涉五十里山路之后，搁浅了

没有别的选择
所有的人都自然而然地想到那坠着
每个窑洞之家艰辛生活的——杠棒
于是，在绝望和困境前集结了山里小伙子们
力量隆起的肩头和碗口粗的杠棒
为两吨重的电杆组合了一个舒适的乘座
我，就是其中的一个支点
注满了血性和燃烧的渴望
时间、荆棘和愚昧再也不能阻止
山里小木格的窗口将采撷下满天星星

我感到几代人沉重的希冀。信念的力量
在凝聚，在每一个支点上凸起，形成铁
光明，由我们肩着——进山
每一步都如此艰难
四十五度的斜角使匍匐的身子
也在直立、向上的、太阳的方向
每一根黑亮的、汗水和油腻闪光的杠棒
都与肩焊牢，在两排对应的肩胛之间弯成弓
饱满的，显示着重量也显示着韧力的弧
脚印格外地深沉，服从着命运
一个压着一个，夯实新辟的路
脚趾在半旧胶鞋中近乎痉挛地扣死大地
从埋藏祖先英魂的土壤里汲取意志
被蹬断的灌木棵子、碎石和尘土
跌入山谷，扑啦啦惊起一群野性的石鸡
这是同舟共济的整体。每一根脊柱
都不能弯曲，淘汰着怯懦和自卑

光明在一寸一寸地登攀
淌着汗、吁喘着、哼着低沉的号子
黑色的梦也在一寸一寸地退缩
我是中学生，从世界历史中知道了爱迪生
知道我是在进行着持续一个多世纪的
像经络伸展到东西两个半球的光明的接力
漫长的路上，有牺牲和化脓的创口
这是文明的进军。我突然发现
我们都是英雄，英雄亦如此平凡
我的祖国没能交给我们吊车和
高空运输线，贫困是事实
必然战胜贫困也是事实。只要

翻过这座山冈，只要不再等待
甚至没有歇肩的余地
颞部的咬肌在响，腿的骨节在响
这一切，使共和国更明亮

风，峭崖以及灼烤背脊的阳光
终于渐渐屈服——对于真正的人
屈服的还有原始的落后和烦恼
山里的老人、青年、孩子的命运
将被改变。收工回来，下学回来
在犁铧和书本上会有新的黎明升起
再不用赶着毛驴碾谷，生活的节奏
加快了，连语言和思想也急促而动听
贫瘠的土地被占领，一步步地
覆盖上电流、机械、繁荣的植被
高山与平原，陆地与海洋，幻想与现实
将不存在对比，一切都属于蓝色的创造
我们在山冈上种下现代化的标志
刺向天空的手臂，频频召唤未来

血红的
夕阳，深情地照耀着
群山间的我们。一组青铜的
粗犷的群雕，力的完美造型
金色苍劲的线勾勒了弓起的腿，前倾的身躯和肩
呵！比山还高的举起苍穹的肩，一个不屈民族的肩

　　这首诗写的是贫穷的山区人民，用带血的肩将水泥高压电线杆扛上高山的情景。这个情景是动人的。但是，如果只是写到此处，则不免缺乏诗歌特有的"肌质"。潞潞的这首诗，好就好在他独特的审美

视角和独特的语言态度。所以说，这首诗的成功是艺术的成功。也只有艺术意义上的成功，才使得诗歌成为独立自足的实体，而毋须依恃另外的"意义"支撑。

这首诗，诗人选取了一个特定的角度、特定的焦点：压着水泥高压电杆的肩。这就使读者视线清晰、集中，同时又具有强烈的质感。但将焦点投放在肩上，并非弃置其他情境，我们恰恰通过肩看到了与它有关的全部东西：大山的陡峭，山路的坎坷，山民颤抖而死死咬住地面的双脚等。"肩"在这里像是电影中的特写镜头。我们知道，特写的细节越微小，它在银幕上投现时就越宏大，特写不仅是将远景或中景镜头看不清的东西加以放大，更重要的是，镜头长久地对准一个细节，这比泛泛勾勒几个场面更能激动人心。这种以表面的逼近感造成的画面，实际上恰恰具有深邃博广的精神空间。这样一来，事件固有的叙事性质被冲淡了，而情感性质被加浓了。这是《肩的雕塑》独特的审美视角的成功。

这首诗，在语言态度上也是有着成功的实验的。我们一般认为，诗歌的语言是舞蹈。这观点不错。但要防止一种片面性，即将"舞蹈"简单地理解为情绪的快速流动，语流的轻盈飞快变化。事实上，"舞蹈"的节奏是多种多样的，这完全取决于它所暗示的内容本身。这首诗，语流缓慢，有时几近滞涩。诗人往往集短句为一行长句，标点符号的频繁使用，诗句转行的突兀，所有这些都恰到好处地控制了语流的速度。这种缓慢和笨涩，真是如山民步履之艰难如在目前。这既是形式，同时也是内容；形式体现了内容的意义，内容成为完成了的形式。

老 歌

那天打开窗子
听到一首
忘掉名字的老歌

远远地
唱歌的人在河边
只看见他的帽子
他一定满腹心事
穿越稀疏的丛林
送来他的忧伤

我也记起
　　过去的事情
多半像这老歌
忘掉了名字

　　读这首诗，我们觉得有一种复杂的感受。是忧伤？是淡泊？是安详？是喜悦？好像都有一点点，但对我们来说，实在是难以辨出哪种滋味更占主导地位了。

　　不是这首诗写得朦胧，而是写得"清晰"——另一种意义上的清晰——诗人细致地体验了自己瞬间的感受聚合，他用简隽的笔墨将它们真切地表现出来，为我们提供了一种"准知识"。这种瞬间的感受是复杂的，所以我们在读此诗时不能确定诗人的感情取向。这是正确的阅读态度。《老歌》的复杂，是单纯的"复杂"。这首诗有一个淡淡的情节：我打开窗子，听到有人在河那边唱歌，是一支忧伤的老歌。这就是诗人亲临的情景，单纯得可以。但诗人并没有到此止笔。结尾的四行颇为奇崛，显出复杂来，"我也记起 / 过去的事情 / 多半像这老歌 / 忘掉了名字"。是的，在人走过的道路上，日子一天天地丢掉，你的喜悦，你的忧伤，你的淡泊，你的安详，没有人会知道，你只能默默地将它们安顿在心灵最深的地方。渐渐地它们的轮廓不清晰了，都变成一种经验、一种意绪沉睡在你的生命里。但它们迟早有一天要醒来的，像老朋友，像天使，像恶棍，像债主来找你。这种醒来，往往是一种偶然的外在契机，和偶然的心灵火花撞击的结果。《老歌》

中的老歌，就是这种外在的契机。所以，我们说这首诗为我们提供了一种"准知识"，即加深了我们的某种不成形的经验，说出了某种难以概括但确实存在的感觉。

这首诗告诉我们，直觉的获得有偶然性，也有必然性。如果那首歌是诗人不熟悉的"新歌"，恐怕诗人也不能有这等妙语。正像美国学者阿瑞提在谈到艺术创造的直觉产生的条件时指出的："直觉好像是一种无须准备就显示出来的知识，或者好像是一种直接获得知识的方式。实际上并不存在那种没有任何准备、任何资料和任何加工就能直接获得知识的情况。新的知识、新的理解好像没经什么准备就获得了，这其中的原因就在于主观上觉察不到那些先前的阶段。"(《创造的秘密》)潞潞的《老歌》，以诗的体验证明了创造的某种奥秘，这还是次要的；重要的是，这是一首非常出色的体验诗——诗体验。我们肯定这首诗的价值坐标点，就在这里。

泥　路

两条大车的辙印
弯弯曲曲
昨夜的雨
没有把它们冲掉

马的蹄印
一个个如碗
黎明时已经凉了

一只美丽的兔子
在昨夜的雨中
　　奔跑

你看马的蹄印上
绽开小小的梅花

我嗅到
　　　一股温暖的
小动物的气息
不知它
可被无情的雨打湿？

　　对于诗歌的性质，潞潞是这样认识的："诗可以改变我们和自然世界的某种关系。由于诗，人与他们面对的世界之间出现了另一个世界。这个世界不是眼睛可以看到、手指可以触摸的，但它的确可以感知。人在这里打开所有的窗子，看到他们想看到的一切，获得了最大自由。人的这一建造带有玄想的性质，颇具形而上的意味。"（《诗刊》1986 年 11 月号"青春诗论"）潞潞这段话，道出了"纯诗"的特质。虽然我们不必都挤在纯诗的道上奔走，但一个真正的诗人，是必须经历并不断经历纯诗体验的。

　　《泥路》这首诗，看似写实，但细细品味，就会觉出它"另一世界"的味道来。这是一种全神贯注的、没有任何功利目的的审美活动，你不能去猜测那两条大车的辙印，马的脚印，兔子的蹄印，各自代表什么；你只问一下自己，这些东西是不是美的？是不是常常出现在我们周遭而被我们长久地忽视了的？如果是，你就会认为，这首诗的确为我们创造了一种平凡中的神奇，这一世界中的"另一个世界"。这里，大车的辙印、马的脚印、兔子的蹄痕都充满了灵性，让我们感到普通生活的清新和美好。雨后是爽畅舒服的，诗人们往往写被雨洗得更为娇艳的花，碧绿的树，氤氲的远山，盈盈的湖水……这些物象被写得多了，渐渐就发生了钝化，难以激起读者审美的热情。潞潞则能独标逸韵，使难以入诗的泥路入诗，并写得这般有境、有趣、有气、有味，着实不易。没有能"嗅到 / 一股温暖的 / 小动物的气息"的审美敏感，是断断悟不出这种诗的真味的。

瘦 马

我不知道
你从何处而来?
在这辽阔沉寂的夜空下
在这荒凉起伏的土地上
你踯躅独行
啜着遍地破碎的月光
你是我见到的
一个最孤独的流浪者

尽管
我遗弃马背已经很久了
却依然认得出
你来自很远很远的地方。
鬃毛被汗水浆成一绺一绺
沉重地垂悬于地。
我在黑暗中凝视着
你静默无声
偶尔打出一声短促的响鼻。
只有你的眼睛闪烁
并且含满了泪水。
我发现所有的动物中
马的眼睛是最善良的
即使拉出一匹野性的公马
也依然如此。
马在跑动的时候

它的眼睛是奔放的
当它沉静下来
却常常流露着抑郁。

我怎么能知道
　　你的命运呢？
但是我知道
在你众多的同类中
有一种
与生俱来是为着奔跑的。
（疯狂的、没有止境的奔跑）
它们无论如何学不会
在绿草地上
摆出潇洒的姿势给人看
学不会巴儿狗或猫的谄媚
因此得到一点可怜的恩赐。
它们在皮鞭和缰绳下
表现得异常凶蛮
或踢或咬或愤怒的长啸。
然而，当这一切
当奔跑只能成为一种欲望
它们在黄昏安静下来
任四蹄刨得流血
却从不嘶鸣一声。
它们就这样
　　在自身的煎熬中
日渐消瘦……

我曾经以为
　　我是认识马的。

然而，当我看到兵马俑
　　　　人与马的肃穆
　　　　人与马的和谐
我不禁震惊了。
其实，我们这不肖的子孙
是连祖宗都忘记了呢！
在他们头顶上喧嚣了二千年
自以为高贵起来
屁股上还有马的汗味
俨然就当起
　　　　这卑贱的畜生的主人。
偏偏有一些不驯服的马
把背上的狠狠摔翻在地。
有谁敢说
这些马血管里流动的
不比某些叫作人的更纯粹？
马的血性和气质
如此强烈而迷人。

我的朋友们
（一些冷酷的
没有多余的臃肿和笑容的男人）
都深深地依恋、尊重
人类这群忠实的兄弟。
除了女人和马
没有可以使他们膜拜的。
虽然越来越难见到
那些奔跑的马了。
草原一块一块地缩小
马在人的壮大中消亡着。

也许要不了多久

纵马驰骋将成为遥远的记忆。

我想，那时候

还能够记得马

哪怕是一匹最疲惫、最忧郁的马

诗歌作为一种理念的感性显现，目的不是将美丽的物象抹在纸上，它所追求的是物象内部的灵魂，加深和扩大我们的经验，来澄清世界的"真相"。当一首诗以传达新的经验、新的感动为旨归时，我们便可以认为这是有价值的好诗了。在诗中，重要的永远是穿透物象的灵魂。

我们读过不少咏马的诗，但许多诗并不能给我们留下深刻的印象。这些诗人对马虽然进行了细致的观察、细腻的描绘，可使人读后，只留下了慓悍的形体、飞奔的姿势、美丽的鬃毛这些极为表面的动物们的共性特征。仿佛是诗人只抓住了马毛马尾，并未抓到马的精神内核。这仍然是一匹死马。而潞潞的这首诗则不同。我们读后将体味到一种重要的经验，体味到一颗活生生的跳动的马的心脏。诗人不只是用眼睛去看马的，更是用心去看的。对诗歌来说，这显然是一种更有效、更准确，因而也更"真实"的方式。诗人写的不是一匹健壮的骏马，而是一匹孤独的、抑郁的、耗尽精力的瘦马。这匹马是勇敢的、渴望自由地奔跑的马，它不甘于屈服人的压力，在皮鞭和缰绳下，表现得异常凶蛮。它的自由精神受钳制时，它的奔跑只能成为一种欲望时，它就原地踢踏，任四蹄刨得流血，终于"在自身的煎熬中／日渐消瘦……"正是这不屈的灵魂感动了诗人，使他说"有谁敢说／这些马血管里流动的／不比某些叫作人的更纯粹？"这就使诗超出了对马本身的歌颂，而是对一种抽象的勇敢不屈的灵魂的歌颂了。

读这首诗，我们加深了对马的认识，这种认识之所以有价值，是因为除诗之外，它别无呈现。

海 子

抱着白虎走过海洋

倾向于宏伟的母亲
抱着白虎走过海洋

陆地上有你的堂屋五间
一只苍狗卧于故乡

倾向于故乡的母亲
抱着白虎走过海洋

扶病而出的儿子
开门望见大太阳

倾向于太阳的母亲
抱着白虎走过海洋

左边坐着的是生命
右边坐着的是死亡

倾向于死亡的母亲
抱着白虎走过海洋

读海子这首早期诗，我们会感到迷惘不解。母亲抱着白虎走过海洋，这个画面究竟代表什么？其实，这个问题提出的同时，你已经感到画面的形体了。它是宏伟的、义无反顾的一种内在激情，用了梦幻的形式体现出来。读这样的诗，你必须忘掉这个世界实有的各种关系，将诗的画面当作一种绝对的现实去感受。诗人要求读者的，不是相信物质的固有关系，而是纯粹梦幻般的精神组合。如果你的知觉中重现了母亲抱着白虎走过海洋这一画面，这个画面就成了被感知的审美对象，它的存在是你幻觉的现实：是诗人创造的被你感受到的现实。你无条件地进入它，领略这宏阔的精神气象，就足够了。被你感受到的东西，肯定存在，你不必迷惘。相信你能冥视到的，就一定是真实的。

这里的母亲是一种象征。她是生命之源、意志之源。她倾向于宏伟，倾向于故乡，倾向于太阳，倾向于死亡。前三种倾向好理解，"死亡"的倾向则不大容易理解。需要注意的是，母亲"左边坐着的是生命／右边坐着的是死亡"，这样看来，生命和死亡构成了平衡的两种力，倾向于死亡，就是正视死亡、向死而生的生命意志了。

这首诗借助了梦幻的形式，揭示了生命的本质：那种宏伟的、义无反顾的、战胜死亡的伟力。正像超现实主义诗人布勒东所言："梦与现实之间的矛盾假象，将会在一种绝对的现实'超现实性'里获得解决。"

祖国（或以梦为马）

我要做远方的忠诚的儿子

和物质的短暂情人

和所有以梦为马的诗人一样

我不得不和烈士和小丑走在同一道路上

万人都要将火熄灭　我一人独将此火高高举起
此火为大　开花落英于神圣的祖国
和所有以梦为马的诗人一样
我借此火得度一生的茫茫黑夜

此火为大　祖国的语言和乱石投筑的梁山城寨
以梦为上的敦煌——那七月也会寒冷的骨骼
如雪白的柴和坚硬的条条白雷　横放在众神之山
和所有以梦为马的诗人一样
我投入此火　这三者是囚禁我的灯盏　吐出光辉

万人都要从我刀口走过　去建筑祖国的语言
我甘愿一切从头开始
和所有以梦为马的诗人一样
我也愿将牢底坐穿

众神创造物中只有我最易朽
带着不可抗拒的死亡的速度
只有粮食是我珍爱　我将她紧紧抱住
抱住她在故乡生儿育女
和所有以梦为马的诗人一样
我也愿将自己埋葬在四周高高的山上
守望平静的家园

面对大河我无限惭愧
我年华虚度　空有一身疲倦
和所有以梦为马的诗人一样
岁月易逝　一滴不剩　水滴中有一匹马儿
　一命归天

千年后如若我再生于祖国的河岸
千年后我再次拥有中国的稻田　和周天子的雪山
　天马踢踏
和所有以梦为马的诗人一样
我选择永恒的事业

我的事业　就是要成为太阳的一生
他从古至今——"日"——他无比辉煌无比光明
和所有以梦为马的诗人一样
最后我被黄昏的众神抬入不朽的太阳

太阳是我的名字
太阳是我的一生
太阳的山顶埋葬　诗歌的尸体——千年王国和我
骑着五千年凤凰和名字叫"马"的龙
——我必将失败
但诗歌本身以太阳必将胜利

　　海子（1964年5月—1989年3月26日），原名查海生，1964年5月生于安徽怀宁县高河查湾。在农村长大。1979年15岁时考入北京大学法律系，大学期间开始诗歌创作。1983年秋天自北大毕业后分配至北京中国政法大学哲学教研室工作。1989年3月26日在河北山海关卧轨自杀。在诗人短暂的生命里，他保持了一颗高贵纯洁的心，对伟大诗歌的追慕和身体力行。在1987年的一篇诗学文章中他说："这一世纪和下一世纪的交替，在中国，须有一次伟大的诗歌行动和一首伟大的诗篇。这是我，一个中国当代诗人的梦想和愿望"，"我的诗歌理想是在中国成就一种伟大的集体的诗。我不想成为一个抒情诗人，或一位戏剧诗人，甚至不想成为一名史诗诗人，我只想融合中国的行动成就一种民族和人类结合、诗歌和真理合一的大诗"。海子的诗数量浩大，质地优异。在他时间不长的写作生涯中，留下了二百余首高水平的抒情诗和七部长诗。这七部长诗被其挚友骆一禾命名为《太阳·七部书》。从某种意义上说，海子几乎实现了自己的宏愿，写出了"民族和人类结合、诗歌和真理合一的大诗"。

这首抒情诗《祖国（或以梦为马）》，写于 1987 年。这时，正是海子"冲击极限"写作大诗《太阳·七部书》的中期。因此，这首诗与海子的写作状态、抱负构成彼此印证关系，同时也预言了自己的命运。今天，斯人已逝，我们反观这首诗，竟仿佛在读一首诗人宣谕和谶语，有种墓志铭般的悲慨与圣洁。

此诗内含有三个层面。第一层面（前二节）写诗人的基本立场。诗人是追求远大宏伟目标的，"我要做远方的忠诚的儿子"；在他们的一生中，由于坚执高尚的信念，使得具体的日常生活贫瘠，但他们并不以此为意。物质是短暂的，它并不值得我们去孜孜以求、锱铢必较，所以诗人说只做"物质的短暂情人"。诗人的榜样就是人类诗歌伟大共时体上隆起的那些骄子，那些怀有精神乌托邦冲动的诗歌大师。"和所有以梦为马的诗人一样"，海子不怕生活在压抑、误解的此在世界。在生存茫茫的黑夜中，在一个"二流岁月"，信仰、纯洁、勇敢、爱心这些烛照过人类的精神之火都次第熄灭了。许多诗人以此为借口，转而去写虚无、荒诞的诗歌，有许多诗竟成为为虚无荒诞做辩护的东西。但海子不以为然，"万人都要将火熄灭我一人独将此火高高举起／此火为大　开花落英于神圣的祖国"。这里，有对诗歌功能的重新认识，诗是一次伟大的提升和救赎，它背负地狱而又高高在上，它要保持理想气质和自由尊严，要抵制精神的下滑。在实现灵魂救赎的同时，诗人亦完成了个体生命的升华："我借此火得度一生的茫茫黑夜"。

第二层面（三、四节）是写诗人对语言的认识。诗人是对作为"存在之家的语言"（海德格尔语）深度沉思的人。诗人意识到人类本质特征之一的语言受遮蔽的境遇，澄明及提升的可能，以及通过拯救语言来创造精神发展精神的现实依据，因此，对语言的理解关涉对生存和生命的理解。在这里，海子写出了他对祖国文化深深的眷恋和自觉的归属感，"祖国的语言和乱石投筑的梁山城寨／以梦为上的敦煌"。这里的语言除本义外，还扩展到种族的文化氛围这一更辽阔的"语境"。这些是诗人精神中代代承传的"语言谱系"，海子要光大它们，"投入此火"，"甘愿一切从头开始"，"去建筑祖国的语言"。但在一个被"文化失败感"笼罩的中国知识界，要重新激活昔日的传统是格外艰难的，它不仅对诗人的理解力、创造力构成考验，对其信心和意志亦构成考验。它是一种主动寻求的困境，并企图在困境中生还。因此，海子写道"这三者是囚禁我的灯盏　吐出光辉……／我也愿将牢底坐穿"。

第三层面（五—九节）是写诗人的伟大抱负以及对苦难命运的预感。在这里，诗人强调了自己是大地之子，面对梦萦魂牵的祖国泥土，他深深地弯下了腰。人是最易朽的，"带着不可抗拒的死亡的速度"，但大地永存，会哺育生生不息的生命。诗人不再慨叹生命的消逝，他欣慰地想，死后会归于温暖的地母，"将自己埋葬在四周高高的山上／守望平静的家园"。但欣慰中亦存不安，这"不安"就是诗人感到自己的诗篇难以完成"此火为大"的宏愿，愧对故国山河和伟大的劳动者，"面对大河我无限惭愧／我年华虚度　空有一身疲倦"。这种惭愧之情是高洁的、谦朴的，是一切伟大诗人共同体验到的。他们不再自我中心，僭妄地凌越于一切之上，而是懂得永恒与短暂、使命与宿命的临界线。

接下来，诗歌就在这种"不安"中继续展开。"我年华虚度"，没有写出其载力与抱负相称的诗篇，"面对大河我无限惭愧"。但人死了，抱负不会消失。于是，诗人假想了自己的"再生"。这"再生"，不是缘于留恋尘世的生命，而仅是为了续写生前未完成的宏大诗篇。"千年后如若我再生于祖国的河岸"，"我选择永恒的事业"。这"永恒的事业"，还是写作"民族和人类结合，诗歌和真理合一的大诗"！这首大诗就海子而言，就是《太阳》（海子的《太阳》没有完成，生前大致写就了七部，即《太阳·断头篇》《太阳·土地篇》《太阳·大札撒》《太阳·你是父亲的好女儿》《太阳·弑》《太阳·诗剧》《太阳·弥赛亚》。他本是将之作为半生的持续努力最终完成的宏伟理想）。而在 1987 年他已进入创作的高峰状态。在此后的两年中，他继续精进着。我们刚才说过，《祖国（或以梦为马）》有如一首谶语诗或墓志铭，他悲剧性地预言了自己的命运。1989 年海子过世了，为我们留下了这部不完整的《太阳·七部书》。从某种意义上说，这部大诗还是"完成"了，诗人是以生命作为最后的启示录完成的。因此，谶语又体现出其辉煌的一面："太阳是我的名字／太阳是我的一生／太阳的山顶埋葬　诗歌的尸体——千年王国和我／骑着五千年凤凰和名字叫'马'的龙"，诗人的精神氛围弥散开去，召唤和激发了活着的中国诗人们。生命易逝，"我必将失败"——"但诗歌本身以太阳必将胜利"！

　　这首诗体制不大，但境界却格外开阔。在强劲的感情冲击中，诗人稳健地控制着思路，三个层面，彼此应和、对话、递进，结构严饬、硬朗。在高蹈的理想与谦卑的情怀，生命的圣洁与脆弱，诗人的舛途与诗歌的大道……这些彼此纠葛的张力中，书写了一个中国诗人的赤子之情。正如骆一禾在《海子生涯》中借引的一位东欧诗人的话："他是第一个人向我们表明，人不仅要写，还要像自己写的那样去生活。"

黑夜的献诗献给黑夜的女儿

黑夜从大地上升起
遮住了光明的天空
丰收后荒凉的大地
黑夜从你内部上升

你从远方来，我到远方去
遥远的路程经过这里
天空一无所有
为何给我安慰

丰收之后荒凉的大地

人们取走了一年的收成

取走了粮食骑走了马

留在地里的人，埋得很深

草叉闪闪发亮，稻草堆在火上

稻谷堆在黑暗的谷仓

谷仓中太黑暗，太寂静，太丰收

也太荒凉，我在丰收中看到了阎王的眼睛

黑雨滴一样的鸟群

从黄昏飞入黑夜

黑夜一无所有

为何给我安慰

走在路上

放声歌唱

大风刮过山冈

上面是无边的天空

　　海子是大地之子，他短暂的一生始终深深依恋着乡土中国。但与那些廉价的土地歌者不同，海子不是空洞地歌唱土地，颂赞农夫，写下一些陈旧的农耕庆典；而是将大地作为生命的循环和灵魂的指称，"外界景色、土地景色和故乡景色，更主要是一种内心冲突、对话与和解"，是"某种巨大的元素对我的召唤"（海子《诗学：一份提纲》）。

　　《黑夜的献诗献给黑夜的女儿》就是一首抵达元素的诗篇。在这里，有几组彼此纠葛的意向："黑夜——光明"；"大地——天空"；"丰收——荒凉"；"远方——这里"；"一无所有——给我安慰"。这些意向使诗章充满了张力，我们读着它，感受到一种复杂难辨的滋味。它是沉稳宽阔的，但又有内在的倾斜和速度；它是果实累累的，但又蕴含着羸弱清寒的迟暮秋风；它领受了地母的神恩，但心灵陡然袭来一阵空洞之感……我们究竟在读一首"献诗"，还是在读一阕"挽歌"？它究竟是在写土地，还是在写具体历史境遇中的心灵？我想，现代乡土诗的巨大意蕴和魅力正体现在这里，它包容了如上杂陈的各义项，搅得我们的心智深深不安。那种和谐的土地颂歌时代结束了，"可怕的美已经诞生"（叶芝语），"献诗"与"挽歌"已边界模糊。

里尔克在《杜伊诺哀歌（附录）》中说："我们的使命就是把这个羸弱、短暂的大地深深地、痛苦地、充满激情地铭记在心，使它的本质在我们心中再一次'不可见地'苏生。"海子这首诗亦可如是观之。"大地的本质"在这个欲望和利润统治一切的时代被深深遮蔽了，它不再是令人敬畏的地母。人类将自己巨大的努力和智慧倾泻到对它的疯狂掠夺上。为了利润和欲望，人类不惜天天使大地破碎流血，他们丧失了对土地慈护、恭谨、明智的感情，代之以贪婪、愚昧和残忍。海子对此深怀巨痛："由于丧失了土地，这些现代的漂泊无依的灵魂必须寻找一种代替品——就是欲望，肤浅的欲望。大地本身恢宏的生命力只能用欲望来代替和指称，可见我们已经丧失了多少东西。"（海子《诗学：一份提纲》）这一切乃是"黑夜""荒凉"的隐喻基础。辽阔大地像慈母温暖的袋囊呵护和哺育了我们，但我们只知无耻地掏空它，殊不知我们是在自设世界的暗夜。"黑夜从大地上升起／遮住了光明的天空／丰收后荒凉的大地／黑夜从你内部上升"。空空的大地袋囊无言，它甚至不能发出叹息的悲音。在这万劫不复的所谓"现代化进军"中，诗人首先预感到了前程的危险，他要说出"欲望的陷阱"，唱出挽歌。大化流行，生生不息，诗人领悟到，一代代人类只不过是"遥远的路程经过这里"，最终都是"留在地里的人，埋得很深"。

但人作为万物的灵长，应有能力"诗意地栖居在大地之上"——像海德格尔所言——人固然应充满劳绩，可人之为人，却秉有精神和灵性，使之在劳作中"仰望天空"，"此仰望穿越向上直抵天空，但是它仍然在下居于大地之上。此仰望跨于天空与大地之间"（海德格尔《诗·语言·思》）。海德格尔所言的"天空"，是基于天地人神的四重整体性关系，仰望天空是指对神性的渴望。海子部分吸收了海氏的框架，但又进行了创造性"误读"。在一个没有宗教感的种族，对"天空"的仰望不是基于神性，而是人性的高迈、纯洁，对精神与道义的护持、追慕。因此，诗人既坚定又迟疑地说出："天空一无所有／为何给我安慰？"在此，"天空"是一种精神维度，有这个维度存在，我们才得以澡雪精神，抑制无休止的粗鄙欲望，使"黑暗的谷仓"变得澄明朗照，在丰收中看到人性的光芒，而不是"太黑暗，太寂静……也太荒凉"的"阎王的眼睛"！

经过如上彼此纠葛、渗透、互动的语义关系，经过如上精神维度的一再重临，整首诗达成了动态平衡。矛盾的五组意向开始互相吸收和转化，由"天空一无所有／为何给我安慰"，发展为"黑夜一无所有／为何给我安慰"的天地同参之境，内心冲突终致"达成对话与和解"。诗人那颗高贵而敏感的心暂时得以宁静、宽怀，他祈愿同类，不要仅知道"取走了一年的收成"，还应保持对精神世界的瞩望，对大地的感恩："走在路上／放声歌唱／大风刮过山冈／上面是无边的天空"。

这的确是一首意蕴复杂、情感深沉的大地献诗。它不是简单无谓的农耕庆典，而是大地之子生命的象征、灵魂的隐喻——如果说大地是"母亲"的话，人类就是它的"孩子"。但这些孩子曾如此不肖、如此贪婪、如此具有男性式的进攻和掠夺性格，因此，海子说此诗是"献给黑夜的女儿"的。人类在海子的心目中，应是大地的"女儿"，她是懂得羞愧、懂得慈爱、懂得敬畏，有一颗纯净敏感的心灵的大地之精华。她应有能力仰望天空，同时又谛听大地"巨大元素"的召唤，将精神高蹈与沉思默祷凝而为一。

最后一夜或第一日的献诗

今夜你的黑头发
是岩石上寂寞的羊群

　　牧羊人用雪白的羊群

　　填满飞机场周围的黑暗

　　黑夜比我更早睡去

　　黑夜是神的伤口

　　你是我的伤口

　　羊群和花朵也是岩石的伤口

　　雪山　用大雪堆满飞机场周围的黑暗

　　雪山女神吃的是野兽穿的是鲜花

　　今夜　九十九座雪山高出天堂

　　使我彻夜难眠

　　法国著名文论家伊沃纳·杜布莱西斯说过这样的话：在憧憬着永恒存在的诗人眼中，人所生活着的这个世界既卑微又荒诞。……诗人要开辟一条新的道路，以旁观者的身份察看生活。但是，只有在丰富了人的观念，在丰富了人对自身以及他为其一部分的世界的认识时，这种身份才有意义。

　　杜布莱西斯的说法是深刻而辩证的。他不是仅强调诗人对虚无生存的拒绝，也不是简单地吁求诗人放弃乌托邦精神而混同于流俗；他是在表述一个整体包容后超越的写作姿态。通俗些说就是：诗人要站得更高看得更远，既有对神圣事物的瞩望、追慕，又要对置身其中的生存现实——人的状况——有足够理解。这种出而不离、入而不合的姿态，会使诗纯正高贵又不乏人类本真生命的活力。海子这首诗就达到了这等境界。我们读着它，感到一种神圣、高峻和寒冷，但其根柢又是深扎于具体的世俗中人的处境。这比起那种一味追慕、歌颂“上界”的祀神祭歌和一味沉陷于“此在”的市民式白话诗，都高出许多层面。

　　1988 年 8 月，海子去了西藏。他写道：“西藏，一块孤独的石头坐满整个天空。没有任何夜晚能使我沉睡，没有任何黎明能使我醒来。"(《西藏》)"千辛万苦回到故乡……我的病已好,雪的日子,我只想到雪中去死,我的头顶放出光芒……戴上喜马拉雅,这烈火的王冠。"(《雪》)这里,"一块孤独的石头坐满整个天空","我的头顶放出光芒","烈火的王冠",系指神山喜马拉雅。海子在这里领悟到了圣洁与寒冷混而不辨的启示,发现了人与神这一关系的隐喻,将这片浑莽凝恒的土地视为千辛万苦才回到的精神"故乡"。海子到西藏与其说观光,毋宁说"朝圣"。《最后一夜或第一日的献诗》与上面引述的情况有关,构成强烈的互文性。

这首诗的核心语象依然是"神山"喜马拉雅,把握住这一点会使我们较明彻地理解它。一首好诗的语境是完整的,我想,我们对此诗不妨采用"倒读"的方式。"雪山　用大雪堆满飞机场周围的黑暗/雪山女神吃的是野兽穿的是鲜花/今夜　九十九座雪山高出天堂/使我彻夜难眠"。这里,神山被拟人化为"女神",她用洁白的翅羽在填塞着周边茫茫的黑暗。这场洁白与黑暗的较力是不祥的,在神圣缺席的生存之夜,诗人愀然叹惋,"彻夜难眠"。这是此诗的基调。

回到开头,"今夜你的黑头发/是岩石上寂寞的羊群",这里的"你"就是雪山女神了。雪为其洁白的头冠,山岩上黑色的天空是其头发在飘拂,一个伫立天地接通人神的形象横空出世。接下来,"牧羊人用雪白的羊群/填满飞机场周围的黑暗"与第三节的"雪山　用大雪填满飞机场周围的黑暗",发生了深层的呼应(意象群的叠加和交融)。"牧羊人",在藏地传说中多被喻为神的信使(我们同样会联想到《圣经·新约》中耶稣降生时,是伯利恒郊外的牧羊人首先看到了巨星垂临天空光亮如昼的情形)。在此,牧羊人放牧的雪白羊群与神女降下的白雪凝为一体,人神呼应,有如上界发出的"变衍生命,重建信念"的神谕,洁白如练,一直铺上雪峰。"飞机场"这一语象打破了此诗超验的语境,它显得突兀、强制,但又是工业社会与"最后一夜"的神性境界的强烈反差语义场。通过这一"不得体"的语象,诗人将神性与世俗扭结为一体,使之对话、盘诘,强化了此诗的经验活力与精神疼痛。

海子说:"没有任何夜晚能使我沉睡。"(《西藏》)因为作为一个诗人，要"在茫茫的黑夜漫游，寻找那隐去了的神的踪迹"（《诗人何为？》海德格尔），这是他们的使命，也是其宿命。神性的消失，使世界变成黑夜。"在世界之夜的时代，人们必须忍受和体验此世界的深渊"，但"哪里有危险，哪里就有拯救"（同上），诗人通过对神性的寻找、探询，像报警的孩子，向我们发出痛苦又不乏坚定的心声。"黑夜比我更早睡去"，这个数字化和技术霸权的乏味时代，骨子里却是混浊的、蒙昧的、缺乏精神信仰的。只有少数有良知的人"彻夜难眠"，他们痛彻地感受到"黑夜是神的伤口"，是义德、善心、承担者的伤口。诗人是世界的伤口，"羊群和花朵也是岩石的伤口"，那么，"雪山女神……穿的是鲜花"，则暗示了神性在今日竟是遍体鳞"伤"的啊！这就是诗人不安的原因，"彻夜难眠"的原因，"只想到雪中去死"然后返生"放出光芒"的原因，是使一个现代工业文明时代的诗人审视自己的时代并弃绝它的堕落，"千辛万苦回到故乡"的原因！在这里，人类经过精神历练又树立了自身。

这首诗的确是神圣、高峻、寒冷的，但其根柢又深深扎在具体世俗中人的处境之上。正像前面提到的杜布莱西斯所言：诗人要开辟一条新的道路，但他是在丰富了对自身和世界的认识后才开辟这条新道路的。重读这首圣谕般的诗篇，我们仿佛领悟了它标题的命意所在："最后一夜或第一日"，是设置在陷落与拯救、黑暗与澄明的临界点上："我们对诸神已太晚，对存在又太早。存在之诗刚刚开篇，它是人。"（《诗人哲学家》海德格尔）或许，人类是有希望的。

龙

射日的父亲
走出森林的时候
带出了一根粗树干
脖子上还绕着两条河流

他沉默地攥了一把土
走向海洋

和海神订立契约的
出发了

长长的肉体
如船
驮着所有的族人

有人向海里掷去太多的词汇
有人对着晾在大陆架的那片液体
祷告着
而大洋深处
父亲和海神
面对面
他们都不喜欢黑夜
男子气使我们忍受不下去
这样，父亲用渔火
编织成海的翅膀
在许许多多的岛屿边上
挣扎着
飞出夜晚

天空的使者
海鸥
呼应着他们
一群群声音划破了最后的黑暗
儿子们就坐在盐层上
风飘下的羽毛

做成结实的笔
迎接日出

……而你长长的肉体
如船

　　龙是中华民族精神的象征、生命的图腾，以龙为题材的诗歌可谓多矣。海子在80年代初创作的这首诗之所以是出色的，就在于他避开了人们惯常的"腾飞"啦、"振兴"啦之类的泛泛之词，而以冷静节制的语言，歌颂了中华民族沉默而不乏内力、受难而不乏崇高的精神伟力。对民族文化性格某些积极方面的把握，可谓准确传神。

　　在诗人眼中，龙是人的象征。这里的"人"，借助了"射日"的神话（这神话表达的是我们祖先征服自然的决心），"射日的父亲"就是中国人精神的原型。所以，龙在海子这里不是什么深不可测的东西，它整个就是那众多的值得我们永远骄傲的祖先。龙不是海洋的统治者，而是海洋的对手，它"沉默地攥了一把土"，带着土地的全部嘱托，与海神谈判！它不是凌驾于芸芸众生之上的皇权的象征，而是一条坚韧的"船／驮着所有的族人"。这就从根本上动摇了千百年来封建统治者给龙罩上的昏暗色彩，使龙回到最普通的人间，成为人类沉默的精神的父亲。对于龙来说，那些心怀歹毒的统治者"向海里掷去太多的词汇"也罢，"对着晾在大陆架的那片液体／祷告"也罢，都是可笑的。龙的目的不是满足那可耻的贪欲，而是以自身的受难使"儿子们""迎接日出"！这就是中华民族赖以生存的忧患感、兼济天下感，是率领人们征服海洋的首领——一种无形的精神。

　　龙，"长长的肉体／如船"。它是东方的方舟，在一次次洪水过后，长大了无数反思的孩子。海子就这样以短短的三十几行诗，擦去龙的蒙尘，为它正名，为它歌唱。

尚仲敏

渴望生活

也许，人应该和人在一起
很多年了
我住在一座山上
我的周围
除了树还是树
我出没于丛林之间
种下麦子和花
我侧耳倾听
它们生长的声音
若是冬天来了
我就给我的屋顶
多加一些草
我每天都过着
相同的日子
我早出晚归
站在山上
就像一根草
我不说话
我忘记人的语言
已有多年
风敲过我的门

我还没有动身
它自己就进来了
这足以使我感动
我不由得想起
远方城里的人们

趁天色大亮
我收拾行装
准备下山
我会随便选一个地方
作为我的永久地址
对我遇到的第一个人
我用力握他的手
我会变得如此随和
我把仅有的一升米
借给邻居
看他们全家吃饱了肚子
我心头一阵高兴
我寻找恨过我的所有的人
告诉他们
以前的一切算不了什么
最重要的是
人应该和人在一起

　　这首诗在平淡的表面性里，凝注了诗人对人、对人生的理解。我们生活在一个相对和怀疑的时代，现代人每个个体的孤独形成了集体孤独。我们可以遁入内心，可以反复修炼自身以适应这种孤独，但这肯定是下策。许多脆弱的人就带着这种孤独度过了漫长的一生，直到死。死并不说明我们摆脱了孤独，相反，是孤独战胜了我们。所以，优秀的现代人必定是经过深重的孤独后，悟到了人生的真义，再度走向他人；在承认孤独感的前提下，如何从个体生命开始改变它，这是此诗命意之所在。

这首诗暗示了现代人的情感历程。很多年了，"我"住在远离尘嚣的深山里，过着淡泊、宁静的生活。"我"自食其力，毋须旁人的帮助，就可以维持正常的生活，而且还有闲情逸致去亲近自然体验自然。但是，这种貌似平衡的生活方式和心境，内中潜藏着某种悲哀。人是需要交流来谋求理解的动物，"我忘记人的语言／已有多年"，这是多么沉痛的"漫不经心"的语言啊！渐渐地，"我每天都过着／相同的日子"，本身就对"我"构成压迫。以致当一阵风吹进门来，"我"的心都会受到感动。诗人意识到了这是另一种意义上的异化，他再也忍不住这噬心的宁静清淡。他要趁时光未晚"天色大亮"下山，遇到第一个人"用力握他的手"；他要尽力帮助别人，"把仅有的一升米／借给邻居"，他想与那些恨他的人尽释前嫌……因为，在这浩瀚的尘世间，一切都算不了什么，"最重要的是／人应该和人在一起"。从第一行的"也许，人应该和人在一起"，到最后两行的"最重要的是／人应该和人在一起"，诗人对人生的态度，就由疑惑转为肯定。这种肯定，不是建立在一般的道德基础上的，而是现代人经过各种升沉迂回的悲慨际遇后，在更高意义上对人生的理解。诗人将此诗取名为《渴望生活》，意正在强调这是所有人的渴望。真正的"人的生活"，不是正在经历的，而是需要每个人去创造的啊！

这首诗言浅意深，貌似雍容典雅，骨子里却胀满冲突。"山上生活"是一种生活态度的象征，并非实指，这是我们读此诗时应注意的。

卡尔·马克思

犹太人卡尔·马克思
叼着雪茄

用鹅毛笔写字
字迹非常潦草
他太忙
满脸的大胡子
刮也不刮

犹太人卡尔·马克思
他写诗
燕妮读了他的诗
感动得哭了
而后便成为
最多情的女人

犹太人卡尔·马克思
没有职业到处流浪
西伯利亚的寒流
弄得他摇晃了一下
但很快就站稳了

犹太人卡尔·马克思
穿行在欧洲人之间
显得很矮小
他指指点点
他拥有整个欧洲
乃至东方大陆
犹太人卡尔·马克思
一生穷困

这首诗单纯到了十分，其意味其语言仿佛都浮在表面，但你读后就是忘不掉它。它平凡、亲切，像呼吸一样自然。这首诗之所以出色，有这样两个原因：

第一，诗情的非崇高化。歌颂无产阶级伟大导师的诗，我们见得多了，那些诗总是激情澎湃的、神圣崇高的，动辄历史、时代、人类、世界。这些东西不是不可以写，但绝不是唯一的写法。事实上任何一种情感表达方式，一旦形成模式，其生命力便大大减弱了。它会使读者感到一种成批生产的雷同感。而这首诗在处理常见的题材上是颇有新意的。诗人不再按流行的程式去制造崇高感，他将马克思当作一个普通的人来写，这样就使我们产生了陌生感——原来还能这样去写！诗人选择的一些细节是平凡的，但我们读后却感到它们的内在深意。更重要的是，正是伟大的"平凡"，才显出了他的伟大。可见，非崇高化绝非仅仅是技巧问题。

第二，口语的实验。口语入诗与诗情的非崇高化有内在联系，它的目的是为了造成一种淡朴可人的氛围，一种生命与语言的同构。这首诗，几乎没有什么特别的修辞，没有"技巧"，没有拼命组合意象群、营造暗示系统。这里，诗人注重的不是某些字词在诗歌素质上的浓度与密度，而是整个诗章在素质上的浓度与密度。这种对语言的直接处理，表现了诗人的底气。口语并不意味着是日常白话或消息性语言，它也可以是自足的构成性的。如"西伯利亚的寒流／弄得他摇晃了一下／但很快就站稳了"，这些句子本身就有博大的空间，静静地召唤你去加入。

孙晓刚

动　感

我们曾崇拜安逸
世界即使有一千条理由也无法改变
但一到时间我们宣布要动一动
地球屏住了呼吸

呵
时钟好像以两支短剑表演起中国武术
世界的喝彩使它成为罐装的新酒
这听酒为一个天体飞回来时
我们坚信了动感
我们的城市
大饭店由婚礼和告别仪式占据
风俗的变易也定下了日期
在朋友的初次谈话中
已为生活动一动的深刻形象所征服

一座城市
因此地铁和列车硬席票连连告紧
出去一次真不容易
但拣画家和服装师的模特儿站的地方
兜一兜风去

了解一下动一动的价格与价值

甚至
我为动一动而后产生的陌生感哭了
诅咒这条路为什么让色彩铺满
丢下的货币融化得一点影子都没有
我召集所有哲学家和小提琴手
才知安稳至多是动感的一个儿子

在太阳的辩护律师前
我撤回我的提问像带了一个迁徙的部落
让我在城市买好足够的食品（如快餐面）
也去世界走一走　走得极远
假如眉毛和酒窝还不够活泼
我会指挥一个圆圈舞

动一动
去把勇敢者的箴言静电复印一百份
作为城市读物
像了解生理知识和简明哲学史一般
熏陶全体市民
买一杯咖啡今天中午少睡四十分钟

一座城市
脸上和球场上一样全有动一动的消息
当我再次信服天空的宁静
我已经是个新的复合体
在永恒的大街上胸有成竹　时来时去

生活的节奏，这是近年来中国人常常谈起的问题。从某种意义上说，节奏的速率就是一个时代的标志。中国向现代化社会迈进的一个明显迹象是，生活的节奏大大加快了，生命的节奏体现出了最佳值。孙晓刚的这首《动感》，就是受孕于时代的坚定而迅疾的节奏的。

诗一开始就宣告了时代的觉醒："我们曾崇拜安逸／世界即使有一千条理由也无法改变／但一到时间我们宣布要动一动／地球屏住了呼吸"。中国人曾经在优哉游哉中度过了多少贫穷的时光，这种"安逸"是廉价的，它的内在意义只能是封闭和痛苦。新的时代开始了，中国人向世界宣布"要动一动"，东方这沉宏的声音，使"地球屏住了呼吸"。一切都飞速旋转起来，仿佛时间也加快了，钟表的针像短剑一般飞舞，世界为之注目为之喝彩，我们的成就使"我们坚信了动感"。接下来，诗人从最平凡的生活中选取了富于动感的意象，生动地传达了生活飞快的节奏。因为这些事态都是最为平常的，所以对读者来说可感性就更大，如果罗列一些产品数量、科技成果等，反而显得疏离生硬。打破几十年一贯制的生活节奏，人们总会有些不适应的，"我为动一动而后产生的陌生感哭了"。但时代在呼啸前进，历史在望着今天的人们，我们不能停滞，有太阳作证，"我撤回我的提问"，勇敢地前进了。这是时代的使命也是时代的宿命，我们别无选择！"动一动／去把勇敢者的箴言静电复印一百份"，让全体人民都成为动感的崇拜者，成为"新的复合体"。在经过了顽强的挺进后，我们会看到更高意义上的"天空的宁静"，会在人类永恒精神的大街上自豪地、胸有成竹地走着，并且宣告：未来的人们，我们无愧！

这首诗写得现代感很强，现实感也很强。诗人避开了大喊大叫式的宣言诗，从一种抽象的"动感"入手，深入而生动地把握了时代脉搏，给人以充分的精神启发和审美享受。

王小龙

美丽的雨

你长袖轻拂

裹住我让我跟你走

我就跟你走

飘飘摇摇

已在十字路口

你用柳枝凭空指点几下

蘑菇便在雨中沿街乱滚

一张张脸恍恍惚惚

满街醉眼蒙眬

满街梦话连篇

你让我去认识每一个人

我就去认

靠在潮湿的广告牌下

突然想大哭一场

唉唉人们城里的人们

你们住的房子太小

公共汽车太挤

东西太贵

你们太美好

唉唉人们城里的人们

为什么只有这时

我们才能互相认识和微笑

而其他时候

阳光下

我们全都那么陌生

陌生而又认真

这首诗表达了这样的意思：生活在城市的人们，由于各种原因，都缩在自己那可怜的内心里，彼此疏离、隔膜，总是猜忌别人的看法，活得太困难太缺乏生趣了。这正是现代生活对每个人提出的现实问题：怎样更自由地活着？怎样使干燥的灵魂流动起来，完成一种沟通和对话？

诗人的构思是颇具匠心的。他选择了一个下雨的瞬间，就恰到好处地将意旨表现出来。先写下雨前起风。风被拟人化，写得很有情趣，它"长袖轻拂／裹住我让我跟你走"，这是顺风而行。"你用柳枝凭空指点几下／蘑菇便在雨中沿街乱滚"，这是写风吹树舞后，雨便哗然而至了。人在奔跑，伞像彩色的蘑菇在滚动。你瞧，诗人将下雨的情景写得多么新鲜有味道。下雨时，视线不清，"一张张脸恍恍惚惚／满街醉眼蒙眬"，这里可以看出，诗人对雨的到来不是烦恼的，而是惊喜的。接下来，诗人开始展开另一层次的问题，写他的雨中顿悟。诗人说雨让他去认识每一个人，这是因为下雨时人要躲到一处避雨，在这种时刻，平素不相干的人之间也会有共同的话题。站在潮湿的广告牌下避雨，进行着无拘无束的交谈，这种情景使诗人"突然想大哭一场"。为什么他想大哭呢？一是因为，城市生活的围闭、枯燥；更是因为，城市人与人之间的冷漠、小心翼翼的相互躲避："唉唉人们城里的人们／为什么只有这时／我们才能互相认识和微笑／而其他时候／阳光下／我们全都那么陌生／陌生而又认真"。这种疑问是痛心的，它要求我们每一个城市人做出回答。

这首诗有深度，但这种深度是融汇在精巧空灵的艺术表现中的，这就避免了枯燥的说教，让人在艺术享受的同时受到思想的启发。诗名"美丽的雨"是含有反讽意义的。雨中人开放的美丽和阳光下人的陌生，在这里强烈地对比着。什么时候人与人能变得相互体谅、相互温暖、相互沟通呢？人们，你们必须郑重地回答！

一个季节过去了

从那个月亮的海湾回来
那儿的栈桥、白塔、礁石群
天黑了，赶海人燃红的点点灯火
和覆盖在波浪上缄默的星云啊

从那儿回来，驰进依旧陌生的港口
沿着弯弯的江水，弯弯的堤岸
人潮和车流组成巨大的旋涡
围绕建筑群发出浪花的喧喊

从那儿回来，我突然明白
一个季节过去了，被台风刮走
一个空气中滞留苹果和香水的甜腻
人们欢聚又匆匆分手的季节

过去了，留下一堆地址
无数祝愿、相约
和发生在黄昏的惆怅，淡淡的
没有眼泪。我们早已不用泪水告别

没有那种苦涩的雨点
沉重地叩落我们日历的枯叶
一切都在宣告新的开始

课程表、传闻、下一次见面

过去了，在这个温带城市
不知是夏还是秋的季节
像那个海湾的潮水，轰然退去
在岁月的沙滩上撒满记忆的残片

当霜花在窗上布置起谜语，那时
我会像一个赶海人，燃红一盏灯
搜寻着，念着一些熟悉和陌生的名字
想起在这个季节遇到的你们

　　这首诗人早期写的诗没有深层意义，它是一首优美的记游诗。从诗中的物象以及诗人生活的城市来看，这首诗写的是诗人从上海（王小龙居住的城市）乘船到青岛（栈桥、白塔、礁石群，正是青岛海滨的有代表性的景观）旅游后，归来的情绪。诗人对青岛海滨美丽的形象是恋恋不舍的，那儿的栈桥、白塔、礁石群、赶海人燃红的点点灯火、覆盖在波浪上缄默的星云，都给他留下了难忘的记忆。以致他回到上海，还感到青岛的独异气息，"人潮和车流组成巨大的旋涡／围绕建筑群发出浪花的喧喊"。但忘情欢娱的时刻终是短暂的，"从那儿回来，我突然明白／一个季节过去了，被台风刮走"。青岛是美丽难忘的，但更美丽更难忘的是诗人那些同游的朋友和新结识的伙伴。"过去了，留下一堆地址／无数祝愿、相约／和发生在黄昏的惆怅，淡淡的／没有眼泪。我们早已不用泪水告别"。诗人对朋友一往情深，念念不忘，当冬天到来，"当霜花在窗上布置起谜语，那时／我会像一个赶海人，燃红一盏灯／搜寻着，念着一些熟悉和陌生的名字／想起在这个季节遇到的你们"。
　　以上就是这首诗的"意思"，它谈不上深刻，但很优美很独特，既写了美的风光，也写了美的人情。我们的生活是丰富多彩的，我们渴望读到具有振聋发聩效应的警世之作，同时也渴望读到浅吟低唱的寄情小札。特别是当一个时代的生活不再以大起大落的冲突斗争为特征时，人们尤其偏爱那种纯粹的美感。读了这类诗作，会使人觉得生活是那么美，人是那么美，从而情怀得到陶冶，精神得到休息。

那一年

那一年冬天特别长

雪下得缠缠绵绵如林黛玉

那一年牛奶不好买

一大早就听全城空瓶子叮当

那一年我们刚搬家

认真地吵了许多次，我都忘了

谁对谁不对，那一年

死神驾着坦克光临难民营

噢，贝鲁特，那一年

红海岸边沉沉浮浮尽是水雷

那一年谁也不提火药发明

那一年中国爱上了足球

人人胆子都不小，那一年

男人们在街上乱跑乱问

手上挥舞着大网线兜

那一年我推开家门真想哭

为了你，那一年

那一年生下了你

我的女儿

这首诗看似写得漫不经心，但其中有着丰富的感情。这种感情是什么？是一个年轻的父亲对女儿深沉的爱。由于爱之过甚，所以，竟觉出了深深的歉疚来。一般人写对孩子的爱，往往是写"你来到这个世界多么美丽"呀、"你给我带来希望"呀之类；但诗人却不是这样，他觉得，我们生活的这个世界，还远不那么美好宜人；天真的孩子们，本来是应过另一种生活的啊！我们在读这首诗时，会想到自己也有过类似的感情，诗人强化了这种感情，这就进一步加深了我们的经验，使我们更深入更明晰地感知和理解它。

诗人先写了日常生活的艰难、平庸，"那一年牛奶不好买／一大早就听全城空瓶子叮当／那一年我们刚搬家／认真地吵了许多次，我都忘了／谁对谁不对"。接着又写了世界上战神的硝烟仍然弥漫，"那一年／死神驾着坦克光临难民营／噢，贝鲁特，那一年／红海岸边沉沉浮浮尽是水雷"，残酷的战争和阴森的核冬天时时在威胁着人类的生存，这是怎样一个教人不安的世界啊！下面，诗人又写了国家处于观念大转变时期，既有喜悦，又不无忧虑和迷惘，"那一年谁也不提火药发明／那一年中国爱上了足球／人人胆子都不小，那一年／男人们在街上乱跑乱问／手上挥舞着大网线兜"。诗人是多么希望孩子们能生活得与我们不一样，无忧无虑，幸福温暖，和平自由啊！所以，他说："那一年我推开家门真想哭／为了你，那一年／那一年生下了你／我的女儿"。这几句是情感负荷最重的地方。该为天真无邪的孩子们创造怎样一个世界呢？我们这些反复铸下错误的成人！

这是一首十分朴素的诗，但意味深长。诗人在这里没有用变形夸张的手法，只是信手拈来一些生活事实，就干净节制地勾勒出了现实生存中那些不尽如人意之处。对这首诗，读者也不妨做另外的理解，只当它是回忆往事亦可。这种不加任何修饰地罗列生活现象，这些现象被组织起来暗示一种心态的创作手法，近年来在诗坛很流行。于坚的《很多年》也是这样，这里抄出供你欣赏体会它的独特魅力：

很多年　屁股上拴串钥匙　裤袋里装枚图章

很多年　记着市内的公共厕所　把钟拨到七点

很多年　在街口吃一碗一角二的冬菜面

很多年　一个人靠着栏杆　认得不少上海货

很多年　在广场遇着某某　说声"来玩"
很多年　从十八号门前经过　门上挂着一把黑锁
很多年　参加同事的婚礼　吃糖　嚼花生
很多年　箱子里锁着一块毛呢衣料　镜子里他默默无言
很多年　靠着一堵旧墙排队　把新杂志翻翻
很多年　送信的没有来　铁丝上晾着衣裳
很多年　人一个个走过　城建局翻修路面
很多年　有人在半夜敲门　忽然从梦中惊醒
很多年　院坝中积满黄水　门背后缩着一把布伞
很多年　说是要到火车站去　说是明天
很多年　鸽哨在高蓝的天上飞过　有人回到故乡

孟 浪

定 居

经历了一场失败
肉体的失败
十分露骨

旅行者的牙刷
日复一日
表现他的不朽

全部目的
与花朵的失败有关
与空难有关

涌向另一座岛屿的移民
看到失败的鱼
陷入客机的残骸

恐龙比你们更早经历失败
此刻在城里
接近人群

关于现代诗歌的语言，美国当代美学家布洛克是这样说的："每一个字眼和句子的准确意义都是由它们同诗中其他的字眼和句子之间的关系决定的。只有当我们在想象中把它的总体关系重新构造出来时，才能真正把握这首诗的独特意义。"（《美学新解》）

孟浪的《定居》，初读你可能感到懵懵懂懂，但它值得你再三体味。诗中的每个意象在这里都有其"准确意义"，只要你把握住了此诗的"总体关系"，一切就会豁然开朗。这是一首品位相当高的揭示存在与虚无的诗歌。"定居"，这个标题与整首诗的精神内核是构成悖理的。现代人的生存状态是一种分裂的、流浪的同义语，灵魂发生断裂，它无家可归被悬置在永远的旅途中。他们的一生就奔波颠沛在寻找精神家园的"定居"过程中。这首诗写的就是这种万劫不复的虚妄的过程。

"经历了一场失败／肉体的失败／十分露骨"，"旅行者的牙刷／日复一日／表现他的不朽"。生命是注定要死掉的，人日渐衰弱的身体时时在提醒他"死亡"的预感。这是一个最基本的生理事实，每个人都充满着这种"失败"感，"肉体的失败／十分露骨"。当人类意识到这个基本事实后，这个事实就成了一种强烈的内驱力，让他们在肉体的无可挽回的失败中，去转而追求灵魂的永恒。诗人运用了暗过渡的手法，将这种寻求灵魂归宿的过程概括为"旅行"。但真实的情势恰恰与寻求者的企望相悖，他们的灵魂也在消逝和分崩，"不朽"的只是一柄"牙刷"！他们仍然无法"定居"，只能日复一日地走着无望的旅程，这是精神的自我拯救的艰辛旅程。"全部目的／与花朵的失败有关／与空难有关"。这里，诗人用晦涩的意象隐藏着深刻的理性精神。人们"旅行"的"全部目的"是什么？是为了逃避命运必然的失败和偶然的受创。"花朵的失败"是必然的，有开有谢，无法抗拒，像是生命的注定灭亡一样；而"空难"则是偶然的，人类无法估测生命流程中时时可能出现的凶险境遇，他们充满了焦虑和紧张。这两种失败，是与人的生命一起到来的，人要实现逃避它的目的，它本身就是一种妄想！你看，人们涌向"另一座岛屿"，但迎接他们的是这座岛屿上"失败的鱼／陷入客机的残骸"，这里的"失败的鱼"是指这座岛屿上的"居民"。诗人的用意在于昭白这样的事实：人类的命运是共同的，他们都生活在一个永劫的大生存圆中，"这座岛屿"与"另一座岛屿"又有什么不同?！这种生存环境与那种生存环境又有什么相异?！最后，诗人用恐龙这一业已消失的古代爬行动物的意象，暗示了存在与虚无的总体内涵。"恐龙"在这里成了一种咒符，它的"失败"弥漫在"城里"每个人的生命体验中。如果人想"定居"的话，只能居住在这种无望的体验中！

　　毋庸置疑，孟浪的这首诗是悲观主义的。但这种悲观不同于一般意义上的浅层的绝望情绪。存在主义哲学家萨特是这样来界定"失望"、"失败情绪"的："失望并不是希望的反义词。失望就是相信我的根本目标不可能达到，因此，在人的现实生活中一直有一种固有的失败情绪。……我只是把失望看作对人类处境的一种清醒认识。"(《希望，现在……》) 这首诗的精神内核就是如上所说。在这个意义上来说，这里的悲观就又成了一种直面人生、自为进取的精神。诗人清醒地理解了生命的真相，他不回避不畏缩，而是将它揭示出来，体现了现代人生命的觉悟和对命运的把握。这是一个哲学的命题，我们不能用通常的实用理性去考察之。

柯 平

深入秋天

此刻必须摈弃全部古典意象
必须有风
吹散菊篱的陶渊明气息
推倒张生的马车
在大小螃蟹横行不到的地方
深入秋天

不喝黄酒
不许捕食松江鲈鱼
下雨有自动伞
昨夜西风凋碧树
正好做建筑工地枕木
宰了那寒驴
以国产的或者进口的红色摩托车
深入秋天

越过长亭短亭　咸阳古道
火烧霸桥残柳
解散大观园菊花盟
任夕阳西下
把李清照送进医院隔离

扫净如泪的枫叶　让高速公路铺向远方

然后我们才能

深入秋天

　　这首诗写得浑然天成，巧妙处全在诗人不着痕迹的"用典"上。这些"用典"不是发思古幽情，而是表现了诗人对历史和现实的思考。

　　诗词"用典"，是我国古文人的一个习惯，其中尤以宋人黄庭坚为最。他说："老杜作诗，无一字无来处；盖后人读书少，故谓韩杜自作此语耳。古之能为文章者，真能陶冶万物，虽取古人之陈言入于翰墨，如灵丹一粒，点铁成金也。"（《答洪驹父书》）黄庭坚的用意在于，取前人诗意，加以改造形容，力图推陈出新，"夺胎换骨"。这与那种因袭古意，变相剽窃者自不可作同日语。黄庭坚长期生活于书斋之中，他的"用典"，多半是从知识性和写作技法上着眼的；但柯平的这首诗却不是这样，他的用典是反其意而用之，有着鲜明的时代情绪。在飞速发展的现代社会，那种忧郁的、纤弱的情调是极不适应的。诗人敏锐地觉察到了这一点，并用古典意象的形式表现出来，让人在发笑之余，产生新的思考。诗中的语调，有某种荒诞色彩，往往是在人们万万意想不到的关系中呈现出非常有趣的反讽效果，如"昨夜西风凋碧树／正好做建筑工地枕木"，"任夕阳西下／把李清照送进医院隔离"，"必须有风／吹散菊篱的陶渊明气息"等，这些不和谐形成的滑稽，却体现了时代性格的大变化大重组。只有扫净如泪的残败枫叶，才能让现代的"高速公路铺向远方"，这就是诗人所要表达的思想。

　　这种写法的好处是轻松幽默，背景深远。我国近年来诗坛出现了一批类似《深入秋天》这样的诗，其中尤以青年诗人张锋的《本草纲目》为佳。这首诗照录如下，供大家赏玩：

杨贵妃　深红醉花／剧毒不可服／梁山伯祝英台两只蝴蝶／可愈千年中国的相思病

　　一两马致远的枯藤老树昏鸦／三钱李商隐家的寒蝉／半勺李煜的

一江春水煎煮／所有的春天喝下／都传染上中国忧郁症

古苏州／见于隋炀帝这条运河的阴湿地带／全草入药可安眠／谭嗣同落叶乔木／其根可治贫血／中国地图在清朝也患过重病／那贴李鸿章开的处方上／只有赔款的黄金／所以只一夜／它就瘦了一百万平方公里

人人都相信中医／虽然二三江湖郎中／卖过假药

门

一生中我穿过无数道门
合上　黑色的刀锋
生命被一点一点截去
我靠着门框
门框渐渐高大
我无法再望见我的过去

那里有小学　雷锋的名字
是一道门
一些红色书本砌成另一道门
闪闪发光
我小心地穿过它们之间的沼泽地带
在工厂　用力气挣饭吃
肱二头肌使金属
弯曲　又一道门在身后合上

我疲倦了
把头搁在一个女人胸口
而她的手臂

在头顶搭成一道柔软的门　爱情之门

一生中我穿过无数道门
是否还有一道门　在我们头顶
时开时合
巨大的阴影如鹏翼凌空
或者阳光灿烂
但谁也见不到它　它是无形的

也许　穿过这道门
我们将抵达一个完美的世界
那里刀子只用来削苹果
仇人拥抱　花在石头上生长
在我们头顶　有一道谁也见不到的门
时开时合

在诗歌中，虚与实的关系是辩证的，是互为因果的。这好比是一把吉他，腹板是实，琴箱是虚。腹板太厚，会发出干燥的声响，但腹板过薄，也会使声音发劈发颤发飘。诗歌的道理亦同，以虚为主，但不能无实。实是基础，是线索，在诗中适当地加以表现，会收到使虚者有根有迹的审美效果。

柯平的《门》是建立在冥想性质的基础上的。"门"是命运的象征："无数道门／合上　黑色的刀锋／生命被一点一点截去"，"一生中我穿过无数道门／是否还有一道门　在我们头顶／时开时合／巨大的阴影如鹏翼凌空／或者阳光灿烂／但谁也见不到它　它是无形的"。这里，对命运的茫然感、紧张感被揭示出来了。这是虚。但如果仅此而已，则不免给人以玄虚的不着边际感，所以，诗人又有意以实托虚，虚实相生。这里的实，实际上概括了一代青年的生命履历。天真正直的童年，雷锋是我们的榜样；狂热迷误的青年，"红海洋"里耗费了青春；参加繁重的劳动磨炼了我们的意志，增加了对社会本质的理解；纯真的爱情又抚慰了我们疲倦的心。这是一扇扇"门"，是生存之门。这里纯系写实，但它扩大了虚，丰富了虚，使之不再浮泛空洞，变得有精气又有血肉。

古人作诗，是很讲究虚实的辩证法的，"结庐在人境，而无车马喧"是实，"采菊东篱下，悠然见南山"则实中显虚（暗指一种心境）。可见，诗不可一般地弃实，而要能适度点染，以实化虚。

自行车风度

第一次下中班
其恐惧不亚于第一次出海
裙子与卷发由此而瑟瑟拂动起来
黑眼睛怯怯地转动　仿佛
每一条街道拐弯的地方
都是《天方夜谭》的扉页

厂门口
六个即将分道的自行车轮子
于一霎间凝结
然后以一路纵队开发
一辆。远些是另一辆。再远些
是另一辆
规则的等距离
使两旁的路灯与洋槐树黯然失色

为了安慰或者什么的
他们故意踩得很响
拼命按铃

甚至用嘶哑的嗓子唱朱明瑛的《回娘家》

乃至头顶的洋槐花美丽地落下来

使一个故事的开头

洋溢着好闻的气息

当姑娘于某一街尾

或某一巷口犹豫的时候

他们也停下来

用冷手揉脸（那该死的睡意）

大口大口吸烟

然后继续与裙子一同挺进

挺进于南方五月之深夜

深夜十一点

十一点之路上

——这样的夜理应是属于和平的

放心走吧　姑娘

今夜

有三辆破自行车与善良组成的特种舰队

为你护航

　　《自行车风度》是一种什么风度？是80年代青年的潇洒风度，是善良的男子汉风度。这首诗不以营造心象为旨归，它追求的是一种情绪化的叙事效果。这是这首诗吸引我们之处。

　　诗歌去叙事是很困难的，因为诗的本质是抒情的。但这并不等于判了叙事诗的死刑。我国五六十年代的叙事诗之所以佳品不多，原因在于诗人将力量放在"说故事"上了，这就使诗以自身的下驷逐小说的上驷，岂有不败之理？而柯平的这首诗则不同，它讲究境界的精致与情绪的浓烈，其用力处在于对事件的情感强渗透，以及客观叙事情节与主观幻觉镜头的巧妙组接。我们在读这首诗时，毫不觉得它枯燥拖沓，反而随着情节的流动，体味出诗人情绪的弥漫和铺展。

一群男青工暗暗陪伴一位姑娘深夜回家，这本是一个没多大意思的故事（甚至根本称不上"故事"），如果写成小说肯定如清水煮白菜一样败人胃口。但诗之所以是诗，诗的叙事之所以是诗的叙事，原因就在于它不可为别种文学样式替代。这首诗不但在情绪的渗透上表现出优长，而且在语言的凝练、语感的流动上，也表现了诗歌特有的自由，即诗歌语言的理解度、感官度、感情度和想象度。像"裙子与卷发由此而瑟瑟拂动起来"，"每一条街道拐弯的地方／都是《天方夜谭》的扉页"，再如"甚至用嘶哑的嗓子唱朱明瑛的《回娘家》／乃至头顶的洋槐花美丽地落下来／使一个故事的开头／洋溢着好闻的气息"等，都具有叙事和抒情两种效应。这些都是小说望尘莫及的。所以，我们说此诗吸引人之处，不在于那件平淡的"好人好事"，而是诗人对叙事诗的成功表现。

柯平的诗往往带有某种"宣叙调性"，他从现实生活提炼诗情，经过情绪化的浸润和潇洒流动的镜头组接，让我们在一脉"生活流"中感受生活的诗意。这种路子，可视为现代诗稀释型散文美的一格，自有其魅力和读者群。

阿　吾

时间的指针还需要拨动

黄土捏成的人太容易麻木
黄土捏成的人也太习惯麻木
千年滴漏淡薄了人情
夜夜更声木鱼张嘴要盐
我说让我们拨动中国这只大钟
就像醒来的人们拨动心脏
巨大的红色指针扫过山脊
初民从峡谷丛林中出来
心跳加快
崭新的钟声划破笼盖城市的节律
大群大群的鸽子扑棱棱飞起
同高层建筑共居身姿的人们
心跳加快
礼拜天我得去为老婆调工作
通融为孩子进幼儿园求人此
时母亲正候着医院的空床位
我正要一个商店一个商店去
问有没有 A 有没有 B 有没有
C 一路电车我已等了半小时

无数双眼睛开始注视钟楼

注视长针毫无理由地压住短针

眼睛后面太阳晒不到的地方

思想顽强地成长

我说时间指针应该由更多的人去拨动

心跳多快你的时间指针就多快

标准时间是荒谬的

一年过去老记者的报道给上

级扣发了三年小钱任厂长两

月市里停职审查他二百天"文革"后

枪决的现行反革命日后

发现是女英雄枪决前十五位

领导划了圈孙李夫妇提出离

婚二十年法院还说有和好可

能调解员最好是他们的女儿

我说这只中国大钟

再也不能嘀嗒嘀嗒年复一年

你拨动一些他拨动一些我拨动一些

黄土捏成的人喜欢气势恢宏

黄土捏成的人也乐于气势恢宏

我们就让黄土捏成的人真的气势恢宏

东方还能不要出路吗?

　　这首诗写得很随便,仿佛与诗人所致力表现的对传统文化的批
判意向不大吻合。但"随便"是指一种语言态度,它的灵魂并非就
一定是轻薄的。阿吾这样解释他诗歌中的"随便":"在冲突中人们或
多或少地流露出一种无可适从感,无可适从感让随便应运而生。随
便之风正步入我们的诗歌。灵魂深入的随便要求必将凸现出来,而为
随便而随便的造作是败家子气。我们的随便有别于'打油',因为这

随便隐含着深厚的文化积淀，随便是能显示文化高度的随便，它让人们随便地感受着却不怎么随便。"（见《诗刊》1986 年 11 月号《青春诗话》）

《时间的指针还需要拨动》这首诗，就体现了诗人的创作主张。诗中并存着两种语言形态，一种是以浓郁的理性色彩和深藏的曲折意象所体现出来的象征意味（如第一、三、五节中钟表的象征性）；另一种则是大量生活画幅的连锁性推出，它们不加标点，急促迫切，在随随便便中体现出一种荒谬感、反讽感。这两种语言形态在一首诗中依序出现，就造成了诗歌多向度的、更大的张力场。正是这种"随随便便"地拈来的现实生活中令人哭笑不得的细节，更深入地展示了"黄土捏成的人太容易麻木／黄土捏成的人也太习惯麻木"的事实。可以设想，如果没有这种未加修饰的随便，那么，这首诗充其量不过是一首平庸的"号角诗"。从这个意义上来说，"随便"恰恰是另一种严肃的形式。我们长期以来形成了一种阅读的心理定势，往往在捕捉到一首诗的精神意向时，内心就期待一种相应的语言形态出现。这对鉴赏是十分不利的，是违背艺术不断变构的规律的；现代诗的语言是反讽的，它往往以轻松的乖张意外的形式出现，更为接近事物的本质。

一只黑色陶罐容积无限

诞辰之时注定是纯粹黑夜
那黑夜真正不可想象
在尚可承受的黑色暴雨中
在尚可感应的黑色烈火中
黑色陶罐继承了先人的黑眼睛

我们怎么也走不出她的视域

有时候我们以为她被抛在山的那边
抬头看时她又出现在山的这边
其实我们早已凝固了
象形的方块字凝固了
火药、指南针凝固了
经史子集凝固了
道与气凝固了
我们只好相信东方黑洞的幽灵

那些远道而来的佛家经典
没有枪炮只有十字架的基督
以及伊斯兰的芳名
一传入潮湿地带就完全脱胎换骨
熔化和凝固一样法力无边
东方黑洞的幽灵外人也只好相信
说世界就装在一只黑色陶罐里
真不是什么吹牛皮的话
她以不变的姿态满足你常变的要求
你感到异性的呼唤吗
请绕陶罐走上一周
你感到胜利的喜悦吗
请绕陶罐走上一周
你感到背井离乡的孤单吗
请绕陶罐走上一周
你感到人情世事的冷漠吗
请绕陶罐走上一周
你感到走上一周的疲倦了
请绕陶罐再走上一周
结果在墓穴中人与陶罐同葬

东方之路是逃离黑洞之路

"黑色陶罐"是什么呢？它是传统文化的象征。这首诗写的就是传统文化的困境。中国传统文化有许多辉煌可赞之处，但从本质上来说，是一种逐渐被战败了的文化。特别是 19 世纪中叶后，这种危机感日益煎迫着许多有良知的思想先驱，许多人甚至为改变它的局部性质付出了生命的代价。阿吾的这首诗，主要是从这个特定角度来批判传统文化的：大一统的封建文化专制主义；妄自尊大的自我中心文化心理；软弱被动地对待危机的认识框架和行为方式；由文化困境中积淀下来的种种劣根性形成的"集体无意识"。

第一节，写了传统文化诞生的合理性和价值。那是我们智慧的祖先，用生命在"黑色的暴雨"和"黑色烈火"中烧炼的陶罐，它像一个深邃的瞳孔，昭示着东方的智力空间。这是积极的方面。在第二节，诗人开始注入强烈的批判锋芒。这种锋芒体现在一个复现的动词"凝固"上："其实我们早已凝固了 / 象形的方块字凝固了 / 火药、指南针凝固了 / 经史子集凝固了 / 道与气凝固了 / 我们只好相信东方黑洞的幽灵"。强大的文化势能一旦被愚蠢的专制者任取所需加以政治性利用，它就注定丧失了再殖新的可能性的能力，变为一只没有生命的瓷罐。一切都渐渐腐烂在里面，自我扬弃和更新成为虚妄。第三节，诗人批判了某些人津津乐道的"传统文化强大的同化能力"。他正是从这种"同化"上，看出了封建文化的封闭，对外来先进文化滤收的艰难。所以，这非但不能证明其生命力，恰恰证明了其反面，就像一棵即将死去的桃树，根本不能嫁接梨树的枝芽。事实上正是如此，对外的所谓"同化"，是建立在对内的愚民政策基础上的。这是中国封建文化的本质特征。"熔化和凝固一样法力无边"是一句反语，意在强调封建文化的顽健和僵死。最后一节，诗人选择了日常生活的意象，表现了传统文化对个体生命的戕害。人们一天一天、一年一年围绕着这只可怕的陶罐，走着疲惫的永无边际的循环线，"结果在墓穴中人与陶罐同葬"。对传统文化深入剖析的结论是——"东方之路是逃离黑洞之路"。

　　这首诗意象单纯，但意旨深刻。短短三十几行，凝注了诗人思考的血滴。更重要的是，这种思考不是抽象的理性批判，而是形象的诗的观照。所以，当我们称赞这首诗时，首先意味着对诗人在艺术结构上的手段表示欣赏。

宋　琳

视觉的快感

为一杯水预备了情绪的透明度
为毗邻的静物建立有序
视象交叠出现　动物的友爱感染着人
孩子的弹珠在亲昵的区间滚动
搂抱的手穿透着伦理
从一棵树看到了森林的影子　森林被解剖
音箱对啄木鸟的摹拟显得笨拙
很幽默
朋友的交谈使静观的女孩想到父爱
她哭泣　不仅为了性别
水在摆动中说出语言哲理达到无限
视觉的快感就这么触摸了世界
那是温情
在扩散
是恰当的方式笼络了眼睛
人的感知力高过一切看到了海的壮观
多角度地看海直到流出眼泪
温情再度扩散
需求使人愿意袒露　害羞很美
乳房的影子有层次地投在画布上它无法抹去
亵渎的眼睛不能接近

那是球　是自由落体对脚的钟爱　草地

呼吸着有人情味的气流

为一杯水预备了解渴的必要

视觉的快感是一只猫的嘴唇

在杯子空灵的边缘尽情挥霍着享受

　　欣赏宋琳的这首诗，不能带有要寻找一种道理的热情。诗人老老实实地告诉你，他所写的全部东西，就是"视觉的快感"。从诗中意象所暗示的内容看，这是诗人对西方后现代主义绘画的观赏印象。我们知道，现代绘画虽然五花八门，但有一种基本特征，就是不重视现实事物的形式，而创造一种艺术家心灵的形式、主观感觉的形式。这就不以摹仿自然为绘画的目的，而以形式本身为目的了。但这决不意味着画面本身的空洞。那些单纯的线条，甚至是几何图形，都激发了观赏者审美的冲动，使他获得神秘的愉悦、超验的感觉。《视觉的快感》就是这种愉悦、这种感觉的文字显形。

　　在诗人眼里，一杯静物的水的画面，就给他以"情绪的透明度"。毗邻的静物，也教他体味出一种纯粹的美的关系。水的起伏线条，使诗人感到"说出语言哲理达到无限"视觉的快感，会转为一种温情，教人触摸到另一个世界。贝尔说过："艺术品内的各个部分和质素构成的一种纯粹的关系，这种纯粹仅向有审美力的人展示。"（《艺术》）在绘画静止的平面和三维空间里，宋琳对那种"有意味的形式"感受力的确是很强的。他从"乳房的影子有层次地投在画布上"，体味出了"那是球　是自由落体对脚的钟爱　草地／呼吸着有人情味的气流"。这种抽象的美感体验是欣赏绘画的最佳方式。所以，诗人说"亵渎的眼睛不能接近"。所谓"不能接近"是指不能感知。

　　读这首诗，当然不能代替欣赏现代绘画的审美享受。但是这是诗的感受，它纯粹神奇，同时对我们欣赏现代绘画是很有启发的。这类诗歌，在传达诗人美感体验时是绝对真实的，我们可以通过自己欣赏绘画时的美感经验，去验证诗人的感受。

休息在一棵九叶树下

那树　如一朵垂天之云
抬眼时它在笑　闭目时它在哭
从一个角度观察
是九个眼睛的人面浮动于宇宙
望得好辛酸
彷徨乎无为其侧　逍遥乎寝卧其下
我安眠如一只好奇的猿
传说辛笛已经死了
好心人在手掌上写了祭诗
他却在费城喝胖大海
淘气如哑嗓子的陀螺
拖过去的树影伸进我鼻子里的暗槽
直走心脏
穆旦在庚时逃出城市的最后一道门
如今在树的窍穴里重重地打鼾
被鸟们选为树王
孤独之佳木兮　倚天而立　临风而动
从哪里来
向下被冥河所弃　向上为天斧所伤
惟有我躺在它的中心
人格躺在我的中心　听见老树磨牙的声音
有七窍分布于七个走向吸引我
到哪里去
休息在一棵九叶树下
伸手摸到的是均匀的心跳

梦中有一只隐身的雕

自树身飞入远空

是夜，我听见我的身体裂成一架破琴

在风中四面飘散

　　这首诗中的"九叶树"，是指活跃于我国 40 年代中后期的九位现代诗人，即辛笛、郑敏、穆旦、陈敬容、杜运燮、杭约赫、唐祈、唐湜、袁可嘉。他们的诗，在艺术上成功地借鉴了西方现代诗的手法，为中国新诗的发展作出了独特的贡献。但是，由于意识形态的原因，他们的诗在新中国成立三十年来，一直被埋没、被尘封。他们中的许多人，都在之后的风风雨雨中受到程度不同的蹂躏。直到粉碎"四人帮"后，这些诗歌佳作才被重新"出土"。像珍珠一样，岁月孕育得越久，其光芒则越加璀璨。

　　宋琳这首诗，就是读了《九叶集》之后的感觉。诗人写道，这是一株有顽强生命力的大树，"如一朵垂天之云"。"抬眼时它在笑"，是说老诗人真正的艺术自豪感，"闭目时它在哭"，是说老诗人坎坷的人生遭际。诗人怀璧而待，"望得好辛酸"。接下来，诗人以亲切的狎昵，表达了他对老诗人辛笛的敬意，"直走心脏"一句，正是诗人用自己的灵魂感到了另一个真实的灵魂。穆旦是伟大诗人和著名翻译家，九人中他的遭遇最惨，他是被极"左"政治迫害后病死的。所以诗人说他是不死的精灵，是树王，"孤独之佳木兮　倚天而立　临风而动"，穆旦那坚贞的"人格躺在我的中心"。读了这些老诗人的作品后，宋琳全身心受到震撼，他"休息在一棵九叶树下／伸手摸到的是均匀的心跳"，这是老诗人生命深沉的呼吸。这种执着的艺术精神，这种深刻的思想力量，使这些诗如隐身的雕，从九叶树上飞入广阔的天空，给人以激励以希望以启示。

　　这首诗，以诗论诗，以诗论人，但全无乏味之感。原因是，诗人摒弃了详尽的写实性过程，只抓住自身的感觉，就使它产生了回味无穷的效果。

告诉云彩

一个个尖顶刺入苍穹，一排排浪翻滚，
轮辐和磁针都不会停止，欲望也不会。
我们活在世间，抛开苦难不谈，
走在街上，大步流星，依然先前模样。
梅花看过了，蟋蟀歌声又起，
月光浣洗金棕榈的绸衣，和我们
神圣夏夜的欢爱，燕子倾斜，
有点儿娇慵的人儿多妩媚。
诗人下地狱，与亡魂和空气交朋友，
而市侩们抹着嘴唇，站成一圈，
拥着蜂腰或蛇腰进出转门。

现在你看，西天那一抹彤红的云彩，
幻美，灿烂，点燃了银行大厦的玻璃，
也把绿光的圆弧镶入松鼠的眼睛。
我为何不能赞美这哀伤的天使，
这回光之海的惊心动魄，
这可见的移动的乐园，奇迹人生的
短暂的万花筒？我为何要去想，
我有多孤独，多厌烦，多绝望，
像那些入夜以前将客死他乡的人，
像哈姆雷特？就这样告诉漫溢的云彩，
说我们已来到阳台，且啜饮又观望。

　　"生命体验"这个词是我们喜欢的。瞧瞧吧，这么多年来有多少诗人在谈它。但是，"生命体验"在我们这里被狭隘化了。读着没完没了涌来的那些自诩为"生命体验"的诗，我仿佛在看一份份冗长的病历。阴鸷的，烦恼的，原欲的，厌恶的，孤独的，荒诞的，绝望的……诗太单调、太乏味了，我要对某些诗人说，是谁在催促你们结起伙来写着一个话题：活着的无聊？

关于诗的审美品质，有种种说法，我都了解。但对我而言，诗歌之树可以姿容各异，但根却应有一条：诗要有热情、活力、对生命和美的赞叹。

宋琳这首近作以其健康、开阔的美质和坚卓的结构吸引了我。从修辞形式上说，这首诗没有刻意展示"先锋"的奇巧，甚至还显得有那么点"老派"。从意味上看，它也并不故作艰深，而是明澈地告慰（不是宣谕）了我们一种诗人应具的情怀（不是道理）。但读这首诗，我深受感动并有"还乡"之感。这"还乡"不是什么终极关怀的"家园"，也不是什么"鲜活的日常生活"。它表达的是，面对当下欲望主义像"轮辐和磁针"般旋舞膨胀的时代，诗人那不计代价的真实存在，诗歌那毫不显得自矜的、审美的高傲。诗歌在今天依旧是一种古老而常新的"还乡"力量，它要持之以恒地滚滚来到人间，给我们以激励、宽怀和信心。

这首诗语象密集，且多为自然语象，它们构成了一个鲜润、葳蕤、宏细轮廓都很鲜明的总体语境。从西天漫溢的彤红云彩到"绿光的圆弧镶入松鼠的眼睛"，一个个精审恰当的语象，对生命和美的赞叹动人心魄。在密集并跃动着的自然语象的对照下，"市侩们抹着嘴唇，站成一圈，／拥着蜂腰或蛇腰进出转门"这一情境，显得多么孱弱、粗俗、乏味。同时，由于总体语境的托举力，使诗中 "诗人下地狱，与亡魂和空气交朋友"一句，并没有丝毫滥情和感伤，反而带上了健壮豁达的高贵情怀："我们活在世间，抛开苦难不谈，／走在街上，大步流星，依然先前模样。""就这样告诉漫溢的云彩，／说我们已来到阳台，且啜饮又观望"。

"告别云彩"这一标题中，被略掉的主语是饶有意味的。我们发现，在诗中各有三处出现的"我们"和"我"，互补构成了主语的意蕴。

"我们",指向当下和未来的诗歌理想,它乐观、澄明、开阔,带有召唤和祈使性质;而"我",则指向对自己过往"病历卡"式写作历程的反省与修正,带有自嘲和盘诘性质。这两重意味的扭结,使诗思不致流于自我夸大自我迷恋的陈旧抒情,而显得诚朴、大方,充满现代诗人的热情和活力。

对生命和美的赞叹,本是诗人的天职之一。如果说有些诗人偏爱于描述"地狱与亡魂",但只要他是本质意义上的诗人,我们看到他同时会怀着对生命和美被异化的痛惜之情,来曲折地完成对二者的赞叹。"现代"的艾略特如此,"后现代"的阿什伯瑞也如此。这值得那些夸耀"我比你们更孤独、厌烦、绝望、欲死"的作者深思。

一天,在现代诗讨论课上我平静地读了(不是朗诵)这首诗。对它,我的学生先是惊愕,继而又感动。一个穿淡青色裙子的姑娘说:"我们竟因'赞美'而惊愕,可见我们的诗已丧失了多少东西。"她说得真好呵。

曹 剑

瑶 琴

俞伯牙死了，其死十分地优美
把一部镌刻着甲骨文和古龙图案的瑶琴
遗忘在琴台上一任风吹雨打
几千年几千年几千年过去——
这瑶琴竟变成一个博大的中国
变成一个一卷本的整部整部的大陆

长江做了这瑶琴上的第一根弦
黄河做了这瑶琴上的第二根弦
而唐古拉山和昆仑山做了这瑶琴上两个琴轴

秦始皇把这调子调准了又弹断了
汉武帝冷笑着拣起来又接起来
唐太宗弹的是一支丰饶的曲子
西太后弹的是一支灾难的曲子
而长江黄河的每一阵浪涛的骚动
都是乐章都是快板、急板乃至于甚急板
曾经有一群戍守边关的汉子硬要夺这部瑶琴
而他们自己却被勒死在这两根琴弦上
当一匹侵略者的马蹄被这根琴弦绊倒
便惹起神州一场冲天大灾

——八国联军投进了火种

——东洋铁蹄投进了火种

烧了圆明园——

乱了华夏的曲子

终于 是一群勇敢的汉子

冲进烈火救出了这部祖宗的遗物

这一群人这一群人这一群人呵

把《诗经》的声音弹出来

把《霓裳羽衣舞》的曲子弹出来

两根琴弦是两只震颤的中国龙

如今俞伯牙的子孙操起这部华夏之琴

弹起黄河来

弹起长江来

弹起非凡的中华之声来

琴声不断……

黄河不断……

长江不断……

中华民族的先哲们英魂不断……

《瑶琴》这首诗是一支十分流丽又十分恢宏的乐曲。诗人从伯牙
子期历史传说入手，一气灌注指点江山，寓严肃于轻松之中，读后使
人获得特殊的审美享受。

俗话说："水不在深，有龙则灵。"曹剑这首诗的成功，主要得益于
诗人的构思。五千年华夏文明史，是一部骄傲的历史，同时也是一部苦
难的历史。回首往事，我们悲喜难名。如果直通通地叙述事件，再加上
一些类似"画外音"的评说，难免给人以死板、枯燥、不着边际的感觉。
诗歌艺术地掌握世界有它自己的方式，这就是要通过意象化、象征化的
方式，以内部心灵折射外部世界。如果说外部世界是米，那么诗歌是这
米酿成的酒。虽然外形大不似，但那味道更醇厚更浓郁，也更接近事件

的本质。这首诗的构思就是这样，诗人将散乱的历史事件、博大的中国地貌，都加以变形，凝缩到一把传说中的瑶琴上，并以这一意象贯穿诗歌的始终，这就使此诗不但避俗，而且也显得更有风骨，更集中、鲜明、生动了。我们在读这首诗时，感到的不是那些历史课本上早已告诉我们的事件，而是感到一颗鲜活地跳动着的诗的精灵。

事实上，一首诗的真正价值，从来都不可能仰仗它所迹写的"历史事件"本身，这些东西只是建筑用的水泥、沙子，而真正的诗人就是要用自己的构思，将这些水泥、沙子，结构成一幢漂亮的、从没出现过的大厦。

老兵东久

这个老兵的翻毛皮鞋
如一部老托尔斯泰的
《战争与和平》一样厚
而翻毛皮鞋的履历
则是一部《现代战争史》

淮北那地方出乌黑的煤矿
亦出这个乌黑的老兵黑皮肤黑眼睛
父亲把他从淮北的深煤层挖出
一直等到他读到都德的《柏林之围》
他才知道男人不应该只剃光头
　　　　　　　不应该只会偷吃桑椹
是男子汉就应该是儒夫上校

那天他从河里洗完澡爬上岸来
便穿上翻毛皮鞋，从此

这大皮鞋坦克一样开遍大江南北
十年　二十年　三十年
老兵之老堪与淮北的老矿媲美
他的床下有多少空酒瓶子
他就曾甩出多少手榴弹
他一生共抽了多少支香烟
他就曾打出了多少发子弹
老兵总是因为女人而犯错误
部队每一次提级他都因此而名落孙山
终于他狠心向他老婆的联合国
递交了戒烟决心书
　　　戒酒保证书
　　　和戒女友的外交白皮书

而老兵东久的勇敢总使得团长兴奋不已
而老兵东久的才华总使得战友们敬佩不已
谁都知道他写的歌词差点成为国歌
他老婆最了解他这个情种——
创作时他的笔底总是炸出许多火光许多硝烟
让敌人总是在他的稿子上毙命
打仗时他的枪口总是喷出许多诗许多歌词
让战友们十分得意地传唱开来

嘻嘻哈哈爱说大话
其貌不扬满头长发
老兵不是一个合格的兵
可是
老兵是一头牛只知耕耘
老兵是一匹马只知道冲锋

老兵是一支老枪呵

——只知道出击！

曹剑在一篇短文中说过这样的话："不为人知不为我知的故弄玄虚，丈夫不为！我们注重展现我们眼中全新的外部世界，通过这外部世界的奇丽变幻来折射出人的心灵的光辉。我们更为注重诗的审美价值，特别是那种能够穿越现有时代的审美价值，所以我们尽可能地挑选优美奇特的意象和生动感人的戏剧性细节，再通过诙谐幽默、大智若愚甚至有些飘逸潇洒的话，以再造一个青春的'诗化的自然'，我们尽可能地把诗所能达到的那种内在力量深藏起来，悄悄地融化到诗的优美的情境中去。"（《南方派宣言》见《深圳青年报》1986 年 10 月24 日）这首诗就是如上原则的成功体现。这是一首"生活流"的诗，它给我们带来新的启示。

第一，美学性格介于崇高与幽默之间。我们的文学作品表现正面人物往往流于模式化，特别是在诗歌中，正面英雄人物比小说中的更显得虚假。这种过分的拘泥、胆怯，使我们听不到人物的鼻息和心音，仿佛只是一个空壳。而这首诗中的老兵东久，却是一个活生生的现实的人。诗人全方位地把握了东久的性格特征，并用大量的幽默来刻画他，就使这个人物蜕尽了"戏剧化"，显得真实、亲切。这是诗人深入人物灵魂的结果，这就使此诗具有了鲜明的个人特色。

第二，诗歌"小说化"的尝试。这种尝试主要体现在诗人自己所说的"生动感人的戏剧性细节"上。这种戏剧性细节的组接，并不像小说那样完整严实，而是大跨度跳跃的，往往是不同时代、不同时期的有代表性的细节并置而出，构成一种精神流向，使人物性格更为复杂。诗人还充分利用了诗歌语言的"特许性"，使大量夸张的、诙谐的事态入诗，不求生活原样之真，但求诗歌情绪之真。读了这类句子，我们不会考察它的细节含义，只是感到一种情绪的冲涌。这是小说中所不允许的。

《老兵东久》诙谐而不轻浮，深情而不板滞，通俗而不浅鄙，有着相当的生命力。

余 刚

没有假定性

假定我的眼睛贴在你背上
我的脚接在你的手上
我的手会宽恕这条马路这场电影的平静吗?

疯狂的是两只自己的手
打自己的特洛伊城
用歌曲给吉他绘画
用水泥地给路灯伴奏
可是
疯狂的电影里出来的尽是马一样的河马吗
尽是手指一样的树吗?

有时候
一张椅子是一堵墙
墙外是另一张椅子
在墙上有时候
信件是一种糖浆
需要开水送服
邮筒在树阴下干笑

这场原始的电影是有泪的

像一只始祖鸟的头
海参的尾中间是三十年

可是
如果我扔掉台阶上的鞋子
穿上路
如果我把头抬向你的疮疤
把手搭在另一个动物的肩上
你就不会在月球上感到很自在

已经低了头
有时候已经低头了
那棵树并不美
可河马为什么要吞吃棕榈呢？
其实知道你扔在蟋蟀肚子的泻药病了知
　　道你在肚子里的一级笑料被你的小腹
　　吃了
于是城市的雪隆起
生产电流的语言

其实早就知道
可现在要提前：
你被捕前的帐子里有一块水渍
像非洲
古老非洲的再发现
废墟上石柱立起：这不是真的
你真的在草地上无遮无拦
你真的感到石柱是一棵长青树

不相信世界只是某些人的

不相信杯子的废墟上有两只鸡蛋

如果注定要受苦
那就受苦吧
如果注定要在墙壁上射击汽车
那就永远这样吧

感到低头了某些时候低头了
可是一万年也不说给人听
一万年也不要低头
你不是钱江下游的里尔克
杭州也不是你的红指甲
请你收起吧
三月的富春江是安徽的
五月的新安江是李白的
只有一月是你的

你将永远在第二台阶上烧饭
你的影子仅仅在院子的裤带上
在你的眼睛里
在白纸的华容道上

你的天地是裤子
你的房子是衣服
你的手是你的博物馆
而你的脚是动物的耳朵
那么
踢踢你自己吧

这首诗的题目是《没有假定性》，它意味着诗人要求于我们的阅读态度和注意类型。这就是：忘记你周围的现实世界，而将诗中文字构成的世界当作一种"没有假定性"的绝对真实去感受。这是一个无意识即潜意识结构成的世界，诗人以极强的破坏性打碎了理性、情感、宗教、道德等对现代人精神的强制，而以充分的绝对的自由，展示出诗人幻觉的真实、潜意识的真实。精神的自由流动，梦幻的原生状态是最有意味的精神动作，它的乖张和谵妄都是生命能力的充分释放。它看似芜杂，但最纯正，看似无聊，却最诚实。这首诗是具有超现实主义品格的现代诗，在"自动写作法"的运用上是成功的。我们知道，真正的艺术要求艺术家是真诚的。但对真诚的理解却不尽相同。一种是真实地面对现象世界，另一种则是真实地面对内心世界。现实的表象并不足以反映它的实质，而超于现实之上的智慧组合空间却更容易达到事物的本质。这首诗表现的就是一种相对主义、怀疑主义的精神。理性主义时代人对自身的认识，到这里就成为一种幻想。在现代条件下，"人"就是一个分裂的同义语，他不断自我龃龉、自我拯救着，"是两只自己的手／打自己的特洛伊城"。在日常的生活中，对手看不见，但残酷的生存并没有减弱它咄咄逼人的气息，"一张椅子是一堵墙"，你别无选择……

　　这首诗通体模糊，正是为了表现对现象世界的不信任感。它时序颠倒，联想自由，时而冷眼旁观，时而穿插内心独白，仿佛诗人对不可知的命运进行悄声对谈。但它绝不是类似精神症的呓语，字里行间我们不断可以感受到诗人对荒诞世界不能容忍的抗议性。如"不相信世界只是某些人的"，"一万年也不要低头"，"废墟上石柱立起：这不是真的"等等，都表现了本体生命中不可扼杀的激情和杂语喧哗的自由观。阅读这类诗，要除掉长期培养起来的阅读习惯，充分放松地进入它，你就会得到更为刺激的、新鲜的力感。正如杰雷尔〔美〕所说："表现一个解体的时代，必须采用解体的方法！"（《论诗琐语》）

我的话

没有什么地方不可以走过去
这就是思想，是飞鸟
掠人之美的声音
我们并不需要守着一个地方
像羊圈一样把自己圈住
我赞成已知的思想和风的想法
我的身影不必直挺挺地站着
不必坚守已知的宝藏
我可以视它为不是宝藏
什么也不是，然后放心大胆地走
这是什么也不能替代的

    这首诗写得平静，一切都是淡淡的。诗人仿佛在那儿自言自语，语言的组织也是漫不经心的，有一种满不在乎的懒洋洋的感觉。但读着读着，我们感到有什么东西像触须一样拂动起来，它在膨胀着，直到把我们引入一种沉思的状态中去。

    这首诗写的是一代青年人对思想自由的追求。诗人没有用力叫喊，他只是喃喃地说着"我的话"，这就使诗产生了一种神秘的气氛，这种不动声色的固执，恰到好处地展示了一代青年人对个体生命自由的自信。"没有什么地方不可以走过去 / 这就是思想，是飞鸟 / 掠人之美的声音"。思想的自由是行动的自由的前提，对于万物的灵长的人来说，思想是不能有栅栏的，它应当像鸟儿一样，舒展在澄朗的碧空。而不是像羊一样，用羊圈"把自己圈住"。真正的自由，并不是建立在对以往的传统彻底摧毁的基础上，而是整体性包容后的超越。"我赞成已知的思想"是对传统的包容把握，"我赞成风的想法"则是指这种自由的超越，二者是互为因果互为表里的。但诗人的倾向更在于超越，他觉得我们传统的重负太多，"宝藏"太多，而且这些宝藏是"已知的宝藏"，不会再产生新的质素了。所以，他要让思想到别处走走，"我的身影不必直挺挺地站着／不必坚守已知的宝藏／我可以视它为不是宝藏／什么也不是，然后放心大胆地走"。"宝藏"就在那儿，不会多也不会少，用不着守着它，而新的探索永远是需要的，"是什么也不能替代的"。

　　这首诗有某种程度的论说性，但又没有概念化的痕迹。关键是诗人根据现代青年的心态，找到了一种达观的、满不在乎的、懒洋洋的语言。在这种表面的语言效果背后，隐藏着十分感人的信念。这比起那些愤激的、纯宣言式的东西，更能打动人心，也更有内在的力量。

吉狄马加

致印第安人

今夜，原野很静
风在山冈上睡去
南方十字星座
流出许多秘密
只有人的血液里
哼着一支古老的歌曲

这时我想起你
南美的印第安人
我想起有一颗永恒的太阳
幻化成母亲的手掌
在一年十八个月里
抚摸孩子古铜色的脸庞
我想起草原上自由的部落
男人慓悍得像鹰
女人温柔得像水
于是老人树在美洲
把星星般的传说升起
　　古老的民族
　　太阳的儿子
美洲因为你

才显得如此的神奇
我想起土地上那些河流
都是那么悠久
灿烂的玛雅文化
一条人类文明的先河
它从远古的洪荒流来
到如今气势照样磅礴
　　不绝的民族
　　传统的儿子
人类因为你
　　才看到了自己的过去
　　童年的自己

今夜，原野很静
风在山冈上睡去
只有人的血液里
哼着一支古老的歌曲
这时我想起印第安人
想起了我亲爱的兄弟
就在这寂静充满世界的时候
我听见自己的灵魂里
说出了缠绵的话语
因为在东方
　　　　因为在中国
那里有一支古老的民族
他们有着像你那样辉煌的过去
　　有一颗永恒的太阳
　　照样幻化成母亲的手掌
抚摸他们的孩子
抚摸那古铜色的脸庞

因为在东方

　　因为在中国

那里有一个彝族青年

　　他从来没有见到过印第安人

　　但他却深深地爱着你们

　　　那爱很深沉……

　　吉狄马加是近年来崭露头角的彝族青年诗人。他执着于诗歌对民族精神的纵深挖掘，对自己的诗歌他这样说："我是用彝人的感情和彝人的意识在写诗。我希望我的声音，是我的民族灵魂的回声。我一直想给我的诗找一个主旋律和基调，当然这是一种内在的节奏，它就像黑人诗歌中布鲁斯的旋律。只要诗人的作品，体现出了他那个民族的精神本质和美学意识，他的诗就是那个民族的诗，这是不用怀疑的。"（《凉山文艺》1986 年 5 月号《瞬间录》）

　　这首诗，是写给美洲印第安人的，但它与一般的国际题材的诗不同，它是用彝人的灵魂、彝人的血液灌注的，这就使这首诗有了特殊的魅力。这首诗里诗人的抒情角度是新鲜的。他避开了泛泛的抒情，而找到了两个民族在文化上能呼应的一个点，深入下去，写得集中、深沉。美洲印第安文化的摇篮是玛雅文化。这个文化圈有一个著称于世的贡献，就是它的"十八月太阳历"。我国彝族文化也有自己辉煌的实绩，其中"十月太阳历"就是一个伟大的发明。诗人正是抓住了这两种文化神秘呼应的方面，抒写了自己的民族自豪感和对印第安兄弟的纯真友情。这首诗成功的另一点是，诗人对诗歌结构的把握。美国文论家劳·坡林说："诗如果写活了，就必须像一棵树那样，巧妙地结构成形，有效地组织起来。诗必须是个有机体，各个部分都服从一个有用的目的，每一部分都和其他各部合作，以维护并表现诗的内在生命。"这首诗的结构正是这样。诗人没有使情感泛滥，只是抓住了两个特定的场景："永恒的太阳／幻化成母亲的手掌／在一年十八个月里／抚摸孩子古铜色的脸庞"，和"今夜，原野很静……／只有人的血液里／哼着一支古老的歌曲"，就使此诗显得浑圆饱满了。这两组核心意象的重复出现，一步步将诗人的感情推向高潮。

可贵的是，这首诗的结构，并非保守惯性价值体系中的"起承转合"，而是两组核心意象回环交织中诸节点的呼应，所造成的诗歌意味和形式的自足状态。这种精心罗织的结构，不但架构了此诗的内容，而且也决定了内容的意义。

古里拉达的岩羊

再一次瞩望
那奇妙的境界奇妙的境界
其实一切都在天上
通往神秘的永恒
从这里连接无边的浩瀚
空虚和寒冷就在那里
蹄子的回声沉默

雄性的弯角
装饰远走的云雾
背后是黑色的深渊
它那童贞的眼睛
泛起幽蓝的波浪

在我的梦中
不能没有这颗星星
在我的灵魂里
不能没有这道闪电
我怕失去了它
在大凉山的最高处
我的梦想会化为乌有

别人从动物身上看到自然的生机，吉狄马加从动物身上看到自己的历史。这首诗写得趣旨高远，散而庄，澹而腴，不求奇句，但求奇意。

第一节是虚写，古里拉达的岩羊成为一种抽象的情调弥漫在诗人身旁。"其实一切都在天上／通往神秘的永恒／从这里连接无边的浩瀚／空虚和寒冷就在那里／蹄子的回声沉默"。这是诗人从岩羊身上体验到了一种彝人的性格，沉默的、忧伤的、深沉的、坚韧的祖先的性格。"无边的浩瀚"是历史的纵深感，"空虚和寒冷"在这里并非贬义，而是强调一种冷峻和内向的性格。吉狄马加曾谈道，他的民族是"深沉而内向的民族"，连它的民间音乐都"笼罩着一种忧伤的气氛"。这里就是这种气氛的体现了。第二节是实写，但浸透了浓厚的感情色彩，"雄性的弯角／装饰远走的云雾／背后是黑色的深渊／它那童贞的眼睛／泛起幽蓝的波浪"。遒劲的羊角是最能体现岩羊勇敢机灵的特征了，诗人这里的用意既是写羊又是写人。在所有动物中，羊的眼睛是最安静最善良的，诗人写了它的眼睛是"幽蓝的""童贞的"，又是一笔两写，既是羊的特征，更是彝族人民纯朴厚道的美好性格的写照。最后一节，诗人直抒胸臆，点明岩羊的象征意义所在，这就使诗意升华，完成了诗中对自己民族之根的依恋，对本民族人民的热爱，对生养他的那片土地的感恩之情。

这首诗在意气平和不激不厉中蕴藏了丰富的情感内容，是咏物诗中的上品。

力 虹

为什么而流泪

我们的前辈诗人常常为月亮而流泪
为神话里的英雄而流泪
我对此有些茫然，幸福的人们

我不一样
我是平民的后代，母亲在十五瓦灯泡下为
我补袜子
靠健壮的手臂和大脑工作
用自行车载疲惫不堪的妻子下班回家
在南方最寒冷的冬夜我披着棉衣啃着硬
面包
读书或者写作

因此我常常为生活中的一丝温暖而流泪
为插过队的贫穷的山村而流泪
房东大伯和牛一起耕耘着日出日落
像我们的土地一样丧失了语言
那里的小妹用火烤的红薯
拯救了我饥饿的岁月
而她们却如朵朵瘦弱的野花
过早地凋落了
我为候鸟一样分散在各地的朋友们而流泪

他们的才华造成了他们的不幸
在锅炉房，在路轨边
在百里无人的西部大戈壁
他们仍在写信给我
一封、一封，如命运之琴音
我为妻子的一杯热茶而流泪
在感情被流放的日子里
是她的小手掠过我灵魂的上空
此刻
在子夜的钟声里我看到的是一只委屈的眼睛

是的，为这一时刻而流泪是值得的
但我的泪水已不是液体，我们眼睛
也不再是生理学的名词
只要这个时刻光一样穿透石头般的城市
无限延伸
我全部的生命将凝固在这里，变成盐粒。
我为今天而流泪
为人类于困扰之中犹存的那些东西而流泪
这是一种幸福，真正的幸福

凡有河流经过的地方都会有树木生长！

《为什么而流泪》是一首深挚感人的诗。读这首诗，我们感到了一种人格的力量。歌德说过："在艺术和诗里，人格确实就是一切。"（《歌德谈话录》）"为什么而流泪？"这的确是个问题。力虹要说的是，对于人类的良心——诗人来讲，哪些眼泪是真正有价值的。

这首诗在平静的语调里，流淌着一脉浓重的忧患感、淳朴的平民意识。诗人一开始，就以平和的态度（而非责难的、诘问的）对前辈一些诗人的眼泪发出价值的怀疑。这些诗人常常为月亮而流泪，为神话里的英雄而流泪。这些泪不排除其合理性，但作为现代的诗人，总去伤花叹月，发些淡渺的思古幽情，欣赏那细到几乎没有的余音，是太可怜了太空洞了，这其中不排除某种对镜练泣的可能。接下来，诗人从正面抒发了他的情怀，他流泪的原因。"我不一样"，因为我不是"幸福的人们"，"我是平民的后代"。"我"过着艰辛的生活，"母亲在十五瓦灯泡下为／我补袜子"，"用自行车载疲惫不堪的妻子下班回家"……紧张而拮据的生活培养了平民坚强的性格，他们不会顾影自怜或无端地"为赋新诗强说愁"，他们的泪腺是深深埋在心底的。但"我"也常常流泪，"常常为生活中的一丝温暖而流泪"，"为插过队的贫穷的山村而流泪"。诗人对普通的农民过着沉重的生活深深同情，人民在艰难的岁月里，将宝贵的一点烤红薯，"拯救了我饥饿的岁月／而她们却如朵朵瘦弱的野花／过早地凋落了"。这是一个正直而有使命感的诗人从生命深处流出的眼泪，因而是有最高价值的。诗人还为他的朋友而流泪，因为他们有才能却得不到施展，只能让这宝贵的素质随着岁月的流逝而流逝掉，这是痛心之泪、友情之泪。诗人还为"妻子的一杯热茶而流泪"，因为这是在他"感情被流放的日子里"最宝贵的鼓舞，最坚贞的体现。——是的，为这一切而流泪是高尚的、值得的。诗人坚信，"为人类于困扰之中犹存的那些东西而流泪／这是一种幸福，真正的幸福"，这样的眼泪就不是廉价的水滴，而是"全部的生命将凝固在这里，变成盐粒"！

这首诗有正义之气，有节操之骨。但诗人没有为了意旨的高尚，而在艺术上做出让步。他精心构筑了此诗的结构，像一棵树，有纷扬的枝叶，但又紧紧围绕着坚实的主干。这就形成一种强烈而连贯的情感力量，激动我们的心灵。

这些日子

这些日子我们常聚在一起谈论图图
我们搬来地球仪

抚摸南非这一片灼手的土地

这些日子我们不能睡觉
抽烟　咳嗽　再抽烟
把一张《参考消息》翻来覆去读上几十遍
阿平这家伙又被女孩子涮了
诗人小波跟领导吵架被赶出了文联
这些都算得了什么
黑人兄弟在那里流血
约翰内斯堡在公开枪杀鸽子
而我们却无声无息地活着
在这座缺乏新闻的城市中
我们幸福得像一群地鼠

这些日子我们不想写诗
自从图图在黑人葬礼上发表演说后
我们开始反常
真想把以前发表的作品烧掉
烧成一堆篝火
让好望角远远地看到我们的眼睛

这些日子我们常为图图的命运而担忧
好像他是我们中间的一位兄弟
有骨气的兄弟
黑人兄弟
好兄弟

　　这首诗写的是国际题材。我国新诗史上国际题材的诗寥若晨星，从 60 年代初起，陆续出现了一些国际题材的诗，但给人印象不深。原因是，这些诗都没跳出两大模式：其一，高声呐喊式。这类诗诗人握笔如操枪炮，向天空不加节制地哒哒哒放一阵，伴随着大量的社论语言和标语口号，看似气势很大，实际很空洞，读者从诗中并没有感受到比新闻发言人的言论更多的东西。其二，环境加友谊式。诗人往往是从某个国家或地区择取一些有特征性的物象，再加上些"友谊万古常青"之类的外交辞令敷衍成文，读后令人失望，不如去看异域风光照片。到了80年代，国际题材诗获得了实质性进展，特别是一些老诗人如艾青、绿原、郑敏等人的此类诗作，教人格外留恋。力虹的这首《这些日子》也是目下国际题材诗歌的上品。

这首诗抓取了一个全球都格外注目的问题：南非种族歧视。但诗人没有空洞地叫喊，而是通过青年人的日常生活，表现了对南非黑人的深切同情。诗人的感情是真挚的，真挚的感情毋须装饰。这首诗以十分平淡的口语娓娓写来，与诗人朴素的感情是吻合的。虽然我们的日子也并非舒心，"阿平这家伙又被女孩子涮了／诗人小波跟领导吵架被赶出了文联"，但这些与正在流血的黑人兄弟比起来，是多么微不足道！这是一代青年人关心世界格局的独特方式，虽然谈不上有力，但这是真正的关心。诗人将黑人运动领袖图图看作"我们中间的一位兄弟／有骨气的兄弟／黑人兄弟／好兄弟"。这比那种动辄世界、宇宙的"宏观"把握，要来得更内在、更自然，也更真挚。

诗歌是作用于人的情感的艺术。一首诗的胜利，最可靠的不是"主题深刻"，而是"情感深刻"。力虹的诗就做到了这一点，这对于国际题材诗创作方法的多样化是很有启示的。

走向八号车厢

迷路一次。闯红灯若干。遭人白眼者三。
站台上火车票不翼而飞。
五点四十分是城市最迷乱的时辰。
人流拍打孤岛。孤岛便是我们。

汽笛惊心地吼叫。

奇迹不会出现了。如同火车不会误点。

我扔掉行囊。紧紧抓住你那冰冷的小手。

走向八号车厢。

走向我们最后的希望。

城市以各种怪脸一千次嘲笑我们。

又耽误我们。

八号车厢绝不会欺骗。

在列车中段。草绿色的地毯。

紧闭的窗帘内侧有签票员温暖的面容。

远远地我们已感觉到了这种面容。

安详如旭日。

八号车厢是一种转机。

在南方城市迷乱如星空的车站广场。

我们穿过人流走向八号车厢。

我们含着眼泪。

我们忘记了许多沮丧和不幸。

走向八号车厢驶向人生新的里程。

读这首诗可能有些读者会感到困惑：诗人为什么要"走向八号车厢"？即使是真的走到了"八号车厢"，又有什么值得写的呢？发生这种疑问的原因是因为我们的阅读态度是非诗歌的，我们将诗歌语言当作日常生活中的消息性语言来理解了，所以就难免望着每一句明明白白的诗，就是理解不了它。

在这首诗中，"八号车厢"是个象征，它象征着新的选择、新的转机。象征和意象不同，"意象意味着它说什么就是什么，象征意味着既是它所说的同时也是超过它所说的"(《怎样欣赏英美诗歌》劳·坡林）。当然，意象的"说什么就是什么"，是指诗人感觉的现实而言的，这是另一个问题，这里我们不去管它。关键是后一句话，象征"既是它所说的同时也是超过它所说的"，对我们理解诗人的"八号车厢"有意义。这首诗写了诗人寻找新的希望和转机的情感历程。先写寻找的艰难和孤独："迷路一次。闯红灯若干。遭人白眼者三。／站台上火车票不翼而飞。……人流拍打孤岛。孤岛便是我们"。再写寻找的绝望："汽笛惊心地吼叫。／奇迹不会出现了。如同火车不会误点。／我扔掉行囊。紧紧抓住你那冰冷的小手"。与绝望相伴而生的是新的选择、新的转机。"扔掉行囊"（暗喻某种精神负担）后的"我们"，毅然踏上了新的旅程："走向八号车厢。／走向我们最后的希望"。诗人对这新的转机寄望很高，信心十足，相信"八号车厢绝不会欺骗"，于是，"我们含着眼泪。／我们忘记了许多沮丧和不幸。／走向八号车厢驶向人生新的里程"。至此，就完成了由失望到重新找到希望的全过程。

这首诗，采用了"私人象征"法。但象征体本身又具有较强的规定性（列车是要奔向前方的，这与诗人寻找新希望、新转机的寓意十分吻合）。这就增强了诗的透明度，对大多数即使缺乏诗歌阅读训练的读者都有可感性。

刑 天

永 恒

我们端坐在自己的位置上
任凭时间的剃刀的纵横
许久
坚实的下颌上
闪烁着磷光

什么是永恒？谁能永恒？这真是一个非常简单却又无比深邃的问题。刑天这首诗就基于一种困惑而生。诗人没有正面去议论，也没有去描述，而是写下了一个意象，这就使我们深入到了一种情境里。这一瞬间是无比丰富的，从这里，我们感受到了一种挣扎、一种忍受、一种蜕变，也获得了一种新的经验、新的认知。

人生是永远的流浪，要承受来自各个方面的击打。任何乌托邦的家园都是不存在的，你注定无家可归。所以，真正的"永恒"，是你是否坚定地"端坐在自己的位置上"，而不是你的位置是高是低是上是下。你的位置是你的选择的结果，从这个意义上说，任何能坚持"自己的位置"的人生，都是永恒的。在人生的旅途上，坚持自己的信念必定要忍受时间的风化。诗人是以乐观的态度对待这一切的。他认为，时光是锋利的剃刀，纵横在你的脸上。被吓退的只是一些可怜的人，他们不能永远贴近刀锋去感知生命，最后剩下来的，肯定是勇敢的人。历尽沧桑之后，被时间的剃刀刮出一种新的面貌："坚实的下颌上 / 闪烁着磷光"。这个意象是那么醒目，那么坚硬，这是一张男人的脸，隐忍的、坚韧的、饱经忧患、矢志不渝的男人的脸。时光，你可以改变一切，但人的信念，你就是改变不了！那是一张青铜的脸，表情漠然而坚毅的脸，面对世界，那上面写着：坚持就是"永恒"！"端坐在自己的位置上"就是"永恒"！

这首诗充分体现了意象诗的长处。它省略了一切过渡和铺陈，只将诗人瞬间的感觉写出，给我们以突然打开窗户的惊喜，或将我们重重地跌入深渊。就那么一闪的"磷光"，是生命的意志擦燃的，它在一刹那照亮了我们的心智。

声　音

这天晚上
我的身体刺满了灯光的箭镞
这天晚上
我的伤口伸出了许多的舌头
已经是很久
我低下头聆听
仿佛在聆听野鸽子面临鹰鹫时
发出的无声
的惊叫
那声音有如一把刀
斜刺在树上
使我想起了围墙
使我想起我心灵的周围还是
一片旷野
使我想起那只鸟依旧在枪口前
歌唱

　　关于自己的诗，刑天这样说："诗向我们提供的全部内涵就是体验，一种神秘，接近于不可知的嵌在文字中的感受，一种暗合人类心灵中某种秩序的东西，一种莫名的震颤。我自信，只要把那些我相信是诗的东西记录下来，使命就已完成。"（《中国当代实验诗选》）如果我们能接受这种创作态度，欣赏起《声音》这首诗就不会感到困难。

　　这首诗是写生存中恐怖的感觉。诗人直觉到一种灾难即将到来，所以，当他看到晚上的灯光时，有一种被刺痛的感觉。过去受创的经验，一时间都复活了，"我的伤口伸出了许多的舌头"。他仿佛听到一种声音，是渺小的人类面对不可抗拒的命运发出的，就像一只弱小的野鸽子面临鹰鹫袭击时，无可避藏的哀鸣。诗人感到那哀鸣像一把刀，发出寒光，颤抖在树上。最后，诗人用被枪口瞄准的鸟还在树上歌唱着这一意象，就将这种恐怖的感觉推向了高潮。诗人只是写感觉，对这种恐怖感觉的内涵，我们可以根据自己的经验随意赋予。这的确是一个可怖的场面，这种场面我们在我国的艺术中并不多见。在西方，这种东西是很常见的，而且产生了著名的艺术品，如表现主义画家诺尔德的《预言者》、蒙克的《呼号》及超现实主义画家达利的《内战的预感》等，这些作品都深刻地揭示了现代人动荡不宁充满紧张的心态。

燕

飘过一座座山
飘过云朵，飘过寂静的九根琴弦
我走在道路上
我想坐下
我想看着一对鸟在两臂留下清晰的瓜痕
我想面对一面镜子
没被开垦的风

　　摇响麦子黄金的吊铃

　　这首类似于俳句的小诗没有什么"含义"，诗人关心的不是真与善，而是美。在燕子飞过的一刹那，诗人的心也被带走了，他无所挂牵，进入人与自然的静照之中。人成为与燕、与风、与麦子同样的自然的一部分。在这物我两忘的瞬间，诗人充满静默中的微光。他不是沉醉于自然之中——而是自然的一部分！你看，那"飘过一座座山／飘过云朵，飘过寂静的九根琴弦"的燕子，本来就是"我走在道路上"。当"我"坐下后，就是一株清静浑然的植物，让"鸟在两臂留下清晰的爪痕"。诗人"想面对一面镜子"，这面镜子就是自然，在静寂澄淡的观照中，顿了本心，让水银将"我"融入镜面，不再浮想联翩，不再回想来时路，只听那"没被开垦的风／摇响麦子黄金的吊铃"。这里，"没被开垦的风"，是指未被文化熏染的、未被语义限制的自然之风，它那么适意那么纵情地吹过麦田。"摇响麦子黄金的吊铃"，这个意象营造得格外奇崛。没有身心俱忘的人，没有进入"彼岸"的人如何听得见？或者刑天，你就是被风摇响的"麦子黄金的吊铃"？！

宋渠　宋炜

有月亮和水和女儿的诗（组诗选章）

涉过大溪地依然是水

涉过大溪地，骑鸟的伊人
想起了体外的父亲

一些女儿的软语流进木勺
或者走上一片莲叶，清水依依
草屋门窗已朽
依栅南迁的光影渐逝
几把苍黑的脑袋睡入沙土
一弦一扣
琴瑟无声而和

植火的人呀
倒叠爻辞，肢体隐进游鱼
水波在风景中沥沥坠落
滋生一环隐秘的灯盏
抬头穿越星宫
父亲熟悉的身影慢慢缩小
打水的童子走过石桥
茅草幽暗的衣裳恍若隔世

寂静缓缓散开

削竹为船，归于无语的细露

袖口忽明忽暗，有如花朵

在阴影中划地而居

手指互按，飘满了女儿的香味

水或原始之果的裂口

落雪纷纷

青荷高照

一支旧日的竹笛

女儿的名字

反复植入陌生的

红烛

彼此

都已熟悉。

香烟绵绵

淘净栖地

留在薄明的脸上

清洁的果皮

包着

去春的积水

隔着一面镜子

漂泊的嘴唇

沾满了青苔

兰蕙的纹理模糊地浮起

水淞陷进陆地，暮林悠悠

一只温婉的手持陶以歌

一节疏松的翎管披风沐月

鹤鸣之后

女儿的眼神如花摇曳

剖开一只褪色的木箱
冷血如潮，裸如萧萧残月
一尺土布
一把玉米
一卷散乱的烛光
坠地为羽。
洞箫排空声中
女儿的心事
临渊而止
濯于泱泱羊只
女儿骑鸟叩响了掘火的
悬钟

果核绽裂，其纹延为岸壁
女儿回首桑事
水音早已
袅袅而东……

镜中的桑林和农事

躬耕之日，少年扶桑东向
一匹安静的白马环山叩弦
如逝者相依的回音。落叶空寂
摇乱一地疏影

桑林以上，天空的回忆缓缓散开
覆盖了疲乏的田亩
少年倚锄而立，目光深幽

浸入泥土深处的缄默

少年沿渠撒下谷粒

在另一个季节，隐隐听见了

月亮坠羽的声音

鹤鸣依然高远，回音袅袅

循入望归的栅栏

枯藤低垂，人家悠远

一支孤独的植物在等待中秘密安葬

婚丧和耕种持烛而眠

少年以手加额，四顾茫然

落日低悬，埋下盛种的陶罐

村庄和姐妹含羞指指南山

少年回望桑林，瓦瓮倾斜

濯于泱泱大水

　　宋氏兄弟的这首诗选自组诗《有月亮和水和女儿的诗》。读这样的诗不要去寻找诗歌背后的什么东西，这里的语言本身就是诗的全部生命，它无须再向读者表示它代表什么。宋氏兄弟是倾心于东方审美性格的，所以，诗中的意象往往像古典诗词的变体。这种意象的继承，更多的是属于审美直觉上与古人的沟通，而非体现一种认知意义。

　　这首诗是美的，美在它的古东方情调：宁静、高远、不动声色、泰然旷达。我们发现，这首诗缺乏"完整"的意义，它的情调是由一个个分散的意象通过偶然性组合形成的。也可以说是在东方审美性格的总意向下，纷至沓来的意象群的相遇。我们读这首诗，常常感到意料不到的惊喜，这是因为，我们不再在诗中寻找"意义"，而只是迷恋于词语自身的结构。词语在这里不再是盛装内容的容器，而本身就是内容——美。而且，词语群与词语群在这里的关系已经消融掉了，失去了目的性（指一种暗示性、象征性），而变成多向的投射，在虚空的氛围里展示各自的魅力。你不可能对它的"意义"心领神会，它的意义就是变幻无常百态千姿的神奇的语言动作。仅此而已。这是一种"客观的诗歌"，也就是说，诗人一任直觉的自然呈现，前一个意象并不影响到下一个意象。这是一种梦幻的语言，从本质上来说，它是反语言对人的强制，而力图使语言脱离人，呈现它独立自足的意义。在这里，不再是诗人选择语言，而是语言自身出来呈现自己，它的全部复杂性就在于它像魔棒，信手一指，万象生辉。宋氏兄弟对古汉语的变格转化有极高天赋，很少有同代人能与之比肩。

王　寅

想起一部捷克电影想不起片名

鹅卵石街道湿漉漉的
布拉格湿漉漉的
公园拐角上姑娘吻了你
你的眼睛一眨不眨
后来面对枪口也是这样
党卫军雨衣反穿
像光亮的皮大衣
三轮摩托驶过
你和朋友们倒下的时候
雨还在下
我看见一滴雨水和另一滴雨水
在电线上追逐
最后掉到鹅卵石路上
我想起你
嘴唇动了动
没有人看见

对自己的诗，王寅这样说过："我不是一个可以把诗篇朗诵得使每一个人掉泪的人，但我能够用我的话，感动我周围的蓝色墙壁。"（见《朗诵》）这是一个确信自己艺术生命丰沛，从而无所吁求的诗人发出的告白。且让我们看看王寅的手段。

在这首诗中，王寅似乎不大关注寓意的价值，这和流行的歌颂英雄的"事件加议论"式的诗作，性质完全不同。诗人更倾心的是他内心的东西。所谓"想不起片名"，不过是它并不重要的换一种说法而已。这部电影给诗人留下的不是故事，而是内心深处的隐秘细流。人物和情境在这里只剩下一个影子，它们恍惚不定的闪现，召唤着读者的更深投入。这种寓意上的"牺牲"，换来的是诗人语言形式的力量，正像穆卡罗夫所言："诗歌语言的功能在于最大限度地凸显话语……它不是用来为交流服务的，而是为了把表达的行为，即言语自身的行为置于最突出的地方。"（着重号系引者所加）此诗的语言，具有一种平淡的表面性。诗人关心的不是某一句的"张力"，而是整首诗结构的"张力"，这种有意忽略诗句而注重诗章的行为，表现了诗人很强的形式感。语言的一次性体验，使我们放心不下，我们开始追索它语义的偏离效果。这样，"鹅卵石街道湿漉漉的"和两滴电线上的雨水"最后掉到鹅卵石路上"；"你的眼睛一眨不眨"和我无声的"嘴唇动了动"，它们之间就发生了再生性意象群。它们不是意象派生和交叠，而是一种无中生有的"再生"。诗的生命空间变得博大了，雨水不再是自然意义上的雨水，而是人民的眼泪；那"不眨"和沉默地"动了动"恰好反映了诗人和英雄在生命深层的至切呼应。诗的结构就这样坚卓而富于弹性，这就是所谓"让诗写你"的根据。

作为《他们》的同人，王寅的诗歌和其他诗人的一样，是他"生命的有意味的形式"。所不同的是，王寅写诗似乎更耽于冥想，这一点我们可以从和其他人的比较中得出。

郁 郁

工作着是美丽的

打听一个死去的人
不可能毫无目的
自我从事考古工作以来
我希望我探寻的对象
死得越早越好

这具化石对我没有感情
一时无法研究出她距离我们的时间
尤其是性格

我怎么会失望呢?

至少我用手指敲她脑门的时候
她马上会做出反应

她的回答很奇特
有点像雨水打在窗上
发出的声音没人能听懂

（同事中有人逃离了现场）

我很爱听这幽幽的恐怖声
仿佛在向一位知己诉说着什么
我十分惊愕
她对我无端的信赖
回春转绿的魔术我不会

和对待自己的亲人一样
我去这具化石坟地踏青
而我不能停止工作
打听更多死去的人

如今时尚火化
我也将被别人打听

不要失望！现在就说——

敲几下我的骨灰盒
告诉你这是为什么

　　当我们在谈到"死亡"这个名词的时候，我们谈的不是它的生物学含义，而是生存论存在论的含义。从这个意义上说，他人的"死亡"是能使我们获得对生存的深刻经验的。郁郁的这首诗题名为《工作着是美丽的》，就是指一个现代人能清醒地理解生命的性质并将它揭示出来，这种深刻的理性精神"是美丽的"。必须指出，这里的"死亡"，更多的是指精神的萎缩、死亡，可以理解为西方现代哲学中的绝望感。"打听一个死去的人／不可能毫无目的"，这目的就是要考察生存毁掉了怎样的人，是怎样毁掉的。诗人像一个严酷而负责的医生，不回避已经存在的危险，为了尽早把握生存的实质，他甚至希望那些必"死"的人"死得越早越好"。"我很爱听这幽幽的恐怖声／仿佛在向一位知己诉说着什么"，诗人为什么能听出无声之声，并且能像知己一样领会"死者"的倾诉呢？因为生存实在对每一个人都是同一面目呈现，我们都是这面砧板上的生命！深刻的人是不会回避自身生命的焦虑的，他们甚至会主动寻求困境，充分体验生命的实质。在"同事中有人逃离了现场"的时候，我们不是看到那些勇敢而伟大的人与"死亡"对峙了吗？但丁、尼采、凡·高、萨特……都是对"死亡"做出了勇敢反应的人！从这个意义上说，人类的精神正是超越了死亡的，它永不寂灭。诗人知道自己不会"回春转绿"，也知道自己终有一天"将被别人打听"，但他充满乐观，因为他生活得清醒，他不是稀里糊涂就被"毁"了的！

　　这首诗表面上冷酷，而实际上是充满了热情的。这种热情就是一个人对真实的热情。唯有真实地认识生命的位置，才可能不断地改变它，使它变得一天天好起来。那么，绝望并不可怕，它作为前提而非结果，下一步就是怎样去战胜它，企图使它的结果彻底背叛它的前提！现代诗往往有着现代哲学的意味，读这类诗，我们要有一种哲学意识，否则，会越读越"气闷"。

陆忆敏

美国妇女杂志

从此窗望出去
你知道，应有尽有
无花的树下，你看看
那群生动的人

把发辫绕上右鬓的
把头发披覆脸颊的
目光板直的、或讥诮的女士
你认认那群人，一个一个

谁曾经是我
谁是我的一天，一个秋天的日子
谁是我的一个春天和几个春天
谁？谁曾经是我

我们不时地倒向尘埃或奔来奔去
夹着词典，翻到死亡这一页
我们剪贴这个词，刺绣这个字眼
拆开它的九个笔划又装上

人们看着这场忙碌

看了几个世纪了

他们夸我们干得好，勇敢，镇定

他们就这样描述

你认认那群人

谁曾经是我

我站在你跟前

已洗手不干

　　陆忆敏有一首诗向我们呈示了她的生命体验："走过山冈的／鱼／怎么度过一生呢／长出手，长出脚和思想／不死的灵魂／仍无处问津。"(《沙堡》)这里，"鱼"的困境就是现代人生命的困境。你放弃了家园，因为那儿窒息了你的生长，但你找不到新的家园，你注定要永远地流浪在苦难中，那理想不过是一座"沙堡"，经不起海浪的浸湿，更何论它的冲刷？！《美国妇女杂志》，标志着陆忆敏已经不再将体验局限于局部时空，而是更广阔地融入了全球一体化的焦虑中。

　　"从此窗望出去／你知道，应有尽有／无花的树下，你看看／那群生动的人"。美国妇女杂志，是诗人借以瞭望世界的窗子。诗人"从此窗望出去"，是为了感受另外的生命和生存形态。她望到了什么？"无花的树"象征那些人生命没有灿烂可言；而"生动的人"又不是真正意义上的"生动"。——"把发辫绕上右鬓的／把头发披覆脸颊的／目光板直的、或讥诮的女士"，一种冰冷的、隐蔽的、呆板的、反讽的感觉，错综在这些面孔上。诗人毋须再多说，表情作为人精神的"呈形"，这一切都已经说尽了。诗人久蕴的悲剧体验又一次在异邦的同性身上得到了印证，"我"就是她们："你认认那群人，一个一个"，都是"我"的一天，"我"的秋天的日子，"我"生命过程的无数个春秋！在思想的黄叶覆盖的"沙堡"下，整个世界无一漏网。这种深沉的感悟，也许是诗人受惠于西方现代哲学"我是谁"的主题，但我更愿意将它理解为陆忆敏用自身的生命感性体验到的生存事实。

　　"我们不时地倒向尘埃或奔来奔去／夹着词典，翻到死亡这一

页 / 我们剪贴这个词，刺透这个字眼 / 拆开它的九个笔划又装上"。在这里，肉体"倒向尘埃"的死，与精神寂灭被诗人视为一体了。精神的寂灭是比肉体的消亡更可怕的"死"，活着而无所依归又与死去何异？死去的人永远解脱了，而活着的人则要不断挣扎着拯救自己的灵魂。他们"夹着词典"（喻人类对自身的有限认识），翻到死亡这一页，反复探究，从不同的方位来审视它，最后仍是不了了之，"拆开它的九个笔划又装上"，将它夹回到"词典"之中。生命的迷茫！灵魂的煎迫！人们啊，究竟何时才能牢牢抓住事物的根？！

"人们看着这场忙碌 / 看了几个世纪了 / 他们夸我们干得好，勇敢，镇定 / 他们就这样描述"。这里含有一种深深的悲悯和怀疑。"悲悯"既是对自己的思而无获，也是对那些混混沌沌了此一生的肤浅之徒而发。有思想的人在思考着生命的意义，他们辛劳而"忙碌"，一次次对自己的精神放血，但终无探触到终极经验。而那些混世者，却在一旁发出盲目的赞颂，"干得好，勇敢，镇定"，他们不知道，那些深刻的人灵魂在哭泣，心灵在分裂着，一切都不断地从头开始！诗人怀疑人类的悲剧根源是否能由人本身有限的智慧找到；或者说它是否不可能为人类现有的智慧所解决，所以，她决定"洗手不干"。这里有着一种深刻的悲哀，"洗手不干"与"夹着词典"之间有一种悖论。从这个意义上说，"洗手不干"就不再是退回到简单的生命存在形式，而是另寻新的途径去"干"了。

陆亿敏说："即使在涉及死亡问题的时候，我也并不处于消沉之中。"（《中国当代实验诗选》）这是诗人对她的诗歌的看法。这首诗正是这样，它不是消沉而是认真地直面生存，并努力揭示它本质的东西。真正的消沉是回避，而不是对生存不断的追问。

我在街上轻声叫嚷出一个诗句

在干得发白的草地上我唱起
……一首情歌。

噢风起　日暖　水流平缓

还有野云和声

很久和很远。

大阳融会了所有的热望

这是初冬。

世界上最善良的市长和

他们的法兰绒上衣

在萧索的街上

散布温暖和谐与平静。

我独自站着，像昨日

静物画里那只标本松鼠。

我在街上轻声叫嚷出一个诗句

瞬息滚过街顶的广告音乐

给人遗恨。

即使小草折断了

欢乐的人生

我也已经唱出了像金色的

圣餐杯那样耀眼的情歌。

满脸通红。

那时我年轻，从生理到心理都喜欢"神奇"和"紧张"的修辞效果。喜欢将序列不同的名词、形容词，通过书写的暴力硬性压合在一起。我还喜欢诗中情景的快速闪掠，视之为语境开阔。

十几年过去，我在将近不惑时，阅读趣味变得平和、自在。朋友说我向"传统"妥协了，我不以为然。现在，我是在摆脱另一个传统：先锋派激进的传统。一切为"现代化"的传统。努力使"陌生化"变成权势的传统。

我在编一本平和自在的诗歌集。陆忆敏的这首诗打动了我。这是一首高贵、温存、匀称、沉着的诗。但应该说它只能是出于情感经验丰富的诗人之手，它那种清朗而不犹豫的语调下，隐藏着伤心与自矜混而不辨的本性。它的情感发自深厚的阅历。但诗人特殊的控制力使之纯洁又年轻。我看，整首诗写了一个完整的情境，在初冬干得发白的草地上"我"唱一首情歌。这件事持久萦绕"我"心，它成为一首诗的触发点。"我在街上轻声叫嚷出一个诗句"，但被瞬息滚过街顶的广告音乐淹没了，但"我"已经唱出了那首歌。

读这首诗令我无言而感动。它没有背离个人的生活处境，没有奇巧和殊变，但写得有教养、写得大方。有人说"诗人是常人"，这话不错。但许多诗人在炫耀自己的"常人"嘴脸，甚至不惜恶俗，这是带有极大表演性的，令我厌烦。陆忆敏的这首诗，情感高贵但令人信赖，其原因我想可能是其气质中含有老式的、懂得羞怯的、多少有些木讷的东西。是啊，有些诗成色十足但打动不了我们，它们少了些内疚、羞怯、笨重的自尊心。它们适合引证，但不值得再吟述。

初冬，草干得发白，但太阳却宽怀地照在一片萧索之上。诗人唱一支谣曲。"噢风起　日暖　水流平缓"野云与之伴和，使一颗心翩然远去。诗人恍惚回到了"从前"，回到了没有彻底制度化的时代，"法兰绒"浅灰色而柔和温暖的旧时代，可以恰当地使用"善良"一词的时代。那种和谐与平静，正是诗人心仪的淡然与整洁。因此，她凝神如静物画里那只标本松鼠。她在街上轻声叫嚷出一个诗句，"轻声"暗示出诗的质地，"叫嚷"则写出诗人"探临神性而风清"（陆忆敏句）的一刻突然的失神。但是，时代变了，街顶充满了粗鄙健壮的广告音乐，它们在统一人的语调模式，统一人的趣味；以伪装的群体感性，最终消灭具体个人的审美感性。

但对此，诗人高尚又谦抑地与"时代"争辩。"小草"干得发白"折断了　欢乐的人生"，即使诗人亦如此命运那又怎么样呢？——"我也已经唱出了像金色的／圣餐杯那样耀眼的情歌"，为生命，为词语，尽了一个诗人的本分。这里，冬天那融会了所有热望的太阳，已变为诗人的诉说所形成的柔和温暖的话语光芒，那是拯救语言和想象力的"金色圣餐杯"——是的，诗是人类审美感性在现代文化工业中，得以真正释放光与温暖的为数极少的艺术形式之一，在未来的极端时期，它甚至会变成唯一的。因此，此诗结句的"满脸通红"含义极其复杂：羞怯。激动。自矜。担心。年轻。体弱。健康。最后落到艺术给我们人生的一次赐福。

　　这首诗不需要"导读"，但我还是说了许多。因为我认为它应该引人注目。从这儿，我印证了最近的几点体会：一首好诗应有一半以上形式的怀旧，一小半恰如其分的创新。一首好诗最好在一个情境（或事情）中变化，使之完整，让读者跟随一个"人"走动，不应使风景太闪烁。一首好诗应在明朗和准确中表现情感的磕磕绊绊。最后，一首好诗的目标是得体、内在，不是"奇怪"。这是常规，但我的确有十几年没想过它了。

附　录

现代诗学常用术语简释
（依首字音序排列）

B

不纯诗论

指现代诗中应兼容不同向度的意向和经验，尽力展示诗歌智性的广度，反对狭隘的"纯诗论"。由英美新批评派首先提出。

不相容透视

指诗歌比喻的两造之间，应具有异质形象间冲突的张力，将不相容的语境置于同一格局之中，造成诗语的复杂性和震惊感。

包容诗

指现代诗不能满足于有限的经验范围和单维的线性结构，而应包容彼此纠葛的异质性，在对立冲动中取得平衡。

巴洛克风格

指代一种特殊的艺术风格。这种风格大约兴起于 17 世纪的西欧，其基本特征是华彩、神奇、戏谑、夸张、机敏、热烈、迷幻、雕琢。现代诗中亦有对巴洛克风格的戏仿，但目的是为了造成反讽和对易感倾向的消解。

本质直观

现象学中初级现象学的基本概念。胡塞尔认为，本质不是从大量经验事实中综合抽象出来的，本质是独立的观念性存在。像通过感性直观可以感知经验对象一样，人们可以通过另外一种非感性的直观能力，直观到本质的存在。此种非感性的直观能力及活动叫作本质直观。现代诗论家在处理具有玄学和超验倾向的诗作时，常借用此概念。

本体论

本体论是个哲学名词，指哲学中关于存在的本质及基本特征的研究，它说明什么是世界的本原或本性。现代诗学借用此术语意在探寻诗歌存在的独特依据或理由。它认为，现代诗是自足的独立于诗人和读者之外的本体存在，批评家应专注于文本，即诗歌自身存在的现实。这种意识有其狭隘性，但从具体文本出发讨论诗的特性，对常规诗学漠视内部研究的做法不失为有力的提醒。

本　我

精神分析学概念。本我指人最原始的、与生俱来的、无意识的结构部分。它由先天的本能、基本欲望构成，是同肉体联系着的。肉体是它能量的源泉。本我凭快乐原则行事，原欲冲动、非理性、幻觉和梦境等是其体现方式。现代诗在释放人的本能和欲望时受此观念影响极大，洞开了人无意识的茫茫大海，在揭示生命体验的复杂性上，取得了实质性突破。

本　能

指生命个体释放心理能的生物力量，是原初的推动或启动因素。本能的主要根源是人体生命的需要或冲动，它在相当大的程度上决定着人感知、记忆、思维、愿望、行动的方向。本能的核心就是本我，其在现代诗学中的意义，与本我大致相同。

表层结构

既指诗歌这种文体视觉排列形式的特殊性，它以分行的形式提醒读者的阅读态度；又指诗中排除隐喻、象征、暗示因素后，面对的表面语义的纯语事实。

悖　论

逻辑学和数学术语，指一种矛盾的陈述。它也是现代诗学在进行语义分析时，称道的语言技巧之一。诗人将互否的义项、不协调的品质综合展现，看似违反"常识"，实则深切揭示了生存和生命的两难困境，捍卫了世界以"问题""难题"的形式存在，防止其被廉价的历史决定论、独断论所简化抹平。可替换词为："诡论""反论""佯谬""吊诡"。

C

存在主义

现代西方哲学中影响最大的派别之一，是现代人本主义思潮的代表，具有国际性规模。存在主义反对西方哲学传统，它不追问客观事物发展变化的规律，不崇尚人类理性僭妄的力量；它更倾心于从人生的心理体验即个人主观意识的存在出发，去揭示生存，解释现实。它的基本思想反映了第一次世界大战以来，个人在现代社会中动荡、苦闷、压抑、尴尬的处境。存在主义把个人的生存当作哲学研究的对象，认为真正的哲学是探寻人的具体存在的"人学"。而人的存在是人的本能的意识活动，它的基本内容是烦恼、畏惧、厌恶、荒诞、冒险、死亡等主观心理体验。它认为人的存在先于本质，每个个体生命都是独一无二的，没有共同的人性，所以人是自由的，人就是自由。存在主义的影响远远逾出哲学界，成为世界范围内现代主义文学的基本意识背景。这种与人的生存密切相关的哲学，对开辟现代主义文学发展的新方向具有极大推动作用。存在主义的理论先驱是克尔恺郭尔、叔本华、尼采、胡塞尔。主要代表是海德格尔、雅斯贝尔斯、萨特、马塞尔、加缪、梅洛－庞蒂、蒂利希、巴雷特等。

创造性自我

奥地利精神分析学家阿德勒提出的主要概念之一。他认为一个人决定其人格的能力是与其独异的生活风格相一致的。人在塑造他自己的人格和命运中是一种有意识的主动力量，人有可能直接参与他自己的命运，而不是让命运被动地拖着走。这种个体心理学观念，对中国现代诗学有较大影响，是诗论界"个体主体性"命题的支点之一。

此　在

海德格尔存在主义的重要概念。此在是指人的存在状态及其各种可能性。人的存在乃是人具体的、原初的在世活动及方式，以及对这些活动及方式的体验。对存在的揭示必须以人的存在为前提。海德格尔拒绝接受一个与世界相脱离的主体，与主体相脱离的世界。这种以人的世间存在为中心的基本本体论，对现代诗学关注人的在世活动及情感体验，抑制无边的超验主观性有很大影响。可替换词为："亲在""定在"。

传达谬见

新批评派理论家退特创用的术语。他们认为，把诗作为传达某种思想概念的工具是错误的。艺术来自人们对绝对经验的渴求，而这种渴求在现实中无法满足，艺术经验只能在艺术形式本身的限度中得到理解。重要的不是诗所云，而是诗本身。这种观念虽有偏颇，但在反对艺术功利主义时，有很大意义，揭示了深刻的"片面真理"。

纯声论

纯诗论之一种，推重诗的音韵效果而忽视意义。早期象征主义诗人的作品及理论曾表现出纯声倾向，但实际上并不妨碍读者进行语义解读。因此，我们可以将纯声论视为强调诗歌从声音上给人一种感动，超越固定语义的缠绕。新批评派反对纯诗论，但其主要成员布拉克墨尔则将纯声论吸收转化到其"姿势论"中，认为声音是诗人精神的"姿势"之一，是有意味的形式，通过音韵的重复与变化，表现生命的状态，实现幻觉语言，增强诗的表现力。纯声论若推到极致显然是自设牢狱，但注重诗的音响效果，则是自觉诗人的天职。

纯诗论

一种形式主义诗歌主张，认为理想的诗应摒除一切功利目的，为诗而诗；诗歌作品与真或善无关，只涉及美；诗歌应追求"音乐的纯度"，摆脱世俗的概念与思维成分，达到纯粹的美。纯诗论有显而易见的狭隘性，但作为一种意识，有助于提醒我们捍卫诗的本体自足、诗歌话语的特殊性、不可消解性和非还原性。我们可以接受瓦雷里《纯诗》中的说法："纯诗是从观察推断出来的一种虚构，它应有助于我们弄清诗的一般概念，应能指导我们研究语言与它给人的效果之间的多种多样的关系……一言以蔽之，这是对语言所支配的整个感觉领域的探索……纯诗概念是一种达不到的类型，是诗人的愿望、努力和力量的理想极限。"总之，纯诗论只有从语言角度而非素材洁癖角度提出，才有意义和活力。对此，我们应有胸怀吸收其合理成分，而不是简单地批判它。

纯粹经验

哲学概念，由美国哲学家詹姆士提出，意指作为构成世界万物的基本素材的经验总体。在他看来，人所谓的世界就是纯粹经验的世界，纯粹经验可以指认识对象，在另一种意义上也可以指认识者（主体）。纯粹经验有两个突出特点：一、不是静态的，而是处于活动或流变状态的意识总体，即"意识流"或"主观生活之流"。二、没有稳定性、确定性，只是一个朦胧不清的总体，感觉的一种原始的混沌。纯粹经验为人们的认识提供了基础和素材，人们按照自己的兴趣、情感和意志，通过反省和思维活动，从纯粹经验中攫取某些片段作为主体和对象、意识和实在。这种理论对现代诗学有较大影响，它扩大了诗的表现力、意识流动的自由度、诗歌话语的经验混成力。使诗由单纯的"言志"、"载道"、反映现实，发展到表现诗人内宇宙的复杂性、文本世界的含混包容力。

超　我

超我是弗洛伊德人格理论中的第三层次，是人的道德律。超我由两个系统组成，即"自我理想"和"良心"，二者就像一枚道德钱币上的两个不同侧面。自我理想是习俗教育的产物，它是以现实原则为基础的，它确定道德行为的标准；良心负责对违反道德标准的行为进行惩罚。超我的目的主要是控制和引导本能的冲动，如果这些冲动不加控制地发泄出来，就可能危及社会的安定。如果把"本我"看作生长进化的产物，是生理遗传的心理表现；把"自我"看作与客观现实相互作用的结果，是较高级的精神活动过程的领域；那么，"超我"就可以说是社会化的产物，是文化传统的运载工具。现代诗学常以超我喻指诗歌中的精神升华。

超　越

存在主义哲学主要概念之一。雅斯贝尔斯认为，"超越"是存在的基本性质，从本体意义上说，"超越"表示我们生活于其中的世界永远不可能是世界全体，在它之外还有其他一些东西，引导我们不断超越现有的界限。这种超越活动的结果就是要将我们引向一个与我们生活于其中的世界相对的"超越"亦即超验世界，因此，超验也是神性的代名词。海德格尔认为超越乃是最本质的存在，但他进一步把超越与人的本质相联系，认为不断超越现有界限的行动正是人的本质，因为人的存在在于他能够不断超越自己当下所是的，"超越表示主体的本质，表示主观性的基本结构。超越构成自我"。现代诗学之一特别倾心超越理论，认为诗乃是诗人超越俗世实现形而上体验的结果，是超验的产物；它非但没有背离具体历史中的人，而且它就是存在的深层本质，也是人的本质。这种观念有很大合理性，但推向极端会抑制诗歌的世俗活力。理想的诗似应在超越与"当下"中保持动态平衡。

超现实主义

20 世纪兴起于法国，后酿成国际规模的艺术思潮。其基本理论是：超现实乃是超理性、反传统、解放人的无意识领域、反抗荒诞的社会；现实和梦幻可以统一为"绝对的现实"，梦幻是被压抑的本能摆脱理性控制后的一种释放形式，它以扭曲的方式揭示出人灵魂深处秘而不宣的本质，诗人应将内外现实看作处于同一变化中的两个潜在成分，肯定并写出具体世界与抽象世界的活动的同一性；在写作中，要摒弃理性思维，依循潜意识的喷涌去"自动写作"，解放心理官能，在意象自由并置自由转换中带来神奇体验和幽默品格，如此等等。超现实主义对诗歌、绘画、雕塑、电影影响巨大。在诗歌方面，布勒东、阿拉贡、艾吕雅、苏波是代表人物，但真正汲取其合理内核，又不简单认同其"自动写作法"的集大成者，还是聂鲁达、埃利蒂斯、帕斯等诗人，他们提供了具有现代经典意义的成熟作品。80 年代中期，超现实主义诗风在我国诗坛出现，在激活现代汉诗的想象力、揭示语言内部奥秘等方面功不可没，但未曾酿成诗坛主导潮流。

嘲 仿

文本中刻意设置的模仿因素，它可以是被仿对象的观念、结构、话语形式。但从整体语境可看出，其用意是讽刺、颠覆、滑稽的。嘲仿常将已成经典文本作为嘲笑对象，表现出后起诗人消解权势的意图。可替换词为："戏仿"。

D

对抗共生

指诗歌中各局部意向间发生的盘诘、冲突、互否所形成的张力关系，最终在整体结构中达成平衡。现代诗不满足于单向度的经验，它企图形成几种不同向度共振的场，对抗而共生。这样，诗的意义不再是各局部意向之"和"，而是其"乘积"。可替换词为："包容力"。

对症阅读

阿尔都塞从哲学家拉康的心理分析学中借用的概念。指一种学说思想的性质主要取决于它的"理论框架",而这种"理论框架"却很少以明显形式出现在它所支配的每个原理和概念之中,它是作为一种无意识的结构隐藏着,并通过错综复杂的矛盾所决定的空白、沉默、缺失等症状,在作品表面显现出来。所以,要理解一篇著作的基本思想,把握其"理论框架",就不能只凭感性直觉把原文还原分解为它的各个组成部分,满足于字面上的比较对照,而是应运用理性思维,去考察它各部分之间的关系结构,把原文作为一个有机整体,从字里行间去把握它的内在统一性。这种理论对现代诗学有一定影响,许多诗评家告别了狭隘的文本中心,"不仅看诗人写出了什么,还要分析他空出了什么"。

多声部写作

巴赫金小说理论基本概念之一。他认为,传统小说作者是主体,小说人物是客体,小说的整体统一性服从于作者的安排,是一种独白型写作。而现代小说(以陀斯妥耶夫斯基为例)打破了独白型的统一性,人物与作者各有意识,形成复杂的对话、复调关系,揭示了深邃的经验世界。这种观念也影响了90年代的汉语诗人,许多诗歌文本不再是单一的声音传达,而是彼此纠葛、质询的多重指向与意义声部,体现了"我"的多样性、经验的复杂性。

E

二元对立

一种常见的思维方式,将事物设置于一正一反的对立框架上。善与恶、美与丑、纯洁与低下、真理与谬误、本质与现象、革命与反动……如此等等。这种思维定式,简化了生存与生命的复杂性,遮蔽了事物的差异性、可变性、矛盾缠绕性,往往借助于独断论的"道义优势"，制约着人们思想的发展。诗歌这种文体的特殊性在于诗特有的抒情功能，抒情往往易于陷入简单的二元对立框架，使作品成为"孩儿国"的肤浅表达。因此，警惕二元对立，增强诗歌追向生存的幅度与力度，就成为现代诗学常论常新的问题。

F

反　讽

反讽是一种讲话的方式，它表达的意义与声称的或表面的意义不同，而且常常相反。文本中的词句受到语境的压力而意义发生扭曲，所言非所指，正话反说，旁敲侧击，造成鲜明的谐谑讽刺意味和悖论品格。反讽可分两大类别：总体结构的反讽和局部话语的反讽。

反身抽象

心理学家皮亚杰创造的概念。指人类那种更高水平的抽象活动。一般的抽象活动是将认识对象的性质、形式从内容中抽象出来，以达到对客体实物性质之认识；而反身抽象是对主体的活动及图式的协调进行抽象，以求达到对事物之间的复杂关系的认识。反身抽象是主体的建构活动，强调主体的能动作用。人的认识不惟是对现实的简单反映，亦可是对主体活动不断进行反身抽象的结果。这种认识观念，对现代诗中主智倾向有一定启示。

发生谬见

新批评派术语。指那种依赖于作品产生的社会和历史原因来解释作品内涵的做法。新批评派认为这种做法属于外部批评，没有将重点放在文本内部的修辞特性、结构的分析上。公正地说，外部批评与内部批评各有胜境和实绩，理想的姿态是对历史与文本的双重关注。

泛性论

弗洛伊德潜意识理论的主要内容。他将人的个体发展视作一系列性心理的发展过程。在弗氏看来，人的力比多主要是性冲动。这看法有合理性，但不够全面。性爱是人生命力的一部分，并不是全部主导，将性泛化，会影响我们从文化和社会条件等方面探究人的性质。但弗氏的泛性论有很高发现价值，他揭示了长久以来被人类忽视的重大内容。现代诗对性题材的广泛处理，受泛性论影响极大。

非个性化

英国诗人艾略特的观点。他认为，诗不是感情的放纵，而是感情的逃避；不是表现个性，而是逃避个性。这种观念，意在反拨浪漫诗风的滥情主义和表现自我，强调了诗歌对传统的吸收、转化，强调了诗歌独立自足的品质。"感情的生命是在诗中，不是在诗人的历史中。"

非指陈性伪陈述

英国批评家瑞恰慈常用的术语。他认为科学语言是指陈性的，而诗歌的语言不指向现实对应物，无法也不必在现实中还原。这种观念强化了诗歌话语与实用话语的区别，使前者能作为一个自身有价值的客体获得自足性。

范　式

即规范、范型。库恩认为，一种范式是一个科学共同体成员所共有的东西。或许这些成员在其他方面观点相左，但由于他们掌握了共有的范式，就形成了这个科学共同体。范式包括科学共同体中公认的理论基础和方法、世界观。这些是其得以形成和持续的基本条件，并对研究工作起到定向与协同作用。有无范式是区分前科学与科学的标准，没有形成范式的前科学期，研究者意见纷纭、争执不休，很难取得扎实的成果，到有范式后研究方进入科学时期。科学的进步，不是单纯的知识积累过程，而是新旧范式的取代，即积累与革命的交替。范式理论对中国现代诗学有一定启发，80年代后期起，诗评家常常动用"范式"这个概念，吁求诗论结束无序的状态，进入现代诗性语境，在约略相同的起点上展开研究，使诗学成为准常态科学，而不是非专业化的印象——感悟表述。

复 义

诗歌话语的特殊品质之一，指诗中词语的含混多义性。一般地说，这些不同的意义不是彼此分裂的，而是几个意义组成一个综合的、更富于表现力的复合意义。

复杂经验聚合

现代诗常常体现诗人各种经验的综合展现，不同感受的对抗共生，构成多义的智力空间。这种多向度的经验综合，增强了现代诗的表现力、包容性，称为复杂经验聚合。

G

工具理性

法兰克福学派思想家霍克海默、阿道尔诺、马尔库塞提出的重要概念。指在发达工业时代，理性由于自身的辩证发展，成为纯粹研究手段和达到实用目的的工具，对人起到奴役作用，使人失去自由和人性，发生人的异化，变成"工具理性"。这种对科技在资本主义制度下所产生的病态现象的批判，引起了人们对真正精神需求、感性革命、恢复人性和自由的思考。此观念在文学艺术领域有很大影响。可替换词：技术理性。

个体主体性

针对一些诗评家将"朦胧诗"的意味简单归结为"表现自我"，先锋诗论家将之扩展后提出的更科学、准确的概念："个体主体性"。这里，个体和主体是两个相互制约的因素，缺乏主体性的个体只是某种微不足道的自我中心；而缺少个体的主体性，则是空洞无谓的主体性。这里，既强调了个体独特的生命经验和创造才能，又涉及了其对广义的人文精神的承续、包容。

公共象征

公共象征是指在某种文化语境和历史传统中，固定下来的为人们广泛采用的象征。由于它形成时间久远，代代相袭，约定俗成，读者一望即知其含义。如十字架象征苦难和救赎，鸽子象征和平，竹子、寒梅象征气节，如此等等。公共象征又叫传统象征。在现代诗中，公共象征使用频率很少，更多采用私设象征。

功　能

指诗歌在历史语境中所发挥的作用、效能。就现代诗而言，本体与功能是扭结一体的，所谓"有意味的形式"。话语的修辞基础往往与诗人的知识型构、世界观密切相关。正像我们不能将舞蹈和舞者分开一样，本体与功能也不能截然二分。

共　生

即共同生长或共时生成。借用于过程哲学的概念。指诗歌中各复杂意向彼此互动，由"多"凝结为坚实的"整一"结构。在这种"整一"结构中，不排斥内部的复杂性，不压灭相对性，而是共时到场。可参看"对抗共生"条。

共时性研究

语言学研究的一种方法，由索绪尔提出。共时性研究是研究一种语言或多种语言在历史发展的某一阶段的情况。与之相对的"历时性研究"，则研究一种语言或多种语言在历史上的演变情况。这种方法的区分对诗学研究有一定影响，它使诗评家由过往单独着重于诗歌历史演变情况的研究，转而注意诗歌的结构式系统。在诗论界摆脱庸俗的"艺术进化论"，专注于诗的本体依据方面，功不可没。

固定反应

"新批评派"理论家布鲁克斯和沃伦创造的概念。指读者对于文学中某一个情境、题材、词或字，站在习俗或习惯的立场上，笼统的未加考虑的反应。如做广告的人为了推销某种商品，常常利用人的固定反应，把该商品和爱国心、母爱、爱情等高贵情操任意联系在一起。低劣的诗人则类同做广告者，只是对付读者心中现成已有的态度，虽然这种态度可能是粗鄙的、无知的、陈旧的、笼统的，但诗人恰在利用之。而优秀的诗人总设法在作品中，提供一种有发现的、有价值的意向，读者加入这种意向，产生类似的共鸣、对话。优秀的诗人应避免讨巧的固定反应。

构 架

指使诗歌意义得以连贯的逻辑或情感线索，它是诗中能用散文语言转述的部分。此概念的提出更多是为了陈述的方便，因为一首真正的诗不可能只有构架而没有肌质。

孤独个体

丹麦哲学家克尔恺郭尔哲学的核心范畴。指一种孤独的非理性的主观心理体验。这种体验是与上帝相联系的个人在自己的存在中才能领会和意识到的。这种心理体验不能被思维所掌握，不能为理性所说明，亦难以用语言表述。其基本特征是精神性、非理性、个体性。现代诗的意识背景与这种说法有较深切的关联。但在具体的运用中，更多诗人排斥了宗教因素（但亦有例外），不再写与上帝神秘交流的个人；而专注于现代人的生存处境，写出其孤独、迷惘与无告体验。但在精神性、非理性、个体性上，又与克氏说法一致。

感受力

指诗人以感官感受生存与生命、现实与神性的能力。感受力的高下在相当大的程度上决定诗人的质量。该词也用来指诗人、批评家对作品的审美感受度强弱。从特定角度说，它有赖于天赋。

感 觉

感觉是外部世界在人脑中最具体、鲜活的初级呈现，是外在刺激通过感官引起种种冲动而产生的混茫经验。现代诗很强调感觉的鲜明、强烈、陌生化，以使诗歌葆有神奇、尖新、准确的表现力，摆脱简单的"主题"式写作。

感觉分裂

艾略特在《玄学派诗人》一文中提出的概念。他认为，英语诗歌在 17 世纪时，感觉发生分裂，经验与认知、思想与情感两部分隔离，这样的诗歌显得简单、不成熟。而玄学派诗人的作品则不同，其作品的感觉是完整统一的，能"像感知玫瑰花的香味一样直接地感知思想"。现代诗人应学习玄学派，重获这种感觉的统一。

H

互否性

指某类现代诗中，不同经验、意向、声部之间发生的彼此质询、对话、摩擦关系。互否因素的增强，扩大了现代诗的包容力。诗人帕斯认为，写作是诗人与"另一个人"不断地进行对话，我们每个人身上同时有好几个人，如果在一个文本中出现了那些被压制的声音，这作品就活了；而当我们封住"他（另一个我）"的口时，我们的作品很可能变成乏味枯燥的道德说教。

后现代主义

后现代主义一般指第二次世界大战之后西方发达国家逐渐显明起来的文化现象。作为后工业社会的产物，其文化哲学、精神价值取向、书写格局与现代主义有较大区别。就文学而言，两者的对立与差异可约略概括如下：现代主义试图创造一个假想的中心，后现代主义则努力消除这个中心；现代主义美学指向仍是严肃高迈的，而后现代主义则有商品时代的消费印记，是非崇高化的；现代主义沉迷于精英文化，后现代主义致力消解精神等级制度，而与大众文化沟通、合流；现代主义信奉"宏伟叙事"，后现代主义倾心于"稗史"写作；现代主义喜欢形而上的沉思和追问，后现代主义崇尚平面化的反讽与戏拟；现代主义拥有历史意识，后现代主义则体现出悬置历史意识；现代主义写作是文化型的，后现代主义有很深的反文化倾向，如此等等。有关后现代主义文学的定义，歧义迭出，争执不断，这里只采用为学术界多数人认同的说法，供读者参考。

含 混

诗人、批评家燕卜荪著有《含混七型》一书，在这里，"含混"是指诗歌语言的多义形成的复合意义现象。含混并非胡乱的联想和任意的堆砌，诗歌话语的多重含义必须由严谨的结构激发与召唤出来，形成张力场。可参阅"复义"条。

话 语

在语言学中，指比句子更大的音段（语段或句群）。"话语分析"这个术语常用于表示研究那些描述时，既需要考虑句子结构，又需要考虑上下文的语言效果——语义、文体、句型、句法上的综合效果。但"话语"一词，在诗学的使用中概念有所扩大，它既指作品文字组成的实体，有时又指与此密切相关的具体历史语境。通俗些说，"话语"就是一套话的意思，如"历史话语""诗学话语""神学话语"等。

荒诞感

现代主义文学处理的基本母题之一。指现代人不仅难以认识这个世界，而且也无法认识自己。但人却力图在无从确定目标和秩序的世界中去寻找目标与秩序，这种愿望必然失败，因此产生荒诞感。荒诞感使人解除了责任，对未来亦不抱幻想，只留下一种确定无疑的东西——勇敢地承受生存并藐视它，这是另一种生命的欢乐。

核心意象

指某类现代诗中具有主宰地位、指示意味方向，并反复出现（重复或变奏）的意象。核心意象迫使读者和批评家充分注意，是理解具体作品意义的关键。参看"主题意象"。

J

句 型

句子模型。如陈述句、疑问句、感叹句、命令句、祈使句等。但"句型"一词，在诗学使用中含义有所偏离和扩充，它更多是指由特殊修辞效果形成的言语形式及风格；常具有个人性而非普遍意义。

肌 质

美国诗人、诗论家兰色姆创用的诗学术语，指诗中无法用散文语言转述的部分，非逻辑的部分。一般地说，肌质是诗中能感触到的形象、特殊的细节、节奏的变化、声音的强调等。兰色姆认为，诗离不开某种逻辑和情感线索即构架，但决定诗之本质的却是肌质。参看"构架"条。

具体共相

新批评派理论家维姆萨特采用的黑格尔逻辑概念，用来指陈诗歌中感性和理性融合而成的"有机混成体"。以"具体"的意象、隐喻、象征、寓言，表达意义、价值、观念等抽象的"共相"。实际上这种说法大致类同黑格尔所云："美是理念的感性显现。"但在具体使用中，新批评派理论家更强调二者的整一性，即诗歌话语在本体论意义上的自我指涉品质。

具 象

头脑中再现出来的某一具体事物的形象。诗人由此感发生命，但又准确、深入地贴近物质实体的形貌，使诗具有质感。

结 构

指诗中意义的组织，即作品展开的整体。在现代诗中，成功的结构应体现文本内部的张力关系、包容力、反讽因素。如瑞恰慈认为，"通常互相干扰、冲突、排斥、相互抵消的方面，在诗人手中结合成一个稳定的平衡状态"，是现代诗的结构原则。

结构主义诗论

系指结构主义在诗学研究中的运用。结构主义诗论不把具体作品看成一个独立自足、有本体意义的客体。他们强调整个"文学系统"对个别作品的决定作用。他们的分析着眼于超乎作品之上的系统结构，而非作品本身。正如结构主义文论家卡勒所言："结构主义很难论述具体的诗作，至多不过说，它们可以做例子来证明诗背离普通语言功能的各种方式。"结构主义诗论强调文学大系统对个别作品的决定作用，有助于我们放开眼量，进行宏观的文类研究；并且开创了对文学传播活动与其他相似的交际形式——如"文本系统"与"语境"——的比较研究方法之先河。

经　验

通常指感觉经验，即感性认识；在诗中带有心灵体验的主观性。象征主义诗人里尔克认为："诗歌并非只是情感，而是经验。"这种认识为现代诗人普遍接受，有效地抑制了浪漫诗风的滥情易感倾向，使诗歌朝向深邃的智性。

集体无意识

精神分析学家荣格创用的概念。他认为人的心灵整体可分为三层：主观意识，个人无意识，种族、社会集团的集体无意识。其中，以集体无意识为心灵的最底层。集体无意识凝聚着人类从远古以来长期积淀的巨大心理能量，是复杂经验的沉淀物。荣格认为，"这类意象是无数同种类型的经验在人类心理上的沉积"，艺术家的职责之一是揭示它、激活它，完成个人与人类的深层沟通。这种理论，对现代诗中具有史诗倾向的诗人影响甚大。

解构主义文学批评

德里达解构主义观念在文学批评中的运用。具有反对二元对立，否定等级，消解中心、本源、"在场"，抹除统一性、稳定性、确定性；而强调差异性、不定性、边缘性、可变性、间接性等特征。表现在文学批评上，批评家否认文本为有机统一体，不去追求统辖全文的意义，而强调意义的自由竞争，即指意活动的"自由游戏"。巴巴拉·约翰逊为解构主义文学批评下的定义是："它把在文本自身内部起作用的、产生相互矛盾的意义的力量小心翼翼地引逗出来……一个文本不止以一种方式产生意义，它能产生比它声称的意义更多、更少或者和这个意义完全不同的东西。"一言蔽之，文学作品自身会包含着怀疑、否定和拆解自己主旨的种种因素，揭示这种怀疑、否定与拆解因素，描述意义之间的自由争辩，这种批评就是解构主义文学批评。以上的"定义"，只是无数定义中的一种，因为任何确定的定义，正是解构主义解构的对象。解构主义文学批评的代表人物是美国文论家哈特曼、布鲁姆、米勒和保尔·德曼。

精神分析学文艺批评

精神分析学文艺批评又可称为"弗洛伊德主义文艺批评"。弗氏心理学中对人格本质、无意识领域、梦的解释、原欲冲动的研究和发现，同时也开辟了全新的批评领域。这种文学批评将写作看作下意识的象征表现，具有类似梦境的象征意义；文学的作用在于使作者和读者的本能或欲望在受压抑后能获得一种补偿，或变相满足。创作和欣赏都类似"白日梦"，是某种"情结"的发泄和变相替代。这种观念对现代诗学影响很大，比较著名的理论文本有：《诗歌与民间传说中的乱伦主题》（兰克），《论诗人的心灵》（普莱斯考特），《诗歌与神经官能症》（施特克尔），《创伤与巨弓》（威尔逊），如此等等。

K

口语诗

我国80年代中期大面积出现的诗歌类型。新生代诗人反对朦胧诗的"唯修辞"倾向，主张使用日常口语写诗，强调语感，强调语境的透明，将诗作得像呼吸一样自然畅达。一般认为，口语诗体现了诗的平民化倾向和对"人格面具"的拆除。

可证伪性与证伪

可证伪性是波普尔提出的划分科学与非科学的标准。它是指，一种理论体系的种种论断有可能和观察的结果相冲突，从而遭到否证。他认为，只有具有可证伪性的理论才是科学的。可称为科学的理论是能使自己遭到批判、反驳，并经受得住批判的理论。相反，如果某种理论或命题不能受到批判和反驳，它就不属于科学。证伪就是用经验否证从一般陈述演绎出的个别陈述，从而表明一般陈述为伪。证伪过程是首先从一般陈述推演出一个个别陈述，再根据经验检验这个个别陈述。

可信性

文学阅读是作家诗人与读者的信念、经验、视角的对话、质询或认同。一般地说，大多数诗人希望读者相信文本的真实性。这使其在写作中处理幻想性、荒诞性题材时，也要保持灵魂体验的真实性。换言之，不能题材一荒诞，诗人的情感也跟着混乱起来，这就会失去可信性。优秀的诗人会不断提醒自己保持灵魂体验的深刻与真实。卡夫卡的寓言小说乃具有高度的可信性。

卡里斯马

原为现代西方社会学和政治学术语，由韦伯和希尔斯提出。它是指一种具有原创性、神圣性和感召力的人物、行为、角色或符号等。人们常说的具有超常权势和魅力的英雄、领袖、圣人、伟人、先知，或者公认的不朽艺术作品，都可称为卡里斯马（charisma）。这个概念在今日的诗学使用中稍稍偏离了其中性含义，成为后现代诗人反抗、拆解的对象。

夸大陈述

反讽之一种，指故意把话说得强烈，实际暗指相反的意思。参阅"反讽"条。

克制陈述

反讽之一种，指故意把话说得轻松，实际暗指强烈的情绪。参阅与之相反的"夸大陈述"条。

客观对应物

诗人艾略特创用的术语。他说："用艺术形式表现思想感情的唯一方法，是寻找一个'客观对应物'；换言之，即寻找一套客观物，一个情景，一串事件，这都是表现特定情绪的公式。这样，当获得相应的种种外界事实时，情绪就会即刻被激发起来。"（《哈姆莱特及其问题》）这种理论对现代主义诗歌影响甚大。

L

力比多压抑

弗洛伊德创用的心理分析学概念。"力比多"意指人先天的本能冲动，其核心是性欲冲动。这种本能冲动受到社会要求限制，就构成所谓"力比多压抑"。在某种意义上说，社会的发展是以力比多压抑为前提的，文明越发展，这种压抑就越严重。这种理论对现代诗中感性解放、反文化倾向的出现，有密切的启发关系。

浪漫主义

文学艺术的基本创作方法之一。其大致特征为按照主观的体验描绘生活、吟唱心灵、表现激情。浪漫主义重在抒写对理想世界的热烈追求，直接抒发强烈的内心感受，常采用奇特的想象和夸张手法。

浪漫反讽

反讽之一种。即先做浪漫的渲染、夸大的陈述，最后点破其虚妄。

逻各斯中心主义

法国后结构主义哲学家德里达创用的概念。它是指这样一种思想形式，这种思想形式立足于某个外在的参照点上，把人的认识、理论等看作某种外在的自在之物、绝对真理或上帝的意志等绝对东西的表现。德里达认为，这种传统的思维方式是形而上学的，是建立在一正一反的二元对立的基础之上的。这种体现等次关系的对立面起到了突出统一性、同一性、稳定性、直接性，而贬低矛盾性、差异性、可变性和间接性的作用，应予批判。由于逻各斯中心主义深深植根于我们的语言中，它对我们的思维习惯和语言有极大束缚力。因此，要批判传统形而上学思想，就必须对它们所有的概念进行语言学的批判。德里达对逻各斯中心主义的揭示，对 90 年代以来中国先锋诗论有极大启示。

理　性

指形成概念、进行推理和作出判断的思维活动能力，是认识过程中的高级阶段。这个词在现代诗学使用中有所偏离。理性的诗，它更多是指那些唯意志因素、直觉因素、幻想因素在诗中成分极少的一类诗作。这类诗更主要是强调清晰、严饬的运思和抽象的知识（但并非完全排斥直觉和幻想）。

理　趣

新批评派常用的诗学概念，亦称之为"机巧"。它是指那些具有玄学品质的诗歌，诗的理性融合于感性之中，因此其话语带有一种论辩、沉思性的趣味。

滥情主义

指诗作中感情主宰一切，过多过滥的煽情，夸大其词的感伤。有许多浪漫主义诗属于此类。它是现代诗极力反对的。

M

矛盾修辞

指诗中将相互矛盾的概念或感受扭结一体的修辞手法，又称"浓缩的悖论"。这种修辞有助于造成诗语的复杂性、体验的深邃感。

陌生化原则

结构主义诗学常用的概念，最早由俄国形式主义理论家提出。系指诗语的目的，就是要颠覆习惯化和庸常化使用，使我们熟悉的东西"陌生化"，以增强新鲜的感受，事物的质感，艺术的具体形式之长久魅力。这种观念，对现代诗影响很大，诗语在某种程度上已成为一种令人惊愕、陌生的实验性语言。但流弊也是明显的，如果将"陌生化原则"推向极端，会失去诗歌话语的分寸感及处理日常经验的能力。

N

女性诗歌

女性诗歌并非指所有女诗人的作品。它特指女诗人写的具有如下倾向的现代诗：从女性的立场、女性的处境出发，言说自身的生命体验；与本世纪女权运动有关的提倡两性平等，批判男权中心思想；作品整体语境多体现为"深渊冲动""沉沦反抗""性"的正面认识；语言形式多为"自白化""私语化"，非崇高。20 世纪 80 年代中后期为我国女性诗歌的高潮期。

内倾型

荣格"性格类型学"概念。内倾型人格对于探索及分析自己的内心世界有浓厚兴趣，他是内省的人，孤独和害羞的人，其感觉、情感、思维多为细腻、深邃。在诗人中，这种性格类型极为多见。绝对的内倾型与绝对的外倾型的人是没有的，这个概念只是指某类人性格的主导方面。

内　涵

诗论家退特使用的术语。在诗学中，"内涵"是指诗歌的暗示意义、联想意义、情感色彩。而与此相对的"外延"，则指诗歌的词典意义、指称意义。诗的魅力在于内涵和外延的张力关系。

拟　古

在现代诗学使用中有两种含义。其一，指那些肤浅地追摹传统诗形式、情调的陈腐仿作。其二，在现代诗语境中嵌入一些陈腐的语段，对此进行反讽、戏谑。

能　指

指用以表示物质事物或抽象概念的一系列语音或文字符号。

P

拼　贴

后现代主义诗歌常用的书写策略之一。指诗歌从其他文类中挪用一些固定词语、形象、情景、概念、符号等，将之并置拼合，以达到消解核心、杂语喧哗的效果。一般地说，拼贴策略的使用，使语境富于更大包容力，也较便于表达怀疑主义观点和嘲仿因素。因此，拼贴是一种有难度的写作手法，不是信手拈来的讨巧的堆砌。

Q

曲　喻

玄学派诗歌比喻的特征，在逻辑上环环相扣复杂地展开的比喻。

新批评派认为这种比喻更有力、更深刻，是智性与感性结合的典范。

奇　巧

指诗作具有巧妙恰当的"人为性"技艺，它不同于那些"直抒胸臆"的诗，而是机智的结构，准确鲜活的修辞技术，新奇的意蕴的组合。

R

人本主义

以人或人格为中心来解释一切问题的哲学学说。它侧重于人和人类事业在认识论上的中心地位，力图真正实现那个伟大原则：人是万物的尺度。

人文主义

一个意义广泛变化的词，一般被用来表示一种理论或学说注重于人而不是在人之外的某种事物。有时与人形成对比的是上帝，例如文艺复兴的人文主义，其目的是要使人们的注意力从关于上帝的理论思辨，转向对于在人类历史、文学和艺术所展现的人本精神的高扬。这种意识虽很古老，但却成为中国现代诗人觉醒的起点。他们以此反对权力主义意识形态，肯定人的尊严和自由，认为一切价值以人为中心，人就是目的。可以说，没有人文主义的觉醒，就没有中国的现代诗潮。

S

生命体验说

生命哲学认为，生命是世界的、绝对的、无限的本原，它跟物质和意识不同，是积极地、多样地、永恒地运动着的。对"生命自身的直接经验"，不能借助于感觉和逻辑思维来认识，只能靠直觉和体验来把握。这种理论，深刻地启发了现代文学与艺术。表现艺术家神秘的生命体验，是 20 世纪世界前卫文学艺术的主要母题。

生命意志

叔本华的主要哲学范畴，指作为世界基础和本原的意志"求生存"特点。生命意志在叔本华看来是一切表象、可见性、客体性的神秘的源泉和动力，人生即为生命意志所支配。生命意志主要是人的欲求，但人永难满足，所以总是痛苦、厌倦。这种观点对现代诗人影响很大。其中一类诗人像叔本华那样否定意志，遁世隐逸；另一类则肯定生命意志，表现其原始状态。

生活流诗

指一种以日常生活琐屑细节为材料，以日常白话乃至俗语、俚语为主要话语方式，表达市民生活及趣味的诗歌。这类诗中有价值的方面是反讽因素和幽默感，其流弊是缺乏反讽因素的对生活现象的皮相描述。进入 90 年代，此词语已不再流行。

圣 词

圣词是指诗歌写作中那些带有不容分说的道德优势、代言人幻觉、绝对知识、升华特许的核心词。对现代诗人而言，圣词遮蔽了生存与生命的差异性、矛盾性，降低了写作的难度，使诗歌精神类型化、整体化。因此，对于圣词的怀疑、消解，成为 90 年代汉语诗界的主要话题。

世界 1、2、3

英国哲学家、批判理性主义创始人波普尔提出的概念。世界 1，指物理世界，即物理实体（物理事物、物理状态、物理过程）。世界 2，指精神状态的世界，即人的一切主观精神活动，包括各种心理活动，感性和理性认识活动，意识和非意识状态等。世界 3，是知识的世界，思想内容的世界，或客观精神的世界，即人类精神产物的世界，它包括：语言、故事及神话、诗，各类艺术、科学。波普尔认为，"世界3"的对象也是实在的，本质上是人类心智的产物，但它具有独立自主性，能自主地发生、发展，有自己的生命，是不以人的意志为转移的。人们可以研究它，却难以改变它。

诗体破格

指诗人有权利使用一种偏离正常语法、词汇规范的语言，以求感觉的新鲜、深刻，表达个体生命的体验。常常是，"诗体破格"是为了更真实更透彻地表现诗人意识到的世界。对某些诗人来说，"正常"的语言形式是衰竭的，已无力承担诗歌为世界万物命名的使命，因此，必须"诗体破格"。

私设象征

亦称个人象征。它是诗人在具体作品中靠一定方法建立的象征。韦勒克说："个人象征暗示一个系统，而一个细心的研究者能够像一个密码员破译一种陌生的密码一样解开它。"私设象征涵纳着诗人个体生命的体验，是诗人的独特发现，难以类聚化。与此相应问题，可参阅"公共象征"条。

所　指

指一系列语音或文字符号所表示的具体事物或抽象思想。可参阅其对应词："能指"。

实　在

哲学术语。在不同哲学派别的使用中有不同含义。诗论家在借用"实在"概念时，多指精神范畴的东西。在精神之外，没有也不可能有任何实在；而且，任何东西，其精神含量越高，就越是真正的实在。最高的实在，也就是包容一切的绝对的普遍精神。对此词这种特殊的使用，虽然是"唯心"的，但有助于诗评家专注于诗歌文本中的经验、感情、意志、思想、超验性等，避免庸俗的"反映论"诗学观。

实　存

萨特使用的存在主义哲学概念。它特指人独特的存在方式和状态，而不是其他事物的存在。人存在的方式和状态即实存，不能像一般的存在那样，诉诸概念范畴去把握；而是自身通过"情态"（mood）及诸种当下直接的意识形式表现出来。这就是人类社会生活的主观经验，尤其是个体生命的独特的不可替代的体验。现代诗学受此影响很大，诗论家关注诗中对人的"实在"的探询，其目标之一乃是追问人生命的根基。

实验诗

实验诗是指那些先锋派诗歌。诗人通过写作探索生存、情感经验、话语方式的广泛可能性，其作品具有明显的超前性质。因其不主故常，读者面相对狭小。

视角转换

指诗中意象群的不断更迭、抒情角度的调整变化、异质经验的彼此激活。这种书写策略，有助于召唤读者加入指意活动的自由想象，"转换"之间的"空白"也陡然增大了"意义"。

深层结构

指诗中在表层结构后（排列形式、节奏、音韵等），应具有内在的暗示性、象征性之意蕴。没有深层结构的诗，无论在快感上还是在启发性上都难以给读者充分的满足。

T

体验哲学

有相接近的两种含义。一、克尔恺郭尔所言，人乃孤独痛苦的存在。人只有在激烈的苦难震动中，方能意识到自我，从内心深处体验到"存在"。二、狄尔泰认为对生命经验的把握，不能依赖知识，而要凭人自身神秘的直接体验。这种哲学称为体验哲学或生命哲学。对现代诗学而言，体验哲学有助于批评家从研究外在存在转向研究诗人的内心世界。

通　感

指诗人写作时多种感觉之间的沟通、联系、呼应、转化。亦称为"联觉"。

W

文　本

一般指以语词和句子为基本单位的文字集合体。但在结构主义、精神分析、人类学中，"文本"含义被扩大了，所谓"人也是一段文本"，"社会是一部大文本"。但在诗学中，文本仍沿一般用法。旧译"本文"。

文本间性

法国符号学家克里斯蒂娃的重要术语。文本间性是指文本与文本之间的交互关系。从横向方面说，此一文本与彼一文本相沟通，彼此形成能产生新意义的关系网络。从纵向方面说，现在的文本总与过去的文本发生联系，并能组成新的文本织体。由于新的文本只有在与旧的文本的关系中才能获得自身的意义，因而，"文本间性"成了生发和分配意义的场所。"文本间性"这一概念，重视了历史生成原则，将共时性与历时性统一起来，给现代诗学极大助益。

文化工业论

法兰克福学派使用的社会及文化批判概念。意思是，在发达工业社会，文化艺术已失去深刻的精神产品特征，成为一种迎合市场、谋取利润的商品，成为"文化工业"。这种文化工业生产出大量消费型的大众文化艺术，完全抹杀了人的多样性的个性需要，带有成批生产的"复制"特征。这种立场 90 年代以后被我国"精英文化圈"接受，成为他们抨击"消费性、世俗性、复制性的通俗文学艺术"的学理依据。

唯美主义

原指兴盛于 19 世纪欧美国家的文学艺术流派。此派艺术家注重艺术形式，赞美纯粹的美，反对文学艺术的功利性。"为艺术而艺术"可视为其观念的简洁表述。后来这个词的使用被一般化了，泛指现代艺术中那些追寻纯粹的美感，注重艺术的自足品质，反对任何工具论意义上的对艺术的伤害、利用……的艺术家及作品。唯美主义作为诗人的一种意识是很必要的，这有助于诗人对写作的虔诚，对诗歌本体依据及存在理由的洞识。但若将唯美主义推向极端而成为唯一指认，则会妨害诗歌的包容力、异质混成力。因此，恰当的说法应是，仅有唯美意识不会成为优秀而重要的诗人；丝毫没有唯美意识则不会成为真正的诗人。

X

玄学诗

英国 17 世纪初出现的一类诗歌。特征是，常常处理形而上思辨题材，充满深邃的内省和盘诘。在修辞上，大量运用曲喻、悖论、反讽、矛盾修辞及自由联想，能将抽象的思辨与感性体验融为一体，在奇思异想中，表达哲理。玄学诗对 20 世纪现代派诗产生了很大影响。

形而上

中国古代哲学术语，指无形的东西。《周易》有言："形而上者谓之道，形而下者谓之器。"形而上指无形的精神本体（道），形而下指由道派生出的具体事物（器）。

戏剧化结构

新批评派理论家认为，许多诗具有戏剧化的结构，像一出戏。它们的任何成分，"它们的品质，它们的相关性，它们的雄辩力量，都无法从语境中孤立出来"，因此，形成诗的张力关系的各种成分在冲突之中发展，最终达到一个"戏剧性整体"。

戏剧性独白

指某些诗歌，其中"说话者"并非诗人自己，而是他塑造的戏剧性人物。这样做的好处是避免主观的抒情，能客观而深入地探寻人的内在世界。同时，诗人与诗中人物亦可保持"对话"关系，扩大了诗歌的包容量和载力。

现代诗

现代诗是指 19 世纪末在西方出现，20 世纪发展为具有国际规模的现代诗歌。它与古典诗和近代诗从情调到写作技艺有很大不同。约略说，它与生命哲学、存在主义哲学及弗洛伊德学说关系密切，比如它不再虚妄地赞颂人之伟大、智慧，而是揭示人的荒诞、无告。在手法上，现代诗反对滥情易感和说教，多采用深层的暗示、象征、隐喻等，表现了诗人内在的生命体验。现代诗名目繁多，但大的流派包括：象征主义、意象主义、未来主义、超现实主义等。

象　征

用具体的物象符号，暗示某种抽象精神或情感内涵。诗歌中的"象征主义"运动是指 19 世纪末，滥觞于法国后来影响世界的现代诗革新运动。其革新主要体现在：（1）通过暗示来识读奥秘。（2）以含蓄代替激情。（3）写梦幻以表达思想。（4）从联想产生形象。（5）运用对应物构筑意念。（6）借音韵增强冥想。象征主义代表性诗人有波特莱尔、马拉美、瓦雷里、艾略特、里尔克、叶芝等。

效果历史

伽达默尔提出的概念。意指过去和现在之间的不停的交互作用，在这个过程中，包括了主体和客体的活动；传统发现自己是一个持续不断的冲动力量和影响力量。简言之，效果历史就是在实际效果（或后果）上承认"过去"是我们意识的决定力量，也就是说出了这样一个哲学解释学的根本思想："存在甚于意识。"这种立场也影响到了我国诗论界，使其告别了简单的"反传统"，认识到传统或历史不是一个可以弃置的外在对象，而是一种与我们同在的关系。人的解释活动受历史的限制，传统是我们当前"理解"的基础之一。

虚 无

萨特存在主义哲学的重要概念。虚无一般地说有三种含义：(1)超乎一切的超越性。(2)前反省的我思的虚无，即指意识没有任何内容，又丧失了自身的同一性，意识的本性就在于它永远把握不住自身，不知道它"是什么"的虚无。(3)向着尚付阙如的未来的无限可能性，意识本身具有的无限存在性所造成的虚无。这些虚无一方面揭示出人的存在状况，另一方面又展现出人的绝对自由。它既使人烦心，又使人感到无可推托的自我承担的自由。

新历史主义

新历史主义是在解构主义大潮之后出现的人文思潮。它不满于后者仅仅将目光停留于形式分析和无休止的文本消解，它重新注重艺术与人生、文本与历史现实的关系。新历史主义的立足点是"历史"和"理解"，文化、思想、历史、意识形态是其关注的焦点。他们将问题丛生的文学研究置于历史文化基础之上，从而把对作品的文学分析和对作品历史语境的研究结合起来，使历史成为当代文论中的一个重要概念。但新历史主义并不是传统的历史美学批评的简单回归，从思想资源上它具有"杂交血缘"优势，诸如西方马克思主义、某些解构思想、女权主义、话语理论、福柯思想的启示，如此等等。这些因素，使新历史主义在对文本施行政治、文化、历史、语言、意识形态的"综合治理"上，显示了深厚的力量。

新批评派

英美现代文论中影响极大的流派之一。其内容庞杂，约略地说，新批评理论家反对只注重从作家生平与心理、社会环境、历史与政治等角度研究文学，认为这是"外部研究"。他们主张"内部研究"，将文学作品视为有机的自足的客体，通过对文本的"细读"，精确地分析一部作品内各组成部分的复杂互动关系。他们提出的"包容诗""反讽论""张力论""意图谬见""感受谬见""含混""语境"（可参见本书词条），对现代诗学研究产生了决定性影响。

Y

异质混成

指现代诗中为扩大文本的包容力和指意向度的复杂性，容纳不同的经验与素材，使之具有对抗共生的语境张力。异质混成的扭结性，是对狭隘的"纯诗论"的超越。

有机论

指将文学作品视为有机自足体，强调其整体性、不可分割性，由此也强调此部分和各彼部分彼此之间的关系以及它们对于整体的关系。

语言——言语

瑞士语言学家索绪尔认为，应在研究中把"语言"与"言语"区别开来。语言是社会现象，言语是个人现象；不同的言语可以表达同一语言。言语以音响表达出来，是具体使用的词句，而语言则是整个符号系统。这就突出了语言系统的结构性质，确认任何具体言语都没有独立自足的意义，它们能表情达意，全有赖于潜在的语言系统起作用。这种发现深深影响了文学研究中的结构主义者，他们不再将具体作品视为独立自足、有本体意义的东西，而强调文学大系统对个别作品的决定作用，即强调具体作品依赖于"系统"才能取得存在的意义。

语言游戏

维特根斯坦提出的概念。他认为语句的意义不在于它是反映事实的图画，而在于它的"用途"（即说出和写出它时的特殊情况、环境），语句的用途就是它在其中扮演一个角色的"语言游戏"。语言是人的一种现实活动，它像游戏一样没有本质；语言的使用、词的功能、上下文关系，都是无穷无尽的；一个词的用法像一个棋子的走动，总有一个目的，这个目的也包含在上下文关系中；怎样使用词句总有规则，就像网球是一种游戏而且有规则一样，但词和语言的使用也像网球一样，并没有处处受到规则的限制，并且规则在一定意义上是随意提出的。"语言游戏说"在对"形而上学"的治疗上，给诗学以极大启示。

语　感

语感是语态—心态的有机重合，是诗的有意味的形式。语感是诗人内在生命节奏的外现，是精神的呼吸以声音的形式呈现出来。"语感"是一个含义复杂的词，但在我国诗学界的使用中，它特指那些有口语倾向的诗，有人称为"心灵的听觉化"。

语　境

现代哲学语言学和现代文学批评的一个中心概念。在现代文学批评中，"语境"有两个含义：（1）一部作品内部能囊括意义的各个方面，对一种言辞的解释要依赖其前后左右的各部分意义给定。（2）广义地说，它可扩大为我们诠释某词句时有关的一切方面，即具体历史语境。可替换词为："上下文"。

音　素

从言语的连续体中抽取出来的尽可能小的音段，亦即音位学中的最小单位。诗评家在研究诗的音调、音韵时，从音素开始。这与小说评论家从句型、句群开始是不同的。

原型象征

公共象征之一种。指诗中从神话原型、仪式、种族集体记忆中选择象征体。这种原型象征，积淀着久远历史序列的公共经验，是永恒存在的种族记忆的重现。可参阅"集体无意识"条。

隐　喻

用某种名称或描写性的词汇去描写人或物的譬喻，但不是用这种名称或描写性词汇的字面意思去说明人或事物，它暗示一种类比的意思。隐喻不用喻词（像、如同、似等），甚至其喻指也不出现。隐喻包括四个要素：类比，双重视野，揭示无法理解诉诸感官的意象，强烈的情感效果。与传统诗多用明喻、转喻不同，现代诗肌质的主要构成物乃是隐喻。

移　情

德国美学家立普斯使用的概念。"移情说"的出发点在于主客体之间的完全同一，它有两个含义：（1）人在观察外部事物时设身处地，把原来没有生命的东西看成有生命的东西，仿佛它也有感觉、思想、情感、意志活动。同时，人自己也受到对事物这种错觉的影响，并与之发生共鸣。（2）人在带着某种主观感觉、思想、情感、意志去观察外界事物时，主动把主体的生命活动移入或灌注到对象中，使对象也染上主观色彩，人就和这种染上主观色彩的对象发生共鸣。

意识流

美国哲学家、心理学家詹姆士创用的重要概念。它是指人的思维活动和经验处于连续不断、变化不定的流动状态，像河流一样川流不息。詹姆士认为，意识流具有五个特征：（1）属于个人内心独有的。（2）永远在变化的。（3）连绵不断的。（4）是应付独立于思想之外的对象的。（5）是可以对对象加以筛选的。意识流理论对现代主义文学影响甚大，作为一种写作方法，作家诗人试图记录纷乱无序、难合逻辑地流过人物大脑的感觉印象、纷杂记忆。这种方法，揭示了人混茫的原始经验和内心真实。但真正的杰作，不能纯然使用意识流；作为局部效果，它有极高价值。

意图迷误和感受迷误

新批评派理论家使用的术语。指两种错误的批评方法："意图迷误"是从作者创作意图、写作过程来评价作品的方法。"感受迷误"是从读者心理反应、感受来评价作品的方法。新批评派认为，批评家的注意力应全部集中于作品本身，文学作品是自足的存在，对文本世界来说，重要的不是作家、诗人想写什么，而是落实到文本上的东西。这种立场有助于批评家从"作家中心"和"读者中心"中走出，确立"文本中心"立场。但绝对排斥作家意图和读者的能动反应，也有显而易见的偏颇。

意　象

意象是诗的基本艺术符号，它是诗人感情、智性和客观物体的瞬间的综合。它暗示着诗人内心世界的图景，是具体化了的感觉。

意象派

20 世纪初二十年内英美的一个重要的诗歌流派。庞德认为，意象是"在一瞬间表现出来的理性和感情的复合体"。意象派的基本原则是（1）直接处理"事物"，无论它是主观的还是客观的。（2）决不使用任何无助于表现的词语。（3）诗的节奏，要用音乐性短语，而不要按拍节的机械重复来写作。意象派诗歌是短小、干脆、写事物的诗歌，它们追求强烈、精确、客观。作为对浪漫主义诗风的挑战，意象派写出了非感伤、非矫揉造作的现代诗人的情感体验。但与象征派（特别是后期象征派）诗人相比，它在诗歌承载经验和智性的广度上，显出了薄弱。意象派的代表人物有：庞德、休姆、弗林特、威廉斯、阿尔丁顿、多丽特尔（H. D.）等。

意象叠加

指在一个意象上叠加另一个意象，构成感觉的"和弦"效果（二者联合起来暗示大于二者意味的新的综合意象），从而完成诗人更复杂的寄托。

意　境

中国古典文论的核心词之一。指艺术家审美体验、情趣、理想，与经过提炼、加工的生活形象融为一体后，所形成的艺术境界。它是主观与客观、有限与无限、意与境、情与景的高度统一，达到一种情景交融、形神兼备的境界。

Z

主体移心

后期结构主义使用的术语，意即取消主体（人）的中心地位。他们认为，以往某些哲学，尤其是存在主义哲学，从主体性出发，把人和人的意识抬到了至高无上的地位，结果，世界成了主体的世界，成为被意识化了的世界，社会历史成了依附于个人意识的东西。主体移心论者强烈反对这个绝对的主体概念，反对把主体作为哲学思维的中心。因为在他们眼里，世界是一个复杂的关系网络，主体只是这个关系网络中的一个节点或项目，它消融在这种关系网络中，而没有自身的独立性与绝对稳定性。因此，在他们看来，主体的中心地位纯属意识的虚构。这种理论于 80 年代中期被译介到中国，但真正发生影响却是在 90 年代中国学术界的"后现代主义文化热"中。

主题意象

或称核心意象。指在诗中反复出现，内涵指向作品主题，具有象征意味的一种意象。

自白派

20 世纪中叶兴起于美国的诗歌流派。该派反对现代派诗中的"非个性化"原则，主张诗歌表现自我内心体验。诗人将自己的痛苦、分裂、忧惧、梦幻乃至隐私写入诗中，坦率地倾诉个体生命的体验。自白派代表性诗人是：洛威尔、伯里曼、普拉斯、塞克斯顿、罗特克等。自白派诗歌对我国"新生代诗"（特别是其中的"女性诗歌"）有极大影响。

杂语喧哗

或译"众声喧哗"。这是苏联批评家巴赫金创用的概念。指异质的、杂多的语言的竞相齐鸣之情形，或者说社会语言的多样化、多元化状况。"杂语喧哗"是我国 90 年代文化界的突出状况，它对主流意识形态语言和精英独白式语言都有消解作用。在反对独断论和精神等级制上，它有很大意义，但同时亦带来价值削平、深度缺失等负面效果。

张 力

指诗中应有互补因素、逆反因素、对立因素之间的冲突与平衡。张力就处于相对立的力、冲突或意义彼此分辨又彼此关联的结构关系中。"张力"一词含义广泛，不同的批评家常在不同意义上使用它。我们可借用物理学中的"张力"概念来意会诗中的"张力"：不同向度的作用力产生的物体内部的拉力。可替换词为："紧张关系"。

知 性

又译为"悟性"，指人认识能力的三个环节——感性、知性、理性——之一。在康德看来，"我们的一切知识从感性开始，由感性而知性，最后以理性结束"。但对诗而言，纯粹的感性未免浅陋，严饬的理性又会丧失诗美。知性介于二者之间，是描述诗人创造力形态的较理想的词语。但审美意义上的知性与哲学意义上的知性有所不同，故有人将之译为"悟性"。

直　觉

指未经充分逻辑推理的直观感受。柏格森认为，直觉是一种使认识摆脱经验和理性的内心活动，它能够突然地看出处于对象后面的生命的冲动，在一瞬间完整地把握宇宙的精神实质。这种理论对现代诗影响很大，以致在 80 年代中期，"直觉主义"成为我国许多诗人在做理论自我表述时的关键词。

图书在版编目（CIP）数据

20世纪中国探索诗鉴赏：上下 / 陈超著 . -- 北京：作家出版社，2025.1. --（陈超诗文全编）. -- ISBN 978-7-5212-3059-8

I. I227-53

中国国家版本馆CIP数据核字第2024RU9048号

陈超诗文全编：20世纪中国探索诗鉴赏（上下）

作　　者：陈　超
主　　编：唐晓渡
责任编辑：秦　悦
装帧设计：薛　怡
出版发行：作家出版社有限公司
社　　址：北京农展馆南里10号　　　　邮　　编：100125
电话传真：86-10-65067186（发行中心）
　　　　　86-10-65004079（总编室）
E-mail:zuojia @ zuojia.net.cn
http://www.zuojiachubanshe.com
印　　刷：北京华联印刷有限公司
成品尺寸：152×230
字　　数：1076千
印　　张：72.5
版　　次：2025年1月第1版
印　　次：2025年1月第1次印刷
ISBN 978-7-5212-3059-8
定　　价：198.00元